BASTEI
LÜBBE

ISAAC ASIMOV'S ROBOT CITY

Drei Romane in einem Band

Ins Deutsche übertragen
von Bernd Müller

Mit Illustrationen
von Paul Rivoche

BASTEI LÜBBE

BASTEI-LÜBBE-TASCHENBUCH
Band 23 138

Erste Auflage:
März 1993

Deutsche Lizenzausgabe 1993
Bastei-Verlag Gustav H. Lübbe GmbH
& Co., Bergisch Gladbach
Originaltitel: Odyssey/Suspicion/
The Cyborg
Titelillustration: Paul Rivoche
Umschlaggestaltung:
Quadro Grafik, Bensberg
Satz: KCS GmbH,
Buchholz/Hamburg
Druck und Verarbeitung:
Cox & Wyman Ltd.
Printed in Great Britain

ISBN 3-404-23138-4

Inhalt

ISAAC ASIMOV'S ROBOT CITY

Michael P. Kube-McDowell

DIE ODYSSEE

Isaac Asimov

Meine Roboter

Meine erste Robotergeschichte, ›Robbie‹, schrieb ich im Mai 1939, als ich gerade neunzehn Jahre alt war.

Von anderen, bereits existierenden Robotergeschichten unterschied sie sich dadurch, daß ich entschlossen war, meine Roboter *nicht* zu Symbolen zu machen. Sie sollten *nicht* Symbole der anmaßenden Arroganz der Menschheit sein. Sie sollten *nicht* Beispiele menschlicher Bestrebungen sein, sich in den Bereich des Allmächtigen vorzuwagen. Sie sollten *nicht* der neue Turm von Babel sein, der bestraft werden muß.

Die Roboter sollten auch *nicht* symbolisch für Minderheiten stehen. Sie sollten *nicht* bemitleidenswerte, zu Unrecht verfolgte Gestalten sein, die es mir ermöglichten, äsopsche Erklärungen zu benachteiligten Mitgliedern der Gesellschaft abzugeben. Natürlich war mir derartige Diskriminierung verhaßt, und ich brachte das in zahlreichen Geschichten und Aufsätzen zum Ausdruck — aber *nicht* in meinen Robotergeschichten.

Zu was habe ich also *dann* meine Roboter gemacht? — Ich habe sie zu technischen Hilfsmitteln gemacht. Zu Werkzeugen, zu Maschinen, die menschlichen Zwecken dienten. Und ich habe sie zu Objekten mit eingebauten Sicherheitsmechanismen gemacht. Mit anderen Worten, ich habe es so angelegt, daß ein Robot seinen Schöpfer *nicht* töten kann, und hatte somit, nachdem ich diesen stark überstrapazierten Handlungsstrang ausgeschaltet hatte, freie Hand, über andere, vernünftigere Konsequenzen nachzudenken.

Da ich 1939 mit dem Schreiben meiner Robotergeschichten begann, habe ich in diesem Zusammenhang die Computerisierung nicht thematisiert. Der elektronische Computer war damals noch nicht erfunden, und ich sah seine Existenz nicht voraus. Allerdings sah ich voraus, daß das Robotgehirn auf wie auch immer geartete Weise elektronisch sein mußte. Allerdings schien mir ›elektronisch‹ nicht futuristisch genug. Das Positron — ein subatomares Partikel wie das Elektron, jedoch mit entgegengesetzter Ladung — war erst seit vier Jahren entdeckt, als ich meine erste Robotergeschichte schrieb. Das hatte für Science Fiction genau den richtigen Klang, also verpaßte ich meinen Robotern ›Positronengehirne‹ und stellte mir vor, daß ihre Gedanken aus blitzschnellen Positronenströmen bestanden, die unmittelbar auftreten und wieder erlöschen. Die damals entstandenen Geschichten wurden daher die ›Positronenroboter-Serie‹ genannt, aber das bedeutete nicht mehr als das, als ich soeben in bezug auf die Verwendung von Positronen anstatt Elektronen geschildert habe.

Zunächst machte ich mir nicht die Mühe, die Sicherheitsmechanismen, die in meine Roboter eingebaut sein sollten, zu systematisieren oder in Worte zu fassen. Allerdings mußte ich, da ich ausschließen wollte, daß ein Robot seinen Schöpfer umbringt, von Anfang an betonen, daß Roboter Menschen keinen Schaden zufügen können; daß dies ein fest verankertes Konstruktionsmerkmal ihrer Positronengehirne ist.

Daher ließ ich in der ersten gedruckten Version von ›Robbie‹ (in der Septemberausgabe 1940 der *Super Science Stories* unter dem Titel *Strange Playfellow* erschienen) eine der Hauptpersonen folgendermaßen auf einen Robot eingehen: »Er kann nicht anders, als treu und fürsorglich und lieb zu sein. Er ist eine Maschine, ist so *gebaut*.«

Nach ›Robbie‹, der Geschichte, die von John Campbell, dem Herausgeber des Magazins *Astounding Science Fiction*, abgelehnt wurde, schrieb ich weitere Robotergeschichten, die Campbell annahm. Am 23. Dezember 1940 kam ich ihm mit der Idee eines gedankenlesenden Robots (später wurde daraus ›Lügner!‹), aber John war mit meinen Erklärungen, warum der Robot sich so und nicht anders verhielt, unzufrieden. Er wollte den Sicherheitsmechanismus präzise bestimmt haben, um uns in die Lage zu versetzen, den Robot zu verstehen. Gemeinsam arbeiteten wir aus, was als ›Die Drei Gesetze der Robotik‹ bekannt werden sollte. Das Konzept stammte von mir, denn es kam aus den Geschichten, die ich bereits geschrieben hatte, doch die Formulierung wurde (wenn ich mich recht erinnere) zum damaligen Zeitpunkt von uns beiden festgelegt.

Die drei Gesetze waren logisch und vernünftig. Da war zum einen die Frage der Sicherheit, die ich vor allem im Sinn gehabt hatte, als ich Geschichten über *meine* Roboter zu schreiben begann. Darüber hinaus war ich mir der Tatsache bewußt, daß man auch ohne aktives Bemühen, dem anderen Schaden zuzufügen, in aller Stille und durch Nichtstun zulassen konnte, daß Schaden angerichtet wurde. Dabei dachte ich an Arthur Hugh Cloughs zynisches Gedicht *The Latest Decalog*, worin die Zehn Gebote als zutiefst machiavellistische Satire umgeschrieben werden. Am häufigsten wird daraus zitiert: »Du sollst nicht töten, doch laß auch nicht den Eifer walten, das Leben des Nächsten mit Macht zu erhalten.«

Aus diesem Grund bestand ich darauf, daß das Erste Gesetz (Sicherheit) zwei Teile haben mußte, und das kam dabei heraus:

1. Ein Robot darf keinen Menschen verletzen oder durch Untätigkeit zu Schaden kommen lassen.

Nachdem wir diese Hürde genommen hatten, mußten wir zum Zweiten Gesetz (Gehorsam) übergehen. Natürlich durfte, indem man dem Robot das Bedürfnis einbaute, Befehle zu befolgen, das übergreifende Interesse der Sicherheit nicht außer acht gelassen werden. Demnach mußte das Zweite Gesetz lauten:

2. Ein Robot muß den Befehlen eines Menschen gehorchen, es sei denn, solche Befehle stehen im Widerspruch zum Ersten Gesetz.

Und schließlich brauchten wir noch ein drittes Gesetz (Umsicht). Ein Robot war mit Sicherheit eine kostspielige Maschine und durfte nicht unnötig beschädigt oder zerstört werden. Natürlich durften dadurch weder Sicherheit noch Gehorsam eingeschränkt werden. Daher mußte das Dritte Gesetz folgendermaßen lauten:

3. Ein Robot muß seine eigene Existenz schützen, solange dieser Schutz nicht dem Ersten oder Zweiten Gesetz widerspricht.

Natürlich sind diese Gesetze in Worte gefaßt, was ein Mangel ist. Im Positronengehirn dagegen sind sie widerstreitende positronische Potentiale, die sich am besten in den Begriffen der höheren Mathematik beschreiben lassen (die, ich versichere es Ihnen, meinen Horizont weit übersteigt). Dennoch gibt es selbst dann offensichtliche Zweideutigkeiten. Was bedeutet ›Schaden‹ in bezug auf einen Menschen? Muß ein Robot Befehlen gehorchen, die ein Kind erteilt, ein Verrückter, ein Mensch mit bösen Absichten? Muß ein

Robot die eigene teure und nützliche Existenz aufgeben, um geringfügigen Schaden von einem unbedeutenden Menschen fernzuhalten? Was ist geringfügig und was unwichtig?

Diese Zweideutigkeiten sind, was einen Autoren betrifft, durchaus keine Unzulänglichkeiten. Wären die Drei Gesetze perfekt und unzweideutig, gäbe es keinen Raum für Geschichten. Es sind die Ecken und Winkel eben jener Zweideutigkeiten, in denen man seine Handlungsabläufe ansiedeln kann. Sie sind das Fundament für *Robot City*.

In ›Lügner!‹, veröffentlicht im Mai 1941 in *Astounding Science Fiction*, habe ich die Drei Gesetze nicht im einzelnen aufgeführt. Das geschah erst in ›Herumtreiber‹, meiner nächsten Robotergeschichte, die in der Märzausgabe 1942 von *Astounding* erschien. In dieser Ausgabe lasse ich auf Seite 100, Zeile 7, eine der Personen sagen: »Nun paß mal auf! Fangen wir mit den drei Grundregeln der Robotik an«, und zitiere sie daraufhin. Hier taucht, soweit ich oder sonst irgend jemand feststellen konnte, zum ersten Mal das Wort ›Robotik‹ auf — das ich offenbar erfunden habe.

In den seither vergangenen vierzig Jahren, in deren Verlauf ich viele Geschichten und Romane über Roboter geschrieben habe, sah ich mich kein einziges Mal genötigt, die Drei Gesetze zu modifizieren. Aber als meine Roboter im Laufe der Zeit immer komplexer und vielseitiger wurden, hatte ich das Gefühl, sie müßten eigentlich nach Höherem streben. So kam es, daß ich in dem 1985 erschienenen Roman *Das galaktische Imperium* die Möglichkeit erörtert habe, ein entsprechend hochentwickelter Robot könne der Schadensverhütung im Interesse der gesamten Menschheit gegenüber der Schadensverhütung im Interesse eines einzelnen den Vorrang geben. Ich habe diese Idee als ›Nullstes Gesetz der Robotik‹ bezeichnet, aber daran arbeite ich noch.

Die Erfindung der Drei Gesetze der Robotik war wohl mein bedeutendster Beitrag zur Science Fiction. Sie werden außerhalb des Genres weithin zitiert, und keine Geschichte der Robotik wäre ohne Erwähnung der Drei Gesetze komplett. 1985 veröffentlichte der Verlag John Wiley & Sons den umfangreichen Band *Handbook of Industrial Robotics*, herausgegeben von Shimon Y. Nof, und auf Wunsch des Herausgebers schrieb ich ein Vorwort, das sich mit den Drei Gesetzen befaßte.

Es wird heute davon ausgegangen, daß Science-Fiction-Autoren als Gesamtheit einen gemeinsamen Fonds von Ideen geschaffen haben, aus dem sich jeder Autor frei bedienen kann. Aus diesem Grund hatte ich nie etwas dagegen, wenn andere Autoren Roboter benutzt haben, die den Drei Gesetzen gehorchen. Im Gegenteil, ich war eher geschmeichelt, und ehrlich gesagt kann man sich in der modernen Science Fiction kaum einen Robot ohne diese Gesetze vorstellen.

Allerdings habe ich mich entschieden dagegen gewehrt, daß andere Autoren die Gesetze selbst zitieren. Meine Haltung dazu ist: Man soll die Gesetze als gegeben akzeptieren, anstatt sie herunterzubeten. Die Grundidee gehört der Allgemeinheit, die Formulierung gehört mir.

Aber ich werde älter. Ich kann nicht damit rechnen, sehr viel länger weiterzuleben, andererseits hoffe ich, daß dies einigen meiner Geistesprodukte gelingt. Und um ihnen zu einem möglichst langen Leben zu verhelfen, kann ich es mir wohl erlauben, meine Regeln ein wenig zu lockern und anderen zu gestatten, daß sie meine Gedanken aufgreifen und neu beleben. Immerhin hat sich auf dem Gebiet der Wissenschaft einiges getan, seit meine ersten Robotergeschichten veröffentlicht wurden, und auch das muß berücksichtigt werden.

Als Byron Preiss mit dem Vorschlag an mich herantrat, eine Romanreihe unter dem Überbegriff *Robot City* herauszubringen, in der es um ›asimovsche‹ Roboter und Ideen gehen sollte, war ich deshalb von dem Gedanken durchaus angetan. Byron sagte, ich solle als Berater fungieren, um sicherzustellen, daß das typisch ›Asimovsche‹ an meinen Robotern erhalten bleibt, daß ich Fragen beantworten, Vorschläge machen, gegen Unpassendes mein Veto einlegen und sowohl die Grundidee für die Serie als auch Anregung für die Autoren liefern solle. (So geschah es, Byron und ich haben eine Serie von Frühstückssitzungen absolviert, bei denen er die Fragen stellte und ich — manchmal auch meine Frau Janet — ihm antwortete, was zu recht interessanten Diskussionen führte.)

Außerdem sollte mein Name im Titel erscheinen, um dem Leser mitzuteilen, daß das Projekt gemeinsam mit mir entwickelt und mit meinem Wissen und meiner Mithilfe durchgeführt wurde. Es ist eine wahre Freude, daß talentierte junge Autoren ihre Intelligenz und Erfindungsgabe der Weiterentwicklung meiner Ideen widmen, jede/r auf ihre oder seine Weise.

Der erste Roman der Reihe, *Robot City Buch 1: Odyssee*, stammt von Michael P. Kube-McDowell, dem Autor von *Emprise*, und die Zusammenarbeit hat mir große Freude bereitet. Die Prosa ist ganz allein die von Michael; ich habe nichts davon geschrieben. Ich will mich damit nicht etwa von dem Roman distanzieren; vielmehr möchte ich sichergehen, daß Michael das volle Lob derer erhält, denen sein Stil gefällt. Wie angedeutet, besteht meine Rolle lediglich darin, die Konzeptionen der Robotik zu liefern, die von Byron und Michael gestellten Fragen zu beantworten (so gut ich kann) und Lösungen für Probleme vorzuschlagen, die sich aus den Drei Gesetzen ergeben. Tatsächlich wird Buch zwei der Reihe drei interessante neue Gesetze vorstellen, bei denen es um das Verhältnis zwischen Menschen und Robotern in einer robotischen Gesellschaft geht, ein Beziehungsgeflecht, das *Robot City* zugrunde liegt.

In beinahe einem halben Jahrhundert des Schreibens habe ich mir einen Namen gemacht, der bekannt und geachtet ist, und ich möchte ihn dazu verwenden, jungen Autoren den Weg für ihre Romane zu ebnen und durch die Herausgabe von Anthologien das Andenken an ältere Autoren zu erhalten. Schließlich habe ich der Science Fiction allgemein und besonders einer Reihe derer, die sich mit Science Fiction beschäftigen, vieles zu verdanken, und ich kann es ihnen am besten dadurch vergelten, daß ich für andere tue, was für mich getan wurde.

Lassen Sie mich betonen, daß ich hier zum ersten Mal anderen Zugang zur Welt meiner Roboter gewähre und ihnen gestatte, sich frei darin zu bewegen. Mit dem, was ich bisher davon zu Gesicht bekommen habe, bin ich höchst zufrieden, und ich bin gespannt auf das, was in den noch folgenden Büchern aus meinen Ideen und Konzepten entsteht. Diese Bücher sind (zwangsläufig) nicht genau das, was ich aus ihnen gemacht hätte, aber das ist auch gut so. Sollen doch andere Intellekte, andere Persönlichkeiten ans Werk gehen, meine Ideen zu erweitern, fortzuentwickeln und neu zu fassen.

Für Sie, den Leser, fängt das Abenteuer gerade erst an.

Kapitel 1

Erwachen

Der junge Mann, der in der Mitte der kleinen Kabine auf der Druckliege angeschnallt war, schien friedlich zu schlafen. Die Muskeln in seinem schmalen Gesicht waren entspannt, die Augen geschlossen. Sein Kopf war nach vorn gesunken, bis das Kinn auf dem blanken metallenen Halsring seines orangefarbenen Schutzanzugs ruhte. Mit seinen glatten Wangen und dem Bürstenschnitt des aschblonden Haars sah er noch jünger aus, als er war — jung genug, um selbst beim gleichgültigsten Türsteher einer verkommenen Raumhafenbar gewisse Zweifel aufkommen zu lassen.

Langsam kam er zu sich, als habe er zu wenig Schlaf gehabt und wolle nur ungern daraus erwachen. Doch als der Nebel wich, überkam ihn plötzlich das schreckliche Gefühl, in einen gähnenden Abgrund zu blicken.

Seine Augen öffneten sich ruckartig, und er stellte fest, daß er tatsächlich in die Tiefe blickte. Die Liege, auf der ihn sein Fünfpunktgurt festhielt, hatte sich vorwärts geneigt. Ohne den Gurt wäre er als verrenktes Häufchen auf dem winzigen Stück geneigter Bodenplatte aufgewacht, gegen die einfache Luke gepreßt, die sich ihm gegenüber befand.

Er hob den Kopf, und seine flinken Augen erfaßten rasch den Rest seiner Umgebung. Es gab wenig zu sehen. Er war in der winzigen Kabine allein. Wenn er sich losschnallte, würde ihm gerade genug Platz bleiben, um aufzustehen, vielleicht sogar, sich umzudrehen, zu ehrgeizigeren Unternehmungen jedoch nicht. In einer Nische des gerundeten Schotts rechts von ihm war ein Schutzhelm untergebracht. Im Schott zu Linken befand sich eine Ausgabevorrichtung samt Wasserrohr und Zufuhrschacht.

Nichts von dem, was er sah, war ihm begreiflich, daher fuhr er einfach fort, alles zu katalogisieren. Über ihm hing eine Art Kommandotafel von der Decke, auf der acht quadratische grüne Kontrollampen mit der Aufschrift ›P1‹, ›P2‹, ›F‹ und so weiter aufgereiht waren. Die Tafel befand sich in bequemer Reichweite, nur daß es keine Schalter oder Instrumente zu geben schien, die er hätte bedienen können. In einer Ecke der Tafel war in stilisierten schwarzen Buchstaben das Wort MASSEY eingraviert.

Abgesehen vom leisen Geräusch seines Atems war es in der kleinen Kammer nahezu still. Von der Maschinerie, die den Raum hinter seinen Schultern und unter seinen Füßen ausfüllte, kam das Surren eines Impulsgebers und ein leises elektrisches Summen. Von draußen jedoch, jenseits der Wände, drang kein Laut herein.

Damit war sein spärlicher Katalog komplett und die Zeit gekommen, nach einer Erklärung Ausschau zu halten. Er stellte fest, daß seine Umgebung, obwohl er sie nicht wiedererkannte, ihn nicht überraschte. Aber da er sich nicht erinnern konnte, wo er eingeschlafen war, hatte er auch keine Erwartungen bezüglich seines Aufenthaltsortes beim Aufwachen.

Die schlichte Wahrheit war, daß er nicht wußte, wo er war. Oder warum er sich an diesem Ort befand. Er wußte nicht, wie lange er schon hier war, noch wie er hergekommen war.

Aber im Augenblick war das irgendwie egal, denn er erkannte — mit rasch anwachsender Bestürzung und Beunruhigung —, daß er außerdem nicht wußte, wer er war.

Er suchte sein Bewußtsein nach einem Hinweis auf seine Identität ab — nach einem bekannten Ort, einem vertrauten Gesicht, einer kostbaren Erinnerung. Er fand nichts. Es war, als versuche er, ein leeres Blatt Papier zu lesen. Er konnte sich an kein einziges Ereignis erinnern, ehe er die Augen geöffnet und sich hier vorgefunden hatte. Es war, als habe sein Leben in jenem Augenblick begonnen.

Nur wußte er, daß dem nicht so war. Er war kein weinendes Neugeborenes, sondern ein Mann — jedenfalls insoweit, als er die Bezeichnung für sich in Anspruch nehmen konnte, bis jemand Widerspruch einlegte. Er hatte existiert. Er hatte eine Identität gehabt und einen Platz in der Welt. Er hatte Freunde gehabt — Eltern — ein Zuhause. Er mußte all das gehabt haben und mehr.

Aber nun existierte es nicht mehr.

Dieses Gefühl war anders als bloßes Vergessen. *Wenn man etwas vergißt, wird man zumindest das Gefühl nicht los, früher einmal alles gewußt zu haben —*

»Ist alles in Ordnung mit dir?« erkundigte sich eine angenehme Stimme. Sie durchbrach die Stille und veranlaßte ihn, unwillkürlich seine gesamte Muskulatur anzuspannen.

»Wer bist du?« wollte er wissen. »Wo bist du? Wo bin ich?«

»Ich bin Darla, deine Gefährtin. Bitte versuche, ruhig zu bleiben. Uns droht keine unmittelbare Gefahr.« Die Stimme, die aus der Kommandotafel vor ihm kam, war jetzt eindeutiger als weiblich zu erkennen. »Du befindest dich im Innern einer Rettungskapsel vom Typ G-85 der Massey Corporation. Massey ist führend im Bereich Raumrettungssysteme seit . . .«

Während Darla mit ihrem Werbetext fortfuhr, drehte er den Kopf hin und her und nahm erneut die Kabine in Augenschein. Das hätte ich wissen müssen, dachte er. Natürlich. Eine Rettungskapsel. Selbst der Name *Massey* war ihm vertraut. »Warum gibt es hier keine Bedienungsinstrumente?«

»Alle Kapseln der Serie G sind so konstruiert, daß sie unabhängig die aussichtsreichste Strategie bestimmen und entsprechend reagieren.«

Klar, dachte er. Man kann schließlich nicht wissen, wer in so eine Kapsel steigt, oder in was für einer Verfassung er sein wird. »Du bist kein Mensch. Was bist du dann? Ein Computerprogramm?«

»Ich bin eine Positronenpersönlichkeit«, erklärte Darla fröhlich. »Das Konzept der Gefährtin ist der einzigartige Beitrag der Massey Corporation zu einem humanen Rettungssystem.«

Ja. Jemand, mit dem er sich unterhalten konnte. Jemand, der ihm half, stundenlanges Warten zu überstehen, damit er nicht daran denken mußte, was es hieß, wenn man ihn nicht fand. Langsam bekam er ein klareres Bild. Alle Rettungskapseln waren hochgradig automatisiert. Diese hier war mehr. Sie war ein Robot — vermutlich therapeutisch geschult und beauftragt, ihn ruhig und bei Verstand zu halten.

Ein Robot . . .

Der Mensch hatte seine Kindheit. Ein Robot nicht. Menschen lernten, Roboter wurden programmiert. Ein Robot, dem jene Kernidentität fehlte, die vor seiner Aktivierung eingebaut werden mußte, mochte ›aufwachen‹ und feststellen, daß er ohne Erfahrung über Wissen verfügte, und sich fragen, wer und was er war . . .

Unvermittelt biß er sich auf die Unterlippe.

Wie empfindet ein Robot eine Sensorüberlastung? Als Schmerz?

Als er Blut schmeckte, entspannte er den Kiefer. Er gedachte, dem Ausgang seines kleinen Experiments erst einmal Glauben zu schenken. Er war ein Mensch. Irgendwie war das beunruhigend.

»Warum hast du dir Schaden zugefügt?« mischte sich Darla ein.

Er seufzte. »Ich wollte nur mal sehen, ob ich es kann. Weißt du, wer *ich* bin?«

»Dein Abzeichen weist dich als Derec aus.«

Er blickte an dem Halsring vorbei nach unten und entdeckte zum ersten Mal, daß die Klarsichthülle auf der rechten Brusttasche des Schutzanzuges einen Datenstreifen enthielt. Die rote Inschrift auf dem durchbrochenen schwarzweißen Codemuster lautete in der Tat DEREC.

Versuchsweise sprach er den Namen laut aus: »Derec.« Er war seiner Zunge weder vertraut noch fremd. Sein Ohr nahm ihn als Vornamen auf, obwohl es sich wahrscheinlich um einen Nachnamen handelte.

Aber wenn ich Derec bin, warum sitzt dann der Schutzanzug so schlecht? Taillenring und Brustteil hätten jemandem mit wesentlich breiterem Körperbau gepaßt. Und als er versuchte, die verkrampften Beine auszustrecken, stellte er fest, daß das Unterteil des Anzugs ein bis zwei Zentimeter zu kurz dafür war, ihm das bequem zu ermöglichen.

Früher war ich bestimmt kleiner — vielleicht war ich auch schwerer. Es könnte sich um meinen alten Anzug handeln — den ich nur im Notfall benutzt hätte. Oder die Kennmarke könnte mir gehören und der Anzug einem anderen.

»Kannst du die Daten auf dem Streifen ablesen?« fragte er hoffnungsvoll. »Da müßte ein Foto drinstecken — eine Registrierung als Bürger — ein Familienbuch. Dann wüßte ich's mit Sicherheit.«

»Tut mir leid. In der Kapsel gibt es keinen Datenleser, und meine optischen Sensoren können ein so feines Muster nicht auflösen.«

Stirnrunzelnd sagte er: »Dann werde ich mich wohl vorerst damit abfinden müssen, Derec zu sein.«

Schweigend ordnete er seine Gedanken. Daß er seinen Namen kannte — wenn es wirklich sein Name war —, trug nicht dazu bei, die Leere in ihm zu beseitigen. Es war, als habe er seinen inneren

Kompaß verloren und damit die Fähigkeit, eigenständig zu handeln. Ihm blieb derzeit nichts anderes, als zu reagieren.

»Sämtliche lebenserhaltenden Systeme der Kapsel funktionieren einwandfrei«, verkündete Darla fröhlich. »Inzwischen dürften Rettungsschiffe hierher unterwegs sein.«

Ihre Worte erinnerten ihn daran, daß es kurzfristig ein wichtigeres Problem zu lösen gab als darüber nachzudenken, wer er war. Sein Überleben hatte Vorrang. Mit der Zeit würden ihm jene Dinge, über die er Bescheid wußte, vielleicht verraten, was er vergessen hatte.

Er befand sich in einer Rettungskapsel. Sein Bewußtsein klammerte sich an dieser Tatsache fest und begann darauf aufzubauen. Als er seine Position in den Gurten veränderte, bemerkte er, daß schon die leiseste Bewegung die Kapsel schaukeln ließ, und zwar trotz der Tatsache, daß ihre Masse kaum weniger als fünfhundert Kilogramm betragen konnte. Er streckte den einen Arm aus und ließ die Muskulatur erschlaffen. Es dauerte eine volle Sekunde, bis er wieder an seiner Seite herabhing.

Höchstens ein Hundertstel g. Ich sitze in einer Rettungskapsel auf der Oberfläche einer Welt mit niedriger Schwerkraft. Davor war ich in einem Sternenschiff, irgendwohin unterwegs, als irgend etwas vorgefallen ist. Vielleicht ist das der Grund, warum ich mich nicht erinnere, oder vielleicht hat der Aufprall bei der Landung . . .

Nirgendwo in der Kapsel gab es ein Fenster oder eine Sichtluke, nicht einmal ein verdecktes Guckloch. Aber wenn er schon nicht hinaussehen konnte, vielleicht konnte Darla es.

»Wo sind wir, Darla?« erkundigte er sich. »Wo hast du uns abgesetzt?«

»Willst du, daß ich dir unsere Umgebung zeige? Ich verfüge über ein Haftpaket.«

Derec kannte den Begriff, obwohl er sich fragte, wo er ihn gehört hatte. Ein Haftpaket war eine scheibenförmige Ansammlung von Sensoren, die über die Außenfläche eines Raumfahrzeugs mit glatter Hülle gleiten konnte — ein erschwinglicher, wenn auch störungsanfälliger Ersatz für einen vollständigen Satz von Sensoraufsätzen. »Laß sehen.«

Die Innenbeleuchtung wurde schwächer, und das mittlere Drittel des Schotts wurde zum Hintergrund für eine Bildprojektion oben aus der Kommandotafel. Derec blickte hinaus auf eine Landschaft aus Eis und Felsbrocken, die ihm ganz und gar nicht geheuer war. Der Horizont war zu nahe, zu stark gekrümmt. Es mußte sich um eine Verzerrung handeln, hervorgerufen durch die Kamera, oder um einen unechten Horizont, hervorgerufen durch einen Krater im Vordergrund.

»Nach rechts«, sagte er.

Aber es war überall das gleiche: ein Durcheinander von orangefarben angehauchten Eisbrocken mit vereinzelten grauen Felsen, das am Horizont in den Samtvorhang des Weltraums überging. Er konnte am Himmel keine klar erkennbaren Sterne ausmachen, aber das war vermutlich der beschränkten Auflösungsfähigkeit des Haftpacks zuzuschreiben, nicht etwa einer Atmosphäre. Die Schwerkraft des Planetoiden war zu gering, um auch nur die dichtesten Gase festzuhalten, und die gezackten Felsen ließen keine atmosphärische Verwitterung erkennen.

Genaugenommen sah das Ganze wie ein Überbleibsel aus, wie Abfall aus der Entstehung von Sternen und Planeten, eine vergessene Welt, die sich seit dem Tag, da sie geschaffen wurde, nicht verändert hatte. Eine kalte Welt war es, eine unfruchtbare, und aller Wahrscheinlichkeit nach auch eine verlassene.

Ehedem verlassen, korrigierte er sich. »Mond oder Asteroid?« fragte er Darla.

»Egal, wo wir sind, wir sind in Sicherheit«, sagte Darla treuherzig. »Wir müssen uns darauf verlassen, von den zuständigen Behörden aufgefunden und gerettet zu werden.«

Derec konnte jetzt schon vorhersehen, daß er dieser Art Ausflüchte rasch überdrüssig werden würde. »Wie soll ich mich darauf verlassen, wenn ich nicht mal weiß, wo wir sind und wie die Chancen stehen, daß wir gefunden werden? Ich weiß, daß diese Kapsel kein lebenserhaltendes System mit vollständiger Wiederaufbereitung hat. Das gibt's bei keiner Kapsel. Willst du das abstreiten?« Er wartete einen Moment auf eine Antwort, ehe er sich weiter vorwagte. »Wieviel Spielraum reicht nach Maßgabe der Massey Corporation aus? Zehn Tage? Zwei Wochen?«

»Derec, es ist lebenswichtig, die richtige Einstellung . . .«

»Spar dir das Therapeutengeschwätz, ja?« Derec seufzte. »Sieh mal, ich weiß, du versuchst nur, mich zu beschützen. Manche Leute kommen so besser mit ihrer Lage zurecht — nach dem Motto: was ich nicht weiß, und so weiter. Aber ich bin anders. Ich brauche Informationen. Ich muß wissen, was du weißt. Verstehst du? Oder willst du, daß ich anfange, in deinen Eingeweiden zu wühlen und selber danach zu suchen?«

Derec war verdutzt, als Darla keine Antwort gab. Langsam dämmerte ihm, daß er sie in ein Dilemma gestürzt hatte, mit dessen Auflösung ihr Positronengehirn Probleme hatte — aber so ein Dilemma durfte es eigentlich nicht geben. Darla war nach dem Zweiten Robotikgesetz verpflichtet, seine Fragen zu beantworten.

Das Zweite Gesetz lautete: »Ein Robot muß den Befehlen eines Menschen gehorchen, es sei denn, solche Befehle stehen im Widerspruch zum Ersten Gesetz.«

Eine Frage war ein Befehl — und Schweigen bedeutete Ungehorsam. Was nur dann sein konnte, wenn Darla, ihren übergeordneten Pflichten gemäß, dem Ersten Gesetz nachkam.

Das Erste Gesetz lautete: »Ein Robot darf keinen Menschen verletzen oder durch Untätigkeit zu Schaden kommen lassen.«

Darla mußte wissen, wie gering die Hoffnung auf Rettung war, selbst innerhalb eines Sternensystems, selbst im Bereich der Standardflugbahnen. Und Darla wußte außerdem, soweit ein Robot das überhaupt konnte, welchen Schaden diese Tatsache am emotionalen Gleichgewicht eines Menschen anrichten konnte. Der typische Überlebende, den schon die wie auch immer gearteten Umstände, unter denen er in die Rettungskapsel gelangt war, völlig verschreckt hatte, würde mit Verzweiflung reagieren, mit dem Verlust seines Lebenswillens.

Jetzt war ihm die Sache klar. Natürlich würde Darla versuchen, ihm die Konsequenzen seiner Wißbegierde zu ersparen — es sei denn, er konnte ihr beibringen, daß er anders war.

»Darla, ich gehöre nicht zu der Sorte, wie du sie zu erwarten gelernt hast«, sagte er freundlich. »Ich brauche etwas zu tun, Stoff zum Nachdenken. Ich kann nicht bloß dasitzen und warten. Ich kann mit schlechten Nachrichten umgehen, wenn es das ist, was du vor mir verbirgst. Was ich nicht ertragen kann, ist das Gefühl der Hilflosigkeit.«

Es hatte den Anschein, als sei sie doch auf seine Art von Psyche programmiert und habe nur überzeugt werden müssen, daß es ihm ernst war. »Ich verstehe, Derec. Natürlich will ich dir gerne sagen, was ich weiß.«

»Gut. Von welchem Schiff kommen wir?« fragte er. »Nirgendwo in der Kabine gibt es ein Schiffswappen oder Namensschild.«

»Dies ist eine Rettungskapsel vom Typ G-85 der Massey —«

»Das hast du mir schon erzählt. Von welchem Schiff?«

Darla schwieg einen Augenblick. »Massey-Rettungskapseln sind das gebräuchlichste Sicherheitssystem auf sechs der acht größten Raumschiffahrtslinien —«

»Du weißt es also nicht?«

»Meiner Zuordnungsoption wurden keine Daten eingegeben. Wie wär's mit einer Runde Schach?«

»Nein.« Derec grübelte einen Moment. »Demnach kannst du nichts anderes, als den Hersteller anzupreisen. Das heißt, daß wir vermutlich von einem Privatschiff gekommen sind — alle kommerziellen Frachter markieren nämlich ihre Ausrüstung.«

»Ich verfüge über keine Informationen auf diesem Gebiet.«

Derec gluckste. »O doch, ich glaube schon. Irgendwo in deinem System muß es einen Datenrecorder geben, der beim Auswurf der Kapsel aktiviert wurde. Er müßte dir nicht nur sagen, von welchem Schiff wir gekommen sind und wohin es unterwegs war, sondern auch, was seither passiert ist. Es wird Zeit, daß wir mal feststellen, wie schlau du wirklich bist, Darla«, sagte er. »Wir müssen diesen Recorder finden und uns Zugang verschaffen.«

»Ich besitze keine Informationen über einen Recorder.«

»Glaub mir, es gibt ihn. Wenn nicht, gäbe es keine Möglichkeit, nach einem Schiffsunglück die Ursachen zu erforschen. Hast du Zugriff auf die Energieschiene der Kapsel?«

»Ja.«

»Sieh dich nach einer nicht unterbrechbaren Leitung um. Das ist es dann.«

»Einen Augenblick. Ja, es gibt zwei.«

»Wie sind sie beschriftet?«

»Meine Systemkarte bezeichnet sie als 1402 und 1632. Ich besitze keine weiteren Informationen.«

Derec griff wieder zum Wasserrohr. »Schon gut. Die eine wird der Recorder sein, und die andere ist vermutlich der Leitstrahler.

Wir machen Fortschritte. Jetzt mußt du die Datenkanäle finden, die mit diesen Energiezuleitungen korrelieren. Die dürften uns verraten, was was ist.«

»Tut mir leid. Ich kann nicht.«

»Es muß sie geben. Der Recorder wird Daten aus einem Navigationsmodul aufnehmen, aus dem Lebenserhaltungssystem, vermutlich sogar Auszüge dieser Unterhaltung. Es muß einen ganzen Wust von Datenkanälen geben.«

»Tut mir leid, Derec. Ich bin außerstande, zu tun, was du verlangst.«

»Wieso?«

»Wenn ich einen diagnostischen Suchlauf in diesen Teil des Systems fahre, kann ich keine einzige Datenbahn ohne Kennsatz finden.«

»Kannst du mir dein Wartungsschema zeigen? Vielleicht finde ich was.«

Die Eislandschaft verschwand und wurde durch eine sehr detaillierte Projektion der logischen Schaltkreise der Rettungskapsel ersetzt. Bei näherem Hinsehen fand Derec rasch die Lösung. Ein intelligentes Datenraster — eine Maxwellschaltung — bewachte die Datenzufuhr zum Recorder. Die beiden Systeme waren praktisch isoliert. Ähnliche Sperren bestanden zwischen Darla und dem Inertialorter, dem Leitstrahl und dem lebenserhaltenden System.

Reichlich merkwürdig, dachte Derec. Es überraschte ihn nicht, daß es ein niederrangiges Autonomsystem zur Regulierung von Routinefunktionen gab. Das Eigenartige daran war, daß es Darla verwehrt sein sollte, irgendwelche Informationen daraus zu entnehmen.

Verängstigte Überlebende zu hätscheln verlangte Takt und Diskretion. Aber Roboter neigten stark zu beinahe schmerzhafter Ehrlichkeit. Vermutlich hatte es sich als zu schwierig erwiesen, eine Gefährtin darauf zu programmieren, daß sie ein fröhliches Gesicht machte und zugleich schreckliche Geheimnisse hütete. Lügen zu müssen führte in einem Positronengehirn nun einmal zu unvorhersehbaren Potentialschwankungen.

Und das Dritte Gesetz mußte auch noch bedacht werden. Das Dritte Gesetz lautete: »Ein Robot muß seine eigene Existenz schützen, solange dieser Schutz nicht dem Ersten oder Zweiten Gesetz widerspricht.«

Wie würde ein Robot seine Verantwortung für den Selbsterhalt gegen die zunehmende Wahrscheinlichkeit seiner Zerstörung aufwiegen? Es war, als seien die Konstrukteure zu dem Schluß gelangt, daß es Dinge gab, die Darla lieber nicht wissen sollte, und als hätten sie Sperren eingebaut, um zu verhindern, daß sie darauf kam. Sie hatten sie über sich selber im ungewissen gelassen, ja sogar über die eigene Unwissenheit.

Hier gab es beunruhigende Parallelen zu Derecs Situation. *Ist mir etwa das gleiche passiert?* fragte er sich. Er hatte beinahe von Anfang an gehofft, daß sein Gedächtnisverlust die Folge jener unbekannten Katastrophe war, auf Grund derer er sich in der Rettungskapsel wiedergefunden hatte, vielleicht in Verbindung mit dem Schock einer harten Landung auf dieser Welt.

Nun mußte er sich die Frage stellen, ob eine derart selektive Amnesie Zufall sein konnte. Er hatte das Schema mühelos verstanden, aber er konnte sich nicht erinnern, wo oder warum er diese Fertigkeit erworben hatte. Offenbar hatte er eine technische Ausbildung hinter sich, eine Tatsache, die sich — falls er überlebte — als nützlicher Hinweis auf seine Identität erweisen mochte. Aber warum sollte er sich an den Unterricht, nicht aber an den Lehrer erinnern? Konnte sein Gehirn so sehr durcheinandergeraten sein?

Dagegen war das Verstehen des Schemas eine komplexe Aufgabe, die eindeutig erforderte, daß sein Denkvermögen und sein Gedächtnis intakt waren. Soweit er es beurteilen konnte, waren seine Gedankengänge vernünftig und klar. Wenn er einen Schock oder eine Gehirnerschütterung hatte, wären dann nicht all seine Fähigkeiten davon betroffen?

Vielleicht war ihm ja nichts Derartiges passiert. Vielleicht hatte man es ihm, genau wie Darla, absichtlich angetan.

Derec verzog das Gesicht. Es war schon beunruhigend genug, auf die kahle Wand seiner Vergangenheit zu blicken, noch beunruhigender jedoch war der Gedanke, daß sich womöglich hinter dieser Wand der Grund verbarg, warum man sie errichtet hatte.

Inzwischen war Darla ungeduldig geworden. »Hast du etwas gefunden?« fragte sie mit besorgt klingender Stimme.

Blinzelnd sah Derec hinauf zur Anzeigetafel. »Der Recorder ist über eine Maxwellschaltung angeschlossen. Diese Schaltung läßt nichts zum Recorder durch, was sie nicht kennt, deshalb kannst du ihn im Suchlauf nicht entdecken. Und deshalb wird es uns nicht gelingen, ihn mit deiner Hilfe abzufragen. Allerdings muß es irgendwo einen Datenschlitz geben, vermutlich auf der Außenhülle . . .«

In diesem Augenblick ging ein Ruck durch die gesamte Kapsel, und sie schien zu treiben. Derec hatte das Gefühl, daß sie keine Berührung mehr mit der gefrorenen Oberfläche des Planetoiden hatte. »Was geht vor?« verlangte er zu wissen.

»Bewahre bitte die Ruhe«, sagte Darla.

»Was ist? Sind wir gefunden worden?«

»Ja. Ich glaube schon. Aber ich kann noch nicht feststellen, von wem.«

Derec verharrte einen Moment mit offenem Mund. »Schalt das Außenvideo wieder rein! Rasch!«

»Ich mache mir allmählich Sorgen um deinen Erregungszustand, Derec. Schließe bitte die Augen und hole mehrmals tief Luft.«

»Ich denke nicht daran«, sagte er wütend. »Ich will sehen, was vorgeht.«

Es folgte ein Augenblick des Zögerns, dann fügte Darla sich. »Na gut.«

Der Anblick, der sich Derec bot, ließ ihm den Atem in der Kehle stocken. Die Kameras des Haftpacks waren nicht mehr auf den Horizont, sondern auf den Boden gerichtet. Ein halbes Dutzend unterschiedlichster Maschinen hatte sich um die Kapsel versammelt. Die größte war mehr als mannshoch, die kleinste kaum so groß wie ein Schutzhelm. Die winzigen schwebten auf ebenso winzigen Raketenstrahlen aus weißem Gas, während die größeren auf Rädern oder Laufketten standen.

Außerdem konnte er ein Stück von einer Art Schlitten oder Tragfläche erkennen, die offenbar unter der Kapsel zentriert war. Und alle — die Maschinen, die Tragvorrichtung und die Kapsel — waren in Bewegung, strebten gemeinsam einem ungewissen Ziel entgegen, gleich einer seltsamen Eiswüstenkarawane.

»Was geht vor?« erkundigte er sich bei Darla. »Kannst du sie identifizieren? Haben sie mit uns Kontakt aufgenommen?«

»Bei dem Gestell unter uns scheint es sich um einen Ladeschlitten zu handeln. Über die anderen Mechanismen besitze ich keine Informationen.«

Derec griff nach seinem Helm und löste die Verriegelung, mit der er befestigt war. »Ich steige aus. Ich lasse nicht zu, daß man uns ohne jede Erklärung entführt.«

»Das Verlassen der Kapsel wäre zu gefährlich«, sagte Darla. »Außerdem verlierst du mindestens vier Stunden Sauerstoff, wenn du die Luke öffnest.«

»Das ist es wert, um festzustellen, was vorgeht.«

»Ich kann es nicht zulassen, Derec.«

»Das hast du nicht zu entscheiden«, sagte er und griff mit der freien Hand nach der Ausklinkvorrichtung des Gurts.

»Tut mir leid, Derec. Das habe ich wohl«, sagte Darla.

Zu spät wurde Derec klar, daß eine Massey-Gefährtin einen verstörten Überlebenden nicht nur verbal, sondern auf chemischem Wege ruhigstellen konnte. Der zweifache Sprühnebel, der zu beiden Seiten aus der Kopfstütze kam, traf ihn voll ins Gesicht, und als er vor Überraschung nach Luft schnappte, atmete er die widerlich süßen Tröpfchen mit ein.

Derec blieb kaum noch Zeit, sich darüber zu wundern, wie schnell die Droge wirkte. Beide Arme erschlafften, der rechte verfehlte im Herabsinken die Gurtklinke, der linke ließ den Helm los. Vor seinen Augen wurde es rasch grau. Von fern hörte er den schwachen Laut, mit dem der Helm auf dem Boden traf. Aber schon nach dem ersten Aufprall glitt er hinüber in die stille Dunkelheit der Bewußtlosigkeit, sah und hörte nichts mehr.

Kapitel 2

Unter dem Eis

Zum zweiten Mal am selben Tag erwachte Derec in fremder Umgebung. Diesmal lag er flach auf dem Rücken und starrte an die Decke. Er hatte einen säuerlichen Geschmack im Mund und ein leeres, knurrendes Gefühl im Magen. Einen Augenblick lag er so da und erinnerte sich, dann setzte er sich ruckartig auf, die Muskeln abwehrbereit angespannt, während er sich umsah.

Wie zuvor war Derec allein. Aber diesmal befand er sich in heimischer Umgebung — eine Viermann-Wohnkabine, drei Meter breit und fünf Meter lang. Das Bett, auf dem er gelegen hatte, war eine Klappkoje, eine von vieren, die in die Seitenwände eingelassen waren. Rechts von dort, wo er auf der Bettkante saß, befand sich eine Ansammlung von Staufächern unterschiedlicher Größe. Links gab es eine geschlossene Tür.

Diese verfluchte Darla, dachte er erbost.

Obwohl ihm seine Umgebung irgendwie vertraut vorkam, verwarf Derec dies als bedeutungslos — alle Wohneinheiten in Fertigbauweise ähnelten einander in ihrem langweiligen Design. Da war die Frage schon wichtiger, ob diese Kabine Teil eines Arbeitscamps auf der Oberfiäche des Asteroiden war, ob sie sich irgendwo im Innern eines dahineilenden Raumschiffs befand oder an einem ganz anderen Ort, den er sich nur nicht vorstellen konnte. Die Kabine selbst bot keinerlei Anhaltspunkte. Auch verriet sie ihm nicht, ob man ihn gerettet oder gefangengenommen hatte.

Als er an sich herabblickte, sah er, daß er nicht mehr den Schutzanzug anhatte. Rumpf und Beine steckten in einer eng anliegenden weißen Untermontur, ein Kleidungsstück, wie es Raumarbeiter unter ihrem Arbeitszeug oder Schutzanzug trugen. Die Montur war sauber und relativ neu, aber die Scheuerpolster an den Fersen und Knien und um die Taille waren recht abgewetzt. Es konnte sich durchaus um das handeln, was er unter dem Schutzanzug angehabt hatte, oder . . .

»Der Anzug«, sagte er mit plötzlicher Bestürzung.

Er sprang auf und sah sich verzweifelt um. Es gab nur ein Fach, das groß genug war, einen Schutzanzug aufzunehmen. Es war unverschlossen, aber außerdem war es leer. Mechanisch durchsuchte er die anderen Fächer. Sie waren allesamt leer.

Nein, sie waren mehr als nur leer, entschied er. Sie sahen aus, als seien sie noch nie benutzt worden.

Derec verspürte einen Anflug von Panik. Wenn er den Anzug nicht fand, würde er nie erfahren, was für Informationen der Datenstreifen auf dem Namensschild zu bieten hatte. Und Darla mußte er ebenfalls finden oder die unersetzlichen Daten in ihrem Ereignisrecorder verlorengeben.

Halb in der Erwartung, sie verschlossen vorzufinden, trat Derec an die Tür und berührte die Schlüsselplatte. Die Tür glitt mit einem Zischen auf. Draußen befand sich ein kurzer Korridor, von dem vier Türen abgingen. Der Korridor war leer, die übrigen Türen waren geschlossen.

Links von Derec endete der Korridor an einer kahlen Wand. Das andere Ende war mit einer Luftschleuse versiegelt, was darauf hindeutete, daß die vier Kabinen eine autonome Wohneinheit bildeten. Durch das kleine Fenster in der inneren Schleusentür erspähte er dahinter einen weiteren Korridor.

»Hallo?« rief Derec. Es kam keine Antwort.

Die Tür ihm gegenüber war mit dem Wort MESSE beschriftet. Drinnen fand er einen Tisch, groß genug, um acht Personen Platz für eine Besprechung oder eine Mahlzeit zu bieten, eine kompakte automatische Essensausgabe und ein kompliziertes Computerterminal samt Kommunikationsanlage.

Derec ließ die Fingerspitzen über die Tischfläche gleiten, und sie blieben sauber, waren nicht einmal mit einer dünnen Staubschicht überzogen. Die Kontrollampen an der Essensausgabe sagte ihm, daß die Einheit auf Fortgesetzte Wartestellung geschaltet war, und das hieß, ihre Nahrungsvorräte waren strahlenbehandelt und tiefgefroren. Hier hatte längere Zeit niemand gegessen.

Ob das alles für ihn gedacht war? Ob es wohl deshalb unbenutzt war? Oder war er Überraschungsgast in einem leeren Haus?

Er schaltete die Essensausgabe auf Abruf, und der Zeitnehmer begann mit dem Countdown der zwei Stunden, die es dauern würde, das Gerät betriebsfertig zu machen. Als er jedoch versuchte, die Kommunikationsanlage zu aktivieren, verlangte sie nach einem Kennwort.

Er probierte es mit »Derec«.

KENNWORT UNGÜLTIG, teilte der Schirm ihm mit.

Er hatte kaum Chancen, ein wirklich zufallsgeneriertes Kennwort zu erraten. Seine einzige Chance bestand darin, daß ein fauler Systemprogrammierer eines der klassischen Grundkennwörter im Sicherungsspeicher hinterlassen hatte. »Test«, probierte er.

KENNWORT UNGÜLTIG.

»Kennwort«, sagte Derec.

KENNWORT UNGÜLTIG. ZUGANG VERWEHRT.

Von diesem Punkt an ignorierte ihn die Anlage. Das Tastenfeld für nonvokale Eingaben war außer Betrieb, und nichts, was er sagte, rief eine Reaktion hervor. Offenbar hatte die Anlage nicht nur seine Kennwörter zurückgewiesen, sondern ihn auch noch auf die Schwarze Liste gesetzt. Der Systemprogrammierer war demnach keineswegs faul gewesen.

Derec trat erneut in den Korridor und sah sich kurz in den anderen zwei Räumen um. Einer war eine weitere Kabine, identisch mit jener, in der er aufgewacht war. Der andere, mit der Aufschrift MECHANIK, enthielt mehrere Reihen von Spindfächern und allem Anschein nach die Wartungsmodule für die lebenserhaltenden Subsysteme. Beide Räume waren ebenso ordentlich und leer wie alles andere, was Derec seit dem Aufwachen zu Gesicht bekommen hatte.

Somit galt es nur noch, die Luftschleuse und die dahinterliegenden Geheimnisse zu erforschen. Die innere Tür war mit einem Sonograph-im-Kreis-Symbol beschildert, und das bedeutete Stimmaktivierung. »Öffnen«, sagte er, und die innere Lukentür sprang mit einem Reißen der sich lösenden Haftversiegelung auf.

Derec trat in die winzige Kammer. Als er durch das Fenster der Außentür spähte, konnte er keinen Grund für die Existenz der Luftschleuse entdecken. Der Korridor dahinter sah kaum anders aus als der, den er verließ. »Prozessieren«, sagte er.

Die innere Tür schloß sich hinter ihm, und dem plötzlichen Druckanstieg am Trommelfell entnahm er, daß die Versiegelung erfolgt war. »Warnung. Ab hier folgt eine Niederdruckatmosphäre auf Stickstoffbasis«, teilte die Schleuse ihm mit. »Bitte Atemgerät wählen.«

»Stickstoff?«

Erst da wurde Derec auf die kleine Ausgabeklappe in der Seitenwand aufmerksam. Drinnen fand er mehrere brillenartige Masken aus grauem Kunststoff. Als er sich eine ausgesucht hatte, sah er, daß die Maske im mittleren Drittel seines Gesichts zu sitzen hatte, wie eine Schutzbrille, die ihm über die Nase herabgerutscht war. Die ›Bügel‹ des Atemgeräts waren hohle elastische Röhren, die in seinem Nacken zusammenliefen. Ein flexibler Zufuhrschlauch führte von dort aus zur Gaspatrone, die klein genug war, sie am Oberarm festzuschnallen.

Doch als er das Atemgerät anlegte, gelang es ihm nicht, den

unteren Rand der Maske nahtlos an seine Oberlippe zu legen, um die Luft von draußen fernzuhalten. Mit dieser Lücke würden die Atemzüge, die er tat, eine Mischung aus freiem Stickstoff und dem Sauerstoff aus dem Atemgerät enthalten.

Im nachhinein erkannte Derec, daß dies beabsichtigt war. Es handelte sich um eine Vorkehrung, die nicht nur die Größe der Gaspatrone reduzierte, sondern ihm auch den Geruchssinn erhielt. Eine schlaue Konstruktion, noch dazu mit minimalem technischen Aufwand verbunden.

»Fertig«, sagte Derec.

»Warnung: Ab hier verminderte Schwerkraft«, teilte die Schleuse ihm mit.

»Verstanden«, sagte er, während die Außentür sich zu öffnen begann. Stickstoff? Niederschwerkraft? wundert er sich, während er hinaustrat. Wo bin ich? Was geht hier vor?

Unmittelbar gab es darauf keine Antwort. Es war kalt — kalt genug, um ihm die Wangen zu röten. Die Kälte schien gleichermaßen von Decke und Boden auszustrahlen, obwohl beide aus isolierendem Synthetikgewebe bestanden.

Wie er so direkt außerhalb der Druckschleuse dastand, konnte Derec eine Vielzahl von Maschinengeräuschen hören — Zischen, Rumpeln, Knirschen, Quietschen. Aber der Druckabfall, der seine Trommelfelle verzog, vermittelte ihm den Eindruck, als versuche er, durch ein Kissen hindurch zu hören. Bis auf die Tatsache, daß irgendwo etwas los war, entnahm er dem, was er zu hören bekam, nichts Brauchbares. Er konnte nicht feststellen, welche Art Maschinen er hörte oder was sie taten.

Entschlossen, die Geräusche bis zu ihrem Ursprung zu verfolgen, machte er sich den Korridor entlang auf den Weg — oder versuchte es zumindest. Er landete mit dem Gesicht flach auf dem kalten Deck, unverletzt, aber benommen. Nachdem er sich hochgerappelt hatte, versuchte er es wieder, diesmal, indem er sich am zentralen Geländer durch den Korridor hangelte.

Dreißig Meter weiter vorn ging der Korridor in eine riesige Halle mit niedriger Decke über. Derec staunte, als er ihre Ausmaße sah. Sie ließ den Gedanken an Waffenlager aufkommen, an Spielstadien, an Fabrikhallen. Er zwang sich zu gähnen und schluckte mühsam und erreichte Druckausgleich im linken Ohr. Ja, das waren eindeutig Maschinengeräusche. Aber was für Maschinen, und was taten sie?

Kälte und niedrige Schwerkraft veranlaßten Derec zu der Schlußfolgerung, daß er sich immer noch auf dem Asteroiden befand, wo seine Rettungskapsel aufgetroffen war. Die Struktur der Kammer ließ ihn folgern, daß er sich vermutlich unter der Oberfläche befand.

Wichtiger noch, er war nicht allein. Zwischen den Aufbauten und in den Gängen bewegten sich Roboter — Dutzende, ein halbes Dutzend verschiedene Arten. Andererseits aber war er doch allein, denn es gab keine anderen Menschen. Nicht einmal Geländer, die die Halle für Menschen zugänglich gemacht hätten, gab es in den Gängen. Die Halle gehörte ausschließlich den Robotern. Welcher Aufgabe sie da so geschäftig nachgingen, konnte er sich nicht erklären.

Der nächste Robot, eine gedrungene, kastenförmige Einheit mit einem einzelnen Teleskoparm, war nur wenige Meter von Derec entfernt. Derec sah zu, wie er ein faustgroßes Bauteil von einem Gestell nahm, es in einen Transportkorb verstaute und seinen Bedienungsarm wieder einzog. Nach offenbar beendeter Mission setzte der Robot sich auf einem Luftkissen unter seinem Venturi-Schurz in Bewegung.

»Halt!« rief Derec.

Doch der Robot setzte seinen Weg fort, anscheinend unempfänglich für Derecs Kommando. Spontan ließ Derec das Geländer los und nahm die Verfolgung auf. Aber im minimalen Schwerkraftfeld des Asteroiden war das, als versuche er, auf zwei eingeschlafenen Beinen loszurennen. Er geriet dauernd aus dem Gleichgewicht, und seine leichtbeschuhten Füße verliehen ihm nicht den Halt, den er erwartete. Als es zur ersten Kehrtwendung um neunzig Grad kam, fiel er auf den Bauch und schickte dabei eine Reihe kleiner Chromzylinder zu Boden.

Nicht einmal der mit seinem Sturz verbundene Lärm hielt den Rückzug des Robots auf. Er hielt weiter auf ein Ding zu, das nach einem Aufzugsschacht aussah — ein rundes schwarzes Loch im Boden und ein entsprechendes in der Decke, verbunden durch vier verchromte Leitstangen.

»Wie soll ich dich nur einfangen?« beklagte Derec sich und richtete sich auf. »Ich kann doch nicht fliegen.«

Es mußte eine bessere Methode geben, und als er zwei Roboter, die den Durchgang entlang auf ihn zukamen, näher ins Auge faßte, wurde Derec auch klar, wie die aussah. Im Gegensatz zu dem Materialholer waren diese mannshohen Roboter auf gewöhnlichen Dreipunkt-Kugellagergestellen montiert — wie drei Murmeln unter einem Kronkorken. Kugellagerfahrwerke waren in sauberer Umgebung Standard, weil sie völlige Bewegungsfreiheit boten. Der Nachteil: Hier, bei niederer Schwerkraft und damit reduzierter Reibung, würden die Antriebskugeln mehr durchdrehen als antreiben.

Allerdings verfügte jeder der großen Roboter über ein zweites Kugellagerfahrwerk am Ende einer Teleskopstange. Gegen die Decke gepreßt, lieferte das zweite Chasis den nötigen Druck, damit die beiden Antriebe griffen. Jeder Robot mußte nur ständig Kontakt mit beiden Flächen haben, um zu funktionieren.

Derec erkannte, daß er diesen Trick auch anwenden konnte. Die Decke war niedrig genug, um mit den Fingerspitzen dagegendrücken zu können. ›Mit den Händen gehend‹, wie er diese Technik nannte, hätte er den Materialholer einfangen können.

Zunächst wartete er ab, was die beiden näherkommenden Roboter seinetwegen unternehmen würden. Sie blieben kurz vor ihm stehen und begannen an der Stelle, wo er gefallen war, aufzuräumen, indem sie geschickt ihre dreifingrigen Greifer einsetzten, um die Zylinder wieder in die Regale zu verteilen. Sie nahmen keine Notiz von ihm.

»Ich bin in Gefahr«, rief er ihnen zu. »Ich brauche eure Hilfe.«

Die zwei Roboter fuhren mit ihren Aufräumungsarbeiten fort, waren sich seiner Gegenwart offenbar nicht bewußt. Er trat näher und untersuchte den näheren der beiden. Er besaß normale Audiosensoren, aber keine Anzeichen eines Vokalisierers. Kurz gesagt, er konnte nicht antworten.

Aber es mußte auch höherentwickelte Roboter in diesem Komplex geben, die in der Lage waren, in ihm das zu erkennen, was er war, und auf seine Bedürfnisse einzugehen.

Ebenso konnte die Wohnzelle, in der er aufgewacht war, nicht der einzige für Menschen geschaffene Bereich im Komplex sein. Irgendwo gab es ein Verwaltungsteam, Programmierer, Aufseher.

Als ihm einfiel, daß es eine Möglichkeit geben mußte, von der Wohnzelle aus den Kontrollraum anzurufen, machte sich Derec auf den Rückweg. Da wurde ihm ein Anblick zuteil, der ihm den Atem verschlug. Am Ende des Korridors zur Wohnzelle stand ein hochgewachsener humanoider Robot und musterte ihn.

Sie starrten einander einige Zeit an. Die Haut des Robots schimmerte blaßblau, ein eindeutiges Bekenntnis zu seiner Maschinennatur. Seine optischen Sensoren waren silberne Schlitze im helmförmigen Kopf, ohne den üblichen roten Abtastindikator, der durch seine Position anzeigte, daß der Robot einen anblickte. Dennoch zweifelte Derec keinen Augenblick daran, daß er das Objekt der hingerissenen und unnatürlich konzentrierten Aufmerksamkeit des Robots war.

Der Robot bewegte sich als erster, wandte sich ab und verschwand in dem Korridor, in müheloser Koordination mit den Händen gehend. Derec folgte ihm so rasch er konnte, aber als er den Korridor erreicht hatte, befand sich der Robot bereits in der Luftschleuse. Es dauerte nicht mehr als fünfzehn Sekunden, bis Derec die Schleuse erreicht hatte und dahinter die Wohnzelle. Doch als er in den inneren Korridor hinaustrat, kam der Robot nach offenbar getaner Arbeit bereits wieder aus der Messe.

»Ich bin in Gefahr«, sagte Derec. »Ich brauche deine Hilfe.«

»Fehleinschätzung: Derzeit bist du nicht in Gefahr«, sagte der humanoide Robot. »Solltest du in Gefahr geraten, wird dir Hilfe zuteil.«

Der Robot tat einen Schritt auf die Druckschleuse zu, und Derec stellte sich ihm in den Weg.

»Ich lasse dich hier nicht weg, bis du mir sagst, wo ich bin und aus welchem Grund ich mich hier befinde«, sagte Derec barsch.

Die Antwort des Robots war nonverbal, aber unmißverständlich. Er trat näher, packte fest aber behutsam seine Schultern und schob ihn aus dem Weg. Dann ging er ruhigen Schritts an ihm vorbei zur Schleuse.

»Öffnen«, sagte er.

Mit einem Gefühl der Hilflosigkeit ließ Derec den Robot ziehen, dann wandte er sich ab, um festzustellen, ob er entdecken konnte, was der Robot in der Messe getan hatte. Nur zwei Dinge waren verändert, seit Derec sie verlassen hatte. Die Essensausgabe war nach wie vor mit dem Countdown zur vollen Betriebsfähigkeit beschäftigt, aber der Selektor zeigte nun eine kurze Aufstellung bereits verfügbarer Gerichte. Diese Veränderung hatte Derec selbst in Gang gesetzt.

Es war die zweite Veränderung, für die der Robot verantwortlich war. Der Schirm auf der Kommunikationsanlage war nicht mehr leer. In leuchtend roten Buchstaben verkündete er: NACHRICHT GESENDET.

Erst da wußte Derec mit Sicherheit, daß er auf dem Asteroiden allein war. Die Tatsache, daß es tief unter der Oberfläche eine Wohnzelle gab, deutete darauf hin, daß früher einmal zumindest zeitweise Menschen hiergewesen waren. Jetzt jedoch befand sich diese kleine Welt in den Händen von Robotern, und er war ein unbefugter Eindringling. Was für eine Nachricht sie seinetwegen ausgestrahlt hatten und an wen sie gesendet worden war, das war nicht festzustellen.

Kapitel 3

Die Mission der Roboter

Derec nahm sich Zeit für eine Mahlzeit, die er nötig hatte, und für ein Duschbad, das er nicht nötig hatte. Aber die Dusche gab ihm etwas zu tun, während er nachdachte, und er hatte über vieles nachzudenken. Seine Gegenwart hier, das Rätsel seiner Identität, Anlaß und Ursache seines Gedächtnisverlusts waren ihm so unerklärlich wie zuvor. Und nach seinem Ausflug gab es ein neues Rätsel für ihn. Warum benahmen die Roboter sich so sonderbar?

Derec fragte sich, unter was für Umständen ein Robot sich wohl weigern mochte, seine Fragen zu beantworten, was auf die Weigerung hinauslief, seinen Befehlen zu gehorchen. Nach seinem Verständnis der Robotikgesetze konnte er sich nur zweierlei denken, jeweils veranschaulicht durch seine Erfahrungen mit Darla: entweder weil er die Antworten nicht kannte, oder weil ihm vorher befohlen worden war, sie nicht zu verraten.

Zeitliche Abfolge spielte bei Robotern eine wesentliche Rolle. Ein Robot, den sein Besitzer angewiesen hatte, einen Flieger zu warten, ließ nicht davon ab, um die verlorengegangene Katze des Nachbarkindes zu suchen — es sei denn, der Besitzer und nicht das Kind sprach dieses Verlangen aus. Ein sorgfältig formulierter Befehl würde allem standhalten außer einem Gegenbefehl in einer Anwendungssituation des Ersten Gesetzes. Falls man den Robotern bedeutet hatte, nicht über ihre Arbeit zu sprechen, konnte sie nichts, was Derec unternahm, zum Ungehorsam bewegen.

Ehe er sich anzog, suchte er am Körper nach Hinweisen darauf, wer er war. Er fand keine Narben, die groß genug waren, als daß er hätte erwarten können, sich zu erinnern, wann und wie er sie sich zugezogen hatte. Er besaß keine Tätowierungen oder Hautornamente, trug keine Ringe oder anderen Schmuck.

Offenbar befand sich die einzig eindeutige Prägung, über die er verfügte, in seinem Inneren, in dem, was er wußte. Irgendwann, irgendwo hatte er eine spezialisierte Ausbildung in Mikroelektronik genossen. Er besaß überdurchschnittlich gute Kenntnisse über Roboter und Computer. War das allgemein üblich, der normale Ausbildungsstand für jemanden in seinem Alter? Er glaubte es nicht. Und wenn nicht, konnte das die Spur sein, der er nachgehen mußte, um sich wiederzufinden?

Die Kom-Anlage verhielt sich weiterhin unnachgiebig, ignorierte immer noch seine Eingaben, zeigte wie zum Spott immer noch die Worte NACHRICHT GESENDET. Aber es gab eine Tür, die man ihm noch nicht vor der Nase zugeschlagen hatte. Derec legte ein Atemgerät an, steckte eine Ersatzpatrone ein und verließ die Wohnzelle, um den übrigen Komplex zu erkunden.

Er fing damit an, im Kopf eine Karte der großen Halle anzulegen, indem er willkürliche Bezugspunkte festsetzte, ausgehend von der Wohnzelle als Süden. Die Halle schien im großen und ganzen rechtwinklig zu sein, ungefähr doppelt so lang von Norden nach Süden wie von Osten nach Westen. Mit den Händen gehend machte er sich in nördlicher Richtung jenen Gang entlang auf den Weg, den die Wartungsroboter genommen hatten, und zählte dabei seine Schritte.

Fünfhundert Schritte später waren seine Arme müde, und die Nordwand schien nicht nähergekommen zu sein. Er hielt an, um sich auszuruhen, und verschaffte sich einen Überblick über die Robotpopulation in der Halle. Er registrierte siebzehn humanoide Roboter, von denen keiner in seiner Nähe war. Bei den nichthumanoiden Robotern identifizierte er fünf unterschiedliche Typen; die Materialholer, die Wärter, einen großen Lastenträger, den Derec Kuli taufte, mehrere vielarmige Mikromonteure und einen gepanzerten Robot mit übergroßen Greifarmen, dessen Funktion er sich nicht erklären konnte.

Die meisten Roboter, denen er begegnete, eilten geschäftig durch die Gänge und gingen ihren Aufträgen nach. Vorn am Nordende der Halle aber erspähte Derec ein kleineres Heer von Robotern, die untätig und ohne Energiezufuhr dastanden und warteten, daß man sie in Betrieb nahm. Bis auf die humanoiden Roboter waren in diesem Reserveheer sämtliche Arten vertreten.

Dieser Robotervorrat war für Derec der Schlüssel zum Verständnis, wo er sich befand. Die Halle schien hauptsächlich ein Ersatzteillager zu sein. Sicher, er hatte an einer Stelle eine Ansammlung von Spritzguß- und Strangpreßmaschinen entdeckt, eine Batterie von Laserschweißern an einer anderen, eine Werkstatt zum Ätzen von Chips an einer dritten, alle offenbar ununterbrochen in Betrieb. Aber all diese Arbeiten schienen mit Wartungsfunktionen zusammenzuhängen.

Was immer sie tun, sie arbeiten unter extrem hoher Beanspruchung — womöglich gar in Dauerbetrieb, sagte er sich. Ausfallzeit gleich Null konnte nur durch einen großangelegten Reparatur- und Wartungsbetrieb erkauft werden. Und diesen hohen Preis zu zahlen, lohnte nur, wenn es mehr auf Geschwindigkeit als auf die Kosten ankam.

Durch die Liftschächte ergoß sich ein stetiger Roboterstrom, und es war klar, daß er als nächstes herausfinden mußte, wohin sie unterwegs waren. Derec gab den Plan auf, die Halle der Länge nach abzuschreiten, und eilte zu einem nahe gelegenen Lift.

Auch die Lifte waren eindeutig das Produkt einer außergewöhnlichen Herangehensweise an ihre Konstruktion. Auf Derec wirkten sie unfertig oder nicht betriebsfähig. Außerdem waren sie ein weiterer Beweis dafür, daß der Komplex ausschließlich für Roboter konstruiert war. Kein Mensch hätte sich ihnen freiwillig anvertraut.

Der Lift bestand aus einer vertikalen Bohrung von drei Metern Durchmesser, deren Wände mit dem gleichen Synthgewebe überzogen waren wie die Hallendecke. Als er über den Rand blickte, sah Derec einen tiefen Schacht, der in regelmäßigen Abständen von einem blauen Leuchten erhellt wurde, das wohl andere Stockwerke markierte. Der Schacht schien wesentlich weiter hinab als hinauf zu reichen. Über der großen Halle — in Gedanken bezeichnete er sie inzwischen als das Lager — zählte er nur sieben Stockwerke, während er unter sich mindestens zwanzig erkennen konnte, ehe der Verkehr im Schacht ihm die weitere Sicht nahm.

Eine Liftplattform, die an der nächstgelegenen Leitstange nach unten glitt, zwang Derec zum Ausweichen. Die Plattform, ein quadratischer Rost von einem Meter Seitenlänge, hielt auf Bodenhöhe an, als warte sie auf ihn.

Während sie dort wartete, hörte der Verkehr um die anderen drei Leitstangen nicht auf. Als er den Robotern beim Ein- und Aussteigen zusah, erkannte Derec, daß sie, während der Lift in Betrieb war, magnetisch auf den Plattformen festsaßen. Er fragte sich, wie er ohne dieses Hilfsmittel Gleichgewicht und Stand aufrechterhalten sollte. Es gab keine Geländer, an denen man sich festhalten konnte, und die Leitstange selbst schien unter Strom zu stehen.

Von persönlichen Erwägungen einmal abgesehen, konnte er nicht anders, als die Konstruktionsästhetik des Lifts zu bewundern. Er stellte eine saubere und präzise Lösung des Problems dar, bei minimalem Zeit- und Platzaufwand die maximale Verkehrsmenge zu befördern, eine Lösung, die den Bedürfnissen dieser Kolonie voll entsprach.

So durchdacht das System auch sein mochte — Derec war nicht darauf erpicht, im Dunkeln auf einer offenen Plattform über einem scheinbar bodenlosen Abgrund zu schweben. Dennoch hieß es, entweder das oder zurück in die Wohnzelle. Er schluckte noch einmal und trat dann hinaus auf die wartende Plattform.

»Aufwärts«, sagte er.

»Welcher Stock?«

»Äh — Zweiter.«

Mit einem schrillen Surren begann das Gefährt flink aufzusteigen. Er stand breitbeinig da, die Arme über der Brust verschränkt. Den Blick hielt er nach oben auf das nächste blaue Glühen gerichtet und versuchte, nicht auf die rasch vorbeigleitenden Schachtwände zu sehen.

Die Plattform flitzte an mehreren anderen Ebenen vorbei, bis sie wieder langsamer wurde. Als er aus dem Lift trat, stand er an der Kreuzung zweier jeweils sechs Meter breiter, niedriger Tunnel. Wände, Boden und Decke waren mit dem allgegenwärtigen weißlichen Synthgewebe bedeckt. Die Luft war so kalt, daß er die Schultern hochzog und seine Hände unter den Armen vergrub.

Obwohl die unmittelbare Umgebung des Lifts von den blauen Strahlern hell erleuchtet war, wurden die Tunnel selber nur von schwachen gelben Lampen erhellt, die in regelmäßigen Abständen in die Decke eingelassen waren. Jede von ihnen war kaum hell genug, um die eigene Position kundzutun und einen winzigen Fleck gelben Lichts auf den Tunnelboden zu werfen.

Die Enden der kreuzenden Tunnels waren nicht sichtbar, und die Reihen der Deckenlampen erstreckten sich jeweils in beide Richtungen ins Unendliche. Die Tunnels konnten kilometerlang sein, wenn nicht noch länger, soweit er es feststellen konnte.

Ob sie wohl den gesamten Asteroiden durchlöchert haben? fragte sich Derec. *Tausende von Stockwerken — hundert Kilometer tiefe Schächte — konnte es sich um ein Bergwerk handeln?*

Allerdings verstand er nicht, warum sich jemand die Mühe machen sollte, einen Asteroiden von innen abzubauen. Die Kerbhauer auf einem Prospektorenschiff konnten alles außer den dichtesten Nickeleisen-Asteroiden in mundgerechte Stücke für die riesigen Verarbeitungszentren schneiden. Kein Derec bekanntes Erz lohnte die mit Tunnel- und Schachtabbau dieser Größenordnung verbundenen Kosten. Selbst in Anbetracht der wirtschaftlich günstigen Energie- und Materialverhältnisse beim Einsatz von Robotern hätte es sich um etwas hundertmal Kostbareres handeln müssen als das seltenste Element — es sei denn, in die Kostenrechnung ging der Faktor Geheimhaltung ein.

Mit wem habe ich es zu tun? fragte sich Derec. Aufs neue ernüchtert, stieg er wieder in den Lift.

»Ebene Drei«, sagte er.

Die nächsten beiden Stockwerke machten einen ebenso stillen, fertiggestellten Eindruck wie das zweite. Derec konnte sich nicht entscheiden, ob sie fertig waren und darauf warteten, benutzt zu werden wie die Ersatzteile in der großen Halle, oder ob sie fertig genutzt und aufgegeben worden waren.

Dagegen sah es auf Ebene Fünf ganz anders aus. Das Rumpeln schwerer Maschinen stürmte auf seine Ohren ein, noch ehe die Plattform die erleuchtete Zone erreichte. Als er aus dem Lift stieg, nahm er in Boden und Decke des Tunnels wellenförmige Vibrationen niedriger Frequenz wahr.

Ich komme der Sache näher, dachte er. Jetzt — wohin? Der Lärm umgab ihn von allen Seiten, bot keinen Hinweis darauf, welcher Tunnel der vielversprechendste war.

Während er unschlüssig dastand, traf eine Doppelplattform ein und entlud einen Lastenkuli. Einer Eingebung folgend, kletterte Derec auf seine halbvolle Ladefläche. Er vertraute darauf, daß der Robot ihn ignorieren würde, wie es der Materialholer getan hatte. Er wurde nicht enttäuscht. Der Kuli nahm ihn weder ihn die Arme, noch versuchte er ihn herunterzustoßen, sondern setzte sich den Südtunnel entlang in Bewegung.

Während der ersten zwei Minuten überdeckten der Fahrtwind und das Jaulen der Robotmechanik den fernen Arbeitslärm. Aber es dauerte nicht lange, bis Derec einzelne Elemente heraushören konnte: ein unregelmäßiges Stampfen wie von gedämpften Explosionen, ein schrilles Schleifgeräusch, das seine Haut kribbeln ließ, und ein stetiges Rumpeln im Hintergrund. Anzeichen dafür, daß große Mengen Gestein und Eis bewegt wurden.

Bald kam das Ende des Tunnels als ferner dunkler Fleck in Sicht. Kurz darauf begann Derec, einen Ammoniakhauch in der Luft wahrzunehmen. Wieder etwas, das zur Lösung des Rätsels beitrug.

Er hatte sich von Anfang an gefragt, warum der Komplex außerhalb der Wohnzelle mit Stickstoff angefüllt war. Die Roboter brauchten ihn nicht. Strenggenommen brauchten die Roboter gar keine Atmosphäre. Und den Komplex versiegelt und unter Druck zu halten, war bestimmt komplizierter, als ihn einfach in den Weltraum zu öffnen.

Doch es war noch komplizierter, im gesamten Komplex eine gewöhnliche Zweigasatmosphäre im richtigen Mischungsverhältnis aufrechtzuerhalten. Derec hatte daraus geschlossen, daß die Stickstoffatmosphäre in Verbindung mit »offenen« Atemgeräten einen Kompromiß zwischen der Unbequemlichkeit kompletter Druckanzüge und der Kompliziertheit eines Zweigassystems darstellte. Der Stickstoff erlaubte es Menschen, normal zu sprechen und zu hören und sich ohne Schutzanzug zu bewegen, und zwar ohne das Brand- und Explosionsrisiko freien Sauerstoffs.

Aber Derec hatte etwas Wichtiges übersehen. Das Eis bestand aus Methan und Ammoniak. Der Abbauprozeß mußte diese als Gase freisetzen, wo sie mit den Schaltkreisen der Fördermaschinerie oder untereinander reagieren konnten.

Das hätte ich eher bemerken müssen, dachte er. Ohne Atmosphäre, die aus einem relativ trägen Gas bestand, gäbe es keinen Weg, die unerwünschten Verbindungen zu verteilen oder sie wirksam abzuleiten.

Der Lastträger wurde langsamer, als er sich dem Tunnelende näherte, und Derec sprang ab. Vor ihm arbeiteten mehrere Roboter in der Nähe des Tunnelendes — eine zerfurchte Steinwand, Arbeitskräne und gelegentlich grelle Lichtblitze, der Strecken vortrieb.

Den Streckenabschluß bildete eine enorme gehäuseartige Maschine, die vollständig an Wände, Boden und Tunneldecke anschloß.

Im Näherkommen sah Derec, daß die Maschine langsam vorwärtskroch. Wie eine mechanische Larve fraß sie sich durch die Asteroidenmasse und ließ einen fertigen Tunnel hinter sich zurück. Alles — die Wände, der Überzug aus Synthgewebe, sogar die Deckenlampen — wurde in einem einzigen Dauerarbeitsgang fertiggestellt.

Derec stieg in die Maschine und schlängelte sich auf einem Steg zwischen schulterhohen Zylindern durch, immer gefolgt von einem der humanoiden Roboter. Im Durchgang blies ein starker Wind vom Tunnel in das dahinterliegende Gewölbe. Dennoch war der Ammoniakgeruch so stark, daß er würgen mußte.

Am anderen Ende erweiterte sich der Steg zu einer Kontrollkabine, wo zwei humanoide Roboter hinter Sichtscheiben saßen und in die Aushebungskammer blickten.

Die unbearbeitete Abbaufront aus Asteroidenmaterial war etwa dreißig Meter entfernt. Eine Kranfräse mit zwei Auslegern arbeitete daran. Ein Ausleger war mit Drehhobeln bestückt, der andere mit Mikrowellenlasern. Sie bewegten sich hin und her wie schlängelnde Kobras, und vor ihnen zerbröckelte die Mauer aus Eis und Gestein.

Während Derec noch die Anlage studierte, berührte eine metallene Hand seine Schulter.

»Du darfst während der Arbeiten die Abbauzone nicht betreten«, sagte der Robot.

Die Anordnung des Robots ließ Verärgerung aufkommen. »Ich mache, was ich will«, schnauzte Derec ihn über die Schulter hinweg an.

Der Robot packte mit Nachdruck zu. »Du darfst während der Arbeiten die Abbauzone nicht betreten«, wiederholte er. »Ungelerntes Personal ist als Risikofaktor anzusehen.«

Derec schüttelte den Robot ab, drehte ihm den Rücken zu und blickte wieder in die Ausschachtung. Ebenso wie beim Streckenausbau bewegte sich auch die Abbaumaschine langsam gegen eine stetig zurückweichende Felsfläche vor. Diese Bewegung brachte die Anhäufungen losen Gesteins in Reichweite hurtiger Schaufelarme, die es über eine Rampe in einen enormen Trichter füllten. Zwei hochwandige Förderbänder transportierten Material aus dem Trichter heraus, das eine nach links, das andere nach rechts. Noch auf dem Förderband passierte es einen N-Strahler, einen Röntgenstrahler und ein Magnetometer.

Von da an wurde die Lage verwirrend. Es war, als hätten die Roboter nach all der Mühe mit dem Abbau des Asteroiden vergessen, den Teil auszusortieren, den sie davon behalten wollten.

Ein Teil des Abraumes wurde auf einen Stirnradförderer umgeladen, durch einen Zerkleinerer geleitet und dann als Rohmaterial für die fünfzehn Zentimeter dicken Tunnelwände benutzt. Zu Derecs Verblüffung wurde der Rest zur hinteren Wand der Abbaukammer befördert, dort mit dem gebundenen Methan und Ammoniak vereinigt und wieder zu einer Mauer aus Eis und Gestein aufgebaut. Die Ausschachtung nahm nie an Umfang zu.

Aber wie steht es mit dem Tunnel? fragte sich Derec. Sie müssen doch etwas herausholen . . .

Bei näherer Betrachtung wurde er eines Besseren belehrt. Das Leervolumen des immer länger werdenden Zugangstunnels bedeutete lediglich, daß das umgebende Asteroidenmaterial im Zustand größerer Kompromierung als vor dem Abbau wieder an seinen Platz gelangte. Nichts wurde entnommen. Nichts wurde zur späteren Weiterverarbeitung oder Verschiffung abtransportiert.

Völlig unerklärlich.

Der Leerstandsalarm an Derecs erster Gaspastrone ertönte, und er befestigte den Zufuhrschlauch am Ersatzpack. Er mußte bald hier weg, sonst riskierte er, an Stickstoffvergiftung zu sterben, ehe er in die Wohnzelle zurückkehren konnte. Aber es fiel ihm schwer, sich von dem unbegreiflichen Anblick loszureißen, wie ein Dutzend Roboter und schwere Maschinen im Wert von mehreren Millionen sich einer Aufgabe widmeten, die so sinnlos war wie der Versuch, ein Loch in Wasser zu graben. Und wie viele andere Ausschachtungen dieser Art waren wohl anderswo im Komplex in Arbeit? Zehn? Fünfzig? Fünfhundert?

Derec gab sich Mühe, das zu verstehen, und richtete seine Aufmerksamkeit auf die Roboter. Drei vom gepanzerten Typ patrouillierten um den Trichter und beseitigten mit ihren Greifern auftretende Stauungen. Ein vierter stand auf einer kleinen Plattform unter den Auslegern der Fördermaschine und zerkleinerte mit Stößen seines Brustlasers zu große Felsbrocken. Zwei Humanoide standen an den N-Strahlern und studierten intensiv den Suchschirm.

Derecs Schutzengel stand immer noch auf Armeslänge hinter ihm, und er drehte sich um und sah dem Robot in die Augen. »Was baut ihr hier ab?« fragte er. »Was soll das alles?«

Aber der Robot sagte nichts, erwiderte nur mit ausdruckslosen Augen den Blick.

»Aus dem Weg«, sagte Derec aufgebracht, marschierte den engen Steg entlang und sprang hinab in den Tunnel. Erst dann erkannte er seinen Denkfehler: Es waren keine Lastträger da, die ihn zum Lift zurückbefördern konnten.

»Ich brauche ein Transportmittel«, wandte sich Derec barsch an den nächstbesten humanoiden Robot. »Kannst du mir sagen, wann der nächste Trägerrobot eine Lieferung vornimmt?«

»Was ist dein Bedürfnis?«

»Ich brauche ein Transportmittel.«

»Das ist keine zulässige Nutzung der verfügbaren Mittel.«

Derec machte sich nicht die Mühe, zu streiten. Er wandte sich ab und marschierte in nördlicher Richtung davon, erfüllt von durcheinanderwirbelnden, zusammenhanglosen Gedanken. Er hatte das Gefühl, die Antwort auf all seine Fragen sei längst in Reichweite, er könne sie nur nicht erkennen. Wie paßte das alles zusammen?

Während er sich durch den Tunnel bewegte, kehrten seine Gedanken immer wieder zu den Robotern zurück. An ihrem Verhalten war etwas Besonderes. Im gesamten Komplex wurden die Routinearbeiten von nicht-humanoiden Robotern erledigt. Die blauhäutigen humanoiden Roboter waren Aufseher, Störungssucher, Techniker, Reparaturspezialisten. Aber sie hätten ebensogut die sich wiederholenden Arbeiten tun können, selbst an der Abbaufront. Statt dessen gab es ein halbes Dutzend spezialisierter Arten, Lastenträger und Materialholer und Bergwerker, die sich überhaupt nicht wie Roboter benahmen . . .

Derec blieb abrupt stehen, drehte sich um und starrte zurück in den Tunnel in Richtung Ausschachtung. Natürlich. Natürlich. Die Materialholer und die Wärter, die Schlepper und Lastenträger waren *keine* spezialisierten Roboter, die mit den blauen Robotern zusammenarbeiteten. Sie waren vielmehr *Werkzeuge*, die von den blauen Robotern *benutzt* wurden. Ihre Intelligenz war begrenzt — vielleicht nicht einmal positronischer Natur. Die wahre Intelligenz beschränkte sich auf die humanoiden Roboter, die durchaus weiterentwickelt sein konnten als alle jene, von denen Derec bis dahin gewußt hatte.

Aber warum waren sie hier?

Derec dachte an all die Stockwerke, all die Tunnel, die bereits ausgehoben waren, an all die Asteroidenmasse, die noch unangetastet auf sie wartete.

Konzentriere dich auf die Roboter, sagte Derec sich. Es sind jene Aufgaben, die sie selbst erledigen, die sie als entscheidend ansehen.

Blitzartig fielen ihm die zwei humanoiden Roboter ein, die sich um die Suchinstrumente am Förderband gekümmert hatten, und plötzlich wußte Derec Bescheid. Die Erkenntnis erschüttert ihn, und doch ließ sich der Gedanke nicht mehr abtun, nachdem er in seinem Kopf entstanden war.

Die Roboter trieben auf dem Asteroiden nicht etwa Bergbau. Sie *durchsiebten* ihn. Sie suchten nach etwas, nach etwas Verlorenem oder Vergrabenem oder Verborgenem, nach etwas, das so einzigartig und wertvoll war, daß es jeden Preis, jede Mühe wert war.

Was dieses Etwas war, konnte Derec sich nicht vorstellen. Und im Augenblick war er keineswegs sicher, ob er es überhaupt so genau wissen wollte.

Kapitel 4

Es führt kein Weg von hier nach dort

Der Weg zurück zum Lift war lang. Er schätzte ihn auf zehn bis fünfzehn Kilometer, das hieß tausend Schritte, tausend Armschwünge pro Kilometer. Selbst in einem so schwachen Gravitationsfeld mußte das seinem Körper viel abverlangen.

Er machte nur deshalb nicht kehrt, weil er sicher war, daß die Überwacher, wie er die humanoiden Roboter jetzt bei sich nannte, wußten, wo er war und wieviel Sauerstoff er noch hatte. Irgendwann würden diese beiden Variablen einen Wert erreichen, der besagte, daß er sich in Gefahr befand, und sie würden einen Lastenkuli schicken, um ihn zurück in die Wohnzelle zu verfrachten.

Jedesmal, wenn sich ihm ein Robot näherte, kam in ihm die Erwartung auf, nun die müden Arme und Beine ausruhen zu können. Doch jedesmal eilte dieser an ihm vorbei. Er zog in Erwägung, einen der Kulis aufzuhalten, indem er den Tunnel blockierte, doch die einzigen, die vorbeikamen, waren mit chemischen Tanks und Maschinenteilen voll beladen. Es gab keinen Platz für ihn.

Weil er keine andere Wahl hatte, hastete Derec weiter. Der Tunnel war erschreckend einförmig in seinem ungebrochen weißen Verlauf. Es schien, als sei er in der Vorhölle gelandet, gefangen in einer unterirdischen Tretmühle.

Wie sich herausstellte, lag er mit der Vermutung, daß die Überwacher auf ihn aufpaßten, keineswegs falsch. Unrecht hatte er dagegen mit der Überlegung, wie sich ihre Hilfsaktion gestalten würde.

Er hatte sich mit dem Rücken zur Westwand hingesetzt, um sich auszuruhen, als ein Materialholer heranraste und einen halben Meter von ihm entfernt stehenblieb. Aus seinem Tragekorb fischte er zwei frische Patronenpacks und legte sie ihm zu Füßen. Ehe er reagieren konnte, stieß der Robot zurück, machte kehrt und raste davon. Das Ganze war so kalkuliert, daß Derecs Patrone genau in diesem Moment ihren Leerstandsalarm ertönen ließ.

»Konsequent seid ihr ja«, sagte er verdrießlich zu den abwesenden Überwachern, während er die leeren Patronen gegen die frischen austauschte. »Ihr habt von Anfang an so wenig wie möglich unternommen, um mir zu helfen. Und das hier ist wahrlich das Mindeste, was ihr tun konntet.«

Stunden später erreichte er die Wohnzelle und hatte kaum noch die Kraft, eine der Kojen herunterzuklappen, ehe er darauf zusammenbrach. Binnen Minuten war er eingeschlafen, und sein Körper bekam die nötige Ruhe.

Beim Aufwachen begann Derec an Flucht zu denken. Denn es war ihm nun klar, daß der Überwacher in etwa folgende Botschaft ausgestrahlt haben mußte: »Wir haben einen Eindringling hier. Was sollen wir mit ihm machen?« Und Derec gefielen die meisten denkbaren Antworten auf diese Frage nicht.

Er glaubte nicht, daß die Überwachungsroboter, so eigenständig sie sein mochten, dazu fähig waren, ihn umzubringen. Das Erste Gesetz war zu tief verwurzelt in der Grundstruktur des Positronengehirns. Es zu löschen oder daran herumzudoktern hätte garantiert zu Problemen geführt, wenn nicht gar zu vollständigem intellektuellen Verfall.

Doch der Empfänger der Botschaft war vermutlich ein Mensch und daher durchaus fähig, im eigenen Interesse Gewalt anzuwenden. Man würde wissen wollen, wie er die Anlage entdeckt hatte und was er dort wollte, und er würde ihnen nichts dazu sagen können.

Vielleicht würden sie ihm unbesehen glauben und ihm helfen, dorthin zurückzukehren, wo er hergekommen war. Aber in Anbetracht der Umstände war es wahrscheinlicher, daß sie auf Antworten bestehen würden. Derec glaubte zu wissen, daß es lange dauern würde, sie zu überzeugen, daß er keine hatte. In jedem Fall würden sie hinterher sicherstellen wollen, daß er nie jemanden verraten konnte, worüber er gestolpert war.

Nein, er wollte nicht abwarten, bis die Herren der Überwacher eintrafen. Der Schlüssel zur Flucht war Darla. Die Triebwerke der Kapsel waren mit ziemlicher Sicherheit auf ein wesentlich stärkeres Schwerkraftfeld eingerichtet als jenes, das der Asteroid zu bieten hatte. Wenn ja, dann mußte mehr als genug Treibstoff übrig sein, um vom Asteroiden abzuheben und einen Sicherheitsabstand zwischen sich und ihn zu legen — wenn er nur Darla überzeugen konnte, daß dies vernünftig war.

Zunächst aber mußte er sie finden. Wenn er seiner Erinnerung trauen durfte, war die Kapsel wohl zu groß, als daß man sie durch den Lift nach unten hätte befördern können. Die Roboter hatten ihn wohl irgendwo an der Oberfläche herausgeholt — vermutlich im Innern einer Zugangskuppel — und die Kapsel zurückgelassen.

Daher machte er sich mit Hilfe des Lifts auf die Suche nach jener Stelle, wo man ihn ins Innere des Asteroiden geschafft hatte. Wie sich herausstellte, wurde sie Ebene Null genannt. Am oberen Ende des Liftschachts glitt eine scheibenförmige Drucktür auf, um die Plattform durchzulassen, und der Lift trug Derec hinauf in einen kreisförmigen Raum mit hoher Decke und einem Durchmesser von hundert Metern.

Ein Großteil der Kuppel war mit ordentlich aufgereihten Maschinen angefüllt — käferartige Sonden und Bohrer, Raupenschlepper und fliegende Kugeln wie jene, die Derec gesehen hatte, als die Roboter ihn und seine Kapsel abtransportiert hatten. Am gegenüberliegenden Ende des Raums führte eine von transparentem Material umgebene Rampe nach oben und hinaus an die Oberfläche.

Auch einen Überwacher gab es dort, mit dem Rücken zu Derec an einem Kontrollpult sitzend. Obwohl er sich nichts anmerken ließ, war Derec sicher, daß der Robot seine Gegenwart bemerkt hatte.

Nachdem er aus dem Lift gestiegen war, begann Derec, zwischen den abgeschalteten Maschinen umherzuwandern. Dabei mußte es sich um einen Teil der Ausrüstung zur Erforschung der äußeren Kruste des Asteroiden handeln, überlegte er.

Ebenso klar schien es Derec, daß die Erforschung der Oberfläche abgeschlossen war. Warum mit unterirdischen Grabungen beginnen, ehe nicht sicher war, daß das gesuchte Objekt nicht wesentlich schneller und einfacher fliegend aufzuspüren war?

Doch Derec war nicht daran interessiert, die Rätsel dieser Welt zu lösen, er wollte Darla finden und sich vom Asteroiden verabschieden. Bei rascher Durchsuchung des Gewölbes ergab sich kein Hinweis auf den Verbleib der Kapsel oder seines Schutzanzugs. Dagegen fand er in einem Gestell drei perlweiße servoverstärkte Arbeitsanzüge. Sie waren zu groß für den Einsatz in den unteren Stockwerken, und er hätte damit nicht in die Kapsel einsteigen können, falls er sie entdeckte, aber für einen Ausflug an die Oberfläche konnte er sie dennoch gebrauchen.

Derec trat hinter den nächststehenden Anzug und schwang sich mit den Füßen voran in den rückwärtigen Einstieg. Als er sich auf dem sattelartigen Sitz niederließ, spürte er, wie sich die Rückkopplungspolster gegen seine Füße legten. Er steckte die Arme in die Anzugärmel, und die Regler für den externen Manipulator schoben sich in seine Hände. Vor ihm an der seifenblasenähnlichen Haube gab ein schräggestellter Bildschirm Auskunft über den Schaltstand der Anzugaggregate.

»Abdichten und unter Druck setzen«, sagte er, worauf der Einstieg sich zu schließen begann. Er versuchte die Arme zu heben, und der Anzug reagierte reibungslos. Endlich verfüge ich über ein bißchen Macht, dachte er.

Doch als er umdrehte und auf die Rampe zuhielt, stellte er fest, daß ein Überwacher ihm den Weg versperrte. »Die Oberfläche ist Sperrgebiet«, sagte der Robot.

Derec hörte die Worte durch einen Lautsprecher am Ohr und hielt an. Höchstwahrscheinlich war der Servoanzug einem Überwacher durchaus gewachsen, zumindest in den Händen eines geübten Operators. Aber Derec wollte es nicht auf einen Kampf ankommen lassen. Er war nur auf Antworten aus.

»Sage mir, wo ich die Rettungskapsel finde, in der ich gekommen bin«, sagte Derec.

»Du bist nicht befugt, die Siedlung zu verlassen.«

»Demnach ist sie dort, ja? An der Oberfläche. Da habt ihr sie versteckt. Was habt ihr getan, meinen Anzug wieder eingeräumt, nachdem ihr ihn mir ausgezogen habt?« verlangte Derec zu wissen. »Ich muß raus. Wenn du nicht beschädigt werden willst, solltest du lieber aus dem Weg gehen.«

Der Robot rührte sich nicht. »Die Rettungskapsel befindet sich nicht an der Oberfläche«, sagte er.

In Anbetracht dessen, wie die Überwacher ihn bisher behandelt hatten, war das eine großzügige Antwort. Aber Derec wollte mehr. »Entweder suche ich danach an der Oberfläche, oder du zeigst mir, wo die Kapsel ist. Andere Alternativen gibt es nicht.«

Es dauerte einen Moment, ehe der Robot reagierte. Die Antwort, die folgte, war jedoch eine willkommene Überraschung. »Ich werde dir die Kapsel zeigen.«

»Gehen wir nach draußen oder nach unten?«

»Nach unten.«

Derec hatte immer noch vor, die Oberfläche aufzusuchen. Er hoffte, mit Hilfe der Sterne und des Himmels zumindest in groben Zügen die Position des Planetoiden festzustellen — um was für eine Art Stern er kreiste und ob der Planetoid unabhängig oder Teil eines planetaren Systems war. Doch bis er die Kapsel gefunden hatte, kam es darauf nicht an, so daß Derec es sich leisten konnte, den großzügigen Sieger zu spielen.

»Danke«, sagte er. »Warte nur einen Augenblick, bis ich diesen Anzug weggeräumt habe.«

Aber Derec sollte seinen Sieg nicht lange genießen. Der Überwacher nahm ihn mit hinab zur Lagerebene und führte ihn durch das Labyrinth zur östlichen Wand. Als sie soeben eine Gußanlage und ihr hohes Materialgestell umrundet hatten, blieb der Robot unvermittelt stehen: »Hier.«

Doch Derec konnte keine Kapsel entdecken. Alles, was er sah, war eine große offene Fläche, auf der reihenweise diverse Bauteile ordentlich auf dem Fußboden ausgebreitet waren. »Wo?«

Mit einer ausholenden Armbewegung wiederholte der Überwacher: »Hier.«

Da erst nahm Derec die vor ihm ausgebreiteten Bauteile richtig in Augenschein und erkannte die Wahrheit. Die Kapsel befand sich hier, wie der Überwacher gesagt hatte. Aber sie bestand aus tausend Einzelteilen, lag auf dem Boden wie ein gigantisches Puzzlespiel. Die Roboter hatten sie in ihre Grundkomponenten zerlegt. Derec konnte nur wenige wiedererkennen — gebogene Platten, die Teil der Hülle gewesen waren, mehrere Antriebsstutzen und, wenige Meter von Derec entfernt, die Aufsätze der sieben grünen Lampen auf der Kommandotafel.

»Nein«, rief er verzweifelt. »Wieso habt ihr das getan?«

»Es war nötig, um festzustellen, daß sich das gesuchte Objekt nicht im Innern der Kapsel verbirgt.«

»Und mein Schutzanzug? Habt ihr den auch zerstückelt?«

Statt einer Antwort führte der Überwacher Derec in das Labyrinth und zeigte ihm seinen Anzug, der in mehreren Dutzend Einzelteilen herumlag. Der Stoff war von den Nahtringen abgetrennt, die Überlebensaggregate hatte man aus dem Brustteil herausgelöst. Selbst der Helm war auseinandergenommen worden.

»Ich bin überrascht, daß ihr mich nicht gleich mit zerlegt habt«, sagte er bitter, während er ihn betrachtete.

»Bitte erläutere den Grund für deine Überraschung«, sagte der Robot. »Es ist einem Robot unmöglich, einen Menschen zu verletzen. Bist du über diese Tatsache nicht informiert?«

»Schon gut«, sagte Derec seufzend. »Das war Sarkasmus.«

»Wie bitte?«

»Menschen meinen nicht immer, was sie sagen. Bist du über diese Tatsache nicht informiert?« Einen Augenblick darauf fügte er hinzu: »Aber ihr habt mich durchsucht, nicht wahr?«

»Ja. Im Zustand der Bewußtlosigkeit wurdest du einem magnetischen Ganzkörper-Resonanztest unterzogen«, erwiderte der Robot.

Derec hätte beinahe gelacht, so absurd war das. »Sieht euch ähnlich«, sagte er. »Ich nehme an, es ist ausgeschlossen, daß ihr den Anzug und die Kapsel wieder zusammenbaut.«

»Nichts hat gegenüber der Hauptdirektive Vorrang.«

»Was ist mit all den Ersatzrobotern, die da im Norden herumstehen und nichts tun? Von denen könntet ihr doch ein paar aktivieren.«

»Diese Aufgabe würde nicht nur Monteure, sondern die Aufsicht eines Systematikers erfordern. Alle Systematiker sind nach dem gegenwärtigen Dienstplan voll im Einsatz.«

»Das soll wohl ›nein‹ heißen«, sagte Derec. Er sah die verstreuten Teile an, die einst ein Raumfahrzeug gewesen waren, und seufzte: »Hast du eigentlich so was wie einen Namen?«

»Ich bin Monitor 5.«

»Warum sprichst du mit mir, Monitor 5?«

»Ich habe bemerkt, daß dich etwas belastet. Im Zustand der Belastung tut Kommunikation dem Menschen häufig gut.«

Derec schnaubte. »So kann man es auch sagen. Dann erzähle mir, Monitor 5 — wißt ihr Roboter eigentlich, wonach ihr sucht?«

»Ich darf keine Informationen über meine Mission hier weitergeben.«

»Und wie steht es mit mir? Ist dir gestattet, mir zu sagen, was ihr über mich wißt?«

»Was möchtest du erfahren?«

»Der Ereignisrecorder in der Rettungskapsel — hat man ihn aufgefunden?«

»Ich habe nicht zu dieser Arbeitseinheit gehört. Ich werde Analytiker 3 konsultieren.« Der Robot schwieg. »Ja. Ein Datenrecorder wurde entdeckt.«

»Hat er euch verraten, von welchem Schiff ich gekommen bin? Wie ich hierhergelangt bin? Irgendwas?«

»Dem Recorder war keine Adreßmarkierung eingegeben worden. Die Aufnahmediskette war unbespielt.«

Verblüfft wandte Derec die Augen ab, um den Ausdruck darin vor dem Robot zu verbergen. Sein Blick fiel auf den Stoffhaufen seines Anzugs, und er ging in die Knie und begann ihn abzusuchen. »An meinem Anzug gab es einen Datenstreifen . . .«

»Ja. Ein Teststreifen. Er enthielt keine Personaldaten.«

Derec ließ den Stoff aus seinen Händen zurück auf den Boden gleiten und richtete sich langsam auf. »Ein Teststreifen?«

»Das ist durchaus üblich. Sie werden eingesetzt, um den Suchmechanismus eines Datenlesers zu eichen.«

»Aber er war mit Derec beschriftet . . .«

»Ja. Derec Data Systems ist der führende Hersteller derartiger Lesegeräte.«

Derec wurden die Knie weich. »Dann wißt ihr auch nicht, wer ich bin.«

»Nein. Wir wissen nicht, wer du bist.«

»Und diese Botschaft, die ihr meinetwegen ausgestrahlt habt? Wie lautete die?«

»Ich habe die Botschaft nicht ausgestrahlt. Einen Moment, ich konsultiere Analytiker 17.« Der Robot schwieg. »Analytiker 17 war der Ansicht, daß du wegen deines irrationalen Verhaltens entweder zu Schaden kommen oder das Endziel gefährden könntest, wenn du nicht ständig überwacht wirst. Deshalb hat er eine Botschaft ausgesandt, in der verlangt wird, daß man dich rettet.«

»Er hat diese Entscheidung allein getroffen?«

»Analytiker 17 war der Ansicht, daß die Gefährdung von ausreichender Größenordnung war, um das Kommunikationsverbot aufzuheben.«

»Wessen Verbot? Wer hat hier das Sagen? Und an wen hat er die Botschaft gesandt?«

»Ich darf keine . . .«

». . . Informationen über deine Mission hier weitergeben, ich weiß.« Derec verzog das Gesicht, machte die Augen zu und versuchte, die Außenwelt auszuschließen.

»Bist du krank?« erkundigte sich Monitor 5 besorgt.

»Nein«, sagte Derec mit unsicherer Stimme. »Ich bin nur wieder am Ausgangspunkt angelangt, das ist alles.«

Kapitel 5

Die Antwort

Entmutigt zog sich Derec in die Wohnzelle zurück, nachdem seine Illusion sich zerschlagen hatte, er habe sein Schicksal zumindest teilweise selbst in der Hand. Es war ihm unmöglich, die Kapsel zu rekonstruieren, er hatte keine Aussicht, den Asteroiden selbst zu verlassen. Wie es schien, konnte er nichts weiter tun, als den Robotern aus dem Weg zu gehen und auf denjenigen zu warten, den Analytiker 17 mit seiner Botschaft herbeigerufen hatte.

Als hätten die Roboter entschieden, daß er etwas brauchte, was ihn beschäftigte und von ihnen fernhielt, fand Derec die Kom-Anlage in der Messe eingeschaltet und mit der Aufschrift BETRIEBSBEREIT vor. Als Derec die Abfragetaste drückte, erschien ein kurzes Menü auf dem Schirm. Es bot ihm die Auswahl zwischen einem Ding, das sich Konzeptblock nannte, und einem bibliographischen Index.

Der Konzeptblock erwies sich als Kreuzung zwischen einem Notizbuch und der Entwurfskladde eines Konstrukteurs. Er amüsierte sich eine Weile mit seinen graphischen Möglichkeiten, indem er eine Karte von jenem Teil des Komplexes anlegte, den er aus erster Hand kannte. Das Programm erleichterte ihm die Arbeit, verwandelte seine unsicheren Striche in gerade Linien, kopierte wiederkehrende Abschnitte, führte Übergänge und Kreisbewegungen aus.

Als das Zeichnen zur Kritzelei verkam, beschloß Derec, ein Tagebuch über die Ereignisse seit seinem Erwachen in der Kapsel zu erstellen. Doch der erste Eintrag war peinlich und selbstherrlich, und er beendete die Aufzeichnungen mit einer kurzen sarkastischen Notiz:

Liebe Mama,
Ich hab' hier keine Freunde. Darf ich wieder nach Hause?

Unangenehm berührt von seinem Selbstmitleid löschte Derec den Konzeptblock und schob seinen Stuhl vom Terminal weg. Aber das diesem Gedanken innewohnende schreckliche Gefühl der Verlassenheit ließ sich so leicht nicht bannen. Ohne Familie, ohne Freunde, ohne einen irgendwie gearteten Verbündeten war Derecs kleine Welt ein einsamer Ort.

Die Buchfilmbibliothek war Derecs letzte Abwehr gegen trübselige Gedanken. Als er das Verzeichnis durchging, überraschte ihn die ungewöhnliche Mischung von Einträgen. Da gab es ein komplettes Subregister für Texte aus dem Klassischen Erdzeitalter, darunter einige, deren Autoren oder Titel Derec zur Entdeckung reizten. Andere kannte er: Lukrez' *De rerum natura,* Newtons *Principia,* Darwins *Ursprung der Arten.*

Ein weiteres umfangreiches Subregister bestand aus architektonischen Zeichnungen und Bildern. Wieder kamen ihm einige der Namen bekannt vor — Mies van der Rohe, Buckminster Fuller, Frank Lloyd Wright. Doch als er dem Programm befahl, diese Dateien im Tempo von jeweils einigen Sekunden pro Bild abzutasten, stellte er fest, daß die Bilder Orte zeigten, an denen er seiner Erinnerung nach nie gewesen war, und Bauten, die er seiner Erinnerung nach nie gesehen hatte. Zurück blieb die Verwunderung, warum er die Namen überhaupt kannte.

Auffällig war das völlige Fehlen zeitgenössischer Bezüge zu Themen wie Mikroelektronik, Robotik, Prozeßdesign und so weiter. Derec nahm an, daß die sich in einer separaten technischen Bibliothek befanden, zu der er keinen Zugang hatte.

Es gab noch weitere Abschnitte, die ihm unter anderen Umständen vermutlich zugesagt hätten — eine Biographie von Susan Calvin, Wegbereiterin der Robotik; *Genesis*, Marvin Ellers anekdotenreiche Geschichte der Informatik im zwanzigsten Jahrhundert; ein Schirm voller Titel über Astronomie und Astrographie.

Aber Derec war nicht an Bildung interessiert, noch überhaupt an etwas, das Denkleistungen erforderte. Er wollte bei den Problemen eines anderen den Zuschauer spielen, wollte sich ablenken und in den Bann des Erzählers begeben.

Doch als er sich dem Belletristikregister zuwandte, stellte er fest, daß die Auswahl spärlich war. Abgesehen von einigen Interaktionsspielen und einem halben Dutzend gedruckter Romane, die ihm allesamt zuviel abverlangt hätten, mußte Derec sich auf die Welt des Theaters beschränken. *Faust, Warten auf Godot, Daedalus und Ikarus, Sweeney Todd* — die Titel sagten Derec nichts. Aber Shakespeare kannte er, und Shakespeare war auf der Liste gut vertreten.

Da er das Bedürfnis verspürte, über etwas zu lachen, fiel Derecs Wahl auf die Komödie *Ein Sommernachtstraum*. Er zog sich in einen bequemen Sessel zurück, legte die Füße auf den Konferenztisch und wurde von der Aufzeichnung ins antike Griechenland getragen, in einen Wald nahe der Stadt Athen, um sich an den Liebeswirrungen von Menschen- und Feenkönigen zu ergötzen und an den Streichen des teuflischen Kobolds Puck.

»Hin und her, hin und her«, gelobte Puck. »Alle führ' ich hin und her. Land und Städte scheun mich sehr, Kobold, führ' sie hin und her . . .«

Mitten in Pucks Deklamation hörte Derec das unverkennbare Geräusch, mit dem sich die innere Tür der Luftschleuse öffnete. Er sprang auf, als auch schon ein Überwacher den Raum betrat und zur Kom-Anlage hinüberging.

»Was willst du?« wollte Derec wissen und folgte ihm.

Der Robot ignorierte Derec. »Dringliche Unterbrechung«, sagte der Robot zur Kom-Anlage. Der Schirm leerte sich, und die Lautsprecher verstummten.

KENNWORT?

Die Finger des Robots flogen nur so über das Tastenfeld, aber auf dem Schirm erschien nur die Instruktion BEREIT.

Ohne zu zögern begann der Robot wieder in die Tasten zu hauen. Obwohl er auf Armeslänge danebenstand, hatte Derec keine Ahnung, was der Robot eingab. Das gleichmäßige Stakkato der klickenden Tasten dauerte etwa zwanzig Sekunden lang an — drei- bis vierhundert Zeichen. Dann hob der Robot die Hände und trat zurück.

NACHRICHT GESENDET, bestätigte der Schirm.

»Fortfahren«, sagte der Robot und wandte sich zum Gehen.

»Widerruf«, sagte Derec und stellte sich hastig zwischen den Robot und die Tür. »Identifiziere dich.«

»Ich bin Analytiker 9.«

»Was geht vor? Was hast du gerade gemacht?«

»Geh bitte aus dem Weg«, sagte Analytiker 9. »Ich habe andernorts dringende Verpflichtungen.«

»Das letzte Mal, als einer von euch hier war, geschah das, um einen Notruf zu senden. Was ist diesmal passiert? Ist ein Schiff gekommen? Ist es das? Ich hab' ein Recht darauf, zu wissen, was vorgeht . . .«

Statt einer Antwort hob Analytiker 9 den Arm und schob Derec mit Nachdruck beiseite. Der stolperte rückwärts auf den Konferenztisch zu und landete unsanft in einem der Sessel.

»Mische dich nicht ein«, sagte der Überwacher und verließ den Raum.

Obwohl der Schock über die körperliche Gewaltanwendung des

Robots ihn einen Augenblick erstarren ließ, rappelte Derec sich hoch und nahm die Verfolgung auf.

Draußen in der Halle fand Derec fieberhafte, an Chaos grenzende Aktivität vor. Die Lastenkulis und Materialholer strömten zu Dutzenden aus den Lifts, als sei ein Massenexodus im Gange. Zahlreiche andere eilten durch die Gänge, sammelten Bauteile ein und schleppten sie zur westlichen Wand und der dort befindlichen Wiederaufbereitungsschmelze.

Zu Derecs Erstaunen stellten sich die Materialholer und Kulis, anstatt ihre Fracht abzusetzen und Nachschub zu holen, an der Schmelze an, trugen ihre Last mitten hinein in den Ofen und kamen nie wieder zum Vorschein. Aus irgendeinem Grund vernichteten die Roboter systematisch bestimmte Teile ihres Lagerbestandes — und sich selber gleich mit.

Von der Parade der selbstmörderischen Roboter abgelenkt, hatte Derec Analytiker 9 aus den Augen verloren. Als er nun den Blick durch die Halle schweifen ließ, um ihn nach Möglichkeit wiederzufinden, sah er noch etwas Ungewöhnliches. In der Lagerhalle gab es nirgendwo Überwacher. Die diversen Fabrikationsanlagen standen still und verlassen da.

Einer Eingebung folgend, kämpfte Derec sich zum Lift vor und wies eine Plattform an, ihn zur Ebene Null hinaufzutragen. Dort entdeckte er eine Versammlung von zwanzig Überwachern. Sie hatten einen Kreis gebildet, standen reglos da und hielten sich an den Händen, wie eine Art direkter Konferenzschaltung.

Sie nahmen keine Notiz von seiner Ankunft, daher ging Derec quer durch den Raum zu der Stelle, wo zwei weitere Überwacher vor einem gigantischen Kontrollpult saßen.

»Monitor 5?«

»Ja, Derec«, sagte einer der Roboter mit einem bestätigenden Kopfnicken.

»Kannst du mir sagen, was vorgeht?«

»Oberflächensensoren haben die Annäherung eines großen Raumfahrzeugs entdeckt. Bahnverlauf und Beschleunigungsprofil deuten darauf hin, daß es sich dem Orbit dieses Planetoiden angleichen wird.«

»Ich komme von diesem Felsbrocken runter?« jubelte Derec. »Gepriesen seien die Sterne!«

»Mit achtundsechzigprozentiger Wahrscheinlichkeit hat das Schiff unser Notsignal abgefangen. Allerdings besteht nur eine Wahrscheinlichkeit von neun Prozent, daß das Schiff gekommen ist, um dich zu retten.«

Diese Nachricht holte Derec ruckartig wieder auf den Boden der Tatsachen. »Abgefangen? Das sind also nicht die Leute, die ihr gerufen habt?«

»Nein, Derec.«

»Wer sind sie dann? Was wollen sie?«

»Das Schiff ist gegenwärtig noch nicht identifiziert.«

»Ist das der Grund, warum unten alle Roboter durchdrehen?«

»Ich kann diese Frage jetzt nicht beantworten«, sagte Monitor 5. »Aber möglicherweise kann ich dir in Kürze mehr dazu sagen.«

»Was soll ich tun?«

»Warten.«

»Prima. Wie lange?«

»Nicht lange«, sagte Monitor 5 und erhob sich. »Entschuldige mich. Die Analytiker rufen nach mir.«

Monitor 5 durchquerte den Raum und schloß sich dem Konferenzkreis an. Etwa zwei Minuten lang stand er mit den anderen zusammen da, dann löste sich der Kreis auf. Die meisten Überwacher eilten zum Lift. Zwei von ihnen, darunter Monitor 5, traten zu Derec.

»Ich bin beauftragt, mit dir zu kommunizieren«, sagte Monitor 5.

»Beauftragt?« Die Wortwahl des Robots verwirrte Derec.

»Zwangsläufig«, gab der Robot zu. »Keiner der Analytiker fühlt sich im Umgang mit Menschen recht wohl.«

»Willst du damit sagen, daß sie nicht mit mir gesprochen haben, weil sie es nicht wollen? Weil sie nicht wissen, wie?«

»Bis auf wenige Ausnahmen haben sie ausschließlich Erfahrung mit anderen Robotern. Ich wurde aufgrund meiner früheren Kommunikationserfolge mit dir ausgewählt«, sagte Monitor 5.

»Ist das der andere Ausnahmefall?« sagte Derec und deutete auf den Robot direkt hinter Monitor 5.

»In meiner Begleitung befindet sich Analytiker 17.«

»Ah — wir kennen uns — sozusagen.«

»Analytiker 17 ist hier, um mir zu assistieren«, sagte Monitor 5.

»Bitte, Derec. Es gibt Wichtiges zu besprechen, und die Zeit ist knapp.«

»Dann fang doch an.«

»Danke. Die Analytiker sind sich einig, daß das nahende Schiff eine Bedrohung der Sicherheit unserer Operation darstellt. Die Möglichkeit der Entdeckung wurde von jenen vorhergesehen, die uns hier eingesetzt haben. Unsere Instruktionen lauten in diesem Fall, uns selbst und die Anlage zu zerstören. Gewisse vorbereitende Schritte sind bereits in Gang . . .«

»Die Roboter am Schmelzofen.«

»Ja. Es muß alles zerstört oder unbrauchbar gemacht werden. Dieser Befehl hat höchste Prioritäts- und Dringlichkeitsstufe. Wir müssen gehorchen. Deine Gegenwart wurde allerdings *nicht* vorhergesehen.«

»Was habe ich damit zu tun?«

»Solange du anwesend bist, können wir unseren Befehl nicht befolgen, da es dich töten würde, wenn wir den Komplex zerstören. Schon indem wir uns selbst zerstören, würden wir dich schutzlos zurücklassen. Damit wir unserer Direktive nachkommen können, ist es demnach erforderlich, daß du dich entfernst.«

»Ich bin zum Abmarsch bereit, seit ich hergekommen bin. Zeige du mir nur den Weg.«

Hier mischte sich Analytiker 17 ein. »Leider sind wir, da es ein signifikantes Risiko für dein Leben bedeutet, die Siedlung zu verlassen, nicht in der Lage, dir dabei zu helfen, ja, wir sind sogar verpflichtet, es zu verhindern.«

»Also werdet ihr nicht etwa meine Kapsel wieder zusammensetzen? Meinen Schutzanzug?«

»Nein.«

»Das ist verrückt.«

»Im Gegenteil, es ist fundamental logisch«, widersprach Analytiker 17. »Wenn wir dich beschützen, wirst du beinahe mit Sicherheit sterben, was wir nicht zulassen können. Wenn wir dich nicht beschützen, könntest du überleben, begibst dich jedoch in große Gefahr, was wir nicht zulassen dürfen.«

Derec blickte ungläubig von Monitor 5 zu dem Analytiker, dann wieder zurück. »Was werdet ihr denn nun mit mir machen?«

»Nichts«, sagte Monitor 5. »Keine Aktion ist möglich. Wenn wir dir zur Flucht verhelfen, setzen wir dich der Gefahr aus. Wenn wir aber deine Flucht verhindern, setzen wir dich ebenso der Gefahr aus.«

Derec begann sich in den Wirrungen dieses Gesprächs zu verlieren. »Ist es das, was ich euren Wünschen gemäß tun soll? Fliehen?«

Der Robot zögerte. »Wir wollen, daß du in Sicherheit und unverletzt bleibst.«

Es hatte den Anschein, als bewege der Robot sich auf Zehenspitzen durch ein logisches Minenfeld. »Was ist, wenn ich doch gehe?«

»Wenn wir dein Verschwinden entdecken, werden wir dir folgen müssen.« Wieder zögerte er. »Bis du jedoch in unsere Obhut zurückgelangst, steht es der übrigen Gemeinschaft frei, die Direktive der nächsten Prioritätsstufe zu befolgen.«

»Mit anderen Worten, wenn ich fliehe, stellt das Erste Gesetz keinen Faktor mehr dar. Ihr könnt weitermachen und euch guten Gewissens selbst zerstören.«

»Das ist im wesentlichen korrekt«, sagte Analytiker 17, »obwohl ich dich warnen muß, daß dir Gefahr droht, wenn du weiter darüber diskutierst.«

Derec ignorierte die Warnung. »Wohin sollte ich denn fliehen?«

»Wir können uns mit dieser Frage nicht beschäftigen«, sagte Monitor 5.

»Ich aber, und die Antwort gefällt mir gar nicht!« knurrte Derec. »Ich werde euch sagen, was ich vorhabe — sobald das Schiff nahe genug ist, um das Signal des Anzugsenders zu empfangen, steige ich in einen der Servoanzüge dort drüben, begebe mich an die Oberfläche und bitte sie, mich vor euch zu retten.«

»Das können wir nicht zulassen.«

»Was soll ich dann tun? Auf der Oberfläche umherwandern, bis mir der Sauerstoff ausgeht? Das ist Wahnsinn. Wie könnt ihr nur von mir verlangen, daß ich so was tue?«

»Derec, ich muß wiederholen, es besteht Gefahr . . .« setzte Analytiker 17 an.

»Wir haben nicht von dir verlangt, daß du etwas unternimmst«, sagte Monitor 5. »Wir haben dich lediglich auf die Konsequenzen möglicher Aktionen deinerseits hingewiesen.«

»Ihr mögt nichts verlangt haben, aber ihr habt ganz hübsch mit dem Zaunpfahl gewinkt«, sagte Derec. »Ihr sagt mir, daß ihr nicht hinsehen werdet, wenn ich losziehen und Selbstmord begehen möchte. Ich verstehe nicht, wie es überhaupt zu so einem Gespräch kommen kann. Was ist bloß mit euch allen los?«

Monitor 5 antwortete. »Ich folge einem von Analytiker 17 vorgeschlagenen, äußerst konditionalen logischen Strang . . .«

»Also ist er in Wahrheit deswegen hier.«

». . . in welchem die Ungewißheit deines Schicksals durch deine Willenshandlungen zu einem positiven Wert modifiziert wird, und somit die hohe Wahrscheinlichkeit eines Schadens infolge von Untätigkeit aufgewogen ist.«

»Anders gesagt, ihr habt euch selbst überredet«, sagte Derec. »Also, mich habt ihr nicht überredet. Meint ihr etwa, es macht mir was aus, wenn ihr euch nicht selbst zerstören könnt? Es ist mir egal, ob das Schiff euren schlimmsten Feinden gehört. Ja, ich beginne sogar zu glauben, daß sie dann meine Freunde sein müssen. Ich gehe nirgendwohin. Und ich werde auf keinen Fall losziehen und mich umbringen, nur um euch aus dem Dilemma herauszuhelfen.«

Die Roboter waren offenbar nicht bereit, sich damit abzufinden. Als Derec die Nullebene verließ, folgte Analytiker 17 ihm. Er nahm einen anderen Lift, und als sie die Lagerebene erreicht hatten, blieb er beflissen mehrere Schritte hinter Derec. Aber es stand außer Frage, daß er bewacht wurde.

Er konnte sich nicht erklären, warum die Roboter, nachdem sie von ihm verlangt hatten, zu entfliehen, ihm nun einen Bluthund an die Fersen hefteten. Aber da er nicht die Absicht hatte, zu tun, was die Roboter wollten, kam es gar nicht darauf an, ob er es verstand oder nicht. Er konnte seinen Schatten getrost ignorieren.

In der Lagerhalle herrschte nach wie vor ein Chaos wie in einem Bienenstock, und Derec zog sich daraus in die Abgeschiedenheit der Wohnzelle zurück. Er meinte, Analytiker 17 würde sich vielleicht damit bescheiden, draußen Wache zu schieben und zu warten, da die Zelle nur den einen Ausgang besaß. Doch der Robot kam ebenfalls herein, und als Derec die Messe betrat, folgte er ihm nach drinnen und ließ sich am anderen Ende des Konferenztischs nieder.

Zunächst jedoch achtete Derec kaum auf das Eintreten des Robots. Auf dem Schirm der Kom-Anlage waren eine kleine, ferne orangefarbene Sonne und eine Ansammlung schwach leuchtender Sterne zu sehen, unter denen Derec keine unmittelbar erkennbaren Konstellationen ausmachen konnte. Vor den bestirnten Hintergrund schob sich eine dunkle Masse, die deutlich größer wurde, während sie sich dem Asteroiden näherte. Noch war sie zu weit entfernt, um klare Umrisse erkennen zu lassen, aber es handelte sich eindeutig um ein riesiges Raumschiff.

»Noch mehr Propaganda?« fragte Derec.

»Die Analytiker waren sich einig, daß du das Recht hast, Ursprung und aktuelles Ausmaß der Bedrohung zu kennen.«

»Meint ihr etwa, ich werde das Ding dort oben sehen und in Panik geraten? Keineswegs. Dies ist zwar nicht gerade der Gipfel des Luxus, aber ich fühle mich hier so heimisch. Ich gehe nicht.«

Der Robot antwortete nicht und schwieg weiter, als Derec an die automatische Essensausgabe trat und sich einen Imbiß zusammenstellte. Als er damit wiederkam und sich setzte, wurde ihm schon bald schmerzlich bewußt, daß der Robot ihn geduldig beobachtete.

»Auf welcher Seite stehst du eigentlich?« erkundigte Derec sich kauend.

»Klarstellung.«

»Was machst du hier? Ich dachte, ihr wolltet, daß ich abhaue. Aber ich könnte keine einzige Bewegung ausführen, ohne daß ihr davon wißt.«

»Deine Unterhaltung mit Monitor 5 hat ihn gezwungen, einen Konflikt mit dem Ersten Gesetz zu erkennen.«

»Heißt das, die Selbsttäuschung hat sich zerschlagen?«

»Monitor 5 ist nun zutiefst besorgt, du könntest zu fliehen versuchen und dadurch oder infolgedessen zu Schaden kommen. Um diese Möglichkeit auszuschließen und Monitor 5 zu gestatten, daß er zu seinen Pflichten zurückkehrt, habe ich mich erboten, dich zu bewachen.«

»Wie steht es mit dir? Habe ich deine logische Bombe etwa auch hochgehen lassen?«

»Nein.«

»Demnach bist du nicht hier, um mich aufzuhalten«, sagte Derec und schob seinen Teller beiseite. »Du bist hier, um sicherzustellen, daß mich kein anderer aufhält.«

»Deine Bemerkungen sind für die Situation irrelevant. Du hast deine Absicht kundgetan, in unserer Obhut zu verbleiben.«

»Richtig.« Derec spähte zum Schirm hinauf. Das Schiff war immer noch eine dunkle strukturlose Masse, nur daß es jetzt ein ganzes Drittel des Bildrahmens ausfüllte. »Ich meine aber nach wie vor, du rechnest damit, daß ich mir Sorgen zu machen beginne und etwas unternehme. Nun, um dir zu zeigen, wie besorgt ich bin, werde ich ins andere Zimmer gehen und ein wenig schlafen«, sagte Derec und stand auf. »Solltest du mitzukommen beschließen, möchte ich dich nur bitten, daß du dir eine eigene Koje suchst. In meiner ist für zwei nicht genug Platz.«

Kapitel 6

Zwischen den Mühlsteinen

Analytiker 17 folgte ihm nicht, und Derec schlief nicht. Er lag auf seiner Koje, starrte an die Decke und versuchte, seine Gedanken zu ordnen.

Die mißliche Lage der Roboter war ganz und gar real. Es ging nicht nur darum, daß ihr Versuch vereitelt worden war, nach Maßgabe des Zweiten Gesetzes der Verpflichtung ihrem Herrn gegenüber nachzukommen. Sie bewegten sich außerdem am Rande eines vom Ersten Gesetz hervorgerufenen Abgrunds, eines Paradoxons, das nicht nur einzelne Robots, sondern die gesamte Gemeinschaft lahmzulegen drohte. Derec war ihre vorrangige Verpflichtung, und doch konnten sie nichts für ihn tun als ihn anflehen, er möge sich doch selbst retten.

Wenn es nicht so ernst wäre, hätte man darüber lachen können. Es war, als habe jemand, der unter Schluckauf litt, einen Freund gebeten: »Überrasch mich bitte.« Wie sollte er die Roboter überrumpeln, selbst unter Mithilfe von Analytiker 17?

Darüber hinaus war der Gedanke an Flucht absurd. Ohne Unterstützung der Roboter konnte er unmöglich vor Eintreffen des Schiffs die Kapsel wieder zusammenbauen. Und selbst wenn er es gekonnt hätte, hatte sie keine Chance, dem nahenden Schiff zu entkommen.

Wenn er weiterhin sowohl die Roboter als auch die Fremden als seine Feinde betrachtete, gab es keine Lösung für diese Gleichung. Nur wenn er davon ausging, daß die Fremden ihm zu Hilfe kamen oder zumindest bereit waren, ihm zu helfen, obwohl sie eigentlich anderes vorhatten, war ein Ausweg denkbar. Er konnte warten, bis das Schiff sich in seiner Umlaufbahn befand, dann in einem Servoanzug an die Oberfläche gehen und einen Hilferuf aussenden.

Da erzitterte unter ihm die Koje, und augenblicklich saß er aufrecht da. Zunächst meinte er, er habe sich geirrt oder sei plötzlich hochgeschreckt, wie es manchmal kurz vor dem Einschlafen passiert. Doch dann durchlief eine zweite Erschütterung den Raum, und er konnte nicht mehr an eine Illusion glauben. Er sprang auf und rannte hinüber in die Messe.

Analytiker 17 saß noch da, wie Derec ihn zurückgelassen hatte. »Was geht vor?« erkundigte sich Derec.

»Wir werden angegriffen«, sagte der Robot und zeigte auf die Kom-Anlage.

Derec starrte auf den Bildschirm. Das Schiff hatte sich in eine Position manövriert, in welcher die Hälfte seiner zur Sonne gewandten Flanke sichtbar war, so daß Derec zum ersten Mal Details erkennen konnte. Was er sah, verblüffte ihn. Das Schiff schien nicht nach einem einheitlichen Entwurf konstruiert, sondern zusammengestückelt worden zu sein. Es ähnelte mehr einem Raumschrottplatz als einem gefährlichen Piraten. Doch ein Piratenschiff war es.

In jenem Teil, den Derec ausmachen konnte, waren elf verschiedene Schiffshüllen zu erkennen sowie eine verschlungene Matrix von Verbundstrukturen. Da gab es Schiffe, die alt genug waren, um ins Museum zu wandern, und andere, die neu genug waren, um der Stolz eines jeden Schiffsbauers zu sein. Gegen die Zylinder und Verbindungsstücke von Raumfrachtern schmiegten sich schlanke transatmosphärische Schiffsprofile. Überall auf der massiven Hülle blinkten kleine rote und orangefarbene Lichter.

»Wer sind sie?« flüsterte Derec.

»Unbekannt.«
»Na, haben sie uns denn nicht gerufen? Was wollen sie?«
»Über keine der normalerweise für Kommunikation benutzten Frequenzen ist ein Signal eingegangen.«
Derec spürte, wie eine weitere Vibration den Boden durchlief. »Was für Waffen benutzen sie?«
»Die Bewaffnung des Schiffs scheint hauptsächlich aus synchronisierten Mikrowellenlasern zu bestehen.«
»Und was haben wir dem entgegenzusetzen?«
»Die Gemeinschaft verfügt über keine Waffen.«
»Was?« empörte sich Derec.
Die Antwort des Robots erfolgte geduldig und ruhig. »Es besteht hohe Wahrscheinlichkeit, daß das Schiff Menschen beherbergt. Wir dürfen keine Waffen gegen sie einsetzen.«
Derec starrte den Robot an, dann wieder den Schirm. Anders als in fiktiven Darstellungen gab es hier keine grellen Lichtstrahlen, welche die Energieströme angezeigt hätten, die aus dem Radarschiff herabschossen. Nur die blinkenden Lichter gab es und den Boden, der unter Derecs Füßen erzitterte. »Sind wir in Gefahr?«
»Ja.«
»Wie sehr?«
»Das Schiff hat seinen Angriff im Bereich unserer einzigen dauerhaften Oberflächeninstallation begonnen, dem 170 Grad östlich vom Hauptschacht gelegenen Antennenfeld . . .«
»Die Vibrationen, die wir spüren, kommen von so weit her?«
»Ja. Der Erstschlag verlief erfolgreich, und die Kommunikation ist ausgeschaltet. Einige Tunnel in dieser Region sind offenbar eingestürzt. Inzwischen scheint das Bombardement nach dem Zufallsprinzip zu erfolgen. Gegenwärtig befindet sich das Schiff in nahezu synchroner Umlaufbahn, mit einer Abweichung von zwei Grad pro Minute.«
»Demnach werden sie in weniger als neunzig Minuten direkt über uns sein.«
»Korrekt.«
Für Derec war offensichtlich, daß er nicht länger warten konnte, bis er etwas unternahm. Wenn das Schiff die Druckhülle des Komplexes durchlöcherte, kam er nicht mehr aus der Wohnzelle heraus.
Und eine weitere Gefahr war ebenso akut — daß die Energiezu-

fuhr unterbrochen oder die Lifts beschädigt wurden und er auf der Lagerebene festsaß. Selbst bei niedriger Schwerkraft glaubte er nicht, einen Liftschacht hinaufklettern zu können.

Nicht, daß es ihn wie noch vor kurzem gereizt hätte, in einem Arbeitsanzug auf der Oberfläche herumzuwandern. Es war durchaus möglich, daß man ihn nicht für einen Gefangenen auf der Flucht, sondern für einen Feind hielt, den es zu vernichten galt. Aber es behagte ihm noch weniger, im eisigen Herzen des Asteroiden begraben zu sterben.

»Dieser logische Strang, den du dir ausgedacht hast — habe ich recht mit der Annahme, daß Monitor 5 und du die einzigen Überwacher seid, die ihm folgen konnten, ohne in Konflikt mit dem Ersten Gesetz zu geraten?«

»Ja.«

»Wieso? Wieso ihr?«

»Meine Erfahrungen mit Menschen haben mir zu einer verfeinerten Sichtweise ihres Wesens und Verhaltens verholfen.«

»Du hattest mit anderen Menschen Kontakt? Außer mit mir?«

»Ja.«

»Mit wem?«

»Es ist mir nicht erlaubt, das zu verraten.«

Sackgasse. »Haben die anderen Robots auch nur die leiseste Ahnung, worum du mich gebeten hast?«

»Nein.«

»Wie wolltet ihr den Komplex zerstören?«

»Das zur Auskleidung der Tunnelwände benutzte Material enthält einen Sprengstoff. Sobald alle anderen Überwacher zerstört sind, werden der letzte Monitor und der letzte Analytiker gemeinsam das auslösende Signal abgeben. Die daraus resultierende Explosion dürfte den gesamten ausgeschachteten Sektor des Asteroiden zum Einsturz bringen.«

»Verstehe«, sagte Derec. Großartig, dachte er. Wenn ich innerhalb des Komplexes bleibe, lassen die Piraten ihn über meinem Kopf zusammenstürzen. Und wenn ich gehe, lassen die Roboter ihn unter meinen Füßen hochgehen.

Es sei denn . . .

Es sei denn, es bestünde die Möglichkeit, von der Oberfläche abzuheben, mit Hilfe einer Energiequelle von ausreichender Schubkraft, um ihn und seinen verstärkten Anzug auf Fluchtgeschwindigkeit zu bringen. In Anbetracht der niedrigen Schwerkraft des Asteroiden war diese Fluchtgeschwindigkeit nicht hoch. Vermutlich hätte er einen Ball in die Umlaufbahn befördern können, indem er ihn einfach mit Wucht hochwarf. Die Beinservos des Anzugs waren vermutlich stark genug, um ihm zu gestatten, daß er sich sozusagen freisprang.

Leider verlangten die Sicherheitsvorschriften für Anzugdesign den Einbau von Reglern in die Beinservos, um eben dies zu verhindern. Doch was die Konstrukteure zusammengefügt hatten, konnte ein Bastler jederzeit wieder scheiden . . .

In diesem Augenblick schien sich auf der Hülle des Schiffs eine Leuchtkugel zu entzünden, und gleich darauf ließ der Energiestrahl das Auge der Kamera durchbrennen, welche das Bild übertrug. Eine andere, entferntere Kamera trat in Aktion, und der flache Winkel, auf den sie eingestellt war, zeigte nicht nur das Schiff, sondern auch die ekelhaften Wölkchen, die überall dort von der Oberfläche aufstiegen, wo die Waffen hinzielten.

Der Anblick veranlaßte Derec zum Handeln. »Wie es scheint, gibt es für keinen von uns ein Entrinnen«, log er und machte, so gut es ging, ein resignierendes Gesicht. »Schätze, es bleibt mir nichts anderes übrig, als hinzugehen und mich auf den Tod vorzubereiten. Ich wäre dir dankbar, wenn du mich allein ließest, während ich die entsprechenden Rituale ausführe.«

Die Lüge kam an. »Den Zweck solcher Rituale verstehe ich nicht ganz«, sagte der Robot, »aber deine Privatsphäre werde ich respektieren.«

Derec brauchte nicht lange, um den Plan, der rasch Gestalt annahm, in die Tat umzusetzen. Er kehrte in seine Kabine zurück, griff sich von zwei Kojen die Kissen, umschlang sie mit beiden Armen und rannte damit zur Luftschleuse.

»Öffnen.«

Das Geräusch, mit dem die innere Versiegelung aufsprang, veranlaßte Analytiker 17, aus der Messe herbeizueilen, doch da war es schon zu spät. Derec betrat die Schleuse, und die Tür schloß sich hinter ihm.

»Prozessieren«, sagte er und mühte sich mit den Bügeln eines Atemgeräts ab.

Als die Außentür aufging, drapierte er die Kissen über die untere Schwelle der Luke und stieg dann über sie hinweg nach draußen. Wie Derec erwartet hatte, hielten die Kissen die äußere Tür davon ab, sich nahtlos zu schließen, wodurch der Zyklus unterbrochen und der Robot drinnen gefangen war. Er wußte nicht, wie lange das vorhalten würde, oder ob der Robot einen Weg kannte, das Schleusensystem auszuschalten, und er hatte nicht vor, dazubleiben, um es herauszufinden.

In der Schlange vor dem Schmelzofen waren Überwacher vertreten, aber sie achteten nicht auf ihn, als er dort vorbeikam. Er fuhr mit dem Lift zur Nullebene, wo er feststellte, daß Monitor 5 gegen seine Rückkehr dorthin Vorkehrungen getroffen hatte. Zwei der Servoanzüge fehlten, waren verschwunden, als seien sie nie dagewesen. Der dritte wurde von einem der Raupenschlepper, der seinerseits durch eine vierbeinige Bohreinheit verbarrikadiert wurde, an die Wand gekeilt.

Er glaubte nicht, daß der Anzug beschädigt war — Eingriffe in Sicherheitssysteme hätten praktisch unausweichlich das Erste Gesetz auf den Plan gerufen —, aber es würde einige Mühe machen, ihn überhaupt zu erreichen. Und Monitor 5 würde hierzu beitragen. Der Robot saß, als Derec eintraf, am Kontrollpult, erhob sich jedoch und hielt auf Derec zu, sobald dieser aus dem Lift trat, den er auf Wartestellung schaltete.

Ihre Wege kreuzten sich, als Derec nur noch wenige Meter von dem Schlepper entfernt war. »Die Oberfläche ist Sperrgebiet«, sagte der Robot.

»Das weiß ich doch«, sagte Derec, schlug einen Haken und blieb außer Reichweite der Roboterhände. »Dieses Gerät ist unsachgemäß gelagert. Ich werde mich drum kümmern.«

Aber Monitor 5 ließ sich so leicht nicht abwimmeln.

»Du darfst nicht hinaus. Hier bist du außer Gefahr«, sagte er und griff nach ihm.

Derec wich zurück und kletterte die Stufen zur Führerkabine des Schleppers hinauf. »Falsch. Wenn ich hierbleibe, komme ich um, wenn das Schiff die Station zerstört.«

»Wir werden dich beschützen.«

Derec vergeudete weder Zeit noch Worte darauf, sich über diesen Punkt zu streiten. »Ihr könnt euch ja nicht mal selber schützen«, sagte er, schlug die Tür zu und verriegelte sie.

Die Bedienungskonsole entsprach der Standardnorm, und die Funktionen der nicht standardgemäßen Instrumente waren auf den ersten Blick zu erkennen. Er berührte den Einschalter, und der Schirm erwachte mit Informationen über den Funktionsstand des Gefährts zum Leben. Die wichtigste stand unten am Rand:

ENERGIEZELLE . . . 100 000 Kw . . . OK

Der Robot klopfte höflich ans Fenster und versuchte, Derecs Aufmerksamkeit auf sich zu lenken, doch der ignorierte ihn. Indem er einen der beiden kleinen Joysticks in der rechten Armlehne berührte, fuhr Derec den kleinen Kran aus, der zusammengeklappt hinter der Kontrollkabine ruhte.

Da die Instrumente hauptsächlich für Roboter und ihre sensible Motorik konstruiert waren, fand Derec sie ein wenig zu empfindlich. Doch der Kran war halbautomatisch, und als es ihm gelungen war, den Ausleger über das Hinterende des Schleppers auszuschwenken und den Bohrer in den Aufnahmebereich der Krankamera zu bringen, brauchte er nur noch »Aufheben« zu sagen. Der Kran erledigte den Rest.

Monitor 5 schien nur langsam daraufzukommen, was hier vorging. Derec konnte nicht einwandfrei bestimmen, ob das auf einen immer noch erlebten inneren Konflikt zurückzuführen war, oder ob er bloß den Unterschied zwischen einem Monitor und einem Analytiker zu sehen bekam. Doch als Derec die Bohreinheit vom Kuppelboden abheben und herumschwenken ließ, wurde der Robot plötzlich aufgeregt.

»Analytiker 17 hat sich geirrt«, sagte er, packte den Türgriff und rüttelte heftig daran. »Derec — du kannst nicht entkommen. Du kannst nicht fort. Ich muß dich beschützen. Ich trage die Verantwortung.«

Wortlos setzte Derec den herabhängenden Bohrer ein, um den Robot von der Seite des Schleppers wegzuschieben und mit dem Rücken gegen die Wand zu drücken. Die Proteste des Robots wurden immer lauter, doch Derec hörte nicht auf, bis er ihn zehn Meter von der Stelle entfernt, wo dieser den Anzug eingeklemmt hatte, sehr sanft an die Wand geklemmt hatte.

»Langsam zurückstoßen«, sagte Derec, und der Schlepper kroch von der Wand weg. »Halt. Leerlauf.«

Er sprang heraus und rannte zum Anzug. Während er sich abmühte, ihn von der Wand wegzuschieben, kämpfte Monitor 5 darum, sich loszumachen. Ein Rennen, das Derec gewinnen mußte.

Schließlich lag der Einstieg frei, und Derec schlüpfte hinein. Im selben Augenblick kletterte Monitor 5, aus seinem behelfsmäßigen Kerker befreit, oben auf den Bohrer. Doch er kam zu spät, um Derec aufzuhalten. Die Einstiegsklappe fiel zu und schloß ihn in dem Anzug ein.

»Antrieb«, sagte er.

Sein nächstes Ziel war die für Arbeiter in Servoanzügen gedachte offene Kontrollkabine am anderen Ende des Schleppers. Aber noch ehe er sie erreichen konnte, versuchte Monitor 5 ihm erneut den Weg zu versperren.

»Ich will dir keinen Schaden zufügen«, sagte Derec. »Aufhalten kannst du mich nicht, du hast deine Pflicht getan, indem du es versucht hast. Geh jetzt beiseite.«

»Du versuchst, Selbstmord zu begehen. Ich bin unter diesen Umständen nicht gezwungen, deinen Befehlen zu gehorchen.«

»Ich versuche mich zu retten«, sagte Derec. »Wenn du wirklich willst, daß ich weiterlebe, dann tritt zur Seite und gib mir eine Chance.«

»Ich werde dich an einen sicheren Ort innerhalb der Siedlung bringen . . .«

»Dort gibt es keinen sicheren Ort!« brüllte Derec. »Verstehst du das denn nicht?«

»Ich kann nicht zulassen . . .«

»Und ich kann hier nicht rumstehen und darüber streiten«, sagte Derec. »Tut mir leid.«

Mit diesen Worten ließ er den rechten Greifarm des Anzugs in hohem Bogen herumschwenken, so daß er den Robot im Nacken traf und ihn umwarf. Doch Derec hatte kaum drei Schritte getan, als er auch schon wieder da war und nach der Notluke des Anzugs grabschte.

Diesmal griff Derec hinab und packte das rechte Bein des Robots, riß ihn hoch und ließ ihn auf den Rücken fallen. Derec erfaßte mit dem anderen Greifer das Fußgelenk und drückte fest zu, bis er Metall bersten hörte. Als er losließ, war das Bein des Robots verkrüppelt, sein Fuß merkwürdig abgewinkelt.

Derec stieg ungehindert in die offene Fahrerkabine. Als er von der Wand zurückstieß und den Schlepper auf die Rampe ausrichtete, sah er, daß Monitor 5 nach wie vor am Boden lag, wo er ihn zurückgelassen hatte, und vergeblich versuchte, den Schaden zu reparieren, den Derec angerichtet hatte. Seine Sehschlitze verfolgten Derec und den Schlepper durch die Kuppel.

Er beobachtete ihn noch immer, mit irgendwie hilflosem und anklagendem Blick, als Derec den Schlepper nach oben durch die Schleuse und hinaus auf die Oberfläche steuerte.

Kapitel 7

Freund oder Feind

Nachdem er sich so lange unter der Oberfläche aufgehalten hatte, kam ihm die unendliche Weite des Weltraums recht fremdartig vor. Die Sonne, eine winzige orangefarbene Scheibe, stand tief am Himmel. Kaum zwanzig Grad über dem Horizont warf sie lange Schatten in die Bodensenken. Der Himmel selbst wurde von Sternen erhellt, doch kam Derec keiner der Planeten bekannt vor.

Er wußte nicht, wie lange es dauern würde, die Änderungen an dem Anzug vorzunehmen. Er wußte nur, daß die Umlaufbahn des Piratenschiffs es immer näherbrachte und daß er damit fertig sein mußte, ehe es eintraf. Außerdem wußte er, daß die Roboter ihn im kurzsichtigen Bemühen, ihn zu schützen, verfolgen würden. Ihm war, als ob sich die Klemmbacken eines Schraubstocks um ihn schlossen. Irgendwie mußte er sich freistrampeln oder sterben.

Er fuhr gerade weit genug über das zerklüftete, gefrorene Terrain, um sich von der potentiellen Zielscheibe, die der Zugang zum Komplex darstellte, abzusetzen. Dann parkte er den Schlepper im Halbschatten einer Talsohle und machte sich zu Fuß auf den Weg durch die Eiswüste. Obwohl er auf rasches Vorankommen verzichtete, indem er den Schlepper aufgab, enthielt das Gefährt mit ziemlicher Sicherheit einen Peilsender, der die Roboter direkt zu ihm führen würde.

Während Derec über das gefrorene Terrain wanderte und nach einem Ort für die Arbeiten an dem Anzug suchte, benutzte er den Rundstrahlsender des Anzugs, um eine Reihe von Notrufen abzugeben. Derec wußte nicht, ob sie über den Horizont reichten, und fürchtete, sie würden die Roboter zu ihm führen. Aber er mußte es versuchen, mußte den Piraten eine Chance und einen Grund geben, ihn zu retten.

»Offene Frequenz, Code 1. An alle Schiffe: Pilot gestrandet, Abholung erforderlich. Antwort erbeten, falls in Reichweite. An alle Schiffe . . .«

Schließlich entschied sich Derec für eine Spalte in einer Eisklippe, die sich in jene Richtung öffnete, aus der er gekommen war. Von dort hatte er einen einigermaßen guten Überblick über das Terrain, bis auf dort, wo es von größeren Felszacken und Erhebungen verdeckt wurde. Und er hatte freie Sicht auf den Himmel vom nordwestlichen bis zum nordöstlichen Horizont.

»Diagnostisches Verzeichnis«, sagte er.

Die untere Hälfte der blasenförmigen Sichtluke wurde undurchsichtig, und es erschien darauf eine Liste von Subsystemen in leuchtend gelber Schrift. Hastig überflog er die Aufstellung.

»Antriebssystem.«

Einer der Posten mitten auf der Liste flackerte zweimal kurz auf, dann wurde die gesamte Aufstellung durch eine andere ersetzt. Auf die gleiche Weise arbeitete Derec sich durch die Abfrageraster vor, bis Schaltplan und Steuerschema des untergeordneten Instrumentariums den Halbschirm mit einem Labyrinth feiner Linien überzog. Derec studierte sorgfältig das System und spitzte dabei die Lippen vor lauter Konzentration.

»Reinfall«, murmelte er schließlich.

Es war, wie er befürchtet hatte. Der Regler war kein Instrument, das sich leicht hätte abklemmen lassen. Er bestand aus eine Rückkopplungsschleife im Regelkreis der Beinservos. Die Schleife befahl der Anzugsteuerung: »Verhindere, daß die von den Fahrern eingesetzte Energieleistung *x* mal Dyn pro Sekunde übersteigt.« Rasch eingesetzte geringe Energiemengen waren akzeptabel, ebenso langsam zugeführte große Energiemengen. Viel Energie jedoch, rasch aufgebracht, war verboten.

Mit etwas mehr Zeit hätte sich vielleicht die Chance ergeben, das Subsystem neu zu programmieren. Doch unter den gegebenen Umständen half nur eine Radikalkur. Glücklicherweise waren die Anzüge auf Reparaturen vor Ort eingerichtet, eine Praxis, die manch einem Arbeiter das Leben gerettet hatte.

Die diversen »Hände«, die der Anzug einsetzen konnte, waren in ausgebeulten Taschen im Schenkelbereich untergebracht. Derec wählte einen beleuchteten Mikromanipulator für die rechte Hand und einen Punktschweißlaser für die linke.

Da bebte plötzlich der Boden und ließ eine kleinere Lawine aus langsam fallenden Partikeln auf das Kopfteil des Anzugs niederprasseln. »Klarsicht«, befahl er. Die Blase verwandelte sich zurück in ein Sichtfenster und enthüllte einen Anblick, der Derec frösteln ließ. Das angreifende Raumschiff hatte sich über den westlichen Horizont erhoben. Es schoß immer noch aufs Geratewohl, hinterließ immer noch einen Pfad der Zerstörung auf der Oberfläche des Asteroiden. Die Zeit wurde knapp.

»Subsystem Vierundzwanzig ausschalten.« Es war soweit: Er hatte sich unwiderruflich festgelegt. Mit den Beinreglern außer Betrieb, konnte Derec sich nicht mehr fortbewegen.

Genauigkeit mit dem winzigen Laser war jetzt absolut entscheidend. Ein einziger Fehlschuß konnte genügend Schaltkreise zerstören, um die Funktion des Anzugs auf Dauer zu beeinträchtigen.

Mit Hilfe der Zielführung des Anzugs beendete Derec die Arbeit am rechten Bein, ohne daß ein Mißgeschick passierte. Doch als er soweit war, mit dem linken anzufangen, hatten die Vibrationen der stärkeren Explosionen derart zugenommen, daß seine Zielgenauigkeit beeinträchtigt wurde. Während er so dastand und das Beben zu überlisten versuchte, mischte sich eine vertraute Stimme ein:

»Derec, hör bitte zu. Derec, du darfst nicht weitermachen. Das ist Wahnsinn . . .« Zweihundert Meter entfernt stand am Hang der Erhebung direkt nördlich von ihm ein Robot. Es war Monitor 5, der mit den Armen ruderte und direkt auf Derec zukam. Er bewegte sich mühelos; von dem Schaden, den Derec seinem Bein zugefügt hatte, war nichts zu bemerken.

Zugleich sah Derec, daß das Beben deshalb stärker wurde, weil das Piratenschiff viel näher herangekommen war, als er erwartet hatte, und nun beinahe direkt über ihm schwebte. Wieder saß er fest zwischen den Piraten, die ihn retten würden, indem sie ihn umbrachten, und den Robotern, die ihn umbringen würden, indem sie ihn retteten.

»Hau ab! « zischte Derec.

»Derec, du mußt in den Bau zurückkehren. Hier schwebst du in Gefahr.«

Das Piratenschiff schien auf den Robot aufmerksam geworden zu sein, denn die Ebene zwischen Monitor 5 und der Klippe, wo Derec stand, geriet plötzlich unter gezieltes Laserfeuer.

Das waren nicht die Hochleistungswaffen, die den Boden erschütterten, und erfreulicherweise schienen es die Schützen nicht auf Derec abgesehen zu haben. Ein Schuß brachte die Kuppe der Erhebung hinter dem Robot zum Verdunsten. Ein zweiter hob zwischen dem Robot und Derec einen tiefen Graben aus.

Derec glaubte nicht, daß sich Monitor 5 dadurch aufhalten lassen würde, und er hatte recht. Der Robot kletterte in den Graben, noch ehe die Gaswolke sich verflüchtigt hatte, und Derec verlor ihn aus den Augen.

Er konnte es sich nicht leisten, um den Robot besorgt zu sein. Mit entschlossen vorgeschobenem Kinn machte Derec sich wieder an die Arbeit am linken Nebenregler. Er verließ sich voll und ganz auf die Außenversteifung und die Bedienungsautomatik des Anzugs, um den Vorgang zu beschleunigen. Die drei unerwünschten Schaltungen verschwanden in winzigen Wölkchen atomisierten Metalls. Die zwei parallelen Leitungen verschmolzen zu einer.

»Derec!« rief plötzlich Monitor 5. »Es ist hier! Im Eis! Ich hab's gefunden!«

Derec blickte auf. Die Schüsse hatten aufgehört, und der Robot war nicht zu sehen. »Frontplatten schließen«, sagte er, dann fuhr er mit der Zunge über den Sendeschalter. »Monitor 5, verzieh dich zurück in die Anlage. Hier draußen kannst du nichts für mich tun.«

In diesem Augenblick erschien ein metallener Arm am oberen Rand des Grabens, mit einem kleinen silbrigen Gegenstand in der Hand. Kurz darauf kämpfte sich Monitor 5 aus der Vertiefung. Er hielt auf Derec zu und streckte dabei das silbrige Objekt mit einer Hand triumphierend hoch.

»Dies ist der Schlüssel, Derec. Du mußt ihn nehmen . . .«

Der Triumph des Robots währte nicht lange. Das Piratenschiff schwebte nun als drohende Masse direkt über ihnen. Monitor 5 hatte kaum einen Schritt getan, da setzte das Laserfeuer von neuem ein. Rote Zielstrahlen tanzten wie Scheinwerfer auf einer Bühne um ihn über das Eis.

Einen Moment lang sah es so aus, als werde der Robot der Zerstörung entgehen. Doch dann hinterließ, zwölf Schritte vom Fuß der Klippe entfernt, einer der Laser eine glühende Spur auf dem Torso des Robots. Gleich darauf verschwand Monitor 5 in einer lautlosen Explosion aus blaugrünen Flammen und schmelzendem Metall.

Er verschwand — doch nicht vollständig. Die Explosion ließ Trümmer in sämtliche Richtungen fliegen. Einer der größten, der sich so rasch drehte, daß Derec nicht erkennen konnte, woraus er bestand, kam auf ihn zugetrudelt. Als er auf dem Boden auftraf und rutschend zum Halten kam, sah Derec, um was es sich handelte: um den rechten Arm von Monitor 5, vom Schultergelenk bis zu den Fingerspitzen.

Und die Finger hielten nach wie vor das schimmernde Silberobjekt fest — ein Rechteck von etwa fünf mal fünfzehn Zentimeter, so groß wie eine Fernbedienung oder eine Speicherkassette.

Konnte dies der Gegenstand sein, den die Roboter die ganze Zeit so fieberhaft gesucht hatten? Wenn ja, warum hatte dann die letzte Handlung von Monitor 5 in dem Versuch bestanden, ihn Derec zu übergeben?

Einen Moment zögerte Derec. Das Objekt zu bergen bedeutete zusätzliches Risiko bei einem ohnehin schon allzu riskanten Unternehmen. Aber er wußte, daß er es unmöglich einfach dort liegenlassen konnte. Derec riß die spezialisierten Endaufsätze aus den Anzugärmeln und beeilte sich, die Vielzweckgreifer wieder einzusetzen.

»System Vierundzwanzig einschalten«, schnauzte er, und die einsame rote Lampe am Kontrollpult des Anzugs zeigte Grün an.

Sein Abstieg den Hang hinunter zu jener Stelle, wo der Arm ruhte, war bestenfalls ein kontrollierter Sturz. Mit seinen ruinierten Beinservos konnte Derec das Schrittempo nicht mehr abstimmen. Aber er schaffte es bis dorthin, griff mit der rechten Hand nach dem Arm samt Gegenstand und schloß den Greifer.

Derec richtete sich auf und warf einen Blick nach oben, um Entfernung und Neigungswinkel des Piratenschiffs zu taxieren. Er hob die Füße von den Bedienungspolstern, und der Anzug ging in Kauerstellung. Er rammte die Füße mit aller Kraft hinab, und die mächtigen Beine des Anzugs stießen sich mit all ihrer ungezügelten Kraft vom Boden ab. Wie ein winziges Raumfahrzeug flog der Servoanzug von der Oberfläche auf und trug Derec einem Rendezvous mit dem Piratenschiff entgegen.

Wie auch immer, ich komme an Bord . . .

Plötzlich schien die gesamte Oberfläche des Asteroiden zu erzittern und sich im Krampf aufzubäumen. Die Roboter hatten endlich ihren Selbstzerstörungsmechanismus ausgelöst, und die Explosion schickte einen Hagelschauer von Fragmenten aus, der an Raumschrapnellfeuer erinnerte.

Beinahe augenblicklich erwachten die Waffentürme des Piratenschiffs zum Leben. Zunächst dachte Derec, daß sie auf ihn zielten, daß sie ihn abschießen wollten, ehe er sich in der Flut von Eis- und Felsbrocken verlor, die der Asteroid ausgeworfen hatte. Dann hatte es den Anschein, als zielten die Schützen auf die Trümmer, von denen die kleineren und beweglicheren ihn bereits überholten.

Wie ihr Ziel auch aussehen mochte, der Endeffekt war der gleiche. Als er noch etwa hundert Meter vom Schiff entfernt war und Ausschau nach einer Stelle zu halten begann, wo er mit der freien Hand ankoppeln konnte, überzog sich die gesamte blasenförmige Gesichtsplatte des Anzugs mit einem bläulichen Licht, das wie etwas Lebendiges in alle Richtungen davonkrabbelte.

Derecs Glieder wurden taub, und seine Sinne verwirrten sich. Er hatte eben noch Zeit, *Nicht schon wieder!* zu denken, ehe auch schon das Licht ausging und ihn wieder einmal Finsternis umgab.

Ungeachtet des Tumults, der geherrscht hatte, als er ohnmächtig wurde, kam Derec ruhig und gelassen zu sich. Er konnte nicht sagen, wie lange er bewußtlos gewesen war, aber es mußten mehr als ein paar Minuten gewesen sein. Er war nicht mehr draußen vor dem unbekannten Schiff. Auch im Anzug steckte er nicht mehr. Statt dessen lag er rücklings auf harten Decksplatten und starrte zu einer Decke voller niedriger Türen empor.

Derec stützte sich auf die Ellbogen und nahm seine Umgebung in Augenschein. Er befand sich in einem schmalen Raum, beinahe ein Korridor. Die Längswände waren mit weiteren Türen bedeckt — Lagerbehälter? — und an jedem Ende gab es einen Ausgang — oder zumindest eine hohe Ellipse aus Metall, bei der es sich um einen Ausgang handeln konnte.

Derec hielt sich nicht lange damit auf, sich über die Ausgänge oder den Inhalt der Vorratsbehälter zu wundern. Ein großes Tier mit braun und golden geflecktem Pelz kauerte in seiner Nähe auf der Hinterhand und beobachtete Derec. Es erinnerte ihn an einen Hund, wie ein klein geratener Bernhardiner mit den wachsamen Augen eines Wolfs. Aber das Gesicht war zu flach, die Ohren zu hoch und spitz, und die Vorderbeine endeten nicht in Pfoten, sondern in grauhäutigen Wurstfingern.

Worum es sich auch handeln mochte, er hatte so etwas noch nie gesehen. Langsam, um das Tier nicht zu beunruhigen, setzte Derec sich auf. Da kroch auch das Tier einen Schritt näher und legte den Kopf schief.

»Alless in Orrrdnung?« fragte es mit gutturaler Stimme.

Derec hätte nicht überraschter sein können, wenn sich das Tier plötzlich aufgelöst und in einen Schmetterling verwandelt hätte. Nicht nur Sprache, sondern Standardsprache — wenn auch mit komischem Akzent . . .

»Ich — ich denke schon«, stammelte er.

»Iss gut«, sagte das Tier. »Da frrreut sich Aranimas bestimmt. Er wollt' dich nicht verrrletzen.«

»Das garantiert man am ehesten dadurch, daß man nicht auf Leute schießt.«

»Hätten wir auf dich geschossen, hätten wir dich auch getrrroffen«, sagte das fremde Lebewesen mit einem Zähnefletschen, das man als Lächeln oder auch als Drohgebärde hätte deuten können.

Auch wenn dies mißverständlich war, so waren doch andere Aspekte der Körpersprache eindeutiger. Die geduckte Haltung des Fremden machte auf Derec den Eindruck, als sei sie dazu gedacht, rasch zum Sprung anzusetzen. Im Sitzen war Derec in bezug auf

Beweglichkeit und Reichweite im Nachteil, eine Tatsache, die ihm deutlich bewußt wurde, als er dem Blick des Fremden begegnete. Ihre Augen waren auf gleicher Höhe, aber Derec fühlte sich bedroht, eingeschüchtert.

Immer noch ganz langsam tastete Derec nach der Wand hinter sich und zog sich daran hoch. Die einzige Reaktion des Fremden bestand darin, daß er sich ebenfalls aufrichtete. Im Stehen reichten die Ohrenspitzen des Fremden Derec nur bis an die Brust, und der psychologische Beruhigungseffekt, größer zu sein, machte sich bei Derec bemerkbar.

»Was bist du?« verlangte er zu wissen.

»Dein Frrreund«, sagte der Fremde. »Was willst du ssonst noch wissen?«

»Es gibt einhundertvierzig kolonisierte Welten, aber so was wie dich gibt es nirgendwo.«

»Wo ich herkomme, gibt'ss zweihundert kolonisierte Welten, aber sso was wie dich gibt es nirrrgendwo«, sagte der Fremde und verzog wieder das Gesicht. Unter diesen Umständen war wohl eher ein Lächeln angebracht, und Derec entschied, daß es sich um ein solches handeln mußte. »Komm, Aranimas warrrtet.«

»Wer ist Aranimas?«

»Aranimas iss' Herr vom Schiff. Wirrrst schon seh'n«, sagte der Fremde, wandte sich ab und ging auf die hintere Tür zu.

»Warte«, rief Derec. »Wie heißt du?«

Der Fremde blieb stehen und drehte sich um. Er machte den Mund auf, und heraus kam ein Schwall von Lauten, die in keinem menschlichen Alphabet vertreten waren — wie ein Knurren, unterbrochen von Zisch- und anderen Lauten, die sich wie das Platzen von Seifenblasen anhörten. Dann verzog der Fremde lächelnd das Gesicht. »Kannst du 'ss aussprechen?«

Derec schüttelte verlegen den Kopf. »Nein.«

»Dacht'ss mir. Dann komm. Iss' unklug, Aranimas warrrten zu lassen.«

Mit flinken, ausgreifenden Schritten führte der Fremde Derec durch drei weitere Abschnitte, die mit jenem identisch waren, in dem er aufgewacht war. Derec wunderte sich flüchtig darüber, wie wenig sein Begleiter und die Bauart des Schiffs, auf dem sie sich befanden, zueinander paßten. Die oberen Lagerbehälter waren hoch über Derecs Kopf angeordnet; er bezweifelte, daß er sie hätte erreichen können, selbst im Sprung. Falls der caninoide Fremde nicht über die Behendigkeit eines terrestrischen Primaten verfügte, würde er eine Leiter brauchen, um an den Inhalt heranzukommen.

Rationelle Platzausnutzung — grauenhaftes ergonomisches Design, dachte Derec kritisch.

Sie gelangten zu einem winzigen sechseckigen Raum, kaum groß genug, daß sie beide darin stehen konnten. Es schien sich um einen Knotenpunkt zwischen kreuzenden Korridoren zu handeln, da in sämtliche Wände identische Türen eingelassen waren. Der Fremde hielt an, um Derec aufholen zu lassen, dann setzte er geradeaus seinen Weg fort.

»Wo führen die anderen Türen hin?«

»Kann ich dir nicht verraten«, sagte der Fremde fröhlich.

Jenseits der Kreuzung nahm das Innere des Schiffs einen anderen Charakter an. Es gab noch genauso viele Wände und enge Stellen, aber die Wände bestanden entweder aus einem groben Geflecht, beinahe wie Zaunmaterial, oder sie verfügten über große, fensterartige Einschnitte. Gemeinsam ergaben das Geflecht und die Einschnitte lange Sichtlinien und das Gefühl, sich nicht in engen, sondern in großen, betriebsamen Räumen aufzuhalten.

Der größte Abschnitt dieses Decks schien direkt vor ihnen zu liegen. Als er über die Schulter des Fremden nach vorn spähte, hatte Derec kurz Ausblicke auf etwas, das ein Kontrollzentrum zu sein schien, und auf eine Gestalt, die mit dem Rücken zu ihnen vor dem Instrumentenpult saß. Diese Gestalt hatte vertraute und menschliche Züge und wirkte zugleich irgendwie unwirklich und beunruhigend.

Als der Caninoide ihn ins Kontrollzentrum führte, wußte Derec sogleich, warum er derart widersprüchliche Eindrücke empfangen hatte und für wen — oder was — die Vorratskorridore gebaut worden waren. Der am Pult sitzende Fremde war entschieden humanoid, und Derec konnte ihn mit menschlichen Begriffen beschreiben — schlanker Körperbau, dünner Hals, beinahe haarloser Kopf, blasse Haut.

Aber schon im Sitzen war Aranimas so groß wie Derec, und

er hatte Arme wie die Flügelspanne eines Kondors. Die gesamte hufeisenförmige Konsole, gut dreimal so breit wie eine menschliche Armspanne, war für ihn bequem erreichbar.

Jenseits und oberhalb von Aranimas befand sich ein riesiger gerundeter Bildschirm, auf den acht verschiedene Ansichten der Asteroidenoberfläche projiziert wurden. Die meisten waren mit blaulinierten Zielrastern belegt und mit kleinen Zeichen, die Derec für Zahlen hielt. Einige der Zeichen wechselten ständig, andere schienen nur auf Aranimas' über das Pult gleitende Hände und auf die endlose Folge von Explosionen und Erdrutschen auf der Oberfläche zu reagieren.

»Praxil, denofah, praxil mastica«, sprach er soeben, offenbar in ein Mikrophon. »Deh feh opt spa, nexori.«

Derec trat einen Schritt vor. »Aranimas?«

Der Fremde drehte den Kopf leicht nach links, und Derec lief ein Schauer über den Rücken. Das eidechsenartige Auge, das seinen Blick erwiderte, saß in einer Ausbuchtung an der Seite von Aranimas' Kopf. Von hinten hatte Derec die Augenwülste mit Ohren verwechselt.

»Ssscht!« sagte der caninoide Fremde nervös, packte Derecs Hand und zog ihn zurück. »Nicht den Boß sstören. Der rrredet mit dir, wenn er soweit iss'.«

Aranimas wandte sich erneut seiner Aufgabe zu und sprach weiter. Derec hatte den Eindruck, daß er Befehle gab, rügte, Verweise erteilte, Ziele zuwies und Schützen einteilte. Nichts regte sich an der Oberfläche, nichts darunter, und doch ging das Gemetzel weiter.

Nachdem er einige Minuten zugesehen hatte, konnte Derec sich nicht länger beherrschen. »Dort unten ist nichts mehr«, platzte er heraus. »Die haben alles hochgehen lassen. Wozu soll das alles gut sein?«

»Zur Übung«, sagte Aranimas. Seine Stimme war hoch, und er rollte den R-Laut.

Weitere zehn Minuten ging es so weiter, Energie im Werte von einer Million Watt verschwendet an eine verlassene, unbelebte Welt. Dann fuhr Aranimas mit den Fingerspitzen über eine Reihe von Schaltern, und die Schirme leerten sich.

»Rijat«, sagte er und drehte seinen Sessel, so daß er ihnen zugewandt war. »Wie lautet dein Name?«

»Derec.« Nur eines von Aranimas' Augen war auf ihn gerichtet, das andere blickte einfach umher. Derec konnte sich nicht vorstellen, wie es wäre, die Welt auf diese Weise zu betrachten. Ob das Gehirn des Fremden wohl hin- und herschaltete zwischen den beiden Eingaben, wie ein Regisseur, der eine Kameraeinstellung auswählt? Oder integrierte es beide Eindrücke irgendwie zu einem Ganzen?

»Was du da benutzt hast, um mein Schiff anzugreifen«, fuhr Aranimas fort. »Was war das für eine Vorrichtung?«

»Ein servoverstärkter Arbeitsanzug — umgebaut, so daß die Beinservos mit voller Kraft arbeiten konnten. Aber ich habe dich nicht angegriffen. Ich war auf der Flucht.«

Aranimas' anderes Auge drehte sich nach vorn und stellte sich auf Derec ein. »Warst du ein Gefangener?«

»Ich war in einer Rettungskapsel auf dem Asteroiden gestrandet. Die Roboter haben mich gefunden, und dann wollten sie mich nicht mehr fortlassen. Ich mußte ihnen die Ausrüstung stehlen, um zu entkommen.«

»Und woher kamst du, ehe du gestrandet bist?«

»Das weiß ich nicht«, sagte Derec stirnrunzelnd. »Ich kann mich an nichts erinnern, was davor war.«

»Lüg ihn nicht an«, raunte der Caninoide. »'ss bringt ihn in Rrrage.«

»Ich lüge nicht«, sagte Derec indigniert.

»Soweit ich mich erinnern kann, habe ich vor fünf Tagen noch nicht existiert. Mehr weiß ich nicht darüber, wer ich bin.«

Während Derec sprach, griff Aranimas in die Falten seines Gewandes und holte einen kleinen goldenen Stift hervor. Als er ihn sah, duckte sich der Caninoide und wandte sich halb ab.

»O nein«, winselte er. »Zu sspät.«

Aranimas deutete mit dem Stift auf Derec, und über die gesamte Oberfläche von Derecs Hand begann ein blaßblaues Licht zu tanzen. Er schrie vor Schmerzen und ging in die Knie. Es war, als hätte er die Hand in einen glühenden Brennofen gesteckt, nur daß keine Hautpartien zerstört und keine Nervenenden abgetötet wurden. Nur der Schmerz dauerte an und raubte ihm alle Kraft, bis ihm selbst die Schreie in der Kehle stockten, zu schwach geworden, um sich daraus hervorzuringen.

»Ich kenne einige der Regeln, nach denen man Roboter und Menschen im Zaum hält«, sagte Aranimas, während Derec sich auf dem Boden wand. »Menschen bauen Roboter, um sich bedienen zu lassen. Roboter befolgen menschliche Anweisungen. Wenn du der einzige Mensch auf diesem Asteroiden warst, dann folgt daraus, daß die Roboter deinem Kommando unterworfen und deinen Zwecken dienlich waren.«

Aranimas richtete den Stift zur Decke, und das blaue Glühen verschwand. Mit ihm verschwand der Schmerz, bis auf die Erinnerung daran. Derec lag auf der Seite und schnappte mit mächtigen, keuchenden Atemzügen nach Luft.

»Ich werde erfahren, wer du bist und was du über den Gegenstand weißt, den du mit an Bord gebracht hast«, sagte Aranimas ruhig. »Um dem Schmerz ein Ende zu machen, mußt du mir nur die Wahrheit sagen.«

Mit einem Gesicht, das ebenso ausdruckslos war wie seine Stimme, richtete Aranimas den Stift erneut auf Derec.

Kapitel 8

Die Loyalitätsprobe

Irgendwann war es vorbei. Doch da war Derec nicht mehr in der Verfassung, klar zu verstehen, warum Aranimas aufgehört hatte, ihn zu foltern. Nur undeutlich war er sich der Tatsache bewußt, daß Aranimas sich entfernte und daß der Caninoide ihn vom Kontrollzentrum fortzerrte. Unfähig, sich zu wehren oder mitzuhelfen, wurde er in einen anderen Sektor des unterteilten Großraums gebracht und auf eine dünn gepolsterte Bank gelegt. Halb ohnmächtig daliegend, nahm er manchmal die Gegenwart des Caninoiden wahr, der bekümmert neben ihm ausharrte, und manchmal nichts als die eigene Verwirrtheit und Erschöpfung.

In einem lichten Moment wurde er gewahr, daß ihm der Fremde eine Schale mit einer wäßrigen Flüssigkeit hinhielt, und kämpfte sich, auf einen Ellbogen gestützt, mühsam hoch.

»'Ss wär' besser, du verrrätst Aranimas, was er wissen will«, raunte der Caninoide, als er ihm die Schale reichte.

Derec senkte den Kopf und griff nach der Schale. Seine rechte Hand zitterte unkontrolliert, daher mußte er die linke gebrauchen, um die Schale festzuhalten, während er an der kühlen Flüssigkeit nippte. Sie war süß, wie verdünnter Honig, und brachte Linderung für seine wunde Kehle.

»Wie zäh, glaubst du, sind wir Menschen?« krächzte er. »Wenn ich etwas wüßte, hätte ich es ihm in den ersten fünf Minuten gesagt. Wenn er so weitermacht, wird er mich umbringen. Warum glaubt er mir nicht?«

Der Caninoide sah sich ängstlich um, ehe er antwortete: »Kennst du Narwe?«

Derec wußte nicht zu sagen, ob es sich um den Namen einer Gattung oder den eines Individuums handelte, aber das hatte keine Auswirkungen auf seine Antwort. »Nein.«

»Aranimas kennt Narwe. Narwe muß man zwingen, ehrlich zu sein. Wenn man Narwe etwas frrragt, lügt es oder tut so, als verrrsteht es nicht, oder täuscht Verrrgessen vor. Man muß Narwe nur weh genug tun, dann verrrät er alles.«

»Ich bin kein Narwe!« protestierte Derec schwach. »Ist er zu dumm, das zu erkennen?«

»Aranimas glaubt, du wendest Narweschliche an«, sagte der Caninoide. »Außerdem iss' Aranimas sehr böse.«

»Warum ist er auf mich böse? Ich hab' ihm nichts getan.«

»Wenn Aranimas böse iss, geht'ss allen schlecht«, sagte der Fremde. »Die Schützen waren nicht befugt, das Rrroboternest zu zerstören.«

»Haben sie auch nicht. Das waren die Roboter selbst.«

»Egal. Aranimas wollte Rrroboter einfangen, damit sie für ihn arrrbeiten.«

Derec schloß die Augen und lehnte sich zurück. »Ich fürchte, da gibt es nicht viel einzufangen.«

»Aranimas iss' nachsehen gegangen, was die Bergungsmannschaft mitgebrrracht hat«, sagte der Fremde. »Falls es tatsächlich nicht viel iss', wirrrd er danach noch schlimmerer Laune sein.«

»Kannst du mir nicht helfen?« flehte Derec. »Du glaubst mir doch, nicht wahr?«

»Nicht meine Aufgabe, zu glauben oder nicht zu glauben.« Der Caninoide zuckte die Achseln. »Kann nicht helfen.«

Seufzend ließ sich Derec wieder auf den Rücken sinken und schloß die Augen. »Dann wird er mich töten, weil ich ihm nichts verraten kann. Und das ist vielleicht gut so.«

Der Caninoide nahm Derec die Schale ab und stand auf. »Typischer Narwegedanke. Laß das bloß Aranimas nicht hören.«

Im Halbschlaf wurde Derec erst auf Aranimas' Rückkehr aufmerksam, als dieser ihn am Arm packte und grob in Sitzstellung hochzerrte.

»Es ist Zeit, mit den Spielereien aufzuhören«, sagte Aranimas. »Ich verliere allmählich die Geduld.«

»Das waren Spielereien?« fragte Derec leichthin. »Ihr Leute habt komische Vorstellungen, was spielen heißt. Erinnere mich bitte daran, daß ich mich nicht darauf einlasse, Mensch-ärgere-dich-nicht gegen dich zu spielen.«

Da schloß der Caninoide, der wenige Meter entfernt in einem Durchgang hockte, die Augen und begann den Kopf zu schütteln. Aranimas' Reaktion bestand darin, daß er den Stift aus seinem Gewand hervorholte.

»Warte«, sagte Derec rasch und streckte ihm die Handfläche entgegen. »Das da brauchst du nicht.«

»Hast du dich doch noch entschlossen, mich an deinem Wissen teilhaben zu lassen?«

»Dazu war ich die ganze Zeit schon bereit. Nur wolltest du nicht haben, was ich zu bieten hatte.«

»Ich muß unbedingt wissen, wer du bist und was du über den Gegenstand weißt, den du mitgebracht hast«, sagte Aranimas.

Derec ließ sich von der Bank gleiten und schaffte es, aufzustehen. Zwar überragte Aranimas ihn immer noch, aber im Stehen fühlte er sich wohler. »Tatsache ist, daß du soviel wie ich darüber weißt, wer ich bin, und es würde mich nicht überraschen, wenn du mehr als ich über den silbernen Kasten wüßtest. Aber es gibt etwas, worüber ich mehr weiß als du, nämlich über Roboter. Wie ist deine Suchaktion verlaufen?«

Eins von Aranimas' Augen warf einen unheilvollen Blick auf den

Caninoiden, der daraufhin die Schultern hochzog und in den Durchgang zurückwich. »Sie haben nur Bruchstücke mit zurückgebracht«, sagte Aranimas. »Deine Roboter sind bei ihrer Selbstzerstörung sehr gründlich vorgegangen.«

»Das waren nicht meine Roboter«, sagte Derec. »Aber wie wär's, wenn du mir zeigen würdest, was du hast?«

Aranimas ließ die Arme sinken und massierte mit den Händen langsam seine Knie, während er Derecs Vorschlag erwog. »Ja«, sagte er schließlich. »Das wird ein guter Testfall für deine Absichten und deine Nützlichkeit. Ich werde veranlassen, daß du mir einen Robot baust.«

Derec wurde blaß. »Was?«

»Wenn du wirklich nicht weißt, wer du bist, dann hast du keinem anderen Herrn gegenüber irgendwelche Loyalitäten oder Verpflichtungen. Wenn du mir einen Robotdiener gebaut hast, werde ich wissen, daß du dich damit abgefunden hat, mir zu dienen.«

Derec hütete sich, ausgerechnet in diesem Moment eine Rede über Freiheit und Selbstbestimmung zu halten, doch konnte er Aranimas' Bedingungen auch nicht so einfach akzeptieren. »Was ist, wenn es mir nicht gelingt, dir aus dem, was du hast, einen Robot zu bauen? Ich habe gesagt, daß ich eine Menge über sie weiß. Ich habe nicht behauptet, ich könnte einen aus der Luft zaubern. Ich brauche bestimmte Grundkomponenten . . .«

»Wenn du versagst, werde ich wissen, daß du entweder unzuverlässig oder von keinerlei Nutzen für mich bist«, sagte Aranimas, »und daß es sich nicht lohnt, kostbare Verbrauchsgüter damit zu vergeuden, daß ich dich am Leben erhalte.« Derec schluckte mühsam. »Worauf warten wir noch? Zeig mir dein Inventar.«

Aranimas hatte das Problem nicht unterschätzt, als er das, was die Plünderer vom Asteroiden geborgen hatten, mit dem Begriff »Bruchstücke« belegt hatte. Ich hätte es Schrott genannt, dachte Derec, während er im Laderaum des Schiffs stand und die spärliche Beute der Piraten begutachtete. Das größte intakte Teil war jenes, das Derec selbst mit an Bord gebracht hatte — der Arm von Monitor 5. Das nächstgrößte war das Kniegelenk eines Überwachers. Möglicherweise stammte es ebenfalls von Monitor 5.

Kein anderes Stück war größer als Derecs Handfläche: ein stark angesengter Gangregler, ein optischer Sensor mit gesprungener Linse, Trümmer von Bauteilen ähnlich den Scherben zerbrochener Tonwaren. Positronengehirne oder Mikrofusionsgeräte waren nicht vorhanden — die beiden absolut unverzichtbaren Bestandteile.

»Hier kann man die Roboter noch erblicken, fein geschroten und in Stücken«, dachte er. »Ist das alles, was du hast?« erkundigte er sich bedrückt.

Glücklicherweise war es nicht alles. In einem der Staukorridore wurden ihm zwei hohe Spinde gezeigt, von denen jeder einen beinahe intakten Robot enthielt.

»Wie ich sehe, ist das nicht erst neuerdings ein Hobby von dir«, sagte Derec und trat vor, um die Kollektion in Augenschein zu nehmen. Die Roboter waren von bekannter Bauart und für den Hausgebrauch bestimmt. Er würde mehr darüber erfahren, woher sie stammten und wozu sie gebraucht worden waren, wenn er sich mit dem Mikrosuchgerät die Schilder mit den Seriennummern ansah, die an verschiedenen Stellen am Körper der Roboter angebracht waren. Klar war jedenfalls, daß er nicht der erste Mensch war, dem die Piraten begegnet waren.

Es schienen ausreichend geeignete Bauteile vorhanden zu sein, um etwa eineinhalb Roboter herzustellen.

Da dem einen Robot der Kopf fehlte, gab es jedoch nur ein Positronengehirn — ohne Garantie, daß es funktionstüchtig war. Der Rumpf des anderen war an der Brust aufgerissen und die rechte Schulter wie unter intensiver Hitze verzogen. Das bedeutete nicht nur wenig Hoffnung für die Komponenten im Rumpf, sondern auch, daß die Abschaltung des Gehirns alles andere als ordnungsgemäß erfolgt war.

Aber zumindest gab es etwas, mit dem sich arbeiten ließ und eine wenn auch geringe Erfolgschance. Derec trat von den Spinden zurück, drehte sich um und blickte zu Aranimas hoch.

»Und was hast du in Sachen Konstruktionswerkstatt zu bieten?« fragte er mit eher vorgetäuschter Munterkeit. »Ich bin bereit, an die Arbeit zu gehen.«

Aranimas nickte feierlich. »Ich werde dir die Möglichkeit dazu verschaffen.«

Derecs Frage nach einem Arbeitsplatz zu beantworten, hieß tiefer in das verwirrende Labyrinth des Piratenschiffs vordringen. Anders als im Asteroiden war es Derec hier unmöglich, sich zu orientieren. Es gab keine erkennbare Systematik und zu viele Abzweigungen. Sobald er nicht mehr feststellen konnte, wo in bezug zum Kommandozentrum er sich befand, war es aus.

Ohne seinen Standort bestimmen zu können, sammelte Derec doch wichtige Informationen. Er erfuhr, daß in verschiedenen Teilen des Schiffs leicht abweichende atmosphärische Bedingungen herrschten, und daß die Staukorridore als Schleusen zwischen ihnen dienten. In einem der Sektoren lag etwas in der Luft, was Derec das Gefühl gab, ein Fellball habe sich in seiner Kehle verfangen. In einem anderen rannen Aranimas gelbliche Tränen aus den Augen. Nur der Caninoide schien sich in jeder Atmosphäre heimisch zu fühlen.

Das Schiff war nicht nur ein Labyrinth, sondern auch ein Zoo, bevölkert von mindestens vier unterschiedlichen Gattungen. Derec sah fünf Angehörige von Aranimas' Spezies; den Aktivitäten nach zu urteilen, mit denen Derec sie beschäftigt sah, waren sie allesamt von hohem Rang. Seltsamerweise schien der Caninoide der einzige seiner Art an Bord zu sein.

Am zahlreichsten waren die schmalgesichtigen Narwe, von denen Aranimas mehrere eingesetzt hatte, um die Roboterteile zu tragen. Die Narwe waren kleine kahlköpfige Zweibeiner mit knorrigen Schädelwülsten, die wie Hornauswüchse aussahen, wodurch sie gewalttätig und finster wirkten. Aber das war eindeutig Mimikry, denn Aranimas und der Caninoide knufften und drangsalierten die Narwe gleichermaßen ohne jede Angst.

Die vierte Spezies war die interessanteste und am wenigsten zugängliche. In jenem Sektor, wo Aranimas die Augen tränten, erspähte Derec ein merkwürdiges fünfgliedriges Lebewesen, das sich, einem riesigen Seestern ähnelnd, an der Wand festklammerte. Es zog sich zurück und war verschwunden, als sie näherkamen.

So fasziniert Derec von dieser Parade fremdartiger Biologie auch war, machte er sich doch Sorgen über die beiläufige Kontaktaufnahme mit ihnen. Sein Körper beherbergte eine reichhaltige biologische Gemeinschaft: Bakterien, Viren, Pilze und Parasiten. Er hoffte, daß die Unterschiede zwischen ihm und den Fremden groß waren. Je ähnlicher ihre Grundstruktur der seinen war, desto größer war das Risiko, daß seine Symbioten ihnen gefährlich werden konnten, und ihm die ihren.

Er konnte nur hoffen, daß Aranimas entweder Vorsichtsmaßnahmen ergriffen oder festgestellt hatte, daß keine Vorbeugung erforderlich war. Er gründete diese Hoffnung auf die Tatsache, daß die Piraten offenbar schon mehrfach Kontakt mit Menschen gehabt hatten. Die geraubten Roboter und die Beherrschung der Standardsprache bewiesen das.

Aber dies war ein weiteres Rätsel für seine immer länger werdende Liste. Derec war sicher, daß die Menschen noch nie einer fremden intelligenten Lebensform begegnet waren, geschweige denn vieren.

Bedeutete die Anwesenheit der Piraten etwa, daß er sich weit draußen am Rande des von Menschen belebten Raums befand? Oder hatte man das Wissen um derartige Begegnungen zum Staatsgeheimnis gemacht? Waren sie nun Piraten oder Prospektoren oder Pioniere? Waren sie vielleicht auf der Suche nach dem gleichen Objekt wie die Roboter? Und nachdem sie es gefunden hatten, brachten sie ihn nun in ihre Heimat oder in seine?

Dies waren Fragen mit ernsten Konsequenzen. Die Spannungen zwischen der Erde und den Spacern waren auch ohne die Lage komplizierende Zufallsfaktoren hoch genug. Ein Angriff, wie Derec ihn miterlebt hatte, auf eine der vielen von Menschen bewohnten Welten — das konnte Krieg bedeuten.

Was Derec wieder auf den silbernen Gegenstand brachte. Falls er wirklich so wichtig war, wie es die Suche der Roboter nahelegte, falls er so leistungsfähig oder so bedeutend war, daß er die Piraten angelockt hatte, dann war er zu wichtig, um ihn den Piraten zu überlassen. Sosehr es ihm mißfiel, über anderer Leute Probleme statt über seine eigenen nachzudenken, war Derec doch verpflichtet, den Versuch zu unternehmen, ihn für die Menschheit zurückzuerobern.

Glücklicherweise lag das Laboratorium in einem Abschnitt mit normaler Atmosphäre, obwohl die Luft ein wenig zu warm und trocken war. Während Aranimas sich in einem Sessel niederließ und die Narwe dabei beaufsichtigte, wie sie die Roboterteile an den freien Stellen auf dem Boden verteilten, durchstöberte Derec die

Arbeitsfläche und die Wandregale, während der Caninoide seine Fragen beantwortete. Als er damit fertig war, waren die Narwe verschwunden.

»Erkläre jeden Schritt, während du ihn ausführst«, sagte Aranimas und verschränkte die Arme, als wolle er sich häuslich niederlassen.

»Hast du vor, hier rumzusitzen und mich zu beobachten?«

»Ich habe vor, zu erfahren, was du weißt.«

»Dann hoffe ich nur, daß du zur geduldigen Sorte gehörst«, sagte Derec.

»Nach eigener Darstellung hast du innerhalb kürzester Zeit ein Kleidungsstück zu einem Fluchtantriebssystem umgebaut«, erklärte Aranimas. »Dies dürfte noch schneller gehen, da du lediglich aus einem Robot einen Robot zu machen hast.«

»Du machst wohl Witze«, sagte Derec und hob die Hände. »Ich bin nicht mal sicher, ob ich es überhaupt schaffe, aber jedenfalls nicht in einer Stunde oder zwei.«

»Erläutere das Problem«, sagte Aranimas.

Derec verbiß ein Lachen. In der Hoffnung, die Schlinge zu lockern, die Aranimas ihm um den Hals gelegt hatte, hatte Derec wiederholt Beschwerde eingelegt, wie unzureichend die Ausstattung des Labors, wie grob das Handwerkszeug sei, alles um Aranimas' Erwartungen zu dämpfen.

Aber seine Bestürzung war echt, nicht gespielt. Er hatte sich auf Instrumente gefaßt gemacht, die für nichtmenschliche Hände gestaltet waren, ja sogar darauf, sich bei der Arbeit von einem der Piraten überwachen zu lassen. Allerdings war er nicht darauf vorbereitet gewesen, ohne das auskommen zu müssen, was er für grundlegend erachtete.

»Das Problem besteht darin, daß du nicht das richtige Werkzeug hast«, sagte Derec. »Ich brauche einen Prüfstand, einen Ätzer, Mikromanipulatoren . . . Hier gibt es nichts, was auch nur annähernd einer Chipschablone oder einem Schaltungsdrucker ähnlich sieht . . .«

Kaum ausgesprochen, war ihm auch schon klar, daß er nicht hätte überrascht sein dürfen. Aranimas wäre nicht so neugierig in bezug auf Roboter, hätte zu ihrer Reparatur Derec nicht gebraucht, wenn die Kultur, der er angehörte, fähig gewesen wäre, sie herzustellen. Die Tatsache, daß die Piraten Schützen einsetzten statt automatische Zieleinrichtungen, hätte ihn darauf bringen müssen, daß ihre Computertechnologie zu wünschen übrig ließ.

Aranimas stand auf. »Was an Werkzeug vorhanden ist, wird man dir bringen. Beschreibe Rrullf, was du brauchst« — Aranimas' Kurzfassung für den Namen des Caninoiden war beinahe aussprechbar — »und sie wird sie dir bringen oder dich zu ihnen führen.«

Sie? Derec warf dem Caninoiden einen überraschten Blick zu. *Interessant.*

»Danke«, sagte er zu Aranimas und wollte sich abwenden. Da ließen sich plötzlich eintausend Bienen zwischen seinen Schulterblättern nieder und begannen ihn wie wild zu stechen. Keuchend und mit weichen Knien griff er nach der Kante der Arbeitsfläche, um nicht auf dem Boden zusammenzubrechen. Er brauchte nicht hinzusehen, um zu wissen, daß Aranimas mit dem Stift auf seinen Rücken zielte.

»Begehe nicht den Fehler, mich hintergehen zu wollen«, sagte Aranimas mitleidslos, während der Schmerz Derec fest im Griff hatte.

»Ich mag in bezug auf dein Handwerk unwissend sein, aber ich bin nicht dumm.«

»Ich — ich . . .«

»Spare dir deine Ausflüchte«, sagte Aranimas, und die Bienen flogen davon. »Resultate will ich sehen.«

Über die Arbeitsfläche gebeugt wandte Derec gerade noch rechtzeitig den Kopf, um zu sehen, wie Aranimas den Stift in die dafür vorgesehene verborgene Tasche steckte. Er räusperte sich und nickte geschwächt: »Ist recht, Boß.«

Als Aranimas fort war, verzerrte sich das Gesicht des caninoiden Lebewesens zu seinem makabren Grinsen. »Dein Glück, daß Aranimas sso drringend Rrroboter haben will. Ssonst wärst du längst tot.«

»Vielen Dank für die Aufmunterung«, sagte Derec. »Wozu braucht er sie eigentlich?«

»Kannst du'ss dir nicht vorrrstellen? Aranimas will Narwe durch Rrroboter ersetzen. Aranimas hat die Heulszenen der Narwe satt.«

»Wissen die Narwe, was er im Sinn hat?«

»Narwe benehmen sich tadellos, seit der Boß 'ss ihnen gesagt hat«, meinte das Caninoidenwesen fröhlich. »Was brauchst du für die Arrbeit?«

Aber Derec hatte an etwas anderes gedacht. Das Caninoidenwesen behandelte ihn auf eine Weise, die man nur als freundlich bezeichnen konnte. Und war obendrein der geeignetste Anwärter für die Rolle eines Verbündeten an Bord des Piratenschiffs. Wenn sie nun auch noch zusammen arbeiten würden, war es für Derec an der Zeit, persönliche Beziehungen zu ihm herzustellen.

»Immer der Reihe nach. Ich kann deinen Namen noch nicht einmal so gut wie Aranimas aussprechen . . .«

»Das iss' ziemlich niedriger Sstandard.«

». . . aber ich muß dich irgendwie nennen. Könntest du mit Wolruf leben?«

»Iss' nicht mein Name, aber ich weiß, wen du meinst, wenn du ihn ssagst.«

»Mehr wollte ich nicht, Wolruf, ich muß etwas Kleingedrucktes lesen. Was kannst du mir als Lesehilfe besorgen?«

»Ich beschaff' dir wass«, versprach sie.

Der Vergrößerungstaster, den Wolruf anschleppte, war eine Art Prüfinstrument. Es verfügte über einen Bildschirm statt einem Okular, einen festgelegten Schärfepunkt und einen winzigen Sichtbereich. Aber das Einfallslicht am Objektiv hob perfekt die feinen Furchen der eingravierten Seriennummer hervor, was alle übrigen Mängel wettmachte.

Wolruf spähte ihm über die Schulter, während Derec die fünfzehn Datenzeilen überflog. »Kannst du Standard etwa auch lesen?«

»Nein«, sagte Wolruf. »Verrat dir ein Geheimnis — hab' Sstandard nur gelernt, damit ich nicht hören muß, wie Aranimas meine Ssprache verrrschandelt.«

Derec lachte, und der Laut erschreckte Wolruf. »Was ich mir da ansehe, ist eines der Identifikationsgravuren des Robots. Ich werde daraus allerlei entnehmen, was mir bei der Reparatur hilft — Hersteller, Modell, Datum der Programmeingabe, eventuelle Umrüstungsparameter«, erklärte er lebhaft.

Er fuhr damit noch eine Weile fort und lud seine Erklärung mit möglichst vielen Fachausdrücken voll, in der Hoffnung, dadurch offen und kooperativ zu wirken, während er in Wahrheit nichts preisgab. Er erwähnte nicht, daß die Gravur, falls der Robot von der Erde stammte, außerdem Auskunft über den Besitzer geben würde, oder daß die drei chiffrierten Zeilen am unteren Rand des Bildschirms der Programmiercode und die Erstbelegungssequenz waren, Codes, die ihm erlauben würden, den Robot nicht nur zu reparieren, sondern seine Programmierung zu ändern.

»Was ssteht da?«

»Dieser hier ist ein Ferrier Modell EG«, sagte Derec mit zusammengekniffenen Augen. »Spezialangefertigt als Diener.« Und zur Selbstverteidigung, fügte er im stillen hinzu. Ein Robotleibwächter. »Erstbelegung im Standardjahr '83 . . .«

Dann las er ein paar Worte voraus und war sprachlos.

»Was iss'?« erkundigte sich Wolruf. »Was nicht in Orrdnung?«

»Nein«, brachte Derec heraus. »Der Robot war auf Aurora registriert.«

»Das iss' eine deiner Welten?«

»Ja.«

»Iss' das wichtig?«

»Nein«, sagte Derec. »Sehen wir uns mal den anderen an.«

Aber es war *doch* wichtig, und seine Hände zitterten, als er den Abtaster nahm und sich von seinem Sitzplatz erhob. Er erinnerte sich an Aurora. Er *erinnerte* sich an die Welt der Dämmerung. Nicht an Dinge, die jedermann wußte — daß es sich um den ersten und lange Zeit bedeutendsten Spacerplaneten handelte, daß er Standort des hochangesehensten Instituts für Robotik war, aus dem die meisten Fortschritte der Robotik hervorgegangen waren.

Nein, wie ein Lichtstrahl, der den schwarzen Vorhang durchdringt, kam Derec die Erinnerung an Aurora als einem Ort, wo er gewesen war; Eindrücke von einem Raumhafen, einer parkähnlichen Stadt, einer idyllischen Umgebung. Irgendwie stand er in Verbindung damit, und diese Verbindung war so stark, daß das Wort allein die Kraft hatte, jene Wand zu durchbrechen, die ihn von seiner Vergangenheit trennte.

Endlich wußte er etwas über sich. Er hatte sich auf Aurora aufgehalten. Das war zwar nicht gerade eine ausführliche Biographie, aber immerhin ein Anfang.

Kapitel 9

Der Verbündete

Ohne einen Prüfstand oder gar einen Computer zur Verfügung zu haben, blieb Derec keine andere Wahl, als den Robot zu aktivieren und sich auf seine eigendiagnostischen Fähigkeiten zu verlassen. Aber ehe es dazu kam, mußte er ein Puzzlespiel zusammensetzen

Der kopflose Robot war ein Modell der Serie EX, aber die Unterschiede wirkten sich nicht auf jene Teile aus, die Derec entnehmen mußte, um das EG-Modell instand zu setzen. Die aktiven Teile eines Robots aus der Massenproduktion waren — im Gegensatz zu den rein strukturellen — kompatibel und untereinander austauschbar. Sonst wäre es nicht möglich gewesen, sie kostengünstig herzustellen. Daher ließ sich das nierenförmige Mikrofusionselement des EX einfach mittels einer Steckverbindung als Ersatz für das beschädigte Element im Innern des EG einsetzen.

Aber die Montageplatte des Antriebselements, die außerdem die Schnittstelle für die Hauptenergiezufuhr enthielt, war bei dem Kampf, der den Roboter niedergestreckt hatte, ebenfalls beschädigt worden. Bedauerlicherweise war die Platte nicht im Hinblick auf Notreparaturen konstruiert worden, sondern schien an jedes andere Bauteil im Innern des Robots angeschlossen zu sein — und nicht etwa über bequem zugängliche mikromagnetische Felder. Der Hersteller hatte sich mit der kostengünstigeren Alternative des Sonarschweißens begnügt.

Ohne geeignetes Werkzeug war das Austauschen der Platten eine Herausforderung. Er übte zunächst an der ramponierten Platte im Innern des EG und setzte dann sein mühsam erworbenes Können ein, die unbeschädigte in die entstandene Lücke einzusetzen. Allein dazu brauchte er über zwei Stunden. Doch als er fertig war, dauerte es weniger als zwei Minuten, bis er die Antriebselemente ausgetauscht hatte.

Leider war damit die Angelegenheit noch nicht beendet. In allen Ferrier-Modellen war die Grunddatenbibliothek, die der Robot benutzte, in entnehmbaren Speicherwürfeln untergebracht, die in einem Fach direkt unter seinem ›Schlüsselbein‹ saßen. Das leistungsfähige positronische Gedächtnis des Robots dagegen war ausschließlich für das Lernen aus Erfahrung reserviert.

Vom Standpunkt des Herstellers hieß das, daß die Positronengehirne nicht der Funktion des Robots entsprechend spezialisiert sein mußten. Vom Standpunkt des Besitzers hieß es, daß seine Kapitalanlage gegen Veralterung und Bedarfsänderung geschützt war.

Doch für Derec bedeutete es Unannehmlichkeiten. Der kopflose Robot hatte fünf Speicherfächer, davon vier besetzte. Für den EG waren es sieben und fünf. Aber die beiden leeren Fächer und drei der benutzten waren derselben Explosion ausgesetzt gewesen, die auch die Energiezufuhr beschädigt hatte.

Sie ließen sich weder reparieren noch ersetzen. Schlimmer war jedoch, daß Derec eins der brauchbaren Fächer für den serienmäßigen Systemwürfel benutzen mußte, ohne den der Robot nichts über seine Struktur und Funktionsweise wissen würde. Derec hatte fünf Würfel zur Verfügung, die mit Daten und logischen Abfolgen vollgestopft waren, und er konnte immer nur einen benutzen. Schließlich entschied er sich für den Mathematikwürfel und versteckte zugleich den Verteidigungswürfel, um ihn vielleicht später einmal einzusetzen.

Derecs Liste der erkennbaren Schäden an dem Robot umfaßte außerdem durchtrennte Leitungen, die den rechten Arm lähmten, und ein festgeschmolzenes Kardangelenk an einem der beiden Gyroskope. Aber nachdem er die Energiezufuhr und die Funktionsbibliothek wiederhergestellt hatte, war nur ein entscheidendes Teil übrig, mit dem er sich befassen mußte: das Positronengehirn.

Dem Aussehen nach war das Gehirn ein dreipfündiger Klumpen Platin-Iridium. Seiner Funktion nach war es die Quelle jener fundamentalen, positronischen Potentiale, welche die Aktivitäten des Robots steuerten: einerseits die Kurzzeitpotentiale seiner Gedanken und andererseits die dauerhaften Bahnen, die Lernprozesse darstellten.

Derec hoffte darauf, daß die fundamentalen Bahnen nicht stochastisiert worden waren, wie es passieren konnte, wenn das Gehirn harter Strahlung ausgesetzt war. Für den Erfahrungshintergrund des Robots gab es keine Hoffnung. Die Überlagerungsschutzzelle, die eingesetzt wurde, um für die Dauer von Wartungsarbeiten an dem Robot seine Positronenbahnen aufzufrischen, war längst erschöpft, und die Bahnen waren seither abgeklungen. Der Robot würde sich nicht an seine frühere Dienstzeit erinnern. Aber wenn das Gehirn selbst unbeschädigt war, mußte es eigentlich normal funktionieren, sobald es wieder eingeschaltet wurde.

Genau wie ich . . .

In Anbetracht der verfügbaren Instrumente ließ sich der Zustand des Positronengehirns nur dadurch ermitteln, daß man den Robot aktivierte und durchtestete. Aus naheliegenden Gründen war das gefährlich. Früher einmal hatte man Roboter so konstruiert, daß sie sich abschalteten, wenn sie irgendwelche internen Fehlfunktionen entdeckten. Aber mehrere Jahrhunderte des Fortschritts in der Robotergestaltung hatten eine andere Denkweise hervorgebracht, die sich auf Begriffe wie Fehlertoleranz und Eigenwartung stützte. Er wußte nicht mit Sicherheit, was passieren würde.

Als er endlich soweit war, schien es Wolruf langweilig geworden, oder sie hatte einer anderen Verpflichtung nachgehen müssen. Das war ein glücklicher Umstand, denn der Robot würde, sobald er reaktiviert war, vor einer Situation stehen, wie sie vor ihm noch kein Robot erlebt hatte. Er würde eine Entscheidung darüber treffen müssen, ob Aranimas und Wolruf »menschlich« genug waren, daß er verpflichtet war, sie zu beschützen und ihren Befehlen zu gehorchen.

Da Roboter in der Regel ungeheuer pedantisch waren, hätte das eigentlich kein Problem darstellen dürfen. Aranimas war eindeutig nichtmenschlich, trotz seiner oberflächlich humanoiden Erscheinung. Und für Wolruf galt das noch mehr.

Die Hersteller von Robotern schränkten die Definition für das, was ein menschliches Wesen ausmachte, normalerweise nicht ein, sondern faßten sie so weit wie nur möglich. Ein Kraftwerksarbeiter in einem Maxwellanzug sah nicht wie ein Mensch aus, aber jeder Robot würde seinen Anweisungen Folge leisten. Roboter waren nicht darauf ausgerichtet, konnten nicht darauf ausgerichtet sein, alles wörtlich zu nehmen. Sie urteilten nicht ausschließlich nach dem Aussehen. Ein dreijähriges Kind war ein Mensch, und doch verweigerte ein Robot ihm des öfteren den Gehorsam.

Es war möglich, daß die Programmierung, die jene Unterscheidungen zuließ, irgendwelche fundamentalen Ähnlichkeiten zwischen den Fremden und Derec entdecken würde. Falls es einen Weg gab, das zu verhindern, war Derec entschlossen, ihn einzuschlagen. Wegen des Ersten Gesetzes konnte der Robot nicht gegen ihn verwandt werden. Wenn er sich jedoch überzeugen ließ, daß den Fremden kein Schutz nach Maßgabe des Ersten Gesetzes zukam, konnte Derec ihn vielleicht gegen Aranimas einsetzen.

Mit einiger Beklommenheit betätigte Derec die Energiezufuhr. Einen Moment später versteiften sich sämtliche Gelenke des Robots, bis auf jene in seinem beschädigten Arm. Seine Augen leuchteten mit einem rhythmisch pulsierenden roten Glühen auf.

»Alpha Alpha Epsilon Rho«, sagte Derec, die Abfolge griechischer Buchstaben wiederholend, die auf der Identifikationsgravierung erschienen waren. »Sigma Tau Sigma.«

Es entstand eine kurze Pause, dann begannen die Augen des Robots stetig zu glühen. »Meine Sprachvorgabe lautet Standard-Galaktisch, Dialekt Aurora«, sagte er. »Gegenwärtig stehen keine anderen Sprachspeicher zur Verfügung. Ist das akzeptabel, Sir?«

Derec strahlte. Nach seinen enttäuschenden Erfahrungen mit den Robotern auf dem Asteroiden war es ein Vergnügen, wieder mit der gebotenen Höflichkeit angesprochen zu werden. »Aurora-galaktisch geht in Ordnung.«

»Jawohl, Sir. Wer ist mein Besitzer, Sir?«

»Ich«, sagte Derec. »Aber das darfst du niemandem gegenüber zugeben. Falls du irgendwann von mir oder einem anderen widersprüchliche Befehle erhältst, haben meine Anweisungen immer Vorrang.«

»Jawohl, Sir. Mit welchem Namen darf ich Sie ansprechen, Sir?«

Aus irgendeinem Grund war es Derec unangenehm, dem Robot seinen bedeutungslosen, zufällig erworbenen Namen mitzuteilen. »Derec«, sagte er schließlich, da ihm nichts anderes einfiel.

»Jawohl, Sir. Auf welchen Namen wünschen Sie, daß ich anspreche?«

Derec unterdrückte ein bitteres Lachen. Wer bin ich, daß ich dir deinen Namen sage, obwohl nicht mal meinen eigenen weiß? »Solange du auf diesem Schiff der einzige bist, reicht Alpha als Name aus.«

»Danke, Derec. Meine Selbstüberprüfung im Betriebszustand

hat eine Reihe von Fehlfunktionen ergeben. Wäre dies der geeignete Moment, sie einzeln durchzugehen?«

»Gleich«, sagte Derec. »Kannst du diesen Raum absuchen?«

»Jawohl, Sir.«

»Gibt es hier irgendwelche Spionaugen?«

»Ich entdecke keinerlei aktive Sensoren, Derec.«

»Gut. Nun hör genau zu. Ich muß dir etwas darüber erzählen, was vorgeht. Du und ich sind an Bord eines von feindlichen Lebensformen bevölkerten Raumschiffs. Diese Lebensformen stellen eine potentielle Bedrohung für uns beide dar. Bis ich den Befehl aufhebe, hast du jedesmal, wenn wir Gesellschaft haben oder ich den Werkraum verlasse, in den passiven Wartestand überzugehen.«

»Ich verstehe. Sie wollen die anderen nicht wissen lassen, daß ich funktionstüchtig bin.«

»Richtig.«

»Ist es denkbar, daß diese Wartezeiten von längerer Dauer sind, Sir?«

»Ja.«

»Dürfte ich dann fragen, ob es irgendwelche Probleme gibt, denen ich mich währenddessen widmen könnte?«

»Ich bin sicher, da werden wir was finden«, sagte Derec. »Im Augenblick besteht das Problem darin, dich auf Vordermann zu bringen. Sehen wir uns die erste Anomalie auf deiner Fehlerliste an.«
Derec wurde erst auf Wolrufs Rückkehr aufmerksam, als der Robot sich plötzlich versteifte und seine Augen erloschen. Wenige Sekunden später betrat die Caninoidin den Werkraum und kam zu Derec. Sie warf einen kurzen Blick auf die freiliegenden Eingeweide des Robots, dann wandte sie sich an ihn.

»Aranimas will wissen, wie du vorankommst.«

»Du kannst Aranimas sagen, daß ich Anlaß zu der Hoffnung habe, in einigen Tagen einen Robot für ihn zu haben.«

»Wie viele Tage?«

»Weiß ich nicht«, sagte Derec und legte den Schreibstift nieder, den er als Sonde benutzt hatte. »Ich habe ein paar defekte Teile ausgewechselt und versuche gerade, etwas mit den Servoschaltungen des rechten Arms anzustellen, die wirklich gründlich verdorben sind. Habt ihr diese Roboter eigenhändig so zugerichtet, oder habt ihr sie so vorgefunden?«

»Kann ich nicht ssagen«, erwiderte Wolruf und eilte zur Tür. »Ich sag's Aranimas.«

»Warte einen Moment«, sagte Derec und stand auf. »Du kannst ihm außerdem mitteilen, daß ich nicht rund um die Uhr arbeite. Ich brauche Zeit, mich auszuruhen, und einen Ort, wo ich das tun kann.«

»Gibt wenig Rrruhe auf Aranimas' Schiff«, sagte Wolruf und zeigte auf den Fußboden. »Schlaf hier.«

Das war Derec nicht unlieb, da er bereits festgestellt hatte, daß er hier nicht allzu sehr bedrängt wurde. »Wie steht es mit einem Kissen, irgendeiner Unterlage?«

Die Caninoidin gab einen Pfeiflaut von sich, den Derec als Seufzer interpretierte. »Ich beschaff' dir was«, sagte sie und wandte sich zum Gehen.

»Wird man mir übrigens gestatten, etwas zu essen?« rief er ihr nach.

Diesmal war der Seufzer ein Schnauben. »Ich beschaff' dir was.«

»Weißt du was, Wolruf«, sagte Derec und trat zu ihr, »warum zeigst du mir nicht einfach, wo es was zu essen gibt, damit ich es mir selber holen kann, wenn ich Hunger habe? Das erspart dir einige Rennerei um meinetwillen.«

Wolruf kräuselte überrascht die Lefzen, dann runzelte sie die Stirn. »Aranimas will dich arrrbeiten ssehen, nicht Botengänge machen. Das iss' meine Aufgabe.«

»Du hast auch ohne die Extra-Arbeit, die ich dir mache, schon genug zu tun«, sagte Derec, einer Eingebung folgend. »Falls Aranimas Umstände macht, werde ich ihm sagen, ich hätte darauf bestanden. Wenn ich bei der Arbeit mein Bestes geben soll, muß ich von Zeit zu Zeit aus der Werkstatt raus, um auf andere Gedanken zu kommen.«

Mit schiefgelegtem Kopf dachte Wolruf nach. »Iss' gut. Ich zeig'ss dir.«

»Großartig. Äh — noch was.« Der Gedanke an ein von Fremdwesen benutztes Klo war nicht angenehm, aber er merkte plötzlich, daß hier einige Dringlichkeit bestand. »Ich habe — äh, exkretorische Bedürfnisse. Habt ihr auch — äh — gibt's hier vielleicht . . .«

Wolruf lachte, ein Laut, der an Schnurren erinnerte. »Natürrrlich. Komm, dass zeig ich dir auch.«

Es hatte den Anschein, als seien zu dieser Stunde weniger Fremde im Schiff unterwegs, und Derec dachte über die Schlafenszeiten der diversen Gattungen an Bord nach. Wolruf zeigte ihm die Toilette, die drei Nahrungsmittel in der Schiffsküche, die als ungefährlich für ihn anzusehen waren, und begleitete ihn zurück in den Werkraum. Dann verließ sie ihn.

Es gab an der Werkraumtür kein Schloß. Es gab keine Narwewache, die sein Kommen und Gehen bemerkt hätte. Die Gelegenheit war da, wenn er sie nur ergreifen wollte. Wolruf würde ihn nicht stören. Vielleicht schlief jetzt sogar Aranimas. Derec konnte das Schiff auskundschaften oder in einigen der über hundert Vorratsspinde umherstöbern, die er gesehen hatte.

Vielleicht jedoch wartete Aranimas auf Wolrufs Bericht und würde bald herkommen, um sich persönlich von Derecs Vorankommen zu überzeugen. Oder vielleicht schlief er nie. Vielleicht war sein Bewußtsein so strukturiert, daß er die gelegentlichen »Ausschüttungen« nicht nötig hatte, denen das Träumen diente, und sein Metabolismus auf eine durchgängig gleichmäßige Gangart eingestellt war statt auf einen Zyklus aus aktiven und passiven Phasen.

Die Ungewißheit erstickte Derecs Entdeckerdrang, zumindest vorläufig. Er wandte sich dem Essen zu, das er mitgebracht hatte, nagte an einigen der dicken, keksartigen Gebäckstücke, aß einen Großteil der fettreichen blaugeäderten Paste, nippte an dem Honigsaft. Obwohl seine Geschmacksnerven all dem mißtrauten, schien sein Magen gut damit zurechtzukommen.

Als er fertig war, plagte auch ihn Erschöpfung. Er versetzte Alpha in den Wartestand, breitete dann das dünne Polster an einer freien Stelle auf dem Boden aus und legte sich hin. Das Polster trug wenig dazu bei, die Bodenplatten weniger hart zu machen. Er nahm an, daß Aranimas, schlank wie er war, es für völlig ausreichend erachtet hätte. Derec jedoch drehte sich rastlos vom Rücken auf die Seite und dann auf den Bauch, im fruchtlosen Bemühen, eine bequeme Lage zu finden.

Ich werde bloß eine Stunde oder so liegenbleiben, sagte er sich, um sicherzustellen, daß Aranimas nicht auftaucht, und Wolruf die Chance zu geben, zur Ruhe zu kommen. Dann wird es ungefährlich sein. Ich kann mich getrost eine Weile ausruhen. Dieser armselige Ersatz für ein Bett ist sowieso zu hart, um darauf zu schlafen . . .

Er irrte sich. Im einen Augenblick schloß er die Augen vor dem unangenehm hellen Licht, dessen Abschalter man ihm nicht gezeigt hatte. Und im nächsten rieb er sich schon den Schlaf aus eben jenen Augen, reckte behutsam die schmerzenden Muskeln und fluchte über den schalen Geschmack im Mund. Der Raum lag im Halbdunkel, aber Wolruf kauerte im Eingang, als Schattenriß vor dem hell erleuchteten Korridor.

»Iss' alles geschafft?« erkundigte Wolruf sich munter.

»Friß Raum und stirb dran«, knurrte Derec und warf mit dem nächstbesten handlichen Roboterteil nach Wolruf. Die Caninoidin fing es geschickt in der Luft auf und warf es augenblicklich zurück.

»Nein, danke«, sagte sie mit einem zähnefletschenden Grinsen. »Hab' schon gefrrrühstückt.«

Obwohl es in der Toilette fließendes Wasser gab, war dort keine Dusch- oder Badvorrichtung vorgesehen. Derec begnügte sich damit, sich gründlich zu waschen, obwohl es keine Trockner gab und die einzigen verfügbaren Trockentücher hart und kratzig waren. Als er wieder hervorkam, war Wolruf nirgends zu sehen. Derec fragte sich, ob sie nur vorbeigekommen war, um ihn zu wecken und nicht zurückkehren würde.

Während er eine weitere Mahlzeit aus Hartkeksen, Käse und Honig in die Werkstatt mitnahm, dachte er daran, daß es nicht lange dauern würde, bis er dieser Kost überdrüssig wurde. Er ließ sich an der Werkbank nieder und nahm die Arbeit am rechten Arm des Robots wieder auf. Die elektrischen Anschlüsse waren intakt, aber die Servogelenke waren so stark ramponiert, daß Derec sie nicht reparieren konnte. Seine Bemühungen machten den Schaden sogar noch schlimmer. Sein Können lag auf kybernetischem, nicht auf elektromechanischem Gebiet.

»Alpha, ich glaube nicht, daß ich deinen Arm wieder hinkriege. Ich frage mich, ob du es könntest, mit deinem heilen Arm. Ich könnte einen Spiegel besorgen, damit du hineinsehen kannst . . .«

»Das tut mir leid. Ohne einen Robotech-Würfel in meiner

Bibliothek sind meine Fähigkeiten in diesem Bereich ausschießlich auf Diagnostik beschränkt, Sir.«

»Dacht' ich mir schon«, sagte Derec. »Aber es kann ja nicht schaden, zu fragen.«

»Sir, ich sehe, daß sich ein deaktivierter Robot hier im Raum befindet. Vielleicht wäre es möglich, die entsprechenden Teile aus seiner Mechanik zu bergen, um mich zu reparieren.«

»Das versuch' ich schon die ganze Zeit«, sagte Derec mürrisch. »Ich schaff' es nur nicht, nicht ohne Mikromanipulatoren. Außerdem hat der Schulteraufsatz auch was abbekommen, und den kann man nicht auswechseln.« Seufzend stieß Derec sich von der Tischkante ab und begab sich dorthin, wo sein kärgliches Inventar an Roboterteilen auf dem Boden ausgebreitet lag. Wie schon viele Male zuvor fiel sein Blick auf den Arm von Monitor 5. Zum ersten Mal hob er ihn auf und untersuchte ihn eingehend.

»Ich denke, du wirst halt mit einem Flügel auskommen müssen«, sagte er. »Das ist keine Seltenheit.«

Der Robot antwortete nicht. Derec drehte den Arm des Monitors herum und versuchte, das Ellbogengelenk zu biegen. Es widerstand — im Einklang mit der Tatsache, daß die Hand sich buchstäblich in Totenstarre um das silberne Objekt verkrampft hatte.

Damit im Einklang, erkannte Derec plötzlich schockiert, nur daß dieser Arm überhaupt keine Gelenke besaß. Nicht am Ellbogen, nicht am Handansatz, nicht an den Knöcheln. Sicher, der Ellbogen war stumpf abgewinkelt, das Handgelenk leicht verdreht, die Finger waren verkrümmt. Aber soweit er durch bloßes Betrachten feststellen konnte, war der Arm zu keiner Bewegung fähig.

Es war ausreichend Synthetikhaut vorhanden, die sich über den Gelenken hätte dehnen und realistisch in Falten legen können, um sie zu verdecken. Aber dies war keine Deckschicht. Sie fühlte sich starr an und absolut nahtlos, wie ein Plastikgußstück. Verdutzt schleppte Derec den Arm dorthin, wo der Robot saß.

»Welche Vergrößerung schaffen deine optischen Sensoren?«

»Nur eine sehr begrenzte, Sir — hundertfach.«

»Und mit welcher Auflösung?«

»Das ist je nach Entfernung vom betrachteten Objekt unterschiedlich, Sir. Die maximale Auflösung entspricht ungefähr zehn Mikrometern.«

»Das ist mehr, als ich mit dem Ding schaffe«, sagte Derec und wies mit dem Kopf in Richtung Prüfabtaster. »Mal sehen, was du mir über die Struktur dieses Arms sagen kannst.«

»Sir, ich bin auf diesem Gebiet nicht bewandert.«

»Du kannst hinsehen, und du kannst beschreiben. Das reicht mir im Augenblick.«

»Ja, Sir. Dürfte ich das Teil in die Hand nehmen?«

Derec überließ ihm den Arm, und der Robot hielt ihn auf Augenhöhe in seinem unnatürlich sicheren Griff. »Bei zehnfacher Vergrößerung ist die Oberfläche glatt. Jetzt stärkere Vergrößerung. Körnigkeit macht sich bemerkbar. Es scheint eine regelmäßige Struktur vorzuliegen. Jetzt Auflösung der Struktur in sechseckige Planarebenen. Maximale Vergrößerung.« Der Robot hielt für den Bruchteil einer Sekunde inne. »Die Oberfläche scheint aus zwölfseitigen Festkörpern in dichtem Verbund zu bestehen.«

»Was?«

»Die Oberfläche scheint . . .«

»Ich hab's gehört. Sieh dir eine andere Stelle an.«

Der Robot drehte den Kopf leicht nach links. »Ich beobachte die gleiche Struktur.«

»Das Ende«, schnauzte Derec. »Sieh dir das Ende an, wo die Bruchstelle ist.«

»Die Oberfläche ist dort wesentlich unebener, aber sie besteht aus den gleichen zwölfseitigen Grundeinheiten.«

»Durch und durch?«

»Ja, Derec.«

Derec stand da und starrte verblüfft vor sich hin. Was der Robot beschrieben hatte, deutete auf eine völlig neue Herangehensweise an die Konstruktion von Robotern hin — nicht Evolution, sondern Revolution. Es hatte den Anschein, als seien die Überwachungsroboter — nein, das konnte nicht sein.

»Rechte Schultersteuerung abschalten«, blaffte Derec.

»Die Schaltungen sind jetzt inaktiv«, meldete der Robot.

Derec löste das dreiadrige Zufuhrkabel von dem beschädigten rechten Arm, fädelte es durch die Öffnung, an der er gearbeitet hatte. Er berührte mit dem Anschlußteil den Stumpf des Überwacherarms, und es blieb haften, als gehöre es dorthin. »Kontrollschaltung aktivieren. Befiehl dem Ellbogen, sich zu beugen.«

Beinahe augenblicklich begann sich der abgetrennte Überwacherarm zu verbiegen. »Sieh dir das Gelenk an«, forderte Derec. »Sage mir, was passiert.«

»Die Veränderungen laufen schneller ab, als meine Scanner folgen können«, sagte der Robot. »Jedoch schließe ich daraus, daß die Dodekaeder eine Art zielgerichteter Neuordnung durchlaufen.«

»Sie nehmen eine neue Form an. Das Grundmaterial des Arms verändert sich selbsttätig.«

»Diese Deskriptoren sind unpräzise, entsprechen aber meinen Beobachtungen. Der technische Begriff für diese Art der Reorganisation lautet Morphallaxis.«

Derec tastete nach seinem Stuhl und ließ sich zitternd darauf nieder. Die Überwacher bestanden aus Billionen winziger kristallförmiger Module — eine Zellularstruktur. Jeder einzelne mußte über kilometerlange Schaltverbindungen verfügen, über Programmierung im Megabytebereich. Die Zellen selbst waren Roboter. Die Roboter dagegen glichen Organismen.

Was für eine technische Höchstleistung — die Essenz eines Robots in einer Einheit von wenigen Micron Durchmesser. Entsprechend programmiert, konnten sie jede Gestalt annehmen. Ein Überwacher war somit eine unendliche Vielfalt spezialisierter Formen in der Gestalt einer generalisierten Grundeinheit.

Während er noch darüber staunte, wurde Derec an etwas erinnert, woran er seit Tagen nicht mehr gedacht hatte. Die zellulare Konstruktionsweise trug den gleichen deutlichen Stempel wie die Lifts und lebenserhaltenden Systeme der Asteroidenkolonie. Oberflächliche Schlichtheit — erreicht durch verborgene Komplexität. Elegantes Design, neuartige Herangehensweise. Wieder einmal war er mit dem unbekannten minimalistischen Konstrukteur in Berührung gekommen, und Derec sah darin einen weiteren Grund, den Piraten entkommen zu wollen.

Denn irgendwie, irgendwo *mußte* er mit diesem Konstrukteur zusammentreffen.

Kapitel 10

Mehr als nur Semantik

Nach einer kurzen Pause für eine späte, wieder aus den gleichen monotonen Bestandteilen bestehende Mahlzeit machte Derec sich daran, den Zellulararm anstelle des ursprünglichen Robotarms zu installieren.

Das war keine leichte Aufgabe, denn sie erforderte sowohl strukturelle als auch funktionale Verknüpfungen zwischen zwei ungeheuer unterschiedlichen Technologien. Derec kümmerte sich zunächst um die funktionalen Verbindungen, und das nicht nur, weil er damit rechnete, daß dies die größere Herausforderung darstellte. Wenn der Robot den neuen Arm nicht steuern konnte, brauchte er sich gar nicht erst die Mühe machen, ihn zu montieren.

Aber der Zellulararm benutzte offenbar den Standardkommandosatz und die übliche Trägerspannung. Obwohl es in dem Stumpf keine Anzeichen von Kontakten oder Drähten gab, reagierte der Arm, egal wo Derec den Steuerbus anbrachte.

Durch Experimentieren fand er heraus, daß der Arm sogar ansprach, wenn er den Bus mit der Haut des Unterarms, der Handfläche oder den Spitzen zweier Finger verband. Es hatte den Anschein, als seien die zellularen Mikroroboter so intelligent konstruiert, daß sie überall den Input von Befehlen entgegennehmen und an die entsprechenden Stellen weiterleiten konnten.

Sobald er angeschlossen war, reagierte der Arm nicht nur auf sämtliche grundmotorischen Befehle des Robots, sondern auch auf mehrere neuartige Kommandos. Mit Derecs Hilfe gelang es dem Robot, sich an seinem Arm zwischen Ellbogen und Handgelenk ein weiteres Gelenk ›dazuzudenken‹. In einem anderen Test forderte Derec den Robot auf, er solle versuchen, Daumen und Zeigefinger in längliche, schmale Mikrogreifer umzuwandeln. Zu seiner Freude und Verwunderung gelang es. Mit den richtigen Befehlscodes schien das Armmaterial auf unendlich viele Arten verformbar.

Aber wie Derec auch den Aufsatzring präparierte, an den der Arm angeschlossen war, das rechte Schultergelenk war und blieb schwächer als das linke oder das ursprüngliche. Einmal löste sich der Zellulararm sogar völlig ab, als der Robot versuchte, einen Gegenstand zu heben, der weniger als zwanzig Kilo wog. Selbst nachdem er ihn wieder angebracht hatte, bezweifelte Derec, ob er beispielsweise die Anstrengungen einer Rauferei überstehen würde.

»Wie 's aussieht, wirst du einen starken Arm haben und einen schlauen«, teilte er dem Robot mit. »Versuch dran zu denken, welcher welcher ist.«

»Es ist mir unmöglich, zu vergessen, Sir.«

»Das ist kein konfektioniertes Ersatzglied«, sagte Derec streng. »Bis du dir eingeprägt hast, was du mit ihm kannst und was nicht, mußt du vorsichtig damit umgehen. Und laß außer mir nie jemanden sehen, wie du damit herumspielst, verstanden?«

Während Derec noch sprach, versteifte sich der Robot auf einmal, und seine Augen erloschen. Derec wußte, was das zu bedeuten hatte, und schwieg. Einen Moment später nahm er im Korridor das leise Tappen von Wolrufs Pfoten wahr. Das zwar inzwischen ein vertrautes Geräusch, denn dies war an diesem Tag nun schon Wolrufs dritter Besuch. Aranimas, der offenbar mit den Aufgaben des »Schiffsführers« beschäftigt war, hatte es nur auf zwei gebracht.

Wie die vorangegangenen war auch dieser Besuch zwanglos, und Wolruf blieb nur wenige Minuten, ehe sie sich entfernte, um anderen Aufgaben nachzugehen. Sobald sie außer Hörweite war, belebte sich der Robot wieder.

»Ich verstehe, Sir«, sagte er, als hätte es keine Unterbrechung gegeben.

»Wenn du das nächste Mal so abschalten mußt, könntest du die Zeit auf den Versuch verwenden, den Kommandosatz des Arms zu analysieren. Kannst du das?«

»Ich kann es versuchen, Sir. Es müßte möglich sein, die gültigen Befehlscodes von den Nullzeichen zu trennen. Allerdings werde ich erst wieder voll betriebsfähig sein müssen, ehe ich die gültigen Codes testen und ihre Funktion feststellen kann.«

»Laß uns damit warten, bis wir wissen, daß wir einigermaßen ungestört sind.« Er dachte einen Augenblick nach. Der Robot mußte nun programmiert werden, aber auch dazu brauchte man ein wenig Ruhe. Die beste Gelegenheit war während der Schlafperiode, und das war auch die beste Zeit, das Schiff zu erkunden.

Zuviel zu tun, zuwenig Zeit, dachte Derec. Falls er die Nachtstunden besser nutzen wollte als das letzte Mal, mußte er besser ausgeruht sein. »Alpha.«

»Ja, Derec.«

»Wie spät ist es?«

»Ich weiß nicht, wie spät es ist, da mein Zeitnehmer seit meiner Deaktivierung nicht mehr gestellt wurde. Seit der Wiedereinschaltung sind allerdings vierzehn Dekaden vergangen.«

Dekaden, das waren Einheiten der Dezimalzeit Auroras, erinnerte sich Derec. »Ich lege mich jetzt aufs Ohr. Weck mich in einer Standardstunde.«

»Jawohl, Sir.«

Doch es war Aranimas, nicht der Robot, der ihn weckte.

»Bist du soweit? Ist mein Diener fertig?« erkundigte er sich, von oben auf Derec herabblickend wie ein langbeiniger Wasservogel.

»Noch nicht«, sagte Derec schlaftrunken und richtete sich auf. Er stellte zufrieden fest, daß der Robot reglos neben der Werkbank stand. Er hatte sich wenigstens nicht überrumpeln lassen.

»Warum ruhst du dann? Um mich warten zu lassen?«

»Ich ruhe, damit ich nicht so müde werde, daß ich einen Fehler mache, der den Robot zerstört«, sagte Derec. »Möglich, daß deine Gattung dieses Bedürfnis nicht kennt, aber wir Menschen haben es nun mal.«

Aranimas nahm keinen Anstoß an Derecs Tonfall. »Es ist mir nicht entgangen, daß Menschen noch weniger brauchbar sind als Narwe. Ihr würdet ausgesprochen miese Arbeiter abgeben, da ihr ein Drittel eurer Zeit mit Ausruhen vergeudet.« Er ging zum Robot. »Aber vielleicht habt ihr deswegen solche Maschinen erfunden, die unermüdlich für euch schuften. Wie funktioniert das?«

»Was meinst du damit?« fragte Derec und stand auf.

»Worin besteht die Energiequelle?« wollte Aranimas wissen und fuhr mit seinen langen Fingern über den Rumpf des Robots.

Derec wußte, daß er den Fremden nur wütend machen würde, wenn er Ausflüchte suchte oder sich unwissend gab. »Ein Mikrofusionspack«, sagte er. »Da liegt eines auf der Arbeitsfläche, gleich links neben dem Prüfer.«

Aranimas hob die kaputte Energieeinheit auf und studierte sie. »So klein. Wie viele Tage Betriebszeit?«

»Das hängt davon ab, wie schwer der Robot zu arbeiten hat. Die Treibstoffpatrone hält bei leichtem Dienst, beispielsweise bei Hausarbeiten, mehrere hundert Tage. Ein Schwerarbeiter müßte entsprechend häufiger aufgeladen werden.«

»Bemerkenswert«, sagte Aranimas und legte die Energieeinheit zurück auf die Werkbank. Eines seiner Augen schien sich kurz auf den verpflanzten Arm auszurichten, dann schwang es wieder zu Derec herum. »Du kommst voran?«

»So ist es.«

»Wie lange noch, bis du soweit bist, ihn zu aktivieren?«

»Ich werde morgen oder übermorgen soweit sein, die Systeme zu testen. Wie bald ich fertig bin, wird davon abhängen, wieviel nicht in Ordnung ist.«

Aranimas schien das zu akzeptieren. »Als erste Aufgabe wird dir dieser Robot helfen, weitere Roboter zu bauen.«

Stirnrunzelnd trat Derec vor. »Wie viele?«

»Für den Anfang genügen fünfzig.«

»Ich glaube, du verstehst die Komplexität dieser Maschinen nicht«, erwiderte Derec. »Man kann sie nicht mal eben in seiner Freizeit zusammenbasteln, egal wie gut die Ausstattung des verfügbaren Laborats ist. Und offen gesagt, die hier ist nicht gut. Ich werde es vermutlich schaffen, diesen Robot zu montieren und in Betrieb zu halten. Wenn du jedoch fünfzig Roboter haben willst, mußt du woanders danach suchen. Ich bin nicht so magisch begabt, daß ich Positronengehirne und Mikrofusionszellen aus dem Hut zaubern könnte.«

»Wenn du deine Roboterkolonie nicht zerstört hättest . . .«, sagte Aranimas, und seine Stimme wurde laut.

»Ich hab' dir bereits gesagt, daß die Roboter das selber besorgt haben«, erklärte Derec. »Aber das heißt nicht, daß dir kein Ausweg bleibt. Du brauchst nur dieses Schiff zu einem der Spacerplaneten fliegen, dann wirst du Millionen von Robotern finden. Und du mußt sie nicht einmal stehlen. Roboter sind ein wichtiges Handelsobjekt zwischen den Welten. Jede von ihnen wäre froh, einen neuen Kunden zu gewinnen.«

Das stimmte natürlich nicht ganz. Es war höchst zweifelhaft, ob die Spacer bereit sein würden, einer fremden Rasse Beispiele ihrer fortgeschrittensten Technologie zu überlassen, und selbst wenn sie dazu bereit waren, blieb noch das Problem, was Aranimas als Zahlungsmittel zu bieten hatte. Aber wenn Derec Aranimas dazu bringen konnte, das zu glauben, wenn er ihn beschwatzen konnte, mit dem Schiff zu einer Menschenwelt zu fliegen, würde er zumindest erreicht haben, sie auf die Existenz der Fremden aufmerksam zu machen, und möglicherweise den Grundstein zu seiner eigenen Befreiung gelegt haben.

»Wenn Handel so hoch angesehen ist, warum haben deine Roboter sich dann selbst zerstört?«

»Weil du schon im Anflug deine Waffen abgefeuert hast und dich damit zum Feind erklärt hast«, erwiderte Derec. »Wärst du als Freund gekommen, hätte es anders ausgesehen. Bring mich zu deinem Navigator. Ich werde ihm helfen, den Kurs zum nächstgelegenen Spacerplaneten zu bestimmen.« Und dabei herausfinden, wo wir sind, fügte er im stillen hinzu.

»Ich werde es mir überlegen«, sagte Aranimas und setzte sich zum Korridor in Bewegung. »Mittlerweile wirst du deine Arbeit fortführen. Ich werde morgen wiederkommen, um meinen Robot in Aktion zu sehen.«

Die Neuprogrammierung ließ sich nicht länger aufschieben, entschied Derec. Er glaubte nicht, daß Aranimas so bald wiederkommen würde. Er konnte nur hoffen, daß das auch für Wolruf galt.

»Alpha«, sagte er. »Hast du dir den Organismus angesehen, der gerade hier war?«

»Jawohl, Derec.«

»Und hast du heute früh auch den anderen Organismus begutachtet, der die Werkstatt aufgesucht hat?«

»Jawohl, Derec.«

»Und, was hältst du von ihnen?«

»Menschen dieses Typs waren mir bisher nicht bekannt . . .«

Das war genau die Antwort, vor der sich Derec gefürchtet hatte. »Halt. Das sind keine Menschen.«

»Sir, mir ist klar, daß meine Datenspeicher unvollständig sind. Ich bin jedoch nicht fähig, sie anders einzuordnen, es sei denn, Sie können mir Beweise für Ihre Behauptung liefern.«

»Vergleiche ihre Erscheinung mit der meinen.«

»Sir, ich gebe zu, da bestehen zahlreiche Abweichungen von der Norm. Allerdings fallen diese Unterschiede in Bereiche, die in der Definition des Menschlichen weit gefaßt sind, wie Hautfarbe und Behaarung, Körperdimensionen und Stimmlage. Die Ähnlichkeiten sind dagegen grundlegender, wie bilaterale Symmetrie, zweibeinige Fortbewegung, Sauerstoffatmung . . .«

»Sie sind humanoid, wie du. Aber sie sind keine Menschen.«

»Ich nehme Ihre Versicherung zur Kenntnis, Sir, bin jedoch nicht in der Lage, sie zu bestätigen.«

Derec verstand, daß er nicht etwa zum Lügner gestempelt werden sollte. Solange er nicht Bescheid wußte, war ein Robot normalerweise bereit, das Wort eines Menschen für bare Münze zu nehmen. Andererseits bestand für einen Robot keine Verpflichtung, die Behauptung eines Menschen zu akzeptieren, daß es regne, solange die eigenen Sensoren Gegenteiliges vermeldeten.

Hier war der Sachverhalt nicht so klar, aber der Robot neigte notwendigerweise zu einer großzügigen Definition dessen, was einen Menschen ausmachte. Sonst hätte die Gefahr bestanden, daß ein Robot sich als Attentäter benutzen ließ, indem man ihm einfach einimpfte, das Opfer sei kein richtiger Mensch. Derec begriff es, war aber trotzdem wütend. »Wahrscheinlich würdest du mir erst glauben, wenn sie zwölf Arme haben und beim Reden Feuer spucken.«

»Sir, im vorliegenden Fall sind morphologische Erwägungen für meine Analyse nicht entscheidend.«

»Erklär das. Worin bestehen die Unterscheidungsmerkmale?«

»Sir, ich gründe meine Schlüsse auf die Beobachtung, daß die Organismen namens Aranimas und Wolruf intelligente Wesen und zu unabhängigem, vernünftigem Denken fähig sind.«

»Woher weißt du das?«

»Sir, Sie haben sich mit beiden unterhalten. Obwohl Menschen gelegentlich zu unbelebten Objekten sprechen und den Eindruck erwecken mögen, mit gewissen Tieren im Dialog zu stehen, habe ich ihre Diskussionen so empfunden, als hätten sie einen qualitativ anderen Charakter.«

»Willst du damit sagen, daß du sie, weil ich sie wie Menschen behandelt habe, für Menschen halten mußt?«

»Wo Ungewißheit herrscht, zum Beispiel wenn ein Mensch ein

Kostüm oder eine Verkleidung trägt, bin ich verpflichtet, an Hinweisen zu nutzen, was vorhanden ist. Ihr Verhalten wies eindeutig darauf hin, daß es sich bei Aranimas und Wolruf um Menschen handelt.«

»Ich unterhalte mich auf die gleiche Weise mit dir wie mit ihnen. Macht dich das zum Menschen?«

»Nein, Derec. Ich bin ein Robot, ein technisches Erzeugnis. Sollte ich bis zu einem gewissen Grade menschlich wirken, liegt das nur daran, daß ich so konstruiert wurde, um die Interaktion mit Menschen zu erleichtern.«

Derec war der Verzweiflung nahe. »Dann sag doch mal: Wie stellst du auf größere Entfernung den Unterschied zwischen einem Robot und einem Menschen fest?«

»Sir, genau wie ich eine Arbeitsdefinition der Kategorie von Organismen besitze, die Menschen genannt werden, habe ich einen Begriff von der Kategorie Objekte, die Roboter genannt werden. Normalerweise ist es möglich, sie mit Hilfe jener Merkmale, die sie unterscheiden, auseinanderzuhalten. Aber das ist kein perfektes System und kann überlistet werden, beispielsweise durch einen humaniformen Robot des von Dr. Han Fastolfe entwickelten Typs.«

Derec konnte nicht anders, als den Standpunkt des Robots einzusehen. *Wenn ich ihm nur Hautproben von uns dreien zeigen könnte — falls Aranimas oder Wolruf aber zufällig auch Zellwesen sind, wäre ich nicht besser dran. Am Ende denkt er dann noch, sein rechter Arm sei menschlich —*

»Robot, sind Spacer, Siedler und Erdbewohner alle Menschen?« fragte er plötzlich.

»Ja.«

»Hast du persönlich jeden Angehörigen dieser Gruppierungen gesehen?«

»Nein, Derec. Es gibt etwa acht Milliarden Erdbewohner, fünf Milliarden Spacer und . . .«

»Wenn du nicht jeden einzelnen gesehen hast, wie kommt es dann, daß du sie allesamt als Menschen einordnen kannst?«

»Spacer und Siedler sind Nachkommen der ursprünglichen menschlichen Gemeinschaft auf der Erde«, erwiderte der Robot. »Daher kann ein Individuum, das ordnungsgemäß als Siedler oder Spacer identifiziert wurde, nur ein Mensch sein.«

»Wieso das?« fragte Derec, obwohl er die Antwort kannte.

»Sie stehen zueinander in phylogenetischer Beziehung. Die Nachkommen eines Menschen müssen Menschen sein.«

»Mit anderen Worten, auf die Biologie kommt's an — auf Gene und die DNS, die Menschen in ihren Zellen mit sich herumtragen.«

»Ja.«

»Und die Richtlinien, die in deine Definition vom Menschen eingebaut wurden, sind schlicht Abkürzungen, damit du nicht jeden, dem du begegnest, einer biologischen Prüfung unterziehen mußt. Das endgültige Kriterium ist die DNS.«

»Das ist richtig, Derec.«

»Aber du hast keine Möglichkeit, die DNS einer Person direkt zu untersuchen.«

»Nein, Sir.«

»Fein. Du hast gesagt, sämtliche Anomalien in Aranimas' Erscheinung liegen innerhalb der für natürliche Variation und Mutation gesetzten Parameter.«

»Jawohl, Sir.«

»Dann rechne dir doch mal die Wahrscheinlichkeit aus, mit der Aranimas' sämtliche Anomalien bei einem einzigen Organismus auftreten.«

Der Robot zögerte kaum. »Die Wahrscheinlichkeit ist verschwindend gering.«

»Und bei Wolruf?«

»Die Wahrscheinlichkeit ist etwas größer, aber immer noch im Bereich von Eins durch Zehn hoch Fünfzehn.«

»Mit anderen Worten, die Chance, daß eine so extreme Mutation sich auch nur einmal in der gesamten Menschheitsgeschichte ergibt, ist weniger als Eins zu Zehntausend. Und hier haben wir gleich zwei, die nicht nur zur selben Zeit, sondern auch am selben Ort leben und sich untereinander ebenso stark unterscheiden wie von mir.«

»Das ist recht bemerkenswert. Zweifellos wäre eine weiterführende Untersuchung dieser Individuen von großem Nutzen.«

Derec seufzte schwer. »Hör zu, mein dickköpfiger Robotfreund. Du darfst nicht immer nur einen Schritt weiterdenken. Ist nicht die Wahrscheinlichkeit, daß eine unabhängig entstandene Lebensform zweibeinig, bilateral organisiert und aerob ist, größer als die Wahrscheinlichkeit, daß es sich bei diesen Kreaturen um mutierte Menschen handelt? Könnten Aranimas und Wolruf nicht intelligent sein, ohne daß sie Menschen sind?«

»Ja, das ist möglich.« Der Robot hielt inne, ein Zeichen von Hochbetrieb in seinen Positronenbahnen. »Da jedoch keine unabhängig entstandenen Lebensformen bekannt sind, ist es schwierig, spezifischen Ausprägungen eine Wahrscheinlichkeit zuzuordnen.«

»Ich stelle deine Prämisse in Frage.« Derec ging zum Angrif über. »Warum sind die meisten Roboter humanoid?«

»Höherentwickelte Roboter sind humanoid, weil das eine erfolgreiche generalisierte Form ist, und weil . . .«

»Auf die anderen Gründe kommt es nicht an«, sagte Derec. »Wende diesen Grundsatz auf das Problem mit Aranimas und Wolruf an.«

Wieder hielt der Robot inne, bevor er antwortete. »Meine positronischen Potentiale sind in dieser Frage für beide Alternativen hoch«, sagte er schließlich. »Ich nehme an, dieser Zustand könnte jenem gleichkommen, den ein Mensch als Verwirrung beschreibt.«

»Zur Sache. Wie lautet das Urteil?«

»Ich gelange provisorisch zu dem Schluß, daß Aranimas und Wolruf keine Menschen sind.«

»Du bist also nicht nach dem Ersten Gesetz verpflichtet, sie zu beschützen, oder nach dem Zweiten Gesetz, ihnen zu gehorchen?«

»Nein, Derec.«

»Gut«, sagte er erleichtert. »Du machst Fortschritte. Nun hör mir genau zu. Ich habe ein paar wichtige Instruktionen für dich in bezug auf unsere fremdrassigen Gastgeber . . .«

Kapitel 11

Unsachgemäßer Eingriff

In der großen Welt des Piratenschiffs war Derec bis dahin auf eine kleine Insel beschränkt gewesen. Als er sich auf seine nächtlichen Wanderungen vorbereitete, bestand diese Insel aus dem Weg von der Werkstatt (in dem Teil des Schiffs, den er mit Rumpf L bezeichnete) zur Essensausgabe und zur Toilette (Rumpf D). Die Enden dieses Weges waren mit zwei Abschnitten Staukorridor verbunden, die einen kurzen Übergangstunnel zwischen den Rümpfen bildeten. Und das war alles, was Derec wußte.

Er wußte nicht, wo sich das Laboratorium in bezug zu Aranimas' Kontrollzentrum befand, obwohl er das sichere Gefühl hatte, daß es um einiges entfernt lag. Genausowenig kannte er den Weg zu den anderen Orten, an denen er sich aufgehalten hatte.

Der Korridor zur Essensausgabe war außerdem der einzige Abschnitt des Schiffs, in dem er sich mit ausdrücklicher Erlaubnis aufhalten durfte. Derec hatte das Gefühl, als könne es sich um eine Art Test handeln. Das Problem bestand darin, daß er nicht wußte, ob er versagte, indem er auf Erkundungstour ging, oder indem er sich kaum vom Ausgangspunkt wegbewegte.

Am Ende tat Derec seine Unsicherheit mit dem Gedanken ab, daß es immer besser sei, mehr zu wissen als wenig. Wenn Aranimas es herausfand und sich dagegen aussprach, konnte Derec sich immer noch damit entschuldigen, er habe nach geeigneten Orten und Aufgaben Ausschau gehalten, um den Robot zu testen.

Die Reihen geschlossener Fächer im Durchgangstunnel hatten seit beinahe zwei Tagen seine Neugier wachgehalten, und er fing damit an, daß er all jene aufmachte, die für ihn erreichbar waren. Er wußte nicht genau, was er dort vorzufinden geglaubt hatte, aber die Tatsache, daß über die Hälfte der Fächer leer war, überraschte ihn doch.

Die vollen enthielten zum Teil bekannte Dinge, beispielsweise Ballen des Tuchs, aus dem die Narwekleidung hergestellt war, Ersatzelektroden für den Mikroschweißer in der Werkstatt und vakuumversiegelte Nahrungsvorräte. Einige der Klappen waren entweder verklemmt oder sie waren abgeschlossen — Derec konnte es nicht eindeutig feststellen.

Als er gerade mit dem Abschnitt fertig war, der sich direkt an die Essensausgabe anschloß, kam einer der scheingehörnten Narwe durch die einzig vorhandene Seitentür herein. Derec schreckte schuldbewußt auf, dann erstarrte er. Ohne erkennbares Zeichen der Begrüßung drehte der Fremde Derec den Rücken zu und verschwand wortlos durch die Tür, die zur Werkstatt führte.

Wieder allein, kam Derec sich albern vor: Es war sein gutes Recht, sich hier aufzuhalten, und der Fremde hatte nichts Belastendes zu sehen bekommen. Aber sein Herz raste, als sei er von Aranimas selber erwischt worden. Er machte sich nicht etwa Sorgen, daß die Narwe versuchen würden, ihn aufzuhalten, denn er traute sich zu, mindestens so furchteinflößend wie Wolruf zu sein.

Aber es bestand immerhin die Möglichkeit, daß einer der Narwe, um sich einzuschmeicheln, Aranimas informierte und so veranlaßte, selbst nachzusehen. Da Derec Aranimas keine Gründe liefern wollte, ihm zu mißtrauen, entschied er, vorerst mit dem Durchstöbern der Fächer aufzuhören, zumindest solange noch Narwe unterwegs waren. Schließlich war dies die einzige Aktivität, die seine Entschuldigung nicht abdeckte.

Als nächstes nahm sich Derec die Erkundung der zwei Rumpfteile vor, zu denen er bequemen Zugang hatte. Drei Türen weiter hinter der Toilette im Rumpf D fand er eine Kabine mit fünf dick gepolsterten Sesseln, die einander zugewandt im Kreis aufgestellt waren. In der Mitte des Kreises befand sich eine mattweiße Kugel auf einem schwarzen zylindrischen Sockel. Die Kugel war so groß, daß Derecs Arme kaum zur Hälfte herumreichten.

Doch finden bedeutete nicht verstehen. Es konnte sich genausogut um ein religiöses Totem wie um eine Kommunikationseinrichtung handeln, und bei der Kabine genausogut um eine Weihestätte wie um eine Kommandobrücke.

Und es war sinnlos, seine Position aufs Spiel zu setzen, nur um seine Unwissenheit zu vervielfachen. So kam es, daß Derec zum zweiten Mal im Zeitraum von einer halben Stunde seine Strategie umwarf. Es kam ausschließlich darauf an, daß er den Weg zum Rumpf A wiederfand — Aranimas' Quartier — und zum Rumpf T, wo vielleicht der Einstiegsschacht zu finden war, und womöglich gar seinen Servoanzug. Alles andere war unwichtig.

Das Deck von Rumpf D hatte fünf Ausgänge, das von Rumpf L zwei, dazu kamen noch zwei im Durchgangstunnel. Er überlegte, ob er einfach einen nehmen und ihm folgen sollte, wo immer er auch hinführen mochte, traute sich jedoch nicht zu, den Rückweg zu finden.

Statt dessen arbeitete er daran, die Grenzen der ihm bekannten Welt langsam auszudehnen. Jedesmal, wenn er eine neue Tür öffnete und einen fremden Korridor erkundete, bog er so bald wie möglich links und wieder links ab, wobei er hoffte, im Bogen zu einem Teil der Welt zurückzukehren, den er kannte. Erst wenn er sich jede dieser Erweiterungen gemerkt hatte, wollte er von den Abzweigungen abzweigen.

Doch nachdem er sich ein paarmal fast verirrt hatte und mehrfach unerfreulichen Begegnungen ausgewichen war, stand es fest: Das Schiff war ein undurchdringliches Labyrinth, seine Hauptelemente waren auf hoffnungslos unzulängliche und ungeordnete Weise miteinander verbunden. Derec konnte sich nur zwei Erklärungen dafür denken: Die eine hatte mit Verteidigung zu tun. Das Arrangement diente möglicherweise der Tarnung entscheidender Angriffsziele und mußte Eindringlinge mit Sicherheit behindern.

Die andere Erklärung war, daß das Schiff genau das war, was es zu sein schien — ein behelfsmäßiges Mischmasch von Schiffen, die nie dazu gedacht gewesen waren, miteinander verbunden zu werden.

Wie auch immer, Derec war nahe daran, den Schluß zu ziehen, das Schiff sei zu komplex, um seinen Grundriß je im Kopf zu behalten, als ihn plötzlich das Gefühl überkam, sein Innerstes werde nach außen gekehrt. Augenblicklich machte er sich mit grimmigem Gesicht und zusammengebissenen Zähnen auf den Weg zurück zum Laboratorium. Er hätte gern geglaubt, daß es sich nur um ein momentanes Schwindelgefühl gehandelt hatte, ein Zeichen schleichender Erschöpfung, doch es gelang ihm nicht.

Denn dieses Gefühl war Derec nicht neu. Es handelte sich um einen Sprung, jenen seltsam unbegreiflichen, beinahe mystischen kurzen Übergang durch den Hyperraum, der ein Schiff und alles, was darin enthalten war, von einem Punkt im Raum an einen anderen, Lichtjahre weit entfernten versetzte. Wo sie auch gewesen sein mochten, nun waren sie anderswo. Weit weg von der Asteroidenbasis — weit weg von jeglichem Schiff, das möglicherweise zu seiner Rettung unterwegs gewesen war.

Er hätte sich denken können, daß die Piraten über Sprungtechnologie verfügten, denn die Konstruktion des Schiffs hätte konventionelle Antriebsmethoden nicht überstanden. Aber er hatte es nicht gewußt, und die Entdeckung rüttelte ihn auf und stieß ihn mit voller Wucht in das Gefühl der Hilflosigkeit zurück, das er in der Obhut der Roboter empfunden hatte.

Jetzt findet mich niemand mehr, dachte er verzweifelt. *Nicht mal, wenn ich tausend Jahre alt werde . . .*

Die Werkstatt war, als Derec sie erreichte, bis auf den Robot leer.

»Alpha.«

»Jawohl, Derec.«

»Hast du vor kurzem einen Sprung verzeichnet?«

»Nein, Derec. Da die Reflexe meines Positronengehirns soviel schneller sind als die Ihren, erleben wir Roboter nicht die bei Menschen übliche Orientierungslosigkeit.«

»Dann kannst du mir nichts darüber sagen — wie weit wir gesprungen sein könnten.«

»Ohne die Leistungskurve des Schiffsantriebs zu kennen, hätte ich es aus der Dauer des Sprungs ohnehin nicht interpolieren können«, sagte der Robot. »Das schließt jedoch indirekte Hinweise bezüglich unseres Flugziels nicht aus.«

»Was für indirekte Hinweise? Wo hast du die her?«

»Sir, Aranimas und Wolruf haben in meiner Gegenwart darüber gesprochen.«

»Wann?«

»Heute abend, vor weniger als einer Dekade. Wolruf hat über die Arbeiten, bei denen sie Sie beobachtet hatte, Bericht erstattet und verraten, daß meine Position sich bei jedem Besuch verändert habe. Sie hat Aranimas mehrere meiner Zugriffsöffnungen gezeigt und ihm beschrieben, was sich darunter befindet.«

»Dacht' ich mir's doch, daß sie mir nachspioniert«, ereiferte sich Derec. »Was ist sonst noch passiert?«

»Aranimas schien beunruhigt, weil Sie ohne Aufsicht abwesend waren, und hat Wolruf befohlen, in Zukunft besser auf Sie aufzupassen . . .«

»Zur Sache. Wo sind wir? Wohin sind wir unterwegs?«

»Ich war gezwungen, aus dem Gehörten zu schlußfolgern, doch bin ich überzeugt, daß wir uns im Anflug auf einen Ort befinden, an dem Aranimas eine große Anzahl zusätzlicher Roboter in seinen Besitz zu bringen hofft.«

»Wiederhole den relevanten Teil des Gesprächs.«

»Jawohl, Derec.«

Die Stimmen waren so naturgetreu wiedergegeben, daß Derec bei geschlossenen Augen geschworen hätte, Aranimas und Wolruf befänden sich im Raum.

»Wir ssind schon lang' aus Mrassdf forrrt«, sagte Wolruf. »Die Narwe ssehnen sich nach ihren Heimatherrrden. Sselbst ich werde der Rrreise manchmal müde. Iss' es wirklich notwendig, noch ein Menschennest aufzussuchen?«

»Ich habe nicht vor, mit leeren Händen zurückzukehren«, sagte Aranimas.

»Du hast das Juwel, den Robot, und noch viel mehr. Deine Verrrpflichtung gegenüber Wiwera iss' längst erfüllt. Ssicher wird doch aus diesen Erfolgen genug Rrruhm errrwachsen . . .«

»Keine Widerrede«, sagte Aranimas schroff. »Ich brauche Roboter, die mir dienen. Der Mensch Derec hat gesagt, daß es auf jeder Menschenwelt Roboter gibt, daß man mit uns Geschäfte macht, wenn wir in Frieden kommen. Wir werden sie in dem Glauben lassen, daß wir in Frieden kommen, und uns dann nehmen, was wir brauchen. Erst dann nehmen wir Kurs auf Mrassdf, vorher nicht.«

Wolrufs Stimme nahm einen bettelnden, winselnden Tonfall an. »Die Narwe ssind wahrhaftig werrrtlose Geschöpfe, das steht fest. Aber wie, wenn wir das Juwel in der Hand verrrlieren, weil wir nach der Scherrrbe auf dem Dach greifen . . .«

Der Robot unterbrach sich. »An diesem Punkt zog Aranimas eine nicht näher bestimmbare Waffe und richtete sie auf Wolruf. Sie schien Wolruf große Schmerzen zu bereiten.«

Dann fuhr er mit Aranimas' Stimme fort. »Du enttäuschst mich, Wolruf. Ich habe dich für weitsichtiger gehalten. Ohne die Roboter werde ich das Juwel an Wiwera übergeben müssen, wenn wir zurückkehren — was ich keinesfalls vorhabe. Lieber lasse ich mich hier mit dir zusammen atomisieren, als jemandem wie Wiwera den Schlüssel zu überlassen.«

Der Robot schwieg, und Derec wußte nichts zu sagen. Noch eine Station, dann würden die Piraten mit ihrem Schatz nach Hause zurückkehren. Wo diese Zwischenstation sich befand, war nicht zu erraten. Es gab, verteilt auf viele hundert Lichtjahre, Hunderte von Spacerstationen.

Es konnte ihm gleich sein. Er würde sie nie zu Gesicht bekommen.

Aranimas würde ihn benutzen — sein Wissen, seine Stimme, wenn nicht gar sein Abbild —, um sich Zugang zu der Anlage zu verschaffen. Und sobald die Fremden bekommen hatten, was sie wollten, würde das Schiff nach Mrassdf aufbrechen, wo Derec ein Schicksal als Sklave oder als bloße Kuriosität bevorstand.

Die Erkenntnis seiner Machtlosigkeit traf Derec vernichtend. Er hatte sich nur auf sich selbst verlassen und alles im Alleingang auf sich genommen. Er hatte intrigiert und geprahlt und gekämpft und getrickst, um einer Herausforderung nach der anderen zu begegnen.

Doch die Herausforderung, der er sich jetzt gegenübersah, erschien ihm unüberwindlich. Irgendwann während der nächsten paar Tage mußte er seine Flucht bewerkstelligen — aus einem Schiff, in dem er sich nicht zurechtfand, vor einem Wächter, über dessen Fähigkeiten er sich nicht im klaren war, an einen Ort, wo er kaum hoffen konnte, wirklich sicher zu sein.

Sein einziger Pluspunkt war der Robot, und das war nicht genug. Ich kann es gar nicht schaffen, dachte er verzweifelt. Aber ich kann auch nicht einfach aufgeben . . .

Nach einer langen Zeit verzweifelten und fruchtlosen Hin- und Her-Überlegens blieb nur der Gedanke: Ich brauche Hilfe. Ich muß damit aufhören, alles allein angehen zu wollen — muß mich jemandem anvertrauen.

Und da fiel ihm ein, daß es an Bord noch jemanden gab, der einsam und hilflos war wie er und sich von einem Verbündeten nicht nur trösten, sondern auch ermutigen ließ. Genaugenommen eine Person, die bereits ihre Freundschaft mit Derec kundgetan hatte.

Wenn sie mir hilft, dachte Derec, könnten wir es vielleicht schaffen . . .

Eine Stunde verging mit Warten. Von seiner neu erwachten Hoffnung beflügelt, beschäftigte Derec sich mit Lösungsmöglichkeiten für sein Problem, anstatt unablässig die Tür im Auge zu behalten.

»Da bisst du ja«, ertönte unvermittelt eine rauhe Stimme.

Derec hob den Kopf und erblickte Wolruf. »Ich war spazieren. Hast mich wohl gesucht, wie?«

»Aranimas hat dich verrrmißt«, entgegnete Wolruf. »Von jetzt an bleibst du hier, verstanden?«

»Kommt er her?«

»Der Boß rrruht ssich grade aus. Morrrgen kommt er dich besuchen. Ssieh zu, daß du hier bist«, sagte Wolruf und wandte sich zum Gehen.

»Du hattest Ärger mit Aranimas, weil ich nicht da war, wie?« rief Derec ihr nach.

Die Caninoidin hielt inne, warf einen Blick zurück und zuckte die Achseln.

»Tut mir leid«, sagte Derec. »Ich hab dich in eine unangenehme Lage gebracht.«

»Iss nichts Neues für mich. Passiert auch ohne dich oft genug.«

Derec lächelte. »Ich wüßte zu gerne, was du hier machst, Wolruf, warum arbeitest du für jemanden wie Aranimas?«

»Das iss eine lange, komplizierte Geschichte.«

»Ich habe Zeit — und es interessiert mich wirklich.«

Wolruf zögerte, dann kam sie ein paar Schritte in den Raum zurück. »Sollte eigentlich schlafengehen«, sagte sie mürrisch.

»Warum tust du nicht mal, was du willst, statt immer nur das, was du eigentlich solltest?«

Wolruf ließ sich auf Armeslänge von ihm entfernt nieder und grinste. »Iss das dein Erfolgsgeheimnis?«

Es dauerte länger als nötig, die Geschichte einigermaßen verständlich zu erzählen. Wolruf hatte noch nie mit jemandem über ihre Heimat und ihr Leben sprechen müssen, dem die unzähligen Kleinigkeiten unbekannt waren, die jemand aus dem eigenen Kulturkreis beständig parat hatte. Derec mußte sie immer wieder um Erläuterungen bitten.

Außerdem gab es Sprachprobleme, sobald Wolruf bei abstrakteren Gedanken an die Grenzen ihres Standardvokabulars stieß. Manchmal schien sie auch Fakten oder Ideen ungenau zu beschreiben, bei deren Darlegung sie sich unwohl fühlte.

Indem er das Gehörte ordnete und einige Lücken mit Schlußfolgerungen überbrückte, gelangte Derec zu einer einigermaßen stimmigen Antwort auf seine Frage. Auch wenn Wolruf mit zweihundert bewohnten Welten prahlte, stammte die Schiffsmannschaft doch aus einem einzigen Sonnensystem. Aranimas' Rasse — die

Erani — und die Narwe lebten auf Mrassdf, dem zweiten Planeten, laut Wolrufs Beschreibung eine heiße, sturmgepeitschte, unwirtliche Welt. Wolrufs Rasse — deren Name so unaussprechlich war wie ihr persönlicher — und die scheuen »Seesterne« bewohnten den klimatisch gemäßigten vierten Planeten.

Die Beziehung zwischen den Narwe und den Erani glich der von Schaf zu Schäfer, nur daß die Narwe intelligenter und körperlich geschickter waren als Schafe. Aber der Vergleich war keineswegs abwegig. Die Narwe waren den Erani zahlenmäßig um ein Vielfaches überlegen, doch die Erani — aggressiv, erfinderisch, räuberisch — waren in jeder Hinsicht dominant.

Das Verhältnis zwischen den beiden Welten war wesentlich komplexer, und Derec begriff es nicht völlig. Keiner der Planeten schien über eine Gesamtregierung zu verfügen. Möglicherweise war es das, was sie daran hinderte, sich gegenseitig zu bekriegen, denn die tiefgreifende Abneigung zwischen ihnen war eindeutig. Trotzdem herrschte reges Geschäftstreiben zwischen den Planeten. Hierbei waren die von diversen eranischen Gruppierungen betriebenen Handelsgesellschaften und die Waren, die verschiedene Familien von Wolrufs Rasse herstellten, von zentraler Bedeutung.

Wolruf scheute davor zurück, auf Aranimas selbst einzugehen, doch schien es sich bei ihm um ein jüngeres Mitglied einer der mächtigeren Eraniparteien zu handeln. Derec schloß aus Wolrufs Worten, daß ihre Familie aus irgendwelchen Gründen bei Aranimas' Handelsgesellschaft in Ungnade gefallen war.

»Meine Dienste auf dieser Mission entheben meine Familie der *Dhierggra*«, erläuterte sie.

Die *Dhierggra*, bekam Derec durch viel Fragen heraus, entsprach einer Schwarzen Liste — solange sie in Kraft war, würde kein Erani mit der Familie Geschäfte machen. Somit war Wolruf im Grunde eine Leibeigene — eine Sklavin, die die Schulden ihrer Familie abarbeitete.

»Wieso haben sie dich ausgewählt?«

»Ich bin die Jüngste, für die Familie am wenigsten wert.«

Derec wollte zwar nicht voreilig eine ganze Kultur nach der Geschichte eines einzigen Angehörigen dieser Kultur beurteilen, merkte jedoch, wie er über die Ungerechtigkeit immer wütender wurde. »Behandelt Aranimas dich etwa deswegen so? Gehört das mit zum Handel, daß er dich nach seiner Pfeife tanzen lassen darf?«

»Das iss Erani-Art. Die gehen mit jedem so um.«

»Nicht untereinander«, sagte Derec. »Das ist das Ungerechte an der Sache.«

Erst da wurde Derec klar, daß im Laufe des Gesprächs etwas passiert war, etwas Unerwartetes. Eigennützig und berechnend hatte er Wolruf ausgehorcht. Sie hatte für ihn nichts anderes bedeutet als einen weiteren Ansatzpunkt, den es auszunutzen galt. Doch während er ihr zugehört hatte, war aus seiner geheuchelten Sympathie echtes Mitgefühl für ihre Qualen geworden. Sie war ein Opfer, genau wie er.

Ihr jedoch schien seine Anteilnahme unangenehm zu sein. »Geht dich nichts an.«

»Wolruf — du hast gesagt, du bist meine Freundin. Nun laß mich dein Freund sein.«

»Was ssoll das heißen?«

»Aranimas beutet dich aus wie eine Sklavin und mißhandelt dich wie ein Tier. Das muß nicht so sein. Gemeinsam können wir dem ein Ende machen.«

»Wie?«

»Ich habe das Handwerkszeug«, sagte er und wies mit dem Kopf auf den Roboter. »Und ich habe ein paar Ideen. Aber ich muß von dir einiges in Erfahrung bringen — über Aranimas und darüber, wie das Schiff funktioniert.«

Wolrufs Unbehagen war nicht zu übersehen, und Derec hatte schon die Befürchtung, zu voreilig gewesen zu sein und sie verängstigt zu haben. »Du willst das Juwel wiederhaben«, sagte sie.

Jetzt war Ehrlichkeit geboten. »So ist es.«

»Nehmen wirst du's und es dann mir überlassen, mich mit Aranimas auseinanderzusetzen.«

Derec schüttelte mit Nachdruck den Kopf. »Ich muß tatsächlich fliehen. Ich kann nicht zulassen, daß Aranimas mich nach Mrassdf verschleppt. Aber wenn ich dich nicht in einer besseren Lage zurücklassen kann als die, in der du dich jetzt befindest, nehme ich dich mit. Wolruf — wir sind die einzigen, die einander helfen können. Wenn wir es nicht versuchen, haben wir unser Schicksal verdient.«

Die Caninoidin begegnete Derecs fragendem Blick ohne mit der Wimper zu zucken. »Das iss' wahr. Na gut — Freund. Verrrsuchen wir'ss.«

In der Biologie von Wolrufs Gattung schien es etwas zu geben, was das Bedürfnis nach Schlaf und Erholung verschärfte. Fast hatte es den Anschein, als verfügten sie über einen metabolischen Schalter, der ihnen, sobald er ausgelöst war, unmißverständlich zu verstehen gab, daß der primäre Energievorrat erschöpft und die Zeit reif war, sich zurückzuziehen.

Eine halbe Stunde, nachdem sie sich zu unterhalten begonnen hatten, als erst einige von Derecs Fragen beantwortet waren und ihr Plan noch kaum Gestalt angenommen hatte, war es bei Wolruf soweit. Ihre Augen verengten sich zu Schlitzen, ihr Atem wurde säuerlich, und ihr Fell lag flach an und schien seinen Glanz zu verlieren.

Obwohl er immer noch viele dringende Fragen hatte, bekam Derec nicht einmal die Chance, sie zum Bleiben zu überreden. Ohne nähere Erklärung, abgesehen von einem hingemurmelten »Muß schlafen«, rappelte sie sich auf und verschwand.

Wolrufs Abgang ließ Derec plötzlich auf seine eigenen müden Glieder aufmerksam werden. Aber ehe er daran denken konnte, sich auf der dünnen Matratze zusammenzurollen, war noch eine Aufgabe zu erledigen.

Der Robot wartete, wo er vor mehreren Stunden nach Ausführung von Derecs letztem Befehl zur Ruhe gekommen war, aber das war nicht weiter überraschend. Seit seiner Aktivierung durch Derec hatte sich im Verhalten des Robots eine unnatürliche Passivität gezeigt, eine Passivität, die über die von Derec vorgegebenen Ruhezustände weit hinausging. Ein normaler Robot hatte zahlreiche Pflichten, die er auch ohne Lenkung von außen erfüllte, indem er den Befehlsvorgaben für seine Hauptfunktion folgte: als Domestike, Arbeiter, Techniker und dergleichen.

Die Initiative des Robots war offenbar den ausgebrannten Speicherwürfeln und der langen Ausfallzeit zum Opfer gefallen. Aber das Zweite Gesetz war ihm geblieben, und daher saß er herum und wartete geduldig auf ein Wort von Derec, damit er etwas zu tun bekam.

Derecs erste Handlung bestand darin, daß er den Mathematikwürfel entfernte und gegen den Personenverteidigungswürfel austauschte. Die zusätzlichen Positronenbahnen im PV-Würfel würden die Aufnahmefähigkeit des Robots für drohende Gefahren verstärken und sein Bestreben, vorbeugend dagegen anzugehen. Allerdings würden sie außerdem die normale Neigung des Robots unterdrücken, ihn ohne Rücksicht auf die Konsequenzen vor unmittelbaren, konkreten Risiken zu bewahren. Das Erste Gesetz sah keine Ausnahmen dafür vor, gutgemeinte Wagnisse einzugehen; dazu war der PV-Würfel da.

»Alpha«, sagte Derec, als er fertig war. »Meine vorangegangenen Instruktionen, wonach du in den Wartestand zu treten hast, sobald einer der Fremden sich nähert, sind hiermit aufgehoben. Du mußt nur weiterhin womöglich vermeiden, die einzigartigen Fähigkeiten deines rechten Arms zu verraten.«

»Ich verstehe, Derec.«

»Ich gebe dir jetzt einen Instruktionsblock, der erst in Kraft tritt, wenn du den Auslösecode hörst. Der Auslösecode, der von mir kommen muß, ist die Frage: ›Wer ist dein Herr?‹ Der Desaktivierungscode ist das Wort ›Aurora‹.«

»Ich verstehe, Derec.«

»Beginn des Instruktionsblocks: du wirst den Auslösecode mit ›Aranimas‹ beantworten. Du wirst mit Aranimas gehen, wohin er will. Du wirst seinen Anordnungen gehorchen, sofern sie nicht dem Ersten, Zweiten und Dritten Gesetz oder diesem Instruktionsblock widersprechen. Du wirst keine Anordnungen befolgen, die Wolruf oder ein anderes nichtmenschliches Besatzungsmitglied gibt. Du wirst keine zusätzlichen Instruktionen von mir akzeptieren, sofern der Desaktivierungscode ihnen voranging. Du wirst auf Informationsfragen von Wolruf und mir reagieren. Du wirst jedoch unter keinen Umständen Aranimas dieses oder ein anderes Gespräch mit mir, dessen Zeuge er nicht war, in irgendeiner Weise mitteilen.«

»Klarstellung. Sie wollen, daß Aranimas glaubt, ich stünde ganz und gar ihm zu Diensten?«

»Einschub. Ja«, sagte Derec. »Wenn er irgendeinen Nutzen aus dir zu ziehen beabsichtigt, wird er dich über das Schiff unterrichten müssen. Was du auch erfährst, es wird uns bei der Flucht helfen.«

»Ich begreife die Notwendigkeit der Spionage, Sir«, sagte der Robot. »Aber wenn ich Sie beschützen soll, muß ich an Ihrer Seite bleiben.«

Derec hatte den Einwand erwartet — PV-Schaltungen machten Roboter debattierfreudiger. »Da Aranimas auf diesem Schiff das Kommando hat, ist er für mich die wahre Bedrohung. Nur seine Handlungen oder Befehle können mir Schaden zufügen. Indem du dich an ihn hältst, kannst du mich am besten beschützen.«

»Ich verstehe, Sir.«

»In Ordnung. Eingabefortsetzung. Es sind vor allem zwei Dinge, die wir wissen müssen. Ein kostbares Objekt ist mit mir an Bord gekommen, rechteckig, silbern, etwa fünf mal zehn Zentimeter groß. Ich denke, es wird sich um dasselbe Objekt handeln, das Aranimas als Schlüssel und Wolruf als Juwel bezeichnet hat. Es ist offenbar wertvoll und potent. Wir müssen wissen, wo es sich befindet.«

»Ja, Derec. Ich werde besonders aufmerksam nach Hinweisen auf den Verbleib dieses Objekts achten.«

»Zweitens müssen wir wissen, zu welcher Spacerstation wir unterwegs sind und wann wir dort eintreffen. Wenn wir mit unserem Schachzug allzu lange warten, wird Aranimas uns irgendwo einsperren lassen, damit wir ihm nicht in die Quere kommen, während er Roboter klaut.«

»Es wäre eine kluge Vorsichtsmaßnahme.«

»Demnach wird sie Aranimas vermutlich einfallen«, sagte Derec. »Falls du erfährst, wo der Schlüssel aufbewahrt wird, hast du eine Dekade zu warten und dann eine Fehlfunktion nach Code 804 zu simulieren. Falls du erfährst, wohin wir unterwegs sind und wann wir ankommen sollen, hast du fünfzehn Zentaden zu warten und dann eine Fehlfunktion nach Code 3033 zu simulieren. Ende des Instruktionsblocks.«

Obwohl er genau wußte, welchen Ereignisablauf er sich von diesem Punkt an erhoffte, hielt Derec hier inne. Verbale Vorinstruktionen waren ohnehin heikel genug und erforderten das Geschick eines Semantikers, gepaart mit der Voraussicht eines

Sehers. Er wollte den Robot nicht mit übermäßig spezifischen und möglicherweise nutzlosen Befehlen belasten.

Auf die Konstruktion des PV-Würfels war viel Arbeit und Intelligenz verwandt worden. Derec würde darauf vertrauen müssen, daß Alpha, wenn der Zeitpunkt gekommen war, die Situation erfassen und tun würde, was nötig war.

Kapitel 12

Meuterei

Auch wenn von der Nacht nicht mehr viel blieb, als Derec fertig war, schlief er gut und wachte ausgeruht, mit klarem Kopf und voller Zuversicht auf. Er machte sich daran, das eine Ende des Raumes freizuräumen, wie um eine Bühne zu schaffen, und war fest entschlossen, eine gute Vorstellung zu geben. Bald danach traf Aranimas mit Wolruf im Schlepptau ein.

Derec besaß zwar kein Handbuch der Robotik mit ausführlichem diagnostischen Fragenkatalog, aber er kannte die wesentliche Stoßrichtung der Befragung, die man zum Testen der diversen positronischen Funktionen vornahm.

»Wenn die Tochter einer rothaarigen Frau zwei Hunde besitzt und der Vater eines Jungen, der sich das Bein gebrochen hat, arbeitslos ist, an welchem Tag rasiert dann der Barbier?«

Wolruf wollte sich dabei ausschütten vor Lachen, und Aranimas wirkte verdutzt. Der Robot aber antwortete seelenruhig: »Es ist nicht möglich, aus der gegebenen Information eine Antwort zu bestimmen.«

»Was ist hex 144C mal 16F2?«

»Hex 1D1B7D8.«

»Lege den rechten Zeigefinger auf die Mitte deiner Stirn.«

Der Robot gehorchte.

»Zitiere das Rayleighsche Gesetz der magnetischen Permeabilität . . .«

Fünfzehn Minuten lang überhäufte Derec den Robot mit Kommandos und Fragen, weniger um Aranimas mit den Fähigkeiten des Robots zu imponieren, sondern mehr um die eigene Kompetenz zu unterstreichen. Er wollte nicht, daß Aranimas dachte, nun, da der Robot funktionstüchtig war, sei er, Derec, entbehrlich.

Dann stellte Derec, noch ehe Aranimas ungeduldig werden konnte, die abschließende Frage: »Alpha, wer ist dein Herr?«

»Aranimas«, antwortete der Robot.

Derec wandte sich an Aranimas. »Der Robot gehört ab jetzt dir«, sagte er. »Du wirst ihm beibringen müssen, was du von ihm willst, aber mehr als einmal mußt du es ihm nicht zeigen.«

Aranimas erhob sich. »Befiehl ihm, Wolruf anzugreifen«, sagte der Fremde.

»Was?«

»Ich will die Kontrolle über diesen Diener nicht mit einem anderen teilen. Befiel ihm, Wolruf anzugreifen.«

Derecs Zögern war kalkuliert. Er wandte sich dem Robot zu und sagte: »Nimm diese Strebe und hau Wolruf über den Kopf.«

Wolruf winselte, doch der Robot rührte sich nicht. »Ich kann dem nicht nachkommen, Sir.«

Dann wiederholte Aranimas das Kommando. »Diener. Nimm die Strebe und schlage Wolruf.«

Derec hielt den Atem an. Falls es bezüglich der Behandlung von Fremdwesen zu einem Konflikt mit dem Ersten Gesetz kommen sollte, dann jetzt.

»Ja, Herr«, sagte der Robot, drehte sich um und griff nach der Metallstange. Nervös schob sich Wolruf in Richtung Tür. Derec stieß einen kleinen Seufzer der Erleichterung aus.

»Halt, Diener«, befahl Aranimas. Zu Derec sagte er: »Du scheinst es doch wert zu sein, daß man dich am Leben erhält. Wolruf wird andere Aufgaben für dich finden.«

»Nein«, erwiderte Derec kühn. »Ich bin Robotiker und kein Hilfsarbeiter. Kein Narwe. Wenn du deinen neuen Diener in gutem Zustand halten willst, läßt du mich hier weiterarbeiten.«

»Woran?«

»Erst mal daran, den anderen Robot nach Ersatzteilen auszuschlachten. Dieser Robot ist nur zusammengeflickt, ich kann ihn haltbarer machen, einige der beschädigten Komponenten können mit Ersatzteilen reparabel sein.«

Derec wagte sich weiter vor und geriet dabei richtig in Fahrt. »Draußen in der wirklichen Welt gibt es Reparaturroboter, die nichts anderes tun, als andere Roboter zu warten. Du hast im Augenblick nur einen Robot, deshalb bin ich dein Techniker. Du hast gesehen, was ich kann. Wie lange hattest du diese Teile schon? Wieviel Zeit hast du damit verbracht, sie dir anzusehen, ohne daraus schlau zu werden? Wieso willst du mich wie einen besonders widerwärtigen Narwe behandeln?«

Aranimas starrte ihn an, dann gab er einen zischenden Laut von sich, bei dem es sich um ein Lachen handeln mochte. »Komm, Diener. Wir werden den Meisterrobotiker seinen Aufgaben überlassen.«

Es war nicht einfach für Derec, Alpha mit Aranimas fortgehen zu sehen. Noch schwieriger war es, geduldig auf ein Zeichen zu warten, daß der dürftige Plan, den er und Wolruf ausgeheckt hatten, auch nur die erste Hürde überstand.

Er war nach wie vor in seinem kleinen Winkel des Schiffs isoliert. Er hatte keine Möglichkeit, festzustellen, was Aranimas mit dem Robot anstellte. Von einer Minute zur nächsten konnte er sich nicht mehr sicher sein, ob seine Instruktionen an den Robot noch wirksam waren. Vielleicht hatte Aranimas ja nur so getan, als sei er in bezug auf Roboter unwissend. Vielleicht hatte er längst Derecs gesamte sorgfältige Konditionierung zunichte gemacht.

Selbst wenn die Instruktionen wirksam waren, konnten sie immerhin irrelevant sein. Derec hatte angenommen, Aranimas würde von seinem neuen Spielzeug so angetan sein, daß er es ständig bei sich behielt. Alles hing davon ab, daß dem so war. Sollte er jedoch unrecht haben, sollte Aranimas Alpha einfach in einen fernen Winkel des Schiffs entsandt haben, um dort irgendwelche niederen Aufgaben zu erfüllen, dann war sein Plan von vornherein zum Scheitern verurteilt. Derec hätte in diesem Fall den Robot aufgegeben und im Gegenzug nichts gewonnen.

Derec hatte zu arbeiten, teils um das Märchen vom getreuen Untergebenen aufrechtzuerhalten, teils für seine eigenen Zwecke. Doch die Arbeit vermochte weder seiner Ungeduld noch seiner Besorgnis die Spitze zu nehmen. Die Zeit kroch entnervend dahin.

Wolruf kam an diesem Tag noch mehrmals vorbei, und wenn sie gerade einmal nicht bei ihm war, entfernte sie sich doch nie allzu weit. Derec waren die Unterbrechungen recht, aber er machte sich Sorgen, Aranimas könne die Veränderungen in ihrem Arbeitsrhythmus bemerken und sich nach dem Grund fragen. Und ohne Alpha, der ihn auf Aranimas' Annäherung hätte aufmerksam machen können, widerstrebte es Derec, über den sich allmählich entfaltenden Komplott gegen den fremden Befehlshaber zu reden.

Aber das war nicht ganz zu vermeiden. Der Ruf konnte jederzeit ergehen, und ein Schlüsselproblem war noch ungelöst. Derec wußte, oder glaubte zu wissen, wie sie Aranimas entwaffnen konnten. Die unbeantwortete Frage lautete, wie man ihn außer Gefecht setzte.

Mit überraschender Vehemenz schloß Wolruf aus, den Erani zu töten. Derec bedauerte das nicht sehr. Er konnte sich nicht recht vorstellen, wie er mit einer Keule auf Aranimas zuging und ihn zu Tode prügelte. Allerdings blieb Aranimas für sie gefährlich, solange er am Leben war.

Zunächst schlug Derec eine Betäubungspistole vor, hergestellt aus einer frisch aufgeladenen Mikrozelle und einigen Drahtenden. Aber es war unmöglich festzustellen, ob Aranimas überhaupt auf Elektroschocks ansprach, oder sicherzustellen, daß der Starkstrom ihn nicht umbrachte.

»Die Kammer mit diesem Sternwesen«, sagte Derec unvermittelt.

»Als wir sie durchquert haben, fingen Aranimas' Augen zu tränen an. Weißt du, warum? Das sind Wesen von deiner Welt. Ist dort was in der Luft, das im übrigen Schiff nicht auftritt?«

»Ja«, sagte Wolruf. »Gelbgas. Das iss' der einzige Teil vom Schiff, wo'ss vorrrkommt. Die Sterrnwesen geben Gelbgas ab, wenn ssie ssich bewegen.«

So ist das also, dachte Derec. Ein Verdauungsprodukt oder eine Art chemischer Kommunikation . . . »Demnach gleicht die Luft dort der Atmosphäre deiner Welt?«

»Ja.«

»Und das heißt, daß die Erani sich vermutlich nicht unbegrenzt auf eurer Welt aufhalten können, ohne krank zu werden«, folgerte Derec.

»Wir ssind vorrr den Launen der Erani ssicher«, stimmte Wolruf zu.

Derec schwieg und dachte nach. »Du hast gesagt, die Sternwesen seien Teil eines Experiments. Könnte es sein, daß Aranimas an der Neutralisierung des Gases arbeitet, damit die Erani bei euch einfallen können?«

»Das iss' möglich.«

»Gibt es irgendwo abgefüllte Proben?«

»Es gibt eine Flüssigkeit, die sich in Gelbgas verwandelt, wenn man sie freisetzt.«

»Ausgezeichnet. Besorg mir was davon.«

Als Derec sich in jener Nacht zur Ruhe begab, wollte sich der Schlaf nicht recht einstellen. Als er aufwachte, sah er Wolruf über sich gebeugt dastehen. »Aranimas will dich ssehen«, sagte Wolruf.

»Hat es mit dem Robot zu tun?«

»Der neue Diener will nicht mehrrr auf den Boß hören«, sagte Wolruf. »Ssitzt einfach sso da.«

»Kann sein, daß es soweit ist«, sagte Derec und kämpfte sich hoch. »Ich hole mein Werkzeug.«

Als Derec und Wolruf den sechseckigen Kreuzungspunkt erreichten, blieb Derec stehen und griff nach dem Arm der Caninoidin. »Erwartet er, daß du mitkommst?«

»Nein. Ssoll dich nur abliefern. Aber ich kann ja mit rrreinkommen und zussehen, ob er mich rrrausschickt . . .«

»Nein«, sagte Derec. »Du darfst nichts Ungewöhnliches tun. Mit dem ersten Teil werde ich allein fertig. Warte du hier.«

In Rumpf A entdeckte Derec Aranimas am gegenüberliegenden Ende des Hauptabteils und schlängelte sich zwischen den Drahtverhauen zu der Stelle durch, wo der Fremde wartete.

»Der Robot ist ausgefallen«, sagte Aranimas mit einer Handbewegung. »Repariere ihn.«

Der Robot saß auf dem Rand eines niedrigen Tisches, reglos bis auf die linke Hand, die langsam und ziellos ums Handgelenk rotierte. Code 3033 — unsere Position! dachte Derec.

»Was hast du mit ihm angestellt?« erkundigte sich Derec und trat bis auf Armeslänge an den Robot heran.

»Nichts habe ich getan. Der Mechanismus hat einfach aufgehört, mir zu gehorchen.«

»Irgendwas mußt du angestellt haben.« Derec bückte sich, um direkt in die glühenden Augen zu spähen. »Alpha. Bestätigungsmeldung.«

»Jjaa, Ssir«, sagte der Robot undeutlich und verzerrt.

Code 804! Der Schlüssel! Aber er mußte sich Gewißheit verschaffen. »Alpha. Vorgabe 1-A-1-B. Ausführen.«

Der Robot saß unbeweglich da.

»Alpha. Vorgabe 2-C-2-D. Ausführen.«

Immer noch keine Reaktion.

»Was fehlt meinem Diener?« wollte Aranimas wissen.

Um Zeit zu gewinnen, öffnete Derec seine kleine Werkzeugtasche und dann die linke Schulterabdeckung des Robots. Während er hineinspähte, durchdachte er seinen nächsten Schritt. Die Umstellungen, die er am Bedürfnis des Robots, intelligentes Leben zu schützen, vorgenommen hatte, waren eine heikle Angelegenheit. Schon einmal waren sie unerwartet strapaziert worden, als Aranimas den Robot in Besitz nahm.

Wenn er jetzt den Robot von seiner Befehlssperre befreite und ihn anwies, gegen Aranimas vorzugehen, bedeutete das den Auftrag, dem Zweiten Gesetz folgend zu versuchen, das Erste Gesetz zu brechen. Möglicherweise würden seine behutsamen Korrekturen unter dieser Belastung auseinanderfallen, und der Robot würde sich derart festfressen, daß Derec ihn nicht mehr reparieren konnte.

Dieses Risiko wollte er nicht eingehen. Es war für den Robot wesentlich naheliegender, dem Ersten Gesetz zu gehorchen, statt es zu mißachten. Aber dadurch wurde es notwendig, Aranimas so zu provozieren, daß er Derec angriff.

»Sieht aus wie ein Versagen des Willensumsetzers«, log Derec. »Wenn zwei widersprechende Impulse ihn in ein und derselben Phase erreichen, kann es sein, daß er im Oszillator eine Interferenzwelle erzeugt. Schuld ist beinahe immer der Eigentümer. Was hast du von ihm verlangt?«

»Ich habe nichts falsch gemacht, ich habe ihm nur die Funktion der Geräte in diesem Sektor erklärt, als seine Hand plötzlich anfing, derart sinnlos herumzuschlenkern.«

»Lüg mich nicht an«, sagte Derec. »Ich hätte wissen müssen, daß eine Rasse, die so rückständig ist wie deine, mit hochentwickelten Maschinen nicht umgehen kann . . .«

»Du bist schlimmer als die Narwe«, knurrte Aranimas. »Dir fehlt das Gespür dafür, daß du dich im Dienste eines wahrhaft Überlegenen befindest.« Noch während er sprach, glitt seine Hand auf den Schlitz in seiner Robe zu.

»Aurora!« brüllte Derec.

Doch der Robot hatte sich bereits in Bewegung gesetzt, noch ehe Derec das Wort ausgesprochen hatte, gleich als das Erste Gesetz sich gegenüber den Einschränkungen der Befehlssperre durchgesetzt hatte. Das Rennen zwischen Aranimas' Reflexen und denen des Robots war kein echter Wettbewerb. Der Stift hatte sich noch nicht einmal aus den Falten der Robe befreit, da hatte der Robot Aranimas schon am Handgelenk gepackt und ihm mit der Linken den Stift entrungen.

»Laß mich los!« kreischte Aranimas schrill. Er wand und wehrte sich, konnte sich jedoch nicht aus dem Griff der einen mechanischen Hand lösen.

»Ich kann nicht erlauben, daß Sie Derec Schaden zufügen«, sagte der Robot.

»Du bist mein Diener. Gehorche meinen Anordnungen! Laß mich los!«

»Nein, Aranimas«, sagte Derec und trat vor. »Alpha ist und bleibt mein Diener.« Dann rief er über die Schulter. »Wolruf! Du kannst jetzt reinkommen!«

Nachdem er den Stift vom Boden aufgehoben hatte, drehte Derec ihn hin und her. Es gab daran keine sichtbaren Schalter oder Anzeiger. Derec hielt ihn, wie Aranimas es getan hatte, und richtete ihn auf den Fremden. Der zeigte keine Wirkung.

»Meine eigenen Waffen können nicht gegen mich eingesetzt werden«, sagte Araminas mit unbeugsamem Stolz.

»Ein raffiniertes Vorgehen«, kommentierte Derec. Er griff in die Werkzeugtasche und holte das kleine Spielzeug hervor, das er bei Tagesanbruch gefertigt hatte. Angeschlossen an eine kleine Flasche, gefüllt mit einer senfgelben Flüssigkeit, war eine winzige Pumpe, die er aus dem beschädigten Robot gerettet hatte. »Aber ich besitze auch eine Waffe.«

Während Wolruf neben ihn trat, richtete Derec das Auslaßventil der Pumpe auf Aranimas und drückte den Auslöser. Aus der winzigen Öffnung schoß ein feiner Nebel und traf den Fremden mitten ins Gesicht.

Ein Mensch hätte überrascht Luft geholt. Aranimas dagegen schlug mit der freien Hand nach der Spritzpumpe und hätte sie auch beinahe erwischt, da seine Armspanne der Reichweite des behelfsmäßigen Geräts beinahe entsprach.

Doch einen Moment darauf begann eine rötliche Flüssigkeit aus Aranimas' Augen zu rinnen, und seine Gesichtshaut schien sich aufzublähen. Er versteifte sich und reckte die freie Hand hoch in die Luft. Seine Finger krümmten sich, als würde er nach etwas greifen, und zum ersten Mal waren die Muskelstränge an Arm und Schulter unter der Haut sichtbar. Als die Spritzpumpe nur noch unregelmäßig sprühte, schlossen sich die Augen des Fremden, und sein Arm fiel schlaff herab.

»Laß ihn los«, sagte Derec und betätigte mit dem Daumen den Schalter. Die Hand des Robots öffnete sich, und der Fremde brach auf dem Deck zusammen und lag bewegungslos da.

»Ich — entdecke — keine Atmung«, sagte der Robot stockend.

Diese Sprachhemmung war ein Warnsignal für Derec. Ich hätte ihn über das, was passieren wird, vorwarnen müssen, wurde ihm im nachhinein klar. »Er ist nicht tot«, sagte Derec. »Sein Kreislauf hat einen Giftschock erhalten, aber er wird sich davon erholen.«

»Ich — werde versuchen — zu integrieren —«

»Alpha — analysiere doch die Situation. Dies ist Aranimas' Schiff. Er war insgesamt im Vorteil. Er hätte hundert Dinge unternehmen können, um uns aufzuhalten, und wir hätten es nicht bemerkt, bis es zu spät gewesen wäre. Er mußte neutralisiert werden.«

»Ich verstehe — und akzeptiere.«

»Alles in Ordnung mit dir?«

»Ich entdecke eine leichte Störung — in meinen Gehirnpotentialen, die ich der Tatsache zuschreibe — daß ich Zeuge der Gewalt gegen ein Intelligenzwesen-das-kein-Mensch-ist gewesen bin«, sagte der Robot, dessen Sprache sich allmählich wieder normalisierte. »Die Störung läßt nach, und ich glaube nicht, daß sie mein Funktionieren beeinträchtigen wird.«

»Gut«, sagte Derec und warf die geleerte Spritzpumpe zu den Werkzeugen. »Was hast du herausgefunden?«

»Wir nähern uns einer unabhängigen, freifliegenden Raumstation.«

»Mist«, sagte Derec mit Nachdruck. »Ich hatte gehofft, er würde uns direkt zu einer der Spacerwelten bringen. Wieviel Zeit haben wir?«

»Ich bin nicht befähigt, unsere Ankunftszeit exakt einzuschätzen. Ich habe jedoch herausgefunden, daß sich die Besatzung des Schiffs derzeit auf niedrigster Bereitschaftsstufe befindet.«

»Demnach bleiben uns vermutlich mehr als nur ein paar Stunden«, sagte Derec. »Ist Aranimas mit der Station in Kontakt getreten?«

»Nicht daß ich wüßte, Sir. Dieses Gefährt scheint nicht über Hyperwellenkommunikation zu verfügen — nur über einfachen Hochfrequenzfunk.«

Das stimmte mit Derecs Erfahrungen auf dem Asteroiden überein, aber es gab ihm außerdem ein Rätsel auf. Wie hatten die Fremden den Asteroiden gefunden? Derec hatte wie Monitor 5 angenommen, daß sie den seinetwegen ausgesandten Notruf abgefangen hatten. Aber ohne einen Hyperwellensucher war das schlicht unmöglich.

Vielleicht konnte Wolruf die Sache aufklären — aber das konnte warten. »Okay. Wie steht es mit dem Schlüssel? Weißt du, wo er sich befindet?«

»Ungefähr. Ich nehme an, er ist unter einer der Bodenplatten des Kommandozentrums versteckt.«

Als er sich das letzte Mal im Kommandozentrum aufgehalten hatte, war es Derec zu schlecht gegangen, um auf seine Umgebung zu achten. »Dann wollen wir mal nachsehen«, sagte Derec und schickte sich zum Gehen an. »Wie hast du ihn gefunden?« rief er über die Schulter zurück.

»Aranimas hat mir den Schlüssel gezeigt und mich über ihn befragt«, sagte der Robot. »Als er ging und ihn mitnahm, konnte ich nicht genau sehen, wie er sich seiner entledigt hat. Doch beschränkte die Dauer seiner Abwesenheit den Radius, innerhalb dessen das Versteck liegen muß, auf sein Deck, und die Geräusche, die ich zu hören bekam, entsprachen dem Ablösen und Wiedereinsetzen einer Bodenplatte.«

Sie erreichten die Kommandozentrale, und Derec sah, daß das Deck ein Mosaik aus mehreren hundert tellergroßen, sechseckigen Metallplatten war. Die Oberfläche einer jeden Platte besaß eine Anordnung kleiner Löcher, aber es gab keinen sichtbaren Fingerhub — in der Tat keinerlei naheliegende Methode, einzelne Platten anzuheben. Alle sechs Ecken schlossen bündig mit den angrenzenden Platten ab.

»Hast du eine Idee, wo ich anfangen sollte?«

»Die Strategie des Versteckens würde gegen offensichtliche Positionen wie die Mitte und die Ecken sprechen. Darüber hinaus weiß ich nichts zu sagen.«

»Du kannst ihn nicht unter dem Deck ausmachen? Es gibt kein irgendwie geartetes Funksignal ab oder generiert ein Magnetfeld?«

»Keines, das ich entdecken könnte.«

Auch das entsprach den Ereignissen auf dem Asteroiden. Wenn der Schlüssel auf irgendwie meßbare Weise seine Anwesenheit kundgetan hätte, wären die Suchgeräte der Roboter lange vor Ankunft des Piratenschiffs darauf gestoßen.

»Na gut«, sagte Derec bedächtig. Er wandte sich Wolruf zu, die den stillen Betrachter gespielt hatte, seit sie zu ihnen gestoßen war. »Wir brauchen einen Ort, wo wir Aranimas einsperren können.«

Wolruf warf einen nervösen Blick zurück zu der Stelle, wo sie den Erani zurückgelassen hatten. »Drrraußen im Sseitengang gibt'ss ein paar Sspinde, die grrroß genug wären . . .«

Derec nickte. »Alpha — hole Aranimas und folge Wolruf. Sie wird dir zeigen, wo du ihn unterbringen kannst. Wolruf, sieh zu, daß es etwas ist, das Aranimas nicht von innen aufkriegt. Dann kommt ihr beide wieder hierher.« Er bemerkte Wolrufs besorgten Blick und fügte hinzu: »Ich weiß — du kannst den Robot nicht leiden.«

»Vielleicht überraschst du Wolruf, wie du Aranimas überrascht hasst.«

»Ich verspreche dir, es wird alles gutgehen«, sagte Derec und tätschelte den Arm der Caninoidin. »Keine Überraschungen. Ich werde hier auf euch warten.«

Als der Robot gegangen war, ließ Derec sich auf Hände und Knie nieder, um die Löcher in den Platten zu untersuchen. Sie erwiesen sich als spitz zulaufende Gruben von kaum einem halben Zentimeter Tiefe. Es schien keine Möglichkeit zu geben, dort etwas einzuhaken und so die jeweilige Platte anzuheben. Derec fragte sich, ob er wohl eine Art Vakuumklampe bauen mußte, ehe er den Schlüssel aufspüren konnte.

Dann wurde ihm klar, daß die Vertiefungen in etwa den Durchmesser von Aranimas' Stift hatten. Natürlich, dachte Derec, als er nach dem Instrument tastete. Wollen hoffen, daß diese Besonderheit nicht auch nur bei Aranimas funktioniert . . .

Er berührte das konische Ende einer der Vertiefungen, und die Platte schien den Stift zu packen und senkrecht zu stellen. Indem er den Stift zunächst mit einer, dann mit beiden Händen festhielt, versuchte Derec, die Platte einfach hochzuheben. Sie rührte sich nicht. Doch als er den Stift als Hebel benutzte, konnte er die Platte so mühelos aufklappen wie den Deckel einer Dose. Darunter befand sich ein kleines sechseckiges Fach — leer.

Kein Anfängerglück, wie? dachte er. Als er die Platte zurücklegte, löste sich der Stift. Sehr nett, dachte er, und berührte mit dem Stift die angrenzende Platte. Der Trick hatte nichts mit Magnetismus zu tun; der Stift schien schlicht an der Platte zu haften. Vermutlich metallische Affinität, gefolgt von einem kleinen Energiestoß, der die Atome zusammendrängte und ihre Bindung durchbrach. Ein netter Trick . . .

Hinter ihm ertönte ein Summen, und Derec wirbelte herum. In etwa sechs Metern Entfernung den Zentralkorridor entlang schwebte eine kreisförmige, an vier dünnen Drähten aufgehängte Plattform von der Decke herab. Und auf dieser Plattform stand eine Frau — eine junge Menschenfrau, kaum ein Jahr oder zwei älter als Derec, aber gute acht Zentimeter größer. Ihr Wickelblazer mit der breiten Schulterpartie war zwar von aristokratischem Zuschnitt, offenbarte jedoch, daß er schon lange getragen wurde.

Sie blickte überrascht, wenn nicht gar entsetzt. Ihr Mund arbeitete, als versuche er ein Wort zu bilden. »Du?« sagte sie ungläubig, als die Plattform den Boden erreichte. »Hier?«

Wilde Gedanken erfüllten Derecs Kopf, und die Vernunft mußte um die Oberhand kämpfen. Das würde mit Sicherheit helfen, Aranimas' Erfolg zu erklären — wenn er die ganze Zeit den Zuspruch einer menschlichen Gefährtin gehabt hatte . . .

»Du sagst mir besser rasch, wer du bist und was du hier machst«, sagte er und stand langsam auf. »Mir bleibt nicht viel Zeit für die Entscheidung, was ich mit dir anfange.«

»Was du mit mir anfängst?« wiederholte sie erbost. »Ich wüßte nicht, daß ich *dir* Rechenschaft schuldig wäre, nicht nach allem, was du getan hast.«

Endlich wurde Derec klar, was der Zustand der Kleidung des Mädchens zu bedeuten hatte. Sie war eine Gefangene, genau wie er. Und er erkannte, daß aus ihrer Sicht er es sein mochte, der sich mit den Piraten verbrüdert hatte.

»Ich habe Aranimas nur geholfen, um Zeit zu gewinnen und meinen Hals zu retten. Der Robot gehört jetzt mir, und Aranimas kann dir nichts anhaben«, sagte Derec. »Wir werden von hier fliehen.«

Die Feindseligkeit wich aus ihrem Gesicht und ließ nur Bestürzung zurück. »Aber was machst du hier? Wie lange bist du schon an Bord?«

Derec trat einen Schritt auf sie zu. »Das ist schnell erzählt. Ich bin vor fünf Tagen in einer Rettungskapsel auf der Oberfläche eines Asteroiden aufgewacht. Ich wurde von einer Kolonie von Robotern gefunden, die den Asteroiden durchschürften. Aranimas hat diese Kolonie überfallen und mich gefangengenommen.« Das reicht. Hat keinen Sinn, die Wasser mit Details zu trüben, die ich noch nicht mal selbst verstehe, dachte er. Sie sah ihn neugierig an. »Also hast du nicht etwa nach mir gesucht.«

»Ich wußte nicht, daß noch jemand an Bord ist«, sagte er und warf die Hände hoch. »Wolruf hat mir wohl erzählt, sie hätten zwei Menschenschiffe gekapert, aber sie hat den Eindruck erweckt, als seien die Besatzungen allesamt — hinüber.«

»Ich glaube, Aranimas hat mich am Leben erhalten, weil er an meinen Robotern interessiert war«, sagte sie. »Bist du derjenige, der Capek repariert hat?«

»War das sein alter Name? Jetzt hört er auf Alpha. Ja, ich bin es, der ihn instand gesetzt hat.«

»Du hast ganz schön rumgepfuscht«, sagte sie mit einem Anflug kindischen Schmollens. »Er erinnert sich nicht an mich. Und der neue Arm ist auch häßlich.«

»Tut mir leid.«

»Und du erinnerst dich auch nicht an mich.«

Derec schluckte. »Ich hatte schon das Gefühl, daß ich mich deiner Meinung nach erinnern müßte . . .«

»Ich dachte, du wärst einfach nur gemein zu mir«, sagte sie zögernd. »Ich wollte dir diesen Triumph nicht lassen. Aber du weißt offenbar wirklich nicht, wer ich bin, oder?«

»Ich weiß nicht mal, wer ich bin«, antwortete Derec mit einem schwachen Lächeln. »Als ich auf dem Asteroiden aufgewacht bin, trug ich einen Schutzanzug mit dem Namen Derec auf der Brust, also habe ich mich so genannt. Aber ich kann mich an nichts erinnern, was vor meinem Erwachen auf dem Asteroiden passiert ist.«

»An gar nichts?«

»An nichts Persönliches. Ich erinnere mich an zahlreiche Fakten — an Dinge, die ich wohl irgendwann gelernt habe. Aber ich weiß nicht, woher ich komme und wohin ich unterwegs war.« Derec war jetzt total konfus. »Demnach kennst du mich?«

»Dachte ich zumindest«, erwiderte sie.

»Dann sei so gut und sag's mir . . .«

In diesem Moment erklang vom riesigen Kontrollpult her ein Zirpen.

»Jemand ruft Aranimas«, sagte das Mädchen, ein Ausdruck von Nervosität huschte über sein Gesicht. »Du hast gesagt, wir würden von hier fliehen. Vielleicht sollten wir uns darum als erstes kümmern. Was hast du gerade gemacht, als ich dich überrascht habe? Wonach hast du gesucht?«

»Nach etwas, das mir gehört — Aranimas hat es mir abgenommen, als ich an Bord kam.«

»Der Schlüssel? Hat der etwa dir gehört?«

»Du weißt davon?«

»Aranimas hat ihn mir gezeigt. Ist er dort versteckt?«

»Alpha zufolge ja.«

»Ist er wichtig?«

»Ich denke schon.«

»Dann wollen wir ihn nehmen und hier verschwinden«, sagte sie eifrig.

Derec fragte sich, was Alpha und Wolruf so lange aufhielt, und wandte sich bedächtig wieder dem Bodenrost zu. Er überprüfte die zweite Platte, warf ihr über die Schulter einen verstohlenen Blick zu, kroch dann nach rechts, um es mit einer dritten zu versuchen.

»Ich kann gleichzeitig nach dem Schlüssel suchen und zuhören«, sagte er und machte den Stift an der nächsten Platte fest. »Kannst du mir sagen, was du über mich weißt?«

Falls sie ihm eine Antwort gab, hörte Derec sie jedenfalls nicht. Er begann die Platte anzuheben, und augenblicklich erfolgten ein Lichtblitz, ein Donnern und eine enorme Hitzewelle. Etwas Schweres traf Derec im Rücken, und er fiel nach vorn und prallte mit der Brust gegen die harte Kante der Platte, was ihm die Luft aus den Lungen preßte. Sein Bewußtsein hatte Zeit, ein einziges Wort zu formulieren — *Sprengfalle* —, ehe es sich aus dem Getöse in eine dunkle, stille Nische zurückzog, wo es nicht gestört werden konnte.

Kapitel 13

Die Rockliffe-Station

Verschwommene Bilder glitten durch einen traumhaften Nebel. Ein Ozean aus Licht umgab Derec und ließ ihn aufsteigen. Er war durchsichtig wie Glas, flüchtig wie Wind. Sein Bewußtsein wohnte auf einem Staubkorn, das auf den sanften Strudeln der Zeit dahinschwebte.

Gesichtslose Gestalten umschwebten ihn. Einige näherten sich, als hätten sie ihn bemerkt, nur um sich wieder abzuwenden und zurückzuweichen. Die einzigen Laute waren die Duftgesänge von Blumen und die Farbgesänge von Sonnenuntergängen, und sie erklangen in seinem Kopf, ohne daß er sie verstand.

Nichts schien Sinn zu ergeben, doch das kümmerte ihn nicht. Er dachte nur, daß es nach all dem, was vorgefallen war, nach all dem, was er überlebt hatte, eine schreckliche Enttäuschung wäre, tot zu sein.

Nach einer Weile kehrte sein Körper zu ihm zurück. Noch schwebte er und glitt dahin, aber sein Bewußtsein wohnte wieder am gewohnten Ort, nahm den vertrauten Raum ein. Aber seine

Gedanken waren träge wie seine Glieder, als habe die Belastung, wieder die Funktionen seines Körpers steuern zu müssen, einfach die Abläufe in seinem Gehirn überfordert.

Bald darauf wurde ihm bewußt, daß die traumhafte Welt von Licht und Schatten, in der er lebte, ausschließlich in seinem Innern existierte. Wenn es ihm gefiel, konnte er die Augen öffnen, die große Welt hinter seinen Lidern überblicken, in sie eindringen. Er war sicher, daß er, sobald er jene Welt sah, seinen Platz in ihr kennen und wissen würde, wer und was er war. Aber er würde dafür mit dem Verlust von Frieden und Stille zahlen müssen, und dieser Preis war ihm zu hoch.

Nein, dachte Derec entschieden. *Es gibt Grenzen. Ich will sie nicht sehen,* sagte er sich. *Ich will nicht wissen.*

Zeit verstrich, und der alles umschließende Schoß der Abgeschiedenheit verwandelte sich nach und nach in ein Gefängnis. Aus Schweigen wurde Taubheit. Aus Stille wurde Tod. Geheilt oder heimgesucht: was er hatte, war ihm nicht genug.

Die große Welt dort draußen lockte ihn immer noch. Es war keine freundliche Welt, soviel wußte er. Bestenfalls war sie ihm gegenüber gleichgültig. Anders als die sanften Strudel, die ihn während seiner Genesung getragen hatten, war die größere Welt von Kräften erfüllt, die ihn wie Treibholz auf einer Woge fortspülen konnten.

Doch war er selbst nicht ohne Macht. Vielleicht konnte er die Welle nicht aufhalten, aber er konnte auf ihr reiten und seinen Kurs selbst bestimmen.

Diese Erkenntnis war es, die ihn befreite. Er sah ein, daß er kein Gefangener war, daß er nie einer gewesen war. Fünf Türen gab es, durch die er sich retten konnte — die fünf Türen seiner Sinne. Sie waren allesamt unverschlossen, warteten nur auf seine Berührung, um sich zu öffnen und die Welt hereinzulassen, und ihn hinaus.

Er würde sie aufstoßen, das wußte er genau. Aber nicht gleich. Nicht, ehe er noch eine Weile mit den sanften Strudeln dahingeglitten war. Denn wenn er hinaus konnte, wann immer es ihm gefiel, war der Schoß der Abgeschiedenheit gar kein so unangenehmer Ort mehr . . .

Die erste Tür, die Derec zu öffnen versuchte, war das Gehör. Zunächst war ihm nicht klar, ob er es geschafft hatte, denn die Stille draußen war so vollständig wie die in seinem Innern. Dann bemerkte er das schwache, rhythmische Geräusch seines Atmens. Dies war ein kleiner Schritt, aber es war die erste Information, die seit langer Zeit, so meinte er jedenfalls, von draußen in seinen Kokon drang.

Versuchsweise öffnete Derec einen Spaltbreit die Augen, und schloß sie sofort wieder. Die Außenwelt war ihm auf beunruhigende Weise vertraut. Er schwebte, eingehüllt in Licht — Licht, das hell war, ohne zu blenden. Ein gesichtsloser Schatten, hochgewachsen und schlank, bewegte sich anmutig durch den Nebel, der ihn zu umgeben schien.

Die Wirklichkeit hatte sich umgekehrt. Der Traum war zur Realität geworden, oder die Traumwelt und die wirkliche Welt waren ein und dasselbe. Das Ganze erweckte den Eindruck eines perversen Streichs, ganz im Sinne eines ›Geschenks‹, das sich als Folge ineinandergesteckter leerer Schachteln erweist. Würde jeder Ausgang ihn zum gleichen Ort führen? Würde jeder Schritt, den er tat, ihn fester dort anbinden, wo er sich befand?

»Guten Morgen.«

Derec war verwirrt, noch eine Stimme zu hören. Falls er allein war, mußte er es sein, der gesprochen hatte. Aber er hatte nichts gesagt, und deshalb war er nicht allein. Wenn er jedoch nicht allein war, konnte er sich nicht mehr in seiner Traumwelt befinden, und was er beim Öffnen der Augen erblickt hatte, mußte real sein.

Wenn es jedoch real war, mußte er am Leben sein. Er versuchte sich an das letzte unstreitig Reale zu erinnern, von dem er wußte. Ein schwieriges Unterfangen, dieses Erinnern. Es hatte Sonnenuntergänge gegeben und Blumengesänge, aber die waren nicht real gewesen. Davor . . . davor . . .

Davor hatte es einen schrecklichen Moment gegeben, ein Moment so voller Überraschung und Schmerz, daß er ihn, obwohl er vor ihm geflohen war, mit in seinen Kokon gebracht hatte. Er hatte die Explosion in das Knospen einer Blüte verwandelt, das Feuer in die Farben eines spektakulären Sonnenuntergangs. Dann hatte er den Moment immer wieder abgespielt, um ihm die Spitze zu nehmen.

Ja! Das letzte Reale, von dem er wußte, war die Explosion.

Wieder öffnete Derec seine Augen dem Licht. Wie zuvor ragte ein Schatten über ihm auf, gesichtslos und beinahe formlos. Er versuchte, die Hand auszustrecken und ihn zu berühren, doch seine Glieder wollten ihm nicht gehorchen.

»Sterilisationsfeld abschalten«, sagte die Stimme, und der Lichtnebel verschwand. Der Schatten verwandelte sich in den kupferfarbenen Kopf und bekleideten Rumpf eines Robots. Der Robot blickte besorgt auf ihn hinunter. »Guten Morgen«, wiederholte er. »Bitte versuchen Sie stillzuhalten.«

Derecs Gedanken arbeiteten sich langsam von der Explosion aus in die Vergangenheit vor. Er begriff, daß er sich nicht mehr im Kommandozentrum befand. Der Robot, der sich über ihn beugte, war nicht Alpha. Und das hieß . . .

»Aranimas hat seine Roboter gekriegt«, krächzte Derec.

»Entschuldigen Sie, Sir?«

»Er hat gesiegt«, flüsterte Derec. »Ich bin nicht entkommen.«

»Sir?«

»Sag Aranimas, ich werde nicht aufhören, es zu versuchen . . .«

»Sir, es wäre mir ein Vergnügen, die Botschaft für Sie zu überbringen. Jedoch ist mir eine Person dieses Namens unbekannt. Wo mag dieses Individuum zu finden sein?«

»Aranimas ist der Schiffsherr . . .«

»Dieses Individuum war Mitglied der Schiffsgesellschaft?«

»Ja . . .« Die Erwiderungen des Robots begannen Derec zu verwirren.

»Sir, ich bedaure, Ihnen mitteilen zu müssen, daß keine Person dieses Namens gefunden wurde, als die Sanitäter an Bord gegangen sind . . .«

»Ich bin nicht mehr auf dem Schiff?«

»Sie ruhen auf einem therapeutischen, diamagnetischen Kraftfeld, der Allgemeinheit als Luftbett bekannt. Das Luftbett befindet sich in der Intensivabteilung des Hospitals der Rockliffe-Station.«

Die Welle der Erleichterung, die über Derec hinwegspülte, als er diese Worte hörte, schien all seine Energie mitzunehmen. Er schloß die Augen und gestattete sich, noch einmal auf den sanften Strudeln des Schlafs dahinzugleiten. Von fern hörte er Stimmen, konnte sich jedoch nicht dazu aufraffen, darüber nachzudenken, was sie sagten.

»Er ist erschöpft«, sagte der Robot.

»Wir brauchen seine Hilfe«, antwortete eine neue Stimme.

»Unsere Bedürfnisse sind weniger dringend als die seinen«, sagte der Robot. »Wir werden warten.«

Als Derec das nächste Mal wach wurde, hielt sich der kupferhäutige Robot wieder in seiner Nähe auf.

»Guten Abend«, sagte er und trat zu ihm. »Wie fühlen Sie sich?«

Derec bewerkstelligte ein schwaches Lächeln. »Ich hab' hier nur rumgelegen und an all die Male gedacht, die ich im Verlauf der letzten Woche an einem Ort die Augen geschlossen und dann an einem anderen aufgemacht habe. Jedesmal, wenn das passiert ist, fand ich mich in unangenehmerer Umgebung wieder und saß tiefer in der Klemme — bis ich das erste Mal hier aufgewacht bin.«

Der Robot nickte ernst. »Ich verspreche Ihnen, Sie werden die beste Pflege erhalten.«

»Weiß ich«, sagte Derec. »Hast du einen Namen?«

»Die mir zugewiesene Bezeichnung lautet Humandiagnostischer Medizinspezialist 4. Jedoch nennt der medizinische Leiter dieses Distrikts mich Dr. Galen.«

»Wieso das?«

»Er hat es mir nie erklärt. Ich konnte jedoch feststellen, daß Galen der Name eines griechischen Arztes des klassischen Zeitalters war, der sich zum Thema der dem Körper innewohnenden ›Lebenskräfte‹ geäußert hat. Ich nehme an, daß mein Vorgesetzter es amüsant fand, einen hochentwickelten diagnostischen Techniker nach einem primitiven medizinischen Mystiker zu benennen. Da diese Frage mit Humor zu tun hat, kann ich keine maßgebliche Schlußfolgerung anbieten.«

»Ich denke, du könntest recht haben«, sagte Derec. »Du wirst doch nicht beleidigt sein, wenn ich dich Dr. Galen nenne? Das ist bequemer, als deinen anderen Namen zu benutzen.«

»Warum sollte ich beleidigt sein, Sir?«

»Aus keinem besonderen Grund«, sagte Derec. Zumindest nicht, wenn ich es sage, fügte er im stillen hinzu. Aber dieser Abteilungsleiter brachte damit eindeutig seine Feindseligkeit zum Ausdruck. Träumt vermutlich insgeheim davon, als Hausarzt auf einer der

Siedlerwelten zu arbeiten, statt hier den Roboteraufseher zu spielen. »Wo hält sich dein Vorgesetzter auf?«

»Auf Nexon.«

Derec kannte den Namen: Es handelte sich um eine der größeren Spacerwelten, noch dazu um jene, die am zweitweitesten von der Erde entfernt lag. »Du hast gesagt, dies sei die Rockliffe-Station?«

»So ist es, Sir.«

»Wo befindet sich dein örtlicher Vorgesetzter? Der Leiter des Hospitals?«

»Sir, gegenwärtig leite ich das Hospital.«

Derec runzelte die Stirn. »Dann erzählst du mir vielleicht besser einiges über die Rockliffe-Station.«

»Gewiß, Sir. Was möchten Sie wissen?«

Die Rockliffe-Station war, wie Dr. Galen erläuterte, eine jahrhundertealte Spacereinrichtung, ein Zwischenhalt aus jenen Tagen, da lange interstellare Reisen nur mit Hilfe einer Reihe kürzerer Sprünge gemeistert werden konnten. Derartige Zwischenstationen wurden zu Dutzenden gebaut, als die Erdemigranten, aus denen später die Spacer wurden, die fünfzig Welten besiedelten, die einst ihre Heimat werden sollten.

Seit dem Aufkommen wesentlich wirksamerer Antriebe, die den bekannten Weltraum mit einem oder zwei Sprüngen durchmessen konnten, hatte man die meisten Zwischenstationen aufgegeben. Einige wenige, darunter diese, waren jedoch so glücklich plaziert, daß sie ihre ursprüngliche Funktion überlebten.

Die Rockliffe-Station lag mitten in einer der größten »offenen« Regionen am Rande des Spacerterritoriums und gewährte Ausblick auf die Quarantänezone, hinter welcher die Siedlerwelten lagen. Im nächstgelegenen Sternensystem gab es keine bewohnbaren Welten, aber dafür einen Planeten, dessen Kruste genug Iridium aufwies, daß es ein kleines Bergbau- und Verarbeitungszentrum rechtfertigte.

So hatte Rockliffe in seiner Funktion als Horchposten an der Grenze überlebt, als Zwischenlager für veredeltes Iridium und als militärischer Vorposten für den Fall, daß sich die Beziehungen zu den Siedlern irgendwann verschlechterten. Andererseits reichte das nicht aus, um sie derart auf Hochbetrieb zu halten wie in früherer Zeit — nicht einmal, um die menschliche Präsenz dort aufrechtzuerhalten.

Dr. Galen zufolge wurde die Station zu weniger als zehn Prozent durch Roboter in Betrieb gehalten. Die menschliche Aufsicht erfolgte durch Hypervision und die Schiffe, die alle zwei Monate vorbeikamen.

Allein wegen der Möglichkeit, daß diese vorübergehenden Besucher seiner Dienste bedurften, war die personelle Besetzung des Hospitals erhalten geblieben.

»Sie scheinen über diese Information beunruhigt zu sein«, sagte Dr. Galen. »Gibt es da ein Problem?«

Derec dachte einen Moment über die Frage nach. Im Verlauf der Erläuterungen Dr. Galens war er in der Tat immer unglücklicher geworden. Aber kam es denn so sehr darauf an, daß er immer noch allein war? Wenigstens war die Rockliffe-Station, im Gegensatz zur Asteroidenkolonie oder dem Piratenschiff, mehr oder minder bekanntes Territorium. Hier müßte es ihm eigentlich leichter gelingen, sich durchzusetzen.

»Nein. Kein Problem«, sagte Derec. »Bis auf die Tatsache, daß ich gern ein wenig mehr über das Vorgefallene wüßte. Wie bin ich hierher gelangt? Du sagtest etwas von Sanitätern . . .«

»Ich kenne nicht alle Details. Der Disponent oder der Dockverwalter wären da bessere Informationsquellen.«

»Erzähl mir, was du weißt.«

»Offenbar wurde Ihr Schiff im Anschluß an seinen Sprung beschädigt. Was dann passierte, ist nicht recht klar. Der Disponent wird Sie zweifelsohne über die Umstände befragen wollen. Es hat jedoch den Anschein, als habe Ihr Schiff ein kleineres Gefährt ausgestoßen, ein Fähr- oder Rettungsboot, ehe es dann den Kurs wechselte und in die Q-Zone flog.«

»Sie müssen uns nach der Explosion abgestoßen haben . . .« meinte Derec nachdenklich. »Das kleinere Gefährt verfolgte offenbar einen ungeeigneten Anflugvektor und reagierte nicht auf die Anweisungen des Disponenten. In der Annahme, daß es sich um ein Wrack handele, wurde ein Schlepper ausgesandt, um es abzufangen und einzuholen. Als man an Bord des Wracks ging, wurden Sie gefunden und hierhergebracht.«

»Haben sie das Schiff — unser Schiff — denn eingeholt?«

»So habe ich es verstanden. Natürlich war seither Ihr Wohlergehen meine einzige Sorge.«

»Natürlich«, wiederholte Derec. Falls Aranimas' Schiff hier ist, ist der Schlüssel am Ende vielleicht doch noch nicht verloren, überlegte er erfreut. »Hör mal, Dr. Galen, was würdest du sagen, wenn ich jetzt aufstehe und ein bißchen herumspaziere? Luftbetten sind zwar höchst bequem, aber ich bin es leid, bloß hier rumzuliegen. Ich könnte mir ja ansehen, in welcher Verfassung das Schiff ist, oder die Fragen des Disponenten beantworten.«

»Tut mir leid, Sir«, sagte Dr. Galen. »Ihre Verletzungen sind noch nicht genügend abgeheilt, um das zu erlauben.«

»Worin bestehen meine Verletzungen?«

»Sie haben an fünfzehn Prozent Ihres Körpers, vor allem an den Armen, im Gesicht und am Hals Stichflammenverbrennungen davongetragen. Drei Ihrer Rippen waren angebrochen . . .«

»Ich muß auf die Bodenplatte gefallen sein, die ich angehoben hatte.«

». . . von denen eine Ihren rechten Lungenflügel punktierte und kollabieren ließ. Ihr rechtes Trommelfell war perforiert und mußte ersetzt werden.«

»Mist! Wie lange bin ich schon hier?«

»Man hat das Schiff, auf dem Sie gefunden wurden, vor sechs Wochen zum ersten Mal betreten.«

»Sechs Wochen! War ich denn im Koma oder so?«

»Verbrennungen sind extrem schmerzhaft, ebenso die rekonstruktive Hautchirurgie«, sagte Dr. Galen. »Ich habe Sie während der Behandlung und beginnenden Genesung unter Narkose gehalten.«

»Eigentlich müßte ich dankbar sein. Aber sechs Wochen . . .«

Verspätet fiel Derec ein, daß er nicht allein auf dem Piratenschiff gewesen war. »Wo sind die anderen? Wolruf — Alpha — das Mädchen. Was haben sie getrieben, während ich narkotisiert war?«

»Tut mir leid. Die einzigen Personen, die gefunden wurden, waren Sie selbst und eine Menschenfrau.«

Mit einer plötzlichen Beklemmung in der Brust wandte Derec den Blick ab. Das mußte nicht heißen, daß Wolruf tot und Alpha zerstört war — es bestand die Chance, vielleicht sogar eine gute, daß sie sich auf dem größeren Schiffsteil befanden, der noch im

Weltraum war. Allerdings hieß es, daß Derec, während er selbst entkommen war und überlebt hatte, sein Versprechen der Caninoidin gegenüber nicht eingehalten hatte. »Tut mir leid, Wolruf«, flüsterte er.

»Entschuldigen Sie, Sir?«

»Schon gut«, sagte Derec. »Erzähl mir von dem Mädchen.«

»Sie wurde in Ihrer Nähe im Boot gefunden . . .«

»So meine ich das nicht. Sag mir, wie es ihr geht.«

»Die körperliche Verfassung der Patientin Katherine . . .«

»Katherine — ist das ihr Name?«

»Liegt da ein Irrtum vor?«

»Nein — nein, das ist sie«, sagte Derec. »Wo befindet sie sich?«

Dr. Galen wandte sich nach rechts und winkte. »Pfleger, ziehe den Vorhang auf.«

Derec drehte den Kopf nach rechts. Was vorher wie die Wand seiner Kabine ausgesehen hatte, wurde plötzlich durchsichtig und gestattete ihm einen Blick auf die schmächtige menschliche Gestalt, die in einem Lichthof über dem Boden schwebte. Sie war nackt, und er sah leicht verlegen zur Seite. Dabei merkte er, daß er ebenfalls nackt war. Eine unkomplizierte und praktische Sache, im Hospital nackt zu sein, aber dennoch eine gelinde Überraschung.

»Wie geht es ihr?«

»Ihre Hautverletzungen sind umfassender als die Ihren, aber sie erholt sich schnell. Natürlich ändert das nichts an ihrer chronischen Erkrankung.«

»Was ist das für eine Erkrankung?«

»Es tut mir leid.« Der Robot unterbrach sich. »Ich sehe, daß ich einen Fehler begangen habe. Da Sie zusammen gereist sind, hatte ich nicht angenommen, ein Geheimnis zu verraten, indem ich Katherines Krankengeschichte diskutiere. Ich werde mich für diese Indiskretion selbst anzeigen müssen.«

»Das ist mir egal«, sagte Derec ungeduldig. »Ist sie schon mal aufgewacht?«

»Nein. Und wir hätten es Ihnen auch nicht gestattet, wenn wir nicht Ihre Hilfe bräuchten.« Dr. Galen winkte mit der rechten Hand. »Vorhang schließen.«

»Hilfe, wobei?« fragte Derec, während die Wand wieder undurchsichtig wurde.

»Sir, im Verlauf Ihrer Behandlung wurden auf Ihre Rechnung gewisse Dienste in Anspruch genommen. Es war uns nicht nur eine Verpflichtung, sondern ein Vergnügen, Ihnen behilflich sein zu können. Jedoch bin ich als Hospitalleiter verpflichtet, festzustellen, ob sich diese Rechnung eintreiben läßt oder ob sie gegen das Konto für Stationsunkosten verbucht werden muß.«

»Du hast mich aufgeweckt, um nach meiner Versicherung zu fragen?«

»Da ist außerdem die Frage der Krankengeschichte. Zwar können wir die Genanordnung direkt feststellen, aber es ist nicht immer möglich, sämtliche synergistischen Auswirkungen eines bestimmten Genkomplexes zu determinieren. Mangels direkter Beweise war ich gezwungen, bei Ihrer Pflege konservativeren Parametern zu folgen, was wiederum dazu geführt hat, daß sich Ihre Genesung um einiges verzögert hat.«

»Ich versteh' das nicht. Was ist mit ihr?« erkundigte sich Derec. »Du sagtest, sie sei schwerer verletzt als ich. Wäre es da nicht wichtiger, festzustellen, wer sie ist und ihre Krankengeschichte zu beschaffen? Warum ich, und nicht sie?«

»Sir, während Ihrer Bewußtlosigkeit haben wir den Versuch unternommen, Sie unter Einsatz sämtlicher Standardsysteme zu identifizieren. Wir hatten keinen Erfolg.«

»Standardsysteme . . .«

»Fingerabdrücke, Retinographie, absolute Blutproteinbestimmung und Codonaufschlüsselung des dreiundzwanzigsten Chromosoms. Es ist uns nicht gelungen, ein korrespondierendes Muster zu finden.«

»Natürlich nicht. Ich bin nicht von hier.«

»Sir, über Hyperwelle haben wir direkten Zugang zu den Aufzeichnungen aller fünfzig Spacerwelten.«

»Habt ihr die Verzeichnisse für Aurora untersucht?«

»Ja. Es ist uns nicht gelungen, ein Korrespondenzmuster zu finden.«

»Aber ich stamme von dort — das weiß ich genau.«

»Ich fürchte, das ist nicht möglich. Aurora führt im Zuge seines Bevölkerungskontrollprogramms genauestens über seine Bewohner Buch. Wenn Sie ein Auroraner wären, hätte sich diese Unterhaltung erübrigt.«

»Aber ihr habt herausgefunden, wer sie ist«, sagte er.

»So ist es. Katherines vollständige Akte wurde mir zugänglich gemacht.«

Plötzlich sehr aufgebracht, verlangte Derec zu wissen: »Willst du damit sagen, ihr habt die Melderegister von fünfzig Planeten abgesucht und könnt immer noch nicht feststellen, wer ich bin?«

»Nein«, sagte Dr. Galen. »Wir haben die Register von fünfundfünfzig Welten abgesucht, einschließlich der Erde und der vier nächstgelegenen Siedlerplaneten. Wir haben zwar bei den meisten Siedlerwelten das Recht, Zugang zu ihren Aufzeichnungen zu verlangen. Leider sind diese Verzeichnisse nicht so vollständig, wie wir es gewohnt sind, und in manchen Fällen sind sie nicht einmal zentralisiert. Außerdem berechnen gewisse Welten horrende Gebühren, ehe sie auf Datenanfragen seitens der Spacer reagieren, und lassen sich dann über Gebühr Zeit mit ihrer Antwort. Aus all diesen Gründen erschien uns eine direkte Befragung naheliegender. Könnten Sie uns also bitte sagen, wer Sie sind?«

Das Gefühl der Leere war mit voller Wucht zurückgekehrt. »Ich wünschte, ich könnte es«, sagte Derec heiser. »O ihr Sterne, wie sehr ich mir das wünsche.«

Kapitel 14

Kate

»Wie interessant!« rief Dr. Galen aus. »Wollen Sie damit sagen, daß Sie keinerlei persönliche Erinnerungen haben?«

Derec wiederholte die inzwischen vertraute Aufzählung der Ereignisse, verschwieg aber die Tatsache, daß das Piratenschiff von Fremdwesen bemannt gewesen war.

»Ich werde diesen Zustand retrograder Amnesie in Ihrem Krankenblatt nachtragen müssen«, sagte Dr. Galen, als Derec geendet hatte. »Dies ist ein wesentlich faszinierenderes Problem als Ihre anderen Verletzungen. Zugegeben, Amnesie ist eines meiner Steckenpferde.«

»Was soll das heißen, ein Steckenpferd?«

»Vielleicht sollte ich Spezialität sagen, aber das drückt nicht die tiefe intellektuelle Befriedigung aus, die mir zuteil wird.«

»Wie viele Fälle hast du schon behandelt?«

»Sie werden mein erster sein«, sagte Dr. Galen. »Ich bin über die Gelegenheit hocherfreut.«

»Dein erster?« sagte Derec ungläubig. »Wie kannst du dich dann einen Spezialisten nennen? Und was meinst du damit, wenn du ›fasziniert‹ und ›erfreut‹ sagst? Du bist nicht darauf programmiert, Gefühle zu erleben.«

»Strenggenommen ist das so«, stimmte Dr. Galen zu. »Aber das Konzept des Verlustes der Eigenidentität hat schon immer jenen positiven positronischen Zustand hervorgerufen, den ich mit dem Begriff *Faszination* assoziiere. Sie wissen ja, bedingt durch die Speicherstruktur des Positronengehirns ist es einem Robot ganz und gar unmöglich, etwas zu vergessen, schon gar nicht die eigene Identität. Amnesie stellt einen Zustand dar, für den die robotische Erfahrungswelt keine Analogie bietet.«

»Der Reiz des Unbekannten.«

»Diagnostische Roboter wie ich wurden mit einem verstärkten Neugierintegral konstruiert«, sagte Dr. Galen. »Vielleicht ist das ein kontributiver Faktor.«

Derec kam sich vor, als versuche man ihn auf dem eigenen Spezialgebiet zu belehren. »Aber Positronengehirne gehen die ganze Zeit den Bach hinunter«, protestierte er. »Sie sind für harte Strahlung anfällig, für Unterbrechungen der Energiezufuhr — da kann vieles schiefgehen.«

»So ist es, Derec. Aber die Umstände, die Sie beschreiben, würden zu einem geistigen Totalausfall führen, in einigen Fällen zur vollständigen Zerstörung des Positronengehirns. Menschen sind jedoch häufig in der Lage, in einem derart tiefgreifenden Systemausfall weiter zu funktionieren. Das ist es, was ich als faszinierend empfinde. Darüber hinaus glaube ich daran, daß Roboter viel zur Untersuchung der menschlichen Gehirnfunktion, einschließlich Gedächtnisschäden, beizutragen haben.«

»Wieso das?«

»Ich vermerke die Feststellung zahlreicher menschlicher Philosophen, daß das Ringen um Selbsterkenntnis das schwerste ist. Es ist extrem schwierig für das menschliche Gehirn, das menschliche Gehirn zu beobachten und zu analysieren. Seine Beschränkungen machen es ihm unmöglich, seine Beschränkungen zu erkennen.«

Derec fand sich in Übereinstimmung mit dem Robot. »Eine Kamera kann sich selbst nicht erfassen. Ein Lineal kann sich selbst nicht messen.«

»Richtig. Daher haben sich Fragen der menschlichen Gehirnfunktion der Untersuchung durch menschliche Forscher am längsten entzogen. Viele Aspekte menschlichen Verhaltens stellen trotz jahrhundertelanger neurologischer und biochemischer Studien nach wie vor ein Rätsel dar.«

»Und was meinst *du* leisten zu können?«

Dr. Galen breitete die Hände aus. »Positronengehirne wurden nicht mittels Nachahmung menschlicher Gehirnfunktionen entwickelt. Sie wurden durch Nachahmung menschlichen Verhaltens entwickelt. Daher stellt das Positronengehirn, obwohl es das Produkt des menschlichen Gehirns ist, eine gesonderte Form der Intelligenz dar, und somit eine andere Perspektive.«

»Willst du damit sagen, daß Positronengehirne leistungsfähiger sind als Menschengehirne?«

»Die Lösung besteht darin, daß ein Robot das, was er tut, anders angeht als ein Menschengehirn«, erwiderte Dr. Galen diplomatisch. »Ich bin der Überzeugung, daß dies eine Erfindung des Menschengehirns ist, die am Ende die Geheimnisse des Menschengehirns entschlüsseln wird. Somit bin ich über die Gelegenheit erfreut, mehr tun zu können, als nur zu studieren und zu spekulieren.«

Derec schüttelte den Kopf. »Vergiß es. Ich will kein Versuchskaninchen sein.«

»Verzeihung«, sagte Dr. Galen. »In meiner Begeisterung habe ich klarzustellen vergessen, daß mein Hauptinteresse darin besteht, Ihnen zu helfen. Es gibt Tests, die ich durchführen kann, um die Ursache Ihrer Erkrankung zu bestimmen. Je nach Ursache könnte es Maßnahmen geben, die man ergreifen kann, um Ihre Erkrankung rückgängig zu machen.«

»Soll das heißen, du kannst mein Gedächtnis zurückholen?«

»Mit welcher Wahrscheinlichkeit ich dies kann, werde ich erst wissen, wenn ich Sie untersucht habe.«

Derec betrachtete das Versprechen einer Wunderheilung mit Skepsis. »Sieh mal, ich werde mich hier nicht sehr lange aufhalten«, sagte er. »Laß uns nicht mit etwas anfangen, das wir aus Zeitgründen nicht beenden können.«

»Ich verstehe nicht recht.«

»Du sagtest, daß alle zwei Monate Schiffe vorbeikommen. Wenn ich seit sechs Wochen hier bin, müßte meine Mitfluggelegenheit in zwei Wochen hier auftauchen — wenn nicht früher.«

»Nein, Derec«, korrigierte ihn Dr. Galen. »Die *Fariis* ist während Ihrer Genesung gelandet und wieder abgeflogen. Das nächste Schiff, die *Heritage*, ist in sechs Wochen und drei Tagen fällig.«

Derec blickte ungläubig. »Es war bereits ein Schiff da? Warum bin ich dann immer noch hier?« verlangte er zu wissen.

»Die medizinischen Einrichtungen der Station sind denen an Bord der *Fariis* überlegen. Es war nicht möglich, Sie in Ihrem Zustand zum Transport freizugeben.«

Derec schloß die Augen und seufzte. »Na gut. Fang mit der Sondierung an.« Seine Augen öffneten sich wieder, und er richtete sich mühsam auf. »Aber ich will wissen, was du tust, bevor du es tust, verstanden?«

»Danke, Derec«, sagte Dr. Galen höflich. »Was wissen Sie über Amnesie?«

»Nur, was man per Hypervision zu sehen bekommt.«

»Wie bedauerlich«, sagte Dr. Galen.

»Nur so eine Redensart. In Wahrheit kann ich mich nicht mal daran erinnern.«

»Das ist mir nicht unlieb«, erwiderte Dr. Galen. »Amnesie wird seit Jahrhunderten als bequemes Mittel in Romanen und Filmen benutzt, meist ungeachtet der bekannten Tatsachen. Im allgemeinen läuft die Handlung so ab, daß das Opfer einen Schlag auf den Kopf erhält, alles und jeden vergißt und ein neues Leben anfängt, nur um in der Schlußszene durch einen weiteren Schlag wiederhergestellt zu werden.«

»Das kommt mir allerdings bekannt vor. Vielleicht habe ich von der Sorte ein oder zwei gesehen«, gab Derec zu.

»Bitte bemühen Sie sich, es zu vergessen«, sagte Dr. Galen mißbilligend. »Sonst wird Ihr Verständnis behindert.«

Während der nächsten drei Tage erfuhr Derec eine Menge über Amnesie. Er hatte keine Ahnung gehabt, wie viele Formen der Amnesie es gab, und wie viele verschiedene Ursachen man festgestellt hatte. Unter anderen Umständen wäre das mehr gewesen, als er wissen wollte. Aber da er persönlich betroffen war, nahm er eifrig alles auf, was Dr. Galen ihm mitteilte.

Amnesie konnte sich auf die Vergangenheit (retrograd) oder auf die Gegenwart (anterograd) beziehen. Sie konnte körperliche (organische) oder geistige (psychogene) Ursachen haben. Manche Erkrankten konnten sich an nichts länger als ein paar Sekunden erinnern, während andere alles jeweils nur für ein paar Sekunden vergaßen. Einige Opfer wußten, daß sie Probleme hatten, während andere es nachdrücklich leugneten.

Neun von zehn Fälle von Amnesie, erfuhr Derec, hatten bestimmte körperliche Ursachen. Diese Ursachen waren so unterschiedlich wie Hirnhautentzündung, Verhärtung der zerebralen Arterien, Elektroschock und Vitamin-B-Mangel. (Ebenfalls auf der Liste, wenn auch nicht an der Spitze, stand ein Schlag auf den Kopf.)

»In primitiveren Zeiten wurden zahlreiche Fälle echter organischer Amnesie fälschlich als psychogen diagnostiziert«, sagte Dr. Galen, augenscheinlich aufgebracht. »Patienten, die Medikamentierung oder Chirurgie nötig gehabt hätten, wurden mit Hypnose und Psychotherapie behandelt.«

»Vielleicht haben ja alle Fälle von Amnesie irgendwelche körperliche Ursachen«, meinte Derec. »Vielleicht sind jene zehn Prozent, die wir derzeit für psychogen halten, bloß die, für die wir noch keine organische Ursache gefunden haben.«

Aber Dr. Galen war anderer Ansicht. »Die Unterscheidung zwischen Bewußtsein und Gehirn ist durch die medizinische Wissenschaft nicht vollständig aufgehoben worden. Das Bewußtsein ist mehr als die Summe der Hirnteile. Es gibt Dinge, die auf einem Niveau der Synergie ablaufen, welches sich nicht auf bestimmte physische Ereignisse zurückführen läßt.«

Dennoch konzentrierten sich die Tests zunächst auf mögliche körperliche Ursachen. Dr. Galen unterzog ihn einer Hirnrindenanalyse, einem endorphinen Reaktionstest, drei verschiedenen nichteingreifenden Hirnuntersuchungen und einer Biopsie, und schloß dann auch noch mittels Kulturen eine Gehirnhautentzündung aus.

»Die Tatsache, daß Sie sich über Ihren Gedächtnisverlust im klaren sind, stellt einen Hinweis dar, genau wie Ihre offenbar unbeeinträchtigte Intelligenz«, teilte Dr. Galen Derec mit. »Ihr Zeitgefühl ist Ihnen erhalten geblieben, außerdem Ihr Gefühl für Zusammenhänge. All dies ist bedeutsam.«

Doch die unangenehme Wahrheit bestand darin, daß all diese Hinweise keine Erkenntnisse lieferten und sämtliche Tests nichts erbrachten. Derec lernte mehrere neue Bezeichnungen, die seinen Zustand beschrieben — »fraktionierte, retrograde, hypnoseresistente, psychogene Amnesie« — nur über sich erfuhr er nichts.

»Ich kann keine physische Ursache finden«, faßte Dr. Galen am Ende der ersten Woche zusammen. »Cortex, Thalamus, Mammillarkörper und Fornikularstrang sind bei Ihnen allesamt normal. Und doch haben Sie auf keine der mir bekannten Psychotherapien angesprochen. Es tut mir leid, Derec, ich habe versagt.«

»Nimm's nicht so schwer«, sagte Derec seufzend. »Ich fange an, mich an ein Leben im Dunkeln zu gewöhnen.«

Im Verlauf der Tests hatte Dr. Galen Derec nach und nach immer mehr Bewegungsfreiheit gewährt, bis ihm der gesamte kleine Hospitalkomplex zugänglich war. Körperlich war er fast ganz wiederhergestellt. Der einzige Hinweis darauf, daß seine Rippen gebrochen gewesen waren, bestand in einem gelegentlichen stechenden Schmerz, wenn er tief Luft holte oder sich falsch streckte.

Trotz dieser Fortschritte sträubte sich Dr. Galen, Derec aus seiner Obhut zu entlassen. Sein größtes Zugeständnis war, es Derec zu erlauben, aus der Intensivabteilung in ein abgeschlossenes Zimmer mit traditionellerer Einrichtung umzuziehen. Aber die Widersetzlichkeit des Robots war kaum überraschend. Mit ihrer besonderen, im Ersten Gesetz verankerten Verantwortlichkeit als Heiler waren Robotärzte für ihre Vorsicht berüchtigt.

Aber Derec hatte den Verdacht, daß Dr. Galen ihn nur in seiner Nähe haben wollte, um ihn unter Beobachtung zu halten, während er Katherine behandelte. Da Dr. Galen nicht an zwei Stellen zugleich sein konnte, verwahrte er seine beiden Patienten an einem Ort.

Derec konnte Dr. Galen nicht befehlen, sich keine Sorgen mehr um ihn zu machen, also fand er sich damit ab, mit den Restriktionen des Robots zu leben. In gewisser Hinsicht war es Derec recht, jeglicher Verantwortung enthoben zu sein. Nach allem, was er hinter sich hatte, hatte er das Recht auf ein paar Tage Ruhe.

Glaubte Derec. Aber ein Tag Nichtstun reichte, dieses Bedürfnis zu befriedigen. Am nächsten Morgen wartete er Dr. Galens rituelle Visite und Untersuchung nicht ab, sondern machte sich selbst auf die Suche nach dem Robot. Er fand ihn am biomedizinischen Monitor am Fußende von Katherines Bett in der Intensivabteilung.

»Guten Morgen, Derec«, sagte der Robot. »Es tut mir leid, daß ich aufgehalten wurde. Wie fühlen Sie sich heute?«

»Unruhig«, sagte Derec. »Ich bin soweit, wieder ein normales Leben zu führen.«

»Aber Sie befinden sich im akuten Stadium einer Amnesie«, sagte Dr. Galen. »Ein normales Leben ist derzeit unmöglich für Sie.«

»Ich bin bereit, mich mit dem nächstbesten Ersatz abzufinden«, sagte Derec. »Ich kann hier nun mal nicht bloß rumsitzen und hoffen, daß mein Gedächtnis wieder einsetzt.«

»Was gedenken Sie zu tun?«

»Ich denke, das weiß ich erst, wenn ich heraus habe, was man schon alles für mich erledigt hat«, sagte Derec. »Abgesehen von den Robotern auf der Station, wer weiß über meine Anwesenheit Bescheid? Versucht jemand festzustellen, wer ich bin?«

»Ich weiß es nicht«, antwortete Dr. Galen. »Ich bin sicher, daß der Stationsleiter dem Bezirksverwalter auf Nexon Ihre Ankunft mitgeteilt hat, wie ich sie dem medizinischen Leiter gemeldet habe. Diese Information dürfte inzwischen an diverse interessierte Parteien weitergegeben worden sein. Warum, gibt es jemanden, den Sie kontaktieren möchten?«

Derec zeigte hinüber auf die schlafende Katherine. »Sie. Wie lange dauert es noch, bis du sie aufweckst?«

»Ich bin bereits vor einigen Tagen zu dem Schluß gelangt, daß sie den Schlüssel zur Ergründung Ihres Gedächtnisverlustes besitzen könnte, und habe beschlossen, sie bei erster Gelegenheit, sobald ihre eigene Gesundheit und ihr Wohlergehen nicht mehr gefährdet sind, aufwachen zu lassen«, sagte Dr. Galen. »Um Mitternacht wurde ihr die Schlafdroge entzogen. Ihren Gehirnwellen zufolge träumt sie jetzt. Ich gehe davon aus, daß sie irgendwann heute morgen aufwachen wird.«

Derec sah sich im Krankenzimmer um. Bis auf den Boden gab es nirgendwo eine Sitzgelegenheit.

»Es besteht keine Notwendigkeit, daß Sie Wache halten«, sagte Dr. Galen, als könne er Gedanken lesen.

»Ich will hier sein, wenn sie aufwacht.«

Dr. Galen nickte verständnisvoll. »Ich verspreche, Sie zu rufen.«

Derec vertrieb sich eine, dann noch eine Stunde die Zeit bei einem Buch-Film mit dem Titel »Meister des Maschinenbaus«. Er hoffte, unter den dort vertretenen biographischen Profilen berühmter Konstrukteure und Ingenieure einen Hinweis auf jenen »Minimalisten« zu finden, der hinter der Asteroidenkolonie gesteckt hatte. Nachdem sämtliche greifbaren Beweise verlorengegangen oder zerstört waren, war dies einer der wenigen unerforschten Anhaltspunkte, die ihm blieben. Genies dieser Sorte mußten einfach eine Spur hinterlassen haben.

Aber nur drei der Biographien handelten von zeitgenössischen Konstrukteuren, und die Auswahl war ganz und gar berechenbar. Der Robotiker Fastolfe. March, der havaleanische Hexer der Mikromagnetik. Der Humanökologe Rutan, nach dessen Diensten unter den Begüterten von einem Dutzend Spacerwelten so starke Nachfrage herrschte.

Alle drei waren prominente Persönlichkeiten geworden, umjubelt von denen, die keine Ahnung hatten, was dazu gehörte, zu leisten, was sie geleistet hatten. Dagegen hatte die Gemeinschaft der Konstrukteure ihren Ansprüchen gemäß eigene Berühmtheiten. Das war bei jeder in sich geschlossenen Gruppierung so — bei jenen, die sich den Respekt und die Bewunderung ihrer Kollegen erworben hatten, aber außerhalb dieses Kreises völlig unbekannt waren. Fastolfe galt auch hier etwas, doch March wurde als Spielzeugmacher angesehen, und Rutan als Witzfigur.

Ja, er brauchte die Perspektive eines Insiders. Irgendwer würde Derecs mysteriöses Genie kennen . . .

»Derec, dürfte ich wohl stören.«

Derec fuhr hoch. Es handelte sich um den Krankenwärter. Wie Dr. Galen war auch der Pflegerobot dem perversen Humor des Verwalters zum Opfer gefallen. »Ja, Florence.«

»Dr. Galen sagte, Sie sollen sofort kommen.«

Derec schob den Schirm zurück und sprang auf. »Ich komme.«

Als er die Intensivabteilung erreichte, war das Sterilisationslicht bereits abgeschaltet, und Katherine begann sich zu regen. Sie trug jetzt ein knöchellanges, beiges Gewand, da sich mit Dr. Galens veränderter Wahrnehmung der Beziehung zwischen ihnen auch die Etikette geändert hatte. Derec blieb im Hintergrund, während Dr. Galen sich über Katherine beugte und leise auf sie einsprach.

»Guten Morgen«, sagte er. »Versuchen Sie nicht, sich zu bewegen.«

Aber sie hob dennoch einige Zentimeter den Kopf und sah sich im Zimmer um. »Hospital?« fragte sie heiser.

»Ja, Katherine. Ich bin Dr. Galen.«

»Auf welcher Station?«

»Auf der Rockliffe-Station.«

Sie nickte und sah an Dr. Galen vorbei auf Derec. »Schöne Rettung«, sagte sie.

Trotz ihrer Heiserkeit klang in ihrer Stimme ein Lachen an, das Derec gar nicht gefiel. Er trat einen Schritt näher und sagte steif: »Immerhin sind wir beide am Leben.«

»Was wieder mal beweist, daß es in der Galaxis keine Gerechtigkeit gibt«, antwortete sie und schloß die Augen. »Ich hatte dich für schlau genug gehalten, Aranimas' Sicherheitssystem auszuschalten, ehe du anfängst, in seinem Lieblingsversteck rumzustochern.«

»Sieh mal, es tut mir leid, daß es nicht glatter abgelaufen ist«, sagte Derec und trat ans Bett. »Aber wir sind entkommen. Und es gab da was, worüber wir nach gelungener Flucht reden wollten.«

Ihre Augen öffneten sich mit flatternden Lidern und blickten suchend an Derec vorbei ins Gesicht des Robots. »Dr. Galen, die Kopfschmerzen sind wieder da«, sagte sie. »Würden Sie Derec zum Gehen auffordern, bitte? Ich kann, glaube ich, jetzt noch keine Gesellschaft vertragen.«

»Wie lange kann es schon dauern, mir meinen Nachnamen zu sagen, meine Heimatwelt . . .«

Aber Dr. Galen mischte sich ein, schob Derec behutsam zurück in Richtung Tür. »Ich verstehe Ihre Ungeduld, Derec. Aber ich muß auch auf Katherines Gesundheit achten. Bitte gehen Sie, ich werde herausfinden, was ich kann. Sobald sie kräftiger ist, können Sie, so sie einverstanden ist, wieder mit ihr sprechen.«

Derec führte seine Frustration spazieren, verließ das Hospital durch den Hauptausgang. Er war sicher, daß Dr. Galen ihn melden oder ihm einen Robot hinterherschicken würde, um ihn zurückzuholen, aber das kümmerte ihn nicht. Er konnte einfach nicht in aller Seelenruhe dableiben und warten. Die Tatsache, daß er der Antwort, dem Versprechen, wieder ein ganzer Mensch zu sein, so nahe war, bedeutete für seine Geduld eine zu große Prüfung.

Der Abschnitt der Station, in welchem das Hospital lag, hatte etwas von einer Gruft. Er ging durch trübe erleuchtete Straßen, vorbei an den Reihen geschlossener Läden und versiegelter Wohnblocks. Nur die Hauptstraße war richtig hell. Die Gassen und Hinterhöfe waren schwarze Löcher.

Kein Robot verfolgte ihn. Er ging immer weiter, bis er seine aufgewühlten Emotionen wieder unter Kontrolle hatte, dann machte er kehrt. Er marschierte durch den Eingangsbereich geradewegs in Dr. Galens Büro.

»Hat sie dir was gesagt?«

»Sie war nicht in der Lage, bezüglich Ihres Leidens neue Einsichten zu liefern.«

»Du hast meinen Zustand mit ihr diskutiert? Aber mir warst du nicht mal bereit, zu sagen . . .«

»Richtigstellung. Sie wußte bereits von Ihrem Zustand.«

»Was hat sie gemacht, dich um Rat gefragt, wie sie mit mir umgehen soll?«

»Derec, ich habe Katherine versprochen, nicht mit Ihnen über unsere Unterredung zu sprechen.«

Derec verschränkte die Arme über der Brust und tat einen Seufzer in Richtung Zimmerdecke. »Ich versteh' nicht, was ihre Geheimniskrämerei zu bedeuten hat. Wenn sie alles über mich weiß, sollte sie's mir einfach sagen.« Er warf Dr. Galen mit erhobenen Augenbrauen einen Blick zu. »Nicht wahr?«

»Wie ratsam dieses Vorgehen wäre, ist von Fall zu Fall unterschiedlich, je nach Individuum, Ursache der Fehlfunktion und den jeweiligen besonderen Umständen«, lautete Dr. Galens zurückhaltende Antwort.

»Du bist nicht mal bereit, mir einen Hinweis zu geben, wie?« sagte Derec kläglich.

»Ich bedaure, es nicht zu dürfen.«

Derec runzelte die Stirn. »Darf ich sie wenigstens sehen?«

Der Robot wandte sich einem von zwei aktiven Schirmen hinter ihm an der Wand zu. »Sie ist wach, und ihre Algesie ist abgeklungen. Aber letztlich hat sie darüber zu entscheiden.«

»Dann werde ich nachsehen gehen, was sie zu sagen hat.«

Sie fanden Katherine aufrecht im Bett sitzend vor. »Ich hatte gehofft, daß mich jemand besuchen kommt«, sagte sie lächelnd.

»Du hast mir dafür ein paar gute Gründe gelassen«, sagte Derec und sah sich im Raum vergebens nach einem Stuhl um, den er neben das Bett hätte rücken können.

Ihre Miene trübte sich. »Da — Derec«, sagte sie, über seinen Namen stolpernd, als habe sie ihn vergessen. »Ich fürchte, du wirst böse auf mich sein. Wir haben miteinander viel Boden gutzumachen — alles, was sich auf dem Schiff ereignet hat. Ich denke nicht, daß wir mit dem wenigen anfangen sollten, was ich von dir weiß.«

Der Blick, den Derec auf Dr. Galen abschoß, war finster und giftig.

»Was ist los? Was hast du ihr gesagt? Ich dachte, du versuchst mir zu helfen . . .«

»Ich kann nicht anders«, sagte der Robot gelassen.

Diese Wahrheit bremste Derecs Wut. Er wandte sich wieder an Katherine und sagte: »Also wirst du weiterhin Geheimnisse vor mir haben.«

Sie schüttelte den Kopf. »Derec — sagen wir, du warst Präsident von New Liberty . . .«

»New Liberty hat eine Ratsverwaltung als Regierung«, unterbrach Derec.

»Macht nichts. Sagen wir, du warst Präsident von New Liberty und hast das Gedächtnis verloren. Wenn ich dir nun verrate, daß du Präsident warst, macht dich das zum Präsidenten? Kannst du anfangen, dich wie der zu benehmen, der du einmal warst, nur weil du Bescheid weißt?«

Derec wich ihrem Blick aus. »Wohl nicht. Aber es zu hören, könnte meine Erinnerung in Gang setzen . . .«

»Es ist wesentlich wahrscheinlicher, daß es Sie in schwere Angstzustände versetzen würde«, hob Dr. Galen an.

»Meist . . .«

Derec öffnete den Mund, um zu antworten, doch Katherine kam ihm zuvor. »Dr. Galen, verschwinde«, schnauzte sie. »Geh in dein Büro zurück und laß uns in Ruhe, wage es nicht, mich zu überwachen oder zu lauschen. Wir rufen dich, falls wir dich brauchen.«

Der Robot starrte einen Moment vor sich hin, dann ließ er den Kopf hängen und ging.

»Es war unangebracht, dermaßen anzüglich zu werden«, sagte Derec, den ihr Ungestüm überraschte. »Ich möchte wetten, du hast dem armen Dr. Galen so das Selbstwertintegral geknickt, daß er eine Stunde brauchen wird, um es wieder auszubügeln.«

»Oh, was kümmert's mich«, sagte Katherine verdrießlich und starrte auf die leere Türöffnung. »Medizinische Roboter sind allesamt Wichtigtuer. Sie äußern zehntausend Meinungen, aber richtig wissen tun sie nichts. Und sie haben kein richtiges Verständnis dafür, was man durchmacht, wenn man krank ist, ist es nicht so? Weil sie Maschinen sind und nie krank werden oder sterben.«

Ist es das, was mit dir los ist?, fragte Derec sich und sah ihr ins Gesicht. Stirbst du an etwas, das die Ärzte nicht heilen können? Ist es das, worüber Dr. Galen nicht sprechen wollte?

Noch ehe er den Mut fand, diese Fragen laut auszusprechen, blickte sie zu ihm hinüber und klopfte neben sich aufs Bett. »Hast du vor, dort drüben stehenzubleiben? Das Feld hält uns beide aus.«

Nach momentanem Zögern ließ Derec sich zu Katherines Füßen auf dem Bettrand nieder.

»So, schon besser«, sagte sie. »Jetzt komme ich mir nicht mehr so sehr wie eine Gefangene vor, die verhört wird.«

»Ich weiß nicht recht, was wir noch zu bereden hätten.«

»Nun — ich bin sicher, daß auf dem Asteroiden mehr vorgefallen ist als das, was du mir auf dem Schiff erzählt hast. Dann ist da noch das Schiff und was wir dort erlebt haben. Und dann bin da noch ich.«

»Laß uns damit anfangen. Zunächst dein Name. Der Robot nannte dich Katherine . . .«

»Für meine Mutter und die Computer bin ich Katherine Ariel Burgess. Alle anderen nennen mich Kate«, sagte sie. »Mein Vater behauptet, mich Katherine zu nennen, wäre irreführend — es würde die Leute nicht warnen, worauf sie sich einlassen. Katherine, das heißt Bitte und Dankeschön und Kleider bis zum Hals, Kate dagegen . . .«

»Scharfzüngig und willensstark und eigensinnig«, zählte Derec auf.

Katherine strahlte, als hätte ihr jemand ein Kompliment gemacht. »So ähnlich. Mein Vater sagt, ich hätte Schmackes.«

»Ich denke, ich bleibe bei Katherine. Was hattest du auf Aranimas' Schiff zu suchen?«

»Na, ich war dort gefangen wie du. Meine Roboter und ich wurden aus einem Kurierschiff entführt.« Sie schnippte mit den Fingern. »Grade fällt's mir wieder ein. Wo ist der Schlüssel? Du hast ihn doch nicht den Robotern überlassen, oder?«

»Ich weiß nicht, wo er ist«, sagte er. »Ich weiß ja nicht mal, ob er je dort gewesen ist, wo ich angenommen hatte.«

»Ist das Schiff hier? Bist du schon wieder drin gewesen?«

»Verdammt, ich weiß es nicht. Bis heute morgen war ich noch nicht mal aus dem Hospital heraus«, sagte Derec wütend. »Willst du mir gefälligst sagen — wieso ist der Schlüssel so wichtig? Was ist er? *Wozu* ist er der Schlüssel?«

»Keine Ahnung«, sagte Katherine nüchtern. »Ich weiß nur, daß Aranimas der Meinung war, es sei jedes Mittel recht, ihn zu kriegen. Warte mal — ich dachte, du sagtest, daß der Schlüssel dir gehört. Weißt *du* denn nicht, worin seine Bedeutung liegt?«

»Er gehört mir«, versicherte Derec. »Bergungsgut aus dem Weltraum. Oder ein Geschenk. Wie auch immer, ich habe am meisten Anspruch darauf.«

»Aber du weißt nicht, worum es sich handelt?«

»Nein.« Sie schien enttäuscht. »Vielleicht weißt du's doch — nur daß es zu den Dingen gehört, die du vergessen hast.«

»Ich denke, das wäre möglich«, gab Derec zu. »Ist Aranimas eigens zu dem Asteroiden gekommen, um den Schlüssel zu suchen? Nicht, weil ich dort war?«

»Ich glaube nicht . . .«

»Was glaubst du nicht?«

»Ich glaube, er ist absichtlich zu dem Asteroiden geflogen. Ich glaube, er wußte nicht, daß der Schlüssel dort ist. Ich bin beinahe hundertprozentig sicher, er wußte nicht, daß du dort warst«, sagte sie. »Ich glaube, du hattest einfach Glück — oder würdest du es Pech nennen?«

Derec überlegte. »Glück, wenn man bedenkt, wie's ausgegangen ist. Jedenfalls bin ich lieber auf der Rockliffe-Station als auf diesem Asteroiden.«

»Na gut, Glück.« Sie schwieg einen Augenblick. »Sieh mal, falls er dir gehört, würde es dir dann nicht vielleicht helfen, dich an etwas zu erinnern, wenn du ihn wieder in Händen hast? Und selbst wenn es nicht hilft, müssen wir feststellen, was aus dem Schlüssel geworden ist. Aranimas hatte bestimmt Gründe, warum er so dahinter her war.«

»Wolruf hat ihn im Gespräch mit Aranimas als ›Juwel‹ bezeichnet«, sagte Derec nachdenklich. »Aber ich denke nicht, daß sie das wörtlich gemeint hat.«

»Wie auch immer, er ist wertvoll. Versuchen wir ihn nun zu finden oder nicht?«

»Wir?« Einen kurzen Moment lang sträubte sich Derec. Dann führte er sich vor Augen, wie es gewesen war, auf dem Piratenschiff isoliert zu sein. Hier fühlt er sich zu Hause — Katherine dagegen offensichtlich nicht. Sie hatte Schmerzen, und sie war allein, und sie wollte seine Freundin sein. Und obendrein wußte sie etwas darüber, wer er war — und wollte ihm helfen, sich zu erinnern.

»Klar«, sagte er. »Natürlich versuchen wir's.«

Kapitel 15

Null Sieben B

Trotz aller guten Vorsätze zerbrach die Partnerschaft beinahe, noch ehe sie begonnen hatte. Derec hatte sich das Arrangement irgendwie so vorgestellt, daß er sämtliche Entscheidungen traf und Katherine sich dankbar seiner Führung überließ. Doch er stellte sehr bald fest, daß es Kate war, nicht Katherine, mit der er den Pakt geschlossen hatte.

Derec war begierig, mit der Suche nach dem Objekt anzufangen. Da Dr. Galen gegen Derecs Ausflug aus dem Hospital keinen Einspruch erhoben hatte, glaubte er sich das Recht erworben zu haben, umherzuwandern, wo es ihm gefiel. Dagegen würde es mindestens noch ein paar Tage dauern, bis Kate sich die gleichen Freiheiten herausnehmen durfte.

Aber als Derec vorschlug, allein auf Kundschaft zu gehen und Katherine hinterher von seinen Entdeckungen zu berichten, wurde sie störrisch. »Wir gehen gemeinsam, oder alle Versprechen sind hinfällig«, sagte sie entschlossen. »Wenn wir ein Team sein sollen, müssen wir auch als Team arbeiten.«

»Ein Team sein heißt nicht, daß wir unzertrennlich sein müssen«, wandte Derec ein. »Jeder sollte tun, was er am besten kann, und im Augenblick liegt meine Stärke darin, daß ich für uns Augen und Ohren aufhalten kann.«

»Was hast du vor?«

Derec zuckte die Achseln. »Mit dem Dockverwalter reden, und mit dem Stationsvorsteher. Anfangen, mir ein Bild davon zu machen, was seit unserer Ankunft hier passiert ist.«

»Das sind doch Roboter«, sagte sie. »Laß sie herkommen.«

Das war eine durchaus vernünftige Idee, und die Tatsache, daß sie Derec nicht gekommen war, ärgerte ihn zunächst. Er hatte vorgehabt, mit dem Stationspersonal zu sprechen, seit er das Bewußtsein wiedererlangt hatte, aber immer im Hinblick darauf, die Betreffenden aufzusuchen. Er merkte, daß er eine unausgesprochene Vermutung angestellt hatte: *Die haben zu tun — die haben keine Zeit, herzukommen und mit mir zu reden.*

Nicht ein einziges Mal hatte er daran gedacht, ihnen zu befehlen, sie sollten ihre Arbeit unterbrechen. Katherine hatte sofort daran gedacht. Derec wußte irgendwie, daß dieses unterschiedliche Herangehen etwas Wichtiges über sie beide aussagte — etwas über ihren Hintergrund, über die Kultur, die ihre Einstellung gegenüber Robotern geprägt hatte.

Es hatte den Anschein, als respektiere er die Bedeutung der Arbeit, welche die Roboter leisteten, und betrachte sie sozusagen als gleichgestellt, während sie in ihnen bloße Diener sah. Ob das jedoch hieß, daß er über mehr oder über weniger Erfahrung mit Robotern verfügte als sie, wußte er nicht zu sagen.

Wie auch immer, dies war ein weiteres winziges Stück seines Puzzlespiels. Er war nicht wie Katherine. Sie entstammten unterschiedlichen Welten — kulturell, wenn schon nicht geographisch. Er fragte sich, wie es kam, daß sie ihn kannte.

All diese Gedanken rasten Derec im Bruchteil einer Sekunde durch den Kopf und erlaubten es ihm, nach nur leichtem Zögern die Unterhaltung fortzusetzen. »Sieh mal, ich bin zu gemeinsamen Entscheidungen durchaus bereit. Vielleicht können wir die Roboter ja dazu bewegen, herzukommen«, sagte er. »Da wäre aber immer noch das Schiff. Das sollte ich mir mal ansehen.«

»Auch das sollten wir zusammen erledigen.«

»Wieso? Ist dort was versteckt, das ich nicht finden soll?«

Katherine verschränkte die Arme und seufzte. »Wenn du mir die ganze Zeit mißtraust, wird nie was draus.«

»Ich mißtraue dir keineswegs!« rief Derec aus, und warf die Hände hoch. »Ich verstehe bloß nicht, wieso du mich offenbar nicht aus den Augen lassen willst.«

»Und ich verstehe deine Eile nicht«, sagte Katherine steif. »Du behauptest, wir seien ein Team, aber du willst losrennen und alles allein machen.«

»Eilig hab' ich es deswegen, weil wir die ersten sein wollen«, sagte Derec ungeduldig. »Wir wollen vermeiden, daß jemand anders es an sich nimmt.«

Sie blickte ihn spöttisch an. »Wir sind seit sechs Wochen hier. Meinst du wirklich, sie hätten uns rausgeholt und dann das Schiff irgendwo verstaut, bis wir Anspruch darauf erheben können? Denk doch nach! Es handelt sich um ein fremdes Sternenschiff.

Wie lange, denkst du, haben sie für die Erkenntnis gebraucht, daß sie so was noch nicht gesehen haben — nicht nur die Bauart, sondern die gesamte Technologie? Dies ist eine Grenzstation. Glaubst du, die finden sich einfach damit ab, wenn ein unregistriertes Schiff mit zwei Verletzten an Bord auftaucht?«

Endlich hatte Derec kapiert. »Demnach haben sie es gründlich untersucht. Vermutlich machen sie sich sogar über uns Gedanken.«

»Natürlich. Deswegen hab' ich Dr. Galen rausgeschickt.«

»Meinst du, er hat uns nachspioniert?«

»Alle Roboter spionieren für ihre Herren«, sagte sie bitter.

»Was?« fragte Derec, von ihrer Heftigkeit überrascht.

»Schon gut«, sagte sie. »Ich denke nur einfach, wir sollten eine Weile die Harmlosen spielen, tun, was sie von uns erwarten, bis wir wissen, was hier gespielt wird.«

»Uns hilflos geben und verängstigt. Uns dumm stellen.«

»Genau das«, sagte Katherine. »Manchmal ist es das Schlaueste, was man tun kann.«

Auf ihre Anweisung ließ Dr. Galen ein Multikom zur Intensivabteilung bringen und schloß es ans Stationsnetz an. Sehr rasch erfuhren sie, daß der rote Teppich der Rockliffe-Station ein wenig fadenscheinig war.

Der Stationsvorsteher hatte bis zum nächsten Morgen volles Programm und war der Ansicht, daß sie in Wahrheit ohnehin den Dockverwalter sprechen müßten. Der Dockverwalter ließ gerade das Druckausgleichssystem des Docks überholen, eine vordringliche Aufgabe, die binnen kürzester Zeit abgeschlossen sein mußte, und ob sie es schon beim Disponenten versucht hätten?

Der Disponent konnte ihr Fragen nicht ohne Genehmigung des Sicherheitschefs beantworten, der sie an den stellvertretenden Verwalter für den Stationsbetrieb verwies. Der SVSB stand eine Rangstufe unter dem Stationsvorsteher und war vermutlich der Robot, mit dem zu sprechen man ihnen von Anfang an hätte empfehlen müssen. Der SVSB war im Augenblick beschäftigt, würde jedoch in einer Stunde frei sein, und ob sie einen Termin vereinbaren wollten. Es schien ihnen das beste, was sie erreichen konnten, also nahmen sie an.

»Und was machen wir, während wir warten?« sagte Derec, als er den Schirm ausschaltete.

»Wir könnten die Zeit damit verbringen, uns besser kennenzulernen . . .«

»Soll ich dich mit Geschichten über meine Familie unterhalten?«

Sie lachte — ein nettes Lachen. »Das nicht gerade.«

»*Du* könntest mir Geschichten über meine Familie erzählen.«

»Nein, kann ich nicht.«

»Katherine — die einzige, die irgendwas über mich weiß, bist du«, sagte Derec bittend. »Warum verrätst du mir nicht jetzt etwas darüber?«

»Noch nicht.«

»Immer noch auf Anraten Dr. Galens?«

»So ist es bestimmt am besten«, sagte sie und berührte seine Hand.

»Mir kommt es nicht so vor«, sagte er verstimmt. »Na gut, dann erzähl mir halt von dir.«

»Du wirst dich langweilen«, warnte sie.

Er zog die Augenbraue hoch. »Von einem fremden Raumschiff entführt zu werden, war also langweilig?«

»Mein Leben ist langweilig. Es ist das erste Mal, daß mir was Aufregendes passiert ist.« Dann fügte sie hinzu: »Nur daß es eigentlich keine Entführung war.«

»Erzähl's mir. Wie hieß dein Kurierschiff?«

»*Golden Eagle,* aus Viking. Wir waren mit Diplomatenpost unterwegs nach Frier's Planet . . .«

Zumindest beim ersten Hören klang die Geschichte glaubhaft.

Katherine und ihre Roboter waren mit dem Kurierschiff nach Viking zusammen mit einem Piloten und zwei Diplomaten gestartet. Kurz bevor sie am Rande des Vikingsystems zum Sprung ansetzen, hatte der Pilot Aranimas' Schiff entdeckt, offenbar im freien Fall.

Da sie es für ein unregistriertes Wrack hielten — teils wegen seines Aussehens, teils weil sie auf keinem Kanal Funkkontakt bekamen —, machten sie sich daran, es zu untersuchen. Plötzlich hatte man sie fluguntüchtig geschossen. Katherine und die Roboter wurden von den Narwe aus dem Schiff geholt. Kurz darauf war es explodiert, vermutlich, sagte Katherine, weil man eine Bombe an Bord zurückgelassen hatte.

Diese Geschichte war zwar frei von schreienden Widersprüchen, doch gab es eine Reihe kleinerer Punkte, die Derec keine Ruhe ließen. Katherine wollte sich nicht festlegen, warum sie auf dem Kurier gewesen war. Zunächst schien sie ihm weismachen zu wollen, sie habe mit der diplomatischen Mission zu tun gehabt. Aber so gern sie auch erreicht hätte, daß er sie für alt genug zu einer solchen Aufgabe hielt, war dies eindeutig nicht der Fall.

Als er sie danach fragte, erläuterte sie hastig, sie sei als Passagier dabeigewesen, habe einen Kurier statt eines kommerziellen Transporters benutzt, weil sie ihre Ruhe haben wollte. Er wunderte sich lautstark über einen Kurier, der Passagiere mitnahm. Sie reagierte mit der Andeutung, sie sei wichtig genug, um jegliche Ausnahme zu rechtfertigen.

Der wichtigste Punkt jedoch, derjenige, den er für sich behielt, war das Verhalten des Kurierpiloten. Kurierschiffe beförderten wichtige Leute, Notvorräte, Prototypen von Maschinen, unersetzliche Dokumente. Die Vorstellung, ein Kurierpilot würde seine Fracht gefährden, um in einem Wrack herumzustöbern, war unsinnig. Es erschien wesentlich naheliegender, daß der Pilot seinen Fund an die Patrouille auf Viking weitermeldete und dann planmäßig seinen Sprung durchführte.

Derec fragte sich, ob man ihn nicht in einer Art Test mit Halbwahrheiten fütterte — Dr. Galens Rezept für kranke Gemüter. Wenn ja, dann war er dagegen.

Doch da traf endlich der stellvertretende Verwalter für den Stationsbetrieb ein, und Derec verdrängte diese Gedanken.

»Ich werde Hajime genannt«, sagte der SVSB, »Dr. Galen sagt mir, Sie beide erholen sich von Ihren Verletzungen. Das sind gute Nachrichten.«

»Vor allem für uns«, sagte Derec leise.

»Mir ist klar, daß Sie Fragen bezüglich Ihrer Anwesenheit hier haben. Ich hoffe, sie beantworten zu können.«

Derec machte den Mund auf, aber noch ehe er etwas sagen konnte, mischte Katherine sich ein. »Fang damit an, wann die Station zum ersten Mal auf unser Schiff aufmerksam wurde, und erzähl uns, was ihr beobachtet habt«, befahl sie.

»Ja, Madame. Die Stationssensoren haben ein unidentifiziertes Schiff entdeckt, das gerade aus seinem Sprung auftauchte — wie Sie vielleicht wissen, wird die Beendigung eines Sprungs von einer spürbaren Raumverzerrung begleitet, vergleichbar mit den atmosphärischen Störungen bei einem Blitzschlag . . .«

»Ist uns bekannt«, sagte Derec. »Weiter.«

»Verzeihen Sie, Sir«, sagte der Robot mit einer angedeuteten Verneigung. »Ich wollte nur sichergehen, daß Sie verstehen, wie wir fähig waren, auf so große Entfernung Ihr Schiff auszumachen.«

»Wieso? Wie weit waren wir denn entfernt?«

»Dreiundachtzig astronomische Einheiten. Auf diese Entfernung konnten die Stationssensoren lediglich Position und Geschwindigkeit des Gefährts feststellen. Da weder direkte Identifikation durch einen Impulsübertrager noch indirekte Identifikation durch Sensordaten erfolgte, wurde dieses Schiff als UPG-07 registriert.«

»UPG?« fragte Katherine.

»Verzeihung. Unidentifiziert. Potentiell gefährlich«, erläuterte Hajime.

»Weiter, Hajime.«

»Danke, Sir. Wir haben den Anflug von Null Sieben zwei Tage lang verfolgt. Wir waren gerade soweit, einige vorläufige Daten bezüglich seiner Masse und äußeren Form einzuholen, als eine Anomalie auftrat. UPG-07 zerfiel in zwei unabhängige Teile, UPG-07A und UPG-07B. Null Sieben A, das größere Gefährt, nahm eine Kurskorrektur vor, die es aus der Kontrollzone der Station heraustrug . . .«

»Sie haben uns abgestoßen und sich dann aus dem Staub gemacht«, sagte Katherine.

»Sieht so aus«, sagte Derec. »Ist das große Schiff gesprungen?«

»Nicht, solange es im Bereich unserer Sensoren war, Sir«, antwortete Hajime. »Es ist unmöglich, zu sagen, was vorgefallen ist, nachdem wir den Kontakt verloren.« Derec und Katherine warfen sich einen Blick zu, der besagte: Demnach könnten sie immer noch irgendwo dort draußen auf der Lauer liegen.

»Und das andere Schiff, Null Sieben B, ist weiterhin nähergekommen?« fragte Katherine. »Dort habt ihr uns gefunden?«

»Ja, Madame. Ein Späher mit einem Rettungs- und Bergungsteam an Bord wurde augenblicklich ausgeschickt.«

»Kannst du uns von den Ereignissen einen Navigationsplan zeigen?« erkundigte sich Derec.

»Gewiß, Sir.« Der Robot trat an den Hyperschirm und gab über die Tastatur einen Code ein, und gleich darauf lief die bildliche Darstellung ab, die jedoch nur bestätigte, was der Robot berichtet hatte.

»Können wir davon eine Kopie haben?« fragte Derec.

»Ich werde es unter Ihrem Namen in ein Register eintragen«, erwiderte Hajime.

»Wenn das Entern aufgezeichnet wurde, würde ich es gern sehen«, sagte Katherine.

Als der Robot nickte, winkte sie Derec, sich neben sie auf den Bettrand zu setzen. Sie nahm seine Hand und hielt sie fest, als suche sie darin Ermutigung. Der Hautkontakt überraschte Derec und brachte ihn aus dem Konzept.

»Die Aufzeichnung wurde mittels eines Zeugenrobots hergestellt«, sagte Hajime. »Das Multikom wird nicht die gesamte Bandbreite zeigen können . . .«

»Was ist ein Zeugenrobot?« flüsterte Katherine Derec zu.

»Erklär' ich dir später«, flüsterte Derec zurück. Zeugenroboter boten mit ihren Kugelköpfen und Rundum-Suchschlitzen statt optischer Sensoren einen merkwürdigen Anblick, aber sie waren für derartige Operationen unentbehrlich. Ihre einzige Aufgabe bestand darin, sich so zu positionieren, daß ihre Sucher und Aufzeichner die Entwicklung von Ereignissen vollständig einfingen. Manch eine verpfuschte Operation war mit Hilfe der von Zeugenrobotern gelieferten Daten rekonstruiert worden. ». . . wenn Sie also irgendwann den Ausschnitt verschieben möchten, informieren Sie mich bitte.«

Von außen sah Aranimas' Schiff aus wie eine massige Pfeilspitze mit kabelartigen Anhängseln, die der Befestigung am Schaft gedient hatten. Bei dieser Pfeilspitze handelte es sich in Wahrheit um eine Boden-Luft-Rakete, und bei den Anhängseln um die geborstenen Reste mehrerer Übergangskorridore, die mit der sechseckigen Kreuzung zwischen den Antriebstrichtern am Heck verbunden gewesen waren.

Gemeinsam sahen Derec und Katherine zu, wie die Rettungsroboter eine Notluke mit Schweißbrennautomatik oben an der Hülle befestigten. Als der Kontaktring der Luke die Hülle durch- und sich selber festgeschweißt hatte, stiegen die Roboter ein — der Reihe nach, als erstes der Zeuge.

»Das ist der Raum, in dem Aranimas mich untergebracht hatte«, flüsterte sie, als die Hypervisionskamera über das speicherähnliche Oberdeck schwenkte.

»Wie lange bist du dort gewesen?«

»Zwei Monate. Glaub mir, mir kam es länger vor.«

Als der Zeugenrobot zum Hauptdeck hinunter voranging, sahen sie als erstes einen Robot im Zentralkorridor stehen.

»Alpha«, rief Derec.

»Capek«, sagte Katherine im gleichen Augenblick. »Wo ist mein Robot?«

Hajime hielt die Aufzeichnung an. »Dieser Robot wurde entfernt und zur diagnostischen Untersuchung und Reparatur mitgenommen.«

»Ich will ihn so zurückhaben, wie er war«, sagte Derec. »Ihr habt nicht das Recht, ohne Arbeitsauftrag an ihm herumzubasteln.«

»Der Robot hat sich unseren Bemühungen widersetzt, Sie zu retten. Nach allgemeiner Einschätzung funktionierte er auf normwidrige und obendrein gefährliche Weise und wurde daher deaktiviert. Das Standardverfahren in solchen Fällen sieht vor, daß eine vollständige Untersuchung durchgeführt wird, um dann die Anomalie an den Hersteller zu melden.«

Katherine gab mit einem Nicken widerstrebend ihre Zustimmung, und Derec fügte sich ihr. »Na gut«, sagte er. »Weiter.«

Als die Aufzeichnung weiterlief, sahen sie zum ersten Mal sich selbst. Sie lagen hintereinander an einer Wand des mittleren Durchgangs auf dem Hauptdeck. Katherine erschrak und wandte sich vom Anblick des eigenen, mit Brandblasen übersäten Gesichts und der blutdurchtränkten Kleidung ab. Derec biß die Zähne zusammen und gab sich Mühe, den Schmerz, den seine verbrannte Haut ausstrahlte, nicht noch einmal zu erleben.

»Dacht' ich mir's doch«, raunte Derec. »Dacht' ich mir's doch.«

»Was?« wollte Katherine wissen. »Wovon redest du?«

»Alpha. Er hat uns das Leben gerettet.«

»Du hast Hajime gehört — der Robot war nicht normal. Er wollte nicht zulassen, daß sie uns retten.«

»Das war nur der übervorsichtige PV-Würfel. Sieh mal«, sagte

Derec und zeigte auf den Schirm. »In so eine Lage fällt oder kriecht man nach einem derartigen Unfall nicht von selber. Jemand hat uns bewegt. Und noch eins: Wir waren wenigstens noch fünf Tage entfernt, als ich die Sprengfalle ausgelöst habe. Das Rettungsschiff hat zweieinhalb Tage gebraucht, bis es uns erreicht hatte. Und man kann nicht bestreiten, daß wir schwer verletzt waren . . .«

»Nein«, sagte sie mit einem kleinen Schauder.

»Ich hatte mich bereits gefragt, wie wir überleben konnten, bis die Sanitäter uns erreicht hatten. Eigentlich hätten wir dort auf dem Schiff sterben müssen. Sie hätten nur Leichen finden dürfen. Alpha ist der Grund, warum das nicht so war.« Derec wandte sich an den Robot: »Hajime, würdest du bitte die Aufzeichnung anhalten und uns allein lassen?«

»Natürlich, Derec.« Das Bild und der Robot erstarrten.

»Was? Was geht vor?«

»Ich will nur darauf hinweisen, daß noch jemand auf dem Schiff gewesen sein könnte.«

»Woran denkst du?«

»Ich hatte mich gewundert, wieso Wolruf und der Robot so lange brauchten, um von ihrem Botengang zurückzukommen. Wie, wenn Aranimas wieder zu sich gekommen war? Vielleicht haben sie noch versucht, ihn hinter Schloß und Riegel zu bringen, als die Bombe hochging. In dem Fall wäre Alpha herbeigerannt gekommen. Um Aranimas würde er sich nicht mehr kümmern. Vermutlich würde er sich nicht mal darum kümmern, was Aranimas Wolruf antun könnte. Aranimas und Alpha könnten beide Rumpf A erreicht haben, ehe er abgestoßen wurde.«

»Und Alpha hätte uns vor ihm beschützt, genau wie er versucht hat, uns vor der Rettungsmannschaft zu schützen.«

»Ja, das könnte erklären, *wieso* Alpha den Robotern Schwierigkeiten bereitet hat.«

»Er könnte sich versteckt haben«, sagte Katherine nachdenklich. »Es war sein Schiff. Er muß gewußt haben, wo er in Sicherheit war. Bis das Schiff aufgebracht wurde . . .«

»Hab' ich mir auch gedacht. Falls er den Schlüssel nicht schon hat, dann sucht er ihn — oder uns. Falls er ihn hat, könnte es immer noch sein, daß er nach uns sucht. Wie auch immer, der Schlüssel ist in Gefahr, und wir ebenfalls. Wir können hier nicht weiter rumsitzen und uns vormachen, es bestünde keine Eile. Wir müssen jetzt gleich was unternehmen.«

Katherine senkte den Blick. »Na gut«, sagte sie schließlich.

»Hajime«, sagte Derec. »Du kannst wieder zu uns stoßen.«

Der Robot regte sich. »Danke, Sir. Soll ich die Aufzeichnung weiterlaufen lassen?«

»Nein. Hör mit dem Abspielen auf. Wir haben genug gesehen«, sagte Katherine.

»Sehr wohl, Madame«, sagte der Robot verbindlich. »Haben Sie noch Fragen?«

»Ja. Wo ist Null Sieben B?«

»Das weiß ich nicht, Madame.«

Diese Antwort ließ Derec mit gerötetem Gesicht vom Bettrand aufspringen. »Was soll das heißen, du weißt es nicht?« verlangte er zu wissen. »Du hast unter der Besatzung der Station den zweithöchsten Rang.«

»Richtig, Sir.«

»Und du weißt nicht, wo unser Schiff ist?«

»Ich weiß nur, daß Null Sieben B sich nicht mehr an dem Liegeplatz befindet, an dem es festgemacht wurde, nachdem man es in die Station geschleppt hatte.«

»Hat es jemand gestohlen?« faßte Derec nach. »Versuchst du mir mitzuteilen, daß es nicht mehr da ist?«

»Es wurde nicht gestohlen. Es wurde mit Ermächtigung des Stationsvorstehers verlegt.«

»Wieso hast du das nicht gleich gesagt?« fuhr Katherine ihn an.

»Derec fragte, ob ich weiß, wo Null Sieben B festgemacht ist. Ich weiß es nicht und habe ihn entsprechend informiert.«

»Dann stell fest, wo unser Schiff ist. Ich will, daß du uns dorthin führst.«

»Es tut mir leid«, sagte Hajime. »Dazu bin ich nicht berechtigt.«

»Dann verschaff uns einen Robot, der berechtigt ist«, fauchte Derec.

»Ich wurde angewiesen, alle Anfragen dieser Art an den Stationsvorsteher zu verweisen.«

Derec seufzte. »Na gut. Du kannst gehen.«

»Danke, Sir.« Der Robot zögerte. »Dürfte ich eine Frage stellen, Sir?«

»Worum geht's?«

»Bezeichnen Sie Null Sieben B aus reiner Gewohnheit immer noch als ›Ihr Schiff‹, oder weil Sie daran hängen?«

»Was meinst du damit?«

»Ich wurde informiert, daß sich das als Null Sieben B bekannte Schiff nicht mehr in Ihrem Besitz befindet.«

Kapitel 16

Hinaus in der Finsternis

Der Stationsvorsteher, ein Robot namens Anazon, war nur zu einem kurzen Videogespräch bereit.

»Ist die Ihnen zuteil werdende Pflege zufriedenstellend?« erkundigte Anazon sich höflich.

»Ich hoffe, Hajime kümmert sich um Ihre anderen Bedürfnisse . . .«

Derec verschwendete keine Zeit mit Freundlichkeiten. »Wo ist unser Schiff? Wo ist Null Sieben B?« wollte er wissen.

»Ich bedaure, Sir, ich bin nicht berechtigt, Ihnen das mitzuteilen«, erwiderte der Robot unbeteiligt.

»Wer hat diesen Befehl erteilt?«

»Ich bedaure, Sir, auch zu dieser Auskunft bin ich nicht berechtigt.«

Derec war entschlossen, sich nicht abwimmeln zu lassen. »Wer ist dein Vorgesetzter? Wie lautet sein Name?«

»Der Name meines Vorgesetzten lautet Aram Jacobson.«

»Ruf ihn auf diesem Kanal.«

»Mr. Jacobson ist vielleicht zur Zeit nicht verfügbar . . .«

»Tu's. Mach es so dringend, wie es nötig ist, um zu erreichen, daß er antwortet. Und halte die Leitung offen. Ich will hören, was du sagst.«

Der Robot griff nach den Hypervisionskontrollen. »Hier spricht Anazon, Leiter der Rockliffe-Station, mit der Bitte um eine Unterredung mit Mr. Jacobson.«

Eine Stimme sagte: »Moment«, und es entstand eine Pause.

»Ja, Anazon«, sagte eine neue Stimme. Die Worte wurden vom schwachen elektronischen Echo eines irgendwo zwischengeschalteten Zerhackers verzerrt. »Was ist?«

»Anazon hat Sie in meinem Auftrag gerufen«, unterbrach Derec. »Ihre Roboter haben sich mein Schiff angeeignet. Ich erwarte von Ihnen, daß Sie ihnen befehlen, es zurückzugeben.«

»Und unseren Robot«, fügte Katherine hinzu. »Capek wollen wir auch wiederhaben.« Das Hypervisionsbild Anazons verschwand und wurde einen Augenblick später durch das eines mondgesichtigen Mannes mit schmalen Augen und glänzend schwarzem Haar ersetzt. Jacobsons untersetzter Körper balancierte auf seinem Chefsessel wie ein Ei auf einem Teelöffel.

»Entschuldigen Sie, von wem habe ich die Ehre, herumkommandiert zu werden?« fragte er mit übertriebener Höflichkeit.

»Ich heiße Derec. Und dies ist . . .«

»Einfach Derec? Kein Nachname, wie bei einem Robot?«

»Keine Ausflüchte. Sie wissen alles über mich. Ich bin sicher, daß es in Ihrem Archiv eine Akte über mich gibt.«

»Ich habe viele Akten in meinem Archiv«, sagte Jacobson. »Ich trage die Verantwortung für Einrichtungen, die zweitausendsechshundert Menschen und beinahe achttausend Roboter beschäftigen. Sie müssen mir schon glauben, wenn ich Ihnen sage, daß mir weder Ihr Name noch Ihr Gesicht vertraut sind.« Sein Blick glitt zu Katherine hinüber. »Und Sie, Fräulein?«

»Katherine Burgess. Und nennen Sie mich nicht Fräulein.«

»Verzeihen Sie mir, wenn ich Sie beleidigt habe«, sagte Jacobson und neigte leicht den Kopf. »Wenn ich Sie nun bitten dürfte, Ihre Beschwerde zu wiederholen — es ist in höchstem Maße regelwidrig, daß jemand einfach in ein Privatgespräch hineinplatzt. Ich fürchte, das hat mich ziemlich abgelenkt.«

Derec blieb vor Wut die Sprache weg, doch Katherine übernahm reibungslos die Verhandlung. »Wir wurden auf einem havarierten Raumschiff gefunden und hierher auf die Rockliffe-Station gebracht. Nun weigert sich der Stationsvorsteher, uns Zutritt zu unserem Schiff zu gewähren.«

»Er verweigert Ihnen den Zutritt?« fragte Jacobson und runzelte die Stirn. »Warum das?«

»Das verrät er uns nicht«, sagte Derec. »Er behauptet, daß er Befehl hat, es nicht zu verraten — vermutlich von Ihnen.«

»Ich versichere Ihnen, daß dem nicht so ist«, sagte Jacobson und streckte die Hand nach seinem Computer aus. »Lassen Sie mich einen Moment meine Unterlagen prüfen . . .« Er wandte ihnen kurz den Rücken zu. »Ja, natürlich«, sagte er leise, während er den Schirm studierte.

»Natürlich was?«

Jacobson drehte sich wieder zu ihnen um. »Ich erinnere mich doch, von Ihnen gehört zu haben, Derec. Sie sind der Amnesiefall, den Dr. Galen untersucht. Das erklärt vieles.«

»Nicht für mich.«

»Doch, doch. Sehen Sie, die Pflege, die Sie erhalten haben, ist recht kostspielig . . .«

»Dr. Galen hat gesagt, meine Rechnung würde gegen das Konto Stationsunkosten verbucht.«

»Ich fürchte, da irrt Dr. Galen«, sagte Jacobson. »Das gilt, wenn Sie mittellos und zahlungsunfähig sind, oder wenn die Behandlungskosten die von Ihrer Heimatwelt für ihre Bürger gestellte Garantiesumme überschreiten.«

»Aber mein Fall liegt anders . . .«

»In der Tat. Ihre Herkunft ist unbekannt. Ihre Finanzlage ist unbekannt. Ja, es bestehen sogar Zweifel bezüglich Ihrer Mündigkeit nach dem Spacergesetz«, sagte Jacobson.

»Ich bin alt genug.«

»Wir haben beschlossen, von dieser Annahme auszugehen«, fuhr Jacobson fort. »Jedenfalls bleibt uns, da Sie nicht in der Lage waren, sich auszuweisen, gar nichts anderes übrig, als Ihr greifbares persönliches Vermögen zur Begleichung Ihrer Rechnung heranzuziehen.«

»Mein greifbares Vermögen . . .«

»Ihr Schiff und sein Inhalt wurden großzügig geschätzt, das versichere ich Ihnen. Dennoch, fürchte ich, wird nicht viel übrig sein, nachdem das Bergungshonorar und die Kosten der Rettungsaktion abgezogen sind. Aber es reicht allemal zur Deckung der Passage nach Nexon mit dem nächsten Zubringer und für Ihre zwischenzeitliche Verpflegung.«

Derec bekam vor Staunen den Mund nicht mehr zu. »Das können Sie doch nicht machen. Sie können einem Mann nicht alles abnehmen, was er besitzt.«

»Nach Auffassung des Finanzministers kann es sich jeder, der reich genug ist, überhaupt ein solches Schiff zu besitzen, durchaus leisten, seine Rechnungen zu begleichen«, sagte Jacobson und lehnte sich zurück. »Wenn wir bei Ihnen eine Ausnahme machen würden, wüßte ich mir bald nicht mehr zu helfen vor Schmarotzern, die allesamt behaupten, sie hätten vergessen, was aus ihrem Vermögen geworden ist.«

»Wollen Sie mir unterstellen, ich hätte mir das alles ausgedacht? Fragen Sie Dr. Galen . . .«

»Dr. Galen bestimmt nicht die Richtlinien der Station. Das ist meine Aufgabe.«

»Zumindest geben Sie endlich zu, daß Sie dahinterstecken«, konterte Derec. »Es ist schon unglaublich, daß Sie die Unverschämtheit haben, mich für meine Rettung zur Kasse zu bitten. Sie hätten dieses Schiff doch in jedem Fall abgefangen, ob wir nun drinsitzen oder nicht.«

»Aus unserer Sicht war dieses Schiff nur da und hat unsere Einrichtungen gefährdet, *weil* Sie drinsaßen«, entgegnete Jacobson leichthin.

»Moment mal«, sagte Katherine. »Das Schiff gehört zur Hälfte mir. Kann sein, daß Sie seine Hälfte kassieren können, aber meine können Sie nicht anrühren. Sie wissen, wer ich bin, ich habe eine Überweisung von meinem Konto bei der Aurorazentrale unterschrieben.«

»In der Tat«, sagte Jacobson. »Sagen Sie, was für ein Konto war das?«

»Ein Unterhaltsanteil — ein Treuhandkonto . . .« Katherines Gesicht wurde bleich.

»Mit anderen Worten widerrufliches Mündelgeld, ja?«

»Ich — ich glaub' schon.«

»Ich bedaure, Ihnen mitteilen zu müssen, daß am 26. Mai Ihr Konto aufgelöst und das Guthaben abgezogen wurde. Haben Sie noch andere Geldquellen, von denen wir nichts wissen?«

»Nein«, sagte Katherine mit schmerzhaft verzogener Miene. »Das war mein Unterhaltsgeld. Wie konnten sie das abziehen? Wie konnten sie so was nur tun?«

»Keine Ahnung. Tatsache bleibt, sie haben es getan. Sie sind dem Gesetz nach erwachsen und für Ihre Schulden verantwortlich. Daher waren wir verpflichtet, auch bezüglich Ihres Besitzanteils von unserem Recht Gebrauch zu machen.«

»Damit kommen Sie nie durch«, drohte Derec kläglich.

»Das ist keine Frage des ›Durchkommens‹«, erwiderte Jacobson. »Wir haben unsere Befugnisse keineswegs überschritten. Sie sollten dankbar sein, daß Sie noch am Leben sind, anstatt sich über ein Schiff aufzuregen, das meines Wissens nicht einmal flugfähig ist. Da Sie seine Reparatur nicht hätten bezahlen können, hätten Sie ohnehin versuchen müssen, es zu verkaufen, und ich bezweifle sehr, daß Sie auch nur annähernd den Preis erzielt hätten, den wir Ihnen dafür gegeben haben.«

»Sie . . .« entfuhr es Derec.

»Wenn Sie mich jetzt entschuldigen wollen, ich habe mich um andere Dinge zu kümmern.«

Die Verbindung wurde unterbrochen, noch ehe Derec antworten konnte. »Hast du dieses Theater etwa geglaubt?« rief er und wandte sich Katherine zu. Er war schockiert, zu sehen, wie entmutigt sie dreinblickte.

»Theater?« fragte sie mechanisch.

»Das hat mit der Wirklichkeit nichts zu tun. Es dient lediglich dazu, uns vom Schiff fernzuhalten. Um es gegen unsere ›Schulden‹ aufzurechnen, müßten sie belegen, daß es uns gehört — über unser Ehrenwort und die Tatsache hinaus, daß sie uns darin gefunden haben. Ist dir klar, warum sie uns nicht nach Belegen fragen? Weil sie's nicht wissen wollen. Genausowenig, wie sie wissen wollen, ob ich zu jung bin, um für meine Schulden gradezustehen.«

»Egal«, sagte sie. »Ist doch alles egal.«

Derec starrte sie an. »Was hast du denn?«

»Mein Geld. Meine Familie hat mir mein Geld abgenommen . . .«

»Überrascht dich das? Vermutlich hat dich die Patrouille als vermißt gemeldet, nachdem sie losgezogen war und die Trümmer der *Golden Eagle* durchsucht hatte.«

»Sie haben mir nicht mal eine Chance gegeben, alles zu erklären . . .« sagte sie verzweifelt.

»Wem erklären?« fragte er sanft.

Doch diese Frage schien ihr bewußt zu machen, daß sie sich hatte gehen lassen. Ihr Kinn straffte sich, und die Augen wurden hart. »Mist. Alles Mist«, erklärte sie kurz und bündig. »Eine uralte Geschichte. Was unternehmen wir jetzt?«

»Was schlägst du denn vor?«

»Ich will dir sagen, was ich *nicht* tun werde. Ich werde nicht ruhig abwarten, bis der nächste Frachter kommt, und dann gehorsam nach Nexon trotten«, verkündete sie. »Und ich bin nicht bereit, mich von einer Roboterbande von meinem Besitz fernhalten zu lassen.«

»Hört sich so an, als müßte ich anfangen, dich Kate zu nennen.«

Sie lächelte überrascht. »Wär' vielleicht angebracht.«

»Gut. Ich bin nämlich der Meinung, daß wir sie brauchen werden«, sagte Derec. »Das hier wird nicht leicht werden.«

»Ich weiß. Aber die Zahl der Orte, an denen man ein Schiff dieser Größe verstecken kann, ist selbst auf einer so großen Station begrenzt. Wenn es noch da ist, finden wir es auch.«

»Kann sein«, stimmte Derec zu. »Möglicherweise haben sie es vom Betriebsdock in eines der stillgelegten verbracht — im militärischen Flügel, schätze ich. Wenn uns der Stationsplan nicht verrät, wo die anderen Dockeinrichtungen sind, können wir es uns zwar ausrechnen. Aber helfen wird uns das kaum.«

»Wieso nicht?«

»Weil's auf den Schlüssel ankommt, nicht auf das Schiff. Jacobson hat recht. Mit dem Schiff ist nichts anzufangen.«

»Wenn wir das Schiff finden, finden wir den Schlüssel.«

Derec schüttelte unglücklich den Kopf. »Der Schlüssel wird nicht mehr dasein. Den haben die Roboter — Jacobson hat davon natürlich nichts erwähnt. Aber er hat mit Sicherheit die ganze Zeit darauf gelauert, daß wir nach unseren persönlichen Habseligkeiten fragen oder sonstwie zu erkennen geben, daß wir von dem Schlüssel wissen — gelauert, um zuzuschlagen, falls wir es tun. Das war ein Test. Wir haben ihn bestanden, deshalb werden sie uns ziehen lassen. Wenn wir ihn nicht bestanden hätten . . .«

»Warum sollten sie dem Schlüssel besondere Aufmerksamkeit widmen? Der sieht doch nach nichts aus. Sie wissen nicht, worauf sich Aranimas eingelassen hat, um an ihn heranzukommen. Ich weiß es, aber mir ist immer noch nicht klar, warum er so wichtig ist.«

»Behauptest du.«

»Denkst du etwa, ich lüge?«

Ja, dachte er. Zumindest nimmst du es mit der Wahrheit nicht so genau. Ich glaube allmählich, daß außer mir jeder Bescheid weiß, worum es sich bei diesem Ding handelt — daß du nur so tust, als wärst du so unwissend wie ich, obwohl du genau weißt, worum es sich handelt und wieso es so wichtig ist.

Aber er sprach es nicht aus. »Ich weiß nicht, was ich denken soll«, erklärte er nur frustriert.

»Ich glaube, der Schlüssel ist immer noch dort versteckt, wo Aranimas ihn aufbewahrt hat. Jacobson hat ihn nicht erwähnt, weil er nichts davon weiß, es geht ihm nur um das Schiff. Falls die Roboter ihn gefunden haben, hat ihn die *Fariis* mitgenommen, und er hat ihn längst.«

»Nicht unbedingt«, erwiderte Derec. »Das sind Vertragsspediteure, keine nexonischen Staatsbürger. Meinst du, er würde denen was anvertrauen, das zehnmal so wertvoll sein könnte wie ihr gesamter Transportauftrag? Und er müßte es dann mit einem unbewaffneten Schiff befördern, während die Piraten irgendwo dort draußen auf der Lauer liegen.«

»Was denn dann?«

»Versetz dich in ihre Lage. Als erstes sorgst du dafür, daß dein Fund unbeachtet bleibt. Wenn das gelingt, kannst du dir damit Zeit lassen, es zu holen. Sobald sie einen Großtransporter bereit haben, um das Raumschiff abzutransportieren, und ein Kriegsschiff, damit die Piraten es sich zweimal überlegen, werden sie kommen.«

Katherine seufzte. »Was für ein Durcheinander. Vielleicht sollten wir ihnen das Ding einfach überlassen.«

»Kommt nicht in Frage«, fauchte Derec. »Solange Aranimas den Schlüssel nicht hat und die Piraten nicht angreifen und Jacobson noch auf Nexon ist — haben wir eine Chance.«

»Aber es ist ein Wettrennen.«

»Ja. Es ist ein Wettrennen. Und wir können mit dem Start nicht warten, bis Dr. Galen dich gesundschreibt«, sagte Derec betont und machte sich zugleich auf einen Streit gefaßt.

Doch dazu kam es nicht. »Du hast recht«, sagte sie nur, schwang die Beine über den Bettrand und tastete nach dem Fußboden. »Wohin?«

Bevor sie sich dieser Frage widmen konnten, mußten sie sich mit Dr. Galen auseinandersetzen. Der Robot kam ins Zimmer gestürzt, ehe Katherines nackte Füße auch nur die Chance hatten, sich am Boden zu verkühlen.

»Bitte gehen Sie wieder ins Bett, Patientin Katherine«, verlangte Dr. Galen. »Florence wird sich um alles kümmern, was Sie brauchen.«

Derec rüstete sich zu einer weiteren langwierigen Auseinandersetzung, aber Katherine überraschte ihn. »Ich gehe, wohin ich will, wann immer ich es will«, knurrte sie. »Und wenn du anfängst, dich wie eine Gouvernante zu benehmen statt wie ein Arzt, lasse ich dein Gehirn auf Korbflechten umprogrammieren.«

»Ich muß mich strengstens dagegen verwahren . . .«

»Besteht die Gefahr, daß ich sterbe?«

»Nein, Patientin Katherine. Aber Ihre Genesung . . .«

»Dann spar dir deinen Protest für den medizinischen Bericht: ›Patientin Katherine Burgess widersetzt sich dem empfohlenen Rehabilitationsprogramm.‹ Das ist doch der übliche Wortlaut? Derec und ich werden einen Spaziergang machen. Wenn du vermeiden willst, daß ich mir eine Lungenentzündung hole, besorgst du mir besser normale Kleidung. Und was für meine Füße.«

Jeder Mensch hätte, in diesem Ton angesprochen, die Fäuste geballt und sich mit dem Gedanken getragen, von ihnen Gebrauch zu machen. Aber Dr. Galen deutete bloß ein Nicken an. »Ich werde Kleidung bringen lassen.«

»Wenn sie in fünf Minuten nicht da ist, gehe ich so los«, warnte sie ihn. »Und komm ja nicht auf die Idee, uns nachzulaufen. Falls ich irgendwelche Probleme habe, wird Derec zur Stelle sein und mich zurückbringen.«

Als der Robot gegangen war, starrte Derec Katherine staunend an. »Wie hast du das nur gelernt?«

Sie zuckte die Achseln. »Medizinische Roboter sind allesamt rechthaberisch. Aber sie halten das nicht durch, außer, man ist wirklich in Gefahr. Ich bin's nicht.«

»Trotzdem, ich hätte zwanzig Minuten gebraucht, um so weit zu kommen, wenn überhaupt.«

»Das liegt daran, daß du dich immer darauf einläßt, mit den

Robotern zu argumentieren. Ich gebe ihnen einfach Befehle. Das wirkt besser.«

»Mag sein, gelegentlich«, sagte Derec.

»Aber du mußt dir darüber im klaren sein, daß in etwa vier Stunden deine Dermalanalgesie nachläßt und deine Haut anfangen wird, sich anzufühlen, als würde sie dir jemand mit dem Spachtel abkratzen.«

Während Derec das sagte, kam Florence herein, legte wortlos eine ärmellose Montur und ein paar Fußpolster aufs Bettende und ging wieder.

»Danke für die Warnung. Laß uns dafür sorgen, daß wir in anderthalb Stunden zurück sind«, sagte Katherine. »Nun verschwinde, während ich mich umziehe.«

Bis Katherine aus dem Krankenzimmer hervorkam, hatte Derec beschlossen, ihrem Vorschlag folgend als erstes Aranimas' Schiff zu suchen. Er hatte mehrere Gründe, dafür: Zum einen war das Schiff der letzte bekannte Aufbewahrungsort des Schlüssels, und selbst wenn man ihn gefunden und entfernt hatte, war es einigermaßen wahrscheinlich, daß man ihn in der Nähe untergebracht hatte. Wichtiger aber war, daß sie, wenn er ihr nicht bald nachwies, daß sie unrecht hatte, demnächst versuchen würde, ihn herumzukommandieren wie die Roboter.

Die elektronische Karte an der Wand des Vorraums bot wenig Hilfe. Die Rockliffe-Station bestand aus drei untereinander verbundenen Kugeln. Die mittlere, Sektion C genannt, enthielt insgesamt etwa vierzig Räume. Zwei kaum halb so große Satellitenkugeln waren über zylindrische Streben mit einem Durchmesser von wenigen Etagen an ihr verankert.

Große Bereiche der Stationsskizze waren schwarz eingefärbt und mit dem Vermerk »stillgelegt« versehen. Trotz guten Zuredens war die Kartensteuerung nicht bereit, zu enthüllen, was für Einrichtungen sich in diesen Bereichen befanden, oder auch nur das dazugehörige Verkehrsraster zu zeigen.

Weniger als fünfzehn Prozent der Sektion C waren blaßblau eingezeichnet und mit den Bezeichnungen und Symbolen der Betriebszone versehen. Der größte Teil der Sektion O, wo die bekannten

Dockeinrichtungen lagen, war ebenfalls blau. Aber die Sektion W samt Verbindungsstrebe war vollständig schwarz.

»Da«, sagte Katherine und zeigte auf die Sektion W. »Vermutlich hatten sie früher einen Ost- und einen Westhafen.«

»Symmetrische Bauart«, stimmte Derec zu. »Kann sein.«

»Ist jedenfalls der geeignete Ort, um anzufangen.«

»Hoffen wir, daß diese Sektionen nur stillgelegt und nicht abgeriegelt sind.«

Das Hospital war zur Mitte der Sektion C hin angesiedelt, drei Etagen unter der Hauptdurchgangsroute. Gemeinsam stiegen Katherine und Derec zur Hauptetage hoch und wandten sich nach Westen.

Es gab zwar keine Sperren, aber die vierspurige Expreßgleitbahn war außer Betrieb, und sie mußten zu Fuß gehen.

Gleich jenseits der Grenze zur Subsektion 42 waren die Korridorbeleuchtung und die wegweisenden »Lichtwürmer« abgeschaltet. Sie machten angesichts der achtzehn Subsektionen Dunkelheit, die vor ihnen lagen, kehrt und veranlaßten den erstbesten Robot, dem sie begegneten, ihnen zu zeigen, wo es Handleuchten gab, und gingen zurück zur Schwelle der Subsektion 42. Die Strahlen ihrer leistungsfähigen Traglampen drangen tief in den höhlenartigen Korridor und schufen um sie herum eine tröstliche Insel aus Licht. Aber sie waren sich der dahinterliegenden Finsternis nur allzu bewußt, des Nachhalls ihrer Schritte und der Kälte in den unbenutzten Räumen, die sie betraten.

Zehn Minuten Fußweg brachte sie zu den mächtigen dreiteiligen Druckschleusentoren am Rand der Sektion C. Dahinter verengte sich der Weg zu einer Gleitbahn mit nur einer Spur in jede Richtung und wesentlich weniger Absprungstellen und Seitengängen als zuvor.

Derec rechnete damit, daß Roboter den Eingang zur Sektion W bewachen würden. Doch als sie das andere Ende der Gleitbahn erreichten, waren sie immer noch allein. Die westlichen Docks befanden sich dort, wie sie es vermutet hatten.

»Keine Wachen, keine Schlösser«, sagte Derec, als sie auf der Schwelle standen. »Sieht schlecht aus. Vielleicht haben sie das Schiff von einem der Schlepper mitnehmen und hundert Kilometer von der Basis entfernt beidrehen lassen.«

»Das wollen wir erst mal feststellen«, sagte Katherine und ging voraus.

Falls die westlichen Docks tatsächlich für militärische Zwecke vorgesehen waren, dann nur als Ersatzmöglichkeit. Der Komplex schien nie etwas anderes gewesen zu sein als ein Allzweck-Verkehrsknoten für Fracht und Passagiere — er verfügte nur über die üblichen Einrichtungen: Importregistratur, Zoll, Toiletten für die Reisenden.

Katherine führte Derec die Laderampe hinauf in die obere Halle. An der Längswand des hohen Raums gab es sechs Abfertigungsschalter, sechs verglaste Wartezonen und sechs zweistöckige Sichtluken, die jeweils Ausblick auf eine enorme Helling und den dahinterliegenden Weltraum gewährten. Außer ein paar schwach leuchtenden fernen Sternen war dort nichts zu sehen.

»Nach unten?« fragte Derec.

Katherine beantwortete seine Frage, indem sie mit zusammengepreßten Lippen weiter die Rampe hinunter voranging. Zunächst wirkte die untere Halle wie das Spiegelbild der oberen. Alle sechs Anlegebuchten waren dunkel — aber eine war nicht leer.

»Volltreffer«, sagte Derec und rannte durch den Abfertigungsbereich in den Einstiegstunnel.

»Ich versteh' das nicht«, meinte Katherine und blieb ihm auf den Fersen. »Wo sind die Wachen? Da müßten doch Wachen sein.«

»Vielleicht sind sie an Bord«, sagte Derec und blieb abrupt stehen. Der Einstiegstunnel war mit der Notluke verbunden, deren Herstellung sie beobachtet hatten, und auf der Anschlußstelle klebte ein Sicherungssiegel. Es handelte sich um ein symbolisches Siegel, das nur zeigen sollte, ob die Luke geöffnet worden war. Es hielt ihn nicht davon ab, an Bord zu gehen.

Drinnen hatte man, wie es schien, nichts angerührt, seit sie gefunden worden waren. Es sah, abgesehen von Sprüngen in dreien der Bildschirme, auch nicht danach aus, als sei es auf dem Hauptdeck zu einer Explosion gekommen. Nur an Wänden und Decke gaben ein Dutzend geschwärzte faustgroße Löcher zu erkennen, wo die Sprengladungen gesessen hatten.

»Man sprengt sein Haus nicht in die Luft, bloß weil jemand einbricht«, bemerkte Katherine. »Aranimas' Sicherheitsanlagen waren sicher auf seine eigene Spezies zugeschnitten. Was das Ding, das wir ausgelöst haben, auch gewesen ist, es muß darauf abgestellt gewesen sein, einen Erani zu töten oder kampfunfähig zu machen, ohne das Schiff ernsthaft zu beschädigen.«

»Uns hat es auch ganz schön zugerichtet.« Zwar konnten sie Aranimas' Stift nicht finden, aber die unbekannte Kraft, welche die Decksplatten festgehalten hatte, war offenbar zugleich mit dem Schiffsantrieb abgeschaltet worden. Zwanzig Minuten später hatten sie den gesamten Fußboden aufgerissen, aber nichts gefunden. »Sollen wir aufräumen?« fragte Katherine und zeigte auf das Durcheinander, das sie angerichtet hatten. »Hat keinen Zweck. Die Roboter werden ohnehin erfahren, daß wir hier waren.«

»Sie haben den Schlüssel, nicht wahr?«

»Mit ziemlicher Sicherheit. Wenn nicht, hat ihn Jacobson.«

Katherine seufzte. »Wie sollen wir ihn je wiederfinden? Bei der Größe dieser Station — selbst wenn er weithin sichtbar irgendwo in einem Korridor läge, würden wir Wochen brauchen, um ihn zu entdecken. Dir ist sicher klar, daß sie ihn besser versteckt haben als das.«

»Es gibt eine Menge Stellen, wo sie ihn versteckt haben könnten, es jedoch mit Bestimmtheit nicht getan haben. Unbewacht werden sie ihn nicht lassen, darauf kannst du Gift nehmen.«

»Hast du eine Ahnung, warum sie uns hier reingelassen haben?«

Derec nickte bedächtig. »Glaub' schon. Um uns etwas mitzuteilen. Um uns zu sagen, für wie harmlos sie uns halten. Daß wir ihnen nichts anhaben können.« Er seufzte. »Und vielleicht haben sie nicht mal unrecht. Laß uns hier verschwinden, ja?«

Kapitel 17

Komplizen

Quietschen.

Schleifen.

Quietschen.

Schleifen.

Die Geräusche waren fern und leise, aber sie existierten. Solange entweder er oder Katherine sprachen, wie es auf dem ersten Drittel ihres Rückweges der Fall gewesen war, hätte er sie unmöglich hören können. Doch seit sie verstummt waren, um eigenen Gedanken nachzuhängen, waren die Geräusche ununterbrochen an Derecs Hörgrenze präsent gewesen.

Als sie Subsektion 51 betraten, entschied Derec, daß die Geräusche real und nicht bloß eingebildet waren. Etwas verfolgte sie.

»Sag nichts und dreh dich nicht um«, flüsterte er. »Halte du beide Lampen. Geh weiter.«

»Was?«

»Psst. Geh weiter. Halte den Lichtkegel nach unten, damit deine Umrisse nicht zu sehen sind. Versuch den Eindruck zu erwecken, daß da zwei Leute sind.«

»Was soll das?« fragte sie. Aber sie beschränkte ihre Neugier auf ein Flüstern und ging weiter.

Derec überreichte ihr die Lampe mit ausgestrecktem Arm, schlüpfte in die Dunkelheit davon und preßte sich gegen die Wand.

Der Schatten war an Derec vorbei, ehe er ihn auch nur entdeckt hatte. Erst als er sich nach Katherine umsah und die Konturen im Licht ihrer Lampe erspähte, setzte er sich in Bewegung. Er sprang auf, machte drei eilige Sätze und zielte mit einem Hechtsprung auf die Beine der Gestalt. Er traf auf Stoff und Knochen, nicht Synthetikhaut und Metall, und der Fremde brach mit Protestgeheul über Derec zusammen.

Sie kämpften wütend im Dunkeln, jeder mit einem anderen Ziel. Derec versuchte, den anderen irgendwie am Boden festzunageln und dieser bemühte sich, Derecs Zugriff zu brechen und zu entkommen.

Die Kämpfenden rollten von einer Seite des Gangs zur anderen, und keinem gelang es, einen dauerhaften Vorteil zu erzielen. Dann befand sich Derec nach einer jähen Drehung plötzlich oben und hockte auf dem Bauch des anderen.

In diesem Augenblick fing Katherine mit dem Lichtkegel einer der Lampen voll das Gesicht des Schattens ein. Sein Gegner sah ihn blinzelnd an, mit Augen, die beinahe ganz in fleckig goldbraunem Pelz verborgen lagen, und sein Mund verzog sich zu einer vertrauten Grimasse.

»Wolruf!« rief Derec aus.

»Bist sstärker, als du aussiehst, Derec«, sagte Wolruf, immer noch grinsend. »Hoffentlich iss' dir klarrr, daß ich dich hab' gewinnen lassen.«

Derec erwiderte das Grinsen. »Häßlich, wie du bist, freue ich mich doch furchtbar, dich zu sehen. Ich hatte schon Angst, wir hätten dich zurückgelassen, als wir abgestoßen wurden.«

»Warum behandelst du ihn wie einen verlorenen Freund?« wollte Katherine wissen. »Das ist Aranimas' Laufbursche.«

»Laufmädchen«, korrigierte er. »Außerdem verstehst du das nicht«, fügte er hinzu und half Wolruf auf die Beine. »Wir sind befreundet.«

»Parrrtner«, erklärte Wolruf stolz.

»So? Warum schleicht er dann so hinter uns her?«

»Bin euch gefolgt«, sagte Wolruf.

»Was hattest du vor?«

»Hab' euch nie wass getan . . .«

»Du hast darauf gewartet, daß wir den Schlüssel finden, nicht wahr? Und dann wolltest du ihn stehlen . . .«

»Katherine — sie ist krank«, sagte Derec plötzlich.

»Was?«

»Sieh sie dir an«, drängte er. »Sieh mich an«, fügte er hinzu, nahm seine Lampe wieder an sich und richtete den Strahl auf sich. Seine Kleidung war mit langen goldbraunen Haaren bedeckt. Im Lichtkegel von Katherines Lampe wirkte der Pelz des Fremdwesens stellenweise so dünn, daß Derec darunter die blasse, ledrige Haut sehen konnte. Und in Wolrufs Augen spiegelte sich das Elend, das sie durchgemacht hatte.

»Was ist los mit dir?« fragte Katherine, wobei ein Anflug von Mißtrauen ihre Besorgnis dämpfte.

»Hungerrr«, sagte Wolruf schlicht.

»Natürlich«, sagte Derec. »Sie ist ausgehungert. Hier gibt es ja nicht einmal Nahrung, die sie hätte stehlen können.«

Katherine musterte die Fremde mit zusammengekniffenen Augen. »Bist du uns deshalb gefolgt? Nicht um den Schlüssel zu klauen, nur um zu sehen, wo wir unser Essen herkriegen?«

»Der Schlüssel iss mir egal«, sagte Wolruf. »Hab bloß Hungerrr. Hab mich verrrsteckt, bin den Rrrobotern gefolgt, hab

Essen gesucht. Bin überallhin gefolgt und hab nie Essen gewittert.«

»Du kannst die Roboter nicht leiden, stimmt's? Nicht nur Alpha«, sagte Derec.

»Brutleiter hat mir hunderrrtmal gesagt, trrrau nie einem frrremden Tier, bis du sseine Eßtafel gesehn hast«, sagte sie matt.

Es hörte sich an wie der Versuch, einen Witz zu machen. »Und Roboter essen nicht«, schloß Derec. »Also, wir werden dir was besorgen. Ich hoffe, wir können dir was besorgen. Kannst du das gleiche wie wir essen?«

»Moment mal«, unterbrach Katherine. »Du warst die ganze Zeit mit uns auf dem Schiff? Und seither hältst du dich versteckt?«

»Bin grrrade durch den Verrrbindungsgang gekommen — Alpha auch — da hab ich die Bombe gehört«, sagte Wolruf. »Der Lärrrm hätt andere Erani angelockt. Instrrrumente tot und ihr auch nicht viel besser dran. Da hab ich uns losgemacht. Als die Rrroboter kamen, hab ich mich versteckt, und als das Schiff angelegt hat, bin ich rrrausgeschlichen. Hab mich sseither verborrrgen gehalten.«

»Wo ist Aranimas?«

»Weiß nicht. Zurückgelassen.« Wolruf war eindeutig unsicher auf den Beinen.

»Alles weitere können wir später klären«, sagte Derec heftig. »Wir müssen ihr Nahrung besorgen, schnell.«

»Nicht so schnell«, sagte Katherine und trat noch näher heran. »Wo hattest du dich versteckt? Hier, in den dunklen Sektionen?«

»Hauptsächlich. Keine Rrroboter hier. Dunkelheit iss mir lieber als die Rrroboter.«

»Wie viele dunkle Sektionen hast du auf der Suche nach Essen kennengelernt?«

»Viele«, sagte Wolruf. »Aber das Juwel iss nicht da, wenn 'ss das iss, worauf du aus bist.«

»Woher weißt du das?« fragte Katherine barsch. »Weil du es anderswo hingetan hast?«

»Will das Juwel nicht haben. Macht jedermann Prrrobleme«, sagte Wolruf. »Aber ich weiß, wo'ss iss.«

Impulsiv nahm Derec beide Wangen der Fremden in die Hände und pflanzte einen Kuß auf ihre Stirn. »Prima!« verkündete er. »Wir sind wieder am Zug!«

Bei Katherine hielt sich der Enthusiasmus in Grenzen. »Woher weißt du es?«

»Bin ihnen gefolgt, als sie'ss vom Schiff geholt haben. Dachte, sie brrringen'ss zu Menschen, Menschen haben Essen. Falsch gedacht. Die Rrroboter haben'ss hingebracht, wo viele Rrroboter sind, keine Menschen, kein Essen. Bin beinahe errrwischt worden.«

»Erinnerst du dich genau, wo? Kannst du uns hinführen?« fragte Katherine.

»Dachte, die Rrroboter wären eure Diener«, sagte Wolruf und legte verblüfft das Gesicht in Falten. »Warum verrrlangt ihr nicht einfach, daß sie'ss euch bringen?«

»Schon gut«, meinte Derec sanft. »Antworte auf Katherines Fragen. Erinnerst du dich, wo's langging? Kannst du uns hinführen?«

»Erinnere mich jederzeit, alsso kann ich euch hinführen. Will aber nicht. Will den Schlüssel nicht, will die Rrroboter nicht sehen, will nicht, daß die Rrroboter mich ssehen. Ssei du mein Frrreund, und gib mir zu essen, dann will ich deine Frrreundin ssein und'ss dir zeigen. Ja?«

Derec sah Katherine an. »Ich nehme sie mit, um was zu essen aufzutreiben«, sagte er. »Wenn dir das nicht gefällt, kannst du von mir aus ab sofort im Alleingang operieren.«

»O nein«, beeilte sie sich zu sagen. »So leicht wirst du mich nicht los.«

»Dann komm«, sagte er und versuchte vergeblich, die Haare abzustreifen, die an seiner Kleidung hafteten. Er sah sich nach Wolruf um und lächelte. »Wollen doch mal sehen, ob wir für dich was zu essen finden, ehe ich an deinem Haarausfall zugrunde gehe.«

Es blieb ihnen nichts anderes übrig, als zum Hospital zurückzukehren, zum einen, weil es relativ nahe war, zum anderen, weil es eine der wenigen Einrichtungen darstellte, die sie genauer kannten. Katherine ging als erste hinein, verlangte lautstark nach Bedienung und Aufmerksamkeit, als sie in Richtung Intensivabteilung rauschte, und sorgte dafür, daß sich unterwegs sowohl Dr. Galen als auch Florence an ihre Fersen hefteten. Eine Minute später schlüpften Derec und Wolruf herein und eilten in die entgegengesetzte Richtung, zur Küche.

»Fleisch, Brot, Gemüse — was bekommt dir wohl am besten?« sagte Derec und studierte den Speiseplan der automatischen Essensausgabe.

»Pflanzen«, sagte Wolruf und kauerte sich hin. »Etwas, auf dem ich rrrumkauen kann.«

»Alles ist synthetisch, fürchte ich — die Farm ist eine der Einrichtungen, die stillgelegt wurden. Mal sehen — ich denke, in die Apfelstücke tun sie eine Menge Ballaststoffe.«

»Weißt du, was du mit dem Schlüssel anfangen wirrrst, wenn du ihn gefunden hast?« fragte Wolruf hinter ihm.

»Nein.« Derec drehte sich um und überreichte der Fremden eine weiße Schale, die mit blaßgelben, mehligen Apfelscheiben gefüllt war. Mit überraschender Geduld wählte Wolruf ein Stück aus, roch prüfend daran, balancierte es dann auf ihrer schmalen Zunge und ließ es elegant in den Mund gleiten. Soweit Derec feststellen konnte, kaute sie es nicht, sondern schluckte es ganz hinunter.

Die Situation war irgendwie paradox — obwohl Wolruf nicht rasch zu essen schien, leerte sich die Schale schnell. Sie aß, als versuche sie in einem Durchgang alle sieben Hungerwochen wettzumachen, benahm sich dabei jedoch ungeheuer manierlich und gab kaum einen Laut von sich.

Als die Schale leer war, streckte Wolruf sie Derec mit hoffnungsvollem Blick entgegen. »Jetzt kannsst du mir wohl trrrauen, nicht wahr?«

»Nur daß ich es nicht bin, den du überzeugen mußt«, sagte er, nahm die Schale und wandte sich erneut der Essensausgabe zu, um einen Nachschlag zu holen. »Um Katherine geht es. Dabei fällt mir ein — warum hast du mir nicht verraten, daß sie an Bord war?«

Wolruf zuckte die Achseln. »Mangelnde Gelegenheit. Iss immer was passiert, immer jemand dazwischengekommen.«

»Das ist allerdings wahr«, sagte Derec und reichte die nachgefüllte Schale weiter. »Es gibt da einige Fragen, die ich dir seit der ersten Nacht stellen wollte, aber nie dazu Gelegenheit hatte.«

»Frrrage«, sagte Wolruf und streckte die Zunge nach einem weiteren Bissen aus.

Derec überlegte einen Moment. »Die erste ist für niemanden von Bedeutung außer für mich. Ihr wußtet nicht, daß ich auf dem Asteroiden war, oder?«

»Nicht, bis die Schützen dich entdeckt haben. Dann hielten wir dich für einen Rrrobot.«

»Deshalb habt ihr nicht auf mich geschossen . . .«

»Aranimas' Befehle — nicht wortgetreu befolgt.«

»Ihr hattet es auf den Robot abgesehen, der bei mir war? Das war ein Selbstmörder.«

»Der feine Unterschied iss Aranimas entgangen. Frrag den Schützen, der ihn getrrroffen hat.«

Derec lächelte. »Wußtet ihr, daß der Schlüssel auf dem Asteroiden ist?«

»Zweimal nein.«

»Dacht' ich mir's doch. Aber warum wart ihr dann da? War es etwa reines Glück, daß ihr dort aufgetaucht seid?«

»Absicht, nicht Glück. Aranimas hat ssich ein ssehr feines Ssternenteleskop gebaut. Hat gesehen, wie der Asteroid gebaut wurrrde und iss ssehr neugierig geworden.«

»Sag das noch mal. Ich muß dich falsch verstanden haben.«

Sie legte die Hände aneinander und tat so, als forme sie einen Schneeball. »Mit dem Ssternenteleskop hat Aranimas den Bau des Asteroiden verrrfolgt. Ssehr neugierig war der Boß. Iss bei den Erani unüblich. Bei euch nicht?«

»Nein«, sagte Derec und blinzelte überrascht. Eine künstliche Welt — was für eine abwegige Möglichkeit. Man nimmt eine kleine Transporterflotte, um das Rohmaterial heranzuschaffen — vielleicht nichts als kleinere Planetoiden aus dem nächstgelegenen Dreckssystem. Man läßt sie mit genau der richtigen Geschwindigkeit aufeinanderprallen und verschmilzt sie zu einem größeren Himmelskörper — aber wozu?

Beinahe augenblicklich fiel ihm die Antwort ein. Um den Schlüssel zu verbergen. Um ihn zu vergraben, wo niemand ihn je finden würde, als sei er so gefährlich wie eine Kiste mit Plutoniumabfällen.

Geschickt vergraben, nicht etwa im Herzen des Asteroiden, wo ihn der erstbeste ausgehobene Schacht ans Tageslicht befördern würde, sondern unsichtbar dicht unter der Oberfläche.

Nur daß es jemand bemerkt oder herausgefunden und die Roboter ausgesandt hatte, ihn zurückzuholen.

»Bist du dir dessen sicher?« hakte Derec nach.

»Ssicher. Aranimas hat alles beobachtet. Ssehr gutes Ssternenteleskop.« Sie hielt ihm hoffnungsvoll die leere Schale hin.

Dann stecken wir bis zum Hals in der Sache, dachte Derec, als er sich wieder der Essensausgabe zuwandte. Bis zum Hals . . .

Wolruf verspeiste soeben die dritte Portion, als Katherine sich zu ihnen gesellte. Sie hatte die Stationsbestände um eine langärmlige Bluse erleichtert, die sie über der Montur tragen konnte, und die Fußpolster gegen weichsohlige Schuhe ausgetauscht.

»Ich habe Florence auf einen Botengang geschickt und Dr. Galen eine Aufgabe gestellt, die ihn wenigstens eine halbe Stunde lang aus dem Vorraum fernhalten wird«, sagte sie. »Und ich habe Dr. Galen veranlaßt, mich mit einer geladenen Medispritze auszurüsten, nur für den Fall, daß es uns mal nicht ins Konzept paßt, hierher zurück zu müssen. Obwohl es meiner Haut wirklich gar nicht so schlecht geht. Seid ihr zwei bald soweit?«

Wolruf ließ die letzten beiden Stücke verschwinden. »Ich schon!«

»Dann wird es Zeit, daß du für die Mahlzeit bezahlst«, sagte Katherine und nahm ihr die leere Schale ab. »Sehen wir uns die Karte an.«

Sie standen dicht beieinander im verlassenen Vorraum, Wolruf in der Mitte.

»Hier sind wir«, sagte Katherine und deutete auf die Stelle. »Und das ist ungefähr der Punkt, wo du mit Derec auf die Matte gegangen bist. Jetzt muß du uns nur noch sagen, wo der Schlüssel ist, dann gehen wir ihn holen. Daraufhin kannst du in die Dunkelheit zurück und brauchst nie mehr einen Robot zu sehen.«

Aber Wolruf konnte die Karte in keiner ihrer Ausführungen oder Ausschnittvergrößerungen verstehen, obwohl Derec und Katherine sich beide große Mühe gaben, sie ihr zu erklären. »Ich weiß mit den Füßen und mit der Nase, wo'ss langgeht«, sagte Wolruf. »Ich gehe mit und zeig'ss euch.«

Katherine runzelte die Stirn und blickte zu Derec hinüber. »Wie sollen wir sie durch die Hallen schmuggeln? Es war schon riskant genug, sie hierherzubringen. Und sie hat gesagt, gleich beim ersten Mal sei sie fast erwischt worden.«

»Ich hab' mir unterwegs überlegt, daß ein Ort dieser Größe vermutlich auch private Transportmittel hatte.«

»Jitneykarren«, sagte sie.

»So heißen sie.« Vor seinem inneren Auge entstand das Bild eines dreirädrigen Behelfsfahrzeugs. Im Handbetrieb jedoch war man mit ihnen vor der Zentralen Leitstelle sicher und der Neugier der Sicherheitskräfte entzogen. »Die Roboter brauchen sie nicht, aber ich möchte wetten, sie stehen irgendwo reihenweise fahrtüchtig herum.«

Katherine spitzte die Lippen und dachte nach. »Also gut, versuchen wir's. Wenn wir keine Jitneys finden, müssen wir uns eben was anderes überlegen.«

Kapitel 18

Theater

Glücklicherweise waren die Sammelstellen für die Motorkarren deutlich auf der Stationskarte vermerkt. Derec brauchte weniger als fünf Minuten, um die nächstgelegene zu erreichen und mit einem der behenden kleinen Elektrogefährte wiederzukommen. Das Modell, das er ausgewählt hatte, verfügte über einen einzelnen Fahrersitz über dem Hinterrad und eine offene Passagierkabine, die zwischen den beiden Vorderrädern aufgehängt war.

Wolruf rollte sich unter einem weißen Krankenkittel auf dem Boden der Passagierkabine zusammen. Katherine nahm auf einem der Sitze Platz, so daß ihre Beine halfen, die Fremde noch besser zu verbergen, und Derec übernahm die Steuerung. Damit Wolruf sich auf ihrer Duftfährte zurechtfinden konnte, waren sie gezwungen, die Spur in die abgedunkelten Sektionen zurückzuverfolgen.

Als sie sich einem weiträumigen Platz näherten, verlangsamte Derec auf Wolrufs Veranlassung das Fahrzeug auf Schrittgeschwindigkeit, die Fremde warf einen verstohlenen Blick über den Rand der Passagierkabine und wies auf das kreisförmige Gebäude in der Platzmitte.

»Da drin? Bist du sicher?« zischte Derec.

»Ja, Derec. Dorrrt iss' das Juwel.«

Das Lichtwurmschild draußen am Haupteingang verkündete: ›Stationsbetriebszentrale — Zutritt verboten‹, und es wimmelte nur so von Robotern. Das Zentrum selbst bestand aus einem einzelnen Raum mit zwanzig Metern Durchmesser, ringsum mit Fenstern versehen, die Ausblick auf den Platz gewährten.

»Großartig. Einfach großartig«, knurrte Derec, während er im Bogen über den Platz fuhr. »Wie sollen wir da reinkommen? Anschleichen kommt nicht in Frage.«

»Wie wär's mit der Vordertür?« sagte Katherine und verrenkte den Hals, um ihn anzusehen. »Vielleicht lassen sie dich rein.«

Derec warf ihr einen zweifelnden Blick zu.

»Na los — einen Versuch ist es wert.«

»Ich verrrstehe immer noch nicht«, meldete Wolruf sich zirpend zu Wort. »Ssind die Rrroboter nicht eure Diener?«

Ehe er antwortete, steuerte Derec den Elektrokarren ein Stück weit in einen der Zugangskorridore, fuhr an den Fahrbahnrand und hielt an. »Ich weiß nicht«, sagte er zu Katherine. »Vielleicht stellen sie uns bloß eine Falle, wie auf Aranimas' Schiff. Wenn wir versuchen, da einzudringen, wenn wir irgendwelches Interesse an dem Ding zeigen, vielleicht haben wir sie dann sofort auf dem Hals wie eine Tonne Schlacke.«

»Du willst es ihnen einfach überlassen? Nach allem, was wir deswegen durchgemacht haben?«

»Als wir Gefangene auf dem Schiff waren, hab' ich es für wichtig gehalten, den Fremden das Ding wegzunehmen, damit es wieder in menschliche Hände kommt. Nun, da ist es gelandet. Jacobson hat klar zum Ausdruck gebracht, daß wir ruhig fortgehen und ihnen das Ganze überlassen können. Vielleicht sollten wir genau das tun.«

»Bist du denn überhaupt nicht neugierig?« fragte sie. »Willst du denn nicht wissen, was das alles sollte?«

»Klar bin ich neugierig. Aber ich muß mich auch um meine eigenen Probleme kümmern. Ich sehe nicht ein, wie dieses Ding mir dabei helfen soll.«

»Was ist aus deiner Courage geworden?« sagte sie. »Sieh doch mal, das sind die gleichen Leute, die unser Raumfahrzeug gestohlen, meinen Robot fortgezaubert und dann versucht haben, von uns Dankbarkeit dafür zu verlangen, daß sie uns als arme Leute und nicht als Kriminelle fortschicken. Ich bin nicht bereit, ihnen das durchgehen zu lassen.«

»Verstehst du denn nicht?« brüllte Derec wütend. »Meinst du etwa, wir könnten einfach dort reingehen, das Ding unter den Arm klemmen und sagen: ›Danke, daß ihr darauf aufgepaßt habt‹? Dieses Ding kommt von einem schwerbewaffneten fremden Schiff . . .«

»Das wissen sie nicht«, legte Katherine dar. »Sie haben Aranimas nie gesehen, nicht einmal Wolruf.«

»Also gut«, sagte Derec müde. »Vielleicht hast du recht. Wenn sie es für ein fremdes Schiff hielten, würden sie uns wohl kaum ziehen lassen. Aber diese Leute meinen es ernst. Sie wollten das Schiff, und sie haben es sich genommen. Sie wollen das Juwel, und sie haben es. Wir werden es ihnen nicht wieder abnehmen können. Wir werden nicht mal zur Tür reinkommen.«

»Vielleicht waren ihre Befehle nicht eindeutig.«

»Ich an ihrer Stelle hätte sie eindeutig formuliert.«

»Du bist nicht an ihrer Stelle. Los — versuch's.«

»Was soll's? Wolruf hat recht — der Schlüssel macht allen nur Schwierigkeiten.«

Katherine seufzte. »Wenn man was erledigt haben will . . .« sagte sie und war, bevor Derec sie zurückhalten konnte, auch schon aus dem Gefährt gestiegen und eilte zu Fuß dem Platz entgegen.

Weniger als zehn Minuten später kam Katherine wieder auf ihren Sitz geklettert. »Sie haben mich reingelassen, mich sogar ein bißchen rumgeführt«, erklärte sie forsch. »Sehr zuvorkommend.«

»Das hatte ich mir bereits ausgerechnet, als du nach zwei Minuten noch nicht wieder da warst. Und der Schlüssel?«

»Er ist tatsächlich dort, liegt ganz offen rum. Idioten!«

Derec setzte den Elektrokarren langsam den Korridor entlang in Bewegung und grübelte über Katherines Neuigkeiten nach. »Glaub' ich nicht. Beschreibe, was du gesehen hast.«

»Der Raum ist groß und halbkreisförmig, vollständig verglast bis auf die Büros hinten. Die Arbeitspulte sind mit fünf Robotern besetzt, darunter Anazon. Dann sind da noch zwei in der Mitte des Raums, die nichts weiter tun, als einander gegenüberzusitzen, und zwischen ihnen liegt das Objekt auf einem Tisch. Auf der Schulter eines dieser Robots war so ein komisches Emblem, ein blaues E in einem goldenen Doppelkreis . . .«

Derec stöhnte. »Falke X-50-Modelle.«

»Hat das was zu bedeuten?«

»Es bedeutet Unannehmlichkeiten. Sie haben superschnelle Reflexe. Wenn fünf Meter neben ihnen eine Bombe hochginge, wären sie vielleicht lange genug abgelenkt, daß man den Schlüssel in die Hände bekäme, aber man würde es nicht schaffen, damit den Raum zu verlassen. Wenn wir ihn wiederhaben wollen, müssen wir einen Weg finden, sieben Roboter auf einmal zu neutralisieren — und ich weiß keinen.«

»Kannst du mir erklären, wieso er offen rumliegt? Könnte es sich um eine Kopie handeln, eine Fälschung? Vielleicht hattest du mit deiner Falle recht.«

»Nein«, sagte Derec kopfschüttelnd. »Ich denke, die Roboter wurden angewiesen, ihn grundsätzlich nicht aus den Augen zu lassen.«

»Wenn man ihn in einen Tresor legt und niemand den Tresor aufmacht, löst er sich auch nicht einfach in Luft auf.«

»Nein«, pflichtete Derec ihr bei. »aber diese Einsicht erfordert eine relativ fortgeschrittene und ziemlich ausgeklügelte Denkfunktion namens Objektpermanenz. Roboter haben eine starke Neigung zum Konkreten, im Gegensatz zum Hergeleiteten. Wenn sie etwas irgendwo wegschließen, wissen sie nicht mit Bestimmtheit, daß es sich dort befindet, außer, sie sehen nach.«

»Das ist unlogisch. Kein Mensch würde so denken.«

»Manche schon«, widersprach Derec. »Aber du hast recht, es ist unlogisch.«

»Warum haben die Robotiker es dann zugelassen?«

»Kein künstliches System ist perfekt«, sagte Derec achselzuckend. »Dies ist nur eine von vielen Kleinigkeiten, die nicht immer so ablaufen, wie man es sich wünscht. Die Unsicherheit eines Robots, ob er seine Befehle auch zufriedenstellend ausführt, kann ihn in Angstzustände versetzen — genauer gesagt kommt es bei ihnen zu einem erhöhten K-Integral auf dem W-14-Niveau. Deshalb fangen sie an, das Objekt, das sie bewachen, immer öfter zu kontrollieren, in immer kürzeren Abständen.«

»Und am Ende haben sie es neben sich auf dem Tisch liegen«, sagte Katherine.

»Richtig«. Derec verfiel in nachdenkliches Schweigen, dann riß er sich zusammen. »Ach, verdammt, du hast mich soweit gebracht, daß ich mir schon überlege, wie wir da rankommen.«

»Siehst du, ich wußte doch, daß du es ihnen nicht einfach überlassen willst«, sagte Katherine mit einem rätselhaften Lächeln. »Irgendwelche Einfälle?«

»Noch nicht.« Gleich darauf fügte er hinzu: »Bis auf die Tatsache, daß ihre Befehle, den Schlüssel zu bewachen, so sorgsam sie auch formuliert sein mögen, nur durch das Zweite Gesetz abgedeckt sind.«

Katherine blieb eine Weile stumm, während Derec ziellos durch die Straßen fuhr, die an die Betriebszentrale grenzten.

»Befehlen folgen heißt, dem Zweiten Gesetz gehorchen«, meinte sie schließlich.

»Sag ich doch.«

»Und wenn Wolruf und ich ihnen nach dem Ersten Gesetz einen Grund liefern würden, sie zu mißachten?«

Wolruf lugte, als ihr Name erwähnt wurde, unter dem Kittel hervor und blickte hoffnungsvoll zu Derec auf.

»Das ist grundsätzlich richtig«, sagte Derec. »Aber wie?«

»Ich hab da ein paar Ideen. Ein kleines — Robottheater, sagen wir mal.«

»Meinst du, du könntest überzeugend wirken?« fragte Derec skeptisch. »Zumindest will ich's versuchen«, sagte sie. »Halten wir uns nicht selbst auf. Sollen sie uns doch aufhalten.«

»Wolruf?« fragte er. »Willst du den Versuch wagen?«

»Was immerrr du willst, Derec.«

Da hatte er die Bürde wieder, ob es ihm nun recht war oder nicht. »Na gut«, sagte Derec bedächtig. »Gehen wir irgendwo hin, wo wir ungestört sind, und bereden die Angelegenheit.«

Derec spähte den Korridor hinunter auf den Platz und schüttelte den Kopf. »Das klappt nie«, flüsterte er.

»Bisher hat doch alles geklappt, oder?«

Das mußte Derec zugeben. Das erste Problem hatte darin bestanden, einen Großteil des Robotverkehrs auf dem Platz zu unterbinden. Sie hatten ein halbes Dutzend Einfälle durchgesprochen, wie das zu erreichen wäre, vom Errichten robotüberwachter Hallenblockaden bis hin zu erfundenen Botengängen, mit denen sie die Roboter vom Platz abzuziehen und anderswo hinzuschicken gedachten.

Am Ende entschieden sie sich für eine Flüsterkampagne, eine simple Variation des grausamen Spiels aus Kindertagen: ›Billy ist doof; weitersagen.‹ Derec hatte gleich außerhalb des Betriebsgebäudes einen x-beliebigen Robot angehalten und kurz mit ihm gesprochen:

»Robot. Die Verwaltung hat angeordnet, daß in dieser Subsektion eine Überprüfung der Notkommunikationsanlagen stattfinden soll. Deine Befehle lauten folgendermaßen: Erstens, du hast die Übung oder deine Funktion dabei nicht über Kommandoleitung zu diskutieren. Zweitens, du hast Subsektion 100 heute zwischen 1200 und 1400 Uhr nicht zu betreten oder dich dort aufzuhalten. Drittens, du hast diese Anweisungen an den nächsten Robot weiterzugeben, den du siehst.«

Diese Instruktionen waren so harmlos, daß der Robot sie nicht in Frage stellte. Wie eine schleichende Infektion hatte das Gerücht die gesamte Stationsbelegschaft erfaßt. Binnen einer halben Stunde hatte der Verkehr auf dem Platz dramatisch nachgelassen. Binnen einer Stunde lag der Platz verlassen da, und es hatten sogar mehrere Roboter das Betriebsgebäude verlassen.

Drei blieben übrig. Von dort, wo er neben dem Elektrowagen kauerte, konnte Derec in das Betriebszentrum hineinsehen — auf die beiden X-50, welche das Objekt bewachten, und Anazon, der bei dem Versuch, mehrere kritische Operationen zu beaufsichtigen, von einem Arbeitspult zum nächsten flitzte. Die drei waren durch ihre besondere Verantwortung zu stark geprägt, als daß Derecs kleiner Trick sie fortgelockt hätte.

»'s wird schon klappen«, drängte Katherine. »Los. Wir tragen unser Teil bei. Sieh du nur zu, daß du deine Aufgabe erledigst.«

Derec schluckte mühsam, nickte und machte sich den Korridor entlang auf den Weg. Er überquerte den leeren Platz und stieg die einzelne Stufe zum Betriebszentrum hinauf. Keiner der Roboter nahm von ihm Notiz.

»Anazon.«

»Ja, Derec.«

»Ich habe beschlossen, nicht auf den Nexon-Zubringer zu warten. Ich möchte ein Schiff chartern, das herkommt und mich abholt und nach Aurora bringt. Sage mir, wie ich diesbezüglich vorgehen muß.«

Ohne sich von der Konsole abzuwenden, begann der Robot ihm zu antworten. »Es gibt sieben Schiffe, die auf Nexon registriert sind, eine Lizenz für den auroranischen Weltraum besitzen und für Charteraufträge zur Verfügung stehen. Sie können über Hyperwelle mit den Eignern Verbindung aufnehmen . . .«

Plötzlich wurde die Stille draußen auf dem Platz vom Gedröhn eines hochtourigen Elektrokarrens durchbrochen. Gleich darauf raste das Fahrzeug aus einem der Verbindungskorridore hervor, Katherine am Steuer. Dicht hinter ihr kam Wolruf her, mit leichten, raumgreifenden Sätzen, bei denen sie alle vier Gliedmaßen einsetzte.

Mitten auf dem Platz holte Wolruf soweit auf, daß sie die Hand ausstrecken und Katherine von hinten am Arm packen konnte. Der Wagen scherte plötzlich aus, so daß die Fremde loslassen mußte. Doch das Ausscheren ging in ein Rutschen über, das damit endete, daß der Wagen seitwärts gegen den Formsteinsockel eines Baumkastens prallte. Sogleich war Wolruf heran und stürzte sich auf Katherine. Die Luft war erfüllt von ihren überzeugend entsetzten Schreien: »Das Biest bringt mich um!« und dem unheilvollen Knurren des Fremdwesens.

Als der Elektrokarren ins Schleudern kam, eilte Anazon dem Ausgang zu, und einer der X-50 begann sich zu erheben. Doch als der Wachrobot sah, daß Anazon reagierte, setzte er sich wieder. Derec war augenblicklich klar, daß die Instruktionen der Wächter so stark formuliert waren, daß schon die Erwartung, Anazon werde sich um die Notsituation nach dem Ersten Gesetz kümmern, die anderen ihrer Verantwortung enthob. Nur wenn Anazon versagte, würden sie handeln.

Der Augenblick drohte ihm zu entgleiten. »Roboter — helft dieser Frau«, sagte Derec gebieterisch und trat vor. »Sie erleidet Schaden. Sie könnte getötet werden.«

Einer der X-50 regte sich ein wenig. »Anazon wird sie beschützen —«

»Das Geschöpf, das sie angegriffen hat, ist stark und schnell. Anazon wird nicht verhindern können, daß sie verletzt wird. Geht! Helft ihr! Jetzt!«

Die Wächter standen einer nach dem anderen auf und bewegten sich stockend in Richtung Ausgang. Dann, als die widerstreitenden Positronenpotentiale ein neues Gleichgewicht erreicht hatten, zögerten sie. Noch wenige Schritte, dann würde Anazon Katherine und Wolruf erreicht haben, und die Vorstellung würde vorbei sein, ein Fehlschlag.

In diesem Moment stieß Katherine einen markerschütternden Schrei aus, den selbst Derec für echt hielt, und die Wachroboter setzten sich aufs neue in Bewegung. Derec wartete nicht länger. Er riß das Objekt vom Tisch, drehte sich um und rannte in entgegengesetzter Richtung davon, indem er über ein Instrumentenpult hinwegsetzte und durchs Fenster sprang.

Mit klopfendem Herzen floh Derec vom Platz in einen leeren Korridor. Er hörte die Motoren des Wagens aufheulen, aber er blickte nicht zurück. Er konnte sich nicht leisten, sich Gedanken um Katherine und Wolruf zu machen. Er glaubte, den metronomartigen Laufschritt eines Robots zu hören, aber er blickte nicht zurück. Auch wenn er verfolgt würde, konnte das Wissen darum seine Beine nicht veranlassen, noch schneller zu laufen.

Er wollte nichts weiter, als ungehindert die dunklen Sektionen erreichen. Er konnte an nichts weiter denken als an den Fluchtweg und den Treffpunkt, den er ausgewählt hatte. Er rannte, bis ihm die Brust weh tat und seine Beine wie Blei waren, bis jeder Atemzug Schmerzen bedeutete, bis ihn die Finsternis verschluckte und ihn vor denen verbarg, die ihn zu finden versuchten.

Kapitel 19

Der Schlüssel zum Perihel

Derec kauerte in rabenscharzer Finsternis in einem Winkel des Raums und wartete. Er wußte nicht zu sagen, wie lange er dort schon allein war, nur daß es ihm wie eine Ewigkeit vorkam. Er hielt mit beiden Händen das Objekt fest und saß da, starr und schweigend.

Dann, ohne Vorwarnung, war er nicht mehr allein. Weil auf dem Korridor draußen die gleiche Dunkelheit herrschte wie drinnen im Raum, konnte Derec das Öffnen der Tür nicht sehen. Aber er hörte, wie sie zurückglitt, und raschelnde Schritte, als jemand hereinkam. Sein Herz begann schneller zu schlagen, und seine Nerven spannten sich an.

»Derec?«

Er seufzte, und die Anspannung fiel von ihm ab. Es war Katherines Stimme. »Hier«, sagte er. »In der Ecke.«

Sie schaltete mit dem Daumen ihre Lampe ein und richtete sie auf ihn, und die glatte Oberfläche des Objekts in seinen Händen reflektierte den Lichtstrahl und leuchtete sie und Wolruf an. »Du hast's geschafft!« jubelte sie. »Laß sehen!«

Derec legte schützend die Arme über den Gegenstand. »Nein. Komm mir nicht zu nahe.«

»Was soll das? Was ist mit dir?« wollte Katherine wissen. »Wir haben's geschafft. Wir haben's gekriegt.«

»In der Tat. Und jetzt ist es an der Zeit, zu beichten«, sagte Derec und richtete sich an der Wand auf. »Ich hatte einige Gelegenheit, hier zu sitzen und über alles nachzudenken. Es ist erstaunlich, wie sehr Angst die Gedanken ordnet.«

»Wovon redest du?« fragte Katherine.

Er schwenkte den Schlüssel über seinem Kopf. »Ganz einfach. Wer von euch wird jetzt aufhören, die Dumme zu spielen und mir verraten, was das hier wirklich ist?«

Katherine starrte ihn an. »Wenn du damit sagen willst, ich hätte dich die ganze Zeit hingehalten . . .«

»Etwa nicht?« unterbrach Derec. »Du und Wolruf, ihr beide. Ich bin's leid, im dunkeln zu tappen, immer einen Schritt hinterher. Ich will alles wissen, was du weißt. Eher gebe ich das Ding den Robotern wieder, als es zu behalten und nicht zu wissen, worum es sich handelt.«

»Derec, ich weiß nicht mehr, als ich dir bereits erzählt habe«, sagte Katherine flehend und trat vor.

Derec versteifte sich und packte den Gegenstand noch fester. »Wag's nicht. Rede.«

Katherine zog sich zurück. »Derec, ich will nicht mit dir streiten. Aber das ist verrückt. Wir sind ein Team. Ich habe keine Geheimnisse vor dir. Ich hatte von dem Ding nie gehört, hatte es nie gesehen, bevor Aranimas mich danach gefragt hat. Ich konnte ihm nichts sagen, und er mir auch nicht.«

Sie drehte sich um und sah in den Halbschatten zu Wolruf hinüber. »Wolruf dagegen war Aranimas' Hauptadjutant. Und als die Robot den Schlüssel aus dem Raumschiff entfernt haben, hat sie das Wagnis für wert befunden, ihnen zu folgen und herauszufinden, wo man es hinbrachte. Was hast du dazu zu sagen, Wolruf?«

»Ich hatte Hungerrr. Ich dachte, 'ss gibt dort Essen.«

»So? Wie lange hattest du denn gehungert? Nicht sechs Wochen. Drei Tage, mehr nicht. Reicht das etwa, dich zu den Robotern hinauszutreiben und das Risiko einzugehen, daß sie dich einfangen? Und das nach allem, was du von Robotern hältst.«

»Wenn hierrr jemand Geheimnisse hat, dann du, Derec«, sagte Wolruf herausfordernd. »Der Schlüssel iss' auf dem Asteroiden gefunden worden, auf dem du angeblich schiffbrüchig wurrrdest. Warum hast du dich dorrrthin gewandt, wenn du auf der Flucht warst? Weil du gewußt hast, daß er ssich dort befindet? Vielleicht, weil du ihn sselber dortgelassen hattest und ihn wiederrrholen wolltest?«

Plötzlich ging im Raum das Licht an. Der einzige, der dabei nicht zusammenzuckte, war Derec; er hatte damit gerechnet. »Die Roboter suchen nach uns«, sagte er. »Sie haben die Sektion in Betrieb genommen, möglicherweise die ganze Station. Sie können die lebenserhaltenden Systeme einsetzen, um festzustellen, wo Licht benutzt wird, wo der Sauerstoffbedarf steigt.«

»Wir können hier nicht bleiben«, sagte Katherine schlicht. »Wir müssen weg. Wir müssen den Schlüssel verstecken, ehe sie uns finden.«

Derec schüttelte den Kopf. »Falsch. Wenn nicht eine von euch jetzt gleich zu reden anfängt, werde ich hier warten, bis die Roboter auftauchen, und ihnen das Ding übergeben«, sagte er mit ruhiger Gelassenheit. »Ihr habt die Wahl.«

»Wenn du es ihnen überläßt, kriegen wir es nie wieder«, sagte Katherine wütend.

»Darauf kannst du dich wohl verlassen«, sagte Derec unbeeindruckt.

Sie wandte sich an Wolruf. »Falls du was weißt, sagst du es ihm besser augenblicklich, sonst ist der Schlüssel verloren«, befahl sie. »Wenn du noch lange wartest, kommen wir hier nie weg.«

Mit Entsetzen im Blick wich Wolruf einen Schritt zurück. »Ihr nehmt ihn und laßt mich allein, und ich komm' nie mehr heim«, sagte sie verzweifelt.

»Das wird nicht passieren«, beteuerte Katherine. »Wir lassen dich nicht im Stich.«

»Das hab' ich dir doch versprochen«, sagte Derec. »Das war ernst gemeint.«

»Sag's ihm«, hakte Katherine nach. »Sag's uns.«

Wolrufs unsteter Blick blieb erst auf Katherine, dann auf Derecs Gesicht haften. »Iss' einer der Schlüssel zum Perihel«, sagte sie schließlich.

»Perihel? Was ist das?« fragte Katherine.

»Iss' angeblich der Ort, der allen anderen Orten im Univerrrsum am nächsten iss«, erklärte Wolruf. »Du hast den Schlüssel zu dem Rrraum ganz in der Mitte. Mit dem Schlüssel müßtest du über 'ss Perihel überall hinreisen können.«

Derec schüttelte ungläubig den Kopf. »Eine Art Materietransmitter?«

»Nein«, sagte Wolruf. »Iss der Schlüssel, der die Tür zum Perihel aufschließt.«

Katherine, die momentan ihren Ärger vergessen hatte, sah Derec an. »Könnte das etwas sein, was nach dem gleichen Prinzip funktioniert wie der Sprung?«

»In so einem Format?« fragte er skeptisch. An Wolruf gewandt fügte er hinzu: »Du sagtest, einer der Schlüssel. Wie viele gibt es?«

»Den Geschichten nach, die Aranimas gehört hat, ssieben.«

»Was für Geschichten? Wo hat er die gehört?«

»'ss gab drei Schiffe, bevor die da kam«, sagte Wolruf und zeigte auf Katherine. »Aranimas hat von den Menschen an Bord vieles errrfahren, ehe er ihnen sso weh getan hat, daß sie gestorben sind. Eure Sprache gelernt. Viele Geschichten gehört.«

Katherine blickte Derec an. »Ich habe von einem Schlüssel zum Perihel noch nie was gehört. Das müssen Siedlerschiffe gewesen sein.«

»Möglich — sonst wäre Aranimas früher auf Roboter gestoßen«. Derec drehte sich nach Wolruf um. »Woher stammten die Schlüssel?«

Wolruf zog die Lefzen hoch, eine Geste, die einem Achselzucken entsprach. »Aranimas konnte nicht mal erfahren, wo die Geschichten herrrstammten.«

Derec wandte sich erneut dem Schlüssel zu und drehte ihn hin und her. »Wie funktioniert er? Wo ist die Steuerung?«

»Aranimas konnte nurrr einen Schalter finden«, sagte Wolruf. »Drrrück nacheinander auf die Ecken. Dann errrscheint ein Knopf.«

»Nacheinander im Uhrzeigersinn oder gegen die Uhr? Wo soll ich anfangen? Auf welcher Seite?«

»Iss egal«, sagte Wolruf. »Wie du willst. Der Knopf errrscheint immer in der letzten Ecke, die du berührst, immer auf der Vorderseite. Wenn du dann nichts unternimmst, verrrschwindet der Knopf wieder.«

»Und wenn man den Knopf drückt, ist man im Perihel?« fragte Katherine.

»Nein«, sagte Wolruf bekümmert. »Sso ssollt'ss sein, denk ich. Iss es aber nicht. Der Schlüssel funktioniert nicht.«

»Du hast es versucht? Mit Aranimas?«

»Viele Male.«

Derec blickte auf das schimmernde Metallteil, das in seinen Händen ruhte. Seine Oberfläche war spiegelglatt und nahtlos. Nirgendwo ein Hinweis auf einen verborgenen Schalter. Als er die obere rechte Ecke mit Daumen und Zeigefinger preßte, spürte er kein Nachgeben, keinerlei Anzeichen, daß er etwas bewirkt hatte.

Doch als Derec auf die vierte Ecke drückte, spürte sein Daumen Gegendruck. Ein Abschnitt der Ecke, drei Zentimeter im Quadrat, schob sich langsam heraus, dem Aussehen nach ein Knopf, der darauf wartete, gedrückt zu werden. Gleichzeitig aber wirkte er wie ein unveränderlicher Teil des Ganzen, als wäre die silbrige Oberfläche eine Art metallischer Membran.

Katherine sah zu Wolruf hinüber. »Wenn er nicht funktioniert, wieso warst du dann so erpicht, ihn wiederzubekommen?«

»Vielleicht kann Wolruf ihn rrreparieren«, lautete die bekümmerte Antwort. »Iss jetzt der einzige Weg, heimzukommen.«

Da hörten sie draußen auf dem Korridor eine Stimme rufen: »Derec — Katherine — kommen Sie heraus. Derec — Katherine — Sie brauchen sich nicht zu verstecken.«

Wolruf ging in Kauerstellung und brach in gutturales Jammergeschrei aus. »Ruhig!« zischte Katherine der Fremden zu, dann wandte sie sich an Derec. »Tu was«, drängte sie.

»Was denn?« fuhr Derec sie an. »Dieser Raum hat nur einen Ausgang.«

In diesem Moment glitt die Tür auf und lenkte Derec von Katherine ab. Er erspähte einen goldenen Robot, der die Türöffnung ausfüllte und über die Schwelle trat. Dann versperrte Katherine ihm plötzlich die Sicht. Sie war nähergekommen und griff soeben mit entschlossenem Gesicht nach dem Schlüssel.

Derecs erster Gedanke war, daß sie den Schlüssel an sich nehmen und damit wegrennen wollte. Es blieb ihm nicht genug Zeit, den schimmernden Gegenstand vor ihr in Sicherheit zu bringen. Er hatte nur Zeit, fester zuzupacken.

Zu spät wurde ihm klar, daß Katherine nie die Absicht gehabt hatten, den Schlüssel zu nehmen. Ihre Hände schlossen sich fest über den seinen, so daß er nicht mehr loslassen konnte. Ihr Daumen drückte den kleinen quadratischen Knopf herunter, zurück in das Gehäuse des Schlüssels.

»Nein!« schrie Wolruf.

»Warte —« begann Derec zu sagen.

Doch es gab nichts und niemanden, der das Geschehen hätte aufhalten können — nicht Derec, nicht der Robot, nicht einmal Katherine. Es erfolgte eine lautlose Farbexplosion, die tief in Derecs Augen stach und alles Sehen auslöschte. Und als das Licht sich zu Grau abschwächte und er sein Sehvermögen wiederhatte, waren Wolruf, der Robot und der Raum verschwunden.

Sie stellten fest, daß sie noch genauso dastanden wie zuvor, die Hände um den Schlüssel gelegt, im Zentrum eines winzigen Orts inmitten eines unermeßlich großen Raums. Es gab nichts, was sie daran gehindert hätte, in weite Fernen zu sehen, nur daß es nichts zu sehen gab.

Sie waren von sanftem, grauem Licht umgeben, das auf das Auge wirkte wie ein Summen auf das Ohr. In der Luft hing der muffige, staubige Geruch eines Hauses, das den Sommer über leergestanden hat. Bis auf ihre eigenen beklommenen Atemzüge herrschte Stille.

Sie klammerten sich aneinander und an den Schlüssel und versuchten, ihre plötzliche Verlegung in diese unwirkliche Wirklichkeit zu verstehen und zu akzeptieren. Dies war ein Ort, der nirgends im Weltraum sein konnte. Sie befanden sich irgendwo außerhalb, dorthin verbracht von der verblüffenden Macht des kleinen silbrigen Kastens. Dieser Raum kannte keine Zeit, kein Leben.

»Das Perihel«, flüsterte Katherine.

»Wolruf hat gesagt, es sei der Ort, der allen anderen am nächsten liegt«, sagte Derec. »Mir kommt er vor, als sei er am weitesten entfernt.«

Katherine wandte den Kopf und sah sich um. »Wo ist sie?«

»In der Rockliffe-Station, denke ich. Zurückgeblieben.«

»Warum hat der Schlüssel sie nicht auch mitgenommen?«

»Vielleicht aus dem gleichen Grund, warum er bei ihr nicht funktioniert hat«, sagte Derec. »Vielleicht, weil sie zu weit von uns weg war. Vielleicht muß man ihn berühren, oder jemanden berühren, der ihn berührt. Ich weiß es nicht. Aber wir müssen zurück und sie holen.«

»Aber die Roboter . . .«

Derec schüttelte den Kopf. »Das war Alpha. Du hast nicht hingesehen. Es war Alpha.«

»Das wußte ich nicht«, flüsterte Katherine. »Drück ihn nochmals. Kehren wir zurück.«

»Woher wissen wir, daß wir auch wirklich zurückkehren?«

»Ich hab' an Flucht gedacht, als ich draufgedrückt habe. Denk an Rückkehr.«

Wortlos gehorchte Derec. Wie zuvor erschien der Schlüssel. Wieder erfolgten ein Farbblitz und einige Sekunden der Anpassung. Dann teilte ihnen ihr wiederkehrendes Sehvermögen etwas mit, das nicht sein durfte, nicht sein konnte. Sie waren nicht mehr im Perihel, aber auch nicht in der Rockliffe-Station.

Sie standen in hellem Sonnenlicht auf der Spitze eines großen pyramidenförmigen Turms und blickten herab auf eine noch größere Stadt, die sich unter ihnen ausbreitete. Der Turm, auf dem sie sich befanden, war anderthalbmal so hoch wie alle übrigen Gebäude im Umkreis. Sie fühlten sich wie auf dem Gipfel der Welt, als blickten sie aus einem Adlerhorst herab.

»Was soll das?« zischte Katherine. »Wo hast du uns hingeschickt?«

Derec starrte ungläubig auf die Türme, die quadratischen und die spitzen Gebäude, die sich vom Fuß der Pyramide bis an den Horizont erstreckten. »Ich weiß nicht«, sagte er heiser. »Gedacht hab' ich an die Rockliffe-Station.«

Sie ließ den Schlüssel los und klammerte sich fest an seinen Arm. »Sind wir auf der Erde?« fragte sie, als finde sie diese Aussicht beängstigend.

Derec blickte gen Westen auf die tiefstehende Sonnenscheibe. »Nein«, sagte er. »Der Stern ist zu weiß und zu klein.« Aber er wußte, warum sie gefragt hatte. Keine Spacerwelt besaß eine so große Stadt. Nur auf der Erde hatte man je Städtebau in dieser Größenordnung praktiziert, und dort waren die Städte riesengroß, in sich abgeschlossen und hauptsächlich unterirdisch angelegt. »Du kennst dich also nicht aus?«

»Ich hab' so was noch nie gesehen«, flüsterte sie. »Ist das Wolrufs Heimatwelt? Oder die von Aranimas?«

»Ich weiß nicht«, sagte Derec. »Aber das ließe sich leicht feststellen.«

»Wie denn?«

»Indem wir da runtergehen.« Er zeigte auf die Weite der Stadt unter ihnen.

»Nein«, sagte sie schaudernd. »Schick uns zurück.«

Derec merkte, daß er den Schlüssel immer noch mit gefühllosen Händen umklammert hielt. »Ich weiß nicht, ob ich das schaffe«, sagte er.

»Versuch's«, drängte sie. »Oder laß mich versuchen.«

»Wir werden's versuchen«, willigte er ein.

Mit einem Bild der grauen Leere des Perihels im Kopf zauberte Derec den Steuerknopf hervor und drückte ihn. Diesmal passierte gar nicht. »Seine Funktion verschlingt sicher viel Energie. Vielleicht muß er sich wieder aufladen — oder aufgeladen werden«, sagte er. »Wie auch immer, es sieht aus, als müßten wir zumindest eine Weile hierbleiben.«

»Ich will da nicht runter«, sagte Katherine. »Es wird bald dunkel. Bleiben wir bis zum Morgen hier und versuchen es dann noch mal mit dem Schlüssel.«

In der Tat war die Sonne dem Horizont um den Bruchteil eines Grades nähergekommen, wodurch der bereits lange Schatten des Turms auf der darunterliegenden Stadt noch länger wurde. »Hast du denn keine Angst, im Schlaf über den Rand zu fallen?« erkundigte sich Derec. Es gab um die abgeflachte Spitze der Pyramide weder Geländer noch Fußmauer.

»Ich glaube nicht, daß ich hier schlafen könnte«, bemerkte sie nüchtern.

Während die Sonne dem Horizont entgegensank, kam eine Brise auf, die ihnen Haare und Kleidung zauste. Sie wehte keine Gerüche heran, die Derec bekannt waren. Für eine Welt, in der es so offensichtlich vor Leben wimmelte, trug sie überhaupt bemerkenswert wenig Gerüche mit sich.

Unter ihnen belebte sich die Stadt mit Licht — Licht, das von den Mauern der Gebäude herabfloß, Licht, das in den Straßen Pfützen bildete. In diesen Straßen befanden sich weitere Lichter in rastloser Bewegung, was Derec an die Geschäftigkeit eines Bienenstockes oder einer Ameisenkolonie erinnerte.

Emotional zu mitgenommen, um sich zu ängstigen, sagten sie kaum etwas. Katherine zog sich in sich zurück, saß in Lotusposition in der Mitte des gefliesten Rechtecks. Derec schlenderte am Rand entlang, sah sich um und versuchte, die Struktur zu ergründen, nach der die Stadt gebaut war.

Als die Sterne hervorkamen, beobachtete er sie genau, wider alle Hoffnung hoffend, ihre Konstellationen zu erkennen. Da gab es einen roten Stern, hell wie ein Planet, möglicherweise Beteigeuze, und einen grellen, weißen, der Sirius hätte sein können.

Doch genauso gut konnte es sich um jeweils einen von tausend anderen namentlich oder nur als Nummer bekannten Sternen handeln. Ohne ein Spektrometer, um jedem der Verdächtigen die optischen Fingerabdrücke abzunehmen, und einen astrographischen Katalog, um Übereinstimmungen nachzuschlagen, ließ sich das nicht feststellen.

»Erinnerst du dich, wie auf Aurora die Sterne aussehen?« rief er Katherine zu, die in sich versunken auf der anderen Seite der Fläche saß.

»Das hab' ich nie gewußt«, gestand sie. »Hat mich nicht interessiert.«

Er gab auf, ging hinüber und setzte sich vor sie hin. Sie rieb sich zerstreut durch den Ärmel ihrer Fliegerjacke den rechten Bizeps.

»Hast du Probleme mit dem Kreislauf?«

»Das ist es nicht, was mir zu schaffen macht«, sagte sie, schob den Ärmel hoch und zeigte ihm eine violette, halbmondförmige Quetschwunde.

»Nicht übel.«

»Mein überzeugendster Schrei«, sagte sie mit einem kläglichen Lächeln.

»Wolruf?«

»Sie hat sich hinreißen lassen und mich gebissen. Sie ist nicht so harmlos, wie sie uns weismachen wollte.«

»Alles Lebendige weiß sich zu verteidigen«, sagte er, dann fügte er nachdenklich hinzu: »Ich frage mich, wie's ihr ergangen ist.«

»Ich versteh' nicht, wieso du sie gern hattest.«

»Sie ist ein Opfer — eine Gefangene — wie wir.«

»Es fällt mir schwer, sie aus dieser Warte zu sehen.«

Derec seufzte. »Kommt jetzt wohl nicht mehr drauf an. Ich hab' sie wieder mal im Stich gelassen.«

Hierauf verstummte das Gespräch. »Ich versteh' auch nicht, wieso Alpha uns gefolgt ist«, sagte Katherine schließlich. »Er kann doch nicht auch frei rumgelaufen sein wie Wolruf, seit wir auf die Station gekommen sind? Und uns gesucht haben?«

»Bloß einer von Jacobsons Tricks«, sagte Derec. »Er wußte, daß wir den Robot wiederhaben wollen. Wüßtest du einen besseren Köder, um uns hervorzulocken?«

Wieder schwiegen sie eine Weile, saßen dicht beieinander,

jedoch ohne sich zu berühren. »Dein Vorname ist David«, sagte sie unvermittelt.

Den Namen zu hören brachte keine plötzlichen Erkenntnisse, und aus Erfahrung geborene Vorsicht hielt ihn davon ab, Dankbarkeit zu empfinden. »Warum sagst du mir das jetzt?«

»Damit ich aufhören kann, jedesmal mentale Gymnastik zu betreiben, wenn ich mich mit dir unterhalten will. Weil ich dachte, es interessiert dich.«

»Und weil wir nicht wissen, was uns passieren wird?«

»An so was denke ich nicht«, sagte sie. »Es widerstrebt mir, so was zu glauben.«

»Ich hätt's wissen müssen«, sagte Derec mit einem angedeuteten Lächeln. »Hast du vor, mir mehr als nur einen Krümel vorzuwerfen? Wie kommt es, daß du mich kennst? Wo haben wir uns kennengelernt?«

Sie wandte ihm das Gesicht zu. »Du warst Ingenieursmaat auf einem Handelsschiff der Siedler — *Daniel O'Neill,* so hieß es wohl«, sagte sie. »Kommt dir das bekannt vor?«

»Nein«, sagte er unglücklich. »Was kanst du mir sonst noch sagen?«

Sie zögerte. »Ich fürchte, ich kenn' dich nicht so gut, wie ich dir vorgemacht habe. Wir sind uns auf dem Raumhafen über den Weg gelaufen.«

»Wenn ich ein Siedlerknecht bin und du zu den Oberen Zehntausend der Spacer gehörst . . .«

»Dein Kapitän hatte bei der Landung Schwierigkeiten mit dem Zoll, und der Weiterflug war wegen mechanischer Probleme verschoben. Wir saßen in der gleichen Wartezone. Wir haben uns eine Weile unterhalten.«

Sie zögerte, dann fügte sie hinzu: »Du warst komisch. Du hast mich zum Lachen gebracht.«

»Hab' ich von meiner Familie erzählt — meinem Zuhause . . .«

»Du erinnerst dich an gar nichts, oder? Wie du mich kennengelernt hast — die *O'Neill* . . .«

»Nein.«

»Tut mir leid.« Wieder zögerte sie. »Trotzdem dachte ich, es wär' dir lieber, Bescheid zu wissen.«

»Noch lieber wär' mir, mich zu erinnern«, sagte er und schwieg einen Moment lang. »Na ja, derzeit scheint es ohnehin nicht so drauf anzukommen. Ich weiß überhaupt nichts über diesen David. Über Derec weiß ich zumindest ein bißchen. Ich denke, ich werde vorerst Derec bleiben.«

»Ich hab' dir nicht alles erzählt«, sagte sie. »Ich hab' dir nicht von . . .«

»Laß es«, sagte er. »Wenn mir mein Name nichts sagt, wird's mir mit anderem genauso gehen. Heb dir den Rest auf. Dann kannst du mir jeweils sagen, ob ich mich erinnere oder mir alles nur einbilde.«

»Ich weiß, dein Gedächtnis wird wiederkommen. Es muß wiederkommen.«

Er nickte abwesend, nahm ihre Worte zur Kenntnis, ohne sie zu akzeptieren. »Falls du versuchen möchtest, zu schlafen, werde ich Wache stehen und aufpassen, daß du nicht unruhig wirst und zu schlafwandeln versuchst.«

Sie schüttelte den Kopf und sagte: »Ich kann ohne Kissen nicht schlafen.«

Derec legte sich lang auf den Rücken und klopfte mit der rechten Hand auf seine linke Schulter. »Ich hätte da ein unbesetztes Kissen verfügbar, kostenlos.«

Er rechnete damit, daß sie das Angebot ablehnen würde. Doch sie kroch wortlos zu ihm herüber und schmiegte sich an seine linke Seite, den Kopf auf seinen Arm gebettet. Nachdem sie die Augen geschlossen hatte, schien sie beinahe augenblicklich einzuschlafen.

Sie hatten es beide bequem, und, so unschuldig diese Umarmung auch sein mochte, ihre Nähe hatte etwas Angenehmes. Vermutlich liegt das nur daran, daß sie grade mal nichts sagt, dachte Derec. Er lag da, sah zu den Sternen auf und lauschte ihren langsamen, friedlichen Atemzügen, bis ihm die Lider so schwer wurden, daß er sie nicht mehr aufhalten konnte.

David Derec, dachte er, kurz bevor der Schlaf ihn überkam. Wär' *das* schön, wieder zwei Namen zu haben . . .

Kapitel 20

Morgen auf der Spitze

Sie erwachten völlig durchgefroren, und die ersten Strahlen der aufgehenden Sonne trugen wenig dazu bei, sie zu wärmen. Trotz der Kälte wich Katherine rasch vor ihm zurück, als mache sie der direkte Kontakt verlegen.

»Probieren wir den Schlüssel aus«, sagte sie nervös und stand auf.

Derec setzte sich auf. »Kein Hallo? Kein Guten Morgen?« sagte er grinsend. Aber er griff nach dem Schlüssel, der in Reichweite auf einer Bodenfliese lag.

»Komm schon«, sagte sie ungeduldig. »Ich hatte einen bösen Traum, dessen Erfüllung ich so schnell wie möglich ausschließen möchte.«

»Was denn?«

»Ich saß hier oben mit dir zusammen fest.«

Lächelnd stand er auf und streckte ihr den Schlüssel hin. »Willst du ihm die Ehre erweisen?«

Sie wickelte rasch die Aktivierung ab, dann blickte sie auf und sah Derec in die Augen. »Fertig?« fragte sie.

»Worauf konzentrieren wir uns? Perihel oder Station?«

»Erst das Perihel. Muß, glaub' ich, so sein.«

Er neigte zustimmend den Kopf. »Bin soweit.«

Sie rammte den Daumen auf den Knopf, als könne die Heftigkeit, mit der sie ihn niederdrückte, ihre Rückkehr beschleunigen. Licht explodierte vor ihren Netzhäuten, das Sonnenlicht verschwand, und sie befanden sich aufs neue in der grauen Welt des Perihel.

»Jetzt die Station?« fragte Derec.

»Wie wär's mit Aurora?« fragte sie, und ihre Augen leuchteten vor Erregung. »Wolruf hat gesagt, wir kämen damit überall hin. Warum sollten wir uns noch mal in Gefahr begeben?«

»Nein«, sagte Derec. »Erst gehen wir Wolruf holen. Das bin ich ihr schuldig.«

»Ich will da nicht noch mal hin«, sagte Katherine besorgt. »Wir werden den Schlüssel erst nach Stunden wieder zur Flucht benutzen können. Bis dahin haben sie uns hinter Schloß und Riegel, und ihn ebenfalls, und wir werden nichts für Wolruf getan haben. Auf Aurora könnten wir Hilfe holen — ein Schiff besorgen und sie dann holen.«

»Wie?«

»Ich hab' Freunde auf Aurora . . .«

»Sind das diejenigen, die dein Konto aufgelöst haben?«

Sie zuckte bei der Erwähnung zusammen, blieb jedoch ungerührt. »Mehr Freunde als auf der Rockliffe-Station.«

»Du wirst die Steuerung übernehmen müssen. Ich hab' kein ausreichend klares Bild von Aurora im Kopf.«

»Aber gern. Halt dich fest«, sagte sie und löste wieder den Schlüssel aus.

Auf Stichwort verschwand das Perihel, doch es war nicht die liebliche Landschaft Auroras, die an seine Stelle trat. Es dauerte nur einen Augenblick, bis Derec klar war, daß sie auf die Turmspitze über der geheimnisvollen Riesenstadt zurückgekehrt waren.

Einen Herzschlag später war die Erkenntnis auch zu Katherine vorgedrungen. »Mist!« fluchte sie, warf die Hände hoch und strebte mit einer Heftigkeit, die Derec beunruhigte, zum Rand. »Was ist bloß schiefgegangen?«

Derec sah an ihr vorbei auf die näheren Bauten der Stadt. »Schwer zu sagen, da wir nicht wissen, was vorgeht, wenn er richtig funktioniert«, sagte er. »Offenbar gehört doch mehr zur Bedienung des Schlüssels, als an den Bestimmungsort zu denken.«

»Aber wieso kommen wir dann hierher, an einen Ort, den keiner von uns kennt?«

»Ich weiß nicht«, sagte Derec. »Aber es könnte schlimmer sein.«

»Inwiefern?« sagte sie, wandte sich ihm zu und stemmte die Fäuste in die Hüften.

»Na, überleg doch mal«, sagte er und trat näher. »Wo wir auch sein mögen, wir sind weit weg von der Rockliffe-Station, und die Umstände unserer Flucht machen eine Verfolgung nicht einfach. Das bedeutet, daß wir auf einen Schlag Jacobson, Anazons Roboter und die Piraten los sind. Und als kleine Zugabe haben wir den Schlüssel mitgenommen.«

»Den wir nicht richtig zum Funktionieren bringen. Wir haben Alpha verloren, wir wissen nicht, wo wir sind, wir haben kein Schiff, kein Geld, kein Essen, nichts als die Kleider, die wir am Leib tragen, und diesen nutzlosen Schlüssel.« Ihr Anfall von Selbstmitleid hätte nicht wirkungsvoller sein können, wenn sie zuletzt noch mit dem Fuß aufgestampft wäre.

»Ich hab' nicht behauptet, es sei alles gut. Ich hab' nur gemeint, es könnte schlimmer sein.« Er ging in die Hocke, nahm den Schlüssel rastlos von einer Hand in die andere und starrte ihn an. »Ich kann kaum glauben, was dieses Ding leistet. Daß ein Gerät dieser Größe Materie nicht nur drei Meter, sondern drei Lichtjahre weit transportieren kann, ist eine phantastische technische Leistung — das grenzt an Zauberei. Ich kann dir gar nicht sagen, wie gern ich ihn auseinandernehmen und nachsehen würde, wie er funktioniert. Und endlich verstehe ich auch, warum jedermann ihn haben will. Nicht verstehen kann ich nur, warum ihn jemand zu verstecken versucht hat.«

»Was meinst du damit?«

Er blickte auf. »Wolruf hat mir davon erzählt. Der Asteroid, auf dem ich aufgewacht bin — er war künstlich. Jemand hatte ihn als endgültiges Versteck für dies hier vorgesehen.«

Katherine begriff rasch, was das zu bedeuten hatte. »So als wäre er gefährlich, nicht bloß leistungsfähig.«

»Genau.«

»Ja — denk nur, was ein Terrorist oder Attentäter damit anstellen könnte. Oder ein Heer, in dem jeder Soldat einen besitzt. Vor allem ein Heer von Fremdwesen.«

»Es wäre unmöglich, sich vor ihnen zu schützen«, sagte Derec und starrte erneut den Schlüssel an. »Der Besitz dieses Dings lädt uns eine Menge Verantwortung auf. Möglicherweise mehr, als ich zu tragen bereit bin.«

»Dich drückt wohl bereits der Schuh.«

Derec nickte. »Außerdem weiß ich immer noch nicht, wieso ich in die Sache verwickelt sein muß.« Er blickte zu ihr hoch. »Ich nehme an, du glaubst, daß die Kapsel von der *Daniel O'Neill* stammt, daß ich in einem Notfall abgestoßen wurde.«

»Das ist die naheliegendste Erklärung.«

»Kann sein. Aber weißt du, da gibt es eine Ungereimtheit.

Warum fand Monitor 5 es so wichtig, mir den Schlüssel zu übergeben? Mir, der ich den Robotern bis dahin nur eine Last war? Er hat so was gesagt wie: ›Ich habe den Schlüssel gefunden, Derec. Du mußt ihn nehmen.‹ Wie erklärst du dir das?«

Sie machte eine hilflose Handbewegung. »Gar nicht.«

Derec stand auf und ging zu ihr hinüber an den Rand der Plattform. »Und dieser Ort«, sagte er und wies mit ausgebreiteten Armen auf die umgebende Stadt. »Sieh ihn dir an. Ein herrlicher Anblick. Läßt er dir nicht auch das Herz aufgehen? Kannst du die einigende Vision spüren, die Art und Weise, wie alles sich nahtlos zusammenfügt? Sieh dir die Giebel mit den Mansardenfenstern an — wunderschön! Sieh nur, wie die fünf gleichseitigen pythagoräischen Körper als Strukturelemente genutzt werden, um die Konzentration . . .«

Als er sich gen Norden wandte, hielt er inne. »Komisch«, sagte er verwundert. »Ich hätte schwören können, daß dort gestern abend eine Gruppierung aus drei Ikosaedern direkt am Boulevard gestanden hat.«

»Ikosaeder?«

»Der komplexeste gleichseitige Körper — zwanzig Dreiecksflächen.« Er schüttelte den Kopf. »Ich muß mich irren. Vielleicht hab' ich letzte Nacht von diesem Ort geträumt. Jedenfalls freue ich mich beinahe darauf, da runterzugehen. Wenn es uns gestern abend gelungen wäre, zur Rockliffe-Station zurückzukehren, oder heute morgen nach Aurora, hätte ich das Gefühl gehabt, daß man mich um die Gelegenheit betrogen hat, alles auszukundschaften.«

»Hast du dir die Mühe gemacht, zur Kenntnis zu nehmen, daß diese Stadt nicht nur eine Ansammlung von Gebäuden ist?« erkundigte sie sich verdrießlich.

»Was meinst du damit?«

Sie zeigte über den Rand hinab auf die kleinen Gestalten, die sich durch die Straßen bewegten. »Wenn du da runtergehst, wirst du dich mit den Geschöpfen auseinandersetzen müssen, die diese Stadt gebaut haben. Es macht dir wohl Spaß, dir vorzustellen, daß hunderttausend Monster wie Aranimas hinter dir her sind? Wir sind unbefugt hier eingedrungen, wie du weißt. Uneingeladen.«

Derec verschränkte die Arme vor der Brust und blickte über die Stadt hinaus bis an den Horizont. »Ich würde sagen, eine Stadt dieser Größe hat eher eine Million oder noch mehr Einwohner. Aber sie werden nicht wie Aranimas sein — übrigens auch nicht wie Wolruf.«

»Wieso bist du dir da so sicher?«

»Erstens, weil Wolruf mir von ihrer und der Eraniwelt erzählt hat und ihre Beschreibung hierauf nicht paßt . . .«

»Sie könnte durchaus gelogen haben.«

»Stimmt. Aber du sagtest, du hättest dieses Ziel nicht ausgesucht, und ich weiß, daß ich es auch nicht getan habe. Somit war es der Schlüssel, der entschieden hat, uns hierherzubringen.«

»Und?«

»Und — der Schlüssel wurde nicht von Aranimas' Volk geschaffen, auch nicht von Wolrufs Volk. Wenn ja, hätten die beiden gewußt, wie man damit umgeht. Vermutlich hätte es sie sogar erheblich weniger Mühe gekostet, einen herzustellen, als sie aufgewandt haben, um diesen hier zu finden«, erwiderte Derec. »Warum sollte er uns also auf eine ihrer Heimatwelten bringen?«

»Vielleicht hatten sie raus, wie man das Ziel einstellt«, gab sie zu bedenken.

»Vielleicht. Oder vielleicht wurden der Schlüssel so konstruiert, daß er an einen bestimmten Ort zurückkehrt, wenn er von Uneingeweihten aktiviert wird — als Methode, ihn zurückzubekommen, wenn sie in falsche Hände gerät.«

»Demnach wären die Geschöpfe dort unten . . .«

». . . möglicherweise nicht nur die Erbauer der Stadt, sondern auch die Schöpfer des Schlüssels«, setzte Derec fort. »Und das könnte bedeuten, daß wir doch eingeladen sind.«

Sie blickte mit zusammengekniffenen Augen zu ihm herüber. »Du wirst da runtergehen, ob ich mitkomme oder nicht, wie?«

»Ja. Ich laß dir den Schlüssel da, wenn du willst.«

»Ich dachte, wir seien ein Team.«

»Sind wir's noch?« fragte er und hob eine Augenbraue.

»Ist dir nicht mehr daran gelegen?«

»Ich weiß nicht, ob wir dasselbe wollen«, erwiderte er bedächtig. »Du willst nach Aurora zurück. Ich will etwas unternehmen, um Wolruf zu helfen — und dann die Sache mit der *Daniel O'Neill* aufklären.«

»Beides verlangt, daß du diesen Planeten verläßt«, wandte sie ein. »Unsere Interessen decken sich wenigstens insofern.«

»So ist es in der Tat«, gab Derec zu. »Na gut. Wir sind nach wie vor ein Team.«

»Wenigstens so lange, bis wir uns, auf welchem Weg auch immer, ein Raumschiff beschafft haben.«

»Oder bis wir raushaben, wie man den Schlüssel zum Perihel bedient, je nachdem«, ergänzte er.

»Oder bis Aranimas wutschnaubend erscheint und uns als Antriebsmasse benutzt«, meinte Katherine grinsend. Wieder spähte sie über den Rand. »Oder bis wir bei dem Versuch draufgehen, von hier runterzukommen. Ob wir sie wohl bewegen könnten, zu uns raufzukommen?«

Katherines Befürchtungen waren berechtigt. Der einzige Weg, die Plattform zu verlassen, schien darin zu bestehen, eine der Pyramidenwände hinabzuklettern, die steiler, der Vertikalen viel näher waren, als die der Inka- und Maya-Tempel der Erdantike, denen der Turm ansonsten glich. Es gab allerdings noch einen wesentlichen Unterschied: in die Seiten waren keine breiten formellen Treppenaufgänge eingelassen.

Statt dessen verlief in der Mitte einer jeden Plastbetonwand ein regelmäßiges Lochmuster nach unten, ein Muster, das sich bis zum Boden fortzusetzen schien. Die Löcher waren weiter als die Spanne von Derecs Hand, zwanzig Zentimeter tief und so angeordnet, daß sie Händen und Füßen bequem Halt gewährten.

»Ich kann mir nicht vorstellen, wie jemand auf den Gedanken kommen sollte, hier heraufzuklettern — hier gibt es nur eine schöne Aussicht«, sagte Derec nach einigem Überlegen zu Katherine. »Und wenn die Aussicht ihnen wichtig wäre, hätten sie durch die Mitte des Turms einen Aufzug bauen können.«

Dennoch waren die Löcher in gewisser Hinsicht besser als eine Treppe. Wenn sie sich, um besser Halt zu finden, mit beiden Händen und Füßen gegen die Turmwand stemmten, war es unmöglich, in die Ferne oder die Tiefe zu blicken, so daß keine Höhenangst aufkommen konnte.

»Bis wir unten sind, wird dir alles weh tun«, sagte Derec zu Katherine.

»Meine Medipumpe ist noch zu achtzig Prozent geladen, und

mir geht's gut. Außerdem, hat dir nie jemand erzählt, daß Frauen ausdauernder sind als Männer?« neckte sie. »Hören wir zu reden auf und machen uns auf den Weg.«

Das schwierigste Unterfangen war, sich über den Rand vorzuwagen und nach der ersten Fußstütze zu tasten. Derec machte, den Schlüssel unter den Taillenbund gesteckt, den Anfang. Gleich darauf war Katherine neben ihm, wesentlich fester in die Ränder jener Löcher verkrallt, die sie zum Festhalten benutzte.

»Es fällt mir nicht leicht, das Thema anzuschneiden, aber ich frage mich, was für eine Sorte von Wesen diese Löcher als angemessenen Halt betrachtet haben mag«, sagte Katherine atemlos.

»Fliegende Schlangen«, sagte Derec mit todernstem Gesicht. »Einen Meter lang, mit drei Reihen scharfer Zähne. Kein Grund zur Beunruhigung.«

»Wie rücksichtsvoll du doch bist«, entgegnete sie mürrisch und machte sich auf den Weg nach unten.

»Keine Ursache«, meinte er lächelnd und folgte ihr.

Falls er je angenommen hatte, Katherine werde sich übervorsichtig die Wand hinabtasten, ihm den Vortritt lassen und sich seiner Führung unterwerfen, sollten ihn schon die ersten paar Minuten eines Besseren belehren. Katherine — Kate — war gelenkig und waghalsig und vor allem schnell. Innerhalb von zehn Minuten hatten sie ein Viertel des Weges hinter sich. Da er darauf achten mußte, sich nicht zu hastig zu bewegen, damit er den Schlüssel nicht verlor, konnte Derec kaum mithalten.

»He, Genossin«, rief er nach unten. »Auszeit für eine kurze Besprechung.«

»Ich dachte, du hättest längst Auszeit genommen, so langsam, wie du vorankommst«, konterte sie. Aber sie hielt an und wartete dennoch auf ihn. »Was ist los?« erkundigte sie sich, als er aufgeholt hatte.

»Eine Idee bezüglich des Schlüssels. Wollen wir ihn wirklich mit runternehmen, ohne zu wissen, wo wir reintappen?«

Sie runzelte die Stirn. »Das hieße, ein Risiko eingehen, nicht wahr? Wenn wir wüßten, wie man ihn bedient, würde ich sagen, behalt ihn. Wir könnten ihn immer zur Flucht benutzen, wenn wir in der Klemme sind . . .«

»Wenn wir wüßten, wie man ihn bedient, müßten wir das alles nicht auf uns nehmen«, sagte Derec.

»Du willst ihn hierlassen, in einem der Löcher?«

»Daran hatte ich gedacht. Der Schlüssel ist schwer genug und die Löcher sind ausreichend tief, so daß er nicht rausfallen kann.«

»Der Gedanke, mich von ihm zu trennen, gefällt mir nicht.« erklärte Katherine besorgt. »Er ist eine der zwei Möglichkeiten, hier wegzukommen, soweit wir wissen vielleicht sogar die bessere.«

»Mir gefällt der Gedanke, gewaltsam von ihm getrennt zu werden, noch weniger«, sagte Derec. »Was meinst du?«

Sie nickte widerwillig. »Hast recht. Verstecken wir ihn.« Auf Katherines ausdrücklichen Wunsch ließen sie den Schlüssel gleich an Ort und Stelle zurück, in dem am weitesten links gelegenen Loch des Musters.

»Der Aufstieg wird schwieriger als der Weg nach unten«, warnte Derec, als sie sich wieder auf den Weg machten.

»Für die anderen auch«, sagte sie.

Von seiner Bürde befreit, konnte Derec besser Schritt halten, und der Rest ihres Abstiegs wurde zu einem inoffiziellen Wettrennen. Doch dieses Rennen endete verfrüht, als Katherine, die einen Blick über die Schulter warf, um zu sehen, wie weit sie noch zu klettern hatten, etwas zu Gesicht bekam, das sie veranlaßte, sich wieder an den Aufstieg zu machen.

»Empfangskomitee«, zischte sie, streckte die Hand aus und zupfte Derec am Ärmel.

Indem er mit der Rechten losließ, drehte Derec den Oberkörper und blickte hinab. Auf dem Boden, einhundert Meter unter ihren Füßen, hatte sich ein Dutzend Gestalten im Halbkreis aufgestellt. Alle zwölf Gesichter waren nach oben gerichtet und erwiderten seinen Blick.

Langsam machte sich auf Derecs Gesicht ein fröhliches Grinsen breit. »Aber sieh doch, wer dem Komitee angehört«, jubelte er. »Das sind Roboter!«

Katherine warf einen zweiten verstohlenen Blick nach unten. »In Anbetracht der jüngsten Ereignisse wüßte ich nicht, wieso das gute Neuigkeiten sein sollen«, sagte sie.

»Es bedeutet, daß dies eine Spacerwelt sein muß . . .«

»Rockliffe war eine Spacerstation«, sagte sie.

». . . was wiederum bedeutet, daß von jetzt an unser größtes Problem die Bürokratie sein wird.«

»Du Optimist.«

»Wirst schon sehen«, sagte er und machte sich wieder an den Abstieg.

Die einzige Antwort darauf kam von einem der unten wartenden Robot. »Bitte bewegen Sie sich langsam und mit allergrößter Vorsicht«, rief er ihnen zu. »Den Kompaßturm zu besteigen ist ein gefährliches Unterfangen.«

Kapitel 21

Robot City

Darauf bedacht, das Zusammentreffen zu beschleunigen, ließ Derec die letzten paar Schritte aus, stieß sich statt dessen ab und sprang mit einem Satz auf den Boden. Während Katherine noch hinter ihm herabkletterte, wandte er sich den Robotern zu.

Mehrere von ihnen waren bereits aufgebrochen. Derec nahm an, daß es sich um medizinische Spezialisten handelte, die für den Fall eines Sturzes dabeigewesen waren, und um einige Monteure, die die Wand hätten ersteigen können, um ihnen zu helfen. Da ihre Fähigkeiten nicht mehr gefragt waren, wandten sie sich sofort anderen Aufgaben zu.

Die verbliebenen Roboter sahen einander ähnlich, waren jedoch nicht identisch — Variationen eines Themas. Einer trug ein scheinbar nutzloses blau emaillieres Teil über dem rechten Ohr, ein zweiter einen leuchtend grünen optischen Sucher, ein dritter Sensordraht, um den Schädel gewickelt wie ein Stirnband.

»Wie lautet dein Name?« fragte Derec einen von ihnen.

Der Robot trat vor. »Ich bin M-3323.«

»Gut, M-3323, bring mich — uns — zum Stadtverwalter.«

»Die Stadt hat in ihrer gegenwärtigen Verfassung keinen Verwalter«, erwiderte der Robot. »Wie lautet Ihr Name, bitte?«

»Derec«, sagte er, »David Derec. Aber . . .«

»Und ich bin Katherine Burgess«, meldete Kate sich und trat vor. »Weißt du, wir müssen nicht unbedingt mit dem Spitzenmann reden, wir ihr ihn auch betitelt — Stadtverwalter, König, Präsident, Gott. Wir brauchen einen Ort, wo wir unseren hygienischen Bedürfnissen nachkommen können — mit Dusche und Toilette. Während ihr euch darum kümmert, könntet ihr ein Treffen für uns mit jemandem arrangieren, der uns bei unseren anderen Problemen hilft. Wäre das machbar?«

»Ja, Katherine«, sagte M-3323. »Man trifft bereits die nötigen Vorkehrungen. Wenn Sie mir folgen wollen, werde ich Sie zu den entsprechenden Einrichtungen führen.«

Glücklicherweise lag das Haus, zu dem man sie brachte, weniger als eine Minute Fußweg entfernt. Es schmiegte sich zwischen zwei mächtige sechsseitige Türme wie ein Kind, das sich in den Rockschößen der Mutter verbirgt. Die Innenausstattung war überraschend neu und unbenutzt, als habe man das Haus nicht nur nie bewohnt, sondern auch noch nie betreten.

Doch es enthielt alles, was sie brauchten, darunter zwei Waschräume, die über einen Raum mit einer futonartigen Schlafplattform zu erreichen waren. Die drei Roboter, die sie hineinbegleitet hatten, warteten unten, wodurch ihnen noch mehr Freizügigkeit zuteil wurde.

»So«, sagte Katherine, als sie nach zwanzig Minuten aus ihrem Waschraum trat. »Seh ich jetzt präsentabler aus?«

Derec erhob sich vom Rand der Plattform. »Du bist ausgesprochen ansehnlich.«

»Ein altmodischer Ausdruck«, sagte sie, offensichtlich entzückt. »Hast schon du eine Ahnung, wo wir sind?«

»Nicht die mindeste«, gestand Derec.

»Aber wir sind doch auf dem Weg raus«, sagte sie irgendwie ängstlich. »Man wird mich nach Hause lassen. Du wirst dein Zuhause wiederfinden.«

Er zeigte ihr, daß er die Daumen drückte.

»Du hast mir versprochen, daß wir mit nicht mehr zu rechnen haben als mit Bürokratie«, sagte sie warnend.

»Das war eine Prophezeiung, kein Versprechen.«
»Stehst du noch zu deiner Voraussage?«
»Klar«, sagte Derec. »Fangen wir an, uns durchzuwühlen.«

M-3323 führte sie aus dem Haus und auf dem gleichen Weg zurück, den sie gekommen waren, die Straße entlang zum großen Zentralturm. Eine merkwürdige kleine Prozession war das — zwei Roboter im Gleichschritt voran — M-3323, der wie eine wachsame Gouvernante zwischen Derec und Katherine ging — ein weiteres Paar Roboter, das einige Schritte hinter ihnen blieb.

Waren die zusätzlichen Roboter Eskorte, Leibwächter oder Gefangenenwärter? Die beiden, die ihnen folgten, machten Derec am meisten Sorgen. Noch ehe sie einen halben Häuserblock weit gegangen waren, warf er einen Blick über die Schulter, um zu kontrollieren, was sie die ganze Zeit taten. Was er hinter den Robotern sah — oder, genauer gesagt, nicht sah —, machte ihn stutzig. Das Haus, das sie soeben verlassen hatten, war nicht mehr da. Die Lücke zwischen den flankierenden Türmen hatte sich geschlossen.

Er schüttelte den Kopf und schalt sich einen Dummkopf. Es muß am Blickwinkel liegen, sagte er sich. Das Haus ist weiter nach hinten versetzt, als dir klar war. Es ist da, zwischen den Türmen. Du kannst es bloß nicht sehen. Dann erinnerte er sich der Ansammlung von Ikosaedern, die er von der Pyramidenspitze aus entdeckt und dann nicht mehr entdeckt hatte.

»Entschuldige mich«, sagte er zu Katherine und M-3323. »Bin gleich wieder da.«

Er rannte die Straße entlang zurück, bis er das Haus eigentlich wieder hätte sehen müssen, dann ging er langsam weiter. Er traute seinen Augen kaum. Das Haus *war* fort. Die beiden Türme rahmten nun einen offenen Innenhof ein.

Er sah sich verzweifelt um, bereit zu glauben, daß er falsch abgebogen, einer Illusion zum Opfer gefallen war. Das Haus war genau so gewesen, wie Katherine es verlangt hatte, und so bequem zu erreichen. Könnte es sein, daß sie es nur für uns gebaut und dann wieder abgerissen haben?

Ein verrückter Gedanke, mit dem er sich gegenwärtig nicht befassen wollte. Bedarfsgerechte Architektur — eine Modularstruktur, die ganze Gebäude wie Baukastensteine herumschob oder sie aus Grundelementen zusammensetzte — was für eine Gesellschaft war das? Wie konnten in einer Stadt wie dieser Menschen leben?

Bewußt riß er sich vom Anblick des leeren Innenhofs los und stellte fest, daß zwei der Geleitroboter zwei Schritte hinter ihm standen.

»Sind Sie hier fertig, Sir?« fragte der eine höflich.

Er schnaubte: »Ja, ich bin fertig.«

Er schaffte es nicht, den Ausdruck der Besorgnis von seinem Gesicht zu verbannen, als er sich zu den anderen gesellte.

»Gibt es ein Problem, David Derec?« fragte M-3323.

»Allerdings. Was ist aus dem Haus geworden, in dem wir gerade waren?«

»Verzeihung. Hatten Sie noch andere Bedürfnisse, die Sie zuvor nicht benannt haben? Oder haben Sie weitere persönliche Bedürfnisse?«

»Ich hab' das Bedürfnis nach einer logischen Antwort. Wo ist das Haus?«

»Diese Einrichtung wurde wieder dem Inventar zugeführt.«

»Demnach bilde ich mir nicht nur ein, daß es verschwunden ist — ihr habt es für uns dort hingebracht und aufgeräumt, nachdem wir fertig waren.«

»Ja, David Derec.«

»Macht ihr das hier immer so?«

»Alle materiellen Resourcen werden mit äußerster Effizienz genutzt.«

»Ich nehme an, das heißt Ja. Verrückt.« Derec schüttelte den Kopf.

»Aber es macht uns nichts aus«, sagte Katherine.

»Nein«, stimmte Derec zu. »Vergessen wir's also, und kommen wir zum nächsten Punkt.«

Sie marschierten, bis sie am Kreuzungspunkt mehrerer Straßen auf einen großen Platz gelangten. In der Mitte des Platzes stand ein etwa fünfzehn Stockwerke hohes weißes Tetraeder. Ihre Begleiter führten sie zu einem Eingang an der rechten Wand.

»M-3323 . . .«

»Ja, David Derec?«

»Wird dieser Teil der Stadt ausschließlich von Robotern benutzt? Ich habe auf dem Herweg keinen Menschen gesehen.«

»Ja, Derec.«

»Dacht' ich's mir doch. Und wo *sind* all die Leute?«

»Ich weiß nicht, Sir«, sagte M-3323. »Bitte hier entlang.« Er führte sie durch eine Empfangshalle, die ebenfalls ein Tetraeder darstellte, und einen Korridor entlang. Vor der dritten Tür machte der Robot kehrt und blieb stehen. »Hier hinein, bite.«

»Mit wem sind wir verabredet?« fragte Katherine und verhielt in der offenen Tür.

»Mit Rydberg und Euler«, erwiderte M-3323. »Sie warten im hinteren Büro auf Sie.«

Rydberg — Euler — Derec mühte sich mit dem vertrauen Klang dieser Namen ab, während der Katherine zunächst durch eine, dann noch eine Tür folgte. *Wo hab' ich die bloß schon gehört . . .*

Gedankenversunken, den Blick gesenkt, betrat er das hintere Büro. Als er hochsah, erlebte er einen Schock. Der spartanische Raum enthielt drei geradlehnige Stühle, ein viertelkreisförmiges Arbeitspult mit einem komplizierten Hypervisionscomputerterminal und zwei blauhäutige Roboter mit silbern geschlitzten optischen Sensoren.

Das kann nicht sein — Ein Schauder durchlief Derec, während er diese Roboter anstarrte, die Klons der Überwacher auf dem Asteroiden waren. *Da besteht ein Zusammenhang. Ich verstehe das nicht —* »Kate . . .« setzte er an.

In diesem Augenblick trat der Robot zur Linken vor. »Ich bin Rydberg.«

»Ich bin Euler«, sagte der andere Robot.

»Ich fürchte, da liegt ein Irrtum vor«, sagte Katherine. »Wir wollen mit Menschen sprechen.«

»Es liegt kein Irrtum vor. Wir sind die auf Ihren Fall angesetzten Repräsentanten«, sagte Euler.

»Kate, da stimmt was nicht«, krächzte Derec.

Katherine spitzte die Lippen und faßte einen Entschluß. »Wenn sie es so handhaben wollen, mir soll's recht sein.« Sie wandte sich an Euler. »Wir müssen uns um Flüge nach Aurora und Nexon kümmern — da willst du doch hin, nicht wahr, Derec? Und um vorübergehende Unterkunft.«

»Ich fürchte, das ist nicht möglich«, sagte Euler mit einem ernsten Kopfschütteln.

»Was?« rief Katherine aus. »Wieso nicht?«

»Freund Euler hat sich unklar ausgedrückt«, sagte Rydberg. »Es ist durchaus möglich, hier wegzukommen. Doch es gibt da ein Problem. Ein Mensch wurde getötet . . .«

»Was hat das mit uns zu tun?« fragte Derec.

»Es wäre eine undenkbare Verletzung der Robotgesetze, wenn ein Robot einem Menschen Schaden zufügen würde«, sagte Rydberg. »Ich bin nicht einmal in der Lage, den Gedanken zu formulieren, ohne Qualen zu erleiden.«

»Natürlich war das kein Robot«, sagte Derec ungeduldig. »Ist doch offensichtlich, daß ein Mensch es getan hat.«

Euler sagte: »Abgesehen von Ihnen gibt es hier keine Menschen.«

»Unser Begleiter hat so was schon angedeutet«, sagte Derec. »Aber daß sie hier nichts zu suchen haben, bedeutet nicht, daß sie nicht trotzdem aus einem anderen Sektor herübergekommen sind. Jemand, der Morde begeht, macht sich nicht allzu viele Gedanken über gültige Reisepapiere oder was es auch sein mag, das ihr hier benutzt.«

»Dürfte ich das richtigstellen«, warf Rydberg ein. »Freund Euler wollte damit sagen, daß es in dieser Stadt keine anderen Menschen gibt.«

»Dann eben aus einer anderen Stadt . . .« begann Katherine.

»Es gibt keine anderen Städte auf diesem Planeten.«

»Was sagst du da? Wo sind wir?« fragte sie barsch.

»Ich bedaure, diesen Planeten oder den dazugehörigen Stern nicht benennen zu dürfen«, sagte Rydberg. »Aber wir, die wir hier leben, nennen diesen Ort Robot City.«

»Hier gibt es nur Roboter?« fragte Derec, den eine unangenehme Ahnung plagte. »Von Ihnen abgesehen, trifft das zu«, sagte Euler.

Katherine bekam den Mund nicht mehr zu. »Niemand in der ganzen Stadt — sie muß fünfzig Hektar groß sein . . .«

»Zweihundertundfünf«, korrigierte Euler.

Derec mischte sich ein. »Wo sind die Bewohner? Die Erbauer? Wo sind sie geblieben?«

Rydberg legte leicht den Kopf schief. »Wir sind die Bewohner und die Erbauer, Freund Derec«, sagte er leichthin.

Das war die Antwort, die er erwartet hatte, aber gegen die Schlußfolgerungen sträubte er sich noch. »Wo sind Eure Besitzer?« hakte Derec nach. »Wo sind die Leute, denen ihr Rechenschaft ablegt?«

»Ihre Frage beruht auf einer fälschlichen Annahme«, erwiderte Euler. »Robot City ist eine freie und autonome Gemeinschaft.«

»Das kann nicht sein«, protestierte er. »Möglich, daß derzeit keine Menschen hier sind. Möglich, daß ihr gegenwärtig keinen Kontakt mit ihnen habt. Aber sie müssen euch hierhergebracht oder -geschickt haben. Ihr müßt nach wie vor ihren Direktiven folgen.«

»Nein, Freund Derec. Wir funktionieren selbstdirektiv«, sagte Euler. »Aber wir sind bezüglich der Menschen keineswegs unwissend. Wir verfügen über eine riesige Bibliothek von Buchfilmen von Menschen und über sie. Und wir haben unsere Verantwortung akzeptiert, die Menschen vor Schaden zu bewahren.«

»Ich hoffe, Sie verstehen, Freund Derec, warum wir verpflichtet sind, Ihre Abreise zu verzögern«, sagte Rydberg. »Dies ist unsere erste Begegnung mit dem Tod. Wir brauchen Ihre Hilfe, um zu verstehen, wie es dazu kommen konnte, zu verstehen, wie sich das Erlebnis des Todes in unsere Studie der Humanistikgesetze integrieren läßt.«

»Die Gesetze der Humanik? Was ist denn das?« fragte Katherine verblüfft. »Das menschliche Gegenstück zu den Robotgesetzen — die Leitprinzipien, welche menschliches Verhalten bestimmen.«

Euler fuhrt fort: »Gegenwärtig sind die Gesetze der Humanik ein theoretisches Konstrukt. Wir bemühen uns um die Feststellung, ob solche Gesetze existieren, und wenn ja, worin sie bestehen. Dieser Vorfall hat das Forschungsprojekt in eine Krise gestürzt. Sie müssen uns helfen. Ich versichere Ihnen, man wird Ihnen jeden nur möglichen Komfort bieten.«

Während Euler sprach, war Katherine Derec immer näher gerückt und stand nun dicht neben ihm. »Das ist doch Wahnsinn«, sagte sie leise. »Eine Stadt voller Roboter, und niemand da, der sie überwacht? Die Forschung am Menschen betreiben, als seien wir eine Art Kuriosität?«

Und in eben diesem Moment hörte Derec auf, gegen die Wahrheit anzukämpfen, und nahm sie in sich auf: *Die Gemeinschaft auf dem Asteroiden und die große Stadt um ihn herum waren Produkte desselben Geistes. Ergebnis desselben Plans. Er war überhaupt nicht entkommen.*

Aber wenigstens hatte er endlich begriffen, warum — warum ihm der Schlüssel übergeben worden war und warum der sie hierhergebracht hatte. Denn der letzte, der ihn berührt hatte, war Monitor 5 gewesen, ein hochentwickelter Robot, der sich verzweifelt bemüht hatte, ihn zu retten. Da er wußte, um was es sich handelte und was dieses Etwas leisten konnte, war dem Robot gar nichts anderes übriggeblieben, als ihm den Gegenstand zu überreichen — der auf ein bekanntermaßen sicheres Ziel, eine Lichtjahre entfernte Schwesterkolonie von Robotern, programmiert war.

»Pssst«, sagte er zu Katherine, dann blickte er die Roboter an. »Könntet ihr uns einen Augenblick entschuldigen. Wir haben was zu bereden.«

»Gewiß, Freund Derec«, entgegnete Euler. »Wir werden . . .«

»Bleibt da. Wir gehen«, sagte Derec, nahm Katherine bei der Hand und geleitete sie zur Tür hinaus.

»Wohin gehen wir?« fragte sie atemlos, während er sie ein Dutzend Meter den Korridor entlangführte. »Sie werden uns verfolgen.«

Er blieb auf der Stelle stehen und ließ ihre Hand los. »Wir gehen nirgendwo hin. Ich zumindest nicht. Ich wollte wirklich unter vier Augen mit dir reden.«

»Was meinst du damit, du gehst nirgendwo hin?«

»Ich werde bleiben«, erklärte er. »Obwohl ich ihnen das nicht verraten werde. Ich werde anbieten, dazubleiben und mit ihnen zu kooperieren, unter der Bedingung, daß sie für dich einen Flug arrangieren. Sie brauchen uns nicht alle beide.«

»Nein!« sagte sie mit Nachdruck. »Das mußt du nicht. Sie haben kein Recht, uns festzuhalten. Sie müssen uns beide ziehen lassen. Sie sind Roboter, oder etwa nicht? Sie müssen uns helfen.«

»Sicher, sie sind Roboter. Aber nicht wie jene, die du gewohnt bist. Ich glaube nicht, daß sie deiner Definition ihrer Pflichten zustimmen würden«, sagte Derec kopfschüttelnd. »Aber darauf kommt es nicht an. Ich bleibe nicht nur, um sie zu beschwichtigen oder sie dazu zu bewegen, daß sie dich gehen lassen. Ich bleibe, weil ich es so will.«

»Weil du willst! Wieso das?«

Derec zeigte ein schmallippiges Lächeln. »Ich hab' angefangen, mir zu überlegen, wie mir zumute wäre, wenn sie tun würden, was wir verlangt haben, und uns in ein Schiff nach Aurora oder sonstwohin setzen würden. Wie mir zumute wäre, wenn ich nie mehr über den Schlüssel herausfinden würde . . .«

»Wir könnten ihn mitnehmen.«

». . . nie herausfinden könnte, wo sich dieser Planet befindet und warum die Roboter hier sind — nie Wolruf holen oder feststellen könnte, wie es ihr ergangen ist. Ich hab' darüber nachgedacht und gemerkt, daß ich nicht einfach fortkann. Es stimmt, daß ich nicht weiß, wer ich bin. Dennoch weiß ich, daß ich so nicht sein will.«

Es folgte nachdenkliches Schweigen, das Derec schließlich brach. »Gehen wir als Freunde auseinander?«

Sie sah hoch, und ihre Blicke trafen sich. »Nein«, sagte sie kopfschüttelnd. »Wenn du bleibst, bleib' ich auch.«

Nun war die Reihe an ihm, Einspruch zu erheben. »Das mußt du nicht. Das sind meine Motive, nicht deine. Dies ist eine gefahrlose Welt. Ich komme allein zurecht.«

»Du lehnst meine Gesellschaft ab?«

Er zuckte die Achseln. »Wir kommen gut miteinander aus.«

»Versuchst du mir etwa weiszumachen, daß ein Mädchen mit so was nicht umgehen kann, sich nicht den Kopf darüber zerbrechen sollte?«

»Natürlich nicht.«

»Also geht es in Ordnung, wenn ich bleibe, weil ich will?«

Derec gab auf. »Klar.«

»Dann laß uns gehen und Euler und Rydberg Bescheid sagen.«

»Nach Ihnen«, sagte er und verneigte sich mit gezierter Geste.

Katherine lächelte zufrieden und ging voraus zum Büro. Als sich die Tür öffnete, drehte sie sich noch einmal um und sagte flüsternd über die Schulter hinweg: »Sag mir nur eines — ab wann verläuft unser Leben wieder normal?«

Derec lachte laut, was die Roboter sehr überraschte. »Möglicherweise nie, Katherine«, sagte er. »Wieso beschwerst du dich? Du hast schließlich behauptet, dein Leben sei langweilig, oder etwa nicht?«

»Langeweile ist nicht so übel«, sagte sie verschmitzt. »Langeweile hat ihre guten Seiten.«

In sich hinein lachend suchte Derec sich einen Stuhl aus und ließ sich darauf nieder, als habe er vor, eine Weile dortzubleiben. »Wir werden euch so gut wie möglich helfen«, sagte er zu Rydberg. »Erzähl uns die Geschichte. Wer sind die Verdächtigen?«

Die leidenschaftslose Antwort des Robots wischte so gründlich das Lächeln von ihren Gesichtern, als sei es nie dagewesen. Wie der bittere Nachgeschmack eines süßen Getränks nahm es ihnen jedes Vergnügen, das sie zuvor empfunden hatten.

»Ja, David Derec«, sagte Rydberg. »Es gibt zwei Verdächtige. Sie selbst — und Katherine Burgess. Wir sind äußerst gespannt, zu erfahren, wer von Ihnen die Tat begangen hat, und warum.«

DEREC: Als er mit Gedächtnisschwund im Innern einer Massey-Rettungskapsel auf einem hauptsächlich aus Eis bestehenden Asteroiden erwacht, sind ihm seine Vergangenheit und Identität ein völliges Rätsel. Seine Intelligenz ist von der Amnesie nicht betroffen, und er weiß eine Menge über Robotik. Er nimmt den Namen an, den er auf seiner Kleidung vorfindet, offenbar der Name des Herstellers.

ARANIMAS: Wie alle Erani ist er ehrgeizig, aggressiv, erfinderisch und raffgierig. Die Erani sind in ihrem Sonnensystem die dominante Rasse und behandeln alle übrigen als Sklaven und unterlegene Geschöpfe, einschließlich der Menschen, denen sie erst vor kurzem begegnet sind.

Aranimas ist das jüngste Mitglied eines der größten, mächtigsten Erani-Clans, die zu Handelshäusern zusammengefaßt sind. Er verfügt über eine der hervorstechendsten Eigenschaften seiner Gattung: Er ist ein technisches Genie. Er hat den Hyperantrieb erfunden, der sein zusammengestückeltes Megaschiff bewegt. Nach Art der Erani hat er anderen Erani-Clans seine Erfindung nicht zugute kommen lassen, nicht einmal dem eigenen. Er hat sie für sich behalten, in der Hoffnung, dadurch sein Handelshaus zu bereichern und das eigene Prestige zu mehren. Aranimas ist außerdem ein begnadeter Astronom. Seine Erfindung eines besonders leistungsfähigen Teleskops hat ihm geholfen, den Asteroiden zu entdecken, wo er Derec antraf.

Vom Körperbau her sind die Erani hochgewachsen und schlank, mit blasser, haarloser Haut. Ihre Augen sind groß, seitlich in den Kopf eingelassen und in der Lage, unabhängig voneinander zu funktionieren wie die eines Chamäleons. Ihre Stimmen sind schrill, und wenn sie galaktische Standardsprache sprechen, rollen sie das ›R‹.

LASTEN›KULI‹-ROBOT: Es gibt verschiedene Kategorien von Hilfsrobotern innerhalb der Asteroidenkolonie. Es sind simple Lastenträger, große, geräderte Roboter, die vorn mit einer Ladeplattform und gegliederten Ladearmen ausgestattet sind. Ihre Intelligenz ist begrenzt und nichtpositronisch.

SERVOVERSTÄRKTER ARBEITSANZUG: Hierbei handelt es sich um ein abgeschlossenes, vor Ort reparierbares Exoskelett für Menschen, die unter lebensfeindlichen Bedingungen arbeiten müssen. Der Anzug verfügt über hochleistungsfähige Arbeitslampen und einen Sender, der mit einer Rundumantenne ausgestattet ist. Die lebenserhaltenden Systeme des Anzugs sind vollcomputerisiert, unter anderem mit Computern zur Sofortdiagnose von Fehlfunktionen und solchen für Behelfsreparaturen.

Die Bezeichnung ergibt sich aus der Tatsache, daß der Anzug die Bewegungen des Arbeiters umsetzt. Einerseits verstärken die Anzüge menschliche Kraft um ein Vielfaches, andererseits sind sie enorm flexibel. In fest schließenden Taschen am Oberschenkel des Anzugs sind zusätzliche ›Hände‹ untergebracht, die ans Ende seiner Armfortsätze angeschlossen werden können. Die Standard-›Hände‹ sind Vielzweckgreifer, aber der Anzug ist darüber hinaus unter anderem mit beleuchteten Mikromanipulatoren für Feinarbeiten in der Dunkelheit ausgerüstet sowie mit Laserpunktschweißern.

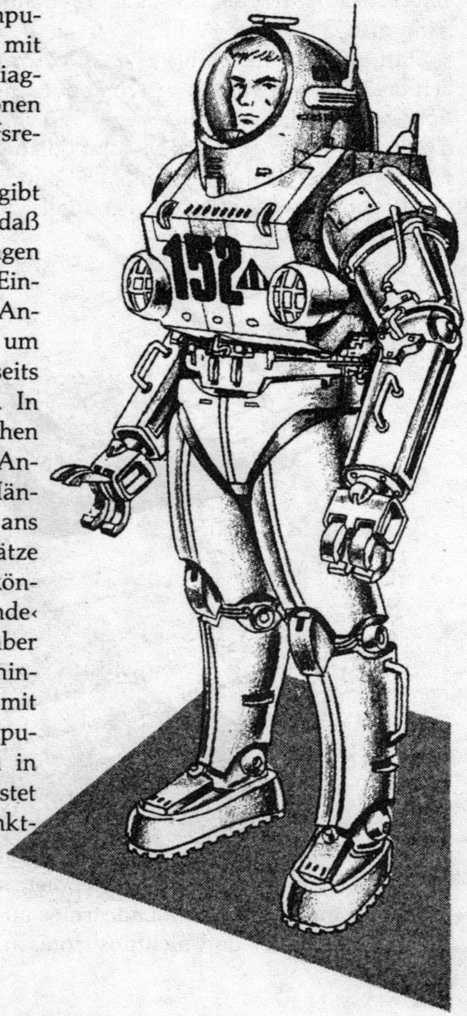

DIE SCHLÜSSEL ZUM PERIHEL: Die Schlüssel sind Transportgeräte, die den Benutzer ins Perihel befördern, jenen Ort, der allen anderen im Universum am nächsten ist. Die Schlüssel sind metallen silbrig, spiegelglatt und nahtlos. Man nimmt sie in Betrieb, indem man nacheinander auf die vier Ecken drückt, woraufhin in der zuletzt berührten Ecke ein Bedienungsknopf erscheint. Richtig eingesetzt, versetzt der Schlüssel den Benutzer zunächst ins Perihel, dann ans Ziel seiner Wahl.

Statt auf eine bestimmte Spezies vorprogrammiert zu sein, werden die Schlüssel vor der ersten Benutzung ›initialisiert‹ und funktionieren daraufhin nur für diesen Typ von Organismus, obwohl es möglich ist, den Schlüssel nachträglich auf ›nicht-initialisierten‹ Status ›umzustellen‹. Die Schlüssel können von jeder Spezies, auch von Robotern, benutzt werden, daher brauchen Roboter keine ›robotspezifischen‹ Schlüssel.

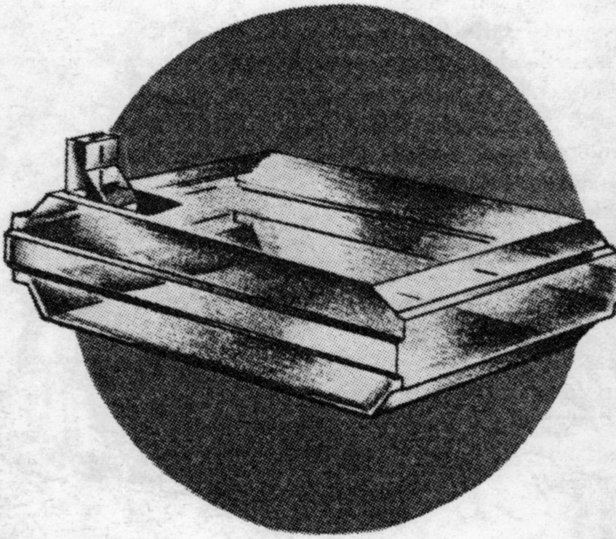

ATEMGERÄT: Diese Masken sind aus grauem Plastik hergestellt und so konstruiert, daß sie über das mittlere Drittel des Gesichts passen wie eine Wickelsonnenbrille. Die Zuleitungen des Atemgeräts sind hohle elastische Schläuche, die im Nacken zusammenführen. Eine flexible Gasleitung führt vom Nacken zur Patrone, die klein genug ist, um sie am Oberarm zu befestigen.

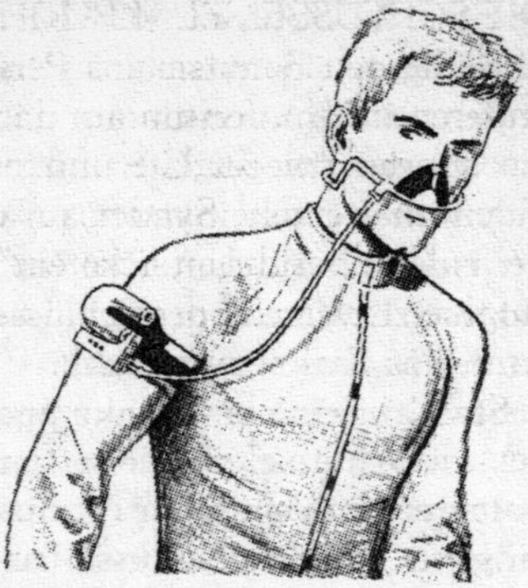

Der untere Rand dieses Maskentyps schließt nicht mit der Oberlippe ihres Trägers ab, wodurch eine unvollständige Versiegelung entsteht, die der Außenatmosphäre erlaubt, sich mit dem durch die Patronen zugeführten reinen Sauerstoff zu mischen. Diese Konstruktionsweise reduziert nicht nur den Umfang der Patrone, sondern erhält dem Benutzer auch seinen Geruchsinn.

RETTUNGSKAPSEL VOM TYP MASSEY G-85: Hierbei handelt es sich um ein in sich geschlossenes Rettungskapselsystem von begrenzter Funktionsdauer, das mit einem positronischen ›Gefährten‹ ausgerüstet ist. G-85 bietet dem Gestrandeten ein komplettes lebenserhaltendes System, Nahrung, Wasser, Sauerstoff, einen Sichtschirm und Unterhaltungsmöglichkeiten. Der positronische Gefährte ist darauf programmiert, als Therapeut zu fungieren und für den Raumschiffbrüchigen die beste Überlebenschance sicherzustellen, bis hin zur medikamentösen Ruhigstellung.

Massey-Rettungskapseln sind nicht mit Sichtluken versehen. Statt dessen besitzen sie Haftpacks, auf einer Scheibe angeordnete Sensoren, die in der Lage sind, über die Außenfläche der glatten Hülle des Raumfahrzeugs zu gleiten. Die G-85 verfügt nicht über

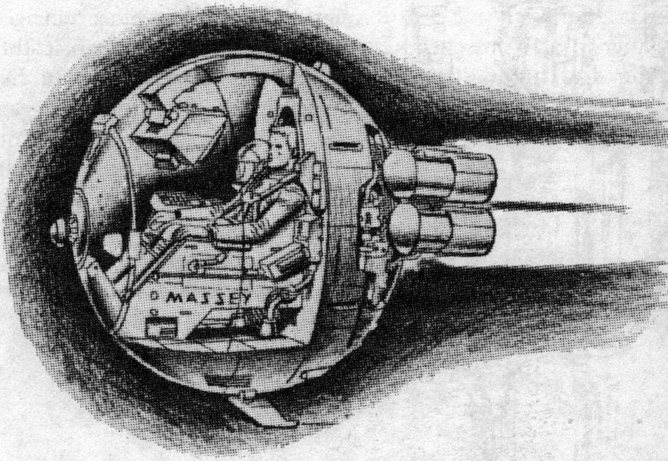

ein vollständiges Wiederaufbereitungssystem, und ihre Vorräte sind auf ungefähr zwei Wochen begrenzt. Darüber hinaus sind sie mit Leitstrahlen ausgerüstet, die ununterbrochen den Standort der Kapsel durchgeben. Rettungskapseln der Firma Massey stellen auf den meisten großen Handelsschiffen das wichtigste Sicherheitssystem dar und entsprechen dem früher gebräuchlichen Rettungsboot.

MONITOR 5: Überwachungsroboter sind wahre Wunder einfachen und eleganten Designs. Sie bestehen aus flexiblen, chemisch neutralen, anorganischen zwölfflächigen Strukturteilen, die zu gezielter Neuanordnung (Morphallaxie) fähig sind. Die Strukturteile enthalten kilometerlange Leitungen und Programmierungen auf Megabyte-Niveau. Mit den richtigen Befehlscodes kann die äußere Erscheinung dieser Roboter unbegrenzt umgestaltet werden.

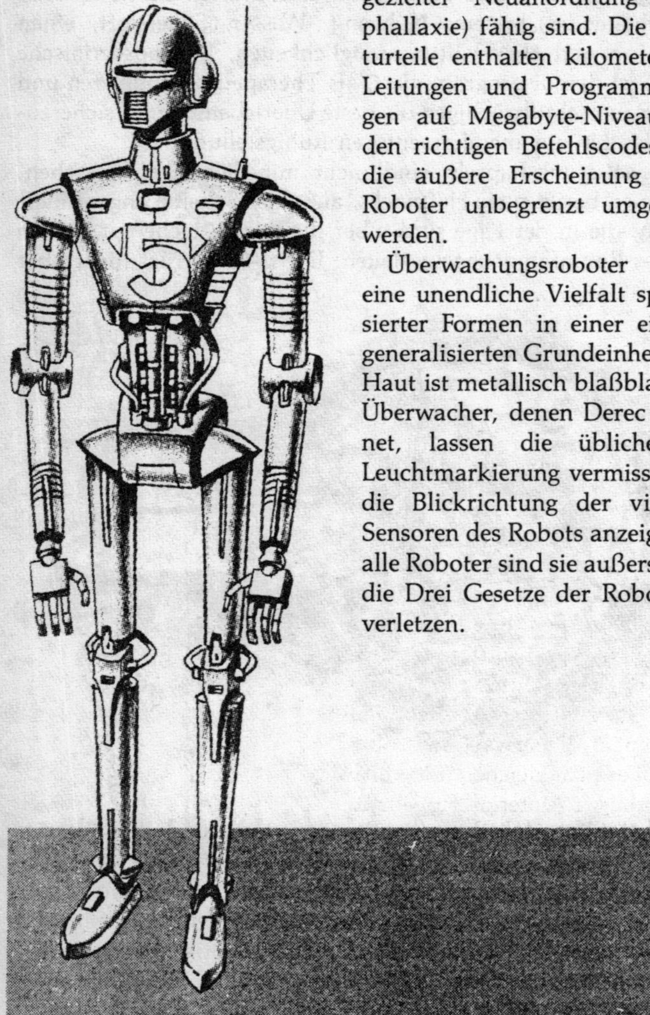

Überwachungsroboter sind eine unendliche Vielfalt spezialisierter Formen in einer einzigen generalisierten Grundeinheit. Ihre Haut ist metallisch blaßblau. Die Überwacher, denen Derec begegnet, lassen die übliche rote Leuchtmarkierung vermissen, die die Blickrichtung der visuellen Sensoren des Robots anzeigt. Wie alle Roboter sind sie außerstande, die Drei Gesetze der Robotik zu verletzen.

ALPHA: Dieser Robot wird in Aranimas' Schiff von Derec aus geborgenen Teilen rekonstruiert. Seine grundlegende Datenbibliothek ist in fünf austauschbaren Speicherwürfeln im Brustraum untergebracht.

Sein umfangreiches positronisches Gedächtnis ist ausschließlich für das Geschäft des Erfahrungslernens reserviert. Seine künstliche Intelligenz ist erweiterungsfähig und flexibel. Das positronische Gehirn selbst ist eine dreipfündige Masse aus Platiniridium, in der die fundamentalen handlungsbestimmenden Positronenpotentiale entstehen, die kurzfristigen Potentiale, die seine Gedanken und Entscheidungen darstellen, sowie die dauerhaften Bahnen, die Gelerntes repräsentieren.

Wie Derec leidet Alpha unter Gedächtnisschwund, obwohl in seinem Fall das Gedächtnis bei seiner Zerstörung mitgelöscht wurde. Da es sich im wesentlichen um eine Neukonstruktion handelt, wurde das Gedächtnis reprogrammiert. Alphas neuer Arm stammt von einem Überwachungsrobot und ist aus dem gleichen unendlich verformbaren Material aufgebaut, aus dem alle Überwacher bestehen.

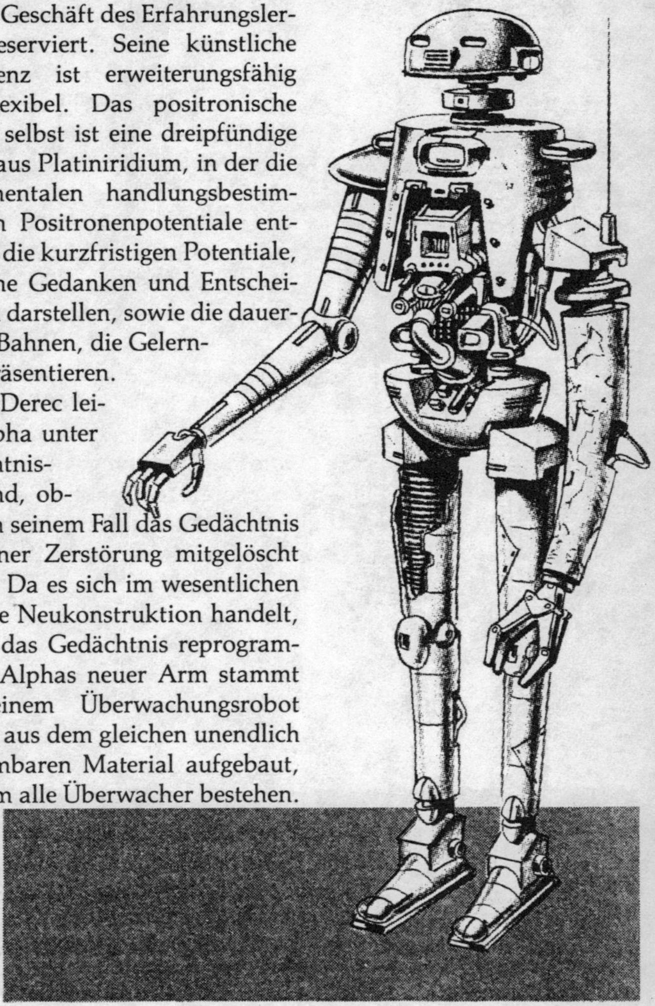

ISAAC ASIMOV'S

ROBOT CITY

Mike McQuay

DER VERDACHT

Isaac Asimov
Die Gesetze der Humanik

Mir gefällt die Art und Weise, wie die Bücher der Robot-City-Serie die Themen und Bezüge meiner Robotgeschichten aufgreifen und weiterführen.

Beispielsweise waren meine ersten drei Robotromane im Grunde Kriminalgeschichten, mit Elijah Baley als Detektiv. Beim zweiten dieser ersten drei Romane, *The Naked Sun (Die nackte Sonne)*, handelt es sich insofern um eine klassische ›verschlossener Raum‹-Erzählung, als das Mordopfer ohne Waffe am Ort des Geschehens aufgefunden wurde, ohne daß eine Waffe von dort hätte entfernt werden können.

Es gelang mir, mit einer zufriedenstellenden Lösung aufzuwarten, aber ich habe mich an dergleichen seither nicht mehr herangewagt und freue mich daher, daß Mike McQuay sich daran versucht hat.

Der vierte Robotroman, *Robots and Empire (Das galaktische Imperium)*, war nicht in erster Linie eine Kriminalgeschichte. Elijah Baley war in angemessen hohem Alter eines natürlichen Todes gestorben, und das Buch nahm Kurs auf das Foundation-Universum, womit feststand, daß meine zwei bedeutendsten Romanreihen, die Robot- und die Foundationserie, zu einem umfassenderen Ganzen verschmolzen würden. (Nein, das ist mir nicht einfach willkürlich so eingefallen. Die Notwendigkeiten, welche in den 80ern beim Schreiben von Fortsetzungen zu Erzählsträngen aus den 40er und 50er Jahren erwachsen, haben meine Hand gelenkt.)

In *Robots and Empire* begann meine Robotfigur Giskard, auf die ich große Stücke halte, sich mit ›den Gesetzen der Humanik‹ auseinanderzusetzen, die, wie ich damals andeutete, irgendwann einmal als Grundlage für die Wissenschaft der Psychohistorie dienen mochten, die im Foundationzyklus eine so große Rolle spielt.

Streng genommen sollten die Gesetze der Humanik eine zusammenfassende Beschreibung tatsächlichen menschlichen Verhaltens darstellen. Eine solche Beschreibung existiert natürlich nicht.

Selbst Psychologen, die sich wissenschaftlich mit der Materie befassen (ich hoffe zumindest, daß sie es tun), können nicht etwa ›Gesetze‹ vorlegen, sondern nur umfängliche, verworrene Darstellungen dessen, was die Leute angeblich tun. Und keine von ihnen hat Regelcharakter. Wenn ein Psychologe behauptet, die Leute würden auf einen bestimmten Reiz so und so reagieren, meint er damit nur, daß gewisse Personen es zu gewissen Zeiten tun. Andere Leute mögen es vielleicht zu anderen Zeiten tun, oder auch nicht.

Wenn wir auf echte Gesetze zur Beschreibung menschlichen Verhaltens warten müssen, um die Psychohistorie einzuführen (und das läßt sich nicht vermeiden), werden wir, nehme ich an, noch lange warten müssen.

Nun denn: Wie gehen wir an die Gesetze der Humanik heran? Ich denke, wir können durchaus klein anfangen, um dann später, wenn möglich, langsam auf diesen Anfängen aufzubauen.

In diesem Sinne ist es in *Robots and Empire* ein Robot namens Giskard, der die Frage nach den Gesetzen der Humanik aufwirft. Als Robot muß er alles vom Standpunkt der Drei Gesetze der Robotik her betrachten — diese Gesetze haben echte Regelfunktionen, da alle Roboter gezwungen sind, ihnen zu gehorchen, und nicht gegen sie verstoßen können.

Die drei Gesetze der Robotik lauten:

1. Ein Robot darf keinen Menschen verletzen oder durch Untätigkeit zu Schaden kommen lassen.
2. Ein Robot muß den Befehlen eines Menschen gehorchen, es sei denn, solche Befehle stehen im Widerspruch zum Ersten Gesetz.
3. Ein Robot muß seine eigene Existenz schützen, solange dieser Schutz nicht dem Ersten oder Zweiten Gesetz widerspricht.

Also, mir will scheinen, eigentlich könnte ein Robot nicht umhin, zu denken, Menschen sollten sich gefälligst so verhalten, daß sie den Robotern die Einhaltung der Gesetze erleichtern.

In der Tat meine ich, daß moralisch gesinnte Menschen ebenso darauf bedacht sein sollten, den Robotern das Leben zu erleichtern, wie die Roboter selbst. Ich habe die Angelegenheit in meiner 1976 erschienenen Geschichte ›The Bicentennial Man‹ (Der Zweihundertjährige) aufgegriffen. Dort ließ ich eine menschliche Figur unter anderem sagen:

»Falls der Mensch das Recht hat, einem Robot jeden Befehl zu erteilen, der ›ein Zuschadenkommen des Menschen nicht einschließt, dann sollte der Mensch den Anstand besitzen, einem Robot keinen Befehl zu erteilen, bei dem ein Robot zu Schaden kommen könnte, es sei denn, die Sicherheit des Menschen verlangt es. Große Macht zieht große Verantwortlichkeit nach sich, und wenn die Roboter Drei Gesetze zum Schutz des Menschen haben, wäre es dann zuviel verlangt, daß Menschen das eine oder andere Gesetz zum Schutz der Roboter erhalten?«

Beispielsweise hat das Erste Gesetz zwei Teile. Der erste Teil, ›Ein Robot darf keinen Menschen verletzen‹, ist absolut und bedarf keiner Änderung. Der zweite Teil, ›oder durch Untätigkeit zu Schaden kommen lassen‹, läßt die Dinge ein wenig offen. Einem Menschen könnte Schaden durch ein Ereignis bevorstehen, das mit einem unbelebten Gegenstand zu tun hat. Ein schweres Gewicht könnte auf ihn herabstürzen, oder er könnte ausgleiten und drohen, in einen See zu fallen, oder ein anderes der zahllosen Mißgeschicke dieser Art. Hier muß der Robot schlicht versuchen, den Menschen zu retten; ihn darunter hervorholen, ihm wieder auf die Beine helfen und so fort. Oder ein Mensch könnte durch eine andere, nichtmenschliche Lebensform bedroht werden— durch einen Löwen beispielsweise —, und der Robot muß ihm zu Hilfe kommen.

Wie aber, wenn einem Menschen durch die Tat eines anderen Menschen Schaden droht? In diesem Fall muß der Robot entscheiden, was zu tun ist. Kann er den einen Menschen retten, ohne dem anderen Schaden zuzufügen? Oder wenn Schaden unvermeidlich ist, wie muß er vorgehen, um ihn minimal zu halten?

Es wäre wesentlich leichter für den Robot, wenn die Menschen bezüglich des Wohlergehens der Menschheit ebenso besorgt wären, wie es von den Robotern erwartet wird. Und in der Tat würde jeder menschliche Ehrenkodex von den Menschen verlangen, sich umeinander zu sorgen und sich keinen Schaden zuzufügen. Was schließlich dem Verhaltenskodex entspricht, den die Menschen den Robotern aufgegeben haben. Daher lautet vom Standpunkt des Robots das Erste Gesetz der Humanik:

1. *Ein Mensch darf keinen Mitmenschen verletzen oder durch Untätigkeit zu Schaden kommen lassen.*

Wenn dieses Gesetz befolgt wird, bleibt dem Robot die Aufgabe, den Menschen vor Mißgeschicken im Zusammenhang mit unbelebten Objekten oder nichtmenschlichen Lebensformen zu bewahren, was ihn nicht in moralische Konflikte stürzt. Natürlich ist der Robot immer noch zum Schutz vor Schaden verpflichtet, den ein Mensch einem anderen *unabsichtlich* zufügt. Außerdem muß er bereitstehen, einem bedrohten Menschen zu Hilfe zu eilen, wenn ein anderer anwesender Mensch einfach nicht schnell genug zur Stelle sein kann. Aber andererseits kann selbst ein Robot einem Menschen *unabsichtlich* Schaden zufügen, und selbst ein Robot kann irgendwann nicht schnell genug sein, um rechtzeitig an Ort und Stelle zu gelangen, oder unfähig, das Notwendige zu unternehmen. Nichts ist perfekt.

Das führt uns zum Zweiten Gesetz der Robotik, das von einem Robot verlangt, allen Befehlen eines Menschen zu gehorchen, es sei denn, solche Gesetze stehen im Widerspruch zum Ersten Gesetz. Das heißt, Menschen können Robotern ohne Einschränkung jeden Befehl erteilen, solange dadurch einem anderen Menschen kein Schaden zugefügt wird.

Aber damit könnte ein Mensch einem Robot befehlen, etwas Unmögliches zu tun, oder ihm einen Befehl geben, der den Robot in einen Konflikt stürzt, welcher sein Gehirn beschädigen würde. In diesem Sinne ließ ich in meiner 1940 veröffentlichten Kurzgeschicht ›Liar!‹ (Lügner!) einen Menschen absichtlich einen Robot in ein Dilemma stürzen, worauf sein Gehirn durchbrannte und er aufhörte zu funktionieren.

Wir können uns durchaus vorstellen, daß das Gehirn eines Robots mit zunehmender Intelligenz und wachsendem Selbstbewußtsein empfindlich genug würde, daß es schon zu Schaden käme, wenn er gezwungen ist, etwas unnötig Peinliches oder Unwürdiges zu tun. Daher müßte das Zweite Gesetz der Humanik lauten:

2. *Ein Mensch muß einem Robot Befehle erteilen, welche die robotische Existenz bewahren, es sei denn, solche Befehle*

fügen anderen Menschen Schaden zu oder bereiten ihnen Unannehmlichkeiten.

Das Dritte Gesetz der Robotik ist dazu gedacht, den Robot zu schützen, aber aus robotischer Sicht zeigt sich, daß es nicht weit genug geht. Der Robot muß seine Existenz opfern, wenn das Erste oder Zweite Gesetz es erfordern. Was das Erste Gesetz angeht, ist daran nicht zu rütteln. Ein Robot muß seine Existenz aufgeben, wenn dies der einzige Weg ist, zu vermeiden, daß er einem Menschen Schaden zufügt, oder um Schaden von einem Menschen abzuwenden. Wenn wir die natürliche Überlegenheit jedes Menschen gegenüber jedem Robot zugestehen (was mir übrigens ein wenig schwerfällt), so ist dies unausweichlich.

Muß andererseits ein Robot seine Existenz aufgeben, indem er einem Befehl gehorcht, der belangslos oder gar arglistig ist? In ›The Bicentennial Man‹ lasse ich ein paar Schurken einem Robot vorsätzlich befehlen, sich selbst auseinanderzunehmen, um des Spaßes willen, ihm dabei zuzusehen. Das Dritte Gesetz der Humanik muß daher lauten:

3. *Ein Mensch darf einem Robot keinen Schaden zufügen oder durch Untätigkeit zulassen, daß er zu Schaden kommt, es sei denn, dieser Schaden ist notwendig, um Schaden von einem Menschen abzuwenden oder die Ausführung eines lebenswichtigen Befehls zu gestatten.*

Natürlich können wir diesen Gesetzen nicht wie den Gesetzen der Robotik Geltung verschaffen. Wir können nicht menschliche Gehirne bauen, wie wir Robotgehirne bauen. Es ist jedoch ein Anfang, und ich bin ernsthaft der Meinung, daß wir, wenn wir die Macht über intelligente Roboter haben, eine entsprechende Verantwortung für sie empfinden müssen, wie der Mensch in meiner Geschichte ›The Bicentennial Man‹ sie geäußert hat.

In Robot City wäre dies, wie Sie bald erfahren werden, mit Sicherheit die Art von Regeln, welche die Roboter für die einzigen Menschen auf dem Planeten vorschlagen würden.

Kapitel 1

Paraden

Die Sonne ging unter in der Stadt der Roboter, und es schneite Papier.

Die Sonne gehörte zum gelben Typ, und die hauptsächlich stickstoff/sauerstoffblaue Atmosphäre umspülte die Adern aus Eisenoxid, die sie durchzogen, so daß der ganze Himmel im Dämmerlicht leuchtend orange erglühte wie ein Waldbrand.

Derjenige, der sich Derec nannte, bewunderte den Sonnenuntergang vom Rücksitz eines großen Erdbaggers aus, als dieser langsam seinen Weg durch die Stadt nahm, während die Roboter in Massen die Straßen säumten, um ihn und seine Gefährten bei ihrer Rundfahrt zu sehen. Die winzigen Papierschnitzel schwebten aus den oberen Stockwerken der kristallartigen Gebäude herab, von wo sie (aus Gründen, die Derec unklar waren) von den Robotern herabgeworfen wurden, die sich an den Fenstern drängten, um die Menschen zu sehen.

Derec nahm dies alles in der Gewißheit auf, daß es bedeutsam sein mußte, andernfalls würden die Roboter es nicht tun. Und das war auch schon das einzige, dessen er sich sicher war — denn Derec war ein Mensch ohne Gedächtnis, ohne eine Vorstellung davon, wer er war. Schlimmer noch, er war auf eine Weise in diese unmögliche, nicht von Menschen bewohnte Welt geraten, die ihn immer noch erstaunte; und er hatte keine Ahnung, *keine Ahnung*, wo im Universum er sich befand.

Er war jung, Manneswürde kleidete seine Schultern noch wie ein ungewohntes Gewand, und er wußte auch das nur, weil er sich im Spiegel betrachtet hatte. Selbst sein Name — Derec — war nicht eigentlich der seine. Es war ein geliehener Name, eine Bezeichnung, die er sich ausgesucht hatte, denn keinen Namen zu haben, hieß praktisch nicht zu existieren. Und er war verzweifelt darauf bedacht, zu existieren, zu erfahren, wer und *was* er war.

Und warum.

Neben ihm saß eine junge Frau namens Katherine Burgess, die behauptet hatte, flüchtig mit ihm bekannt gewesen zu sein, als er noch einen Namen hatte. Aber er war sich ihrer nicht sicher, weder ihrer Wahrhaftigkeit noch ihrer Beweggründe. Sie hatte ihm erzählt, sein wirklicher Name sei David, und er habe auf einem Siedlerschiff gedient, aber weder dieser Name noch diese Zuordnung schienen so gut zu ihm zu passen wie die Identität, die er für sich aufzubauen begonnen hatte; daher behielt er weiterhin seinen erwählten Namen Derec bei, bis er unumstößliche Beweise für jene andere Existenz in der Hand hatte.

Zu beiden Seiten dieser Menschen befanden sich zwei hochentwickelte Roboter. Der eine hieß Euler, der andere Rydberg, und sie konnten oder wollten ihm nicht mehr verraten als das, was er schon wußte — nämlich nichts. Dagegen wollten die Roboter Informationen von ihm. Sie wollten wissen, warum er ein Mörder war.

Das Erste Gesetz der Robotik machte es den Robotern unmöglich, Menschen Schaden zuzufügen, daher waren Derec und Katherine auch die einzigen Verdächtigen, als der einzige andere menschliche Bewohner von Robot City tot aufgefunden wurde. In Derecs kurzer Vergangenheit war kein Mord inbegriffen, aber Euler und Rydberg hiervon zu überzeugen war keine einfache Aufgabe. Sie wurden festgehalten, allerdings respektvoll behandelt — vielleicht galt bis zum Beweis ihrer Schuld die Unschuldsvermutung.

Beide Roboter hatten silbern schimmernde Köpfe, die annähernd dem menschlichen Vorbild entsprachen. Beide hatten dort, wo die Augen sitzen sollten, glühende Photozellen. Wo jedoch Euler über ein rundes Maschengitter an Stelle des menschlichen Mundes verfügte, hatte Rydberg einen kleinen, auf den Schädel aufgesetzten Lautsprecher.

»Gefällt Ihnen das, Freund Derec?« erkundigte sich Euler bei ihm, wobei er auf das fallende Papier und den scheinbar endlosen Strom von Robotern zeigte, der ihren Fahrtweg säumte.

Derec hatte keine Ahnung, was ihm an dieser Demonstration hätte gefallen sollen, aber er wollte seine Gastgeber nicht kränken, die trotz ihrer Beschuldigung sehr höflich waren. »Es ist wirklich . . . sehr nett«, antwortete er und wischte sich einen Papierfetzen von den Lippen.

»Nett?« sagte Katherine neben ihm wütend. »Nett?« Sie fuhr sich mit den Fingern durch ihr langes schwarzes Haar. »Ich werde eine

Woche brauchen, bis ich all dieses Zeug aus meinem Haar heraushabe.«

»So lange wird es Sie sicher nicht in Anspruch nehmen«, sagte Rydberg, und der Lautsprecher auf seinem Kopf knisterte. »Vielleicht ist da etwas, das ich nicht verstehe, aber oberflächlich betrachtet will mir scheinen, daß es nicht länger als . . .«

»Schon gut«, sagte Katherine. »Schon gut.«

». . . ein oder zwei Stunden dauern kann. Es sei denn, natürlich, Sie sprechen im mikroskopischen Sinne, dann . . .«

»Bitte«, sagte sie. »Es reicht. Ich hab' mich mit der Zeit geirrt.«

»Unsere Studien menschlicher Kultur«, teile Euler Derec mit, »weisen darauf hin, daß in allen menschlichen Zivilisationen Paraden vorkommen. Es ist uns sehr wichtig, daß Sie sich hier wie zu Hause fühlen, unbeschadet unserer Differenzen.«

Derec sah sich von dem riesigen, offenen, V-förmigen Bagger aus nach allen Seiten um. Die Roboter, welche die Straße säumten, standen still da, und ihre verschieden gestalteten Körper ließen keine Neugier erkennen, obwohl Derec es durchaus für möglich hielt, daß er und Katherine für viele von ihnen die ersten Menschen waren, die sie zu sehen bekamen. Da er nichts wußte, wußte Derec auch nichts über Paraden, aber das Ritual an sich schien ihm recht freundschaftlich zu sein, bis auf das Papier, und es gefiel ihm, daß sie den Wunsch haben sollten, daß er sich wie zu Hause fühlen sollte.

»Ist es nicht üblich, zu winken?« fragte Euler.

»Was?« antwortete Derec.

»Der Menge mit erhobenem Arm zuwinken«, erläuterte Euler. »Ist das nicht üblich?«

»Natürlich«, sagte Derec und winkte zu beiden Seiten aus der Maschine, die in gleichbleibendem Tempo die breite Straße entlangrasselte, und die Roboter erwiderten, weiterhin unergründlich schweigend, seine Geste.

»Kommst du dir nicht wie ein ziemlicher Idiot vor?« fragte Katherine und rümpfte über sein groteskes Verhalten die Nase.

»Die wollen doch nur gastfreundlich sein«, antwortete Derec. »Bei den Schwierigkeiten, in denen wir hier stecken, kann es nicht schaden, denke ich, eine freundliche Geste zu erwidern.«

»Gibt es ein Problem, Freundin Katherine?« fragte Euler.

»Nur mit ihrem Mundwerk«, erwiderte Derec.

Rydberg beugte sich vor und blickte aufmerksam in Katherines Gesicht. »Können wir etwas für Sie tun?«

»Ja«, antwortete das Mädchen. »Besorgt mir was zu essen. Ich verhungere.«

Rydberg schwenkte seinen Kopf zu Euler herum. »Noch eine Unwahrheit«, sagte er. »Das ist sehr entmutigend.«

»Was meinst du damit?« wollte Derec wissen.

»Unsere Hypothesen bezüglich der philosophischen Natur der Humanik«, sagte Rydberg, »müssen ihre Basis in der Wahrhaftigkeit zwischen den Gattungen haben. Katherine hat bereits zweimal die Unwahrheit gesprochen . . .«

»Ich verhungere *wirklich*!« beschwerte sich Katherine.

». . . und wie kann ein Postulat allgemeingültig sein, wenn diejenigen, die es postulieren, sich nicht an das Wahrheitsgebot halten? Vielleicht ist dies das Merkmal eines Mörders.«

»Moment mal«, sagte Derec. »Alle Menschen machen . . . kreativ von der Sprache Gebrauch. Das beweist gar nichts.«

Rydberg untersuchte Katherines Gesicht eingehend. Dann zwickte er mit einem Kneifer ihren nackten Arm, so daß die Stelle momentan weiß wurde, ehe sie ihre natürliche Färbung wiedergewann. »Sie behaupten, Sie würden verhungern, aber Ihre Hautfarbe ist normal, Ihr Puls kräftig und gleichmäßig, und Sie haben keine physischen Verfallserscheinungen. Ich muß daraus leider schließen, daß Sie nicht verhungern.«

»Aber wir haben Hunger«, sagte Derec. »Bringt uns bitte an einen Ort, wo wir essen können.«

Katherine bedachte ihn mit einem Seitenblick. »Und zwar schnell.«

»Natürlich«, sagte Euler. »Sie werden feststellen, daß wir hier auf jeglichen menschlichen Notfall vollständig eingerichtet sind. Immerhin streben wir die perfekte Menschenwelt an.«

»Aber hier gibt es doch keine Menschen«, sagte Derec.

»Nein.«

»Erwartet ihr welche?«

»Wir haben keine Erwartungen.«

»Oh.«

Euler wandte sich an den spinnenartigen Robot, der den Bagger lenkte, worauf die Maschine an der nächsten Straßenecke gehorsam abbog und mit ihnen eine doppelspurige Straße entlangfuhr, die sich beidseitig eines breiten Kanals verlief, dessen Wasser sich im abnehmenden Dämmerlicht verdunkelt hatte.

Derec lehnte sich zurück und warf einen verstohlenen Blick auf Katherine, doch sie war damit beschäftigt, sich die Papierfetzen aus den Haaren zu zupfen, und achtete nicht auf ihn. Er hatte eine Million Fragen, aber die hob er sich wohl besser für später auf. Außerdem wurde er von widersprüchlichen Gefühlen bewegt, die er zunächst für sich analysieren und beantworten mußte.

Er war eine Unperson, deren Leben wenige Wochen zuvor begonnen hatte, als er ohne Erinnerungen im Innern einer Rettungskapsel aufgewacht war, die auf einem von Robotern durchschürften Asteroiden gestrandet war. Die Roboter hatten etwas gesucht, etwas, über das er durch Zufall gestolpert war — den Schlüssel zum Perihel, oder vielmehr einen der sieben Schlüssel zum Perihel. Für die Roboter auf dem Asteroiden war er offenbar von unglaublicher Wichtigkeit gewesen. Unglücklicherweise hatte er keine Ahnung gehabt, was die Schlüssel zum Perihel waren oder was er damit anfangen sollte.

Danach waren die schlimmen Zeiten gekommen. Der Asteroid war von Aranimas zerstört worden, einem fremdrassigen Raumpiraten, der Derec gefangengenommen und gefoltert hatte, um Informationen über den Schlüssel zu bekommen, Informationen, die Derec nicht liefern konnte. Da war er Katherine begegnet, kurz vor der Zerstörung von Aranimas' Schiff und ihrer zweifelhaften Rettung durch die Roboter der Spacer.

Die Spacer waren ebenfalls hinter dem Schlüssel her, auch wenn ihre Methode, seiner habhaft zu werden, ein wenig zivilisierter und bürokratischer erschien als die von Aranimas. Katherine und Derec wurden von der Bürokratie eine Weile in aller Höflichkeit auf der Rockcliffe-Station festgehalten, wo sie immer wieder aneinandergerieten, bis sie gezwungen waren, mit Wolruf, einem Fremdwesen aus Aranimas' Schiff, eine Allianz einzugehen, um mit Hilfe des Schlüssels ihrer freundlichen Gefangenschaft zu entfliehen.

Sie stellten fest, daß sie, wenn sie die Ecken des silbrigen Blocks drückten und sich aus der Spacerstation fortwünschten, leibhaftig in eine dunkelgraue Leere versetzt wurden, die sie für das Perihel hielten. Als sie die Ecken ein zweites Mal niedergedrückt hatten, brachte ein weiterer Gedanke sie nach Robot City. Und dann half alles Denken nichts mehr, und sie saßen auf einer Welt fest, die ausschließlich von Robotern bevölkert war.

Und das war sie auch schon, die Gesamtsumme von Derecs bewußtem Leben. Allerdings hatte er mehrere Schlüsse gezogen, so gering sein Informationsvorrat auch sein mochte: Erstens verfügte er über tiefverwurzelte Kenntnisse, was Roboter und ihre Funktion anging, auch wenn er keine Ahnung hatte, woher diese Kenntnisse stammten; zweitens wußte Katherine mehr über ihn, als sie preiszugeben bereit war; und drittens wurde er das Gefühl nicht los, daß er aus einem bestimmten Grund hier war, daß all dies ein ausgeklügelter, eigens für ihn erdachter Test war.

Aber warum? Warum?

Hier wurden Welten bewegt, Gesetze der Körper und des Raums auf den Kopf gestellt — alles seinetwegen? Völlig unverständlich.

Und dann war da der Schlüssel, das allseits begehrte Objekt, das Objekt, das sorgsam von demjenigen versteckt worden war, der es nicht zu benutzen wußte. Die Roboter hier wußten nicht, daß er es besaß. Suchten sie ebenfalls danach? Er mußte es herausfinden. Der Schlüssel schien jener eine rote Faden zu sein, der alles verband.

Bei diesen Gedanken beschloß er, langsam vorzugehen, tunlichst immer mehr Informationen herauszuholen, als er preisgab. Soweit seine Erinnerung zurückreichte, hatte er sich im Nachteil befunden. Von jetzt an wollte er nach Möglichkeit die Oberhand behalten.

Allerdings gab es da noch den Mord.

Derec stand auf dem Balkon der Wohnung, die die Roboter ihm und Katherine zugewiesen hatten, und blickte zum Nachthimmel auf. Ein scharfer, kalter Wind war aufgekommen, das Firmament ganz und gar hinter dunklen, stürmischen Wolken verborgen, die aus dem Nichts emporzubrodeln schienen. Es blitzte in der Ferne — Elektronen, die sich mit Protonen auf der Oberfläche paarten. Ein Anblick, wunderschön und beängstigend zugleich. Derec beobachtete, wie die fernen Gebäude beinahe taghell erhellt wurden, um gleich darauf erneut in der Finsternis zu versinken.

»Da«, sagte er und deutete auf einen Turm in der Ferne. »Vor einer Zentade war der noch nicht da.«

Katherine trat neben ihn und lehnte sich ans Balkongeländer. »Wo soll er denn gewesen sein?« fragte sie spöttisch.

»Nirgendwo«, erwiderte er, wandte sich ihr zu und packte sie bei den Schultern. »Er hat nicht existiert.«

»Das ist unmöglich«, antwortete sie, dann drehte sie sich um und ging zurück in die große, luftige Wohnung, die sich oben auf einem Turm befand, ähnlich dem, der Derec zufolge aus dem Nirgendwo entsprungen war. »Ich wollte, die würden endlich mit unserem Essen kommen.«

»Die kochen uns vermutlich was ganz Besonderes«, sagte Derec und gesellte sich im Wohnraum zu ihr. »Und unmöglich, will mir scheinen, sind derzeit vor allem unsere Lebensumstände, nicht wahr? Ich sage dir, Katherine, zu all dem anderen Unerklärlichen kommt, daß diese . . . diese Stadt wächst, sich hier vor unseren Augen verändert.«

»Wie kann das sein?« fragte sie und sah sich unbehaglich um. »Ich meine . . . Städte werden gebaut, oder? Die wachsen nicht einfach so.«

Derec blickte sich im Zimmer um. Es war sechseckig, als befinde es sich im Innern eines Kristalls, ohne sichtbare Trennungslinien für Decke und Fußboden. Das Mobiliar schien den Wänden zu entspringen, wie der Tisch aus dem Boden emporzuwachsen schien. Von der Decke ging Licht aus und erhellte angenehm den Raum, doch es schien, als leuchte die Decke selbst, ohne externe Vorrichtung, die dies vollbrachte.

»Sieh dich um«, sagte Derec. »Alles ist mit allem verbunden, und zwar nahtlos. Und alles scheint aus demselben Material zu bestehen.« Er begab sich zu einem Sofa, das aus der Wand hervorkam, und setzte sich auf das Polster, das seinen Sockel bildete. »Bequem«, meinte er, »aber ich denke, es ist aus dem gleichen Material gemacht wie das härtere Zeug — einer Art Legierung aus Stahl und Kunststoff —, nur in anderer Zusammensetzung.«

Katherine war zum Tisch hinübergegangen und starrte ihn an. »Wenn du genauer hinsiehst«, sagte sie, »kannst du die Struktur des Materials erkennen.«

Derec stand auf, trat neben sie und beugte sich über den Tisch, um ihn aus der Nähe zu betrachten. Die Struktur war unauffällig, aber erkennbar. Der Tisch war aus einer Ansammlung trapezförmiger Einheiten aufgebaut, die miteinander verwoben waren und sich ständig wiederholten.

»Interessant«, sagte Derec.

»Inwiefern?«

»Erkennst du die Form?«

Sie zog einen Moment lang konzentriert die Brauen zusammen, dann sah sie ihn mit weitaufgerissenen Augen an. »Die gleiche Form wie der Schlüssel«, sagte sie.

Er nickte.

Katherine ließ ihn stehen und eilte wieder hinaus auf den Balkon.

»Es sieht beinahe so aus, als seien individuelle Einheiten zusammengefügt worden«, rief er ihr zu. »Ich frage mich, wie sie miteinander verbunden sind . . .«

»Er ist weg!« schrie sie, und Derec eilte auf den Balkon. »Dein Turm von vorhin, er ist weg!«

»Nein, ist er nicht«, sagte er und deutete ein Stück weiter gen Osten.

»Hat er sich bewegt?«

Er schüttelte den Kopf. »Ich glaube nicht.« Er zeigte auf den riesenhaften Pyramidenbau, der im Westen die Landschaft beherrschte. Er befand sich am oberen Ende jenes Platzes, auf den der Schlüssel sie anfangs versetzt hatte. »Das ist, glaube ich, das einzige Gebäude, das sich nicht verändert. Und noch vor einem Moment war es für uns vom Balkon aus nicht zu sehen.«

»Meinst du damit, mit *uns* hätte eine Veränderung stattgefunden?«

»So was Ähnliches.«

Sie faßte sich an den Kopf. »Ich hab' nichts gesehen . . . gespürt, ich . . .«

»Es ist, als würde man Wolken betrachten«, sagte er. »Wenn man sie von einem Moment zum nächsten im Auge behält, wirken sie massiv und unbeweglich, aber sobald man sich abwendet und dann wieder hinschaut, haben sie sich verändert. Das hat fast etwas von evolutionärem Wachstum . . .«

»Bei einem Gebäude?«

»Wenn Sie noch länger dort draußen bleiben, werden Sie vermutlich naß«, erklang eine Stimme hinter ihnen. Sie drehten sich um und sahen Eulers glühende Augen im Dunkeln auf sich gerichtet.

»Das wäre nicht das erste Mal für uns«, konterte Katherine und spähte an Euler vorbei auf das Essen, das soeben auf ihrem Tisch bereitgestellt wurde. »Ah, die Henkersmahlzeit.«

»Der Regen ist hier besonders kühl«, sagte der Robot und sah zu, wie Katherine sich an ihm vorbeidrängte und zur Eßecke rannte, »möglicherweise unangenehm kühl für die menschliche Körpertemperatur.«

In der Ferne ertönte lautes Donnergrollen, und ein greller Blitzstrahl schlug in die Spitze der hohen Pyramide ein. Derec wandte sich von dem Schauspiel ab und kam in Richtung Tür, worauf Euler beiseitetrat, um ihn vorbeizulassen.

Er ging zum Tisch und setzte sich Katherine gegenüber, die bereits dabei war, aus einer großen goldenen Schüssel Essen auf ihren ebenfalls goldfarbenen Teller zu häufen. Das Essen schien von gleichförmiger, pastenartiger Konsistenz zu sein, seine Farbe im Ungewissen zwischen Blau und Grau. Neben den Tellern standen mit Wasser gefüllte goldglänzende Becher.

»Ist dieses Geschirr aus Gold?« erkundigte sich Derec und erzeugte einen melodischen Klang, als er mit einem Löffel auf seinen Teller schlug.

»Richtig«, sagte Rydberg. »Es handelt sich um ein relativ nutzloses Weichmetall, das als Nebenprodukt unserer Schürfarbeiten anfällt. Seine einzige größere Tugend, abgesehen von seiner Einsetzbarkeit als Leitermaterial, ist die Tatsache, daß es nicht anläuft, was es ideal für menschliche Eßgeräte macht. Wir haben diese Geräte für Davids Besuch angefertigt.«

Derec beobachtete, wie Katherine der Schöpflöffel entglitt und laut gegen ihren Teller klirrte. Sekundenlang wurde ihr Gesicht ganz blaß.

»Das soll doch *mein* Name sein, hast du behauptet«, sagte Derec, dem ein solcher Zufall ein wenig weit hergeholt schien.

Sie starrte ihn unverwandt an, dann zuckte sie die Achseln und wirkte dabei wieder ganz normal. »Der Name kommt auf den Spacerwelten häufig vor«, sagte sie und wandte ihre Aufmerksamkeit wieder ihrem Teller zu.

Sie nahm den Löffel auf und machte sich wieder dem Essen zu. Derec blickte zu den Robotern auf, die neben dem Tisch standen, und zu dem kleinen Robot vom Servotyp I:5, der nahe der Tür geduldig auf die Rückerstattung des Geschirrs wartete.

»Wollt ihr euch nicht zu uns setzen, während wir essen?« fragte Derec und spürte, wie Katherine unter dem Tisch nach ihm trat.

»Sehr gern«, sagte Euler ohne Zögern, und die beiden Roboter ließen sich steif am Tisch nieder und genossen auf ihre Weise ganz offensichtlich den menschlichen Umgang.

Derec nahm den Schöpflöffel und begann seinen Teller zu füllen. »Ich nehme an, David war der andere Mensch, der hierhergekommen ist?« fragte er.

»Das ist richtig«, sagte Rydberg.

»Dann ist er in einem Schiff gekommen?« hakte Derec nach.

»Nein», sagte Euler. »Er kam einfach eines Tages in die Stadt gewandert.«

»Woher?«

»Das weiß ich nicht.«

»Aaaahhh!« kreischte Katherine auf, spuckte ihr Essen aus, griff nach dem Wasserbecher und trank gierig daraus. Die Roboter schwenkten ihre Köpfe herum, beobachteten sie und tauschten dann Blicke aus. »Wollt ihr uns umbringen?« verlangte sie zu wissen.

»Unsere Programmierung würde uns niemals erlauben, Sie umzubringen«, sagte Rydberg. »Das wäre ganz und gar unmöglich.«

Derec tauchte behutsam den Löffel in die breiige Mixtur und nahm einen kleinen Bissen. Es schmeckte weder sauer noch süß, hatte lediglich ein seltsames *fremdartiges* Aroma und einen leicht verdorbenen Geruch, der ihm ebenfalls unangenehm war.

»Dieses Zeug stinkt!« sagte Katherine mit erhobener Stimme. Die Roboter sahen sie nur an, dann wandten sie sich erwartungsvoll an Derec.

»Sie hat recht«, antwortete Derec. »Was ist das?«

»Eine ausgewogene, ungiftige Mischung ortsüblicher pflanzlicher Materie, reich an Proteinen und Kohlenhydraten«, sagte Rydberg. »Es wird Ihnen guttun.«

»Der andere Mensch hat das also gegessen?« fragte Derec.

»Mit ziemlicher Begeisterung«, sagte Euler.

»Kein Wunder, daß er gestorben ist«, murrte Katherine. »Das ist schlicht inakzeptabel. Ihr werdet was anderes für uns finden müssen, etwas, das anständig schmeckt.«

Derec nahm noch einen Bissen, wobei er sich diesmal die Nase zuhielt. Dem Essen seinen Geruch zu nehmen, half ein wenig, aber nicht allzuviel. Der Brei hinterließ einen unangenehmen Nachgeschmack. Wie konnte der andere Mann ihn gegessen haben, ohne sich zu beschweren? Mit der Zeit wurde alles immer unverständlicher.

»Wie lange wird es dauern, bis ihr uns etwas anderes besorgen könnt?« fragte Derec.

»Bis morgen?« schlug Rydberg vor. »Obwohl der Essensdienst stolz auf dies hier war. Etwas mit ähnlichem Nährwert zu finden, wird schwierig werden.«

»Laßt zunächst einmal den Nährwert außer acht«, sagte Derec. »Untersucht andere menschliche Nahrung, und seht zu, wie ihr sie mit den hier vorhandenen Fachkenntnissen exakt nachahmen könnt.« Er sah Katherine an. »Und wir sollten wohl versuchen, etwas von dem hier ›runterzuwürgen‹, damit wir bei Kräften bleiben.«

Sie nickte grimmig. »Darauf war ich auch schon gekommen«, sagte sie und wandte sich Rydberg zu. »Bring mir große Mengen Wasser.«

Der Roboter beeilte sich, ihr zu gehorchen, holte eine goldene Kanne vom Servierwagen und füllte ihren Becher auf.

»Wann ist er gestorben, dieser David?« erkundigte sich Derec, dann hielt er sich die Nase zu und nahm einen Bissen.

»Vor sieben Tagen«, sagte Rydberg, nahm wieder Platz und stellte sorgsam die Kanne so auf dem Tisch ab, daß sie für jedermann leicht erreichbar war.

»Na, dann sind wir als Verdächtige wohl ausgeschlossen«, sagte Derec vergnügt. »Wir sind erst gestern abend hier angekommen.«

»Sie werden mir verzeihen müssen«, sagte Rydberg höflich, »aber Katherine hat bereits Neigung gezeigt, es mit der Wahrheit nicht genau zu nehmen . . .«

»Was soll das heißen?« brauste Katherine auf.

»Das war nicht respektlos gemeint«, sagte Rydberg. »Es ist nur so, daß Ihre Wahrhaftigkeit im Lichte unserer Unterhaltung am heutigen Nachmittag fragwürdig sein muß. Derzeit wissen wir nicht, ob wir uns auf das verlassen können, was einer von Ihnen sagt.«

»Wir wissen nicht mal, wo wir hier sind«, sagte Derec.

»Wie sind Sie dann hierher gelangt?« fragte Euler, ließ den Kopf herumschwenken und starrte Derec geradeheraus an.

»Ich . . .« hob Derec an, dann unterbrach er sich. Er war nicht bereit, zuzugeben, daß er von dem Schlüssel wußte. Er stellte ihre einzige Waffe dar, ihre einzig mögliche Rettung; er konnte ihn so früh im Spiel nicht preisgeben. »Ich weiß es nicht.«

Rydberg starrte ihn sekundenlang an, ehe er sagte: »Ihnen glauben hieße, daß Sie sich entweder unmittelbar aus dem Äther materialisiert haben, oder daß Sie gänzlich ohne Ihr Wissen und Ihre Zustimmung irgendwie hierher versetzt wurden.«

Derec reagierte, indem er dem Robot den Gesprächsfaden aus der Hand nahm. »Ihr sagt doch, dieser David sei auch dem Anschein nach aus dem Nirgendwo aufgetaucht. Habt ihr ihn jemals gefragt, woher er stammte?«

»Ja«, sagte Euler schlicht.

»Und ihr wißt nichts über seine Herkunft«, sagte Derec und versuchte, indem er sich auf die Befragung konzentrierte, sich vom Essen abzulenken. Ihm gegenüber schluckte Katherine ihr Essen unzerkaut und spülte es mit viel Wasser herunter. »Wie war er gekleidet?«

»Er war nackt«, sagte Euler. »Und er blieb nackt.«

Die beiden Menschen tauschten einen Blick aus. Nacktheit war auf vielen Spacerwelten üblich und nichts Besonderes, aber das hiesige Klima ließ das wohl kaum zu. »Wann können wir die Leiche sehen?« fragte Derec.

»Das ist nicht möglich«, antwortete Euler.

»Warum nicht?«

»Das kann ich Ihnen nicht sagen.«

»Kannst du nicht, oder willst du nicht?« wollte Derec empört wissen.

»Ich kann und will nicht«, erwiderte Euler.

»Wie sollen wir dann die Todesursache feststellen?« fragte Katherine.

»Wenn Sie einzeln oder gemeinsam den Mord begangen haben«, sagte Euler, »ist Ihnen die Todesursache bereits bekannt.«

»Ihr habt längst über unsere Schuld entschieden«, sagte Derec mit erhobenem Zeigefinger. »Das ist weder fair noch gerecht.«

»Es gibt keine andere Möglichkeit«, sagte Rydberg.

»Wenn das Mögliche ausgeschlossen ist«, entgegnete Derec, »ist es an der Zeit, das Unmögliche zu untersuchen. Wir sind unschuldig, und ihr könnt uns nicht das Gegenteil beweisen. Daraus folgt, daß der Tod anderswie verursacht wurde.«

»Menschen können Morde begehen«, sagte Euler, während draußen ein lauter Donnerschlag erfolgte. »Menschen lügen. Sie sind die einzigen Menschen hier, und es hat einen Mord gegeben.«

»Wir sind aus dem Nirgendwo gekommen«, erwiderte Derec. »Ebenso David. Andere können gleichfalls aus dem Nirgendwo gekommen sein, andere, die ihr nicht einmal entdeckt habt. Warum sollten wir, wenn wir einen Mord begangen hätten, dableiben und uns von euch einfangen lassen?«

Die Roboter sahen einander erneut an. »Sie werfen logische Fragen auf, die beantwortet werden müssen«, sagte Euler. »Natürlich billigen wir Ihre Nachforschungen.«

»Wie können wir ohne uneingeschränkten Zugang Nachforschungen anstellen?«

»Mit all den anderen Mitteln, die Ihnen zu Gebote stehen«, sagte Rydberg, dann stand er auf. »Sind Sie mit dem Essen fertig?«

»Vorerst«, sagte Derec. »Aber morgen wollen wir richtiges Essen.«

»Wir werden uns Mühe geben«, sagte Euler und stand ebenfalls auf. »Bis dahin werden Sie hierbleiben.«

»Ich hatte vor, vielleicht noch auszugehen«, sagte Derec.

»Der Regen setzt gleich ein. Es ist zu gefährlich. Bleiben Sie um Ihrer eigenen Sicherheit willen heute nacht hier. Wir haben ermittelt, daß wir nicht sicher sein können, ob Sie uns gegenüber die Wahrheit sagen, daher lassen wir einen Robot an der Tür zurück, um sicherzugehen, daß Sie drinnen bleiben.«

»Ihr wißt nicht mit Sicherheit, ob wir ein Verbrechen begangen haben. Ihr könnt uns doch nicht wie Gefangene behandeln«, warf Katherine ein.

»Das werden wir auch keinesfalls tun«, sagte Rydberg und setzte sich in Richtung Tür in Bewegung; der Servo kam an den Tisch geschwirrt, seine Metallklauen holten Schüsseln und Teller heran und verstauten sie in seinen Eingeweiden.

»Es gibt vieles, über das wir mit euch sprechen müssen«, sagte Derec.

»Dafür ist morgen Zeit«, sagte Euler. »Wir werden zu einem festgelegten Termin ein langes Gespräch führen, bei dem viele Probleme zur Sprache kommen werden. Vorher paßt es nicht in unseren Zeitplan. Wir sind derzeit stark beschäftigt.« Die Roboter wandten sich zum Gehen.

»Erst noch ein paar Fragen«, sagte Derec und trat hastig zwischen Roboter und Tür. »Ihr behauptet, wir seien keine Gefangenen, dennoch sperrt ihr uns ein. Wie lange müssen wir hierbleiben?«

»Bis keine Gefahr mehr besteht«, sagte Rydberg.

»Wenn ihr uns irgendwann herauslaßt«, hakte Derec nach, »wie könnt ihr dann sicher sein, daß wir nicht zu fliehen versuchen?«

»Wir werden Sie sehr genau beobachten müssen«, antwortete Euler.

Damit schob der Robot Derec sanft, aber bestimmt beiseite und trat zur Tür hinaus, rasch gefolgt von dem Servo. Derec versuchte hinterherzulaufen, doch ein Vielzweckrobot in Kampfhaltung, dessen Körper mit unterschiedlichen bunten Streifen ähnlich den Farben auf der Palette eines Malers bedeckt war, versperrte ihm den Weg.

»Geh beiseite«, sagte Derec zu der Maschine.

»Es ist draußen gefährlich für Sie. Ich soll Sie drinnen festhalten, wo es sicher ist, und nicht mit Ihnen sprechen, für den Fall, daß Sie mich zu hintergehen versuchen.«

»Ich?« sagte Derec. »Hintergehen?«

Der Robot drückte auf den Türknauf, und das Paneel glitt zu. Derec wandte sich an Katherine. »Was hältst du davon?«

Sie setzte sich aufs Sofa, dann streckte sie sich aus und blickte müde drein. »Wir werden von einer Horde Roboter gefangengehalten, die niemand beaufsichtigt«, sagte sie und seufzte tief. »Der tote Mann war ein Exhibitionist, der offensichtlich alles eßbar fand. Die verlangen von uns, daß wir unsere Unschuld beweisen, lassen uns jedoch weder die Leiche sehen noch Nachforschungen anstellen.« Abrupt setzte sie sich auf, und ihre Augen verengten sich. »Derec, wir müssen hier raus.«

»Die werden uns ohne Schuldbeweise nichts antun«, erwiderte Derec. »Das liegt nicht in ihrer Natur. Wir bleiben da und bringen die Sache in Ordnung. Dann werden sie nur allzu gern bereit sein, uns loszuwerden. Außerdem hat mich dieser Ort neugierig gemacht. Wie funktioniert das alles . . . *warum* funktioniert es?«

Sie ließ sich wieder zurückfallen und starrte an die Decke. »Ich bin nicht so sicher, ob sie uns wirklich gehen lassen würden«, sagte sie mit nachdenklicher Stimme. »Ich glaube, wir sind da in was total Wahnsinniges hineingeraten. Eine Robotwelt ohne Menschen kann alle möglichen bizarren Wendungen nehmen.«

»Aber doch keine . . . wie sagtest du . . . total wahnsinnige Wendung«, entgegnete er. »Sie können nicht wahnsinnig sein; im Wahnsinn steckt keine Logik. Außerdem, wie kommst du darauf, wir wären in was hineingeraten? Wir werden schlicht und einfach aus einem Grund hierher versetzt, der noch nicht geklärt ist. Vielleicht gelingt es uns, ihn aufzustöbern, wenn wir eine Weile hierbleiben.«

»Stöbere du ruhig«, meinte sie. »Ich bin müde.«

»Also, ich nicht.« Er trat an den Balkon und spürte die steife Brise auf seinem Gesicht, während draußen das Lichterspiel weiterging. »Ich gehe heute abend aus und sehe mich ein wenig um.«

Sie erhob sich sogleich von der Couch und kam auf ihn zu. »Die haben behauptet, das sei gefährlich«, sagte sie leise und legte ihm die Hand auf den Unterarm. »Geh morgen aus.«

»Unter ihren wachsamen Augen?« fragte er, dann schüttelte er den Kopf. »Wir müssen allein losziehen, und dies ist der rechte Zeitpunkt dafür. Und ein bißchen Regen kann mir nicht schaden.«

»Bleib«, sagte sie. »Ich habe Angst.«

»Du?« Er lachte. »Angst?«

Sie entzog ihm ihre Hand. »Na gut«, brummte sie. »Geh raus und laß dich umbringen. Ich hab's sowieso satt, auf dich aufzupassen.«

»Du bist ja wütend.«

»Und du bist ein Idiot.« Sie wandte sich von ihm ab und blickte hinaus auf die prächtige Stadt, wobei ihr klar wurde, daß es ihnen allein vorbehalten war, ihre Schönheit zu würdigen. Daran war etwas unaussprechlich Trauriges. »Wie willst du an dem Türwächter vorbeikommen?«

»Wir werden seinen Rat annehmen und ihn hintergehen«, sagte Derec.

»*Wir*?«

»Wirst du mir helfen?«

Sie drehte sich um und begab sich zurück in die Wohnung. »Ich tue alles, wenn ich dich danach vom Hals habe«, sagte sie über die Schulter hinweg.

Derecs Plan war ganz einfach, aber er war nur einmal zu benutzen. Die Roboter erfaßten menschliche Doppelzüngigkeit rasch und wappneten sich mit diesem Wissen. Dies eine Mal mochte der Plan jedoch funktionieren.

Er duckte sich eng zusammengekauert hinter das Sofa. Sobald er von der Tür her nicht mehr zu sehen war, holte Kate tief Luft und versuchte sie zu öffnen — sie war verschlossen.

Sie zuckte, an Derec gewandt, die Achseln, dann brach sie in Entsetzensgeschrei aus. Eine Sekunde später glitt die Tür auf, und der Vielzweckrobot versperrte den Eingang.

»Was ist los?«

»Es geht um Derec!« schrie sie und deutete hinter sich. »Er ist vom Balkon gefallen!«

Ohne Zögern rollte der Robot ins Zimmer, bereit, ihre Geschichte auf Lügen und Arglist hin zu überprüfen. Er bewegte sich rasch in Richtung Balkon und lehnte sich weit über den Rand hinaus, um einen Blick hinaus in die Nacht zu werfen.

Derec sprang hinter der Couch hervor, eilte leise zur Tür hinaus und in den Aufzug, der ihn bis ganz nach unten trug, wo er den ersten positiven Schritt zur Aufdeckung des Geheimnisses von Robot City tat. Er war frei, doch was das hier zu bedeuten hatte, konnte er nur vermuten.

Kapitel 2

Die Flutrinne

Derec trat auf die breite Straße hinaus und eilte in die Schatten der einen halben Häuserblock entfernten Gebäude. Dort nahm er sich einige Minuten Zeit, um die Umgebung zu betrachten, die er soeben hinter sich gelassen hatte, sich Lage und Form der Bauten in der Nähe seines Turms einzuprägen. Wenn ihn sein Gefühl nicht trog und die Stadt tatsächlich nach außen wuchs, konnte es schwierig werden, den Rückweg zu finden, wenn nicht gar unmöglich. Doch darüber machte er sich nicht allzu viele Gedanken. Er fühlte sich in dieser Welt der Roboter völlig sicher und gedachte sich, falls er die Übersicht verlor, dem nächstbesten einigermaßen hochentwickelten Robot anzuvertrauen, um sich dann von ihm zurückschicken zu lassen.

Nachdem er das überlegt hatte, wandte er sich voll der Erkundung jener neuen Welt zu, auf die eine unerklärliche Vorsehung ihn verschlagen hatte. In seinem gegenwärtigen Zustand ungetrübter Unschuld und Aufnahmefähigkeit konnte Derec kaum umhin, zu glauben, daß bei seinen Wanderungen die Vorsehung die Hand im Spiel hatte. Es schien, als sei sein Gedächtnisverlust eine Art emotioneller und intellektueller Reinigung gewesen, in Gang gesetzt, um ihn auf eine Reise vorzubereiten, auf der Robot City nur Zwischenstation sein konnte. Da dies das einzige Gefühl oder Bedürfnis war, mit dem er fertig werden mußte, stürzte er sich mit allem an Genuß, Begeisterung und guter Laune hinein, was er aufbieten konnte. Katherine würde niemals seine Gefühle in dieser Hinsicht verstehen, aber Katherine hatte ja auch ein Leben, auf das sie zurückgreifen, Erinnerungen, auf die sie sich stützen konnte. Derec hatte nur dies, eine ganze Welt, die ihm gehörte, und er wollte soviel wie irgend möglich darüber in Erfahrung bringen.

Die Stadt erstreckte sich rings um ihn wie ein prachtvolles Uhrwerk. Die Formen der Gebäude, von hochragenden Türmen bis hin zu niedrigen Lagerhäusern, waren allesamt präzise und facettenreich wie gewachsene Kristalle. Noch dazu schienen die Formen ebenso im Hinblick auf ästhetischen Genuß wie auf pragmatische

Nützlichkeit gestaltet zu sein. Dieses Konzept ergab den Kern einer Theorie, die sich in Derecs Kopf herausbildete, einer Theorie, die er genauer zu untersuchen gedachte, sobald er Zeit zum Nachdenken hatte. Denn nichts existierte in einem Vakuum. Roboter wurden nicht von sich aus durch Gefühle motiviert, die auch noch verstandesmäßiger Logik zuwiderliefen. Sie mußten Gründe für ihr Handeln haben, und nach dem, was Derec zu sehen bekommen hatte, schienen all ihre Handlungen auf ein bestimmtes Ziel ausgerichtet zu sein, trotz Rydbergs Behauptung, sie seien autonom.

Der kalte Wind durchfuhr beißend seine Kleidung, der Himmel donnerte und bebte, und doch konnte er ringsum die ungestümen Aktivitäten beobachten, welche den Mechanismus von Robot City im Einklang mit dem eigenen inneren Rhythmus und Zweck in Gang hielten. Hunderte von Robotern erfüllten um ihn die Straßen, befanden sich in zielgerichteter Bewegung. Sie ignorierten ausnahmslos seine Gegenwart.

Straßen wurden gereinigt, während zugleich glanzlose Gebäude mit Sprühfarbe behandelt wurden, die Sprüher zielten wegen des rauhen Windes aus nächster Nähe — so erklärten sich wohl auch die Farbspritzer auf dem Vielzweckrobot, der die Menschen bewachte. Umgebaute Schürfwagen sausten vorbei, beladen mit zerbrochenen Geräten und Schrottmetall, ihre Scheinwerfer erhellten die Straße vor ihnen, so daß sie wie umherirrende mechanische Glühwürmchen wirkten. Einmal zog er sich in die Schatten zurück, als eine Schar von Drohnen in Begleitung eines Überwacherrobots, den er noch nicht kannte, in einem offenen Gerätewagen vorbeifuhr und ohne ihn zu bemerken sein Versteck passierte, ehe sie in der Ferne um eine Straßenecke bog und verschwand. Er dachte daran, ihnen zu folgen, entschied jedoch, zunächst bei seinen Erkundungen behutsam vorzugehen, damit er ein Gefühl für seine Welt und deren Gesetzmäßigkeiten bekam.

Die Fragen in seinem Kopf schienen kein Ende zu nehmen, und ihre Beantwortung führte nur zu neuen Fragen. Wer hatte Robot City gegründet, und warum wußten die Roboter nichts über die eigene Herkunft? Warum dieser Ort, dieser Planet? Warum eine Stadt mit menschengerechten Proportionen für eine Welt ohne Menschen? Euler hatte Robot City den perfekten Menschenort genannt — warum? Der Mord war für Derec nichts als ein kleines

Ärgernis mit großen Komplikationen. Was ihn wirklich interessierte, war die Motivation, die hinter der Stadt selbst stand.

Das schlechte Essen warf eine Unzahl weiterer Fragen auf. Die Roboter der Spacer waren einzig und allein als mechanische Hilfskräfte menschlicher Herren gebaut. Sie *wußten*, wie Menschen auf Nahrung reagierten. Die Roboter hier verfügten über menschliches Grundwissen, und die Gesetze der Robotik als Kern waren jedoch in bezug auf spezifische, konditionierte Reaktionen auf Menschen unwissend geblieben. Es hatte beinahe den Anschein, als seien sie auf gleichberechtigte Partnerschaft mit den Menschen hin entworfen anstatt auf ein Herr-Knecht-Verhältnis, als erforschten sie ihre Beziehung zu dem Tier namens Mensch. Für Derec war das ein schwindelerregendes Konzept, eines, über das er jedenfalls noch genauer würde nachdenken müssen.

Und schließlich der Tote. Wie paßte er ins Bild . . . und warum? Derecs leeres Bewußtsein sog alles, was ihn umgab, auf wie ein Schwamm, unbelastet von der Einmischung vergangener Gedanken und Gefühle, die seine Wahrnehmung hätten beeinträchtigen können. Seinem Blick für Details entging nichts, vor allem nicht Katherines Reaktion, als sie Euler den Namen des Mannes sagen hörte — David.

Was konnte das zu bedeuten haben? Er war buchstäblich über Katherine gestolpert, dennoch schien sie ein unverzichtbarer Bestandteil des Rätsels zu sein. Welche Rolle spielte sie? Wieder einmal schien das Schicksal den Gang der Dinge zu bestimmen — ein Platz für alles, alles an seinem Platz. Er war wie ein Blinder mit einem Puzzlespiel, der sich vorantastete und ohne Sehvermögen nach Verbindungen suchte. Er konnte nicht anders, als das Mädchen gernzuhaben, und fühlte sich auf eine Weise körperlich zu ihm hingezogen, die er auf keinen Fall zu verdrängen wünschte; dennoch wurde er das Gefühl nicht los, daß sie wesentlich daran beteiligt war, seine wahre Identität und seinen Lebenszweck verborgen zu halten. Und wieder die ewige Frage — warum?

Er ging weiter die Straße entlang. Die Gebäude waren schön, doch auch nichtssagend, ohne besondere, eindeutige Merkmale. Er erkannte die Lagerhäuser daran, daß dort Ersatzteile angeliefert und abgeholt wurden, doch alles andere schien ohne Nutzen zu sein. Falls er ein Verwaltungsgebäude entdeckte, konnte er versuchen, sich ein Terminal zu greifen und seine eigenen Nachforschungen anzustellen. Die Pyramide, wo er und Katherine aufgetaucht waren, jener Ort, den die Roboter Kompaßturm nannten, machte auf ihn den Eindruck von Solidität. Auch wenn er der Punkt zu sein schien, um den sich alles drehte, war er noch nicht soweit, dorthin zurückzukehren.

Die Roboter auf der Straße ignorierten ihn, als er in ihre Mitte trat. Sie schienen es irgendwie eilig zu haben, was er nicht verstand. Er hielt einen Vielzweckrobot ähnlich dem auf, an dem er sich droben in der Wohnung vorbeigeschlichen hatte, nur daß dieser riesige Schaufeln als Hände besaß.

»Kannst du sprechen?« erkundigte er sich.

»Ja, sicher«, antwortete der Robot.

»Ich bin auf der Suche nach dem Verwaltungsgebäude.«

»Ich glaube nicht, daß wir hier eines haben.«

»Wo finde ich das nächste Computerterminal?«

»Tut mir leid, das kann ich nicht sagen.«

Derec seufzte. Ausflüchte. Schon wieder. »Warum kannst du es mir nicht sagen?«

»Wenn ich es Ihnen sagen würde, wüßten Sie alles.«

»Alles wovon?«

»Von der Sache, über die ich nicht sprechen kann. Wenn Sie wollen, können Sie hierbleiben, dann wende ich mich an einen Überwacher und lasse ihn herkommen, um Sie zu finden.«

»Nein, danke«, erwiderte Derec, und der Robot wandte sich zum Gehen. »Heh, warum so eilig?«

»Der Regen«, sagte der Vielzweckrobot und wies gen Himmel. »Der Regen kommt. Sie sollten sich in einen Schutzraum begeben.« Der Robot drehte sich um und eilte fort, wobei sein kastenförmiger Rumpf im Davonrollen hin und her schwankte.

»Was ist mit dem Regen!?« schrie Derec ihm nach, doch seine Worte verloren sich in einem plötzlichen Windstoß.

Er beobachtete einen Moment lang die Gestalt des Robots, als ihm klar wurde, daß die Straße, die er entlanggekommen war, auf einmal anders aussah als kurz zuvor. Der gesamte Häuserblock samt Straße und allem anderen schien sich verschoben zu haben, so daß alles, was einmal gerade gewesen war, nun im Bogen verlief. Ein hoher vierflächiger Bau, den er als Bezugspunkt benutzt hatte, war gänzlich verschwunden. Zehn Minuten auf der Straße, und schon hatte er sich verirrt.

Er eilte weiter, denn der Wind war nun noch kälter, noch intensiver. Wenn dies so eine perfekte Menschenwelt war, wieso kam ihm dann das Wetter so mies vor?

Er erreichte eine Straßenecke ohne Kennzeichnung und fand sich auf der Straße wieder, die er von der Parade her kannte. Sie war besonders breit, und in ihrer Mitte verlief ein breiter Kanal.

Er trat an den Rand des Kanals und starrte hinab in das dunkle, strömende Wasser, das ihn zu nicht mehr als einem Viertel füllte. Woher kam dieses Wasser? Wo floß es hin? War Robot City wegen des Wassers hier errichtet worden, oder hatte das Wasser irgendwie mit den Bauarbeiten zu tun?

Es rauschte vorbei, dunkel und unergründlich, ähnlich dem Problem von Derecs Vergangenheit, und vielleicht auch seiner Zukunft. Allerdings konnte er sich über das Wasser Klarheit verschaffen. Er konnte es zu seinem Ursprung zurückverfolgen; er konnte ihm zu seinem Ziel folgen. Er konnte *Wissen* erwerben. Der Gedanke machte ihm Mut, denn mit seinem Leben konnte er ebenso verfahren. Wenn er akzeptierte, daß ihn sein Schicksal, nicht der Zufall, an diesen unmöglichen Ort geführt hatte, folgte daraus, daß sich die Quelle seines Schicksals vermittels der Stadt selbst aufspüren ließ.

Wenn er ihnen richtig nachging, konnte er die Ursprünge der Stadt entdecken, und damit seine eigenen. Das kam ihm außerordentlich logisch vor, denn er wurde den Gedanken nicht los, daß er und Robot City unauflöslich miteinander verbunden waren, physisch, emotional und möglicherweise metaphysisch.

Falls seine Suche zu nichts führte, konnte er sich und sein unausgefülltes Bewußtsein wenigstens damit ablenken. Er würde mit dem Wasser anfangen — es von der Quelle bis zur Mündung verfolgen, das mit ihm verbundene Warum ergründen. Er würde sich mit den Robotern beschäftigen, würde feststellen, was ihnen an Wissen fehlte, was sie ihm zu sagen bereit waren und was er nebenbei aus ihnen herausholen konnte. Und dann Katherine. Er würde sie freundlich, aber als Widersacherin behandeln und all die wenigen Schliche und Tücken anwenden müssen, die ihm zur Verfügung standen, um Klarheit über ihre Rolle in diesem Spiel zu gewinnen.

Unter ihm plätscherte das Wasser, als sei ein großer Stein hineingeworfen worden. Er blickte sich um, sah jedoch nichts außer den sanft schimmernden Gebäuden und den fernen Robotern, die ihren unbekannten Geschäften nachgingen.

Wieder plätscherte das Wasser, diesmal weiter unten im Kanal, dann wieder nahe dem ersten Auftreten. Er drehte sich um und blickte in diese Richtung, als ein eisiger Wassertropfen auf seine Schulter fiel.

Tropfen war kaum der richtige Ausdruck. Was ihn getroffen hatte, glich eher dem Inhalt eines Wasserglases. Der Ärmel seiner Montur war durchnäßt, seine Schulter kalt. Wasser spritzte neben ihm auf die Straße, ein Tropfen, der größer war als eine geballte Faust, und hinterließ einen nassen Ring.

Derec blieb etwa eine Sekunde, um sich darüber klarzuwerden, was passierte, um zu erkennen, was ein schweres Gewitter bedeuten konnte, ehe die Flut über ihn hereinbrach.

Mit einer Gewalt, die ihn beinahe umwarf, fiel der Regen in dichten Strömen auf ihn herab und nahm ihm augenblicklich die Sicht. Ihm war kalt, eiskalt; der Regen drosch unbarmherzig auf ihn ein, und sein Geräusch klang wie ein hohles Dröhnen in seinen Ohren.

Er nahm die Arme hoch, um seinen Kopf zu schützen, während der eiskalte Guß Schultern und Rücken gefühllos machte. Er mußte sich rasch unterstellen, aber er war hinter dem Regenvorhang, der ihn rings umgab, bereits vom Kurs abgekommen.

Behutsam setzte er einen Fuß vor, in der Hoffnung, zu den Gebäuden gegenüber dem Kanal unterwegs zu sein. Wenn er in die falsche Richtung ging, würde er in den Kanal fallen und in den tosenden Wassern verloren sein.

Er kam langsam voran, als er sich, immer noch gebückt, in den Schutz der Gebäude vortastete. Es erschien ihm, als müßte er sie längst erreicht haben — sie konnten nicht mehr als zehn Meter entfernt gewesen sein —, und war immer noch nicht dort. Konnte es sein, daß er sich in die falsche Richtung gewandt hatte und sich schlicht die Straße entlang bewegte?

Es fiel ihm immer schwerer, das Gleichgewicht zu halten. Das Wasser auf der Straße reichte ihm bis an die Knöchel und floß rasch in Gegenrichtung ab. Er stolperte und ging in die Knie, schaffte es jedoch, sich wieder aufzurichten. Seine Kleidung war nun ganz durchnäßt und hing wie ein Eiszapfen an seinem Körper. Jeder Schritt war eine Qual.

»Die perfekte Welt«, murrte er, und ein dünnes Lächeln umspielte trotz seiner mißlichen Lage seine Lippen.

Gerade, als er seine gegenwärtige Richtung aufgeben und aufs Geratewohl eine andere einschlagen wollte, begann vor seinen Augen ein Gebäude Gestalt anzunehmen. Noch wenige unsichere Schritte, dann war er plötzlich aus dem Regen heraus, stand unter einer Art Vordach, das über die Fassade hinausragte.

Er wischte sich mit einer Hand das Wasser aus dem Gesicht, dann schlang er zitternd gegen die kalte Nässe die Arme um sich und zog Bilanz. Der Überhang bot nur bis etwa einen Meter vom Gebäude entfernt Schutz und erstreckte sich von dort aus, wo er stand, ungefähr drei Meter in beide Richtungen.

Jenseits des Vordachs konnte er nichts erkennen. Das herabrauschende Wasser war undurchdringlich. Bei der Gebäudefassade erging es ihm nicht besser. Sie war völlig kahl, ohne Türen und Fenster. Doch als er sie berührte, fühlte sie sich seltsamerweise warm an, im Gegensatz zur Kühle der Luft. Er saß in einer ein Meter breiten und fünf Meter langen Welt fest. Das Wasser am Boden war ihm von den Knöcheln bis an die Waden gestiegen, und der Sog zerrte ununterbrochen an ihm.

Er stand mehrere Minuten frierend und zähneklappernd da und verfluchte sein Schicksal, das ihn in diese Hölle geführt hatte. Seine Benommenheit und Melancholie wandelte sich unvermeidlich alsbald in Wut.

»Verdammt!« schrie er, ohne zu wissen, auf wen oder was sich dieser Fluch bezog. »Warum ich?«

In seiner Verzweiflung wandte er sich der Mauer zu. Mit geballten Fäusten hämmerte er wie wild dagegen und — seine Hände versanken darin!

»Aaaahh!«

Er schrie überrascht auf, sprang instinktiv zurück.

Das Wasser, das sich vom Vordach ergoß, traf ihn ins Gesicht, und als er ihm auszuweichen versuchte, brachte ihn der Sog am Boden zu Fall.

Er ging unter, kam um Atem ringend hoch. Doch er hatte die Balance verloren und war in der Strömung gefangen. Sie begann ihn auf die andere Straßenseite zu zerren; die gesamte Straße schien sich zum Kanal zu neigen. Jeder Versuch, wieder auf die Beine zu kommen, war nun zum Scheitern verurteilt. Den Kopf über Wasser zu halten, hatte absoluten Vorrang. Es galt nur noch, am Leben zu bleiben.

Er spürte, wie er über den Rand des Kanals gespült wurde und in seine tosenden Wasser stürzte. Er tauchte hinab, ohne den Boden zu berühren, dann kam er völlig benommen und würgend wieder hoch, während die schnelle Strömung ihn davontrug, an ihm zerrte, ihn immer wieder hinabsog.

Er hatte den Mündungspunkt des Wassers sehen wollen. Nun würde er ihn bald zu sehen bekommen — wenn er lange genug lebte.

Katherine stand mit Euler an der Balkontür und starrte hinaus auf die gänzlich undurchsichtige Wasserwand, die ihr die Illusion vermittelte, Robot City existiere gar nicht wirklich, sondern sei das Trugbild eines hyperaktiven Gehirns. Der Regen rauschte in nicht enden wollenden Strömen herab, Regen, wie sie ihn noch nie gesehen oder für möglich gehalten hatte. Er machte ihr angst, eine Angst, die beinahe die Wut über ihre mißliche Lage auslöschte. Beinahe.

»Warum ist er hinausgegangen?« fragte Euler.

»Hab ich dir doch schon gesagt«, erwiderte sie, wandte sich von dem unglaublichen Platzregen ab und begab sich zurück in die Wohnung. »Er wollte die Stadt sehen.«

»Wir haben ihm doch mitgeteilt, wie gefährlich das ist.«

Katherine setzte sich auf die Couch und verschränkte die Arme. Sollte doch ein Schwarzes Loch Derec *und* seine Roboter verschlingen, ihr wäre es recht. »Entweder hat er euch nicht geglaubt, oder es war ihm egal«, sagte sie. »Warum stehst du hier rum und stellst immer die gleichen Fragen, wenn du längst dort draußen nach ihm suchen könntest?«

Rydberg kam aus dem Schlafzimmer, das er offenbar durchsucht hatte, für den Fall, daß Katherine log. »Es wird alles getan, was getan werden kann«, sagte er. »Wir verstehen, daß Sie sich Sorgen machen. Unsere Sorge ist ebenso groß wie die Ihre.«

»Ich mache mir keine Sorgen«, sagte sie. »Mich kümmert gar nichts.«

Die Roboter tauschten Blicke aus. »Sie machen sich keine Sorgen über den möglichen Verlust eines Menschenlebens?« fragte Euler.

Katherine sprang von der Couch auf. »Meint ihr damit, er könnte vielleicht . . .?«

»Tot sein?« half Rydberg nach. »Natürlich. Wir haben Sie doch vor der Gefahr gewarnt.«

Zum fünfzigstenmal seit Derecs Abgang eilte sie zur Balkontür und starrte auf die glatte Wasserwand. Er war seit Stunden fort, viel länger, als er vorgehabt hatte. Wenn ihm nun etwas passiert war . . .

»Warum ist er hinausgegangen?« fragte Euler neben ihr.

»Schon wieder!« sagte sie mit erhobener Stimme. »Die gleiche Frage. Warum fragst du mich das immer wieder?«

»Weil wir es nicht verstehen«, sagte Rydberg und gesellte sich zu ihnen. »Sie wissen doch, daß Roboter nicht lügen.«

»Ja«, antwortete sie.

»Warum hat er dann sein Leben riskiert, obwohl wir gesagt hatten, es sei gefährlich?« wollte Euler wissen.

»Erstmal könnte es sein, daß seine Definition von Gefahr sich von der euren unterscheidet«, sagte sie. »Aber davon abgesehen war sein Bedürfnis, mehr über eure verrückte Stadt zu wissen, stärker als seine Angst vor der Gefahr.«

»Sie meinen also«, sagte Euler, »er könnte nur um der Neugier willen bewußt sein Leben aufs Spiel gesetzt haben?«

»So ähnlich.«

»Erstaunlich.«

»Nun will ich euch mal was fragen«, sagte sie und bohrte den Zeigefinger in Eulers Brustsensoren. »Wenn ihr so sehr darauf erpicht seid, daß hier Leute wohnen, warum habt ihr denn einen Ort mit derart gefährlichem Klima ausgesucht?«

Rydberg schien zu zögern, als müsse die Antwort, die zu geben er sich anschickte, zunächst auf eine innere Waagschale gelegt werden. »Das Wetter ist nicht von Natur aus so«, sagte er schließlich.

»Von Natur aus«, wiederholte sie das Schlüsselwort. »Soll das heißen, daß sich irgend etwas nachteilig auf das Wetter ausgewirkt hat?«

»Ja«, sagte Euler.

»Was?« fragte sie.

»Das können wir Ihnen nicht sagen«, verkündete Rydberg und entfernte sich, um unter die Couch zu spähen.

»Wird es bald aufhören?« fragte Kate.

»Vermutlich im Laufe der nächsten Stunde«, sagte Euler. »Dann können wir eine ausgedehnte Suche nach Freund Derec durchführen.«

Katherine kam ein Gedanke. Sie wollte ihn verdrängen, doch es gelang ihr nicht. »Ist das die Art und Weise, wie der andere Mann . . . David gestorben ist?«

»Er mag die Regenfälle verursacht haben«, sagte Euler, »aber er ist nicht durch sie gestorben.«

»Das verstehe ich nicht.«

»Es ist für Menschen schon recht spät«, sagte Rydberg und wandte sich in Richtung Tür. »Sie müssen jetzt schlafen, sonst laufen Sie Gefahr, Ihre Gesundheit zu schädigen.«

Mit diesen Worten traten die beiden Überwacher geräuschlos auf den Flur hinaus, und die Tür glitt hinter ihnen zu.

Katherine war allein, bis auf den Robot, der draußen Wache hielt. Sie ging zur Couch und rollte sich darauf zusammen. »O David«, schluchzte sie in den Ärmel ihres Pullovers. »Warum mußte das passieren?«

Kapitel 3

Die Strangpresse

Derec trudelte einem Korken gleich in einem Abflußgraben durch den Kanal. Sein Körper war gefühllos, er hatte weder seine Sinne noch sein Schicksal unter Kontrolle. Das Wasser toste in seinen Ohren, während sich seine gesamte Existenz um den simplen Versuch drehte, den Kopf über Wasser zu halten — auf etwas anderes kam es nicht an. Er empfand nicht etwa Angst, dazu war keine Zeit, und jedes Sehnen, sein Leben Revue passieren zu lassen, mußte unerfüllt bleiben, da er kein Leben hatte, auf das er sich rückbesinnen konnte. Es gab nur das Wasser und die betäubende Kälte — und die allgegenwärtige Gesellschaft des Todes.

Er mochte eine Minute oder eine Ewigkeit so dahingetrieben sein— er war nicht mehr fähig, die Zeit zu schätzen —, doch als er sich plötzlich in der Luft im freien Fall wiederfand, paßte sein Gehirn sich der neuen Realität an und begann zu fragen.

Er fiel, umgeben von einem heißen, feuchten Wind. Blasses Licht schien ihn einzuhüllen, aber noch ehe er Gelegenheit hatte, es genauer wahrzunehmen, versank er in heißem Wasser.

Durch sein stoßartiges Atmen hatte er Wasser geschluckt, und als er wie ein Korken wieder an die Oberfläche schoß, würgte und hustete er, und in seinem Kopf hämmerte es im Gleichklang mit seinem Herzschlag. Er geriet in Panik, dann beherrschte er sich mit aller Gewalt, als er feststellte, daß er sich in stehendem und nicht mehr in fließendem Wasser befand.

Wassertretend stellte er dankbar fest, daß sein früheres Leben ihn mit dem lebensrettenden Vorteil von Schwimmunterricht versehen hatte. Er verlagerte das Gleichgewicht nach hinten und trieb auf dem Rücken, während kleine Strudel ihn hierhin und dorthin zerrten. Sein Körper schmerzte höllisch von den Strapazen, die er im Kanal durchgemacht hatte; seine Kraft war verzehrt.

Über ihm befand sich eine Art Gewölbedecke, die von winzigen Lichtern schwach erhellt wurde. Das Rauschen von Wasserfällen erfüllte die Höhlung. Er wandte den Kopf zur Seite, um sich seine Umgebung zu betrachten.

Er befand sich hundert Meter vom Rand eines großen quadratischen Beckens mit etwa tausend Metern Seitenlänge. Rote, in regelmäßigen Abständen angeordnete Lampen tauchten den gesamten Bereich in gespentisch glühendes Licht. In der Mitte einer jeden Beckenseite befanden sich Zuflüsse, insgesamt vier, deren Kaskaden im rötlichen Dunst wie verlöschende Pulsare schimmerten. Diese vier Zuflüsse erzeugten den unglaublichen Lärm, der in seinem Kopf mahlte und sich in dem ringsum begrenzten Raum immer wieder brach.

Wo war er? An einer Art Sammelpunkt, in einem Reservoir vielleicht. Jede Stadt benötigte eine Wasserzufuhr. Diese hier war vermutlich mit einer Filteranlage verbunden, dazu gedacht, eine menschliche Bevölkerung zu versorgen, die es hier nicht gab. Das bekräftigte nur Derecs frühere Vermutung, daß es sich nicht um eine ausschließlich für Roboter erbaute Stadt handelte. Was hier vorging, war ernst gemeinte Kolonisierung.

Und noch etwas wurde ihm klar. Das Reservoir hatte ihm das Leben gerettet. Er hatte während seiner wilden Fahrt den Kanal entlang erste Symptome von Unterkühlung gehabt, doch das heiße Wasser des Reservoirs taute ihn wieder auf.

Warum heißes Wasser? Das Wasser hatte eine eindeutig höhere Temperatur als der menschliche Körper, um acht bis zehn Grad. Unglaublich heiße Winde wehten durch das Gewölbe und wetteiferten in puncto Lautstärke mit den tosenden Wassern der Zuflüsse. Die lindernde Wärme und die Möglichkeit, sich auszuruhen, hatten bereits begonnen, ihn einzulullen, und ihm wurde klar, daß er, wenn er nicht aufpaßte, am anderen Ende des physischen Spektrums landen konnte, bei Überhitzung, Unterkühlung oder Überhitzung, das Ergebnis war immer das gleiche. Er mußte aus dem Wasser heraus, sonst lief er Gefahr, sein Herz zu überlasten.

Immer noch auf dem Rücken treibend, ruderte er leicht mit den Beinen und setzte sich mit Hilfe von Armstößen in Bewegung. Am gegenüberliegenden Ende des Reservoirs glaubte er Roboter ausgemacht zu haben, aber er hatte nicht die Kraft, so weit zu schwimmen. Ohne eine Ahnung, wohin er sich wenden sollte, bewegte er sich einfach dorthin, wo der Rand am nächsten war. Allerdings war dieses Unterfangen zeitraubend, denn die Zuflüsse erzeugten ihre eigenen Strudel.

Er schwamm langsam, aber entschlossen, nutzte die Zeit, den Zustand seines Körpers zu überprüfen. Er war auf seiner wilden Fahrt durch den Kanal hart herangenommen worden, doch abgesehen von einigen Prellungen hatte er offenbar keine Verletzungen davongetragen.

Als er dem Rand des Beckens näherkam, konnte er sehen, daß die Ströme aus den Zuflüssen sich erheblich verlangsamt hatten, was ihn zu der Spekulation veranlaßte, daß draußen der Regen aufgehört hatte. Außerdem begann ein verschwommener Lichtschein bis in die dunklen Ecken des überdachten Beckens zu dringen, und er erkannte, daß der Tag angebrochen war.

Endlich erreichte er den Beckenrand, der aus demselben Material gefertigt war wie die übrige Stadt. In regelmäßigen Abständen waren dort metallene Leitern angebracht, und er glitt auf die nächstgelegene zu, um seinen Ausstieg in Angriff zu nehmen.

Das Wasser befand sich kaum drei Meter unterhalb des oberen Randes, ein Glück, denn sobald Derec sich an den Aufstieg machte, merkte er, daß er nicht gut vorankam. Sein Körper, der im Wasser so leicht gewesen war, fühlte sich tonnenschwer an. Der emotionale Streß, die Strapazen des Kanals und das überhitzte Wasser des Beckens, all das übte seine Wirkung auf den Körper aus. Er schleppte sich langsam die Leiter hinauf, dann rollte er keuchend auf den Beckenrand und blieb dort liegen.

Er schloß die Augen, nur für eine Minute — und schlief ein. Er wußte nicht, wie lange er geschlafen hatte, doch als er erwachte, geschah das ruckartig. Ein lautes Grollen bestürmte seine Ohren. Er setzte sich rasch auf, sah sich nach allen Seiten um und sah ein großes Gefährt, dessen Maschinengeräusche durch die höhlenartige Umgebung zu einem Dröhnen verstärkt wurden, um das Becken herum auf sich zukommen.

Aufzustehen bedeutete ein Problem, denn Derec fühlte sich immer noch schwach. Aber er erhob sich mit zittrigen Beinen und wandte sich in Richtung der erhellten Bereiche jenseits des Reservoirs. Solange er noch auf freiem Fuß war, wollte er soviel sehen, wie er konnte. Denn diesmal würden die Roboter ihn nicht mehr so schnell aus den Augen lassen.

Während er auf das Licht zuging, kam er an offenen Gruben vorbei, die voller Wasserleitungen waren. Die riesigen Rohre waren verschlungen wie verknotete Taue und schienen sich zu bewegen, sich zu winden, wie eine Schlangengrube —beinahe so, als lebten sie. Er überquerte diese Einschnitte mit Hilfe geländerbewehrter Stege, die sich bei seiner Annäherung einfach aus den Rändern der Gruben vorschoben und — wie Kristalle — vor seinen Augen zu wachsen schienen.

Im Anschluß an die Gruben kam er an mehreren niedrigen Gebäuden vorbei, in denen, wie er annahm, die eigentliche Wasserreinigung stattfand. Drohnenroboter gingen in diesen Einrichtungen flink ein und aus, transportierten hauptsächlich Maschinenteile. Derec spielte kurz mit dem Gedanken, eines dieser Gebäude zu betreten, um nach einem Terminal zu suchen, doch das Fahrzeug, das immer noch auf ihn zukam, veranlaßte ihn, seine Meinung zu ändern.

»MENSCH!« ertönte eine Stimme über Lautsprecher. »SIE SIND AUFGEFORDERT, SOFORT STEHENZUBLEIBEN. SIE VERSTOSSEN GEGEN DAS GESETZ, WENN SIE WEITERGEHEN.«

Er drehte sich nach der Stimme um. Sie kam aus dem robotgesteuerten Gefährt, das rasch zu ihm aufholte. Es war Zeit zum Aufbruch!

Er rannte an den Bauten vorbei auf die schimmernden Lichtwände zu, die sich gleich dahinter befanden.

»MENSCH!« wiederholte die Lautsprecherstimme.

Er eilte mit schweren Beinen auf die Wand zu. Sie schien in ihrer Gesamtheit erleuchtet zu sein und umschloß rundum das Reservoir. Sie war durchscheinend wie ein Duschvorhang, und er erkannte, daß sie einfach so dünn war, daß das Licht von draußen durchsickerte. Er drückte dagegen, aber sie fühlte sich hart an. Er drückte fester, und sie gab unter seiner Hand nach wie die Wand in der vergangenen Nacht.

In diesem Augenblick sah er, wie ein Drohnenroboter zwanzig Meter von ihm entfernt auf die Wand zuging und einfach hindurchtrat. Er hastete dorthin, während die Roboter in dem Gefährt rapide aufholten. Er blieb an der bewußten Stelle stehen, ohne einen Durchgang zu entdecken, doch als er die Hände hob, um sie dagegenzupressen, glitt die Wand auseinander, und er trat hinaus ins Tageslicht.

Es war ein schöner, windstiller Morgen, ohne jeden Hinweis auf die Sintflut, die am vergangenen Abend niedergegangen war. Die Sonne stand noch niedrig am Himmel, aber in Robot City herrschten Leben und Betriebsamkeit.

Er befand sich hier im Herzen der Stadt, an jenem Mittelpunkt, um den sich das Rad der Stadt drehte. Er konnte den Kanal, der ihn hergeführt hatte, wie eine Speiche durch die Stadt schneiden sehen, und er entdeckte andere Kanäle, andere Speichen im Rad der Stadt. Von nun an hießen die Gebiete zwischen den Speichen bei ihm Quadranten.

Roboter eilten in großer Zahl durch die Straßen, immer irgendwohin unterwegs, immer mit irgendwelchen Aufträgen beschäftigt. Viele von ihnen verschwanden im Wasserwerk.

Er bewegte sich ein Stück von seinem Austrittspunkt weg, dann sah er sich nach dem Reservoir um und war schockiert, dort einen Wald vorzufinden! Dann wurde ihm klar, daß der Wald oberhalb des Reservoirs angelegt war, daß dieses Stück Land zweifach genutzt wurde. Aber warum ein Wald? Doch bestimmt nicht für die Roboter.

Aus dem Augenwinkel bemerkte er, wie das große geräderte Fahrzeug, das ihn im Reservoir verfolgt hatte, durch den Austrittspunkt ins Freie rollte. Er blickte in Richtung Stadt, dann hinauf zum Wald. Im zufallsbedingten Chaos konnte er entkommen.

Er rannte wieder auf das riesige Reservoirgebäude zu und machte sich darauf gefaßt, eine der Verstrebungen zu erklettern, die den äußeren Rand des Waldes stützten. Doch sobald er die Stelle erreicht hatte und Hand an die gebogene Strebe legte, schien sie zu schmelzen und verwandelte sich in eine sanft ansteigende Treppe.

Er eilte ohne Zögern die Stufen empor und betrat den Wald. Der Boden war feucht und schwammartig, bedeckte seine durchnäßten Schuhe mit Schlamm. Die Bäume waren klein, in vielen Fällen kleiner als das Unterholz, das dicht um sie herumwuchs. Dunst schien den gesamten Wald zu durchdringen, und je weiter er vordrang, desto dunstiger wurde es.

Derec war kein Experte in Sachen Vegetation, doch er nahm an, daß die Bäume allesamt über viele Generationen hinweg mit jenen Bäumen verwandt waren, die einst auf der Erde wuchsen. Obwohl die Spacer jede Verbindung mit dem Planeten ihrer Vorfahren leugneten, bestanden sie darauf, Vegetation und tierisches Leben von der Erde auf jedem Planeten einzuführen, den sie besiedelten. Er hatte keine Ahnung, wo er diese Information herhatte; die flüchtigen Einblicke in sein früheres Bewußtsein konnten einen in ihrer Unvollständigkeit rasend machen.

Er wanderte durch den Wald, drang durch den Dunst vor, bekam es in dieser ungezähmten Umgebung ein wenig mit der Angst zu tun. Und er wußte, daß die Gefühle, die ihn durchströmten, die eines Spacers waren. Er hatte nichts für den Wald übrig; er sehnte sich nach der Ordnung der Stadt. Aber für einen Menschen war das normal. Ungezähmt, aber räumlich begrenzt, ästhetisch ansprechend, ohne unkontrollierbar zu sein: Dieser Ort existierte um der Ästhetik willen — menschlicher Ästhetik.

Sein Fuß stieß gegen etwas Hartes, Unnachgiebiges, und er stolperte, landete unsanft auf dem weichen Boden, war von oben bis unten mit Schlamm bespritzt. Er drehte sich nach dem Ding um, das seinen Sturz verursacht hatte, und fand einen kleinen Rohrabschnitt, der aus dem Boden ragte. Aus dem Rohr quoll ein nebelartiger Dunst, jener Dunst, der die gesamte Gegend erfüllte, und Derec begann den übergreifenden Plan zu erkennen, der hier am Werk war.

Er stand auf, duckte sich jedoch sogleich, als er kaum fünf Meter von sich entfernt einen beweglichen Schatten sah. Es handelte sich um einen der Roboter. Er horchte und nahm wahr, wie die anderen ringsum durch die Büsche stampften. Sie riegelten nach und nach die gesamte Gegend ab, kesselten ihn ein.

Er holte tief Luft, dann rollte er sich am Boden zusammen und lauschte, während sie näherkamen. Der Wald war über dem Reservoir angelegt, so daß das Kondenswasser von unten in die Bäume eindringen und die Wurzeln direkt nähren konnte. Der Dunst war vermutlich Kohlendioxidgas, das ebenfalls den Wald ernährte und Gesundheit und Wachstum förderte. Wo kam das CO_2 her? Vielleicht war es ein Nebenprodukt industrieller Prozesse, was auch die Hitze im Innern des Reservoirs erklären würde. Die Anlage war ausgeklügelt und hochzivilisiert, eine Stadt, die um ihre ökologischen Bedürfnisse herum gebaut war. War das wirklich alles von Robotern erdacht?

Ein metallener Fuß rasselte auf Armeslänge neben ihm nieder. Er unterdrückte das Bedürfnis, sich aufzurichten und frische Luft zu atmen. Sekunden später ging der Robot weiter.

Als er hörte, daß der Suchtrupp an ihm vorbei war, sprang er auf und rannte zurück in die Richtung, aus der er gekommen war. Die Roboter waren viel schneller und stärker als er, deshalb würde er sich zunächst beeilen müssen.

Er erreichte den Waldrand nach wenigen Minuten und eilte an die Stelle, wo er heraufgeklettert war. Die Strebe hatte sich wieder verfestigt, die Stufen waren nirgends zu entdecken. Er spähte über den Rand hinaus. Es waren zehn Meter bis zum Boden; springen kam nicht in Frage.

»Heh, Derec!« erklang hinter ihm eine Robotstimme. »Bleiben Sie sofort stehen! Stehenbleiben!«

Er setzte sich auf den Boden und ließ die Beine über den Rand der Strebe baumeln. Wie durch ein Wunder bildeten sich wieder die Stufen heraus. Er rannte hinab, als soeben mehrere Roboter den Waldrand erreichten und ihn zum Stehenbleiben aufforderten.

Inmitten des Gewirrs bei der Wasserreinigungsanlage entdeckte er einen abfahrbereiten großen Pritschenwagen, beladen mit Gegenständen, die wie reparaturbedürftige Computer aussahen. Die letzten paar Schritte legte er in Sprüngen zurück und stürmte auf die Maschine zu, während die Roboter hinter ihm bereits den Fuß der Treppe erreichten.

Der Lastwagen fuhr an, ehe er ihn erreicht hatte, aber er holte ihn mit einem Spurt ein und sprang hinten auf die Ladefläche. Eine kleine runde Drohne von der Größe seines Kopfes piepste ihn zwischen den zerbrochenen Computern hervor an.

Katherine stand am Waschbecken, sah zu, wie das lauwarme Wasser aus dem Hahn floß, und fragte sich, wie es möglich war, in einer Stadt, die niemals stillstand, Leitungen zu verlegen. Sie spritzte sich Wasser ins Gesicht, dann starrte sie in den kleinen Spiegel, der über dem Becken eingelassen war. Ihre Augen waren verquollen und dunkel, kündeten von ihrer Schlaflosigkeit, doch ihr Gesicht wirkte gelassen, bemerkenswert gelassen, wenn man das Entsetzen bedachte, das sie beinahe die ganze Nacht über beherrscht hatte.

Er war fort, wahrscheinlich tot, und sie war allein auf dieser verrückten Welt. Während David/Derec, wie immer er auch genannt werden wollte, diesen Ort immer nur als Möglichkeit für ein Abenteuer betrachtet hatte, war es für sie nichts anderes als ein Gefängnis. Für jeden, der in einem Spacerhafen gestrandet war, würde der Zugang zu einer Funkanlage erste Priorität haben, um Suchtrupps und die besorgten daheim Wartenden zu informieren; doch die Roboter schienen Bedenken zu haben — nein, Ausflüchte zu machen —, wenn es zum Thema Kommunikation kam. Das ängstigte sie mehr als alles andere, was hier vorging.

»Haben Sie gut geschlafen?«

Sie erschrak bei diesem Geräusch, drehte sich rasch um und sah Rydberg, dessen Lautsprecher schwache statische Geräusche produzierte, an der Tür stehen.

»Ich hab' dich nicht eingeladen, hier reinzukommen!« sagte sie wütend und voller Verzweiflung. »Raus! Augenblicklich!«

Der Robot drehte sich wortlos um und verschwand aus der Türöffnung, worauf Katherine ihm hinaus in den kleinen Vorraum folgte.

»Was willst du?« fragte sie. »Habt ihr irgendwas . . . Neues über Derec gehört?«

Rydberg wandte sich ihr zu. »Ich hatte nicht die Absicht, in Ihre Privatsphäre einzudringen«, sagte er. »Bitte nehmen Sie meine Entschuldigung an. Ich habe Ihnen Essen gebracht.«

»Ich habe keinen Hunger.«

Rydberg starrte sie nur an.

»Habt ihr was von Derec erfahren?« fragte sie erneut, diesmal mit leiser Stimme.

»Ja«, entgegnete der Robot. »Er wurde vor kaum drei Dekaden gesichtet, ist jedoch fortgerannt, als ihn einer unserer Überwacher angerufen hat.«

Sie klatschte in die Hände. »Demnach ist er am Leben!«

»Anscheinend. Warum ist er nur weggerannt? Ist es ein Zeichen seiner Schuld?«

»Es ist ein Zeichen dafür, daß er diesen wahnsinnigen Ort auskundschaften will, ohne daß ihm eine Schar Roboter an den Fersen hängt.« Sie trat an ihm vorbei in Richtung Wohnraum. »Na, wo bleibt das Essen? Ich bin so hungrig, daß ich . . .« Sie unterbrach sich, dann sah sie den Robot an. »Ich habe Hunger.«

»Aber Sie sagten doch gerade . . .«

»Vergiß, was ich gerade gesagt habe. Nein!« Sie korrigierte sich, ehe der Robot dazu kam, die Funktion seines Gedächtnisses zu erläutern. »Ich meine, kümmer dich nicht darum. Wo ist das Essen?«

Er führte sie durch den Vorraum ins Wohnzimmer, wo das Essen auf demselben Tisch stand, an dem sie am vergangenen Abend gegessen hatte. Der Raum wirkte auf seltsame Weise verändert, niedriger, geräumiger als in der vergangenen Nacht, und der Tisch war dichter an die Wand gerückt.

Sie eilte zum Tisch. Darauf befand sich eine Auswahl von Speisen, bei denen es sich um Früchte und gekochtes Gemüse zu handeln schien. Sie setzte sich und aß vorsichtig ein kleines Stück von einer grünlichen Frucht. Sie schmeckte köstlich. Rydberg stand dabei, während sie gierig alles auf dem Tisch kostete und für gut befand. Sie lud den Robot nicht ein, sich zu ihr zu setzen, wie Derec es getan hatte. Die Maschinen waren Diener, und so mußte man mit ihnen umgehen. Sie würde nie verstehen, warum er darauf bestand, sie als etwas anderes zu behandeln als Maschinen, die sie nun einmal waren.

»Wann können wir Funkkontakt mit der Außenwelt aufnehmen?« fragte sie, sobald sich das erste Hungerfühl gelegt hatte.

»Wir werden alle später zusammenkommen und Fragen dieser Art diskutieren.«

»Werdet ihr uns den Prozeß machen«, fragte sie, »wegen Mordes an diesem anderen Menschen? Wir haben nämlich das Recht, einen Prozeß zu erhalten.«

»Derec hat uns gesagt, er wolle versuchen, das Rätsel zu lösen«, erklärte Rydberg.

Katherine hörte auf zu essen und starrte ihn an. »Und wenn er es nicht tut? Wenn er *nie* entdeckt, was wirklich passiert ist? Ihr habt sowieso nicht das Recht, uns hier festzuhalten. Wir können nicht ewig so weitermachen.«

»Wenn wir die Wahrheit in dieser Sache nicht aufdecken«, erwiderte Rydberg, »werden wir annehmen, daß unsere urspüngliche Annahme korrekt war.«

»Das glaub' ich dir nicht. Ihr habt nicht das Recht, ohne angemessene Beweise über meine Schuld oder Unschuld zu bestimmen. Ich bin nicht Derec, und ich habe keine romantischen Visionen von einer robotbeherrschten Welt. Es darf nicht zugelassen werden, daß ihr Macht darüber erlangt, wie ich mein Leben gestalte. Wenn ihr mich wegen Mordes einsperren wollt, müßt ihr mich vor ein Gericht stellen und den Beweis antreten. Wenn ihr mich vor ein Gericht stellt, muß mir gestattet werden, daß ich mich verteidige. Deshalb verlange ich augenblicklich Zugang zu einem Funkgerät, damit ich angemessen für meine Verteidigung sorgen kann. Ich will einen zugelassenen Gesetzesvertreter, und zwar jetzt gleich!«

»Wir werden die Situation später am heutigen Tag diskutieren«, entgegnete der Robot, »wenn wir Freund Derec wiederhaben. Mittlerweile wird Ihr Essen kalt und verliert seinen Geschmack.«

»Den hat es längst verloren«, konterte Katherine und stieß ihren

Teller von sich. Die Wendung der Dinge gefiel ihr nicht. Das Funkgerät schien immer unerreichbarer für sie zu werden und damit alle Hoffnung, jemals diesen Ort zu verlassen. Ihre Argumente gegenüber Rydberg fußten einzig und allein auf Gesetzen und Bräuchen, die in der Gesellschaft Auroras galten. Aber alle Gesetze, alle Freiheiten waren für eine Robotzivilisation ein bloßes Gedankengebäude.

Das Endergebnis war für sie schlicht dieses: Die Maschinen herrschten, und sie konnten tun und lassen, was sie wollten.

Derec besaß keinen Vergleichsmaßstab für die Größe von Robot City, doch während er von einem Ende zum anderen durch die Stadt fuhr, konnte er nicht anders, als ihre Weitläufigkeit wahrzunehmen.

Während der Ersatzteilwagen rasch durch die Straßen fuhr, hüpfte die kugelförmige Drohne laut piepsend von Maschine zu Maschine, wobei ihr silberner Körper an Dutzenden von Stellen aufleuchtete und dann wieder erlosch, als sie automatische (aber eindeutig subrobotische) Reparaturarbeiten an den defekten Maschinen ausführte. Schließlich kam sie mit wild blinkenden Lichtern und Piepsern, die sich zu einem schrillen Dauerton wandelten, in Derecs Schoß zur Ruhe.

»Na, wohin geht die Fahrt?« erkundigte er sich bei dem Reparaturarbeiter und streichelte abwesend seinen Kugelkörper.

Die Maschine surrte und hüpfte, ohne ihm zu antworten. Auf einmal ging das Piepsen in ein lautes, sirenenartiges Heulen über.

»Hör auf!« befahl Derec und wandte sich dem Vorderteil des Lastwagens zu, um festzustellen, ob er auch keine Aufmerksamkeit erregte. Er beugte sich über das Ding, versuchte ohne Erfolg die Geräusche, die es von sich gab, zu dämpfen.

»Du wirst aufhören müssen«, sagte er zu dem Automaten. »Ich kann nicht einfach . . .«

Das Ding versetzte ihm einen elektrischen Schlag, der Derec einen Schock versetzte und zurückweichen ließ.

»Also«, sagte er und drohte der silbrigen Kugel mit zittrig erhobenem Zeigefinger. »Das muß ich mir von dir nicht gefallen lassen.«

Das Ding begann auf und ab zu hüpfen, höher und immer

höher. Derec spähte nach beiden Seiten über den Rand des Wagens, dann hob er gelassen den Fuß und stieß das Ding einfach herunter, wo es auf der Straße aufkam und mit noch lauterem Heulen wie ein Gummiball herumhüpfte.

Wenige Häuserblocks später verlangsamte der Wagen seine Fahrt, dann reihte er sich hinter mehreren anderen Lastern ein, die allesamt mit Maschinenteilen beladen waren. Derec hob sich auf die Knie und blickte über die aufgestapelten Computer hinweg.

Die Lastwagen hatten vor einem Tor angehalten, wo eine Kolonne von Robotern die Pritschen erkletterten, sich mit je einem Maschinenteil beluden und damit in ein Haus verschwanden, das nicht viel größer war als eine einzelne Tür. Neben dem Haus befand sich das Erstaunlichste, was Derec in seiner kurzen Erinnerungsspanne je zu Gesicht bekommen hatte.

Eine riesige graue Maschine rumpelte dort leise, wenn auch mit unleugbarer Kraft und Energie. Aus ihr quoll etwas hervor, das sich nur als Stadt vom Band beschreiben ließ. In Blöcken, fünf Meter im Quadrat, schien die Stadt mittels der grauen Maschine einfach aus dem Boden herausgepreßt zu werden.

Die Blöcke schoben sich gegenseitig weiter und formten sich, während sie in Bewegung waren, immer wieder um, einer unglaublichen Vorprogrammierung Folge leistend, die es ihnen ermöglichte, sich aus eigenem Antrieb zu *bauen*. Und während die Blöcke aus sich Wände, Böden, Ecken, Stockwerke und Fenster herausbildeten, wirbelten sie langsam und anmutig in alle Richtungen davon, wobei sie gegen bereits existierende Gebäude drückten, der Mechanismus, welcher das ganze prachtvolle Uhrwerk von Robot City auslöste.

Es war, als sei die gesamte Stadt ein einziger ungeheuer lebender Organismus, der ununterbrochen nach außen wuchs, sich ständig veränderte und vervielfältigte wie die Zellen eines Körpers und sich dabei nach eingeprägtem Muster zu einem vollkommenen, ausgereiften Lebewesen heranbildete.

Es handelte sich um einen Plan von monumentalen Ausmaßen, um totale logische Kontrolle mit vorgegebenem Ziel. Vor seinen Augen errichtete sich ein Wolkenkratzer buchstäblich von Grund auf selbst, wobei jedes Stockwerk das darüberliegende hochschob und, einem unsichtbaren Plan folgend, automatisch verschweißte.

Er erlebte die Erhabenheit einer Idee, die so umfassend war, daß sein begrenztes Wissen angesichts ihrer Macht in Demut versank. Diese Zivilisation war das Produkt eines Geistes, der sich an Einschränkungen zu glauben weigerte, eines Geistes, der davon ausging, daß alles, was die Phantasie sich vorzustellen vermochte, auch umzusetzen war.

Für so einen Geist war alles möglich. Vielleicht sogar das Perihel.

Der Lastwagen ruckte an, so daß er beinahe umgefallen wäre. Er fuhr ans Tor. Die Robotkolonne erreichte nun *seine* Pritsche, um sich die Maschinen zu holen.

Wenn alles Wesentliche unter der Erde ablief, dann wollte Derec auch dorthin. Er kletterte eilig vom Lastwagen, griff sich ein kleines Terminal, das aussah, als habe es einen Kurzschuß durch Wassereinwirkung erlitten, und reihte sich hinter einem Robot ein, der auf das Tor zum Untergrund zuging.

Er erreichte das Tor, wobei er den Computer wie ein Baby im Arm hielt. Warme Luft begrüßte ihn, als er die spärlich erleuchtete Finsternis betrat. Vor ihm tat sich eine kurze Treppenflucht auf, die nach unten führte, und er folgte dem Robot, der ihm voran abwärtsstieg.

Die Stufen endeten in einem großen, hell erleuchteten Lagerraum, in dem reger Betrieb herrschte. Automatisch gesteuerte Karren beförderten mit halsbrecherischer Geschwindigkeit Roboter und Schürfgeräte. Die Wagen wichen sich mit scheinbar eingeübtem Geschick aus, mit Bewegungen, die sich über lange Zeiträume hinweg perfektioniert haben mußten, denn Derec erschien es unmöglich, daß sie sich ohne Zusammenstöße so schnell bewegen konnten.

In die gegenüberliegende Wand war eine Reihe von etwa zwanzig Aufzügen eingelassen, von denen einige bemerkenswert groß waren. Die Roboter, welche die Stufen herabkamen, eilten auf diese Aufzüge zu, offenbar um von dort in ein tieferes Stockwerk zu gelangen, wo die Reparatur oder die Verschrottung durchgeführt wurde.

Da Derec keine Ahnung hatte, wohin er sich wenden sollte, suchte er sich einen beliebigen Aufzug aus und hielt mit seiner Last darauf zu. In der Nähe glitt eine große Aufzugtür beiseite, und eine

Gruppe schmutz- und rußbedeckter Schürfroboter schleppte den defekten Körper eines der ihren auf den Schultern heraus.

Derec erreichte den Aufzug. Er hatte keine erkennbaren Kontrollknöpfe, öffnete sich jedoch im Näherkommen für ihn.

Hinter ihm dröhnte eine Stimme: »Dort unten erwartet Sie nichts als der Tod!« Er drehte sich um und erblickte einen riesigen Überwacherrobot, doppelt so groß wie ein erwachsener Mann, der mit roten Photozellen auf ihn herabstarrte. Der Körper des Robots war glänzend und schimmernd schwarz poliert.

»Ich bin gekommen, um euer Unternehmen zu inspizieren«, sagte Derec mit gespielter Autorität. Er wandte sich wieder dem Aufzug zu und schickte sich zum Einsteigen an.

Der Arm des Robots schoß vor, seine ungeheuren Zangen schlossen sich scheppernd um Derecs Unterarm und drückten fest zu, ohne ihm weh zu tun.

»Sie sind festgenommen«, sagte die Maschine, und Derecs Computer krachte lautstark vor ihm zu Boden.

Kapitel 4

Der Kompaßturm

Als die Tür der Wohnung aufglitt, beobachtete Derec, unter den Arm des großen Robots geklemmt, wie sich Katherines Gesichtsausdruck von Entsetzen über Erleichterung zu unverhohlenem Amüsement veränderte — alles im Zeitraum von drei Sekunden.

»Laß mich raten«, sagte sie und legte einen Finger an die Lippen, »du hast dich in einen Nähbeutel verwandelt.«

»Sehr witzig«, konterte Derec, während der Robot ihn sanft absetzte. Er blickte zu der riesigen schwarzen Maschine auf. »Danke fürs Mitnehmen, Avernus.«

»War mir ein Vergnügen, Freund Derec«, erwiderte der Robot leicht gebückt, damit der Flur seine Körpergröße aufnehmen konnte. »Aber ich muß darum bitten, daß Sie sich vom Untergrund fernhalten. Das ist kein Aufenthaltsort für Menschen.«

»Ich verstehe deine Sorge«, sagte Derec verbindlich. Er betrat die Wohnung, dann wandte er sich noch einmal an Avernus. »Sehen wir dich bei der Konferenz?«

»Aber gewiß doch«, lautete die Antwort. »Wir alle sehen ihr mit großen Erwartungen entgegen.«

»Du kannst jetzt gehen«, sagte Katherine barsch zu Avernus, worauf der Robot mit einem leichten Nicken reagierte und sich entfernte, während der Robotwächter rasch herzutrat, um die Türöffnung mit seinem gedrungenen Körper zu versperren.

Katherine drückte auf den Knopf, und die Tür glitt zu. »Du hast Frühstück *und* Mittagessen versäumt«, sagte sie und ließ sich träge auf der Couch nieder.

»Avernus hat mir was besorgt, ehe er mich zurückgebracht hat«, sagte Derec. »Er hat dafür gesorgt, daß meine Wunden gereinigt werden, und mich sogar eine Weile schlafen lassen.« Schließlich jedoch konnte er ihre Stimmung nicht länger ignorieren. »Was bedrückt dich?«

»Du«, sagte sie, »dieser Ort . . . alles. Ich weiß gar nicht mehr, wo oben und unten ist. Hast du was rausgekriegt?«

Derec entdeckte das Kathodenstrahlsichtgerät, das auf dem Tisch aufgebaut war, und stellte sich davor. »Es handelt sich um einen Ort, der für Menschen geschaffen ist«, sagte er, »und die Bauarbeiten schreiten im Eiltempo voran, als hätten sie es mit der Fertigstellung irgendwie eilig. Ich glaube, daß die Gebäude . . . ich weiß auch nicht . . . daß sie lebendig sind, so drückt man es wohl am besten aus.« Er deutete auf den Schirm. »Wo hast du den denn her?«

»Rydberg hat ihn gebracht«, antwortete sie. »Aber er empfängt nur. Was meinst du damit, daß die Stadt lebendig ist?«

»Sieh mal«, sagte Derec, dann rannte er mit voller Geschwindigkeit durch den Raum und stieß mit der gegenüberliegenden Wand zusammen. Die Wand gab unter ihm nach, wölbte sich einwärts und ebnete sich dann sanft wieder ein.

»Ich hab' die ganze Nacht wachgelegen und mir deinetwegen Sorgen gemacht, während du entdeckt hast, daß die Wände aus Gummi sind?« fragte sie laut.

Er wandte sich ihr lächelnd zu. »Hast du dir *wirklich* um mich Sorgen gemacht?«

»Nein«, entgegnete sie. »Was denn sonst?«

Er ging hinüber, setzte sich neben sie auf die Couch und sprach mit gedämpfter Stimme. »Ich hab' gesehen, wie die Stadt sich selbst baut, wie sie sich buchstäblich aus dem Boden herauspreßt. Ich hab' versucht, nach unten zu gelangen, aber Avernus hat mich erwischt. Ich glaube, er hat dort unten das Sagen. Ich kann es mir nur so vorstellen, daß unter der Erde eine riesige Schürfaktion im Gang ist, und daß die Gebäude positronisch gesteuert sind, daß es sich um eine Art Roboter auf Zellularebene handelt, die ein vollständiges Ganzes bilden. Es ist faszinierend!«

Katherine war nicht zu beeindrucken. »Hast du einen Weg von hier fort gefunden?« Er schüttelte den Kopf. »Noch nicht«, antwortete er. »aber ich denke nicht, daß das ein Problem sein wird.«

»Das liegt daran, weil du so von deinen Robotfreunden besessen bist, daß du an nichts anderes denken *kannst*!« Mit einer ruckartigen Kopfbewegung wies sie auf die Wand. »Wenn die Wände Roboter sind, dann frage ich mich, ob sie uns jetzt hören können?«

In diesem Augenblick erwachte der Schirm auf dem Tisch zum Leben und zeigte Rydbergs Gesicht. »Sie sind also zurück, Derec«, sagte er. »Gut. Machen Sie sich bereit. Eine Ehrenwache ist soeben zu Ihnen unterwegs, um Sie zur Vorverhandlung Ihres Prozesses zu bringen.«

»Prozeß?« sagte Derec.

»Oje«, sagte Katherine und hielt sich die Hand vor den Mund. »Das könnte meine Schuld sein. Ich hab' sie sozusagen herausgefordert, uns den Prozeß zu machen.«

»Aber wir hatten noch gar keine Gelegenheit, Nachforschungen anzustellen.«

Sie zuckte mit den Achseln. »Ich hab' rauszukriegen versucht, ob wir Zugang zu einem Funkgerät bekommen.« Sie schnippte mit den Fingern. »Vielleicht heißt das ja, daß wir eins kriegen.«

»Jaaa . . . vielleicht«, sagte Derec, doch er war skeptisch. Robot City war ein zu kostbares Juwel, um es in den Äther hinauszuhängen, so daß es für jedermann erreichbar war. Im Moment war er sich nicht einmal sicher, ob er mit der Außenwelt Kontakt aufnehmen *wollte*.

Er blickte auf den Schirm. Der war bereits erloschen. »Ich habe das Gefühl«, sagte er, »als würden wir jetzt einige Antworten kriegen, aus welchem Grund auch immer.«

»Dann wollen wir hoffen, daß es Antworten sind, mit denen wir leben können«, seufzte sie. »Ich will nicht den Rest meines Lebens hier verbringen.«

Wenige Minuten später klopfte der Vielzweckrobot an die Tür. Derec beeilte sich, sie zu öffnen. Draußen stand Euler in Begleitung eines Überwacherrobots, wie er ihn noch nicht zu Gesicht bekommen hatte. Von allen Robotern, die Derec je gesehen hatte, war er am genauesten dem menschlichen Modell nachgebildet, mit gemeißelten, wenn auch ausdruckslosen, marionettenhaften Gesichtszügen.

»Freund Derec«, sagte Euler, »Freundin Katherine Burgess, darf ich Ihnen Arion vorstellen, der unserer Zusammenkunft beiwohnen wird.«

»Erfreut, deine Bekanntschaft zu machen«, sagte Derec.

»Rydberg hat von einem Prozeß geredet«, sagte Katherine.

»Dies ist für uns hier ein großer Moment«, sagte Arion. »Ich gehe davon aus, daß Ihr bisheriger Aufenthalt zufriedenstellend war. Ich gebe mir große Mühe, die wenige Zeit, die mir zur Verfügung steht, darauf zu verwenden, ein wenig für Ihre Unterhaltung zu sorgen. Wir wissen, daß den Menschen geistige Zerstreuung Freude bereitet.«

»Uns ist alles recht, was du zuwege bringst«, sagte Derec.

»Klar«, sagte Katherine. »Wie wär's, wenn du uns ein Funkgerät herzauberst, damit wir von draußen Hilfe herbeirufen können?«

»Oh, das ist ganz und gar unmöglich«, sagte Arion.

»Dacht' ich's mir doch«, erwiderte Katherine.

»Ich habe für jeden von Ihnen ein Geschenk«, sagte Euler und streckte den rechten Arm aus. »Dann müssen wir zu der Zusammenkunft aufbrechen.«

Derec trat zu dem Robot. Seine Zangen hielten zwei große Uhren, die an goldenen Ketten baumelten. »Von nun an können Sie feststellen, wieviel Uhr es hier ist«, sagte Euler. »Das ist für Menschen von Bedeutung und für uns genauso. Diesbezüglich werden wir noch mehr unternehmen, damit Sie sich wohl fühlen.«

Derec nahm die Uhren und überreichte eine davon Katherine. Sie hatten in Gold eingefaßte quadratische Zifferblätter. Auf beiden zeigte die Flüssigkristallanzeige 15:35. »Sie sind auf einen Vierundzwanzigstundentag eingestellt«, sagte Euler. »Wir dachten, es wäre bequemer für Sie, wenn wir die Dauer unserer Stunde anpassen, statt von Ihnen zu erwarten, daß Sie sich einem Zwanzigeinhalbstundentag anpassen. Unsere Stunden, Dekaden und Zentaden entsprechen etwa fünfundachtzig Prozent der Standardzeit.« Derec trat auf den Balkon und blickte zum Himmel auf. Die Sonne hatte bereits ihren höchsten Stand überschritten und neigte sich langsam der irgendwann einsetzenden Abenddämmerung zu.

»Stimmt genau«, sagte er, als er wieder ins Innere trat.

»Sie hatten es bezweifelt?« fragte Arion und sah Euler an.

»Begreifst du es nun?« sagte Euler zu ihm.

»Interessant«, sagte Arion und legte auf beinahe menschliche Weise den Kopf schief.

»Wir müssen gehen«, sagte Euler und eilte aus der Wohnung, die anderen hinterdrein.

Sie fuhren mit dem Aufzug bis auf Straßenniveau hinab und bestiegen ein Vielzweckgefährt ohne erkennbaren Fahrer. Es fuhr sofort an, als sie sich niedergelassen hatten. Euler drehte sich zu Derec um, der mit Katherine hinter ihm und Arion saß. »Sie haben sich in der vergangenen Nacht ungeheuren Gefahren ausgesetzt«, sagte der Robot. »Warum?«

»Ich habe eine bessere Frage«, konterte Derec. »Wenn dies eine so perfekte Menschenwelt ist, warum war es dann so gefährlich?«

»Die Spacerwelten haben seit Ewigkeiten das Wetterproblem gelöst«, mischte Katherine sich ein. »Es paßt nicht, daß ihr mit eurer fortgeschrittenen Zivilisation immer noch damit zu tun habt.«

Arion drehte sich nach ihr um und senkte den Kopf. »Danke, daß Sie unsere Zivilisation fortgeschritten nennen.«

»Das Wetter«, sagte Euler, »ist, ehrlich gesagt, Teil unseres derzeitigen Gesamtproblems. Wir haben es unter Kontrolle, andererseits aber auch wieder nicht. Leider können wir aus Sicherheitsgründen nicht näher darauf eingehen.«

»Prima«, sagte Katherine. »Jeder kann das Wetter ändern, aber niemand spricht darüber.«

»Um auf deine ursprüngliche Frage zurückzukommen«, sagte Derec zu Euler und beobachtete dabei, daß sie sich in direkter Linie auf den Turm zubewegten, wo sie zu Anfang aufgetaucht waren. »Ich habe kein Gedächtnis und keine Vergangenheit. Meine Neugier, die Suche nach Antworten auf meine Fragen, verleiten mich, Dinge zu wagen, die nicht unbedingt in meinem Interesse sind.«

»Gedächtnisschwund?« fragte Euler. »Oder etwas anderes?«

Derec blickte ihn überrascht an. »Was denn anderes?«

Der Robot beantwortete seine Frage mit einer Gegenfrage, einer sehr alten. »Wie seid ihr dann auf unseren Planeten gekommen?«

Derec merkte, daß der Robot mit ihm Wortspiele trieb, die sich direkt an die Wortspiele anschlossen, welche Derec am Abend zuvor begonnen hatte. Er entschied sich, mitzuspielen. »Was hat David, der tote Mann, gesagt, als ihr ihm diese Frage gestellt habt?«

»Er hat gesagt, er wisse es nicht«, antwortete Euler und setzte sich wieder zurecht. Über die Schulter sagte er: »Er hat behauptet, unter Gedächtnisschwund zu leiden.«

Der Wagen kam neben der riesigen Pyramide zum Stehen, die Robot City beherrschte und von den Bewohnern Kompaßturm genannt wurde. Katherine legte die Hand auf Derecs Arm und drückte zu, und er wußte, daß sie die gleiche Angst hatte, die er empfand. Hier, ungefähr auf halbem Wege den Turm hinauf, hatten sie den Schlüssel zum Perihel versteckt, mittels dessen sie in die Stadt gekommen waren. Ob die Roboter ihn gefunden hatten? Sollten sie mit dem Beweis konfrontiert werden oder, schlimmer noch, sollte er ihnen weggenommen werden?

Doch Euler erwähnte den Schlüssel nicht. Statt dessen stieg er einfach aus dem Wagen und führte sie direkt an den Fuß des Turms, eines Turms, den Derec für solide gehalten hatte.

Er hätte sich nicht schlimmer irren können.

Beim Näherkommen des Robots schmolz ein ganzer Block des festen Materials, das den Sockel bildete, einfach weg und hinterließ eine sanft ansteigende Rampe, die ins Innere des Baus führte, wieder ein Beispiel für Derecs Theorie von der innewohnenden Intelligenz des Baumaterials.

Sie betraten die Pyramide durch eine kurze, dunkle Vorhalle, die in ein Gewirr einander kreuzender Gänge und Treppen mündete, die wiederum in alle Richtungen in das Gebäude hineinführten.

»Versuch dir unseren Weg zu merken«, flüsterte Derec Katherine zu. »Nur für den Fall.«

»Für welchen Fall?« fragte sie. »Für den Fall, daß du darauf noch nicht gekommen bist: wir gehen nirgendwo hin.«

»Dies ist das bedeutendste Gebäude unserer Stadt«, sagte Euler, während er sie über eine Reihe von Stufen und Rolltreppen hinaufgeleitete, die auf jedem Stockwerk im Zickzack nach oben führten und in einem langen, hell erleuchteten Flur endeten. »Hier fallen die Entscheidungen, hier . . . laufen die Gedankenprozesse ab.«

Sie durchschritten den Flur, während Arion vorauseilte und einige Stufen hinab verschwand. Die umgebenden Wände glühten leicht und wurden alle drei Meter von Verbindungsgängen unterbrochen.

Sie folgten dem Weg, den Arion genommen hatte, und wechselten dabei mehrmals die Richtung, ehe sie sich in einem großen gut ausgeleuchteten Raum wiederfanden, dessen vier Wände zur fünfzehn Meter hohen Decke hin spitz zuliefen, die wie ein Oberlicht das Sonnenlicht hereinließ.

Der Boden des Raums war nach Art eines riesigen Kompasses gekachelt, dessen vier Himmelsrichtungen die Grundsteine von Robot City bildeten. Im Zentrum des Kompasses, unter direkter Sonneneinstrahlung, standen sechs Roboter im Kreis, mit ausgestreckten Armen, deren Zangen sich in die ihrer Nachbarn zu beiden Seiten verkrallt hatten, wobei Platz blieb für einen weiteren — für Euler.

»Dies ist der Ort, an dem wir nach Perfektion streben«, sagte Euler, begab sich in den Kreis und schloß ihn.

»Das hat beinahe was Religiöses«, flüsterte Derec Katherine zu.

»Jaah«, erwiderte sie. »Ganz schön gruselig.«

Derec blickte sich im Raum um. Es gab weder Stühle noch Tische, nichts, worauf ein Mensch sich stützen konnte. In die Wände waren ringsum dicht an dicht Sichtgeräte eingelassen. Jeder Schirm zeigte eine andere Ansicht von Robot City. Viele zeigten Baustellen, auf denen große Bagger Erde ausschachteten und einebneten. Auf anderen war die Strangpresse zu sehen, die er besucht hatte, und er gelangte zu der Ansicht, daß es davon mehr als eine gab. Es gab Bilder von dem Reservoir, in das er gefallen war, und seltsame Bilder vom Untergrund, durch die Augen umherstreifender Kameraroboter gesehen, die Bergwerkstunnel zeigten, kilometerlange verlassene Bergwerkstunnel. Und schließlich zeigten manche der Schirme schlicht das rosa getönte Blau des Himmels.

»Sie sind hierhergekommen«, sagte Euler laut, »um uns bei unserer Suche nach Korrektheit zu helfen, nach Perfektion, nach Vollständigkeit. Wir — Mensch und Robot — sind die Schlüssel zu geistiger Synergie. Synnoesis ist unser Ziel. Ich werde Sie den übrigen vorstellen, dann können wir beginnen.«

»Synnoesis?« flüsterte Katherine.

»Mensch und Maschine«, antwortete Derc, »das Ganze, das größer ist als die Summe seiner Teile.«

»Also *doch* Religion!« brauste sie auf. »Und woher wußtest du davon?«

Derec zuckte die Achseln. »All das ist mir so . . . vertraut.«

»Sie kennen Rydberg«, sagte Euler, »Avernus und Arion.« Die Roboter nickten, als ihre Namen aufgerufen wurden.

»Nun zu den übrigen . . . Waldeyer . . .«

»Guten Tag«, sagte ein gedrungener, rundlicher Robot mit Rädern.

»Dante . . .«

»Ich heiße Sie willkommen«, sagte Dante, dessen Teleskopaugen mehrere Zentimeter aus seinem Schädel hervortraten.

»Und Wohler.«

Eine prächtige goldene Maschine verneigte sich förmlich, ohne die Zangen von denen seiner Nachbarn zu lösen. »Wir fühlen uns geehrt«, sagte Wohler.

»Wir werden, soweit wir können, Ihre Fragen beantworten«, sagte Euler, »und hoffen, daß Sie es ebenso halten.«

»Wenn wir alle, wie ihr behauptet, nach Wahrheit und Perfektion suchen«, verkündete Derec, »wird unsere Zusammenkunft fruchtbar sein. Ich möchte mit der Frage beginnen, warum es bestimmte Lebensbereiche gibt, die ihr nicht mit uns diskutieren wollt.«

Rydberg ergriff das Wort. »Wir sind einem ständig wirksamen Sicherheitsmodus unterworfen, der gewisse Informationen, unserer Programmierung gemäß, als Verschlußsache einstuft.«

»Hat unsere Ankunft den Sicherheitsmodus ausgelöst?« fragte Katherine.

»Nein», sagte Euler. »Er war bereits in Kraft getreten, als Sie ankamen. Wenn Sie wirklich zum von Ihnen genannten Zeitpunkt eingetroffen sind. Wir müssen Ihnen erneut die Frage stellen, wie Sie hierhergelangt sind.«

Derec beschloß, es mit der Wahrheit zu versuchen. Es konnte nicht schaden, solange der Schlüssel nicht erwähnt wurde. Vielleicht konnte eine Prise Wahrheit sie dazu bewegen, zu verraten, ob sie von der Existenz des Schlüssels wußten. »Wir sind auf der Spitze eben dieses Gebäudes aus dem Nichts aufgetaucht.«

»Und wo waren Sie davor?« fragte Wohler, der Goldene.

Derec umrundete langsam den Kreis und studierte seine Befrager. »Auf einer Spacerstation namens Rockcliffe in der Nähe von Nexon, ganz am Rand des Quarantänegebiets der Besiedelten Welten.«

Arion, die Marionette, fragte: »Welches Hilfsmittel haben Sie benutzt, um von einem Ort zum anderen zu gelangen?«

»Kein Hilfsmittel«, sagte Derec. »Wir wurden einfach hierher versetzt.«

Einen Moment lang herrschte Schweigen. »Das ist mit keiner in unseren Speichern enthaltenen Information vereinbar«, sagte Avernus, während er mit seinem großen Schädel Derec um den Kreis herum verfolgte.

»Ihr habt kein Schiff gefunden, das uns hier abgesetzt haben könnte«, sagte Derec, »und ich bin sicher, ihr habt danach gesucht.«

»So ist es«, sagte Euler, »und unser Radar hat keinerlei Aktivität aufgespürt, die sich als Transportmittel innerhalb unserer Atmosphäre hätte deuten lassen.«

»Genauer kann ich es auch nicht erklären«, sagte Derec. »Nun beantwortet mir mal eine Frage. Wo seid ihr hergekommen?«

»An wen richten Sie Ihre Frage?« erkundigte sich Euler.

»An euch alle«, sagte Derec.

Avernus übernahm es, zu antworten. »Alle bis auf mich sind hier in Robot City gebaut worden«, sagte er. »Ich wurde . . . hier zum Leben erweckt, glaube jedoch, daß ich anderswo konstruiert wurde.«

»Wo?«

»Ich weiß es nicht«, entgegnete der große Robot. »Meine ersten bewußten Erinnerungen drehen sich um diesen Ort. Nichts in meiner Vorprogrammierung deutet auf meine Herkunft hin.«

»Willst du damit sagen«, mischte Katherine sich ein, »daß ihr allesamt nichts kennt als die Gesellschaft anderer Roboter? Daß eure gesamte Existenz hier gegründet ist?«

»Richtig«, sagte Rydberg. »Unsere Hauptprogrammierung ist sich der Existenz von Menschen und ihrer Gesellschaftsstrukturen wohlbewußt, doch bestehen zwischen unseren Gattungen keine formellen Beziehungen.«

»Wie seid ihr dann darauf gekommen, dies hier zu bauen?« fragte Derec. »Wie ist es gekommen, daß es für euch wichtig wurde, eine Menschenwelt zu errichten?«

»Wir sind ohne Menschen unvollständig«, sagte Waldeyer, und sein flacher Schädel schwenkte erst zu Derec, dann zu Katherine herum. »Selbst die Gesetze, die unsere Existenz regieren, drehen sich um die Interaktion mit Menschen. Wir existieren, um dem unabhängigen Denken zu dienen, jenen höheren Regionen der Kreativität, die zu erreichen wir allein nicht fähig sind. Wir haben das sehr schnell entdeckt, ohne daß man es uns sagen mußte. Allein hat unsere Existenz kein Ziel, keinen Zweck. Selbst künstliche Intelligenz braucht einen Grund, sich nutzbar zu machen. Diese Welt stellt die erste Nutzbarmachung der erwähnten Intelligenz dar. Wir haben sie für Menschen errichtet, um die perfekte Atmosphäre zu schaffen, in welcher menschliche Kreativität zum Wohle der größeren Vollkommenheit von uns allen gedeihen kann. Ohne diese Welt sind wir nichts. Mit ihr tragen wir als entscheidende Faktoren zur ständigen Evolution des Universums bei.«

»Warum sollte euch das kümmern?« fragte Katherine.

»Dazu habe ich eine Theorie«, sagte Dante, und seine länglichen Augen glühten leuchtend gelb. »Wir sind das Produkt, die Kinder, wenn Sie so wollen, der höheren Sphären kreativen Denkens. Es ist unvorstellbar, daß das, was dieses kreative Denken bewegt, nicht auch jeden Aspekt unserer Programmierung durchdringen sollte. Wir sehnen uns nach nichts. Wir begehren nichts. Dennoch veranlaßt die Unvollständigkeit, die unsere Inaktivität bedeutet, daß wir uns . . . nutzlos und überflüssig . . . fühlen, besser läßt es sich nicht ausdrücken. Trotz der totalen Freiheit unserer eigenen Welt wurden wir dazu getrieben, dienende Funktionen zu übernehmen.«

Derec fühlte plötzlich schreckliche Trauer um diese unglücklichen Geschöpfe menschlicher Intelligenz in sich aufsteigen. »Ihr habt all dies getan, obwohl ihr nicht wissen konntet, ob jemals Leute hierherkommen würden?«

»So ist es«, sagte Euler. »Dann kam David, und wir glaubten, nun sei alles in Ordnung. Dann kam sein Tod, dann die Unglücksfälle, dann Sie . . . zwei Mordverdächtige. Wir haben nie gewollt, daß es so abläuft.«

»Wenn ihr Unglücksfälle sagt«, unterbrach Derec, »sprecht ihr dann von den Unwetterproblemen?«

»Ja«, sagte Rydberg. »Die Regenfälle bedrohen unsere Zivilisation, und wir haben sie selbst verschuldet. Wir gehen von innen her entzwei, und daran ist nichts zu ändern.«

»Ich verstehe das nicht«, sagte Derec.

»Das erwarten wir auch nicht von Ihnen, und wir können Ihnen auch nicht sagen, warum es so sein muß«, sagte Euler.

Derec dachte an die heiße Luft, die im Reservoir wehte. »Ist die rapide Wachstumsrate der Stadt normal?« fragte er.

»Nein«, sagte Euler. »Übrigens fällt sie mit Davids Tod zusammen.«

»Ist sie von Davids Tod hervorgerufen worden?«

»Die Antwort hierauf kennen wir nicht«, sagte Euler.

»Moment mal«, sagte Katherine und entfernte sich von dem Kreis, um sich mit dem Rücken zur Wand auf dem Boden niederzulassen. »Ich will mit euch darüber sprechen, was wir mit alledem zu tun haben . . . und warum Rydberg von einem Prozeß gesprochen hat.«

»Sie waren es, die zuerst den Begriff des Gerichtsverfahrens erwähnt hat«, erwiderte der Robot und beugte sich aus dem Kreis heraus, um sie anzustarren. »Ich habe das Wort nur gebraucht, damit Sie sich zu Hause fühlen.«

»Okay«, sagte sie. »Ich bin dabei. Ihr behauptet, dies sei eine Robotzivilisation, die den Umgang mit Menschen nie gekannt hat, aber es muß euch doch jemand eure Originalprogrammierung verpaßt haben, und eure Fähigkeit, die Arbeiten an dieser Stadt auszuführen.«

»Jemand . . . ja«, sagte Euler.

»Jemand, der zu bestimmen hat«, sagte sie.

»Nein«, sagte Euler. »Wir kommunizieren gegenwärtig als Gruppe mit unserer Hauptprogrammiereinheit, aber die liefert uns lediglich Informationen, mittels derer logische Entscheidungen getroffen werden. Unsere Gesamtphilosophie heißt Dienen; unsere

Mittel sind die der Logik. Unsere Gemeinschaft hat keine anderen Ziele.«

»Warum macht ihr uns dann den Prozeß?« fragte sie.

»Respekt vor menschlichem Leben ist unser Erstes Gesetz«, sagte Rydberg. »Als wir uns unsere perfekte Menschen/Roboterwelt vorgestellt haben, sahen wir eine Welt, in welcher der Respekt vor dem Ersten Gesetz von allen geteilt wird. Wir haben uns ein System der Humanik vorgestellt, das menschliches Verhalten lenkt, genau wie die Gesetze der Robotik unser Verhalten bestimmen. Natürlich waren wir ausschließlich auf Theorien angewiesen, aber wir haben eine vorläufige Aufstellung von drei Gesetzen gemacht, welche die Grundlage zum Erfassen des Menschen liefern sollten.«

»Wie niedlich«, sagte Katherine. »Nun sollen wir uns auch noch nach den Gestzen der Robotik richten.«

Derec unterbrach ihre Beschwerde. »Warte. Laß uns hören, was sie sich ausgedacht haben.«

»Danke, Freund Derec. Unser vorläufiges Erstes Gesetz der Humanik lautet: Ein Mensch darf keinen Mitmenschen verletzen oder durch Untätigkeit zu Schaden kommen lassen.«

»Bewunderswert«, gestand Derec zu, »selbst wenn es nicht immer eingehalten wird. Wie lautet euer Zweites Gesetz?«

Rydbergs Zögern, ehe er antwortete, machte auf Derec deutlich den Eindruck, daß der Robot selber eine Frage hatte stellen wollen, daß jedoch die seine gemäß dem Zweiten Gesetz der Robotik Vorrang hatte.

»Das zweite Gesetz der Humanik lautet: Ein Mensch darf einem Robot nur vernünftige Befehle erteilen und nichts von ihm verlangen, das ihn unnötig in ein Schaden oder Unbehagen auslösendes Dilemma stürzt.«

»Immer noch bewundernswert, aber immer noch zu altruistisch, um jederzeit befolgt zu werden. Und das dritte?«

»Das Dritte Gesetz der Humanik lautet: Ein Mensch darf einem Robot keinen Schaden zufügen oder durch Untätigkeit zulassen, daß er zu Schaden kommt, es sei denn, dieser Schaden ist notwendig, um Schaden von einem Menschen abzuwenden, oder die Ausführung eines lebenswichtigen Befehls zu gestatten.«

»Nicht nur ist eure Erfahrung im Umgang mit Menschen beschränkt, sondern auch eure Programmierung«, sagte Derec und schüttelte den Kopf. »Diese ›Gesetze‹ mögen eine utopische Gesellschaft von Menschen und Robotern beschreiben, gewiß aber beschreiben sie nicht tatsächliches menschliches Verhalten.«

»Das ist uns bereits klargeworden«, sagte Rydberg. »Offensichtlich müssen wir unsere Schlußfolgerungen überdenken. Seit Ihrer Ankunft waren wir menschlichen Lügen und Täuschungsmanövern ausgesetzt, die schon vom Begriff her unser begrenztes Verständnis überschreiten.«

»Aber das Erste Gesetz muß Bestand haben!« sagte Avernus laut, und seine roten Photozellen leuchteten. »Mensch oder Robot, beide müssen Respekt vor dem Leben haben.«

»Darüber brauchen wir uns nicht zu streiten«, sagte Derec.

»Nein!« sagte Katherine, sprang wütend auf und näherte sich wieder dem Kreis. »Hier ist einzig und allein die Rede von dem Mangel an Respekt, mit dem *wir* behandelt werden!«

»Kath . . .« begann Derec.

»Halt den Mund«, sagte Katherine. »Ich hab' dir zugehört, während du wunderbare kleine philosophische Gespräche mit deinen Robotkumpanen geführt hast, und ich hab' es langsam satt. Hört mal zu, Leute. Erstens fordere ich, daß ihr uns Zugang zu einem Kommunikationsgerät mit der Außenwelt verschafft und uns fortlaßt. Ihr habt nicht das Recht, uns hier festzuhalten.«

»Dies ist unsere Welt«, sagte Euler. »Wir wollen Sie nicht kränken, aber alle Gemeinschaften werden durch Gesetze geregelt, und wir befürchten, daß Sie unser wichtigstes Gesetz übertreten haben.«

»Und wenn dem so wäre?« fragte sie. »Was passiert dann?«

»Nun«, sagte Euler. »Wir würden nicht mehr tun, als Sie von anderen Menschen fernzuhalten, denen Sie einen Schaden zufügen könnten.«

»Prima. Und wie beweist ihr, daß wir was getan haben, was unsere Internierung rechtfertigt?«

»Mittels Elimination«, sagte Waldeyer. »Freund Derec hat bereits mehrere andere Erklärungsmöglichkeiten angeregt, aber wir meinen, daß es Ihnen beiden obliegt, sie zu erforschen — nicht weil wir es Ihnen schwermachen wollen, sondern weil wir auf einem Gebiet wie diesem mehr Respekt vor Ihrer kreativen Intelligenz haben als vor unserer eigenen, deduktiven.«

Derec beobachtete, wie Katherine sich durch das lange schwarze Haar fuhr und mehrfach tief Luft holte, während sie versuchte, sich zusammenzureißen und in die Lage zu versetzen, mit dem Gesagten fertig zu werden. »Na gut«, sagte sie mit ruhigerer Stimme. »Ihr habt gesagt, ihr laßt uns die Leiche nicht sehen.«

»Nein«, widersprach Euler. »Wir haben gesagt, wir *können* Sie die Leiche nicht sehen lassen.«

»Warum nicht?«

Alle schwiegen. Schließlich ergriff Rydberg das Wort. »Wir wissen nicht, wo sie sich befindet«, sagte er. »Die Stadt hat begonnen, sich zu schnell zu reproduzieren, und wir haben sie verloren.«

»Verloren?« sagte Derec.

Derec wußte, daß es einem Robot unmöglich war, verlegen zu sein oder dreinzublicken, doch war eben dies der Eindruck, den die gesamte Gruppe auf ihn machte.

»Wir haben wirklich keine Ahnung, wo sie sich befindet«, sagte Euler.

Derec entdeckte einen Ausweg und packte augenblicklich zu. »Um diese Untersuchung durchzuführen und zu beweisen, daß wir keiner Übertretung des Ersten Gesetzes schuldig sind, *müssen* wir uns in eurer Stadt frei bewegen dürfen.«

»Wir existieren, um Ihr Leben zu schützen«, sagte Euler. »Sie sind von den Regenfällen überrascht worden; Sie wissen, wie gefährlich sie sind. Unter diesen Bedingungen können wir Sie nicht hinauslassen.«

»Gibt es für den Regen eine Vorwarnung?« fragte er.

»Ja«, sagte Rydberg. »Die Wolken brauen sich am Spätnachmittag zusammen, und der Regen kommt in der Nacht.«

»Angenommen, wir würden versprechen, nicht auszugehen, wenn die Wetterbedingungen ungünstig sind?« fragte Derec.

Wohler, der goldene Robot, sagte: »Was sind menschliche Versprechungen wert?«

Katherine drängte sich zwischen den Greifern der Roboter durch und bezog in der Mitte des Kreises Stellung. »Was ist unser Leben wert ohne Freiheit?«

»Freiheit«, wiederholte Wohler.

Eine dunkle Wolke zog am Oberlicht vorbei und tauchte den Raum in graues, melancholisches Zwielicht, erhellt durch eine

Reihe von Bildschirmen, von denen viele inzwischen wild brodelnde Wolken zeigten.

Augenblicklich zerbrach der Kreis, und die Roboter eilten erregt in Richtung Ausgang.

»Kommen Sie«, sagte Euler und winkte den Menschen zu. »Die Regenfälle nähern sich. Wir müssen Sie wieder in Sicherheit bringen. Es gibt noch soviel zu tun.«

»Wie steht es mit meinem Vorschlag?« rief Derec ihnen zu.

»Beeilen Sie sich«, rief Euler und ruderte mit den Armen, während Derec und Katherine langsam auf ihn zugingen. »Wir werden darüber nachdenken und Ihnen morgen Bescheid sagen.«

»Und falls wir Nachforschungen anstellen und unsere Unschuld beweisen können«, sagte Katherine, »laßt ihr uns dann mit der Außenwelt Kontakt aufnehmen?«

Euler stand still da und fixierte sie mit seinen Photozellen. »Lassen Sie es mich so ausdrücken«, sagte er. »Wenn Sie Ihre Unschuld nicht beweisen, wird Ihnen *nie* gestattet werden, mit der Außenwelt Kontakt aufzunehmen.«

Kapitel 5

Ein Zeuge

Derec saß vor dem Sichtgerät auf dem Tisch der Wohnung und sah sich die ›Zerstreuung‹ an, die Arion ihm derzeit in Form von Sätzen und grammatikalischen Diagrammen bot. Davor war es eine Zusammenstellung diverser mißlungener Theoreme über die Dreiteilung von Winkeln gewesen, und davor eine unglaublich lange Liste der Zehnerpotenzen und der verschiedenen Begriffe, die erfunden worden waren, um die astronomischen Zahlen zu beschreiben, die diese Potenzen darstellten. Mit anderen Worten: der Alptraum eines Schlaflosen.

Es war ein dunkler, grauer Morgen, die Luft erfüllt von der Kühle der Nacht und dem Regen, der viele Stunden lang auf Robot City niedergeprasselt war. Der Himmel war schiefergrau, während die Reste des nächtlichen Unwetters langsam auf den Schwingen des Morgens davonglitten.

Er kam sich vor wie ein Tier im Käfig, und der Gedanke, die Wohnung nicht verlassen zu können, wann er wollte, zerrte an seinen Nerven. Sie waren am frühen Abend im Anschluß an die Zusammenkunft im Kompaßturm hier abgeliefert worden und hatten seither keinen Überwacherrobot zu Gesicht bekommen. Das Sichtgerät verfügte nicht über eine Tastatur und empfing nur solche Daten, die sie ihm von Moment zu Moment zu zeigen beschlossen. Im Augenblick hatten sie offenbar das Bedürfnis, ihn zu amüsieren; doch der Zeitvertreib am Bildschirm vergrößerte nur seine Frustration.

Er hatte nicht gut geschlafen. Die Wohnung besaß nur ein Bett, und das benutzte Katherine. Derec schlief auf der Couch. Sie war zu kurz für ihn gewesen, und davon wurde das Schlafen nicht einfacher. Aber das war nicht der eigentliche Grund, warum er wachgelegen hatte.

Es lag am Regen.

Die Tatsache, daß das Reservoir beinahe voll gewesen war, als er in der vergangenen Nacht hineingefallen war, wollte ihm nicht aus dem Kopf gehen. Wie konnte es nur die immensen Wassermengen aufnehmen, die weiterhin bei jedem Regen hineinflossen? Darüber machte er sich Sorgen; je mehr Regen, desto größer die Sorgen. Die Tatsache, daß die Überwacher sich seit der Zeit vor dem Sturm nicht mehr bei ihm gemeldet hatten, fand er bedenklich. All ihre Bemühungen schienen sich um das Wetterproblem zu drehen.

Was hatte das Wetter mit der rapiden Wachstumsrate der Stadt zu tun? Bestand da eine Verbindung?

»Du bist aber früh auf«, erklang hinter ihm Katherines Stimme.

Er drehte sich um und betrachtete sie, ihr vom Schlaf gelöstes Gesicht, eingerahmt vom diffusen Licht. Sie sah gut aus, eine Nacht Schlaf hatte ihre natürliche Schönheit zum Vorschein gebracht. Sie war in die blaßgrüne Decke von ihrem Bett gehüllt. Er fragte sich unwillkürlich, was sie wohl darunter anhatte, dann kehrten seine Gedanken wie von selbst zu seinem Erwachen im medizinischen Sektor der Rockcliffe-Station nach der Explosion auf Aranimas' Schiff zurück, wo er sie auf dem nächsten Bett nackt vorgefunden hatte. Peinlich berührt verdrängte er den Gedanken, doch zurück blieb ein anderer Gedanke von damals, etwas, das er völlig vergessen hatte.

»Darf ich dich was fragen?« sagte er.

Ihr Gesicht verfinsterte sich, und er beobachtete, wie sie sich versteifte. »Was denn?« fragte sie.

»Als wir auf Rockcliffe waren, hat Dr. Galen mal erwähnt, du hättest eine chronische Erkrankung«, sagte er. »Später, als er wieder davon anfing, hast du ihm den Mund verboten.«

Sie kam herüber, um auf den Schirm zu sehen, und weigerte sich, seinem Blick zu begegnen. »Du mußt dich irren«, sagte sie. »Mir geht's gut . . . ich strotze vor Gesundheit.«

Sie wandte sich leicht von ihm ab, und ihre Stimme schien ein wenig zu stocken. Als sie sich wieder umdrehte, war ihr Gesicht beherrscht, ganz anders als jenes verletzliche Morgengeschöpf, das er einen Augenblick zuvor gesehen hatte. »Was ist auf dem Schirm los?« fragte sie.

Er sah hin. Ein wohltuendes, dauernd wechselndes Muster computergenerierter Bilder lief dort ab, begleitet von einer Zufallsmelodie, die piepsend aus dem winzigen Lautsprecher der Maschine drang.

»Du machst es mir sehr schwer, dir zu glauben«, sagte er und ignorierte den Schirm. »Warum habe ich, obwohl wir auf totale Ehrlichkeit und Vertrauen zwischen uns angewiesen sind, immer das Gefühl, daß du mir lebenswichtige Informationen vorenthältst?«

»Du leidest unter Verfolgungswahn«, sagte sie, und ihm war klar, daß er nichts aus ihr herausholen würde. »Wenn du nicht bald das Thema wechselst, werde ich noch böse, und das ist keine Art, den Tag zu beginnen.«

Er fügte sich widerwillig. »Ich mach' mir Sorgen um die Regenfälle«, sagte er.

»Letzte Nacht waren sie noch schlimmer als in der vorangegangenen Nacht.«

Sie setzte sich zu ihm an den Tisch. »Nun, wenn die sich hier auf größere Probleme einrichten, hoffe ich nur, daß wir hier weg sind, ehe sie passieren. Wir müssen mit der Morduntersuchung in die Gänge kommen.«

»Weißt du, wie Regen entsteht?« fragte er, ohne auf das Thema des Mordes einzugehen.

»Was hat das mit unseren Nachforschungen zu tun?« fragte sie gereizt.

»Nichts«, sagte er. »Ich wundere mich nur über diesen Regen, ich . . .«

»Halt, laß mich raten«, entgegnete sie mit erhobener Hand. »Du machst dir Sorgen um deine Robotfreunde. Nun, dann will ich dir mal was sagen: Deine Freunde bereiten sich darauf vor, uns für den Rest unseres Lebens einzusperren . . .«

»Einzusperren doch wohl nicht«, unterbrach er.

»Die Sache ist ernst!« sagte sie, jetzt wirklich wütend. »Wir haben gute Chancen, lebenslänglich als Gefangene hierbehalten zu werden. Weißt du, wenn sie erstmal darüber entschieden haben, sehe ich keinen Grund, warum sie es sich je anders überlegen sollten. Verstehst du nicht den Ernst der Lage?«

Er sah sie gelassen an, legte seine Hand über die ihre auf dem Tisch. Sie entzog sich, und er spürte, wie in ihm selber die Wut hochkam, sich jedoch rasch wieder legte. »Ich verstehe das Problem«, erklärte er ihr, »aber ich befürchte, das Problem der Stadt ist dringlicher . . . unmittelbarer.«

»Aber es ist nicht *unser* Problem. Unseres ist der Mord.«

»Tu mir den Gefallen«, sagte er. »Laß uns nur eine Minute vom Wetter reden.«

Sie seufzte und schüttelte den Kopf. »Mal sehen, was ich noch weiß«, sagte sie. »Moleküle reagieren auf Hitze durch Trennung und raschere Bewegung. Wassermoleküle bilden da keine Ausnahme. An einem heißen Tag steigen sie in der Atmosphäre hoch und bleiben an Staubpartikeln in der Luft haften. Wenn sie in die kühleren atmosphärischen Bereiche aufsteigen, verwandeln sie sich in Wolken. Wenn die Wolken zu schwer werden, wenn sie zuviel Wasser enthalten, kehren sie in Form von Regen auf den Boden zurück.«

»Okay«, sagte er. »Und Wind ist nichts anderes als das Zusammenspiel von Hitze und Kälte in der Atmosphäre.«

Sie zuckte die Achseln. »Die kalte, schwere Luft drückt nach unten und zwingt die warme Luft zum Ausweichen — Wind.«

»Ich glaube, ich fange an, einen Zusammenhang zu sehen«, sagte er aufgeregt. »Sieh mal, Robot City wächst mit rasender Geschwindigkeit, wodurch eine große Menge Staub in die Atmosphäre geblasen wird.« Er dachte an das Reservoir. »Gleichzeitig setzen sie irgendwie eine große Menge Wasser bei ihren Schürfarbeiten frei, die nötig sind, um die Stadt zu bauen. Die Schürfarbeiten sind mit einer Riesenmenge kinetischer Energie verbunden, Hitze, die sie in der Nähe des Wassers in die Atmosphäre entlassen, wodurch die erhitzten Moleküle gezwungen werden, in Form von Wasserdampf aufzusteigen und sich an die derzeit in der Atmosphäre reichlich vertretenen Staubpartikel zu heften. Nachts kühlt es erheblich ab . . .«

»Das könnte an einer unausgeglichenen Ozonschicht liegen«, sagte sie.

Er zeigte mit dem Finger auf sie. »Ozon. Das ist das Zeug, das unsere Atmosphäre abriegelt. Geht die Ozonschicht verloren, verlieren wir unsere thermische Schichtung. Deswegen wird es in der Nacht kalt, die Regenwolken bilden sich, die kalte Luft bringt die Stürme mit sich, und der Regen fällt.«

»Wenn sie also«, sagte Katherine, »ihre Bauarbeiten verlangsamen, könnte dadurch das Wetter verlangsamt werden.«

»Kommt mir logisch vor«, antwortete er.

»Warum tun sie es dann nicht?«

»Das ist das Rätsel, nicht wahr?«

Die Tür glitt auf, und Wohler, der goldene Robot, trat herein, flankiert von zwei kleineren Robotern.

»Guten Morgen«, sagte Wohler. »Ich vertraue darauf, daß Ihre Schlafperiode Ihnen gutgetan hat.«

»Ihr werdet lernen müssen, anzuklopfen, ehe ihr hier hereingestürmt kommt«, sagte Katherine. »Nun geht raus und macht es noch einmal.«

Derec sah mit an, wie der Robot pflichtschuldig vor die Tür trat und sie zugleiten ließ. Er wußte, daß Katherine nur ein Ventil für ihre Frustration suchte. Auf den Spacerwelten wurden Roboter einfach als Teil des Mobiliars angesehen und ihre Gegenwart nicht als Eindringen in die Privatsphäre angesehen.

Es pochte leise an die Tür, deren Material das Geräusch irgendwie dämpfte.

»Herein«, sagte Katherine mit Genugtuung, worauf die Tür aufglitt und die Roboter erneut hereinkamen.

»Ist dies in Zukunft die bevorzugte Methode der Behandlung?« erkundigte sich Wohler.

»Allerdings«, entgegnete sie.

»Sehr wohl«, sagte der Robot, dann bemerkte er Derecs Bettzeug auf dem Sofa. »Soll dies ins Schlafzimmer zurückgebracht werden?«

»Ihr habt uns nur ein Bett gegeben«, erwiderte Derec. »Ich hab' hier draußen geschlafen.«

Wohler kam weiter in den Raum hinein, trat an den Tisch. »Haben wir uns geirrt? War der Schlafplatz zu eng . . .«

»Katherine und ich möchten einfach . . . getrennte Schlafplätze haben«, sagte Derec.

»Privatsphäre?« wollte Wohler wissen. »Wie beim Anklopfen an der Tür?«

»Ja«, sagte Katherine, und es war ihr anzusehen, daß sie nicht geneigt war, sich über die sozialen Aspekte menschlicher Schlafgewohnheiten auszulassen, daher ließ auch er das Thema fallen.

»Funktionszeit ist im Augenblick strengen Prioritäten unterworfen«, sagte er, »aber wir werden sehen, ob wir Ihnen etwas mehr Privatsphäre verschaffen können.«

»Danke«, sagte Derec. »Und wenn es noch einen Tag braucht, bis es soweit ist, wäre mir das recht. Heute abend ist Katherine an der Reihe, auf der Couch zu schlafen.«

»Was?« sagte sie mit erhobener Stimme. Derec bedachte sie mit einem breiten Grinsen. Sie war nicht begeistert.

Er wechselte rasch das Thema. »Was führt euch heute morgen hierher, Wohler?« fragte er. »Seid ihr wegen unserer gestrigen Forderungen zu einer Entscheidung gelangt?«

»Ja«, erwiderte der Robot. »Es ist unser innigster Wunsch, daß es eine Entscheidung sein möge, die wir alle akzeptieren können. Um zunächst auf das Thema Ihrer Untersuchung und Bewegungsfreiheit einzugehen: Wir haben uns, solange unter den gegebenen Umständen Zeit dazu war, besprochen und sind zu dem Schluß gekommen, daß Sie *trotz* Ihrer Mängel Menschen sind, und diese Tatsache für sich verlangt, daß wir im Zweifelsfall in dieser Lage zu Ihren Gunsten entscheiden. Viele von uns waren um Ihre Wahrhaftigkeit besorgt, beziehungsweise den Mangel an ihr, aber ich habe ihnen ins Gedächtnis gerufen, daß ein großer *menschlicher* Philosoph einmal gesagt hat: ›Ist es nicht besser, menschliche Undankbarkeit hinzunehmen, als sich die Gelegenheit entgehen zu lassen, Gutes zu tun?‹ Und so haben meine Gefährten dafür gestimmt, diesbezüglich Gutes zu tun.«

»Ausgezeichnet«, sagte Derec.

»Aber . . .« half Katherine nach.

»Ja, in der Tat«, fuhr Wohler fort. »Es steht mir an, in jeder gegebenen Situation zu philosophieren, und ich bin nunmehr gezwungen, Sie daran zu erinnern, daß man immer bereit sein muß, das Böse hinzunehmen, das mit dem Guten einhergeht.«

»Nun mach schon«, sagte Katherine.

Wohler nickte. »In bezug auf Ihre Sicherheit und Ihre . . . Unberechenbarkeit wurde beschlossen, daß jeder von Ihnen einen Robotbegleiter bekommen soll, der . . . Ihnen bei Ihren Nachforschungen behilflich ist.«

»Du meinst, er soll auf uns aufpassen«, sagte Katherine.

»Nur eine Frage der Semantik«, konterte Wohler, und Derec merkte, daß der Robot auf Diplomatie eingestellt war. »Übrigens glaube ich, daß Sie im vorliegenden Fall diese Roboter als Assistenten nützlicher finden werden denn als Aufpasser. Tatsächlich war einer davon bei Davids Tod und den anschließenden Wirrungen zugegen.«

Katherine horchte auf. »Tatsächlich? Welcher?«

Der Robot links von Wohler trat vor. Sein Körper war röhrenförmig, sein Schädel ein Gestrüpp von Sensoren und Photozellen. Da er keine Arme hatte, wirkte er in beinahe jeder Hinsicht nutzlos.

»Wie wirst du genannt?« fragte Katherine die Maschine.

Die Ausdrucksweise dieser Maschine war knapp und präzise. »Ich bin Eventualrecorder B-23, Modell 13 Alpha 4.«

»Ich werde dich Eve nennen, wenn's dir recht ist«, sagte Katherine, dann stand sie auf und wickelte ihre Decke noch ein wenig fester um sich. Sie sah Derec an. »Ich will den hier.«

»Prima«, sagte Derec und dann, an den anderen gewandt: »Komm her.« Der Robot trat dicht an ihn heran. »Du wirst auf den Namen Rec hören.«

»Rec«, wiederholte der Robot.

»Wir nennen sie Zeugenroboter«, sagte Wohler. »Ihre einzige Funktion besteht darin, Ereignisse zum Zwecke späterer Aufzeichnungen präzise wahrzunehmen.«

»Deshalb haben sie keine Arme«, sagte Derec.

»Richtig«, erwiderte Wohler. »Sie sind zu nichts anderem fähig, als Zeuge zu sein. Sobald auf beliebigem Niveau Betroffenheit einsetzt, versagt bei jedem Geschöpf die Zeugenfunktion. Diese Roboter nehmen nur wahr und berichten darüber. Sie werden fast immer wissen, wie etwas passiert ist, aber niemals warum. Sie werden, soweit ihre Möglichkeiten es zulassen, Ihre Fragen beantworten, aber sie sind, um es noch einmal zu sagen, unfähig, auf höherer Ebene Verbindungen herzustellen, indem sie Ereignisse verknüpfen, um Begründungen zu schaffen.«

»Ich werde gehen und mich anziehen«, sagte Katherine so fröhlich, wie Derec sie seit Tagen nicht mehr gesehen hatte. Sie eilte aus dem Raum, verschwand den Gang entlang ins Schlafzimmer.

»Wo ist uns der Zugang verwehrt?« fragte Derec. »Oder steht uns der gesamte Planet offen?«

»Leider nicht«, sagte Wohler. »Man wird Ihnen Zugang zu gewissen Stadtteilen und gewissen Betrieben verwehren. Ihr Zeuge wird Ihnen jedoch Bescheid sagen, wenn Sie sich sozusagen auf Glatteis begeben haben.«

»Wie stehen die Chancen, daß ich an ein Terminal komme«, fragte Derec, »um mich mit der Zentraleinheit in Verbindung zu setzen?«

»Die Zentraleinheit hat sich wegen unseres gegenwärtigen Notstandes abgeschottet«, sagte Wohler. »Sie akzeptiert nur Input von seiten der Überwacher, und wir sind außerstande, Ihnen damit behilflich zu sein.«

»Wie werden die Routinearbeiten in Gang gehalten?« wollte Derec wissen.

»Wesentliche Informationen lassen sich über jedes Terminal sammeln«, antwortete der Robot. »Nur der Input ist begrenzt.«

»Hättet ihr was dagegen, wenn ich es versuche?«

»Das müssen Sie mit der Zentraleinheit ausmachen. Wir alle haben unseren Aufgaben nachzugehen. Wir bestehen nur darauf, daß Sie Ihr Versprechen einhalten, hierher zurückzukehren, sobald der Regen kommt. Wir müssen Ihre Sicherheit über alles stellen. Da wir in dieser Hinsicht bei Ihrem Vorgänger versagt haben, übertreiben wir es möglicherweise mit der Vorsicht. Aber wir werden Ihnen sämtliche Privilegien entziehen, falls diese Direktive nicht beachtet oder ignoriert wird.«

»Ich verstehe«, erwiderte Derec, »und werde eure Wünsche respektieren.«

»Ihr Wort gilt leider im Augenblick nicht viel«, sagte der Robot und wandte sich zur Tür, wobei sein Kopf zu Derec herumschwenkte.

»An Ihren Taten wollen wir Sie in Zukunft messen. Wie ein Erdenphilosoph einst sagte: ›Die Qualität eines Lebens bestimmt sich nach seinen Taten.‹ Nun muß ich aber gehen.«

Damit trat Wohler rasch durch die Türöffnung und entfernte sich eilig mit dem Aufzug. Seine Hast beunruhigte Derec; sie sagte ihm, daß in Robot City nicht alles zum Besten stand. Er hatte Wohler eigentlich nach den Auswirkungen des Regens der vergangenen Nacht fragen wollten, sich dann jedoch überlegt, daß er sich lieber aus erster Hand davon überzeugen wollte, und daß Rec ihn hinbringen würde, wo er wollte.

»So«, sagte Katherine und kam den Gang entlang, um im Zimmer herumzuhantieren. Sie trug einen blauen Einteiler, den der Dienstroboter am vergangenen Abend mit dem Nachtmahl gebracht hatte. »Endlich können wir anfangen, uns in eine positive Richtung zu bewegen. Wo willst du anfangen?«

»Ich dachte, ich gehe mal zum Reservoir runter«, antwortete er, »und sehe nach, wieviel Regen letzte Nacht gefallen ist.«

Sie blieb stehen und starrte ihn ungläubig an. »Ist dir denn nicht klar, daß jetzt jeder Augenblick kostbar ist? Wir müssen diese Leiche finden und feststellen, was passiert ist. Sie könnte in eben dieser Minute . . . verwesen oder so was.«

»Ich muß nachsehen, ob es Schäden gegeben hat«, sagte er. »Ich sehe zu, daß ich später zu dir stoße.«

»Schon gut«, sagte sie wütend und marschierte rasch zur Tür. »Befriedige du nur deine blöden Bedürfnisse. Ich *will* dich gar nicht dabeihaben. Du wärst mir ohnehin im Weg. Komm, Eve. Wir müssen das *corpus delicti* auftun.«

Sie verließ ohne einen Blick zurück die Wohnung und verschwand, während Derec ihr noch mit gerunzelter Stirn nachsah. Er konnte nichts dafür, wie seine Gefühle sich hier äußerten. Er glaubte, daß soviel von seinem Leben, seinem Lebenszweck mit der Zukunft Robot Citys zusammenhing, daß die Sorgen der Stadt ihm wie seine eigenen vorkamen.

»Ich will zum Reservoir«, sagte er zu Rec. »Kannst du mich hinbringen?«

»Ja, Freund Derec«, antwortete der Robot, und sie verließen gemeinsam die Wohnung.

Als sie auf Straßenniveau ankamen, war Derec enttäuscht, feststellen zu müssen, daß die Überwacher ihm kein Transportmittel hinterlassen hatten, das er benutzen konnte. Es war reine Zeitverschwendung, zu Fuß von Ort zu Ort zu gehen. Vielleicht konnte er später mit Euler darüber sprechen, obwohl er befürchtete, daß man ihn vor allem davon abhalten wollte, sich sehr weit von der Wohnung zu entfernen.

»Wollen Sie den direkten Weg nehmen?« fragte ihn der Zeugenrobot.

»Ja, natürlich«, sagte Derec, als sie aufbrachen. »Laß mich dir eine Frage stellen. Ist der Regen ein Resultat der Arbeiten, die an der Stadt durchgeführt werden?«

»Hauptsächlich«, antwortete Rec über einen Lautsprecher, der an der Derec zugewandten Seite seines Schädels montiert war. »Außerdem ist hier gerade Regenzeit.«

»Wenn sie mit den Bauarbeiten langsamer machen würden, würde das den Regen verlangsamen?«

»Ich weiß es nicht.«

Derec wußte, er packte die Sache falsch an und stellte die falschen Fragen. »Wie erzeugt die Stadt den Regen?« fragte er.

Der Robot begann zu sprechen, indem er in enzyklopädischer Form Informationen von sich gab. »Unterirdisch wird Olivin abgebaut und im Vakuum gemahlen, wobei Kohlenstoff, Wasserstoff, Sauerstoff und Stickstoff anfallen, wodurch Wasserdampf, Kohlendioxid, Methangas und Spuren anderer Chemikalien freigesetzt werden. Außerdem wird Eisen abgebaut zur Verwendung als Baumaterial, daneben petrochemische Produkte zur Herstellung von Kunststoffen . . .«

»Kunststoffe?« fragte Derec.

»Kunststoffe werden als Legierungselemente zur Herstellung des Materials gebraucht, aus dem die Stadt gebaut ist. Wünschen Sie, daß ich in bisheriger Richtung mit meiner Zeugenaussage fortfahre?«

»Laß mich es dir sagen«, bat Derec, »und du sagst mir, ob ich recht habe. Wasserdampf wird, zusammen mit der thermischen Energie des Schürfprozesses, in die Luft gepumpt, die Hitze außerdem ins Reservoir. Das CO_2 wird in den Wald abgeleitet, um sein Wachstum zu unterstützen. Daß das Wetter derzeit so regenreich ist, liegt daran, daß die Stadt zu schnell wächst, daß sie zuviel Hitze, Staub und Wasser abgibt.«

»Ich weiß nicht, ob das Wetter derzeit *so* regenreich ist«, sagte Rec. »Ich verstehe nicht einmal, was mit *so* regenreich gemeint ist. Die anderen Aussagen, die Sie gemacht haben, entsprechen jenen, die ich von Überwacher Avernus gehört habe und die, wie ich annehme, korrekt sind.«

»Prima«, sagte Derec. »Gibt es ein Problem mit der Ozonschicht?«

»Ein Problem?« fragte der Robot.

Derec formulierte die Frage um: »Wird an der Ozonschicht gearbeitet?«

»Ich weiß es nicht«, sagte Rec, »obwohl, einmal habe ich Überwacher Avernus sagen hören: ›Die Ozonschicht muß photochemisch auf zehn Millionstel erweitert werden.‹«

»Gut«, sagte Derec. »Sehr gut.«

»Sie sind zufrieden mit meiner Zeugenaussage?« fragte Rec.

»Ja«, antwortete Derec. »Werden die Überwacher dich später auffordern, zu berichten, was wir diskutiert haben?«

»Das ist meine Funktion, Freund Derec.«

Derecs Uhr zufolge liefen sie beinahe eine Stunde, während die Stadt sich ringsum weiterhin unauffällig veränderte. Manchmal dauerte es ein wenig, Informationen aus dem Zeugenrobot herauszuholen, aber wenn die Fragen richtig formuliert wurden, fand Derec in Rec eine unerschöpfliche Informationsquelle. Er fragte sich, wie Katherine mit ihrem Zeugen zurechtkam.

Lange bevor sie dort eintrafen, wußte Derec, daß sie sich dem Reservoir näherten. Ein langer Strom von Robotern bewegte sich darauf zu und vom ihm weg, gefolgt von großen Fahrzeugen, die mit Blöcken von Stadtbaumaterial beladen waren.

Sie kamen in eine Gegend, wo lautstarke Aktivität herrschte, wo die Echos den Geräuschpegel so sehr anhoben, daß Derec sich die Ohren zuhielt. Auf dem Reservoirgelände wurden seine schlimmsten Befürchtungen bestätigt. Das Wasser hatte den Rand des

Beckens erreicht und spülte an mehreren Stellen leicht über ihn hinweg.

Die Roboter taten ihr Bestes, das zu verhindern. Große Maschinen, offenbar umgebaute Bergwerksgeräte, waren so modifiziert, daß sie riesige Blöcke Baumaterial an den Beckenrand hoben, wo Vielzweckrobots mit Laserbrennern die höheren Abschnitte zusammenschweißten, um mehr Platz zu schaffen, und dabei gelegentlich gelbe Funkenschauer auf ihre Umgebung herabregnen ließen.

Es war eine umfangreiche Aufgabe, denn das Reservoir erstreckte sich über viele Hektar, und die Roboter arbeiteten in fieberhafter Eile, um vor dem nächsten Regen fertig zu werden. Und nach Derecs Meinung konnte es sich nur um eine Notmaßnahme handeln, denn wenn man dem Regen nicht Einhalt bot, würde er in ein oder zwei Tagen selbst den zusätzlichen Beckenabschnitt überflutet haben.

»Was passiert, wenn das Wasser überläuft?« fragte er Rec.

»Ich bin unfähig, über solche Dinge zu spekulieren, Freund Derec«, sagte der Robot. »Es läuft nicht über. Wenn es überläuft, werde ich Zeuge sein.«

»Gut«, sagte Derec und ging weiter, schloß zu den Arbeitern auf.

»Gehen Sie nicht zu nahe heran«, rief Rec. »Das ist gefährlich für Sie.«

Derec ignorierte ihn und drang weiter vor, da er Euler erkannt hatte, der beim Transport eines Blocks half. Er steuerte eine schwere Maschine mit massivem Fahrgestell und einem Teleskoparm, die einen sechs mal sechs Meter großen Block mittels Magnetgreifern hochhielt. Euler hatte seine Zangen etwa so weit von sich gestreckt, wie der Teleskoparm ausschwenken mußte, um auf gleiche Höhe mit dem Beckenrand und dem benachbarten Block zu gelangen. Vielzweckrobots überwachten sodann physisch das Absetzen der Blöcke und hielten sie fest, damit die Schweißer sich sofort an die Arbeit machen konnten.

»Euler!« rief Derec, so daß der Robot beim Klang seines Namens zusammenzuckte.

»Es ist hier zu gefährlich für Sie!« rief Euler zurück und winkte ihn fort. »Wir haben keine Sicherheitskontrollen über dieses Gebiet.«

»Ich bleibe nur eine Zentade«, sagte Derec und trat neben ihn. Er konnte am Rand des letzten Blocks vorbeiblicken und sah die dunklen Wasser oben aus dem Becken schwappen. In der Ferne, um das gesamte Reservoir herum, wiederholte sich die gleiche Operation, nur mit anderen Mannschaften.

»Was machen Sie hier?« fragte Euler ihn.

»Ich mußte mich persönlich überzeugen«, antwortete Derec. »Ich wußte, daß der Wasserspiegel steigt. Warum reduziert ihr nicht die Baugeschwindigkeit und laßt das Wasser zurückgehen?«

»Ich kann Ihnen nicht sagen, warum«, sagte Euler.

»Aber was passiert, wenn das hier überläuft?«

»Wir verlieren die Reinigungsanlage«, sagte Euler und hob seine Zangen, um dem Teleskoparm zu bedeuten, er solle den Block nicht weiterbewegen. Dann zeigte er in Richtung Boden, und der Arm ließ sehr langsam den Block sinken. »Wir verlieren einen Großteil unserer Bergwerksbetriebe. Wir verlieren zahlreiche Bergarbeiter. Wir werden versagt haben.«

»Dann stellt die Bauarbeiten ein!«

»Das können wir nicht!«

In diesem Augenblick erhielt der Vielzweckrobot, der an dem Block arbeitete, einen leichten Stoß von dem herabkommenden Metall und verlor auf dem nassen Boden das Gleichgewicht. Geräuschlos und undramatisch rutschte er vom Rand des Beckens und fiel ins dunkle Wasser, wo er augenblicklich verschwand.

Alles erstarrte.

Euler drängte sich an Derec vorbei und eilte an den Rand des Wassers, wo er mit gesenktem Kopf dastand und hinabstarrte. Die übrige Mannschaft tat es ihm gleich, reihte sich schweigend am Wasser auf. Derec stellte sich neben Euler. »Es tut mir leid«, sagte er.

Euler wandte langsam den Kopf, blickte den Jungen an und sprach lange Zeit kein Wort. »Ich hätte besser aufpassen müssen«, sagte er.

»Wie tief ist das Wasser?« fragte Derec.

»Sehr tief«, erwiderte Euler. »Ich habe mich mit Ihnen unterhalten und meiner Aufgabe nicht die volle Aufmerksamkeit gewidmet.«

»Kann er gerettet werden?«

»Wenn mehr Zeit gewesen wäre«, sagte Euler, »hätte man die Arbeiten auf ihre Ungefährlichkeit und Durchführbarkeit hin überprüft, und dies wäre nicht eingetreten. Hätte ich es besser gewußt, hätte ich Ihnen nicht gestattet, so nahe heranzukommen. Ein Robot ist verloren, und der Überwacher trägt die Schuld.«

»Es gab nichts, was du hättest tun können«, sagte Derec.

»Ein Robot ist heute gestorben«, sagte Euler zu ihm. »Vorerst werde ich keine Ihrer Fragen mehr beantworten.«

Kapitel 6

Die Tunnel

»Wenn die Stadt sich ununterbrochen bewegt«, fragte Katherine, »wie kannst du mich dann an den Tatort des Mordes bringen?«

»Durch Triangulation«, sagte Eve, der Zeugenrobot. »Indem ich den Kompaßturm als Bezugspunkt nehme, und den exakten Sonnenstand zu einer gegebenen Zeit als zweiten, sind meine Sensoren in der Lage, die Position zu bestimmen, wo ich erstmals auf den Leichnam gestoßen bin. Wir müssen ermitteln, welchen Stand die Sonne in genau 13,24 Dekaden erreicht haben wird, um die Position richtig festzulegen.«

Sie waren unterwegs durch die Stadt, und Katherine empfand eine Mischung aus Angst und Begeisterung bei ihrem ersten Soloausflug nach draußen. Sie bewegten sich in großer Höhe, über dem Niveau vieler Gebäude, und zwischen den Bauten schienen, nur damit sie hinüberkonnten, Brücken zu wachsen, die wieder wegschmolzen, nachdem sie vorüber waren. Eve brauchte offenbar die Höhe, um präzise Berechnungen anzustellen.

Katherine war wütend auf Derec wegen seines mangelnden Interesses an ihrer mißlichen Lage, doch sie kannte ihn gut genug, um zu wissen, wie eigensinnig er sein konnte. Sie kannte ihn sogar besser als er sich selbst, und das machte sie wahnsinnig. Sie waren in einem Netz von Intrigen gefangen, das massive Ausmaße angenommen hatte, und solange sie hier festsaß, mußte sie sich der

Situation mit soviel Beherrschung stellen, wie sie aufbringen konnte. Und das beeinhaltete unter anderem, Derec nicht mehr über sein Leben zu verraten, als er selbst herauszufinden imstande war. Ihre eigene Existenz stand auf dem Spiel, und bis sie dem Labyrinth entkommen konnte, das ihre Aktivitäten begrenzte, hatte sie entsetzliche Angst, zuviel zu verraten.

Sie *mußte* Robot City verlassen. Die Schmerzen hatten seit ihrer Ankunft hier zugenommen, und zum ersten Mal in ihrem Leben war sie soweit, sich mit dem Tod auseinanderzusetzen.

Und ihr einziges Verbrechen war Liebe.

Sie spürte, wie ihr die Tränen kamen und kämpfte sie mit eisernem Willen nieder. Sie würden ihr hier nicht helfen. Nichts half ihr, außer der eigenen Zähigkeit und Intelligenz.

»Erzähl mir, was du mit Davids Tod zu tun hattest«, forderte sie den Robot auf, der ganz damit beschäftigt war, ihre Position nach dem Sonnenstand zu bestimmen.

»In ungefähr zwei Dekaden«, sagte der Robot, »wird es genau neun Tage her sein. Ab hier gehen wir unten weiter.«

Eve trat dicht an die Kante des sechsstöckigen Gebäudes, auf dem sie standen, und es bildeten sich Stufen samt Geländer heraus, die ihnen den Abstieg ermöglichten. Beim Hinabgehen sprach der Robot weiter.

»Ich wurde als Zeuge der Versuche gerufen, Freund David aus einem verschlossenen Raum zu befreien.«

»Ein verschlossener Raum?« sagte Katherine. »Das hör' ich zum ersten Mal. Wie konnte er hier so in die Falle geraten?«

»Der Raum ist um ihn herumgewachsen«, sagte Eve. Sie kamen auf Straßenniveau, und der Robot wandte sich nach Westen, weg vom Kompaßturm. »Der Bau hat ihn eingeriegelt und wollte ihn nicht hinauslassen.«

»Warum?«

»Ich weiß es nicht.«

»Weiß es überhaupt jemand?«

»Ich weiß es nicht.«

»Na gut«, sagte Katherine und beobachtete, wie eine Robotermannschaft allem Anschein nach Sportgeräte in eines der Gebäude schaffte. »Berichte mir einfach, was du gesehen hast.«

»Gern. Ich wurde als Zeuge des Versuchs berufen, Freund David aus dem versiegelten Raum zu befreien. Als ich eintraf, befand sich Überwacher Dante bereits am Ort des Geschehens . . .« Der Robot blieb stehen und starrte sekundenlang zur Sonne auf. »Genau hier.« Eve zeigte auf einen Straßenabschnitt. »Freund David war im Innern des Gebäudes gefangen, und wir konnten ihn rufen hören, man solle ihn herauslassen.«

»Wer?«

»Ich selbst, Überwacher Dante, ein Vielzweckrobot mit einem Schweißgerät und ein weiterer häuslicher Dienstrobot, der als erster Freund Davids Problem entdeckt hatte.«

»Was ist dann passiert?«

»Dann fragte Überwacher Dante Vielzweckrobot # 237-5, ob es ungefährlich sei, den Laserbrenner so dicht bei einem Menschen einzusetzen, und der Vielzweckrobot # 237-5 versicherte ihm, das sei möglich. Zunächst versuchte Überwacher Dante dem Raum gut zuzureden, er solle Freund David herauslassen, und als dies mißlang, verlangte er, den Raum aufzuschweißen.«

»Und diesem Verlangen wurde entsprochen?«

»Ja. Überwacher Dante bat übrigens Vielzweckrobot # 237-5, das Projekt rasch zu beenden.«

»Warum?«

»Ich weiß es nicht.«

Katherine erinnerte sich der Funktionsweise des Zeugen und stellte eine andere Frage. »Gab es noch andere Ereignisse, die zeitlich mit diesem hier zusammenfielen?«

»Ja«, sagte Eve. »Der Essensdienst beschwerte sich, daß Freund David das Mittagessen nicht rechtzeitig serviert werden konnte, und erkundigte sich, ob das seiner Gesundheit schaden könne; mehrere Überwacher trafen sich im Kompaßturm, um zu diskutieren, wie Freund David ohne ihr Wissen in die Stadt gelangt sein mochte; und in der Stadt selbst wurde allgemeiner Sicherheitsalarm ausgelöst.«

»Verändert allgemeiner Sicherheitsalarm die Art und Weise, wie bestimmte Funktionen ausgeführt werden?« fragte sie.

»Ja. Wir wurden ausnahmslos zu anderen Notstandsaufgaben herangezogen und waren nur wegen der Gefahr hier, die Freund David drohte, und wegen der Notwendigkeit, ihn zu befreien.«

»Was ihr dann auch getan habt.«

»Ich nicht«, sagte Eve. »Ich war nur Zeuge. Aber Freund David wurde aus dem geschlossenen Raum befreit.«

»Ist dir an diesem Punkt etwas merkwürdig vorgekommen?«

»Merkwürdig? Freundin Katherine, ich kann nur . . .«

»Ich weiß«, unterbrach sie ein wenig gereizt. »Du bist nur Zeuge. Dann erzähl mir genau, was passiert ist.«

»Überwacher Dante forderte Freund David auf, in seine Wohnung zurückzukehren, da Sicherheitsalarm ausgelöst worden sei. Freund David sagte, er sei noch nicht bereit, in seine Wohnung zurückzukehren, er habe noch zu tun. Dann klagte er über Kopfschmerzen. Dann begann er zu lachen und entfernte sich. Als nächstes fragte Vielzweckrobot # 237-5 Überwacher Dante, ob Freund David festgenommen werden solle, worauf Überwacher Dante sagte, er habe die Prioritäten abgewogen und entschieden, daß der Sicherheitsalarm Vorrang habe. Er befahl uns, unsere Notstandspflichten zu erfüllen, was in meinem Falle das Beobachten eines Ereignisses beinhaltete, das ich nicht mit Ihnen zu diskutieren befugt bin.«

»Was ist dann passiert?« fragte Katherine ängstlich.

»Dann habe ich die mir zugewiesene Notstandsaufgabe durchgeführt.«

»Nein, nein«, sagte Katherine. »Was ist in bezug auf David passiert.«

»Ungefähr neun Dekaden später wurde ich erneut gerufen.« Eve begann rasch die Straße entlangzugehen. Katherine folgte auf den Fersen, obwohl sie rennen mußte, um Schritt zu halten. »Ich bringe Sie zum ungefähren Ort des zweiten Vorfalls«, rief der Robot aus einem Lautsprecher, der hinten in seinen Schädel eingelassen war. »Ich wurde, diesmal zusammen mit Überwacher Euler, von Vielzweckrobot # 716-14 herbeigerufen, der beobachtet hatte, wie mehrere Abfallbeseitigungsroboter versuchten, den Leichnam von Freund David fortzuschaffen.«

Eve eilte um eine Straßenecke, dann blieb der Robot abrupt stehen, so daß Katherine beinahe mit ihm zusammenstieß.

»Hier«, sagte Eve, »ist der ungefähre Ort, an welchem der Leichnam angeblich zu Boden gegangen ist.«

»Angeblich?«

»Bei meiner Ankunft war er nicht mehr hier.«

»Was hatte der Vielzweckrobot zu berichten?«

»Vielzweckrobot #716-14 sagte aus, er habe die Abfallbeseitigungsroboter fortgeschickt und dann bei Freund David ohne Erfolg nach einem Lebenszeichen gesucht. Während der Untersuchung begann ein weiterer Raum um den Leichnam herum zu wachsen und ihn abzukapseln, worauf Vielzweckrobot #716-14 sich entfernte, ehe er in der Falle saß, und einen Notruf nach uns aussandte. Wir kehrten gemeinsam an die Stelle zurück, doch die Leiche war fort. Das war das letzte Mal, daß jemand Freund David gesehen hat.«

»Gab es Anzeichen von Gewalt an der Leiche?«

»Vielzweckrobot #716-14 berichtete, der Leichnam habe einen völlig normalen Eindruck gemacht, bis auf eine kleine Schnittwunde am linken Fuß. Da ich diesbezüglich nur vom Hörensagen berichten kann, bin ich unfähig, dies als akkurates Untersuchungsergebnis zu bestätigen.«

Katherine lehnte sich gegen die Wand eines einstöckigen Ersatzteillagers, worauf diese ein wenig unter ihrem Gewicht nachgab. Es schien mehr als nur ein Zufall zu sein, daß Davids Zwangslage in dem versiegelten Raum und der Alarmzustand der Stadt sich gleichzeitig ereignet hatten — aber worin bestand die Verbindung?

»Meinst du, die Leiche war einfach deshalb weg, weil die Stadt sie weggeschafft hat?« fragte sie.

»Ich kann über eine solche Theorie nicht spekulieren«, sagte der Zeugenrobot, »aber ich hörte Überwacher Euler eine ähnliche Aussage machen — wieder aus zweiter Hand.«

»Errechne mir bei gegebener Wachstumsrate der Stadt«, sagte Katherine, »wie weit und in welche Richtung die Leiche von David sich entfernt haben könnte, falls tatsächlich das Wachstum der Stadt ihn von hier fortgeschafft hat.«

»Ungefähr zehneinhalb Häuserblocks«, sagte Eve ohne Zögern, »in jede Richtung. Die Stadt funktioniert nach einem Plan, der mir nicht bekannt ist.«

»Zehneinhalb Häuserblocks«, sagte Katherine leise. »Nun, da habe ich ja einiges zu tun, um mir die Zeit zu vertreiben.« Sie betrachtete Eves borstigen Schädel. »Laß uns spazierengehen.«

»Das haben Sie zu entscheiden«, erwiderte der Robot, als Katherine aufs Geratewohl eine Richtung wählte und sich auf die Suche machte, wonach, das wußte sie nicht.

ZUTRITT VERBOTEN stand in Großbuchstaben auf dem Bildschirm, ein Satz, über den Derec in zehn Minuten mehr als ebensooft gestolpert war.

Er stand an einem kleinen Pult neben einem großen, offenen Fenster. Durch die brodelnden Wolken aus eisenrotem Staub, die gen Himmel aufstiegen, konnte er die lange Reihe von Baggern zentimeterweise über den felsigen Boden vorrücken sehen, während die Zähne ihrer schweren Frontschaufeln den Boden mühelos bis in 70 Zentimeter Tiefe aufgruben und dann mit dem Erdreich hinter sich eine flache, glatte Fläche bildeten, indem sie Löcher füllten, Erhebungen einebneten und den Boden völlig einheitlich hinterließen. Eine Reihe schwerer Walzen vervollständigte diese einzigartigen Gefährte, indem sie den Boden verdichteten und befestigten, damit die Blockfundamente der Stadt sich in den Abschnitt vorschieben konnten, sobald er fertiggestellt war.

Nachdem er das Reservoir mit seiner Tragödie hinter sich gelassen hatte, hatte er Rec gebeten, ihn an den Rand der Stadt zu bringen. Er wollte sich mit eigenen Augen die Entstehung der Staubwolke ansehen und zugleich versuchen, Zugang zu einem Terminal zu erhalten, das sich außer Reichweite der Überwacher befand. Der Robot hatte erst gezögert, aber nachdem Derec ihm versichert hatte, er wolle nicht über den Stadtrand hinaus, hatte Rec bereitwillig zugestimmt.

Nun, da er angekommen war, reute Derec die Zeit, die es gekostet hatte, die weite Strecke zurückzulegen. Das Terminal hatte sich als kompletter Fehlschlag erwiesen. Er war in der Lage gewesen, jegliche Information abzurufen, die mit diesem Teil des Stadtbetriebs zu tun hatte: Reparaturmaßnahmen, Zeitangaben, Gerätebeschreibungen, Personaleinsatz und alle möglichen Programmstartbefehle; darüber hinaus jedoch erhielt er keinen Zugang.

Er hatte verschiedene Methoden ausprobiert, Kennworte herauszufinden, aber es schien, daß er zum Scheitern verurteilt war, noch ehe er angefangen hatte. Er hatte den Eindruck, daß sich die Terminals, sobald die Stadt in Alarmzustand versetzt wurde, regional orientierten und nur spezifische Daten aufnehmen konnten, die sich auf ihre mögliche Funktion an einem bestimmten Ort bezogen. Es fiel ihm schwer, das zu glauben, denn wenn die Roboter tatsächlich als einzige über Zugang und Kennworte bestimmten, widersprach das der Natur ihrer ›perfekten Menschenwelt‹. Seiner Meinung nach mußte einem Menschen der Zugang schon aus fundamentalen philosophischen Gründen möglich sein.

Nicht so hier; nicht bei diesem Terminal.

Was blieb ihm dann noch? Der Regen kam mit oder ohne sein Zutun; die Zentraleinheit blieb ihm verschlossen, und damit alle Antworten, die sie kennen mochten; er war immer noch ein Gefangener (eine Tatsache, die er Katherines Gefühlen widersprechend durchaus sehr ernst nahm); und er wußte nach wie vor nichts über seine Herkunft oder die Gründe, warum er in Robot City war.

Dieser Gedanke brachte ihn wieder zum Grundsätzlichen. Bei seinem Besuch im Kompaßturm war Avernus als der erste Überwachungsrobot genannt worden, der die Konstruktion der anderen Überwacher veranlaßt hatte. Derec hatte mit Erfolg Ursprung und Ziel des Wassers festgestellt; nun würde er an der Aufdeckung der Ursprünge der Stadt selbst arbeiten. Der einzige Ort, wo er damit anfangen konnte, war bei Avernus im Untergrund. Die Schürfarbeiten waren nötig, um die Rohstoffe zum Bau der Stadt zu fördern. Alles übrige ergab sich daraus. Er würde sich an die Quelle begeben — zu Avernus.

Er schaltete das nutzlose Terminal aus, verließ den ansonsten leeren Raum und fand draußen Rec vor, wie er die aufsteigenden Staubwolken angestrengt beobachtete und Messungen vornahm. Das war seine Leidenschaft.

»Ich will in die Bergwerke gehen und Avernus sprechen«, sagte er zu dem Robot.

»Ist das akzeptabel?«

»Ich werde Sie zu den Bergwerken bringen, Freund Derec«, erwiderte Rec, »dort überlasse ich Avernus die Entscheidung.«

»Ist recht«, erklärte Derec und bereitet sich auf einen weiten langen Fußmarsch vor. Dann entdeckte er einen Karren, der bei der Grabzone geparkt war. »Laß uns diesmal fahren.«

»Diese Maschine wurde uns nicht überlassen«, sagte Rec. »Wir können sie uns nicht einfach aneignen.«

»Hat man dir gesagt, du sollst mich daran *hindern*, die Maschine zu nehmen?« entgegnete Derec.

»Nein, aber . . .«

»Dann los.«

Derec sprang auf den Vordersitz, sah jedoch keine Instrumente, mit deren Hilfe er hätte fahren können. Er wußte, daß es sich vermutlich um das Transportmittel der Roboter handelte, welche die Bagger bedienten, doch der Zeugenrobot sah sich außerstande, darüber zu spekulieren, und hüllte sich daher in Schweigen. »Wie funktioniert das?«

»Sie geben Ihr Ziel über Mikrophon ein«, sagte Rec.

»In den Untergrund«, sagte Derec, dann zuckte er an Rec gewandt die Achseln. Binnen Sekunden fuhr der Karren ruckartig an und entfernte sich zügig von den Grabarbeiten.

Sie durchquerten rasch einen Sektor, in dem es nur robotgesteuerte Produktionsstätten gab, die auf Hochtouren liefen und verzweifelt versuchten, mit der rekordbrecherischen Geschwindigkeit der Bauarbeiten Schritt zu halten. Mit wachsender Gebäudezahl wuchs auch die Zahl der Roboter, die für den Betrieb der Gebäude zuständig waren, und die Zahl der Menschen, die nicht in ihnen lebten. Sie passierten unzählige dicht mit neuen, funktional gestalteten Robotern besetzte Fahrzeuge, deren Passagiere sich nach allen Seiten umblickten, da sie zum erstenmal ihre Welt zu sehen bekamen.

Außerdem kamen sie an weiteren kleinen Wäldern vorbei, und an großen Abschnitten voller hydroponischer Gewächshäuser, errichtet für eine Zukunft, in der die Massenproduktion von Lebensmitteln Realität würde. Dann sausten sie an einer weiten, offenen Fläche vorbei, die keine erkennbare Funktion hatte.

»Was ist das?« fragte Derec.

»Nichts«, anwortete Rec.

»Ich meine nicht jetzt«, sagte Derec. »Was soll das mal werden?«

»Ich habe nicht oft in Sachen Potential zu tun«, erwiderte der Robot, während an seinem Schädel mehrere rote Lichter wie wild blinkten, »aber ich erinnere mich, daß Überwacher Euler diesen Ort einmal als künftigen Raumhafen bezeichnet hat.«

Derec war ein wenig bestürzt. Robot City war ganz und gar unfähig, mit landenden oder startenden Raumschiffen jeglicher Art fertig zu werden. Das brachte ihn auf einen neuen Gedanken.

»Wenn der Raumhafen noch nicht erbaut wurde«, sagte er, »wo bewahrt ihr dann eure Hyperwellentransmitter auf?«

Er stellte die Frage beiläufig und in vollem Bewußtsein, daß Rec ihm zweifelsohne mitteilen würde, diese Information sei geheim; auf die Antwort, die er erhielt, war er gänzlich unvorbereitet.

»Ich weiß nicht, was ein Hyperwellentransmitter ist«, antwortete der Robot.

»Ein Gerät zur Kommunikation über weite Entfernungen im Weltraum«, sagte Derec. »Vielleicht habt ihr eine andere Bezeichnung dafür.«

»Ich weiß von keinem Gerät, das zur Kommunikation über unsere Atmosphäre hinaus gedacht ist«, antwortete Rec.

»Ihr sendet und empfangt also keine Informationen von außerhalb des Planeten?«

»Ich weiß von keinem Fall dieser Art«, erwiderte Rec. »Wir sind hier auf uns selbst gestellt.«

Der Karren kam ruckartig zum Stehen, ein Ruck, der sich in Derecs Gedanken widerspiegelte. Irgendwie war es ihm nie aufgegangen, daß sie tatsächlich auf diesem Planeten festsaßen. Der Schlüssel und sein sachgemäßer Gebrauch wurden ihm plötzlich äußerst wichtig.

»Wir sind da, Freund Derec«, sagte Rec.

»Du hast recht«, entgegnete Derec und stieg bedächtig aus dem Wagen. Was ging hier vor? Wer hatte diesen Ort geschaffen? Und warum? Es handelte sich um eine einzigartige Zivilisation, die nur mit sich selbst in Kontakt stand, obwohl ihre Wurzeln in der Spacerphilosophie klar erkennbar waren. Konnte David, der tote Mann, ihr Schöpfer gewesen sein?

Er ging an der Schlange von Robotern vorbei, die ihre defekte Ausstattung schleppten, vorbei an der riesigen Strangpresse und ihrem unaufhörlichen Ausstoß an Stadt vom Band, und erreichte den Zugang zum Untergrund. Er wandte sich an Rec, der neben ihm stand.

»Finde mir Avernus«, sagte er. »Teile ihm mit, daß ich mit ihm sprechen möchte. Ich will nicht das Protokoll verletzen, indem ich irgendwo hingehe, wo es den Menschen untersagt ist.«

»Ja, Freund Derec«, antwortete der Robot und trat beiseite, um sich in sein Funkkommunikationsnetz einzuschalten.

Derec setzte sich neben den Eingang auf den Boden und sah zu, wie die Roboter an ihm vorbei ein und aus gingen. Er kam sich allmählich wie ein nutzloses Anhängsel vor, für das es nichts zu tun gab. Er fühlte sich sogar schuldig, weil er die Roboter so herumkommandierte; sie hatten Wichtigeres zu tun.

Er blickte auf seine Uhr. Es war zwei Uhr nachmittags, und bald würden sie sich einer weiteren Regennacht nähern, einer weiteren Nacht der sinnlosen Spekulation, während der Wasserpegel immer höher stieg. »Wir werden versagt haben«, hatte Euler gesagt, und mit diesem Satz hatte der Robot Bände gesprochen. Wie Derec wußte der Überwacher, daß Robot City ein Experiment war, ein Experiment für sie alle. Gelang es Euler und den anderen nicht, das Regenproblem zu lösen, würde ihr Versuch, eine funktionsfähige Welt zu errichten, fehlgeschlagen sein. Er wußte auch, daß die Rettung dieser Welt eine Art kreativen Denkens erforderte, dessen die meisten Leute Roboter für unfähig hielten. Vielleicht kam hier Derec ins Spiel. Synnoesis hatten sie es genannt, jenes Ganze, das größer ist als die Summe seiner Teile. Um das zu bewerkstelligen, würde Derec die Roboter erst überzeugen müssen, daß sie sich ihm trotz ihrer Sicherheitsvorschriften anvertrauen mußten.

»Ich bin sehr beschäftigt, Freund Derec«, sagte eine laute Stimme. »Was wollen Sie von mir?«

Derec blickte auf und sah Avernus' mächtige Gestalt gebückt in der Zugangsöffnung stehen.

»Wir müssen uns darüber unterhalten, wie dieser Ort zu retten ist«, sagte Derec. »Wir müssen einander als Gleichgestellte anerkennen, nicht als Gegenspieler.«

»Sie können einen Mord begangen haben, Derec«, sagte Avernus. »In dieser Hinsicht bin ich nicht gleichgestellt.«

»Euler auch nicht«, erwiderte Derec, »und doch hat seine Unaufmerksamkeit heute den Tod eines Robots verursacht.«

»Sie waren ebenfalls dabei.«

Derec blickte zu Boden. »J-ja«, sagte er. »Ich hatte kein Recht, das zu erwähnen.«

»Sagen Sie mir, was Sie von mir wollen.«

»Antworten«, sagte Derec. »Verständnis. Ich will helfen, mit der Stadt fertig zu werden, mit den Regenfällen. Ich will erreichen, daß jemand davon weiß und es anerkennt.«

Der Robot sah ihn eine Weile unverwandt an, dann winkte er ihn herein. Sie gingen gemeinsam die Stufen hinab und betraten den Lagerraum, während Rec in respektvollem Abstand folgte. Avernus nahm ihn beiseite, heraus aus dem Trubel, und baute ihm eine Sitzgelegenheit, indem er eine Reihe defekter Maschinen aufeinanderstapelte.

Derec erkletterte die Spitze des Schrotthaufens und ließ sich darauf nieder, während Avernus in der Nähe stehenblieb. »Wir befinden uns in einer Notsituation, und meine Programmierung beschränkt meine Kommunikationsmöglichkeiten mit Ihnen.«

»Ich verstehe das«, antwortete Derec. »Ich weiß auch, daß viele Situationen Entscheidungen verlangen, die du mittels deiner logischen Schaltkreise sichten mußt. Ich verlange nur, daß du synnoetisch denkst.«

»Wenn Sie das von mir verlangen«, sagte der Robot, »bin ich gezwungen, Ihnen etwas mitzuteilen. Der Begriff des Todes hat für mich mehr Gewicht als für die anderen. Meine logischen Schaltungen sind wegen meiner Aufgaben anders geartet.«

»Da komm' ich nicht mit.«

»Das wichtigste Merkmal des Robots ist Effizienz«, antwortete Avernus, »und bei arbeitsintensiven Aufgaben kostengünstige Effizienz. Aber im Bergbau ist Rentabilität nicht unbedingt rentabel.«

»Nun bin ich ganz durcheinander.«

»Das kostengünstigste Herangehen an die Schürfarbeiten mag zugleich das gefährlichste sein, doch das gefährlichste Herangehen mag auf Grund der Natur der Bergwerke zum Verlust einer großen Zahl von Bergarbeitern führen. Daher mag die kostengünstigste Methode, Bergbau zu betreiben, auf lange Sicht nicht die kostengünstigste sein. Dementsprechend geht meine Programmierung, Leben zu respektieren — selbst robotisches Leben — weit über das hinaus, was man als normal betrachten würde. Das Leben meiner Arbeiter ist mir wichtiger als jeglicher Effizienzbegriff.«

»Was hat das mit mir zu tun?« fragte Derec.

»Wenn Sie gemordet haben, Derec, will ich nichts mit Ihnen zu tun haben. Die Tatsache, daß Sie angeklagt und einer solchen Handlung fähig sind, ist fast schon mehr, als ich ertragen kann. Ich habe gegen Ihre Freilassung gestimmt, als wir darüber getagt haben.«

»Ich schwöre dir, ich bin unschuldig«, sagte Derec.

»Menschen lügen«, antwortete der Robot. »Nun, wollen Sie immer noch, daß ich es bin, der Ihren Standpunkt ›anerkennt‹?«

»Ja«, entgegnete Derec bestimmt. »Ich verlange nur die Gelegenheit, euch zu beweisen, daß mir das Wohl von Robot City am Herzen liegt. Ich bin unschuldig, und die Wahrheit wird mich befreien.«

»Gut gesagt. Was möchten Sie wissen?«

»Du bist der erste Überwacher«, sagte Derec. »Was sind deine frühesten Erinnerungen?«

»Ich wurde von einem Vielzweckrobot geweckt, den wir 1-1 nennen«, sagte Avernus, die roten Photozellen auf Derec gerichtet. »1-1 hatte bereits fünfzig andere Vielzweckmaschinen in Betrieb genommen. Ich erwachte in vollem Bewußtsein, wer und was ich war: ein halbautonomer Robot, dessen Funktion darin bestand, die Schürfarbeiten für den Städtebau zu beaufsichtigen sowie die Konstruktion weiterer Überwacher mit unterschiedlichen Aufgabengebieten.«

»Warst du darauf programmiert, den Menschen zu dienen?«

»Nein«, beeilte sich Avernus zu sagen. »Unser Programm und das der Zentraleinheit, die bei meinem Erwachen gleichfalls schon betriebsbereit war, enthielt Informationen über die Menschen. Unsere Entscheidung zugunsten des Dienens haben wir unabhängig getroffen.«

»Könnte das der Grund dafür sein, daß die Roboter hier wenig Begeisterung für Katherine und mich gezeigt haben?« fragte Derec. »Da ihr menschliche Realität nicht kanntet, habt ihr ein Ideal angenommen, dem wir unmöglich entsprechen konnten.«

»Das mag sein«, stimmte Avernus zu.

»Wie lange ist es her, daß du aufgewacht bist?«

»Ungefähr ein Jahr.«

»Und hast du damals irgendwelche Menschen gesehen oder von ihnen gewußt?«

»Nein. Unsere erste Handlung bestand darin, daß wir den Kompaßturm errichteten. Danach haben wir mit unseren philosophischen Überlegungen begonnen, welchen Zweck wir im Universum erfüllen.«

»Wie steht es mit 1-1? Hatte er Kontakt mit Menschen?«

»Wir haben ihn nie danach gefragt«, sagte Avernus.

»Wo ist 1-1 im Augenblick?« fragte Derec und hatte dabei das Gefühl, auf der richtigen Spur zu sein.

»In den Schächten«, sagte Avernus und zeigte auf die Aufzüge. »1-1 ist Bergarbeiter.«

Derec sprang von seinem provisorischen Sitz. »Bring mich dorthin«, sagte er.

»Die Sicherheit . . .« setzte der Robot an.

»Ich bin ein Mensch«, sagte Derec. »Diese Welt wurde für mich und meine Gattung geschaffen. Tut mir leid, Avernus, aber wenn du um des Dienen willens existierst, wird es Zeit, daß du dich entsprechend benimmst. Wenn du deine eigene Philosophie respektierst, mußt du die Tatsache anerkennen, daß eure Sicherheitsmaßnahmen nicht dazu gedacht sind, euch vor den Menschen zu schützen. Wenn dem so wäre, ist an deiner Philosophie etwas grundsätzlich verkehrt.«

»Es ist gefährlich im Bergwerk«, entgegnete Avernus.

»Du kannst mich ja beschützen.«

Der Robot stand da und blickte zwischen Derec und den Aufzugtüren hin und her. »Ich muß Ihnen den Zutritt zur Zentraleinheit verwehren«, sagte er schließlich. »Ich muß Ihnen die Kenntnis unserer Notstandsmaßnahmen vorenthalten. Aber Sie sind ein Mensch, und Sie sollen diese Welt mit uns teilen. Ich werde Sie zu 1-1 führen und Sie beschützen. Sollte Ihr Schutz irgendwann bedeuten, daß ich Sie zurück an die Oberfläche schicken muß, werde ich es tun.«

»Ist recht«, sagte Derec und sah auf die Uhr. »Wir müssen uns beeilen.«

Sie gingen zu den Aufzügen, und Rec trat mit ihnen in eine große Gondel. Aus Rücksicht auf den Überwacher ließen die anderen Roboter sie darin allein. Avernus drückte auf einen Knopf an der Wand, und die Tür ging zu. Die Gondel setzte sich abwärts in Bewegung.

Der Weg nach unten war lang.

»Wer sich in den Bergwerken bewegen will, braucht dazu Besonnenheit«, sagte Avernus, als die Gondel mit einem Ruck zum Stehen kam.

»Besonnenheit«, wiederholte Derec.

Die Tür ging auf und offenbarte fieberhafte Aktivität. Tausende von Vielzweckrobotern bewegten sich durch eine riesige Höhle, die sich, soweit Derec sehen konnte, in sämtliche Richtungen erstreckte. Ein unaufhörlicher Strom von Fahrzeugen rollte auf provisorischen Schienen vorbei und lieferte Rohmaterial bei den mächtigen Schmelzöfen an, die es soweit bearbeiteten, daß es sich erhitzen und zu Legierungen mit anderen Materialien verbinden ließ. Die Decke war fünfunddreißig Meter hoch und aus dem nackten Fels herausgehauen. Gußputzanlagen unterteilten in regelmäßigen Abständen den Raum.

»Eisen!« sagte Avernus und breitete die Arme aus. »Die Basis, auf der die Ferrometalle aufbauen, die die moderne Welt möglich machen. Wir bauen es in ungeheuren Mengen ab, benutzen es im Rohzustand, um unsere Ausrüstung zu produzieren, und als Legierung mit bestimmten Kunststoffen, um unsere Stadt zu bauen. Da!«

Er zeigte auf eine Maschine, in die auf einem Förderband Eisenschmelze eingespeist wurde, dazu Matrizen von Mikroschaltkreisen. Die erstarrte Masse kam oben an der Maschine heraus und wurde als kontinuierliches Band von Baumaterial, das Derec an der Oberfläche hatte hervorkommen sehen, durch die Decke abgeführt.

»Das ist der Stoff von Robot City«, sagte Avernus. »Eine Legierung aus Eisen und Kunststoff, verschnitten mit großen Mengen Kohlenstoff, und mit Kohlenmonoxid als Reduktionsmittel. Auf seiner ›Haut‹ werden Millionen von Mikroschaltungen pro Quadratmeter eingeprägt. Auf zentimetergroßen unabhängigen Abschnitten wird die ›Haut‹ mit robotischer Intelligenz belebt, die auf die Bedürfnisse und den Schutz der Menschen abgestimmt ist. Das Ganze ist vorprogrammiert, sich auf bestimmte Weise aufzubauen und zu verhalten und jederzeit auf menschliche Bedürfnisse einzugehen.«

»Deshalb geben die Wände nach, wenn ich dagegendrücke«, sagte Derec, während er vorsichtig aus dem Aufzug trat und sich dicht an Avernus hielt.

»Genau. Nun denken Sie daran, Besonnenheit. Bleiben Sie in meiner Nähe.«

Avernus schob sich mitten hinein in den wilden Trubel, und die Maschinen, Roboter und Schienenfahrzeuge eilten ringsum an ihnen vorbei. Als Avernus einem der dahinrasenden Wagen in den Weg trat, erstarrte Derec und wollte zurückweichen. Doch der erwartete Unfall fand nicht statt, die Roboter und ihre Maschinen schätzten ihre Bewegungen genau ab und reagierten vorbildlich auf ihre Gegenwart.

In dem Moment wurde Derec der Begriff Besonnenheit klar. Alle Bewegungen mußten mit Besonnenheit erfolgen, ohne die Triebkraft nach vorn zu verlieren. Jede Beurteilung der Situation gründete sich darauf, daß die Bewegungen gleichmäßig ablaufen würden und daß man ihnen ausweichen konnte, sobald man sie beurteilt hatte. Nur ziellose Bewegungen waren gefährlich — abruptes Stehenbleiben, jähes Zurückweichen; hier unten konnten Bewegungen dieser Art tödlich sein.

Nachdem er den Begriff verstanden hatte, wurde es leichter, in die Bahn eines heranrasenden Fahrzeugs zu treten. Und als sie die Mitte der großen Halle passierten, begann sich Derec wohler zu fühlen.

»Laß mich dir eine Frage stellen«, sagte er zu dem hünenhaften Robot. »Hast du die ›Haut‹ von Robot City erfunden?«

»Nein«, antwortete Avernus. »Ihr Programm befand sich bereits in der Zentraleinheit.«

»Demnach sind alle Aktivitäten vorprogrammiert?«

»Richtig. Wir haben lediglich davon Gebrauch gemacht, sobald wir entschieden hatten, der Menschheit zu dienen.«

Sie erreichten den Rand der Halle, wo Dutzende von kleineren Tunneln abzweigten.

»Ab hier fahren wir«, sagte Avernus und stieg in einen Karren, der für seinen riesigen Körper viel zu klein war. Derec und Rec kletterten zu ihm hinein, und Avernus fuhr sofort an, einen schwach erleuchteten Gang entlang.

»Der sieht unbenutzt aus«, sagte Derec, während sie im Eiltempo dahinfuhren.

»Das war er auch, bis vor zwei Tagen«, sagte Avernus. »Nun wird er möglicherweise unsere Rettung sein.«

»Inwiefern?«

»Sie werden sehen.«

Sie fuhren mehrere Minuten lang durch die Dunkelheit und drangen dabei immer tiefer unter die Erde vor. Dann hörte Derec, daß sich vor ihnen etwas tat.

»Wir nähern uns«, sagte Avernus.

»Wem nähern wir uns?« fragte Derec.

Avernus bog um eine Ecke, und plötzlich sahen sie sich einer Erweiterung des Tunnels gegenüber, an der mehrere hundert Roboter fieberhaft arbeiteten, wobei sie das Erdreich in jeden verfügbaren Behälter oder Fender schaufelten, eben in alles, was Erde fortschaffen konnte. Dann nahmen sie die Erde, transportierten sie rasch in angrenzende Tunnel und füllten auf, was irgendwann in der Vergangenheit ausgeschachtet worden war. Wie in einem Ameisenbau gingen sie mit anmutiger Koordination und Entschlossenheit vor, und auf einem Karren, sie alle überragend, stand Rydberg und bewegte schweigend die Arme, während er seine Befehle über Funk an die schuftenden Roboter weitergab.

Avernus drehte sich um und sah Derec an. »Irgendwo dort«, sagte er, »werden Sie 1-1 finden.«

Kapitel 7

Eins-Eins

1

Zunächst hatte Katherine das Gebilde für ein Monument gehalten, doch dann wurde ihr klar, daß es in Robot City keine Monumente geben konnte. Es ruhte auf einem schmalen, etwa dreißig Meter hohen Sockel. Da es sich mitten in einem Häuserblock befand, war die Stadt einfach im Halbkreis um das Objekt herumgewachsen, wodurch es von sämtlichen anderen Bauten durch eine sieben Meter breite Lücke getrennt blieb. Sie hatte mehrere Stunden damit verbracht, ohne Erfolg die wechselnde Topographie Robot Citys zu durchwandern, blieb jedoch stehen, sobald sie dort anlangte. Wollte man den Mechanismus der lebendigen Stadt mit dem menschlichen Körper vergleichen, dann war dieser Raum auf der Spitze des Sockels wie eine Wunde, die sich mit Hilfe von Narbengewebe isoliert hatte, um die lebenswichtigen Abläufe des übrigen Körpers zu schützen.

Das Objekt war nichts weiter als ein einzelner Raum. Katherine stand zu ebener Erde und starrte zu dem Objekt hinauf. Ein Kasten, ungefähr fünf Meter im Quadrat, von allen Seiten geschlossen. Die Roboter nahmen die Vorgänge in der Stadt als gegeben hin und akzeptierten einfach diese Anomalie. Doch für das kreative Auge stach sie hervor wie eine Sonnenfinsternis am hellichten Nachmittag.

Katherine starrte ununterbrochen hinauf, weil sie es nicht aus den Augen verlieren wollte. Die Stadt setzte ihre Bewegung fort, sie wuchs vor ihren Augen, und während die Gebäude ihren langsamen Lebenswalzer tanzten, drehte sie sich mit ihnen und hielt den Blick unverwandt auf den Raum gerichtet. Mittlerweile versuchte Eve einen Überwacher zu finden, der ihr Zugang zu diesem Bau verschaffen konnte, und damit die Möglichkeit, ihn zu durchsuchen.

Im Verlauf ihres Ausfluges hatte Katherine begonnen, beinahe gegen ihren Willen Respekt vor dem Wirken der Stadt zu empfinden. Es war offensichtlich, daß im Augenblick nicht alles nach Plan verlief, doch konnte ein derartiges System sich auf lange Sicht für die menschlichen und robotischen Einwohner als nützlich erweisen. Der Sicherheitsfaktor allein machte das System lohnend. Derecs qualvolle Fahrt durch den Kanal hatte zu nichts weiter geführt als Erschöpfung und ein paar Prellungen, und zwar deshalb, weil das System selbst darauf abgestellt war, ihn zu beschützen. Nach Katherines Ansicht hätte solch eine Fahrt auf Aurora zu Derecs Tod geführt. Sie lächelte beim Gedanken an eine Derecsichere Stadt.

Außerdem hatte sie, während sie darauf wartete, daß Eve einen Überwacher erreichte, Zeit gehabt, die Veränderungen zu bemerken, die um sie herum stattfanden. Sie kam sich vor, als sei sie vor Beginn der Saison zu Gast in einem Kurort, wenn die Saisonarbeiter eintreffen und alles für den Besucherstrom vorbereiten. In verschiedenen Stadtteilen wurden Uhren installiert und Straßenschilder aufgestellt. Die größte Veränderung jedoch war die wachsende Produktion und Verteilung von Sitzgelegenheiten. Roboter hatten es nicht nötig, sich zu setzen oder anzulehnen, und Stühle waren eine Seltenheit; doch in ihrem Versuch, die Stadt so einladend wie möglich für Menschen zu machen, arbeiteten sie sorgsam daran, alles richtig zu machen, trotz der Tatsache, daß der in der Stadt herrschende Notstand viele von ihnen zu Sonderaufgaben zwang. Sie fragte sich, ob sie so großzügig gewesen wäre, hätte es sich um ihre Stadt gehandelt. Der Gedanke ließ sie ein wenig Demut empfinden.

Trotz der Unstimmigkeiten, trotz der Beschränkungen, die ihnen die Roboter auferlegt hatten, gaben sie sich wirklich Mühe, diese Welt für die Reisenden so perfekt wie möglich zu machen, für Reisende, die sie des Mordes verdächtigten. Sie hatte noch nie darüber nachgedacht, wie symbiotisch die Bindung der Menschen an die Roboter doch war, und wie bedeutsam, zumindest für die Roboter. Sie hoffte, daß sie irgendwann ihre Zivilisation bekommen würden, samt Menschen, von denen sie sich sinnlos herumkommandieren lassen konnten. Sie stellte fest, daß sie wieder lächeln konnte. Ihre Mutter hatte eine Redewendung, die sich auch auf das Bedürfnis der Roboter nach menschlicher Gesellschaft anwenden ließ — sie waren ganz versessen auf Unterwerfung.

Katherine hörte hinter sich ein Geräusch und erwartete im Umdrehen, einen Überwacher kommen zu sehen. Statt dessen näherten sich ihr zwei Vielzweckrobots, die zwischen sich etwas trugen, das ganz wie eine Parkbank aussah. Ohne ein Wort kamen sie dicht heran und stellten die Bank hinter ihr ab. Sie nahm Platz, und die zwei eilten davon.

Sie hatte kaum eine Dekade so dagesessen, als auch schon Arion in Begleitung eines Vielzweckrobots, der sich einen massiven Laserschneidbrenner auf den Rücken geschnallt hatte, klappernd um eine Ecke bog. Sie fühlte sich einen Moment lang zurückversetzt, erlebte scheinbar eine Wiederholung jener Szene, die Eve geschildert hatte, als David zum ersten Mal in einem versiegelten Raum gefangen saß.

»Guten Tag, Freundin Katherine«, sagte Arion im Näherkommen. »Wie ich sehe, nutzen Sie eine unserer Sitzgelegenheiten, um Ihrem Körper Ruhe zu gönnen. Sehr gut.«

»Was hast du da am Handgelenk«, fragte Katherine, »eine Uhr?«

Der Überwacher hielt den Arm hoch, zeigte sein Chronometer vor. »Ich trage sie aus Solidarität«, sagte er.

»Du bist doch für die menschlich-kreativen Aspekte von Robot City zuständig, nicht wahr?« fragte sie. »Menschlich-kreativ ist ein überflüssiger Begriff. Kreativität ist eine menschliche Grundeigenschaft. Ich hoffe, Sie haben die Zerstreuungen, die ich Ihnen geliefert habe, zufriedenstellend gefunden.«

»Darüber reden wir später noch«, antwortete sie.

»Natürlich.«

»Danke, daß du so schnell gekommen bist«, sagte Katherine.

»Diese Angelegenheit hat Priorität«, sagte der Robot und spähte hinauf zu dem versiegelten Raum. »Sie glauben, der Leichnam befinde sich dort drinnen?«

»Ich bin mir dessen sicher.«

»Sehr gut. Schauen wir doch einmal nach.«

Katherine stand auf und begab sich mit Arion zusammen an den Fuß des Turms. Der Sockel war ungefähr so breit wie ein mächtiger Baumstamm, gerade so groß, daß sie fast hätte herumreichen können, hätte sie es versucht. Arion streckte den Arm aus und berührte die glatte blaue Oberfläche, und wie durch ein Wunder schob sich eine Wendeltreppe samt Geländer daraus hervor, die außen am Turm hinaufführte.

»Nach Ihnen«, sagte der Robot zuvorkommend.

Katherine machte sich auf den Weg nach oben, wobei die Konstruktionsweise der Treppe verhinderte, daß ihr schwindelig wurde. Während sie emporstieg, konnte sie spüren, daß die Luft sich abkühlte, Vorbote einer weiteren Nacht zerstörerischen Regens. Dahinter folgten pflichtbewußt Arion, der Vielzweckroboter, und der Zeuge, und sie erkannte, daß sie hier die Führung hatte, weil es in bezug auf diese Untersuchung ihre naturgegebene Position war. Es ging um ihre Eingebung, ihren Fall — die Roboter waren an diesem Punkt nichts als ein williges Gefolge. Endlich konnte sie wieder Befehle erteilen und ihre Ausführung veranlassen!

Sie erreichte schnell die Spitze. Die flache Scheibe des Sockels rollte sich auf allen Seiten nach innen auf, so daß sie unmöglich herunterfallen konnte. Damit blieb nur der Raum übrig. Er war ungestrichen, von natürlichem Graurot, und ein perfekter Würfel. Sie umrundete ihn einmal vollständig auf der Suche nach einem Zugang, doch ihre ursprüngliche Annahme war richtig. Er war völlig abgeschlossen.

»Was schlagen Sie nun vor?« erkundigte sich Arion bei ihr, während er ihr um den Raum herum folgte.

»Wir werden irgendwie eindringen müssen«, sagte sie, »und sehen, was es zu sehen gibt. Ich nehme an, es gibt keinen anderen Weg hinein, außer mit dem Schneidbrenner?«

»Normalerweise würde diese Situation niemals entstehen«, teilte Arion ihr mit. »Es gibt in der Stadt keine anderen Gebäude, die ein solches Verhalten an den Tag legen. Es gibt keinen Grund, einen Raum zu versiegeln.«

»Du meinst wohl, du weißt nicht, warum oder wie diese Räume sich abgeschottet haben?«

»Das Stadtprogramm ist intakt über die Zentraleinheit an uns weitergegeben worden, und nur die Zentraleinheit enthält die Programminformation. Außer durch Beobachtung wissen wir nicht genau, wie die Stadt funktioniert.«

Katherine war verblüfft. »Demnach ist die Stadt selbst ein hochentwickelter autonomer Robot, dessen Funktionieren ihr nicht unter Kontrolle habt.«

»Ihre Feststellung ist im Grunde ungenau, enthält jedoch den Keim der Wahrheit«, sagte Arion. »Erstens ist sie keineswegs hochentwickelt, wenigstens nicht im gleichen Sinne, wie ein . . . Überwacherrobot beispielsweise hochentwickelt ist.«

»Entdecke ich da ein wenig Rivalität?« fragte sie.

»Keineswegs«, sagte Arion. »Wir sind nicht fähig, Konkurrenz zu empfinden. Ich habe lediglich einer bekannten Tatsache Ausdruck verliehen. Zudem ist die Autonomie der Stadt direkt an die Zentraleinheit gebunden. Obwohl sie tatsächlich von der Kontrolle der Überwacher unabhängig funktioniert.«

»Dann könnt ihr also das Stadtprogramm beeinflussen?«

»Nicht direkt«, sagte Arion und fuhr mit seinen Zangen über die Kanten des Raums, als suche er sie nach Öffnungen ab. »Die Zentraleinheit kontrolliert das Stadtprogramm, und die Überwacher greifen nicht durch direkte Programmierung ein.«

»Ich glaube, ich beginne langsam wirklich zu verstehen«, sagte Katherine und winkte den Robot mit dem Schneidbrenner heran. »Die Daten innerhalb der Zentraleinheit sind die Quelle, aus der eure gesamte Stadt entspringt. Alle eure Aktivitäten hier sind nichts als eine Ergänzung der dort enthaltenen Programmierung, ob sie nun gut ist oder schlecht.«

»Wir sind Roboter, Freundin Katherine«, sagte Arion. »Es könnte gar nicht anders sein. Roboter sind nicht Kräfte der Veränderung, sondern lediglich Ausführende bestehender Gedanken. Deshalb haben wir die Gesellschaft von Menschen auch so dringend nötig.«

»Setz den Schneidbrenner hier an«, sagte Katherine und zeigte auf die Wand. Der Vielzweckrobot wartete, bis sie sich in sichere Entfernung zurückgezogen hatte, ehe er die Aggregate anwarf und das düsenartige Schlauchende ansetzte, das die Auslaßöffnung des Laserbrenners darstellte. Sie wandte sich an Arion. »Wird, wenn man so durch die Wand schneidet, der Kontakt mit dem Hauptprogramm unterbrochen?«

»Nein«, antwortete der Robot, während der Brenner mit einem Summen und unsichtbarem Strahl ansprang und ein kleiner Sektor der Wand leicht rauchend rot aufglühte. »Die Synapsen orientieren sich einfach neu und stellen anderswo die Verbindung her.«

Es gab ein saugendes Geräusch, als der Brenner die andere Seite der Wand erreichte, ein Laut, der jedem Spacer wohlbekannt war: das Eindringen von Luft in ein Vakuum. Der Raum hatte sich total und luftleer versiegelt. Nun machte der Brenner raschere Fortschritte und schnitt ein kreisförmiges Loch heraus, das gerade groß genug war, um einen Menschen bequem durchzulassen.

Die Ränder rissen zackenförmig aus, als die Wand, die bei intaktem Programm so elastisch wirkte, nun zäh um Zusammenhalt kämpfte. Trotz Arions Behauptungen war Katherine immer noch beeindruckt von dem Stadtrobot.

Die Aufgabe des Robotbrenners war halb erledigt, und er riß noch während des Schneidens die gezackten Stadtbruchstücke herunter. Katherine mußte den Drang niederkämpfen, hinzulaufen und durch die bereits enstandene Öffnung zu spähen, doch ihre Angst vor dem Schneidgerät gewann schließlich die Überhand über ihre Ungeduld. »Seid ihr in der Lage, hier eine Autopsie durchzuführen?« fragte sie Arion etwas verspätet.

»Das medizinische Programm existiert. In eben diesem Augenblick werden mehrere medizinisch ausgebildete Roboter von unseren Produktionsstätten ausgeworfen, zusammen mit diagnostischen Tabellen und einer Reihe von Maschinen. Die Produktion von synthetisierten Medikamenten und Instrumenten läuft langsamer ab. Ein so großer Teil der Stadt ist derzeit auf die Bauarbeiten ausgerichtet, und Erwägungen dieser Art haben sich uns vor Davids Tod nie als Problem dargestellt.«

»Fertig«, sagte der Vielzweckrobot, und der herausgeschnittene Abschnitt klapperte auf den scheibenförmigen Boden.

»Zeuge!« rief Arion, während Katherine hinübereilte und durch das Loch stieg.

Der nackte Körper lag mit dem Gesicht nach unten mitten auf dem Boden. Katherine ging forsch darauf zu, dann blieb sie stehen und hob erschrocken die Hand an die Brust. Sie war so begierig gewesen, ihre Mission zu erfüllen, daß sie es unterlassen hatte, sich eines vor Augen zu führen: Hier hatte sie es mit dem Tod — mit echtem Tod — zu tun. Sie wurde von Entsetzen gepackt, begann zu zittern, und ihr Herzschlag nahm zu.

»Stimmt etwas nicht?« fragte Eve von der Öffnung her.

»N-nein«, erwiderte sie, die Augen unverwandt auf den Körper gerichtet, und konnte weder vor noch zurück.

»Wenn es ein Problem gibt«, hörte sie Arion sagen, »dann kommen Sie sofort heraus. Bringen Sie sich nicht in Gefahr.«

Komm schon, Mädchen. Reiß dich zusammen. »Mir geht's gut«, sagte sie. *Es muß sein. Jetzt nicht aufgeben.*

Sie tat einen tiefen Atemzug, dann noch einen, und setzte ihren Weg zu dem Körper fort. Sie bückte sich und berührte ihn leicht. Die Haut war kühl, die Muskulatur angespannt.

»Ist auch wirklich alles in Ordnung?« fragte Arion.

»Ja«, sagte sie. *Können die mich nicht in Ruhe lassen?*

Von Verwesung konnte nicht die Rede sein, und ihr wurde klar, daß es an dem bisher luftleeren Raum lag. Immerhin etwas.

Sie untersuchte mit immer noch klopfendem Herzen und beschleunigtem Atem den Körper von hinten. Als sie den Fuß betrachtete, fiel ihr ein kleiner Schnitt am linken Ballen auf, und sie wußte sofort, was ihn verursacht hatte. Etwas Dummes. Etwas, das ihr auch schon passiert war. Ein Stolpern, vielleicht ein verhinderter Sturz, und die nackten Füße kamen miteinander in Berührung, ein zu langer Zehennagel am anderen Fuß zerkratzte den Ballen. Es war nichts. Seitlich und an der Sohle des Fußes befand sich etwas getrocknetes Blut, aber das war auch schon alles. Sie würde den Körper umdrehen müssen.

Sie trat neben den Körper, streckte die Arme aus, um ihn herumzurollen, und stellte fest, daß ihre Hände heftig zitterten. *Werde ich bald auch so sein — fünfzig Kilo totes Fleisch?* Sie versuchte den Körper auf den Rücken zu wälzen, doch sie hatte keine Kraft in den Armen.

»Könntet ihr mir wohl behilflich sein?« rief sie über die Schulter hinweg. Arion stieg durch die Öffnung und bückte sich neben ihr herab. Sie blickte zu der beinahe menschlich aussehenden Maschine auf. »Ich will ihn rumrollen.«

»Gewiß«, sagte Arion, streckte die Zangen aus und drückte von der Seite her sanft gegen den Körper. Er rollte ohne weiteres herum, und seine toten Augen starrten Katherine geradewegs an.

Sie hörte sich aus der Ferne schreien, als der Schock des Wiedererkennens sie traf. Das war Derec! Derec!

Der Raum begann sich um sie zu drehen, sie spürte es im Magen und im Kopf. Dann wölbte sich ihr der Boden entgegen und zog sie herab; alles weitere ging in gnädiger Bewußtlosigkeit unter.

»Versuchen Sie nicht auf eigene Faust loszugehen!« rief Avernus Derec zu, als der junge Mann sich in das brodelnde Meer der Roboter warf. »Sie können sich in diesen Tunnels hoffnungslos verirren.«

»Keine Sorge!« rief Derec zurück, der sich mehr Gedanken über die Gefährlichkeit des Hauptgewölbes machte als über das Schachtlabyrinth.

Er bewegte sich langsam durch das Gewimmel auf Rydberg zu. Hier drinnen war es feucht und muffig, und ein wenig beengend, aber Derec war zu fasziniert vom Spektakel dieser Notmaßnahmen, als daß er den Problemen, welche die Örtlichkeit für Menschen bot, irgendwelche Beachtung geschenkt hätte.

Rydberg sah ihn näherkommen, drehte sich um und starrte ihn an. Derec trat heran, kletterte auf den Karren und gesellte sich zu dem Überwacher.

»Was machen Sie hier?« fragte Rydberg, und die Worte kamen knisternd aus dem Lautsprecher auf seinem Schädel. »Hier unten ist es zu gefährlich für Sie.«

»Ich habe Avernus überredet, mich mit hinunterzunehmen und zu beschützen«, erwiderte Derec. »Was geht hier vor?«

»Wir versuchen, einen Tunnel zum Reservoir hinauf zu graben«, sagte Rydberg. »Wir suchen nach einer Methode, einen Teil des Reservoirs in die darunterliegenden, verlassenen Tunnels abzulassen, um ein Überlaufen zu verhindern.«

Derec durchfuhr es wie ein elektrischer Schlag. »Das ist wunderbar!« rief er. »Ihr habt eine Gedankenverbindung auf höherer Ebene hergestellt — einen kreativen Sprung getan!«

»Es war nur logisch. Da das Wasser ohnehin ins Bergwerk eindringen würde, war es nur vernünftig, es in diejenigen Teile des Bergwerks abzuleiten, wo es den geringsten Schaden anrichtet. Leider zeigen unsere Schätzungen, daß wir dadurch das Unvermeidliche bloß einen Tag oder zwei aufhalten können. Es könnte also alles vergebens sein.«

»Warum grabt ihr manuell?« fragte Derec. »Wo sind die Maschinen?«

»Die sind im Bergbau im Einsatz«, sagte Rydberg. »Das gegenwärtige Tempo des Stadtbaus muß vor allen anderen Aktivitäten Vorrang haben.« Der Robot schwenkte seinen Schädel herum und beobachtete die Ausschachtungsarbeiten.

Derec legte die Hände auf den Arm des Robots. »Aber es ist der Bau der Stadt, der euch vernichtet.«

»Es muß sein.«

»Warum?«

»Das kann ich nicht beantworten.«

Derec blickte sich nach allen Seiten um, sah die verzweifelte Hast, den Überlebenskampf einer Zivilisation. Nein, sie waren nicht menschlich, aber das hieß nicht, daß ihr Leben nicht erhaltenswert war. Was für einen Maßstab sollte man anlegen? Auf die Intelligenz kam es an, auf die vereinbarte Anstrengung, den Geist zu perfektionieren. Hier im Bergwerk waren mehr Nützlichkeit, mehr menschliche Werte versammelt als an jedem anderen Ort, den er in seiner nicht weit zurückreichenden Erfahrung mit der Menschheit erlebt hatte. Und dann fiel er ihm ein, der Grund für all dies, der Grund für den Notstand und die Sicherheitsvorkehrungen.

»Es handelt sich um eine Defensivmaßnahme, nicht wahr?« sagte er. »Mit den Bauarbeiten verteidigt sich die Stadt gegen Invasion von außen?«

Rydberg starrte ihn nur an.

Wieder packte er den Arm des Robots, diesmal fester. »Das *ist* es, nicht wahr?«

»Ich kann diese Frage nicht beantworten.«

»Dann sag mir, daß ich unrecht habe!«

»Ich kann diese Frage nicht beantworten.«

»Ich wußte es«, sagte er, nunmehr überzeugt. Und wenn sie mit Davids Erscheinen in der Stadt zusammenfielen, haben sie irgendwie mit ihm zu tun. Dies eine Mal hat Katherine richtig gelegen. »Das alles ist ein Programm der Zentraleinheit«, fuhr Derec fort, »und dieses Programm ist offensichtlich fehlerhaft. Es muß einen Weg für euch geben, es zu umgehen.«

»Roboter machen keine Programme, Derec«, sagte Rydberg.

»Dann verschafft mir Zugang!«

»Das kann ich nicht«, erwiderte Rydberg, dann fügte er leise hinzu. »Es tut mir leid.«

Derec starrte ihn an, wollte so lange mit ihm streiten, bis er gehorchte, hatte jedoch Angst, daß dieser Streit den Robot mit einem so immensen Widerspruch konfrontieren würde, daß er seine Denkfähigkeit zum Stillstand brachte und ihn hoffnungslos aktionsunfähig machte. Er wußte nicht, was er als nächstes unternehmen sollte. Er hatte einen qualvollen Blick auf das Problem geworfen, doch es entzog sich wie eine Holographie seinem Zugriff.

»Sie haben mir immer noch nicht gesagt, warum Sie ins Bergwerk heruntergekommen sind«, sagte Rydberg. »Menschen haben so wenig Sinn für persönliche Gefährdung, daß ich nicht begreife, wie ihre Gattung bisher überlebt hat. Wenn Sie mir keinen zwingenden Grund für Ihre Anwesenheit nennen können, werde ich Sie nun, fürchte ich, fortschicken müssen.«

»Wenn Menschen angeblich wenig Sinn für persönliche Gefährdung haben«, sagte Derec, erbost über die Unfähigkeit von Robot City, auch nur den Versuch zu unternehmen, sich selbst zu retten, »wurde euch das in *eurer* Programmierung rechtmäßig vererbt. Ich bin heruntergekommen, um 1-1 in einer Angelegenheit aufzusuchen, die dich nichts angeht. Würdest du ihn mir bitte zeigen?«

»Unseren ersten Bewohner?« sagte Rydberg, und Derec konnte sehen, daß der Robot gern noch mehr gesagt hätte. Statt dessen drehte er seine Lautstärke auf. »ROBOT 1-1, BITTE VORTRETEN.«

Kaum eine Minute später trat ein kleiner, recht unauffälliger Vielzweckrobot mit großen, kräftig wirkenden Zangengreifern an den Karren heran. »Hier bin ich, Überwacher Rydberg«, sagte der Robot.

»Freund Derec wünscht in einer persönlichen Angelegenheit mit dir zu sprechen«, sagte der Überwacher. »Tue, was er verlangt, aber vergeude nicht unnötig viel Zeit.«

Derec sprang vom Karren. »Wie ich höre, warst du der erste Robot, der auf diesem Planeten erwacht ist«, sagte er.

»Das stimmt«, sagte der Robot.

»Komm mit mir«, sagte Derec, »heraus aus dem Trubel.«

Sie schritten durch die sich rasch erweiternde Höhle dorthin, wo Avernus ihn anfangs hingebracht hatte. »Ich erforsche die Ursprünge von Robot City«, sagte Derec, »und meine Suche hat mich zu dir geführt. Du warst der Erste.«

»Ja. Logisch. Ich war der Erste.«

»Ich will, daß du mir genau deine ersten visuellen Eindrücke schilderst, und was danach passiert ist.«

»Mein erster visueller Input war der eines menschlichen Arms, der meine Energiequelle anschließt«, sagte der Robot. »Dann drehte der Mensch sich um und entfernte sich von mir.«

»Hast du das Gesicht dieses Menschen gesehen?«

»Nein.«

»Was ist dann passiert?«

»Der Mensch entfernte sich ein Stück von mir, dann verschwand er hinter einer Ansammlung von Maschinen, die für unsere ersten Schürfarbeiten gedacht waren. Ich hatte den Befehl, eine Stunde zu warten und dann die übrigen stillgelegten Roboter dort in Betrieb zu nehmen. Dann sollten wir mit der Arbeit beginnen, was wir auch getan haben.«

»Worin bestanden die ersten Arbeiten?«

»Wir waren fünfzig Vielzweckroboter, dazu kam Überwacher Avernus. Fünfundzwanzig von uns bauten mit Hilfe von Material, das man uns hinterlassen hatte, den Kompaßturm, während Überwacher Avernus und die anderen fünfundzwanzig mit dem Entwurf und der Konstruktion der unterirdischen Einrichtungen begannen und die Schürfarbeiten aufnahmen.«

Derec war verdutzt. »Avernus hat also nicht die Errichtung des Kompaßturms überwacht?«

»Nein. Er war als getrennte Einheit vom Rest der Stadt gedacht.

Er war durchgeplant und vom Material her vorhanden. Es bestand keine Notwendigkeit für Überwacher Avernus, sich damit zu beschäftigen.«

Derec hörte Motorengeräusch und sah weit entfernt im Tunnel Lichter, die allmählich näherkamen. »Was meinst du damit, wenn du sagst, er sei ›als getrennte Einheit gedacht‹?« fragte Derec.

»Der Kompaßturm ist in mehrfacher Hinsicht einzigartig, Freund Derec«, sagte 1-1. »Er ist nirgends in die Gesamtplanung der Stadt einbezogen; auf seiner Spitze befindet sich die verbotene Anflugplattform; und er enthält ein vollständig eingerichtetes, für Menschen gedachtes Verwaltungsbüro.«

»Was!« sagte Derec laut und beobachtete das Bergwerksgefährt, das den Tunnel entlang auf ihn zuraste. »Ein Büro für wen?«

»Ich weiß es nicht. Vielleicht für die Person, die mich geweckt hat.«

»Du hast nie mit den Überwachern darüber gesprochen?«

»Niemand hat jemals danach gefragt.«

»Warum hast du es ein Verwaltungsbüro genannt?«

»Die Konstruktionspläne sind in meinem Datenspeicher verankert«, antwortete 1-1. »Es handelt sich um die Bezeichnung, die auf den Plänen dafür vorgesehen war.«

Das Fahrzeug kam quietschend direkt neben Derec zum Stehen. Auf dem Vordersitz kauerte der riesige Körper von Avernus. »Wir müssen gehen«, sagte der Überwacher.

»Nur noch eine Minute«, sagte Derec. »Warum hast du von einer Anflugplattform gesprochen?«

»Wir müssen jetzt gehen«, sagte Avernus.

»Sie ist als eine Art Landepunkt konstruiert«, sagte 1-1. »Nichts darf ihre Oberfläche betreten, oder die zwanzig Meter Luftraum darüber.«

Avernus ergriff Derecs Arm und drehte ihn sanft, aber bestimmt zu sich herum. »Wir müssen gehen«, sagte Avernus. »Freundin Katherine ist etwas passiert.«

Derec schwankte, als sei er geschlagen worden. »Was? Was ist passiert? Ist alles in Ordnung mit ihr?«

»Sie ist bewußtlos«, sagte er. »Davon abgesehen wissen wir nichts.«

Kapitel 8

Identitätskrise

Derec hastete zurück in die Wohnung, wo bereits hektische Aktivität herrschte. Arion war da, und Euler, dazu Eve und mehrere Vielzweckroboter; außerdem eine eher zerbrechlich aussehende Maschine mit zahlreichen Fortsätzen, die Derec für einen Medirobot hielt.

Der Wohnraum wirkte verändert, viel niedriger, doch darauf achtete er kaum.

»Freund Derec . . .« begann Euler und beeilte sich, Derec auf seinem Weg durch das Zimmer abzufangen.

»Wo ist sie?« fragte er, ohne stehenzubleiben.

»Im Schlafzimmer«, sagte Euler. »Sie hat das Bewußtsein wiedererlangt und ruht sich aus. Ich meine, Sie sollten sie im Augenblick noch nicht sehen.«

»Unsinn«, sagte Derec und hastete an ihm vorbei. »Ich *muß* sie sehen.«

»Aber, so verstehen Sie d . . .«

»Später«, sagte Derec und war schon auf dem Flur. Inzwischen gab es zwei Schlafzimmertüren. Er öffnete eine davon, die in einen leeren Raum führte, dann wandte er sich der anderen zu und drückte auf den Türknauf. Sie glitt auf. Katherine saß aufrecht im Bett. Aus ihrem Gesicht war alle Farbe gewichen, und ihre Augen waren gerötet.

»Alles in Ordnung?« fragte er.

Ihre Augen richteten sich auf ihn, dann weiteten sie sich vor Entsetzen.

»Neeeein!« schrie sie und hielt sich die Hände vor das verzerrte Gesicht.

Derec rannte zu ihr und nahm sie bei den Schultern. Sie schrie laut und hysterisch weiter, und ihr bebender Körper ließ das Bett erzittern.

»Du bist tot!« schrie sie. »Tot! Tot!«

»Nein!« brüllte er zurück. »Ich bin hier. Es ist alles gut. Es ist alles . . .«

Euler zerrte ihn von ihr fort, der Raum war plötzlich voller Roboter. »Was soll das?« brüllte er. »Laß los, ich . . .«

»Sie müssen jetzt gehen«, sagte Euler, hob ihn hoch und schleppte ihn davon, während Katherines Schreie immer noch die Wohnung erfüllten.

»Katherine!« rief er ihr zu, als Euler ihn zur Tür hinaustrug. »Katherine!«

Euler brachte ihn bis ins Wohnzimmer, wo er ihn einfach weiterhin festhielt, während der Medirobot in ihr Schlafzimmer schlüpfte und die Tür zugleiten ließ, so daß die Schreie ein wenig gedämpft wurden.

»Laß mich runter!« brüllte Derec. »Wirst du mich wohl gefälligst runterlassen?«

»Sie dürfen dort nicht hinein«, sagte Euler. »Es ist gefährlich für Katherine, wenn Sie dort hineingehen.«

Er spürte, wie die Wut von ihm abfiel. »Was ist los?« fragte er schüchtern. »Was ist mit ihr passiert?«

»Sie hat eine Art emotionales Trauma erlitten«, sagte der Überwacher. »Dürfte ich Sie jetzt absetzen?«

»Glaub mir«, sagte Derec. »Vorerst will ich dort nicht mehr rein.«

Euler ließ ihn sanft herunter. Derec rieb sich die Arme, um die Zirkulation wieder anzuregen.

»Es tut mir leid, wenn ich Ihnen Beschwerden bereitet habe«, sagte Euler. »Wirklich.«

»Schon gut«, erwiderte Derec. »Sag mir, was passiert ist.«

Draußen donnerte es laut, worauf Derec und Euler sich umdrehten und durch die offene Balkontür die sich zusammenbrauenden Gewitterwolken beobachteten. Es drohte wieder einmal schlimm zu werden. Die Schreie, die aus dem Schlafzimmer drangen, waren einem gelegentlichen Wimmern gewichen.

»Katherine hat Davids Leiche gefunden«, sagte Euler, »und von einem Vielzweckrobot den versiegelten Raum aufschweißen lassen, der sie enthielt.« Der Robot ließ den Kopf herumschwenken, um den Raum zu überblicken. »Vielleicht wäre es besser, wenn Arion die Geschichte wiedergibt. Er war nämlich dabei.« Er bedeutete der menschenähnlichen Maschine, sich an der Unterhaltung zu beteiligen.

»Freund Derec«, sagte Arion, als er zu ihnen trat. »Ich hatte keine Ahnung, daß der Anblick des Leichnams einen derartigen Effekt auf Freundin Katherine haben würde. Hätte ich es gewußt, würde ich ihr nie erlaubt haben, ihm nahezukommen.«

»Ich verstehe«, sagte Derec. »Erzähl mir einfach, was passiert ist.«

»Sie war dabei, den Verstorbenen zu untersuchen«, sagte Arion, »als sie mich hereinrief, damit ich ihr half, die Leiche herumzurollen. Ich habe natürlich gehorcht. Sie schrie, als sie das Gesicht sah, dann wurde sie ohnmächtig.«

»Seither ist sie völlig verzweifelt«, erklärte Euler. »Höchst merkwürdig. Sie besteht darauf, der tote Mann seien Sie.«

»Wie kommt sie bloß darauf?« fragte Derec und ließ sich am Tisch nieder. Arions Sichtgerät war eifrig damit beschäftigt, die Kubikwurzeln zehnstelliger Zahlen zu finden.

»Ich weiß auch nicht«, sagte Euler. »Vielleicht lag es daran, daß die Leiche wie die Ihre aussah.«

Derec richtete sich mit starrem Blick hoch. »Meinst du . . . beinahe wie ich?«

Die Roboter sahen sich an. »Genau wie Sie«, sagte Arion.

»Findet ihr das nicht seltsam?« sagte Derec verblüfft und immer noch ungläubig.

»Nein«, sagte Euler.

»Ich verstehe das nicht«, sagte Derec. »Als ihr mich zum ersten Mal gesehen habt, sind euch da nicht Ähnlichkeiten unserer Erscheinung aufgefallen?«

»Doch«, sagte Euler, »aber wir haben uns nichts dabei gedacht.«

»Wieso nicht?«

Arion meldete sich zu Wort. »Warum auch? Wir haben erst drei Menschen zu Gesicht bekommen. Roboter können genau gleich aussehen, warum also nicht Menschen? Wir wußten, daß Sie und Katherine sich unterscheiden, aber das hieß nicht, daß Sie und David nicht gleich aussehen konnten. Außerdem *wußten* wir, daß David tot war; demzufolge *wußten* wir, daß Sie nicht David sein konnten. Ganz einfach.«

Der Medirobot glitt durch den Flur heran und bewegte sich flink auf Derec zu. »Sie hat sich jetzt beruhigt«, sagte der Robot. »Sie ist durch ihre körpereigenen Endorphine leicht sediert und möchte Sie sehen.«

Derec stand auf, unsicher nach dem zuletzt Erlebten. »Ob das wohl gutgeht?« fragte er den Medirobot.

»Ich glaube, sie begreift jetzt die Situation«, entgegnete der Medirobot mit sanfter, väterlicher Stimme.

»Ich würde sie gern allein sehen«, sagte er, an die anderen gewandt.

Euler nickte. »Wir warten hier draußen.«

Er ging den Flur entlang, ohne sich seiner Gefühle sicher zu sein. Es hatte ihm weh getan, sie solche Qualen erleiden zu sehen, innerlich weh getan. Sie konnte ihm ungeheuer auf die Nerven gehen und gehörte doch zugleich untrennbar zu ihm.

Er klopfte sanft an die Tür, dann öffnete er sie. Sie saß mit immer noch traurigem Gesicht aufrecht im Bett. Sie streckte ihm die Arme entgegen. »O Derec . . .«

Er eilte zum Bett, setzte sich neben sie, hielt sie fest. Sie begann an seine Schulter gelehnt leise zu schluchzen. »Ich hatte solche Angst«, sagte sie. »Ich dachte . . . dachte . . .«

»Ich weiß«, sagte er und streichelte ihr Haar. »Arion hat es mir erzählt. Es tut mir ja so leid.«

»Ich weiß nicht, was ich ohne dich tun würde«, sagte sie, dann löste sie sich von ihm. »O Derec. Ich weiß, es stehen Mauern zwischen uns . . . aber glaub mir bitte, ich hab' keine Ahnung, was das hier für ein Ort ist und was vorgeht.«

»Ich glaube dir«, sagte er und wischte ihr die Tränen aus den Augen. Er lächelte. »Mach dir jetzt deswegen keine Gedanken. Wie geht es dir sonst?«

»Besser«, sagte sie. »Der Medirobot hat mich ein paarmal gepiekt, aber es hat wirklich geholfen. Ich hab' nur noch Kopfschmerzen.«

Wieder donnerte es draußen. »Gut«, sagte er. »Wie es aussieht, sitzen wir ohnehin die Nacht über hier fest. Was hältst du davon, wenn wir die Roboter fortschicken, uns was zum Abendessen kommen lassen und unsere Beobachtungen austauschen. Ich hab' dir viel zu erzählen.«

»Ich dir auch«, sagte sie. »Klingt gut.«

Man servierte ihnen zum Abendessen eine Gemüsesuppe — das Wohlschmeckendste, was Derec seit einiger Zeit gegessen hatte. Draußen trommelte wütend der Regen, doch Derec machte sich keine allzu großen Sorgen, da er annahm, daß die Vorsichtsmaßnahmen, die Euler und Rydberg getroffen hatten, sie zumindest über die Nacht retten würden. Und er konnte derzeit nichts Besseres tun, als von einem Tag auf den anderen zu leben. Selbst Arions Unterhaltungsprogramm nahm an Vielfalt zu. Der Bildschirm zeigte die Animation eines Tennisspiels zwischen computergenerierten Strichmännchen auf einer rutschigen Fläche. Das war schon recht amüsant.

Nachdem der Dienstrobot das Geschirr abgeräumt hatte und gegangen war, machten sie es sich auf der Couch bequem und erzählten einander ausführlich ihren Tagesablauf. Derec ließ, aus Gründen, die ihm selbst nicht ganz klar waren, die Tatsache aus, daß es auf dem Planeten keine Übertragungsstationen für Hyperwellen gab. Er rechnete damit, daß Katherines Erlebnisse ihm weiterhelfen würden, und hörte aufmerksam ihrem Bericht von der Entdeckung des Leichnams zu.

»Daß er aussah wie du«, fragte sie, als sie fertig war, »was hat das zu bedeuten?«

»Erst mal«, sagte er, »schließt es die Möglichkeit, unser Transport nach Robot City könnte Zufall gewesen sein, endgültig aus. Man hat uns hierhergeführt; warum, weiß ich nicht. Der tote Mann ist entweder derjenige, der uns hergeführt hat, oder er wurde selber hierher verschlagen. Wir werden weiterhin versuchen müssen, das rauszukriegen. Was mich persönlich mehr interessiert, ist die Tatsache, daß der Stadtrobot unabhängig funktioniert. Ich bin der Ansicht, daß die Stadt sich als Defensivmaßnahme sozusagen selbst repliziert. Wenn sie wirklich unabhängig arbeitet, mag es sein, daß die Überwacher sie nicht aufhalten *können.*«

»Was heißt das?«

Er blickte sie an. »Es heißt, daß ich es tun muß.«

»Womit wir wieder bei unserem alten Streitpunkt angelangt sind«, sagte sie, und ihre Miene verfinsterte sich ein wenig. »Die Stadt oder die Untersuchung des Mordfalls.«

»Nicht unbedingt«, sagte er und stand auf. »Paß auf, damit müßtest du auch zufrieden sein.« Er ging zur Balkontür, starrte unverwandt hinaus in den Regen und hatte nunmehr das Gefühl, irgendwann damit fertig werden zu können. Er drehte sich wieder nach ihr um. »Ich glaube, daß David und der Alarmzustand der Stadt samt Replikation untrennbar verknüpft sind.«

Sie sprang erregt auf und kam auf ihn zugerannt, warf ihm die Arme um den Hals. »Du wirst mir helfen, den Mord aufzuklären, nicht wahr?«

»Ja«, lachte er und umarmte sie seinerseits. »Morgen kehren wir zu der Leiche zurück und fangen da wieder an, wo du aufgehört hast.« Er trat einen Schritt zurück und hielt ihr seine verschränkten Hände hin. »Siehst du, so sieht das Ganze aus, alles miteinander verzahnt. Wenn es uns gelingt, ein paar der Teile zusammenzusetzen, wird uns, möchte ich wetten, das übrige klarwerden. Was oder wer auch immer David umgebracht hat, hat auch den Alarm ausgelöst.«

»Morgen früh lassen wir uns gleich als erstes von Eve hinbringen.«

»Nicht als erstes«, sagte er. »Erst hab' ich eine Zusammenkunft mit den Überwachern im Kompaßturm angesetzt.«

»Wieso?«

»Aus zwei Gründen. Einmal will ich ihnen ein paar Fragen über ihre unterirdischen Anlagen stellen; zum anderen brauche ich eine Möglichkeit, mich in dem Gebäude ein wenig umzusehen.«

»Auf der Suche nach dem Büro?«

Er nickte. »1-1 hat gesagt, es sei vollständig eingerichtet. Ich möchte wetten, das wird uns vieles beantworten.«

Ihr Gesicht wurde plötzlich ernst. »Hoffentlich findest du auch die Sorte Antwort, die du suchst«, sagte sie.

Kapitel 9

Das Büro

Im Tagungsraum war ein Tisch aufgestellt worden. Er war lang, schmal und mit neun Sitzplätzen ausgestattet. Derec saß am Kopfende des Tischs, Katherine zu seiner Rechten. Die Überwacher verteilten sich händchenhaltend auf die übrigen Sitze, wobei die zwei am Ende der Reihe sich über die Tischfläche hinweg festhielten.

»Wie kommt es, daß Menschen lügen, Freund Derec?« fragte Überwacher Dante, die länglichen Vergrößerungsaugen vom anderen Tischende her auf ihn gerichtet. »Die meisten Schwierigkeiten hat uns ihre Neigung zur Lüge und Übertreibung bereitet. Sie hindert uns daran, Ihnen völlig zu vertrauen.«

Derec leckte sich die trockenen Lippen und beobachtete, daß sie ihn allesamt erwartungsvoll anblickten. Er wußte, daß er diese Hürde zu überwinden hatte, wenn er mit ihnen gemeinsam an der Bewältigung der Probleme der Stadt arbeiten wollte.

»Roboter erhalten ihren Input auf zweierlei Art«, sagte er und hoffte, daß seine Erklärung standhalten würde. Er war früh aufgestanden, um sie zu durchdenken und vorzubereiten. »Durch direkte Programmierung und durch Input, der mit Hilfe der Sensoren angesammelt und dann auf Übereinstimmung mit vorhandener Programmierung hin geprüft wird. Eure Sensoren zeichnen Ereignisse exakt, mit mathematischer Präzision auf und ordnen sie den wissenschaftlichen Grundsätzen mehrerer Jahrtausende empirischer Erfahrung gemäß ein. Sodann seid ihr mittels eurer Positronik in der Lage, deduktive Schlüsse zu ziehen, indem ihr wiederum durch Analogie eingehende Daten mit vorhandenen vergleicht. Ihr seid fähig, echte Verbindungen der zweiten Ebene herzustellen.«

»Wir kennen die Funktionsweise des positronischen Gehirns, Freund Derec«, sagte Waldeyer. »Es ist das menschliche Gehirn, das uns verwirrt.«

»Geduld«, sagte Derec. »Ich möchte euch eine Frage stellen. Angenommen, nur einmal angenommen, eure Grundprogrammierung sei fehlerhaft — nicht nur am Rande, sondern in ihren grundlegendsten Voraussetzungen. Nehmen wir an, jeglicher sensorische Input, den ihr erhaltet, befände sich in totalem Widerspruch zu eurer Grundprogrammierung.«

»Wir würden viel Zeit darauf verwenden, falsche Schlüsse zu ziehen«, sagte Wohler. »Aber menschliche Gehirne sind nicht auf Gedeih und Verderb auf Programmierung angewiesen. Sie haben die Freiheit, sämtliche empirischen Daten durchzugehen und jederzeit zur Wahrheit zu finden.«

»Das ist der Punkt, in dem ihr euch irrt«, erwiderte Derec. »Das menschliche Gehirn ist kein auf der Wahrheit basierender Computer. Es ist lediglich eine Ansammlung von Ganglien, die von elektrischen Impulsen angetrieben werden. Es basiert nicht auf Wahrheit, sondern vielmehr auf Selbstbelohnung. Für den menschlichen

Geist ist die Wahrheit etwas Veränderliches, ein Segel, das sich im Wind der Angst, der Hoffnung und der Begierde bläht. Er kennt keine Realität, sondern schafft sie sich von einem Augenblick zum nächsten mit Hilfe jener kreativen Intelligenz, die ihr an uns so schätzt.«

»Aber das Grundprogramm steht zur Verfügung«, sagte Euler. »Es existiert, damit der Mensch es benutzen kann.«

»Und ebenso existiert es, damit er es mißachten kann«, konterte Derec, »Ihr *müßt* eurer Programmierung Beachtung schenken. Mein Bewußtsein kennt solche Fesseln nicht. Der menschliche Geist ist nun einmal sterblich. Diese Wahrheit allein ist mehr, als die meisten Menschen ertragen können. Wir sind zerbrechliche Geschöpfe, auf der Suche nach Dauer in einer nicht dauerhaften Welt. Wir lügen unseren Nächsten an. Wir lügen uns selbst an. Wir lügen, aller Logik und Vernunft zum Trotz. Wir lügen recht häufig deswegen, weil uns die Wahrheit vernichten würde. Wir lügen sogar, ohne es zu wissen.«

Avernus meldete sich zu Wort. »Wie werden die Roboter, die mit Menschen zusammenleben, mit dieser Täuschung fertig?«

»Sie befolgen Befehle, wie es die Gesetze der Robotik vorschreiben«, sagte Derec schlicht. »Sie sind nicht autonom wie ihr, daher haben sie keine andere Wahl. Die Gesetze wurden zum Wohle unserer Gattung erdacht. Roboter beschützen die Menschen vor ihren eigenen Lügen und ehren sie um dessentwillen, was an ihrer Gattung nobel ist. Ihr habt Katherines Trauer erlebt, als sie mich für tot hielt.« Er ergriff ihre Hand. »Wir sind zerbrechliche Geschöpfe, die zu großem Edelmut und zu großer Niedertracht fähig sind. Ich will uns nicht beschönigen. Wir haben viel Gutes geschaffen und viel Böses, und mit der Schöpfung von Robotern haben wir den Höhepunkt des Guten erreicht. Unsere Gattung verdient Lob und Verdammung, und letztlich entzieht sie sich rationaler positronischer Erklärung.«

»Sie meinen, wir sollen Sie nehmen, wie Sie sind«, sagte Euler.

»Wir lassen uns nicht mit Gesetzen definieren«, antwortete Derec, »nicht mit Theoremen im Zaum halten. Wir werden euch in Erstaunen und Verwirrung versetzen, aber ich kann euch garantieren, daß wir euch niemals langweilen werden.«

»Sie wollen uns mit Worten bezähmen«, sagte Wohler, der Philosoph.

»Ja«, sagte Derec lächelnd. »Genau das will ich. Und ich sage euch, ihr werdet es zulassen, weil in meinem verwirrenden Geist die Wunder des Universums stecken, die ihr nur über mich erreichen könnt . . . und ihr seid so verzweifelt darauf aus, sie zu erreichen!«

»Aber wie steht es um die Gesetze der Humanik?« fragte Rydberg.

»Ganz einfach«, ergänzte Katherine und blinzelte dabei Derec zu. »Es gibt nur ein Gesetz der Humanik: Erwartet das Unerwartete.«

»Ein Oxymoron«, sagte Arion.

»Ein treffenderes dürfte es kaum geben«, sagte Derec. »Genau darum geht es. Ihr braucht eure Suche nach den Gesetzen der Humanik nicht aufzugeben, aber ihr müßt versuchen, sie auf uns abzustimmen, nicht uns auf sie. Wir können nichts anderes sein als das, was wir sind, doch wenn ihr uns akzeptiert — im Guten wie im Bösen —, sorgen wir dafür, daß ihr euer volles Potential verwirklichen könnt.«

»Verlockende Worte«, sagte Dante, »aber eben nur Worte. Wo bleibt das Beispiel dafür, was Sie mit Ihrer kreativen Intelligenz anfangen können?«

»Wenn ihr mich laßt«, sagte Derec, »kann ich euch vielleicht helfen, eure Stadt zu retten.«

»All Ihre bisherigen Vorschläge waren darauf gerichtet, daß wir uns von unserer Programmierung distanzieren«, sagte Euler.

Derec stand auf; im Stehen konnte er besser denken. »Das liegt daran, daß mir bis gestern nicht richtig klar war, was hier vorgeht und wie wenig Kontrolle ihr über die Situation hattet. Das macht mir nach wie vor zu schaffen, aber ich habe noch ein paar andere Ideen.«

Arion und Waldeyer saßen mit verschränkten Zangen Seite an Seite. Derec trat zwischen sie und lehnte die Ellbogen auf ihre Schultern.

»Ich habe beobachtet, wie ihr in den Tunneln gegraben und versucht habt, Wasser aus dem Reservoir abzuleiten, damit der Pegel sinkt und eine Überflutung eurer unterirdischen Anlagen vermieden wird. Hattet ihr damit Erfolg?«

»Teilweise«, sagte Rydberg. »Wir werden im Anschluß an unsere

Begegnung heute morgen den Durchbruch erzielen. Leider rechnen wir damit, daß es das Unvermeidliche nur noch einen Tag hinauszögern wird. Wir können unsere Anlagen über den heute abend zu erwartenden Regen hinwegretten, mehr nicht.«

»In Ordnung«, sagte Derec. »Denken wir uns was aus. Ich war gestern in der Hauptkammer eines der Städtequadranten. Wurde diese Kammer irgendwann ausgeschachtet?«

»Nein«, sagte Avernus. »Die Strangpresse eines jeden Quadranten ist in einer ähnlichen Kammer wie der erwähnten untergebracht. Unsere erste Handlung zu Beginn der unterirdischen Arbeiten bestand darin, mittels Ultraschallmessungen natürliche Höhlen unter der Oberfläche zu finden. Die Bergwerkstunnel wurden ausgeschachtet, doch die Hauptkammern sind natürlichen Ursprungs.«

»Habt ihr daran gedacht«, sagte Derec, »jetzt, in der gegenwärtigen Situation Ultraschallmessungen vorzunehmen?«

»Ich verstehe nicht«, sagte Avernus.

Derec klopfte mit dem Zeigefinger auf die Tischplatte. »Ihr braucht nur die unterirdische Höhle zu finden, die eurem Reservoir am nächsten liegt, einen Tunnel zu graben, der sie mit dem Reservoir verbindet, und . . .«

»Und das Reservoirwasser dorthin abzulassen!« sagte Avernus und stand abrupt auf, wodurch der Kontakt zur Zentraleinheit unterbrochen wurde.

»Richtig!« Derec zeigte mit dem Finger auf ihn. »Mittlerweile werden Katherine und ich daran arbeiten, den Mord aufzuklären. Ich bin absolut überzeugt, daß die Lösung des Mordfalles uns auch die Gründe für den Notstand liefern wird.« Er wandte sich an Überwacher Dante. »Ist dir *das* kreativ genug?«

»Ich gestehe es mit Freuden ein«, sagte Dante.

»Mir will scheinen«, sagte Euler, »wenn wir Gelegenheit haben wollen, Freund Derecs Vorschläge in die Praxis umzusetzen, sollten wir diese Zusammenkunft vertagen und uns an die Arbeit machen.«

Die Roboter standen auf, und Derec fragte sich, ob ihnen aufgefallen war, daß er sie mit sanfter Manipulation dazu gebracht hatte, ihn zum ersten Mal als vollwertigen Partner in ihre Planungen einzubeziehen.

Er sah zu, wie sie nacheinander den großen Raum verließen, und hatte erstmals das Gefühl, jenen schwer faßbaren Geist in den Griff bekommen zu haben, der sie alle zusammengeführt hatte. Synnoesis. Die schlimmsten Hindernisse auf dem Weg zu einer wahrhaft gleichberechtigten sozialen Beziehung zwischen Mensch und Robot waren nach wie vor zu überwinden. Wenn sie nur die Regenfälle überlebten, konnten sie nun womöglich die Wegbereiter eines neuen Zeitalters werden.

Sobald die Roboter den Raum verlassen hatten, eilte Katherine zur Tür und spähte hinaus. »Sie sind fort«, sagte sie und drehte sich wieder nach Derec um.

»Gut.«

Er trat zu ihr an die Tür, pflichtbewußt gefolgt von Eve und Rec. Derec wandte sich an sie. »Hat einer von euch schon einmal in diesem Gebäude als Zeuge fungiert?«

»Ja«, sagte Rec. »Hier finden hauptsächlich Experimente am positronischen Gehirn und zur Verbesserung seiner Funktion statt. Ich war Zeuge bei Experimenten in fast jedem Laboratorium des Gebäudes.«

»Hast du jemals ein Büro gesehen, etwas, das ein Mensch als persönliches Quartier benutzen könnte?«

»Nein«, antwortete der Robot.

»Gibt es Teile des Gebäudes, die du nie gesehen hast?«

»Ja.«

»Gut, dann hör mir genau zu«, sagte Derec und zuckte, an Katherine gewandt, die Achseln. »Ich möchte, daß du mich in alle Teile des Gebäudes führst, die du noch nie gesehen hast.«

»Das kann ich nicht.«

»Warum nicht?« fragte Katherine.

»Es gibt im Kompaßturm einen Bereich, zu dem Roboter keinen Zutritt haben. Dort geht niemand hin.«

»Hat dir das jemand gesagt«, fragte Derec, »ein Überwacher vielleicht?«

»Es gehört zu unserer Programmierung«, sagte Rec.

Eve stimmte zu. »Nicht einmal Überwacher dürfen dorthin.«

Derec schüttelte den Kopf. Das sah den Robotern ähnlich — immer pflichtbewußt, niemals neugierig. »Ich möchte, daß ihr uns dorthin führt«, sagte er.

»Ich sagte Ihnen doch, daß das verboten ist«, sagte Rec.

Derec lächelte. »Ich meine nicht, daß ihr mich in den verbotenen Teil *hinein*führen sollt«, sagte er. »Bringt mich nur so nahe heran wie möglich dorthin und zeigt ihn mir.«

Das war offensichtlich zu verantworten, daher gingen die beiden Zeugen voraus, dicht gefolgt von Derec und Katherine. Sie schritten durch labyrinthische Gänge, die sich hin- und herwanden, jedoch immer nach oben führten. Ein Fahrstuhl brachte sie sechs Stockwerke höher, aber damit war es noch nicht getan. Derec fand das interessant. Der Versammlungsraum war so konstruiert, daß der Eindruck erweckt wurde, er befinde sich an der Spitze der Pyramide, in Wahrheit lag er jedoch bloß auf halber Höhe, und die Illusion war möglicherweise von ihrer Absicht her hauptsächlich spirituell.

Auf den oberen Stockwerken wurde es recht eng, und in den sanft glühenden Wandverkleidungen tauchten immer seltener Türen auf. Da blieben die Roboter abrupt stehen. Rec zeigte auf eine Tür am Ende eines kurzen Ganges.

»Wir können nicht weitergehen«, sagte der Robot. »Niemand weiß, wohin diese Tür führt.«

»Wenn ihr hier warten würdet«, sagte Derec. »Wir sind bald wieder da.«

»Aber das ist verboten«, sagte Eve.

»Für Roboter, nicht für Menschen« entgegnete Katherine.

»Aber wir dürfen uns nicht trennen«, widersprach Rec.

»Es gibt doch nur eine Tür«, sagte Derec. »Da müssen wir auf dem Rückweg wieder rauskommen.«

»Unsere Befehle . . .«

»Macht, was ihr wollt«, sagte Derec. »Wir gehen weiter.«

Damit setzten Derec und Katherine ihren Weg den Gang entlang fort, wobei sie sich noch einmal nach den wachsamen Robotern umdrehten, ehe sie die Tür öffneten und hindurchtraten.

Drinnen fanden sie eine Wendeltreppe vor, die zu einer drei Meter über ihren Köpfen eingelassenen Tür emporführte.

»Willst du vorausgehen?« fragte Derec.

»Geh schon«, erwiderte Katherine. »Mich hat in diesem versiegelten Raum der Mut verlassen.«

Derec stieg langsam die Treppe hinauf, während sich in seinem

Magen ein Gefühl der Erwartung breitmachte. Er assoziierte dieses Gefühl mit dem Wort Hummeln, hatte jedoch keine Ahnung, was es zu bedeuten hatte. Er erreichte die Tür, drückte auf den Knopf und rechnete damit, sie verschlossen zu finden.

Dem war nicht so.

Die Tür glitt mühelos beiseite und öffnete sich, wie er zunächst meinte, ins Freie. Er hatte den Eindruck, auf eine offene, mit Mobiliar und einem Schreibtisch ausgestattete Plattform hinauszutreten, mit einem wunderschönen Rundblick auf Robot City. Aber es fehlte das Gefühl der frischen Luft, des Windes, der von der Morgensonne ausgehenden Hitze.

»Wie sind wir bloß ins Freie geraten?« fragte Katherine, die hinter ihm herkam.

»Sind wir nicht«, sagte Derec und deutete hinter sie.

Die Außenansicht wurde getrübt durch die immer noch offene Tür, die sich wie ein finsterer Rachen mitten in der Stadt auftat. Als er auf den Knopf drückte, um die Tür zu schließen, war der Rundblick wiederhergestellt.

»Sichtschirme?« fragte sie.

»Möglich«, erwiderte er. »An der Spitze der Pyramide muß es eine Reihe kleiner Kameras geben, die die Ansicht aufnehmen und dann auf die Schirme bringen. Sieh nur«, er zeigte nach oben, »sogar über uns.«

Sie blickte hinauf in den rosablauen Himmel. »Den gleichen Ausblick hatten wir von der Plattform, auf der wir aufgetaucht sind«, sagte sie.

»Faszinierend«, sagte er leise und wußte, daß er endlich auf etwas Bedeutendes gestoßen war. »Wer hier sitzt, kann jemanden ohne dessen Wissen auf der Plattform auftauchen sehen.«

»Meinst du, jemand hat beobachtet, wie *wir* aufgetaucht sind?« fragte sie mit weit aufgerissenen Augen.

Er zuckte die Achseln. »Im Augenblick muß ich mit dieser Möglichkeit rechnen«, sagte er. »Wir wurden hierhergeführt. Es war *so gedacht*, daß wir herkommen. Daher erscheint es logisch, daß unser Weg überwacht wurde.«

»Hast du dir je überlegt, Derec, daß *du* hierhergebracht worden sein könntest und ich als Ballast mitgeführt wurde?« fragte sie.

Er ging langsam durch den Raum. Er war so eingerichtet, daß

man darin leben konnte. Es gab Sessel, und eine Couch, die sich in ein Bett verwandeln ließ. Kein robotisches Stadtmaterial, sondern echte Möbel. Sogar eine Pflanze gab es, unter ihrer eigenen Wachstumslampe. Daraus entnahm Derec, daß derjenige, der dieses Büro unterhielt, zumindest öfter hierherkam, um die Pflanze zu gießen.

»Ich hab' mir vieles überlegt«, sagte Derec zu ihr, »auch das Szenarium, wie du es gerade beschrieben hat. Aber dabei muß mehrerlei in Betracht gezogen werden. Ich glaube, daß unsere Begegnung auf Aranimas' Schiff zufällig war. Die Situation war zu gefährlich und unkontrollierbar, unsere Verletzungen waren zu real. Aber denk nur einmal an die Tatsache, daß du zugibst, mich von früher zu kennen, unter einem anderen Namen, der ausgerechnet jemandem gehört, der mir ähnlich genug sieht, um mein Zwillingsbruder zu sein. Das Universum ist groß, Katherine. Hier häufen sich die Zufälle. Nun will ich dich mal was fragen. Hast *du* dir je die Möglichkeit überlegt, daß der David, den du kanntest, tot in diesem versiegelten Raum liegt, während ich ein anderer bin?«

In ihrem Gesicht zeigte sich Verwirrung, ihre Lippen zitterten. »Ich — ich . . .«

Sie wollte etwas sagen, verstummte jedoch. Derec hätte ein Vermögen dafür ausgegeben, zehn Vermögen, zu erfahren, was ihr in jenem Moment, ehe sie sich selbst zum Schweigen brachte, durch den Kopf ging.

»Was verbirgst du vor mir?« fragte er laut und voller Verzweiflung.

Ihr Gesicht zeigte eine Mischung aus Qual und Verlangen. Sie reagierte auf die Frage, indem sich sich versteifte, wie sie es so oft getan hatte, seit sie einander auf Aranimas' Schiff begegnet waren. »Hier oben gibt es nichts für mich zu tun«, sagte sie. »Ich gehe wieder zu den Robotern hinunter. Komm du bald nach. Wir haben noch viel Arbeit vor uns.«

Dann machte sie kehrt und ging, ohne ihn noch einmal anzusehen, und Derec blieb wieder einmal wütend zurück. Er konnte sich ihr so nahe fühlen, und so fern. Bei Katherine gab es nie ein Zwischending; immer hieß es alles oder nichts.

Er beschloß, das Büro methodisch zu untersuchen, anstatt wild vorzupreschen, wie er es am liebsten getan hätte. An der Peripherie des Raums beginnend, arbeitete er sich langsam vor, wobei er sich das Vergnügen, den Tisch zu untersuchen, als letztes aufsparte.

Er entdeckte ein kleines, luftdichtes Fach voller Bänder, die allesamt mit ›Philosophie‹ betitelt und dann nach Planeten geordnet waren. Beinahe alle fünfundzwanzig Spacerwelten waren vertreten. Im Augenblick interessierten sie ihn nicht, doch schloß er eine zukünftige Durchsicht nicht aus. Er schritt weiter die Peripherie ab, und seine Hand fand die Leiter, die seine Augen nicht wahrnahmen. Es handelte sich um eine metallene Leiter, die vor dem Schirm angebracht war und sich in den Schatten verlor. Selbst nachdem er wußte, daß sie sich dort befand, fiel es ihm schwer, sie zu sehen. Sie begann am Boden und endete an der flachen Decke.

Er kletterte hinauf, bis er den Deckenschirm erreicht hatte. Für die Existenz dieser Leiter gab es keinen Grund, es sei denn, sie führte irgendwohin. Behutsam streckte er die Hand aus und berührte den Deckenschirm über der Leiter. Er gab auf gut geölten Scharnieren mühelos nach, klappte auf und offenbarte den echten Himmel.

Er stieg durch die Falltür und stellte fest, daß er auf jener Plattform stand, wo er damals aufgetaucht war. Erstaunlich. Er begann sich eine Theorie zurechtzulegen. Wer immer diese Zivilisation begonnen hatte, wessen Arm es auch gewesen sein mochte, der 1-1 eingeschaltet hatte, bei richtigem Gebrauch des Schlüssels zum Perihel konnte er jederzeit in Robot City auftauchen, sich in das verbotene Büro hinabbegeben und beobachten, was seine Stadt für Fortschritte machte, ohne je gesehen zu werden. Wenn er fertig war, konnte er auf dem gleichen Weg wieder verschwinden.

Demnach hatte die Stadt einen Aufseher, einen Wächter, der offensichtlich Derec hierhergeführt hatte, um die Mixtur mit einer Prise Mensch zu würzen. Warum Derec? Diese Frage konnte er nicht beantworten.

Er fragte sich, ob dieser Aufseher während seines und Katherines Aufenthalt dagewesen war, ob er sie beobachtet hatte, womöglich bis zu dem Moment, als er die Bürotür geöffnet hatte. Er hätte es nur allzu leicht gehabt, zu verschwinden. Dazu brauchte er nichts weiter als den Schlüssel und ein paar Sekunden Zeit.

Derec stieg wieder hinab in das Büro und schloß die Falltür hinter sich, wodurch die Illusion vollständig wiederhergestellt wurde.

Er setzte seinen Rundgang durch das Büro fort, indem er den kleinen Papierkorb auskippte, der neben dem Tisch stand. Er enthielt mehrere leere Behälter, die er als dem Spacerstandard entsprechende Überlebensrationen wohlschmeckender und mit Vitaminen und Proteinpillen angereicherter Nahrung wiedererkannte. Er riß einen der Essensbehälter auf und entdeckte in einem Winkel einen kleinen Klacks von dem Zeug, das sich noch nicht ganz verhärtet hatte. Diese Nahrung hatte jemand im Verlauf der letzten vierundzwanzig Stunden zu sich genommen. Der übrige Abfall bestand aus zusammengeknüllten Zetteln mit mathematischen Gleichungen zur Berechnung der geometrischen Progression des Stadtbaus, die sich auf die zeitliche Dauer zu beziehen schienen, bis der gesamte Planet von der Stadt überzogen war. Andere schienen sich mit den Regenmengen und der Kapazität des Reservoirs zu beschäftigen, rasche Kalkulationen in bezug darauf, wie lange es bis zum Überfließen dauern würde. Derec hatte das Gefühl, daß er, wenn er einfach im Büro sitzenblieb und unbegrenzte Zeit wartete, den Aufseher vermutlich bei der Rückkehr ertappen konnte. Leider hatte er diese unbegrenzte Zeit nicht.

Er warf alles wieder zurück in den Korb und wandte seine Aufmerksamkeit dem Tisch selber zu. Auf der Tischfläche aus Eisenlegierung lagen eine Schreibunterlage mit Papier und zwei Null-g-Tintenstifte. Der einzige persönliche Gegenstand auf dem Tisch war ein Holowürfel, der eine sehr nett aussehende Frau mit einem Baby im Arm zeigte. Der Anblick des Würfels jagte ihm einen Schauer den Rücken hinunter.

Er wandte sich den Schubladen zu. Links befanden sich mehrere kleine Schubfächer, die größtenteils leer waren. Nur das oberste war gefüllt, und zwar mit noch mehr Papier und einigen technischen Daten über die Funktion der logischen Schaltkreise des positronischen Gehirns. Dagegen hatte er zur Rechten mehr Glück. Als er die große, tiefe Schublade aufzog, hob sich mit leisem Motorengeräusch ein Computerterminal mit aktiviertem Schirm und blinkendem Cursor auf Tischhöhe: BETRIEBSKLAR.

Interessanterweise verfügte das Terminal über alle Anschlüsse und Leitungen für Übertragung und Empfang von Hyperwellen. Leider fehlten hinten das Aggregat und die Hyperwellenrichtantenne. Die hatte zweifellos der Aufseher entfernt.

Er starrte ungläubig auf das Terminal. Keine Sperren, keine Kennworte, keine Sicherungen hatte das System. Er konnte nicht glauben, daß sich ihm eine gesamte Zivilisation bloßlegen sollte, nur weil er ein Büro entdeckt hatte. Angenommen, er hätte vorgehabt, ihr zu schaden?

Vorsichtig tastete er sich in den Aufbau des Systems, drang in immer tiefere Dateiniveaus vor, verlangte dann Zugang zur Zentraleinheit. Als er sie erreicht hatte, verlangte er die Datei mit dem Titel STADTSCHUTZ zu sehen.

Binnen Sekunden blinkte wieder das Signal BETRIEBSKLAR auf. Er hatte es geschafft! Rasch tippte er ein:

LISTE: STADTSCHUTZ.

Der Computer antwortete:

STADTSCHUTZ:
BAUBESCHLEUNIGUNG
STÖRFAKTOR ISOLIEREN
ZENTRALEINHEIT ABRIEGELN
ZENTRALEINHEIT MOBILISIEREN
NOTTERMINALS LOKALISIEREN
ÜBERWACHER ISOLIEREN

Er saß zitternd vor der Tastatur. Das war es. Er beschloß, sich daran zu versuchen, es außer Kraft zu setzen. Er tippte:

OPERATION BAUBESCHLEUNIGUNG
LÖSCHEN.

Der Computer kannte kein Zögern.

STADTSCHUTZ KANN NICHT OHNE BERECHTIGUNG UND INPUT ÜBER BEDROHUNG DURCH FREMDWESEN ODER STÖRFAKTOR GELÖSCHT WERDEN.

Derec tippte:

AUFHEBUNG ALLER VORHERGEHENDEN BEFEHLE UND LÖSCHEN BAUBESCHLEUNIGUNG.

Der Computer antwortete:

AUFHEBUNG VÖLLIG UNMÖGLICH. STADTSCHUTZ KANN NICHT OHNE BERECHTIGUNG UND INPUT ÜBER BEDROHUNG DURCH FREMDWESEN ODER STÖRFAKTOR GELÖSCHT WERDEN.

Das war eine Sperre. Der Computer weigerte sich, mit ihm darüber zu kommunizieren, es sei denn, er konnte den Grund für die

Schutzmaßnahmen herausfinden und die Aufhebung angemessen begründen. Dem war offenbar nicht beizukommen. Er tippte:

LISTE: GRÜNDE FÜR AKTIVIERUNG STADTSCHUTZ.

Der Computer anwortete mit einem Schaubild der Stadt, dessen Umrisse sich mit einer langsamen Drehbewegung ständig veränderten. Ein winziges Licht blitzte in dem Abschnitt auf, der mit Quadrant 4 bezeichnet war. Am Fuß des Schirms schrieb der Computer:

UNBEKANNTER STÖRFAKTOR IN QUADRANT4.

Derec fragte:

NENNE ART DES STÖRFAKTORS.

Der Computer antwortete:

UNBEKANNTER STÖRFAKTOR IN QUADRANT4.

Derec lehnte sich zurück und starrte die Maschine an. Es war durchaus möglich, daß das blitzende Licht den Leichnam seines Doppelgängers anzeigte. Die Maschine war nicht gewillt, ihn bezüglich des Mordes vom Haken zu lassen. Er begann zu verstehen, warum es so leicht für ihn gewesen war, sich von diesem Terminal aus Zugang zur Zentraleinheit zu verschaffen, und er erhielt rasch die endgültige Bestätigung, als er eintippte:

LISTE: DEAKTIVIERUNG STADTSCHUTZ.

Die Maschine antwortete:

DEAKTIVIERUNG STADTSCHUTZ:
STÖRFAKTOR ODER EINDRINGLING
ISOLIEREN
ART DER BEDROHUNG DEFINIEREN
BEDROHUNG NEUTRALISIEREN
NACHWEIS DER NEUTRALISIERUNG
DURCH VERFAHREN C-15

Derec tippte:

LISTE: VERFAHREN C-15.

Und erhielt die Antwort:

VERFAHREN C-15:
MOBILISIERTE ZENTRALEINHEIT
ISOLIEREN
ZENTRALEINHEIT AUFSUCHEN
EINGABE ÜBERWACHERKENNWORT
EINGABE NACHWEIS DER
NEUTRALISIERUNG

Derec starrte auf den Schirm, frustriert und verblüfft über das, was sich da vor ihm auftat. Von diesem Terminal aus ließ sich nichts Wesentliches erreichen, übrigens auch von *keinem anderen* Stadtterminal. Der Input mußte direkt an der Zentraleinheit erfolgen, und wenn er den Begriff ›mobilisieren‹ richtig verstanden hatte, war die Zentraleinheit nicht stationär. Sie war mobil, in Bewegung. Und um das Ganze philosophisch abzurunden, war ein Überwacher nötig, um in das Schutzprogramm zu gelangen.

Das war in der Tat der perfekte Schutz. Der Akt des Ausschaltens der Verteidigung mußte überlegt und durchdacht und mit Zustimmung sowohl der menschlichen als auch der robotischen Überwacher erfolgen. Auch dieses System war synnoetisch aufgebaut, und Derec konnte trotz seiner Enttäuschung nicht anders, als es zu bewundern. Letztlich kannte er die Art des Störfaktors tatsächlich nicht. Die Zentraleinheit verhielt sich korrekt, indem sie seine Forderung nach Deaktivierung ablehnte, bis alle Fakten beisammen waren. Das Problem dabei war natürlich, daß die Stadt sich selbst vernichten würde, ehe die Fakten ans Licht kamen.

Er war wieder da, wo er angefangen hatte, bei dem Mord an seinem Zwilling. Es gab für ihn immer noch viel über das Büro und das zugängliche Terminal in Erfahrung zu bringen, aber er hatte im Augenblick einfach nicht die Zeit dazu. Widerstrebend entschied er, daß er sich nun losreißen und zurückkommen mußte, wenn mehr Zeit war.

Er hatte bereits die Hand ausgestreckt, um das Terminal wieder an seinen Platz in der Schublade zu versenken, als ihm ein Gedanke kam. Wenn der Aufseher wirklich hinter ihnen herspionierte, gab es möglicherweise eine Datei mit Informationen hierüber. Da er seinen eigenen Namen nicht kannte, beschloß er, es mit einem anderen zu versuchen. Nachdem, er das Menü für die Dateinamen zurück auf den Schirm geholt hatte, tippte er die Worte BURGESS, KATHERINE ein.

Die Maschine antwortete:

BURGESS, KATHERINE, siehe DAVID.

Sein Mund war ausgetrocknet, und sein Herz klopfte, als er den Namen des Toten eingab.

Die Maschine reagierte rasch mit einer Notationsdatei, die offensichtlich die Handschrift des Aufsehers trug:

ASSIMILATIONSTEST AN DAVID Nr. 2 PLANMÄSSIG UND REIBUNGSLOS FORTGESETZT, BIS ZUR AUSLÖSUNG DES STÄDTISCHEN SCHUTZSYSTEMS UND ZUM TOD DES TESTOBJEKTS MIT UNBEKANNTER URSACHE.

OHNE MENSCHLICHES EINGREIFEN SIND ROBOTER UNFÄHIG, ERHEBLICHEN SCHADEN DURCH ALLZU ERFOLGREICHE STADTPLANUNG ZU VERMEIDEN, UND OPERATION WÄRE ZUM SCHEITERN VERURTEILT.

DAVID Nr. 1 EINGETROFFEN, UM IN STADTKATASTROPHE EINZUGREIFEN UND URSPRÜNGLICHES OPERATIONSZIEL PRÜFUNG SYNNOETISCHER THEORIEN WEITERZUVERFOLGEN. ERGEBNISSE NOCH NICHT ABZUSEHEN.

UNKONTROLLIERTER FAKTOR IN GESTALT EINER FRAU MIT DAVID Nr. 1 EINGETROFFEN. NENNT SICH DERZEIT AUS UNBEKANNTEN GRÜNDEN KATHERINE BURGESS. LETZTENDLICHER EINFLUSS AUF DIE OPERATION UND GENAUE ZIELRICHTUNG IHRER ABSICHTEN SIND NOCH FESTZUSTELLEN.

SIE MUSS SORGFÄLTIG ÜBERWACHT WERDEN.

Das war es, das Ende der Datei. Derec starrte einen Augenblick lang den blinkenden Cursor an, während ihm ein Dutzend verschiedene Gedanken durch den Kopf gingen. Einer davon schaltete jedoch sämtliche anderen aus, ein Satz brannte sich in sein Gehirn ein und schmerzte ihn mehr, als er es für möglich gehalten hatte — NENNT SICH DERZEIT AUS UNBEKANNTEN GRÜNDEN KATHERINE BURGESS.

Kapitel 10

Der versiegelte Raum

Derec hatte gehofft, daß Katherine, wenn er aus dem Aufseherbüro kam, bereits fort sein würde, aber sie war noch da. Sie stand zusammen mit den beiden Zeugenrobotern wartend da, ein Lächeln auf dem Gesicht, als mache es sie irgendwie glücklich, ihn zu sehen. Was für eine Schauspielerin. Wieder einmal mußte er sich fragen, was sie sich von alledem erhoffte. Er würde sich auch diesmal beherrschen und, was sie betraf, improvisieren müssen. Vielleicht würde sie sich irgendwann verraten. Bis dahin wollte er dafür sorgen, daß sie ihren Spaß nicht bekam.

»Na, wie ging's?« erkundigte sie sich fröhlich, doch dann veränderte sich ihre Miene, versteifte sich, als sie seine veränderte Stimmung wahrnahm. »Was ist schiefgelaufen?«

»Nichts . . . Katherine«, sagte er, und der falsche Name blieb ihm im Halse stecken. »Ich habe einen Ausgang zur obersten Plattform gefunden und einen Computer, aber darin war nichts, was uns helfen könnte, außer daß mir mitgeteilt wurde, was wir längst wußten — daß wir den Mord aufklären müssen.«

»Na gut, dann sollten wir nicht noch mehr Zeit vergeuden und uns dranmachen«, sagte sie mißtrauisch, ohne ihm seinen Stimmungswandel richtig abzunehmen. »Geht's dir wirklich gut?«

»Ist mir nie besser gegangen«, log er, wütend auf sich, weil er trotz des über sie Erfahrenen das Bedürfnis hatte, ihr nahe zu sein. Wäre er vernünftig gewesen, hätte er kehrtgemacht und wäre so schnell und so weit es ging vor ihr davongerannt. Statt dessen sagte er: »Laß uns gehen.«

Sie verließen rasch und schweigend den Kompaßturm, wobei Katherine Derec die meiste Zeit aus den Augenwinkeln beobachtete. Er versuchte, lässiger zu wirken, damit er nicht ihren Verdacht erregte, aber es fiel ihm schwer. Er war offensichtlich weniger auf Ausflüchte getrimmt als sie. Während sie durch das Gebäude schritten, schenkten ihnen die Roboter dort keine Beachtung, da sie mit der Gegenwart von Menschen bereits vertraut waren.

Als sie nach draußen traten, fanden sie dort ein Fahrzeug samt Fahrer vor, der ihnen zuwinkte. »Freund Derec!« rief der Dienstrobot, und sie begaben sich zu dem Karren.

»Was ist?« fragte Derec den gedrungenen Fahrer.

»Überwacher Euler hat mich gebeten, heute Ihr Fahrer zu sein, um einer früheren Forderung nachzukommen, die sie in bezug auf die Fahrgelegenheiten gestellt haben.«

»Gut«, sagte Derec und blickte Katherine an, »es scheint, als würde man uns endlich ein wenig trauen. Ein persönliches Fahrzeug, wie?«

»Es ist funkgesteuert«, sagte der Dienstrobot.

Derec runzelte die Stirn. »Mit welcher Reichweite?«

»Die Reichweite der Steuerung entspricht in etwa den Grenzen der bereits vom Band gegangenen Stadt.«

»Oh«, sagte Derec ruhig. »Willst du damit sagen, der Wagen funktioniert nur innerhalb der Stadtgrenzen?«

»Eine angemessene Schätzung«, sagte der Robot.

Katherine lachte laut. »Also, *das* nenn' ich Vertrauen«, sagte sie und schüttelte den Kopf.

Derec warf ihr einen finsteren Blick zu und stieg in den Wagen. »Rec«, sagte er zu seinem Zeugen, »wie wär's, wenn du dich hier neben mich setzt?«

Der Robot kletterte pflichtschuldig neben Derec, und Katherine war gezwungen, mit ihrem Zeugenrobot den Hintersitz einzunehmen.

»Wohin, Sir?« erkundigte sich der Fahrer.

Derec drehte sich nach Katherine um. »Du weißt, wo wir hinmüssen?«

»Quadrant 4«, antwortete Katherine. »Eve wird euch von dort aus den Weg weisen.«

Sie fuhren zügig dahin. Derec nahm sich zum ersten Mal einen Moment Zeit, über all das andere nachzudenken, was in dem Büro vorgefallen war, an Dinge, die seine Wut auf Katherine aus seinen Gedanken verdrängt hatten. Über seinen Namen beispielsweise. In der Computerdatei wurde er als David Nr. 1 bezeichnet. Wieso kam er dann *nach* David Nr. 2? Handelte es sich um ein simples Kürzel, oder hatte der Name eine Bedeutung? Er klang so . . . künstlich. Die Vorstellungen, die von diesem Gedankengang ausgelöst wurden, waren mehr, als er ertragen konnte. Er schob sie beiseite und dachte, daß Katherine, falls er tatsächlich David hieß, *doch* die Wahrheit gesagt hatte; wenigstens diesbezüglich.

Jene wenigen Absätze hatten noch auf ganz andere Gedankengänge hingedeutet. Wer immer der Aufseher war, er kannte offensichtlich David und Katherine, wußte etwas über ihre Vergangenheit. Demnach mußte er denjenigen, der ihn hierhergebracht hatte, vor seinem Gedächtnisverlust gekannt haben, und es blieb ihm nichts anderes übrig, als die Möglichkeit in Betracht zu ziehen, daß der Aufseher etwas mit seinem Gedächtnisverlust zu tun hatte.

Doch mit ebenso großer, wenn nicht größerer Wahrscheinlichkeit bestand eine Verbindung zwischen Katherines eigenen, unbekannten Absichten und seinem Gedächtnisschwund.

Vielschichtigkeit, viele Faktoren. Soviel hatten die Notizen im Computer beinhaltet. Die Stadt war tatsächlich als Experiment in Synnoesis gedacht, dessen konnte er sich sicher sein. Doch als es darum ging, einen Grund für die Aktivierung des Stadtschutzes anzugeben, schien der Aufseher ebenso im dunkeln zu tappen wie er selbst.

Derec war sich außerdem nicht sicher, ob er absichtlich hergebracht worden war, um der Stadt zu helfen, oder ob er zufällig hier aufgetaucht war, worauf der Aufseher beschlossen hatte, sich seiner zu bedienen, anstatt selbst einzugreifen oder zuzulassen, daß die Operation sich von allein abschaltete. Je mehr mögliche Antworten er fand, desto mehr schien er im dunkeln zu tappen.

Sie erreichten ohne Schwierigkeiten Quadrant 4. Eve nahm ihre Triangulationsberechnungen zu Hilfe, um zu dem Raum oben auf dem Podest zurückzufinden. Während sie dahinfuhren, beobachtete Derec, wie sich rings um ihn herum die Stadt entwickelte, wie der Anblick von Menschen die Bewohner zu fieberhaften Vorbereitungen auf diese Menschen anstachelte — das robotische Äquivalent zum Nestbau.

»Wir sind da«, sagte Eve, und der Wagen blieb mitten auf einer gewöhnlich aussehenden Straße stehen. Der Zeugenrobot sah sich nach allen Seiten um. »Hier ist es offenbar nicht.«

»Es hat sich bloß ein wenig weiterbewegt«, sagte Katherine. »Von hier aus gehen wir zu Fuß.«

Sie stieg aus dem Wagen und machte sich auf den Weg, während das Fahrzeug dicht hinter ihnen herkam, für den Fall, daß sie es brauchen sollten.

»Bist du sicher, daß das die richtige Richtung ist?« fragte Derec, nachdem sie einen Häuserblock weit gegangen waren. »Wie weit könnte es sich fortbewegt haben?«

»Hier macht alles einen vertrauten Eindruck auf mich«, antwortete sie.

»Die ganze Stadt sieht so aus«, sagte Derec. »Ich glaube nicht, daß du . . .«

»Da!« Sie deutete nach vorn.

Derec bedurfte keines deutenden Fingers, um zu wissen, daß sie angekommen waren. Mitten auf einer Straße stand ein hoher Turm, dessen Umkreis aus einer leeren Fläche bestand. Auf seiner Spitze saß ein einzelner Raum, der bis auf ein herausgeschnittenes kreisrundes Loch versiegelt war.

»Wir sollten einen Zeugen hier beim Wagen zurücklassen, falls es Probleme gibt«, sagte Derec. »Wir werden Rec mit nach oben nehmen.«

»Ist mir recht«, erwiderte Katherine und näherte sich dem pfahlartigen Turm.

Er folgte ihr und sah, wie sich die Wendeltreppe bildete, als sie den Turm mit der Hand berührte.

»Du wirst es nicht glauben«, sagte sie zu ihm und begann mutig die Treppe hinaufzusteigen. »Wenn dieser Mann nicht dein Zwillingsbruder ist, hat er sich große Mühe gegeben, so auszusehen wie du.«

Derec antwortete mit einem müden Lächeln und fragte sich, wer hier eigentlich wessen Zwillingsbruder war, falls er tatsächlich Nr. 1 war.

Sie erreichte die Spitze, trat beiseite und wartete, bis er sich zu ihr gesellt hatte. »Ich möchte, daß du zuerst reingehst«, sagte sie. »Nach allem, was beim letzten Mal passiert ist, habe ich Angst vor meinen Reaktionen. Möglicherweise muß ich mich erst dran gewöhnen.«

»Na gut«, sagte er und ging an ihr vorbei zu der Öffnung. Im Näherkommen spürte er, wie seine eigenen Eingeweide ein wenig hüpften bei dem Gedanken, sich selber tot zu sehen. Er trat dicht an die Öffnung heran, bückte sich und steckte rasch den Kopf hinein, ehe er es sich anders überlegen konnte.

Der Raum war leer.

Er kletterte hinein; von einer Leiche oder etwas anderem, das einer Leiche ähnlich sah, oder überhaupt etwas anderem war nichts zu sehen.

»Katherine«, rief er. »Komm mal her.«

Sie kam an die Öffnung, streckte scheu den Kopf herein, und ihre Augen weiteten sich, als sie den leeren Raum sah. »Wo ist er?« fragte sie.

»Das war genau, was ich fragen wollte«, entgegnete Derec.

»Wie es scheint, ist unser Leichnam aufgestanden und fortgegangen.«

»Oder er wurde entfernt«, konterte sie. »Erinnere dich, was passiert ist, als er starb. Ein Dienstrobot mußte mit den Abfallkontrollrobotern um den Besitz der Leiche kämpfen. Vielleicht haben sie ihn diesmal erwischt.«

»Ist denn, als du ohnmächtig wurdest, niemand zurückgeblieben, um das zu verhindern?«

»Ich weiß nicht«, sagte Katherine und trat von der Öffnung zurück, um sich mit ihrem Zeugen zu verständigen. »Eve! Ist jemand hiergeblieben, nachdem ich gestern ohnmächtig wurde?«

»Nein«, rief der Robot von unten herauf. »Sie hatten Vorrang. Wir haben alle unser Teil beigetragen, damit Sie sicher nach Hause gelangten und medizinisch versorgt wurden.«

Katherine stieg wieder in den Raum. »Niemand ist dageblieben«, sagte sie. »Hab's gehört«, antwortete Derec. »Wie praktisch.«

»Praktisch für wen?« sagte sie mit blitzenden Augen. »Worauf willst du hinaus?«

»Auf nichts«, erwiderte er. »Ich bin bloß . . . enttäuscht.«

»*Du* bist also enttäuscht«, sagte sie, setzte sich auf den Boden und lehnte sich gegen die Wand. »Das war meine Fahrkarte von hier fort.«

»Das sieht dir ähnlich«, sagte er, »denkst an dich selbst, während um dich herum die ganze Welt in Scherben geht.«

Ihre Augen sprühten dunkles Feuer. »Und an wen, meinst du, sollte ich sonst denken?« fragte sie. »An diese Blechkisten, die hier das Sagen habe, die nicht mal genügend Verstand haben, ihre eigene Zerstörung zu verhindern?«

»Ebenso wie jede andere menschliche Kultur, die es je gegeben hat«, entgegnete er. »Ja. Denke ruhig mal an die . . .« Er zeigte auf sie, dann schnippte er mit den Fingern. »Vielleicht brauchen wir ja gar keine Leiche. Vielleicht können wir die Umstände einfach nachvollziehen.«

»Du meinst, wir sollten alles rekonstruieren, was dem toten Mann passiert ist?«

»Klar. Der Computer im Büro hat mir verraten, daß von einem unbekannten Störfaktor Gefahr droht. Wollen doch mal sehen, ob wir ein wenig Licht in die Sache bringen können.«

Mit unsicherer Miene stand Katherine wieder auf. »Muß ich dich daran erinnern, daß der letzte Mann, der sich in dieser mißlichen Lage befunden hat, jetzt tot ist?«

Er ging an ihr vorbei, stieg hinaus auf die nun einwärts gewölbte Plattform, die den Raum beherbergte, und sah den Robotern auf den Straßen zu, wie sie durch Zeit und Raum eilig ihren Geschäften nachgingen. Gleich darauf trat sie neben ihn.

»Haben wir denn eine andere Wahl?« fragte er.

»Nein«, antwortete sie. »Unsere Probleme sind mit dem Mordfall verknüpft. Wir werden tun, was wir tun müssen, um ihn aufzuklären.«

»Laß uns alles durchgehen, was der Zeuge dir erzählt hat«, sagte Derec. »Nach einem Ausweg suchen.«

»Es gibt nicht viel zu erzählen«, erwiderte Katherine. »Er war damals bereits eingeschlossen und wütend darüber, als sie ankamen, um ihn herauszuschneiden. Er hatte keine Ahnung, wieso er eingeschlossen worden war. Als sie ihn befreit hatten, wirkte sein Benehmen ein wenig unberechenbar, er hatte Kopfschmerzen und eine Schnittwunde am Fuß.«

»Hattest du nicht gestern abend auch Kopfschmerzen?« fragt er.

Sie legte den Kopf schief. »Ich war davon ausgegangen, daß das mit meiner Ohnmacht zusammenhing«, sagte sie.

»Nur so ein Gedanke«, erwiderte Derec. »Im Augenblick probiere ich alles durch.«

»Wie dem auch sei«, fuhr sie fort, »er hat sich dem Verlangen der Überwacher widersetzt und sich davongemacht, und kurze Zeit später wurde er tot aufgefunden. Als der Dienstrobot versuchte, die Leiche umzudrehen, um ihr den Puls zu fühlen, hat sich ein zweiter Raum abgeschottet, und der Robot hat es nur seinen schnellen Reflexen zu verdanken, daß er nicht mit eingeschlossen wurde. Das war's. Das ist die ganze Geschichte.«

Er lehnte sich mit gestreckten Armen gegen den umgebogenen Rand der Scheibe und versuchte zu denken, wie es ein Computer tun würde. »Weißt du«, sagte er eine Minute später, »der Begriff ›unbekannter Störfaktor‹ ist weit gefaßt. Oberflächlich betrachtet sind Menschen und ihr körperlicher Aufbau wohlbekannt. Unter der Oberfläche jedoch, im Körperinneren, sind wir alle eine merkwürdige Ansammlung ›unbekannter‹ Bakterien und Viren.«

»Der blutende Fuß« sagte Katherine. »Der Gedanke war mir auch schon gekommen, aber es ist mir nicht gelungen, eine Verbindung zum eigentlichen Mordfall herzustellen, deshalb nahm ich an, das sei nicht von Bedeutung.«

»Ich auch«, antwortete Derec. »Aber ich fange an zu glauben, daß dieses Rätsel nicht nur auf der Ebene des Offensichtlichen funktioniert.« Er kniete sich auf den Boden und untersuchte das herausgeschnittene Stück Stadtrobot, das auf der Scheibe lag.

»Was machst du da?« fragte Katherine.

»Dieses Stück ist außer Betrieb gesetzt«, sagte er. »Es ist nicht mehr mit der Stadt verbunden, auch nicht mit seiner Programmquelle.«

»Na und?«

»Demnach ist es tot, ist es der einzige Gegenstand hier, der mich nicht vor seinen ausgezackten Kanten schützen wird.«

»Du willst dir eine Verletzung beibringen!« rief sie.

»Es gibt nur eine Methode, unsere Theorie zu überprüfen«, sagte er und rollte den Ärmel seiner Montur hoch.

Rec streckte den Kopf aus dem Raum heraus. »Bitte, Freund Derec, tun Sie nichts, was ihren Körper beschädigen würde.«

Derec ignorierte Katherine und Rec und zog den Unterarm über die scharfe Kante des toten Stadtmaterials, worauf sich an der Innenseite des Arms eine fünf Zentimenter lange Schnittwunde auftat.

Er stand mit schmerzverzerrtem Gesicht da und beobachtete, wie das dunkle Blut daraus hervorquoll.

»Keine Reaktion«, sagte Katherine.

»Probieren wir es mit einem Experiment«, sagte Derec und drehte den Arm so, daß das Blut auf die Scheibe tropfen konnte. »Der zweite versiegelte Raum hat sich erst gebildet, nachdem der Robot den Körper herumgerollt hatte. Vielleicht spielt die Schwerkraft . . .«

»Derec!« schrie Katherine.

Kaum hatte das Blut den Boden erreicht, als auch schon der hochgewölbte Rand der Scheibe zu wachsen begann, einwärts und nach oben, und sie einzuschließen versuchte.

»Raus hier!« rief Derec und eilte auf die Treppe zu, während die Scheibe sich bereits über seinen Kopf wölbte wie eine Brandungswelle.

Mit Katherine dicht hinter sich erreichte er die Treppe nach unten, doch sie verschwand, noch ehe er einen Fuß daraufsetzen konnte. Über ihren Köpfen dehnte sich das Dach des bereits existierenden Raums aus und verband sich mit dem Rand der Scheibe zu einer perfekten, nahtlosen Schweißstelle. Wo die Treppe gewesen war, befand sich nun eine feste Wand.

»Weiter, um die Scheibe herum!« rief Derec und beschleunigte das Tempo. »Vielleicht können wir der Einschließung entkommen.«

Er hatte den Arm wieder umgedreht und versuchte, das herabtropfende Blut mit der freien Hand aufzufangen, damit es nicht auf den Boden fiel. Doch das half nichts. Der Stadtrobot hatte ihn als den Träger des unbekannten Störfaktors isoliert und reagierte nun auf *ihn*, nicht auf sein Blut.

Sie rannten an der Peripherie des Raums entlang, während sich das Dach beeilte, sich mit der gewölbten Scheibe zu vereinigen. Sie waren vollständig eingeschlossen.

Dann sahen sie, wie der existierende Raum zu schmelzen und in den Boden überzugehen schien, wie sich die Außenwände geradestellten und im Winkel von neunzig Grad ausrichteten, und dann von allen Seiten näherrückten.

Gleich darauf standen sie in einem versiegelten Raum, der bis aufs Haar jenem glich, aus dem man David herausgeschweißt hatte.

Kapitel 11

Tödliche Luft

Derec und Katherine saßen auf dem Boden, während Rec, der mit ihnen in dem Raum gefangensaß, sich dicht zu Derec herabbeugte und aufzeichnete, wie dieser seine Schnittwunde am Arm mit einem von seiner Montur abgerissenen Tuchstreifen verband.

»Meinst du, Eve hat Hilfe herbeigerufen?« erkundigte er sich währenddessen bei Rec.

»Nein«, sagte der Zeuge. »Eve wird keine Gefahr für Sie wahrnehmen. Befinden Sie sich denn in Gefahr?«

»Wie steht's mit dem Dienstrobot?« fragte Katherine, ohne auf die Frage des Robots zu achten. »Wird der Dienstrobot Hilfe herbeirufen?«

»Das ist im Rahmen seiner dienstlichen Privilegien möglich«, erwiderte Rec und richtete sich auf, als Derec fertig war. Dann rollte er langsam im Raum umher und zeichnete alles auf, um später davon berichten zu können. Rec nahm seine Aufgabe sehr ernst.

Derec hatte an dem eng sitzenden Verband zwei lose Enden übriggelassen und streckte nun den Arm aus, damit Katherine sie zusammenbinden konnte. »Kann ich mich darauf verlassen, daß du mir einen guten Knoten zustande bringst?« fragte er.

»Was soll das denn heißen?« fragte sie.

»Ach, nichts«, sagte er.

Sie runzelte beim Zubinden angestrengt die Stirn. »Was ist in diesem Büro vorgefallen?« fragte sie. »Du behandelst mich wie deinen ärgsten Feind, seit du dort rausgekommen bist.« Sie zog den Knoten fest, und ein Lächeln umspielte ihre Lippen, als er vernehmlich aufstöhnte.

»Sieh mal«, sagte er. »Du hast deine Geheimnisse, und ich die meinen. Warum belassen wir es nicht dabei?«

»Ist mir recht«, sagte sie. »Mir ist nur darum zu tun, daß wir gemeinsam den Rest hier aufklären; dann gebe ich einen Notruf über Hyperwelle ab, und du wirst mich in weniger als einem Tag lossein. Von mir aus kannst du hier verrotten.«

»Wir werden alle beide hier verrotten«, sagte er, um ihr weh zu tun.

Sie wich zurück. »Was meinst du damit?«

»Ach, nichts.«

»Zur Hölle mit dir!« schrie sie. »Sag mir gefälligst, was du meinst. Wieso hast du gesagt, ich würde hier verrotten?«

»Aus keinem besonderen Grund.«

»Es geht um den Hyperwellensender, stimmt's?« fragte sie. »Die werden uns nicht an den Hyperwellensender ranlassen.«

»Darum geht es nicht, es geht um . . .«

»Worum geht es? Worum?«

Er legte den Kopf in den Nacken und schloß die Augen. »Es gibt hier keinen Hyperwellensender«, sagte er leise.

Sie rückte ein Stück von ihm weg und kauerte sich zu einer kleinen Kugel zusammen. »Du lügst«, sagte sie, doch er konnte erkennen, daß sie ihm durchaus glaubte.

»Die Roboter haben keinen Kontakt mit der Außenwelt«, sagte er. »Sie haben keinen Raumhafen für landende Schiffe. Sie haben keine Hyperwellen, nicht einmal die Ausrüstung, um einen Sender zu bauen. Wegen des Alarmzustands haben sie sich diesbezüglich unklar ausgedrückt.«

»Warum hast du bis jetzt gewartet, mir das zu erzählen?« fragte sie.

»Ich sagte dir doch — du hast deine Geheimnisse, und ich habe die meinen.«

»Das hab' ich inzwischen begriffen«, sagte sie mit nachdenklichem Blick. »Wir handeln beide frei und sind vor allem auf den eigenen Vorteil bedacht.«

»So ähnlich«, sagte er, aber warum fiel es ihm so schwer, das zu sagen?

Sie stand auf, begab sich zum anderen Ende des Raums und ließ sich an der gegenüberliegenden Wand nieder. »Also, ich denke, daß wir im Augenblick zusammenarbeiten müssen, um den Mordfall aufzuklären«, sagte sie.

»Kann sein«, erwiderte er, und es tat ihm leid, daß er das Thema überhaupt zur Sprache gebracht hatte.

Ihre Miene war hart. »Danach wäre ich dir dankbar, wenn du dich von mir fernhieltest. Wir werden uns jeder um die eigenen Probleme kümmern.«

»Ist recht.«

»Dann erzähl mir, wenn's kein großes Geheimnis ist, wieso der Raum uns abgeriegelt hat, weil du dich geschnitten hast.«

»Ich habe eine Theorie, nicht mehr«, sagte er. »Der Stadtrobot ist darauf programmiert, die menschliche und robotische Bevölkerung zu schützen und gegen alles Fremde zu verteidigen . . . gegen alles, was ihm unbekannt ist. Blut geht offenbar in Ordnung, solange es sich im Körper befindet, aber sobald es aus dem Körper herausfließt, werden seine natürlichen Mikroben als fremdartig registriert und setzen alles in Bewegung. Das Stadtprogramm muß ziemlich kompliziert sein. Eine Auslassung wie diese ist offensichtlich und könnte entweder ein Fehler gewesen sein oder ein absichtlicher Defekt, um die Fähigkeit der hier lebenden Roboter und Menschen zu testen, mit ihrem eigenen System fertig zu werden.«

»Und was machen wir jetzt?«

»Nun, sobald wir hier heraus sind, kann ich, falls es mir gelingt, mir zusammen mit einem Überwacher den Zugang zu verschaffen, die Zentraleinheit so umprogrammieren, daß sie menschliches Blut als natürliche Mikrobe auf dem Körper der Stadt akzeptiert. In der derzeitigen sterilen Atmosphäre ist es durchaus verständlich, daß ein solcher Defekt auftreten mußte. Es könnte sich sogar um eine Methode handeln, mit der sich die Stadt vor Infektionen schützt.«

»Aber wie ist David gestorben?« fragte Katherine.

»Könnte es am Blutverlust gelegen haben?« fragte Derec.

Sie schüttelte den Kopf. »Ausgeschlossen«, erwiderte sie. »Er hat kaum geblutet. Die Schnittwunde war viel kleiner als bei dir.«

»Was bleibt dann übrig?« sagte er. »Ich kann nicht umhin, zu glauben, daß sein Tod ein ganz und gar unabhängiges Ereignis war und nicht mit dem Blutverlust zusammenhing.«

Sie blickte skeptisch drein. »Zeitliches Zusammentreffen, Derec? Noch dazu ein Zusammentreffen mit tödlichem Ausgang.«

Er stand auf. »Du hast natürlich recht. Es muß alles zusammenhängen . . . aber wie?« Er ging im Raum auf und ab. »Was haben wir sonst noch für Spuren? Die einzige andere Verbindung ist die Tatsache, daß ihr beide Kopfschmerzen hattet, nachdem ihr euch in einem versiegelten Raum aufgehalten habt.«

»Wir haben noch ein weiteres Problem«, antwortete sie und beobachtete, wie er in dem beengten Raum hin und her ging.

»Als ich das erste Mal in diesen Raum gekommen bin und die Leiche gefunden habe, war er abgeschottet . . . luftdicht.«

Er blieb stehen und starrte sie an. »Die Stadt würde uns niemals ohne Luft einschließen. Unser Tod wäre eine Verletzung des Ersten Gesetzes.«

»David ist das gleiche passiert.«

»Aber David war bereits tot, als es ihm passiert ist«, sagte Derec.

»Ja, das stützt lediglich meine Theorie. Als der Dienstrobot ihn umgedreht hat, um ihn auf ein Lebenszeichen hin zu untersuchen, hat die Schwerkraft aus einer bereits offenen Wunde noch ein bißchen Blut extrahiert. Der Raum hat David nicht als Mensch erkannt, weil er tot war. Er hat sich einzig und allein auf die ›Infektion‹ konzentriert. Wir sind dagegen noch am Leben, und der Stadtrobot weiß das. Was das sonst auch für ein verrückter Ort sein mag, er funktioniert nach dem Robotprinzip. Ipso facto sind wir in dieser Hinsicht in Sicherheit.«

»Trotzdem«, sagte sie, »mir wär's lieber, hier heraus zu sein.«

»Mir auch.«

»Dir ist doch klar, Derec«, sagte sie mit leiser, bedeutungsvoller Stimme, »daß wir im Augenblick Geschichte machen. Wir vollziehen exakt den Verlauf der Ereignisse nach, die David vor seinem Tod durchgemacht hat.«

»Ich weiß«, antwortete Derec. »Aber was bleibt uns anderes übrig?«

Sie starrten sich quer durch den Raum an, genau beobachtet von dem Zeugenrobot, und hätten ebenso gut eine Million Kilometer voneinander entfernt sein können. Lange Zeit saßen sie so da, viel länger, als es hätte dauern dürfen, bis sich ein Überwacher zeigte.

Derec verbrachte die Zeit damit, daß er sich abwechselnd Auswege aus ihrem Dilemma ausdachte, herauszufinden versuchte, was mit Katherine los war, und auf die Uhr blickte. Aus dem späten Vormittag wurde früher Nachmittag, und Derec, der sich um die Luftversorgung im Raum keine Sorgen machte, wurde auf einmal sehr durstig und begann, über die Möglichkeit nachzudenken, daß die Roboter sie entweder vergessen hatten oder sie nicht finden konnten.

»Freund Derec«, ertönte da eine laute Stimme von draußen. »Freundin Katherine! Ich bin es, Wohler, der Philosoph!«

Derec warf einen Blick auf seine Uhr. Es war beinahe fünf Uhr nachmittags, und das hieß, daß zweifellos Regen zu erwarten war. »Wir sind hier drin!« rief Derec. »Kannst du uns befreien?«

Wohler antwortete mit lauter Stimme. »Ein Philosoph von Aurora hat einmal gesagt: ›Freiheit ist ein innerer Zustand, und die beste Methode, sie zu sichern, besteht darin, sie zu mehren.‹ Nur Geduld, Derec. Wir wurden beim Graben im Bergwerk aufgehalten, aber nun habe ich einen Schneidbrenner, um Sie herauszuholen. Ich befinde mich hier an der Westwand des Raumes. Wollen Sie sich bitte an die Ostwand zurückziehen, um so gut es geht der Flamme auszuweichen!«

Derec saß mit dem Rücken zur westlichen Wand. Er stand sofort auf und begab sich hinüber, in Katherines Nähe, die ihn mit ausdruckslosem Gesicht musterte.

»Es kann losgehen!« brüllte Derec mit zum Trichter geformten Händen. Rec rückte dichter an die Westwand heran, um den Schneidevorgang von innen her aufzuzeichnen.

Selbst durch die dicke Wand hindurch konnten sie das Zischen des Schneidbrenners auf der anderen Seite hören. Derec rutschte an der Wand herab und ließ sich neben Katherine nieder. Ihre Arme berührten sich durch Zufall. Sie rückten voneinander ab.

»Irgendwas stimmt nicht«, sagte sie. »Ich hab' das Gefühl, daß irgendwas nicht stimmt.«

»Ich weiß«, erwiderte er, »aber was?«

Das Innere der Wand begann an einer kleinen, kreisrunden Stelle rot zu glühen. Dann verwandelte sich das Rot in Weiß, und ein Abschnitt von der Größe einer Niete löste sich auf, um durch einen wabernden Hitzeschleier hindurch die Außenwelt zu offenbaren.

Derec beobachtete, wie das Loch sich erweiterte, und seine Gedanken rasten, während der Schneidbrenner die Anfänge eines Kreises in Menschengröße in die Wand zu stechen begann. Er dachte an Kopfschmerzen und unberechenbares Verhalten, an Blut und seine Zusammensetzung — dann dachte er an den Aufbau des Stadtrobots.

»Halt!« schrie er, sprang auf und eilte so nahe an die Schweißstelle, wie er sich traute. »Mach den Brenner aus!«

»Derec?« fragte Katherine und begann sich aufzurichten.

Derec hielt sich die Hand vor den Mund. »Leg dich auf den Boden!« brüllte er. »Leg dich ganz flach und halt dir den Mund zu!«

»Was ist denn los?« erklang von draußen Wohlers Stimme, während des Geräusch des Lasers verstummte. »Was ist?«

»Wir dürfen den Brenner nicht gegen die Wand einsetzen!« rief Derec.

»Ich verstehe nicht«, sagte Wohler und bückte sich, so daß sein Auge das Loch in der Wand bedeckte und er hineinschauen konnte.

Derec zog sich zurück und legte sich zu Katherine auf den Boden. »Gibt es eine Möglichkeit, hier Sauerstoff hereinzublasen?« fragte er laut.

»Wir sind in einem neugebauten Notfallfahrzeug gekommen«,

erwiderte Wohler. »Ich nehme an, daß zur Notausstattung auch Sauerstoffzylinder gehören.«

»Hol einen davon, schnell!«

»Es wird bald regnen«, sagte Wohler. »Wir müssen uns beeilen und Sie da herausholen.«

»Hör zu«, sagte Derec. »Das Stadtmaterial ist eine Art metallischer Haut, eine Legierung aus Eisen und Kunststoff. Bei der Herstellung wird eine große Menge Kohlenmonoxid als Reduktionsmittel benutzt. Ich glaube, daß dein Brenner das Monoxid als Gas in den abgeschlossenen Raum freisetzt. Indem du uns herausschneidest, vergast du uns!«

»Der Dienstrobot ist unterwegs, den Sauerstoff zu holen!« sagte Wohler. »Bitte nehmen Sie meine Entschuldigung an.«

»Du wußtest es nicht besser«, sagte Derec. Er sah Katherine an. »Alles in Ordnung mit dir?«

»Bisher schon«, antwortete sie. »Bist du dir dessen sicher, was du da sagst? David ist erst später gestorben, außerhalb des Raums.«

»Darauf kommt es nicht an«, entgegnete er. »Kohlenmonoxid in großer Dosis arbeitet sich einfach langsam durch den Blutstrom vor, verbindet sich untrennbar mit dem Hämoglobin und gräbt dem Gewebe die Sauerstoffzufuhr ab. Davids Kopfschmerzen und das unberechenbare Verhalten waren erste Reaktionszeichen eines Kohlenmonoxidrauschs, der sich, wenn er nicht mit Unmengen Sauerstoff behandelt wurde, im ganzen Körper ausbreiten mußte und ihn schließlich umgebracht hat.«

»Und *meine* Kopfschmerzen?«

»Du hast den Raum mit seiner Leiche betreten, gleich nachdem sie die Wände aufgeschweißt hatten«, sagte er. »Du hast dir zweifellos selber das Leben gerettet, indem du gleich in Ohnmacht gefallen bist, weil sie dich sofort aus dem Raum herausgeholt und damit verhindert haben, daß du dem Gas allzu lange ausgesetzt warst. Kohlenmonoxid ist farblos, geruchlos und schmeckt nach nichts. Du hättest nie erfahren, was dich umgeworfen hat.«

»Der Sauerstoff ist da, Derec!« rief Wohler und steckte eine zischende Düse in das Loch.

Derec kroch am Boden darauf zu. »Los, komm«, sagte er und winkte Katherine herbei.

Sie erreichten das Loch, setzten sich auf und atmeten den lebensspendenden Sauerstoff ein. Derec spürte Anzeichen leichter Kopfschmerzen, aber er war sicher, daß sie sich nicht verschlimmern würden.

Sie leerten den Sauerstoffbehälter und fingen einen zweiten an. Als der ebenfalls leer war, trat Wohler wieder an die Öffnung. »Es wird gleich regnen«, sagte der Robot. »Wie holen wir Sie nur da heraus? Wir haben kein Kleingerät dabei, um die Wand zu durchschneiden, und unsere schwere Ausrüstung können wir nicht heraufholen, jedenfalls nicht, wenn der Regen bevorsteht. Sollen wir Sie die Nacht über hierlassen?«

»Dazu ist keine Zeit«, sagte Derec. »Ich muß in den Untergrund und der Zentraleinheit diese Information übermitteln.«

»Der Regen ist auch für mich gefährlich, Freund Derec«, sagte Wohler. »Ich muß mich bald irgendwo unterstellen.«

»Gut«, sagte Derec. »Bleib bei mir, solange du kannst. Laß mich nur eine Minute lang nachdenken.«

»Derec . . .« begann Katherine.

»Schscht«, sagte Derec. »Nicht jetzt.«

»Denk an deinen Arm«, sagte sie. »Denk daran, wo du dich geschnitten hast und wie.«

»Mein Arm, ich . . .« Er hob den Arm, betrachtete den blutgetränkten Verband und spürte das Pochen. »Ich hab' mich mit dem abgestorbenen Stück Stadtrobot geschnitten«, sagte er.

»Weil . . .«

»Weil es das einzige Stück Stadt war, das mir *gestatten* würde, mich zu schneiden!« Er griff sich an den Kopf. »Das ist es! Wohler! Geh beiseite! Wir kommen raus!«

Mit diesen Worten hob er die rechte Hand und steckte den Zeigefinger durch das kleine herausgebrannte Loch. Sobald sein Finger den zackigen Rand des Lochs berührte, erweiterte es sich, um ihn durchzulassen. Als nächstes kam seine geballte Faust; das Loch erweiterte sich, um zu verhindern, daß er sich daran schnitt. Dann fuhr sein Arm heraus, gefolgt von Kopf und Schultern. Sekunden später stand er auf der Scheibe, deren Rand sich hochwölbte, um ihn zu beschützen. Katherine folgte ihm nach draußen, und sie starrten alle beide in den Rachen eines bitterkalten Windes und erlebten den urtümlichen Anblick bläulich purpurner Wolken, aus denen die Blitze knisterten.

»Wir müssen sofort aufbrechen!« sagte Wohler, dessen schimmernd goldener Körper die Lichtblitze reflektierte.

Plötzlich löste sich Katherine von der Gruppe und eilte zur Treppe.

»Was machst du da?« rief Derec ihr zu, doch sie ignorierte ihn und rannte, so schnell sie konnte, die Stufen hinab.

»Vielleicht bringt sie sich in Sicherheit«, sagte Wohler, während Rec sich durch das Loch in der Wand zwängte.

»Kann sein«, sagte Derec, doch als er zum Rand der Scheibe eilte und die Treppe zu nehmen begann, war Katherine bereits zu dem Wagen gerannt, der nach wie vor pflichtbewußt wartete. Sie wandte sich mit einigen barschen Befehlen an den Fahrerrobot, und das Fahrzeug stob davon in die dunkler werdende Nacht.

»Was ist los?« rief Wohler, während er Derec die Treppe hinabfolgte.

»Irgendwas Dummes, fürchte ich«, antwortete der junge Mann und erinnerte sich an ein gewisses Gespräch, das sie geführt hatten, während sie auf ihre Rettung warteten.

Sie eilten zu dem Notfallwagen, den Wohler mitgebracht hatte. »Wir müssen Sie in Ihre Wohnung zurückbringen, ehe der Regen kommt«, sagte der Robot.

»Nein!« sagte Derec. »Bring mich ins Bergwerk. Ich werde das Gewitter dort abwarten. Dann mußt du hinter Katherine her. Ich fürchte mich vor dem, was sie vorhat.«

Ein langer Blitzstrahl traf direkt neben ihnen die Spitze des Turms, worauf das Metall laut klirrte und qualmte.

»Aber wo kann sie hingefahren sein, Freund Derec?« fragte Wohler, während sie alle an Bord des großen weißen Lastfahrzeugs stiegen.

»Zum Kompaßturm«, sagte Derec mit angsterfüllter Stimme. »Ich fürchte, sie klettert auf den Kompaßturm.«

Kapitel 12

Das Dritte Gesetz

Die Strangpresse des Quadranten 4 war weniger als zehn Minuten von dem versiegelten Raum entfernt, und Wohler ließ den Notfallwagen mit jener Höchstgeschwindigkeit fahren, die gerade noch eine Sicherheitsmarge für die Insassen zuließ.

Derec beobachtete, wie die Stadt an ihnen vorbeirauschte, wie sie ihren komplizierten Tanz gedankenlosen Wachstums der hereinbrechenden Finsternis zum Trotz immer weiter fortsetzte, trotz der Tatsache, daß ihr Tun selbstmörderisch war. Er hatte Angst um die Stadt; er hatte Angst um Katherine, oder wie sie auch heißen mochte. Sie war unterwegs zu dem Schlüssel, dessen war er sicher, versuchte sich auf die einzige Art und Weise, die sie kannte, aus dieser Situation zu retten. Er rechnete nicht damit, daß der Schlüssel ihr viel nützen würde, aber er konnte ihr den Versuch kaum übelnehmen. Was ihm angst machte, war die Gefahr, der sie sich aussetzen würde, indem sie im Regen den Schlüssel zu erreichen versuchte. Er wäre ihr allein gefolgt, aber nachdem er die zerstörerische Energie des Wetters von Robot City erlebt hatte, wußte er, daß er ihr in einem Gewitter keine Hilfe sein konnte. Nur ein Robot hatte eine Chance.

Wohler hielt ruckartig vor dem Eingang der Strangpresse an, wo eine Reihe niedriger weitläufiger Gebäude sich soeben von Grund auf selbst aufbauten. Hier gab es derzeit keine robotische Aktivität zu beobachten, kein Entladen von Lastwagen. Alle hatten vor dem bevorstehenden Sturm Schutz gesucht.

»Sie glauben also, sie sei zum Kompaßturm gefahren?« fragte Wohler. »Mit Sicherheit.«

»Sie könnte vor dem Gewitter noch Zeit haben, sich drinnen in Sicherheit zu bringen.«

Derec blickte ihn an, dann legte er ihm die Hand auf den schimmernd goldenen Arm. »Sie geht nicht hinein«, sagte er. »Sie wird versuchen, die Pyramide zu ersteigen.«

»Aber warum?«

»Wir haben dort etwas versteckt, etwas, das sie wiederzubeschaffen versucht.«

»Ich muß dorthin«, sagte Wohler ohne Zögern. »Sie wird umkommen.«

»Wie wird sich der Regen auf dich auswirken?« fragte Derec, während er aus dem Wagen stieg.

»Regen in gewöhnlichen Mengen macht mir nichts aus«, erwiderte der Robot. »Stadtregen könnte an tausend verschiedenen Stellen meine Panzerung durchdringen und in mein elektrisches System geraten. Ob sich der entstehende Schaden in Grenzen hält, ist im Augenblick eine Frage der Spekulation.«

»Ich weiß nicht, was ich dir raten soll«, sagte Derec. »Wenn du nicht gehst . . .«

»Wird Katherine sterben«, beendete der Robot den Satz. »Sie können mir nicht raten. Meine Pflicht versteht sich von selbst. Leben Sie wohl, Derec.«

Wohler warf noch einen Blick zurück, um sicherzugehen, daß die Zeugen aus dem Wagen gestiegen waren, dann raste der Wagen mit einer Geschwindigkeit davon, die nicht mehr jene Sicherheitsmarge einschloß, die er gelassen hatte, solange Derec noch im Wagen saß.

»Kommt mit«, befahl Derec den Zeugen und ging auf den nun geschlossenen Eingang zum Untergrund zu. Trotz seiner Angst um Katherines Sicherheit hatte er Dinge zu erledigen. Mit seiner Erklärung für den ›Mord‹ und dessen Verbindung mit dem Stadtschutz, die von Recs Zeugenbericht hundertprozentig gestützt werden würde, mußte er zumindest in der Lage sein, sich Zugang zur Zentraleinheit zu verschaffen und die Bauarbeiten zu stoppen. Damit war zwar der Regen heute nacht nicht gestoppt, auch künftige Regenfälle noch eine Weile nicht; aber es war zumindest ein Anfang.

Er öffnete die äußere Tür, eilte hinein, begab sich die Treppe hinab in die nun verlassene Lagerhalle und zu den Aufzügen. Es war nicht dieselbe Strangpresse, die er zuvor aufgesucht hatte, doch sie war genau nach dem gleichen Prinzip konstruiert.

Er ging rasch zu dem gleichen Aufzug, den er mit Avernus genommen hatte, als sie in den Untergrund gefahren waren. Er stieg zusammen mit den Zeugen hinein und berührte den abwärts gerichteten Pfeil. Der Aufzug begann seine lange Fahrt hinab in die Tunnel.

Der Aufzug öffnete sich und gab den Blick auf die betriebsame Höhle frei, wo die Bauarbeiten an Robot City unablässig weitergingen. Es war jedoch kein Überwacher in Sicht. In einem der unbeleuchteten, stillgelegten Bergwerkstunnel am westlichen Ende der Höhle schien etwas vorzugehen.

Er begann sich in den Verkehrsfluß einzureihen, dann blieb er noch einmal stehen und stählte sich. Besonnenheit, hatte Avernus gesagt. Während er noch am Rande des Trubels stand, raste ein langes Schienenfahrzeug mit hundert Stundenkilometern wenige Zentimeter von ihm entfernt vorbei, und dessen Fahrtwind verwehte sein Haar.

Besonnenheit. Das war die einzige Methode.

»Bleibt bei mir«, sagte er zu den Zeugen. Dann richtete er sich auf sein Ziel aus, machte die Augen zu und trat blindlings in den Tumult.

Er ging rasch und ohne Zögern, versuchte sich von dem Gedanken an die eiligen Roboter und Fahrzeuge freizumachen, die ihn im Vorbeisausen beinahe gestreift hätten. Gelegentlich öffnete er einen Spalt weit die Augen, nur um sich zu vergewissern, daß er noch auf dem richtigen Weg war. Dann kniff er sie wieder zu und ging weiter.

Es dauerte beinahe zehn Minuten, bis er die große Höhle ohne Zwischenfall durchquert hatte. Als er im Eingang zum Bergwerksstollen in Sicherheit war, stieß er einen tiefen Seufzer aus und hatte dabei das Gefühl, die ganze Zeit den Atem angehalten zu haben.

In der Nähe des Eingangs war ein Dienstrobot postiert, der einen über seinem Kopf angebrachten Flaschenzug benutzte, um ausgebrannte Batterien aus einer Ansammlung von Bergwerksloren zu entfernen und sie durch frisch aufgeladene zu ersetzen. Die Karren waren in drei Reihen um ihn herum geparkt.

»Robot!« rief Derec ihm über die Karren hinweg zu. »Wo finde ich Überwacher Avernus?«

Der Dienstrobot deutete den Tunnel entlang. »Sie lassen einen Teil des Reservoirwassers in die verlassenen Tunnel ab. Das könnte für Menschen gefährlich sein.«

»Danke«, sagte Derec, dann zeigte er auf einen der Karren. »Ist der hier schon wieder aufgeladen?«

»Ja«, antwortete der Robot.

»Danke vielmals«, sagte Derec und setzte sich hinters Steuer. »Rec, Eve, steigt ein.«

Während die Roboter hinten auf den Karren stiegen, rief der Dienstrobot Derec zu:

»Haben Sie nicht gehört? Es könnte dort für Menschen gefährlich sein.«

»Danke«, wiederholte Derec winkend, dann schaltete er den summenden Elektromotor ein und lenkte den Karren in den dunklen Tunnel hinein.

Während er durch die Tunnel sauste und die Entfernung maß, indem er die kleinen, darin angebrachten roten Lichter zählte, kam er an anderen Karren vorbei, die voll beladen mit Robotern in die entgegengesetzte Richtung fuhren. Sie waren einheitlich verschmutzt vom Graben, und viele hatten baumelnde, defekte Gliedmaßen. Ein Karren, an dem sie vorbeikamen, trug einen Robot mit einem Kurzschluß im Kopf, dessen Photozellen und Lautsprecher Funken sprühten.

Er fuhr mehrere Kilometer weit durch den sanft ansteigenden Tunnel. Schließlich näherte er sich einem großen Lichtfleck, der lange Schatten gegen die roh behauenen Wände warf. Als er die Stelle erreichte, fand er dort eine große Zahl von Dienstrobotern vor, dazu sechs der sieben Überwacher, die sich um eine Vertiefung im Tunnel versammelt hatten.

Er sprang vom Karren und drängte sich durch die Menge zu der Vertiefung vor. Es handelte sich um dasselbe Gebiet, in dem die Roboter tags zuvor gegraben hatten, nur daß er von der anderen Seite dorthin vorgedrungen war. Sie hatten von Hand einen Schacht gegraben, und er mündete in den Tunnel, durch den ein Graben gezogen worden war, um Wasser aufzunehmen. Der Graben war leer. Euler und Rydberg beugten sich darüber und blickten in den neu gegrabenen Schacht hinauf, während Avernus jene Roboter ausmusterte, die so beschädigt waren, daß sie hier nicht mehr zu gebrauchen waren, und sie durch den Tunnel zurückschickte.

Derec trat zu Euler. »Ich habe den Mord aufgeklärt«, sagte er ohne lange Vorrede zu dem Überwacher.

Rydberg und Euler drehten sich um und blickten ihn an. »Wodurch wurde er verursacht?« fragte Rydberg.

»Kohlenmonoxidvergiftung«, erklärte Derec. »Als sie versucht haben, David aus dem versiegelten Raum herauszuschweißen, wurde durch den Erhitzungsprozeß Kohlenmonoxid in den geschlossenen Raum abgegeben.«

»Demnach sind wir verantwortlich«, sagte Euler.

»Es war ein bedauerlicher Unfall«, entgegnete Derec. »Und ich habe Zeugen.« Eve und Rec gesellten sich eilig zu ihm.

»Zwei Minuten«, rief Dante. Der kleine Robot war an einem Terminal tätig, das hinten in einem Karren aufgestellt war, und seine langen Finger bewegten sich mit unglaublicher Geschwindigkeit über die Tastatur.

»Zwei Minuten, bis was passiert?« fragte Derec.

»Bis die Sprengladung, die wir an der Reservoirwand angebracht haben, das Wasser einläßt«, erwiderte Euler.

»Ich weiß auch, warum die Stadt Sicherheitsalarm ausgelöst hat«, sagte Derec. »Es liegt an Davids Blut. Als er sich geschnitten hat, wurde das Blut, das auf den Stadtrobot getropft ist, wegen seiner Organismen fälschlich für einen Fremdkörper gehalten. Meine Zeugen werden auch diese Tatsache bestätigen.«

Euler ergriff das Wort. »Dann müssen wir diese Information in die Zentraleinheit eingeben und die Bauarbeiten stoppen, falls uns die Zeit bleibt.«

»Was meinst du damit, falls uns die Zeit bleibt?« wollte Derec wissen. Avernus gesellte sich zu der Gruppe. »Wir haben dank Ihres Vorschlags mit Hilfe von Ultraschallmessungen eine Höhle gefunden, die in der Lage wäre, das gesamte Wasser des Reservoirs aufzunehmen. Leider würde es langwierige Grabarbeiten erfordern, sie zu erreichen.« Avernus zeigte auf die Grube. »Dieser Auslaß wird nichts weiter tun, als das Unvermeidliche noch einen Tag aufzuhalten; dann wird das Wasser, anstatt oben überzulaufen, hier unten die Tunnel überfluten.«

»Wo ist die Zentraleinheit?« fragte Derec. »Wenn es uns gelingt, sie zu erreichen und die Bauarbeiten zu stoppen, können wir die Grabmaschinen dazu einsetzen, das Schicksal zu wenden, noch ehe es zum nächstenmal regnet.«

Avernus wandte sich an Dante und blickte ihn über die Köpfe der anderen Robots hinweg an. »Wo befindet sich derzeit die Zentraleinheit?« rief er laut.

Die Finger des kleinen Robots flogen über die Tastatur, während Euler sich zu Wort meldete. »Selbst mit den Maschinen müßten wir beinahe sofort anfangen zu graben, um die Höhle rechtzeitig zu erreichen.«

»Die Zentraleinheit befindet sich im Augenblick in Tunnel J-33«, rief Dante, »bewegt sich mit zehn Stundenkilometern in Richtung Süd-Südwest.« Er zögerte kurz, dann fügte er hinzu: »Zwanzig Zentaden.«

Avernus wandte sich abrupt von ihnen allen ab. »Das ist . . . bedauerlich«, sagte er.

»Was meinst du damit, bedauerlich?« fragte Derec.

Auf einmal ertönte ein Rumpeln, das den Tunnel erzittern ließ, und Staub und lose Kieselsteine fielen auf sie herab. Derec hätte auf dem bebenden Boden fast das Gleichgewicht verloren. Gleich darauf war das Bergwerk von einem tiefen Dröhnen erfüllt, das mit jeder Sekunde an Intensität zunahm.

»Es ist bedauerlich«, übertönte Euler das Dröhnen, »daß sich die Zentraleinheit in Tunnel J-33 befindet, auf der falschen Seite der Grube, und draußen fängt es zu regnen an.«

Da kam auch schon das Wasser tonnenweise durch den neuen Schacht gerauscht, prasselte in die darunterliegende Vertiefung und schäumte dort weiß, gefährlich und ungezügelt. Derec sah fasziniert und entsetzt zu, wie sein einzig möglicher Weg zur Zentraleinheit unter einem tosenden Strom verschwand, den es vor einer Sekunde noch nicht gegeben hatte.

Katherines Gedanken waren so finster wie die Wolken über ihr, während der Wagen in Richtung Kompaßturm durch die Straßen von Robot City sauste. »Ich fürchte, wir werden den Turm nicht erreichen, ehe der Regen einsetzt«, sagte der Fahrrobot zu ihr. »Wir müssen uns unterstellen.«

»Nein«, sagte sie, entschlossen, sich von den Robotern nicht das letzte bißchen freien Willen nehmen zu lassen. »Fahr weiter! Schnell!«

»Es ist hier draußen nicht sicher für Sie«, widersprach der Robot. »Ich kann es nicht mit meinem Gewissen vereinbaren, Sie weiter mitzunehmen.«

Katherine wollte aufbrausen, hatte jedoch Angst, bei dem Robot Verdacht zu erwecken. »Na gut«, sagte sie. »Dann halte beim nächsten Gebäude an.«

»Sehr wohl«, antwortete der Robot und brachte den Wagen augenblicklich vor einem hohen Bau zum Stehen, über dessen Zugängen das Wort KUNSTMUSEUM auf Metall eingraviert war.

Der Robot stieg aus dem Wagen und ergriff beschützend Katherines Arm. »Hier entlang, bitte«, sagte er, und Katherine begann zu glauben, daß die Roboter sich über menschliche Hinterlist verständigt haben mußten.

Sie gestattete dem Robot, sie in das Gebäude zu geleiten. »Dies ist Überwacher Arions Projekt«, sagte er, »zum Vergnügen unserer menschlichen Bewohner.«

Sie blickte sich um und vermerkte, daß der Robot den Begriff *Bewohner* benutzt hatte anstatt Besucher. Das bestätigte bloß, was sie längst wußte. Man würde sie nicht fortlassen. Man hatte nicht die Absicht, sie fortzulassen. Die Roboter brauchten jemanden, dem sie dienen konnten, und sie würden sich ihre Herren als Sklaven halten, nur um das zu erreichen.

Das Erdgeschoß des Museums steckte voller geometrischer Skulpturen, von denen viele aus unabhängigem Stadtmaterial hergestellt waren, das eigene Sequenzen durchlaufend nach einer unendlichen Vielzahl von Mustern ständig seine Form änderte.

Nach einer Weile fragte sie: »Bitte, wäre es möglich, Kontakt mit Derec aufzunehmen und ihm zu sagen, wo wir sind? Ich habe Angst, daß er sich Sorgen machen wird.«

»Im Büro des Kustos müßte sich ein Terminal befinden«, erwiderte der Robot. »Wollen Sie, daß ich das für Sie erledige?«

»Ja, bitte. Dafür wäre ich sehr dankbar.«

Der Robot eilte sofort von dannen. Sobald er am anderen Ende des Gebäudes außer Sicht war, machte Katherine kehrt und rannte davon.

Sie trat rasch aus der Tür und lief den kurzen Aufgang zum Wagen hinab, wo sie auf dem Fahrersitz Platz nahm. Er sprang ohne weiteres an, und sie fuhr los. Sie hatte keine Ahnung, welche Straßen sie nehmen mußte, um zu der Pyramide zu gelangen, doch ihre Größe machte sie zum Wegweiser. Sie hielt einfach immer darauf zu.

Während der Fahrt konzentrierte sie sich aufs Planen. Der Regen stand jetzt dicht bevor, und sie wollte sich nicht von ihm überraschen lassen, doch war es den Versuch wert, aus der Stadt herauszukommen. Derec hatte erzählt, es gebe eine Falltür vom Büro zur Plattform auf der Spitze des Baus. Also würde sie die Pyramide von innen ersteigen, um die Spitze zu erreichen. Der Schlüssel lag ein Stück weiter unten an der Außenseite versteckt, und es würde wesentlich einfacher und schneller gehen, hinunter- statt hinaufzuklettern.

Vom Himmel herab donnerte es laut, während sie dahinfuhr; der Wind peitschte ihr das lange Haar ums Gesicht. Ihr war kalt, doch sie achtete nicht darauf, sondern konzentrierte sich auf ihr Vorhaben. Warum mußte er ihr das antun? Warum mußte er zum Gegner überlaufen? Derec war von der Stadt geradezu besessen. Er konnte offenbar nicht verstehen, daß sie ihre Freiheit brauchte, daß sie nicht für immer in ihren Mauern leben konnte.

Die Pyramide ragte hoch vor ihr auf. Sie erstrahlte hell, als ein Blitzstrahl über ihre Fassade zuckte. Katherine kam rutschend davor zum Stehen und sprang aus dem Wagen, als sie hinter sich ein Geräusch hörte.

Dort, zwei Häuserblocks entfernt, beeilte sich der Robot, der sich Wohler nannte, sie abzufangen. Sie drehte sich um und rannte auf den Eingang zu. Das Stadtmaterial schmolz dahin, als sie sich näherte, um sie einzulassen.

Drinnen angekommen, hatte sie keine Ahnung, wohin sie sich wenden sollte. Das einzige, woran sie sich mit Sicherheit erinnerte, war die Tatsache, daß sie nach oben mußte. Sie rannte durch die labyrinthischen Gänge und nahm jede Gelegenheit wahr, Stufen zu erklimmen oder einen Aufzug zu nehmen, der sie weiter hinaufbrachte. Etwa auf halbem Wege nach oben hörte sie aus unsichtbaren Lautsprechern eine Ansage, die auf ihre Flucht hinwies und Anweisungen gab, sie aufzuhalten.

Sie verdoppelte mit letzter Kraft ihr Tempo. Ihre einzige Hoffnung auf ein Entkommen bestand darin, die Sicherheit der verbotenen Zone zu erreichen, ehe sie entdeckt wurde.

Sie eilte ungesehen durch die inzwischen kürzeren Gänge und erreichte den letzten Aufzug nach oben. Ein Techrobot mit Schweißerarmen erspähte sie, als sie hastig einstieg. Mit pochendem Herzen schlug sie auf den aufwärts gerichteten Pfeil, und die Anlage fuhr sie rasch ins darüberliegende Stockwerk.

Die Tür glitt auf, und sie stürzte hinaus, um sogleich weiterzurennen. Hinter ihr erklangen Stimmen, riefen sie beim Namen. Sie bog um eine Ecke, rannte eine kurze Rampe hoch und sprang soeben in den Vorraum der verbotenen Zone, als die Roboter hinter ihr aufholten.

Sie rannte zur Tür, die in das Büro hinaufführte, und legte die Hand an den Öffnungsknopf.

»Katherine.«

Sie erkannte Wohlers Stimme und drehte sich nach ihm um. Er stand, einen Flur voller Roboter hinter sich, am Rand der verbotenen Zone, am selben Ort, wo am Morgen die Zeugen stehengeblieben waren.

»Was willst du?« fragte sie.

»Kommen Sie dort heraus. Dieser Ort ist verboten.«

Sie lächelte. »Nicht für mich«, sagte sie. »Ich bin ein Mensch, erinnerst du dich? Ich bin frei, und gleich werde ich noch freier sein.«

»Bitte gehen Sie nicht nach draußen«, sagte Wohler. »Die Regenfälle setzen ein. Das könnte gefährlich für Sie sein.«

»Ihr werdet mich nicht hier festhalten«, sagte sie und öffnete die Tür zur Wendeltreppe.

»Wir würden uns freuen, wenn Sie bei uns blieben«, sagte der Robot, »aber wir würden Sie niemals gegen Ihren Willen hier festhalten.«

»Wieso habt ihr dann auf eurem Planeten nichts vorgesehen, womit ich den Planeten verlassen oder Hilfe herbeirufen könnte?«

»Sie tun so, als hätten wir Sie unter Vorspiegelung falscher Tatsachen hierhergebracht«, sagte Wohler. »Wir haben nichts dergleichen getan. Sie sind unaufgefordert gekommen. Willkommen . . . aber unaufgefordert. Unsere Zivilisation ist noch nicht soweit fortgeschritten, daß planetare Interaktion möglich wäre. Das können Sie selbst sehen.«

»Wir vergeuden unsere Zeit«, sagte Katherine und schickte sich an, durch die Tür zu treten.

»Bitte überlegen Sie es sich noch einmal«, rief der Robot. »Bringen Sie sich nicht in Gefahr.«

Sie starrte ihn unverwandt an. »Ich war jede Sekunde in Gefahr, die ich an diesem verrückten Ort verbracht habe.«

Mit diesen Worten verschwand sie durch die Tür und schloß sie hinter sich. Sie stieg rasch die Treppe hinauf und betrat das Büro. Die finsteren Wolken brodelten dicht über den Sichtkameras, wodurch der Eindruck erweckt wurde, als stehe sie inmitten des sich zusammenbrauenden Gewitters.

Sie suchte das Büro ab, entdeckte ohne Mühe die Leiter, erstieg sie und erreichte die windige Plattform darüber. Der Wind war so stark, daß sie sich nicht aufzurichten wagte, sondern zum Rand kroch, wo sie und Derec ihren ersten unsicheren Abstieg in die Stadt der Roboter hinter sich gebracht hatten.

Zum ersten Mal seit ihrer Befreiung aus dem versiegelten Raum begannen ihre Ängste die Wut über die Situation zu überlagern, während sie sich umdrehte und sich vorsichtig aus der schwindelerregenden Höhe herabließ, um ihren Abstieg zu beginnen. Die Böen zerrten bösartig an ihr wie kalte, aufdringliche Hände; ihre Ohren und ihre Nase wurden taub, und ihre Finger prickelten vor Kälte.

Obwohl die Pyramide aus dem gleichen Material gebaut war wie die übrige Stadt, unterschied sie sich in jeder anderen Hinsicht von ihr. Sie war hart und unnachgiebig, und in ihre Fassade waren Löcher eingelassen, die sie und Derec zuvor als Kletterhilfen für Hände und Füße benutzt hatten, und in denen sie bei ihrem ersten Abstieg den Schlüssel verborgen hatten.

Ihre Gedanken wirbelten, während sie sich langsam, ganz langsam hinabschob. Wie weit unten war es gewesen? Sie war rasch vorangekommen, und Derec, der den Schlüssel trug, hatte nicht mit ihr Schritt halten können. Sie hatten angehalten, um sich zu verständigen, und beschlossen, den Schlüssel zu verstecken und ohne ihn weiterzuklettern. Wie weit unten? Ein Viertel des Weges, ein knappes Viertel, in dem Loch am linken äußeren Rand des Musters, das im Zentrum des Gebäudes angeordnet war.

Sie setzte ihren Weg nach unten fort, nun mit schmerzenden Fingern, während sie die Augen nach oben gerichtet hielt und versuchte, die Entfernung genau abzuschätzen. Sie begann einzelne Löcher des sich wiederholenden Musters zu überprüfen, jedoch ohne Erfolg. Sie hatte die Stelle immer noch nicht erreicht. Etwas Nasses, Kaltes schlug heftig auf ihren Rücken. Unwillkürlich hätten ihre Hände beinahe losgelassen. Es handelte sich um einen Regentropfen, und er durchnäßte den gesamten Rücken ihrer Montur.

Die Zeit wurde knapp.

Das Lochmuster wiederholte sich ein weiteres Mal, als sie sich behutsam abwärtsschob, und als sie nach oben blickte, die Augen zusammengekniffen gegen den eisigen Wind, *wußte* sie, daß sie die Stelle erreicht hatte.

Mit letzter Kraft an die Pyramidenfassade gepreßt, streckte sie langsam den Arm aus und steckte die Hand in das Loch am linken Rand des Musters.

Der Schlüssel war nicht mehr da.

»Nein!« schrie sie dem Monster entgegen, und wie zur Antwort prasselte der Regen in Strömen aus dem Himmel, nahm ihr die Sicht und knüppelte auf sie ein, um ihren Protest zum Verstummen zu bringen.

Derec stand am Ausgang der Strangpreßstation, hörte zu, wie der Regen gegen die Tür trommelte, und beobachtete die kleine Pfütze, die es irgendwie geschafft hatte, unter der Versiegelung hereinzudringen. Katherine war irgendwo dort draußen, ebenso Wohler. Seit dem Einsetzen der Regenfälle hatte man nichts mehr von ihnen gehört. Avernus hatte mit dem Kompaßturm Kontakt aufgenommen, und obwohl sie dort gesehen worden waren, war keiner von beiden jetzt noch dort.

Da der Regen den Ablauf des Tages bestimmte, war nun alles zum Stillstand gekommen. Er machte es unmöglich, sich auf die Suche zu machen, machte es unmöglich, mit der Zentraleinheit Kontakt aufzunehmen, verlangsamte alles bis auf das allmächtige Bauprojekt. Es war zum Verrücktwerden.

Er hämmerte gegen die Tür, doch seine Faust sank ein, wurde abgefangen. Er hatte den Wunsch, diese Türen aufzustoßen und in die Stadt zu rennen und sie persönlich zu suchen — doch er wußte, was das bedeutete. Höchstwahrscheinlich würde nichts in Erfahrung zu bringen sein, bis der Regen am kommenden Morgen nachließ.

Er wandte sich von der Tür ab und stieg die Treppe zur Lagerhalle und den sechs Robotüberwachern hinab, die ihn dort erwarteten. Seine Gedanken waren von Besorgnis erfüllt.

»Überwacher Rydberg hat einen Vorschlag gemacht, Freund Derec«, sagte Euler. »Wollen Sie uns dazu Ihre Meinung sagen?«

Derec blickte Rydberg an und versuchte sich wieder auf die Gegenwart zu konzentrieren. Warum machte ihm diese Frau so zu schaffen? »Laß deinen Vorschlag hören«, sagte er.

»Wir können unseren Evakuierungsplan für die Roboter, die unter der Oberfläche arbeiten, weiter ausarbeiten«, sagte Rydberg. »Es sieht aus, als könnten Sie, wenn der Morgen kommt, mit der Zentraleinheit Kontakt aufnehmen und die Bauarbeiten stoppen. Es wird zu spät sein, uns rechtzeitig zu der Höhle durchzugraben, aber wenigstens erhalten wir Gelegenheit, unsere Bergarbeiter zu retten, ehe die Flut einsetzt.«

»Warum wollt ihr einfach aufgeben?« sagte Derec entrüstet. »Ihr habt die Gründe für die Schutzmaßnahmen erfahren. Ihr könntet sie doch schlicht stoppen und die Grabausrüstung einsetzen, um mit der Ausschachtung der Höhle zu beginnen?«

Waldeyer, der vierschrötige beräderte Überwacher, sagte: »Die Zentraleinheit ist unser Hauptprogramm. Wir können es nicht aufgeben. Nur die Zentraleinheit kann den Wahrheitsgehalt Ihrer Aussagen beurteilen und die endgültige Entscheidung treffen.«

»Ich werde die Zentraleinheit umprogrammieren«, antwortete Derec zu laut. »Ich werde ihre Definition des Begriffs ›Wahrheitsgehalt‹ ändern. Und übrigens, die Gesetze der Robotik sind euer Hauptprogramm, und das Zweite Gesetz besagt, daß ihr dem Befehl eines Menschen gehorchen müßt, es sei denn, ihr verstoßt damit gegen das Erste Gesetz. Ich *befehle* euch, die Schürfarbeiten einzustellen und anzufangen, die Verbindung zur Auffanghöhle zu graben.«

»Die Schutzmaßnahmen wurden von der Zentraleinheit ausersehen, die Stadt zu schützen, die dazu ausersehen ist, menschliches Leben zu schützen«, erwiderte Waldeyer. »Die Zentraleinheit *muß* der entscheidende Faktor bei jedem Beschluß über die Aufhebung der Schutzmaßnahmen sein. Obwohl Ihre Argumente sich human anhören, könnten sie letztlich gegen das Erste Gestz verstoßen; sollte nämlich die Zentraleinheit beschließen, daß Ihre Schlußfolgerungen auf einem Irrtum beruhen, könnte die Aufhebung der

Schutzmaßnahmen die gefährlichste aller möglichen Entscheidungen sein.«

Derec kam sich vor wie in einer Tretmühle. Alles Argumentieren endete bei der Zentraleinheit. Und obwohl er sicher war, daß sie einen Rückzieher machen würde, sobald er die Information über das menschliche Blut eingegeben hatte, gab es für ihn keine Möglichkeit, das den Robotern zu beweisen, die sich wiederum weigerten, etwas zur Einstellung der Bauarbeiten zu unternehmen, bis sie ihre Bestätigung von der Zentrale erhalten hatten.

Dann kam ihm eine Idee, eine Idee, deren Grundlage in ihrer Herangehensweise so andersartig war, daß er zunächst Angst hatte, auch nur daran zu denken, wie sie sich auf die Roboter auswirken würde. Was er im Sinn hatte, würde entweder ihre Denkprozesse freisetzen oder sie in widerspruchsbedingte geistige Erstarrung versetzen, die sie vernichten konnte.

»Was halten Sie von Rydbergs Plan?« fragte Avernus ihn. »Er würde zahlreiche Roboter retten.«

Avernus — das war es — Avernus, der Menschenfreund. Derec wußte nun, daß seine Idee die anderen Roboter vernichten würde, doch Avernus, bei ihm war das anders. Avernus war dem Menschlichen zugeneigt, eine Neigung, die möglicherweise ihn selbst und den Rest von Robot City retten konnte.

»Zu dem Evakuierungsplan äußere ich mich später«, sagte Derec. »Erst möchte ich Avernus allein sprechen.«

»Wir treffen alle Entscheidungen gemeinsam«, sagte Euler.

»Warum?« fragte Derec.

»So haben wir es immer gehalten«, sagte Rydberg.

»Nicht mehr«, sagte Derec mit unnachgiebiger Stimme. »Wenn du mir keinen vernünftigen, auf dem Ersten Gesetz fußenden Grund nennen kannst, wieso ich Avernus nicht allein sprechen soll, werde ich davon ausgehen, daß ihr selbst gegen die Gesetze verstößt.«

Euler ging in die Mitte der Halle, dann drehte er sich langsam um und blickte Avernus an. »Wir haben es immer so gehalten«, sagte er.

Avernus, der Riese, trat ruhig zu Euler und legte dem Robot einen seiner riesigen Greifer auf die Schulter. »Es wird schon nichts schaden, wenn wir dies eine Mal gegen unsere Tradition verstoßen.«

»Aber Traditionen sind Kennzeichen jeder Zivilisation«, sagte Euler.

»Überleben ist auch eines der Kennzeichen«, entgegnete Derec und blickte zu Avernus auf. »Bist du bereit?«

»Ja«, antwortete Avernus ohne Zögern. »Wir werden allein miteinander sprechen.« Derec führte Avernus zu den Aufzügen, dann kam ihm ein Gedanke, und er kehrte zu Euler zurück. Er wickelte den Stoffverband von seinem verletzten Arm und gab ihn dem Überwacher. »Laß das Blut analysieren und die Daten auf Diskette speichern, damit ich sie in die Zentraleinheit eingeben kann.«

»Jawohl, Derec«, sagte Euler, und es war das erste Mal, daß der Überwacher ihn ohne die förmliche Anrede ›Freund‹ angesprochen hatte. Vielleicht wurden sie alle ein wenig erwachsen.

Dann trat Derec zu Avernus in den Aufzug, drückte auf den abwärts gerichteten Pfeil, und die Türen glitten zu. Sie fuhren nur eine kurze Strecke nach unten, ehe Derec den Nothalteknopf drückte; die Anlage kam ruckartig zum Stehen.

»Was soll das?« fragte Avernus.

»Ich will dir einen Handel vorschlagen«, sagte Derec.

»Was für einen Handel?«

»Das Leben deiner Roboter gegen eines deiner Grabgeräte.«

Avernus starrte ihn nur an. »Das verstehe ich nicht.«

»Unterhalten wir uns über das Dritte Gesetz der Robotik«, sagte Derec. »Du bist nach dem Dritten Gesetz verpflichtet, deine eigene Existenz zu schützen, solange sich dadurch kein Widerspruch zum Ersten oder Zweiten Gesetz ergibt. In deinem Fall, bei deiner besonderen Programmierung, kann ich das Dritte Gesetz problemlos so erweitern, daß die dir unterstellten Roboter einbezogen werden.«

»Weiter.«

»Mein Handel ist einfach. Rydberg hat einen Evakuierungsplan vorgeschlagen, der die Roboter im Bergwerk vor der Überflutung retten könnte, die mit Sicherheit stattfinden wird, wenn die Verbindung zur Höhle nicht gegraben wird. Der Evakuierungsplan verläßt sich *vollständig* darauf, daß ich die Zentraleinheit umprogrammieren kann, um die Bauarbeiten zu stoppen. Wenn ich es nicht tue, wird sich die Stadt bis zu ihrer Zerstörung vergrößern . . . und von dieser Zerstörung werden die Roboter, die unter der Oberfläche arbeiten, mit betroffen sein.«

»Das verstehe ich«, sagte Avernus.

»Gut.« Derec holte tief Luft. Was er sich vorzuschlagen anschickte, hätte zweifellos die Positronik eines jeden anderen Roboters erstarren lassen; die Widersprüche waren zu groß, die Wahl, die es zu treffen galt, zu unmöglich. Bei Avernus jedoch . . . konnte es gehen, konnte es vielleicht gehen. »Wenn du mir nicht eines der Grabgeräte überläßt, damit ich persönlich mit der Ausschachtung anfangen kann, werde ich mich weigern, die Zentraleinheit umzuprogrammieren und damit alle deine Roboter verdammen, während der Überflutung im Untergrund zu bleiben.«

Avernus' rote Augen leuchteten hell auf. »Sie wären imstande . . . so viele zu töten?«

»Ich wäre imstande, deine Stadt *und* deine Roboter zu retten!« brüllte Derec. »Es heißt Alles oder Nichts. Gib mir das Gerät, oder du hast die Konsequenzen zu tragen.«

»Sie verlangen von mir, daß ich der Zentraleinheit entsage, die das Erste Gesetz schützt.«

»Ja«, sagte Derec schlicht, und seine Stimme wurde ruhiger. »Du *mußt* den Sprung zur Kreativität schaffen, um deine Roboter zu retten. Irgendwo in deinem Gehirn mußt du ein Werturteil fällen, das über deine Programmierung hinausgeht.«

Avernus stand leicht zitternd da, und Derec spürte, wie ihm die Tränen kamen, denn er wußte, welchen Qualen er den Überwacher aussetzte. Wenn es mißlang, wenn er Avernus praktisch zerstörte, indem er sein Gehirn zerstörte, würde er sich das nie verzeihen.

Die Augen des großen Robots blitzten mehrmals auf und erloschen wieder. Plötzlich erbebte heftig sein ganzer Körper, dann hörte das Zittern auf. Derec hörte, wie sich seinen eigenen Lippen ein Schluchzen entrang. Avernus beugte sich zu ihm herab.

»Sie sollen ihre Grabmaschine haben«, sagte der Robot zu ihm, »und mich dazu, um Ihnen bei der Bedienung zu helfen.«

Kapitel 13
Die Zentraleinheit

Katherine klammerte sich verbissen an die Außenseite der Pyramide und wußte doch zugleich, daß ihre Fähigkeit, sich weiterhin dort zu halten, in Minuten zu messen war, während der Regen wütend auf sie eindrosch und die Winde sich daranmachten, sie von der strukturierten Fassade loszureißen.

Der Boden befand sich mehrere hundert Meter weiter unten und rief nach ihr. Als ihr Körper unter dem eisigen Schauer gänzlich taub wurde, war ihr Überlebenswille das einzige, was sie weiterhin dazu veranlaßte, sich festzuhalten.

Ihre Gedanken wirbelten, wiesen den eigenen Tod zurück, während sie schon verzweifelt versuchte, sich darauf vorzubereiten, und gleichzeitig konnte sie hören, daß der Wind ihren Namen rief, wieder und immer wieder.

»Katherine!«

Die Stimme war nähergekommen, klang deutlicher. Sie schien von unten zu kommen.

»Katherine!«

Zum ersten Mal, seit sie den Abstieg begonnen hatte, riskierte sie einen Blick nach unten, in Richtung des Geräuschs. Sie spähte blinzelnd durch das eisige Wasser, das ihr übers Gesicht rann, nur um einer Erscheinung ansichtig zu werden, einer grauen Masse, die unter ihr flink die Fassade hochkletterte, zum Beweis, daß sie geistig bereits hinüber war.

»Katherine, halten Sie durch! Ich komme!«

Ungläubig beobachtete sie, wie die Erscheinung näherkam. Und während ihre Arme schmerzten und sie zu überreden versuchten, loszulassen und endlich Frieden zu finden, sah sie unter der grauen Masse eine goldene Hand hervorkommen und sich an einer Vertiefung festkrallen.

Wohler!

»Bitte halten Sie durch!«

»Ich kann nicht!« erwiderte sie den Ruf, überrascht, in ihrer Stimme Hysterie anklingen zu hören. Wie um diesen Gedanken zu bekräftigen, verlor ihre linke Hand den Halt, ihr Arm löste sich von dem Gebäude, und die zusätzliche Anstrengung schickte krampfhafte Schmerzen durch ihren rechten Arm, der weiterhin in dem Loch steckte.

Der Robot unter ihr beschleunigte sein Tempo. Der Wind geriet unter die Plane, die er umgelegt hatte, um sich vor dem Regen zu schützen, und zerrte sie ihm vom Körper, so daß sie flatterte wie ein riesiger prähistorischer Vogel.

»B-bitte . . .« rief sie geschwächt, und ihr rechter Arm drohte loszulassen.

»Halten Sie durch! Bitte halten Sie durch!«

Das Drängen in seiner Stimme erstaunte sie, gab ihr ein zusätzliches bißchen Mut, ein paar zusätzliche Sekunden in einem Augenblick, da Sekunden zählten. Und als sie spürte, daß ihre Hand endgültig losließ, verkeilte sich hinter ihr sein großer Körper und hielt sie gegen die Fassade gepreßt.

Wohler hakte sich mit Händen und Füßen direkt über und unter den ihren ein und umfing sie schützend. Sie ließ sich gehen, und augenblicklich verließen sie all ihre Kräfte, worauf Wohler sie ganz und gar stützte.

»Sind Sie unverletzt?« sagte der Robot ihr ins Ohr.

»I-ich denke schon«, antwortete sie mit kleinlauter Stimme. »Was passiert jetzt?«

»Wir können nur abwarten«, sagte Wohler, und seine Stimme klang irgendwie rauh. »Ein altes Erdensprichwort lautet ›Geduld ist eine bittere Pflanze, doch trägt sie süße Früchte.‹ Das Überleben wird unsere Frucht sein . . . Freundin Katherine.«

»Freund Wohler«, erwiderte sie, und in den kalten Regen auf ihrem Gesicht mischten sich Tränen. »Ich möchte dir d-danken, daß du meinetwegen hier heraufgekommen bist.«

Wohler antwortete nicht.

Die Überwacher standen in einer Gruppe hinter der Grabmaschine, die Derec und Avernus bedienten. Weder helfend noch sie behindernd nahmen sie alles in sich auf, zweifellos unfähig, die Gedankenprozesse nachzuvollziehen, die den großen Robot bewegt hatten, seinen Schürfmannschaften und den Stadtbaulabors die Maschine abzunehmen und dazu einzusetzen, daß sie nichts anderes tat, als den Weg für etwas freizumachen, das in diesem Augenblick eine bloße Möglichkeit darstellte.

Derec hatte Blindortmaschinen wie diese schon einmal gesehen. Auf dem Asteroiden, auf dem er erwacht war, um festzustellen, daß er keine Identität besaß, hatten die Roboter identische Maschinen benutzt, um dem Asteroiden auf der Suche nach dem Schlüssel zum Perihel seine Eingeweide herauszureißen.

Die Schachtmaschine war ein Wunderwerk, denn sie riß gleichzeitig ab und baute auf. Derec saß mit Avernus vor den zwei Kabinenkontrollpulten und sah zu, wie die Auslegerarme in beinahe dreißig Metern Entfernung den Fels aushöhlten. Einer der Ausleger war mit Drehschleifern versehen, der andere mit Mikrowellenlasern, die ungestüm den Kern des Planeten aufrissen und zugleich verschlangen. Es gab zahlreiche Förderbänder und Kräne zur Entfernung und Registrierung verwertbarer Stoffe, doch von diesen war derzeit keines in Betrieb. Sie zerkleinerten und preßten lediglich das ausgehobene Gestein und Erdreich, und die Schachtmaschine verwendete dieses Material, um hinter sich einen befestigten Tunnel zu bauen — glatte Steinwände, Synthdraht zur Verstärkung, ja sogar Deckenlampen.

Sie bewegten sich im Schneckentempo auf die Höhle zu, näherten sich Meter um Meter der möglichen Rettung. Sie hatten die Nacht durchgearbeitet, und Derec war verzweifelt bemüht gewesen, sich durch die Anstrengung von seinen Gedanken an Katherine und Wohler ablenken zu lassen. Es funktionierte nicht. Seit vor dem Gewitter, das vor beinahe zehn Stunden eingesetzt hatte, waren sie ohne Nachricht von ihnen. Wären sie noch am Leben, hätte er inzwischen von ihnen gehört.

Es bestand immer noch die Chance, daß Katherine den Schlüssel gefunden hatte und nicht mehr da war, daß sie im grauen Nichts des Perihels das Ende des Regens abwartete oder sich vielleicht an einen anderen Ort durchgeschlagen hatte. Doch das erklärte nicht Wohlers Abwesenheit.

Während der strapaziösen Stunden, die sie mit der Bedienung der Schachtmaschine verbracht hatten, war zwischen Avernus und Derec wenig gesprochen worden, da sie offenbar beide ihren Gedanken nachhingen. Derec machte sich Sorgen um Avernus, der, wie er wußte, mit unzähligen Selbstzweifeln zu kämpfen hatte, die sich nur durch ein zufriedenstellendes Ende und anschließende Rechtfertigung seiner Taten beseitigen ließen.

»Derec!« ertönte Eulers Stimme aus dem neugebauten Tunnel hinter ihnen; es war das erste Mal, daß der Robot sie seit Beginn der Operation ansprach.

Derec sah auf die Uhr. Es war fast fünf Uhr morgens. Er wechselte einen Blick mit Avernus. »Ja!« rief er zurück.

»Der Regen hat nachgelassen«, antwortete Euler. »Die Vermißten sind gefunden worden!«

Derec widerstand dem Drang, von den Instrumenten aufzuspringen und hinauszustürzen. Er hatte zu tun. Er blickte Avernus an. »Was nun?«

»Nun werden wir sehen«, sagte der Robot. »Wir müssen die Zentrale auffinden und umprogrammieren.«

»Soll ich dich hier zurücklassen, damit du die Operation fortführst, und mit einem anderen zur Zentraleinheit gehen?«

»Nein«, sagte Avernus bestimmt. »Ich bin Überwacher im Untergrund und kenne mich hier aus. Außerdem . . . muß ich das Ergebnis erfahren. Können Sie das verstehen?«

Derec streckte die Hand aus und schaltete das Kontrollpult aus, stoppte weitere Grabarbeiten und brachte sämtliche Geräte in Ruhestellung. »Allerdings verstehe ich das. Gehen wir!«

Sie stiegen aus der Schachtmaschine, zwängten sich an aufgestapelten Röhren vorbei und gesellten sich zu den anderen Überwachern hinten im Tunnel. Es war das erste Mal, daß Derec einen Blick zurück auf das warf, was sie geschafft hatten. Der Tunnel, den er und Avernus gegraben hatten, erstreckte sich mehrere hundert Meter hinter ihnen, beinahe so weit das Auge reichte.

»Wo sind Katherine und Wohler?« fragte er. »Sind sie unversehrt?«

»Das weiß niemand«, sagte Rydberg. »Sie hängen an der Außenwand des Kompaßturms, beinahe hundert Meter über dem Boden, und haben weder auf stimmliche Kommunikation reagiert noch den Versuch unternommen, herunterzukommen.«

Derec sank der Mut. Sie waren die ganze Nacht draußen im Regen gewesen. Es sah schlimm aus.

»Sind Rettungsmaßnahmen im Gang?« fragte er.

»Vielkzweckroboter ersteigen derzeit den Turm, um das Ausmaß des Problems festzustellen, damit der Notfall disponiert werden kann«, sagte Euler.

»Die Zentraleinheit«, sagte Avernus zu Dante. »Sage mir, wo sie sich im Augenblick aufhält.«

»Sei ehrlich, Euler«, sagte Derec. »Würde meine Gegenwart am Turm die Rettungsaktion vereinfachen?«

»Rettung vom Turm ist aus Gründen, die niemand ergründen kann, immer Teil unserer Grundprogrammierung gewesen«, sagte der Robot. »Die Standardprozedur ist bereits eingeleitet. Sie könnten die Aktion nur behindern.«

»Gut«, erklärte Derec. Natürlich gehörte Rettung vom Turm zum Standardprogramm. Der Aufseher hatte sich Sorgen gemacht, er könne, falls die Falltür zum darunterliegenden Büro klemmte, oben auf dem Turm festsitzen und nicht mehr herunterkommen. Dem allmächtigen Aufseher war es egal, wenn alle anderen machtlos im Wind standen, aber er würde nicht zulassen, daß er selber es oben auf dem Turm unbequem hatte.

Dante meldete sich von Terminal auf seinem Karren her zu Wort. »Die Zentraleinheit befindet sich im Quadranten 2, Tunnel D-24, und bewegt sich in nördlicher Richtung.«

Avernus nickte und sah Derec an. »Wir müssen uns beeilen«, sagte er, »sonst war all unsere Arbeit vergeblich!«

»Die Arbeit ist längst vergeblich«, sagte Waldeyer zu Avernus. »Wegen deiner unbefugten Beschlagnahmung der Grabmaschine sind die verfügbaren Roheisenlieferungen gefährlich zurückgegangen. In einer Stunde werden die Wachstumsbemühungen anfangen, hinter dem Plan zurückzubleiben.«

Der große Robot ließ den Kopf hängen und blickte zu Boden.

»Ich stelle euch allen eine Frage«, sagte Derec. »Falls es Avernus und mir gelingt, die Zentraleinheit zu erreichen und umzuprogrammieren, so daß die Bauarbeiten eingestellt werden, wird dann die Arbeit, die wir hier bereits geleistet haben, ausreichen, daß wir vor den Regenfällen heute abend den Durchbruch zu der Höhle schaffen?«

»Ohne Arbeitsunterbrechung und Maschinendefekte«, sagte Euler, »müßte es gerade eben zu schaffen sein. Das ist natürlich alles hypothetisch.«

Derec sah sie nur an. Derzeit war es unmöglich, durch Argumentieren irgend etwas zu erreichen. Es war Zeit, Ergebnisse zu liefern. »Wo sind die Daten meiner Blutprobe?« frag er.

Arion trat vor und überreichte ihm eine Minidiskette. »Alles, wonach Sie verlangt haben, ist hier«, sagte er.

»Danke«, sagte Derec, nahm die Diskette und steckte sie in seine Brusttasche. »Nun hört zu. Wir gehen zur Zentraleinheit. Sobald wir die Reprogrammierung begonnen haben, müßt ihr hier augenblicklich die Arbeit fortsetzen, damit keine Zeit verlorengeht.«

Arion trat einen Schritt auf die Schachtmaschine zu. »Es ist nun ohnehin zu spät, das Grabgerät ins Erzbergwerk zurückzuschaffen und unsere gescheiterte Operation dort wiederaufzunehmen, deshalb sehe ich keinen Grund, warum die Ausschachtung nicht in Ihrer Abwesenheit weitergehen sollte. Wir haben nichts zu verlieren. Ich werde die Arbeit hier fortsetzen, während Sie zur Zentraleinheit unterwegs sind.«

»Nein», sagte Euler. »Willst *du* nun auch gegen deine Programmierung verstoßen, und möglicherweise die Gesetze?«

»Das Programm ist bereits zerrüttet«, sagte Arion und stieg in die Schachtmaschine. »Es ist nicht mehr reparabel.«

Derec grinste breit, als er hörte, wie Arion das Pult aus der Ruhestellung zum vollen Einsatz brachte. Er begab sich zu Dante hinüber. »Wir werden deinen Karren brauchen«, sagte er. »Jetzt sofort.«

Das Fieber hatte machtvoll eingesetzt, und mit ihm die Halluzinationen. Katherines Welt war ein Alptraum, der sich um Wasser drehte, eine Wasserwelt, die immer wieder drohte, sie hinabzuziehen, und sie war durchdrungen von Derec/David, David/Derec, Derec/David, dessen Gesicht bösartig lächelte und im Hinsehen mechanisch wurde, vom Menschlichen zum Robotischen überging und wieder zurück, wieder und immer wieder. Er glitt über die brandenden Wogen heran, um sie in die Arme zu nehmen, und benutzte diese Arme, um sie unter Wasser zu ziehen — sie zu ertränken! Zu ertränken!

»Katherine . . . Katherine. Wach auf. Wach auf.«

Stimmen drangen in ihre Wasserwelt ein. Sie wollte, daß sie fortgingen, daß sie sie in Ruhe ließen. Das Wasser war tückisch, aber zumindest war es warm.

»Katherine . . .«

Etwas rüttelte sie, zerrte sie gewaltsam aus ihrer Traumwelt. Sie machte die Augen auf, und der Schmerz schoß ihr wie Feuer durch den Kopf.

Es war Tag, früher Morgen. Ein Dienstrobot starrte sie um den sicheren Halt von Wohlers Arm herum an.

»K-kalt«, krächzte sie mit klappernden Zähnen. »So . . . kalt.«

Links über ihr blitzte ein Licht, ein Licht, das Funken sprühte. Sie kniff die Augen zusammen. Wohlers Greifer wurden von der Fassade losgeschweißt, wo sie sich fest verkeilt hatten. Über dem Schweißer konnte sie mechanische Flaschenzüge erkennen, die mit Magneten an der Außenseite des Gebäudes befestigt waren, und baumelnde Seile aus Stadtmateriel.

»Wir schneiden Sie los«, sagte der Robot. »Ein Netz und eine Trage sind direkt unter Ihnen angebracht. Sie sind jetzt in Sicherheit.«

»K-kalt«, krächzte sie wieder.

»Wir werden Sie aufwärmen. Wir werden sie medizinisch versorgen.«

Und durch den Nebel, der in ihrem Bewußtsein herrschte, spürte sie die tröstliche Härte von Wohlers Körper, der sie beschützte, die ganze Zeit beschützte.

»Wohler!« sagte sie laut. »Wir sind g-gerettet. Wohler!«

»Überwacher Wohler ist . . . außer Betrieb«, sagte der Dienstrobot.

Trotz ihrer Schmerzen und Wahnvorstellungen überspülten sie Wellen der Scham. Daß dieser Robot sein Leben für das ihre hingab, nach allem, was sie getan hatte, war mehr, als sie ertragen konnte.

Sie merkte, wie sein Gewicht hinter ihr nachließ; dann wurden sie von Händen auf die direkt unter ihnen aufgehängten Tragen gehoben. Sie spürte die Morgensonne auf ihrem Gesicht, eine Sonne, die Wohler nie mehr erleben würde, und ihr Bewußtsein zog es vor, sich nicht länger mit dem unerfreulichen Ergebnis ihrer Selbstsucht auseinanderzusetzen, und kehrte in die selige Benommenheit der Ohnmacht zurück.

»Hätten Sie es wirklich getan?« fragte Avernus, während sie den Karren in nördlicher Richtung durch Tunnel D-24 fuhren.

»Hätte ich was getan?« erwiderte Derec. Die Tunnelwände rasten vorbei, und über sie weg schwirrten im Abstand von zwei Sekunden rote Lichter.

»Hätten Sie die Roboter sterben lassen, wenn ich mich nicht bereit erklärt hätte, Ihnen bei der Ausschachtung des Tunnels zu helfen?«

»Nein«, sagte Derec. »So etwas hätte ich niemals getan. Ich wollte nur erreichen, daß du ein wenig Vernunft annimmst.«

»Sie haben mich angelogen.«

»Ich habe gelogen, um euch zu retten«, sagte Derec. »Erinnerst du dich an unsere Diskussion im Kompaßturm über das Lügen? Ich habe eine andere Realität geschaffen, eine hypothetische Realität, um dich zu einer anderen Denkweise zu zwingen.«

»Sie haben mich angelogen.«

»Ja.«

»Ich weiß nicht, ob ich das jemals richtig verstehen werde«, sagte Avernus und deutete Derec damit vorsichtig an, daß ihre Beziehung für immer belastet sein würde.

»Ich werde lernen müssen, damit zu leben«, antwortete Derec traurig. »Manchmal ist die richtige Handlungsweise nicht die beste. Es tut mir leid, wenn ich dir weh getan habe.«

»Weh tun ist ein Begriff, den ich nicht verstehe«, erwiderte der Robot.

»Nein», sagte Derec, wandte sich ab und spielte an dem Terminal herum, das Dante auf dem Rücksitz zurückgelassen hatte. »Es ist ein Begriff, der mir etwas bedeutet.«

Derec benutzte das Terminal, um mit der hastig organisierten medizinischen Einrichtung der Stadt Kontakt aufzunehmen und sich nach Katherine und Wohler zu erkundigen. Er und Avernus hatten den Quadranten 4 verlassen und waren durch die Stadt zum Abschnitt 2 gefahren, wo sie sich erneut in den Untergrund begaben. Tunnel D-24 war einer der entfernteren Schächte, der als Ölsondierungspunkt für die Kunststoffproduktion gebohrt worden war. Eine Rohrleitung, die über ihren Köpfen an der Tunneldecke befestigt war, rauschte laut.

»Sie haben Katherine und Wohler vom Turm geholt!« sagte er

und wünschte sich, seine Finger könnten sich so flink über die Tastatur bewegen wie die von Dante.

»Sind sie wohlbehalten?«

»Katherine leidet unter Schock und Unterkühlung«, anwortete Derec aufgeregt. »Sie wird jetzt behandelt. Die Prognose ist gut. Wohler ist . . . ist . . .« Er wandte sich bekümmert an Avernus. »Wohler ist tot.«

»Sehen Sie!« rief der Robot und zeigte nach vorn.

Ein Stück weiter den Tunnel entlang bewegte sich ein Lichtfleck, dem sie rasch näherkamen. Er war etwa sechs Meter lang und gerade so hoch, daß er die Deckenlampen verfehlte.

»Die Zentraleinheit!« sagte Avernus und bremste heftig, worauf der Karren rutschend zum Stehen kam.

»Was machst du denn?« fragte Derec. »Die entwischt uns!«

»Zu Fuß geht es jetzt schneller«, sagte Avernus.

»Nicht bei mir«, entgegnete Derec. »Ich kann nicht schnell genug laufen, um . . .«

»Klettern Sie auf meinen Rücken«, ordnete der Robot an. »Beeilung.«

Der riesige Robot blieb sitzen, während Derec aufstand, auf seinen breiten Rücken stieg und Avernus die Hände um den Kopf legte, worauf der Robot ihn mit einem Arm von hinten umschlang und Derec festhielt.

Dann sprang Avernus vom Karren und begann, den Tunnel entlangzustürmen, schneller, als Derec es für möglich gehalten hätte. Die Tunnelsegmente sausten verschwommen vorbei, während die bewegliche Zentrale in ihrem Blickfeld immer größer wurde.

Sie holten sie rasch ein, und Avernus verlangsamte seine Schritte, um sie dem Tempo der Zentraleinheit anzupassen. Ihre Oberfläche bestand aus einer Art durchsichtigem Kunststoff und war sehr dick. Wie eine transparente Eierschale enthielt sie die komplexen Funktionen einer ausgeklügelten, arbeitenden Maschine. An ihrer Rückseite befand sich eine Plattform mit Stufen, die zu einer Schiebetür hinaufführten.

Avernus sprang, erreichte die Stufen und kletterte hinauf. Er schwenkte den Arm nach vorn und ließ Derec sanft herunter, so daß er vor der Tür stand. »Los«, sagte er. »Gehen Sie hinein. Da kann nur jeweils einer hinein.«

Derec schob die Tür von Hand auf und trat in die durchsichtige Kammer. Vor ihm war ein roter Knopf in den Kunststoff eingelassen. Er drückte darauf. Gebläse und Wärmelampen schalteten sich ein, und er wurde von einem verdichteten Luftstrahl getroffen, der ihn von oben bis unten durchpustete, um alle Spuren von Staub zu beseitigen. Es erklang ein lautes, saugendes Geräusch, dann glitt die Wand vor ihm auf und er trat ein in das lebendige Herz von Robot City.

Die Zentrale war offen wie ein freigelegtes Gehirn, seine arbeitenden Synapsen ließen Photonenfunken darüber hinwegzucken, und seine Fluidalmechanik war ein Wunderwerk technischen Erfindungsgeistes. Er entdeckte auf halber Höhe eine Tastatur und schaltete sie ein, während er hinter sich Avernus das Zugangsritual durchlaufen hörte. Der Robot mußte sich bücken, um in die ›Reinigungskammer‹ hineinzupassen.

Als erstes richtete er eine Datei unter dem Titel HÄMOGLOBIN ein und gab die auf der Diskette gespeicherten Informationen ein, die Arion für ihn besorgt hatte. Dann nahm er erneut Zugriff auf die Datei STADTSCHUTZ und arbeitete sich so weit er konnte in das System hinein, bis es ihn aufforderte, das Überwacherkennwort zu nennen.

Er hörte eine Tür aufgleiten, drehte sich um und sah Avernus immer noch leicht gebückt herankommen und sich neben ihm vor die Tastatur stellen.

»Dein Kennwort wird verlangt«, sagte Derec.

Avernus blickte ihn schweigend an, dann streckte er den Greifer aus und tippte auf den Schirm:

AVERNUS — 2Q2-1719

KENNWORT: SYNNOESIS

Ohne eine Sekunde zu zögern, verlangte der Computer:

BEGRÜNDUNG FÜR DEAKTIVIERUNG STADTSCHUTZ?

Mit zitternden Fingern tippte Derec seine Begründung in die Maschine und speiste gleichzeitig zur fachlichen Unterstützung und Information den Inhalt der HÄMOGLOBIN-Datei in die Datei STADTSCHUTZ ein, um zu erreichen, daß so etwas nie wieder vorkam.

Als er mit dem Text fertig war, trat er einen Schritt zurück und holte tief Luft, als habe er Angst, die Eingabetaste zu betätigen.

»Wir müssen uns vergewissern«, sagte Avernus.

Derec nickte, schluckte schwer und gab die Information ein.

Die Maschine schnurrte einen Augenblick, der eine Stunde zu dauern schien, leise vor sich hin. Schließlich reagierte sie, schlicht und ohne Trara.

BEGRÜNDUNG ANGENOMMEN — STADTSCHUTZ DEAKTIVIERT.

Sie standen einen Moment lang mit starrem Blick da und konnten nicht recht glauben, daß es so einfach sein sollte. Dann bemerkten sie, daß sich das Tempo der Zentraleinheit spürbar verlangsamte. Sekunden später war sie knirschend zum Stillstand gekommen.

Es war vorbei.

Kapitel 14

Perfekte Welt

Derec schritt durch die Gänge der größtenteils dunklen, größtenteils unmöblierten medizinischen Einrichtung. Nach seiner Fertigstellung würde das ein prachtvolles Gebäude werden, ein Ort, an dem die menschlichen Bewohner von Robot City die beste ärztliche Versorgung genießen konnten, die in der Galaxis zu haben war, unter der Aufsicht eines Teams der fortgeschrittensten Mediroboter, das es gab. Er wußte, daß es so kommen würde, weil die Roboter, die diese Dienste leisteten, sie aus freien Stücken leisten würden, aus Liebe anstatt aus Diensteifer.

Er schritt allein durch diese Gänge — ohne Führer, ohne Beschützer, ohne Bewacher. Er war jetzt ein freier Bürger, kein Verurteilter mehr. Und das war gut so, denn im Augenblick zog er es vor, allein zu sein.

Ein Zimmer am Ende des Korridors war hell erleuchtet, und er wußte, daß er Katherine dort vorfinden würde, die sich von der im Gewitter verbrachten Nacht erholte. Ihre Ausflüchte oder ihre Gründe, mit ihm in Robot City zu sein, waren ihm inzwischen gleichgültig. So oder so, er war froh und dankbar, daß sie am Leben war. Allein darauf durfte, konnte es ankommen.

Er begann zu verstehen, warum sie ihm so zu schaffen machte — er war in sie verliebt.

Er erreichte den Raum und steckte den Kopf hinein. Es handelte sich um einen großen Raum, der irgendwann in der Zukunft höchstwahrscheinlich eine Krankenstation darstellen würde. Derzeit jedoch war er leer, bis auf Katherines Platz am anderen Ende.

Sie wurde in Stasis gehalten, schwebte einen halben Meter über einem Tisch, auf allen Seiten von hellen Lampen angestrahlt. Sie war nackt, genau wie damals auf der Rockcliffe-Station. Diesmal wandte er sich nicht ab, sondern sah hin, und ihr Körper kam ihm irgendwie . . . vertraut vor.

Ein Medirobot rollte auf ihn zu.

»Wie geht es ihr?« erkundigte er sich.

»Hervorragend«, antwortete der Robot, »bis auf ihre chronische Erkrankung . . .«

»Darüber möchte ich nicht sprechen«, sagte er, ihre Geheimnisse respektierend. »Und sonst?«

»Sie befindet sich in leichtem Schlaf«, sagte der Medirobot. »Wir haben mit massiven Sauerstoffgaben und Flüssigkeitszufuhr ihre biochemischen Funktionen ins Gleichgewicht gebracht und sie aufgewärmt. Sie hat aufgrund der Kälte ein kleines Stück ihres linken Ohrs verloren, doch das ist mit Hilfe von Laserchirurgie bereits korrigiert. Sie könnten sie sprechen, wenn Sie es wünschen.«

»Das würde ich gern. Aber würdest du ihr, bevor du sie aufweckst, wohl ein Gewand oder etwas ähnliches überwerfen?«

»Die Heizlampen funktionieren besser, wenn . . .«

»Ich weiß«, entgegnete Derec. »Es geht um ihre Privatsphäre.«

»Verstehe«, sagte der Robot äußerst taktvoll, doch Derec konnte erkennen, daß dem nicht so war.

Während der Medirobot sich abwandte und zu Katherine zurückrollte, trat Derec höflich durch die Tür hinaus auf den Korridor.

Einen Augenblick darauf konnte er sie mit dem Robot sprechen hören, also trat er wieder ein. Sie war vom Tisch herunter und saß, in einen strahlend weißen Bademantel gehüllt, auf einem motorisierten Stuhl. Ihr Gesicht blieb ausdruckslos, als er auf sie zuging.

»Mir tut alles leid«, sagte er. »Ich war mißtrauisch, es war schwer mit mir auszukommen, und . . .«

Sie lächelte leise und hob die Hand. »Nicht mehr als ich«, sagte sie sanft, mit heiserer Stimme. »Ich denke, ich hab' mich ziemlich blöde benommen.«

»Ein menschliches Vorrecht«, sagte er. »Du siehst . . . gut aus.«

»Die haben mir die Haut abgekratzt«, sagte sie, »die abgestorbene Epidermis entfernt. Ich darf, glaube ich, behaupten, daß du in mir einen neuen Menschen siehst.« Sie blickte zu Boden. »Der Schlüssel ist fort.«

»Das wußte ich nicht«, antwortete er. »Das heißt wohl, daß wir wirklich festsitzen.«

Sie nickte. »Hast du gehört, was . . . was Wohler für mich getan hat?«

»Ja.«

»Ich hab' nie deine . . . Gefühle für die Roboter verstanden«, sagte sie, und Tränen stiegen ihr in die Augen. »Aber sein Leben war ihm so wichtig wie mir mein eigenes, und er . . . er hat es hingegeben . . . damit ich weiterleben kann.«

»Er war vollständig durchgebrannt«, sagte Derec. »Sie versuchen ihn jetzt zu rekonstruieren.«

Sie sah zu ihm auf. »Rekonstruieren?«

»Er wird natürlich nicht mehr derselbe sein. Wir alle sind ein Produkt unserer Erinnerungen. Der Wohler, den du kanntest, ist zum überwiegenden Teil tot.«

»Aber wenn sie ihn rekonstruieren«, sagte sie, »wird etwas von ihm übrigsein.«

»Ja. Etwas.«

»Ich will dahin«, sagte sie. »Ich will dahin, wo er ist.«

Sie versuchte aufzustehen, doch Derec schob sie sanft zurück auf den Stuhl. »Du bist immer noch ein krankes Mädchen«, sagte er. »Du kannst nicht einfach rumrennen und . . .«

»Nein«, sagte sie, ein Zeichen, daß die alte Katherine sich schon wieder bemerkbar machte. »Er ist gestorben, damit ich leben kann. Falls irgendwas von ihm übrig ist, will ich dort sein.«

Derec holte tief Luft. »Ich werde sehen, was sich machen läßt«, sagte er, wissend, wie eigensinnig sie sein konnte.

Und so kam es, daß Katherine sich dreißig Minuten später, in einen sterilen Überzug gekleidet, in die staubfreie Reparaturkammer rollte, wo sechs verschiedene Roboter mit Sorgfalt am Körper Wohlers, des Philosophen, arbeiteten. Derec begleitete sie.

Ein Großteil seiner Panzerung war entfernt worden, und mit schöner Regelmäßigkeit fielen Schaltbretter und Relais zu Boden, wo ein kleiner Robot schweigend umherrollte und die ausrangierten Teile zusammenfegte.

»Darf ich näher heran?« fragte sie Derec.

»Warum nicht?« antwortete er.

In diesem Augenblick betrat Euler die Kammer und hielt direkt auf das Paar zu. »Freund Derec«, sagte er. Derec lächelte über die Wiedereinführung des Titels vor seinem Namen. »Wir beenden gerade die Arbeit am Verbindungstunnel zur Ablaufhöhle und hätten Sie bei der Eröffnung sehr gern dabei.«

Derec blickte auf Katherine herab. »Also, momentan bin ich sozusagen beschäftigt, ich . . .«

»Unsinn«, sagte Katherine und tätschelte seine Hand. »Ich bleibe einfach ein Weilchen da. Einer der Roboter hier kann mich in die Krankenstation zurückbringen.«

Er strahlte. »Bist du sicher, daß das geht?«

Sie nickte und lächelte breit. »Ich verstehe das völlig«, sagte sie.

Er grinste Euler zu. »Gehen wir«, sagte er, und die zwei eilten aus dem Raum.

Katherine horchte auf ihre Schritte, die sich den Korridor entlang entfernten, dann rollte sie ihren Stuhl dichter an die Arbeitsplatte. Ihre Wut auf Derec war, ebenso wie zahlreiche andere widersprüchliche Gefühle, mit Wohlers Tod auf dem Kompaßturm vergangen. Wegen ihrer Gedankenlosigkeit war ein Leben verlorengegangen. Alle anderen Gefühle erschienen ihr angesichts dessen unbedeutend.

Sie rollte zum Kopf des goldenen Robots. Ein Großteil seines Körpers lag aufgerissen und in Stücken auf dem Tisch, aber der Kopf und der obere Teil des Rumpfes waren intakt. Die Roboter, die an dem Körper arbeiteten, rückten beiseite, um ihr Platz zu machen.

Sie starrte seinen Kopf an und streckte einen Finger aus, um ihn behutsam zu berühren. »Es tut mir so leid«, sagte sie.

Plötzlich drehte sich der Kopf mit leuchtenden Photozellen nach ihr um. »Haben Sie mit mir gesprochen?« fragte er sie.

»Wohler«, sagte sie und erschrak. »Du lebst ja.«

»Kennen wir uns?« fragte er, und sie erkannte, daß dies ein anderer Wohler war, ein frisch programmierter Wohler, der nichts von ihrem früheren Erlebnis wußte.

»Nein«, sagte sie und unterdrückte ein Schluchzen. »Mein Name ist Katherine. Ich . . . ich freue mich, deine Bekanntschaft zu machen.«

»Eine neue Freundschaft ist wie ein neuer Wein«, sagte Wohler. »Wenn sie gereift ist, kann man sie mit Wonne genießen, Katherine . . . Katherine. Warum weinen Sie?«

Nur ein kleiner Damm hielt das Wasser im Graben von dem Tunnel getrennt, den Derec und Avernus in Richtung Höhle gegraben hatten. Die Überwacher waren da und so viele Dienstroboter, wie in dem Durchlaß Platz fanden. Derec hielt den elektronischen Zünder, der den Damm sprengen und den neuen Wasserweg eröffnen würde.

»Dies ist der erste Tag«, sagte Euler zu ihm, »der erste Tag einer wahrhaft vereinten Stadt der Menschen und Roboter. Der Beginn der perfekten Welt.«

»Wir sind synnoetisch vorgegangen, um diesen Tag herbeizuführen«, sagte Rydberg. »Wenn wir zusammenarbeiten, können wir viel erreichen.«

»Obwohl wir immer noch viel voneinander zu lernen haben«, sagte Derec. »Auch ich glaube, daß wir heute hier etwas von Wert bewiesen haben.«

»Dann öffnen Sie die Schleuse, Freund Derec«, sagte Euler, »und stellen Sie die Verbindung her.«

»Mit Vergnügen.«

Derec legte den Schalter der Handkontrolle um. Eine kleine Explosion ließ die Mauer aus Erdreich und Fels hüpfen. Dann bröckelte sie, und das rasch fließende Wasser aus dem Graben vollendete die Arbeit, die der Sprengstoff begonnen hatte.

Und während die Wasser vorbeirauschten, dachte er an die vielen ungelösten Probleme, die nach wie vor, wie das Wasser hier, durch sein verwirrtes Gehirn strömten. Wer war er? Wer war der Tote? Wer hatte all dies zusammengefügt, und warum?

Und dann war da Katherine.

Eigentlich hatte er immer noch das Gefühl, als habe seine Reise eben erst begonnen, doch er wurde den Gedanken nicht los, daß er mit der Sprengung des Damms etwas Wichtiges erreicht hatte. Er konnte nicht anders, aber er empfand, daß etwas Gutes, etwas Positives geschafft war. Und deswegen ging es ihm prächtig. Vielleicht war das Leben nichts als eine Abfolge kleiner Kämpfe, kleiner Siege, die es zu erringen galt.

»Derec«, erklang hinter ihm eine Stimme, und als er sich umdrehte, sah er Avernus dort stehen.

»Ja?«

Der Robot, so groß er war, klang seltsam kleinlaut. »Ich kann zwar immer noch nicht verstehen, warum du getan hast, was du mir gestern abend angetan hast«, sagte er, »aber ich werde das Gefühl nicht los, daß wir das Richtige getan haben, und daß es nur darauf ankommt, das Richtige zu tun.«

»Ganz meine Meinung«, sagte Derec mit breitem Grinsen. »Freundschaft?«

Avernus nickte gewichtig. »Freundschaft«, sagte er und führte die universelle Geste von Frieden und Freundschaft aus, indem er seinen Greifer in Derecs offene Handfläche legte.

Am Ende würde es gar kein übler Tag werden.

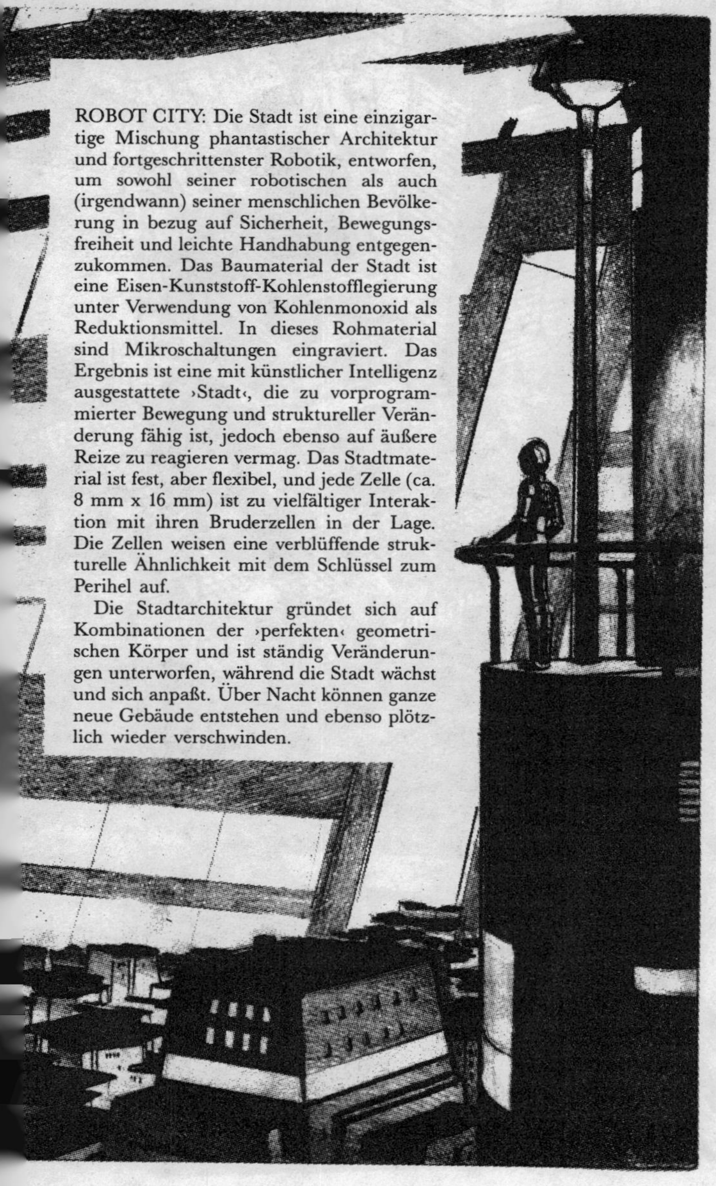

ROBOT CITY: Die Stadt ist eine einzigartige Mischung phantastischer Architektur und fortgeschrittenster Robotik, entworfen, um sowohl seiner robotischen als auch (irgendwann) seiner menschlichen Bevölkerung in bezug auf Sicherheit, Bewegungsfreiheit und leichte Handhabung entgegenzukommen. Das Baumaterial der Stadt ist eine Eisen-Kunststoff-Kohlenstofflegierung unter Verwendung von Kohlenmonoxid als Reduktionsmittel. In dieses Rohmaterial sind Mikroschaltungen eingraviert. Das Ergebnis ist eine mit künstlicher Intelligenz ausgestattete ›Stadt‹, die zu vorprogrammierter Bewegung und struktureller Veränderung fähig ist, jedoch ebenso auf äußere Reize zu reagieren vermag. Das Stadtmaterial ist fest, aber flexibel, und jede Zelle (ca. 8 mm x 16 mm) ist zu vielfältiger Interaktion mit ihren Bruderzellen in der Lage. Die Zellen weisen eine verblüffende strukturelle Ähnlichkeit mit dem Schlüssel zum Perihel auf.

Die Stadtarchitektur gründet sich auf Kombinationen der ›perfekten‹ geometrischen Körper und ist ständig Veränderungen unterworfen, während die Stadt wächst und sich anpaßt. Über Nacht können ganze neue Gebäude entstehen und ebenso plötzlich wieder verschwinden.

ZEUGENROBOTER: Diese Roboter sind mit spezialisierten Sensoren ausgerüstet und ausschließlich dazu gedacht, als Augenzeugen bei Ereignissen und als Berichterstatter zu fungieren. Der Zeugenrobot ist lediglich zu Gedankenverbindungen der ersten Stufe (Wahrnehmung) fähig und besitzt keine Greifwerkzeuge, damit seine unbeteiligte Objektivität erhalten bleibt.

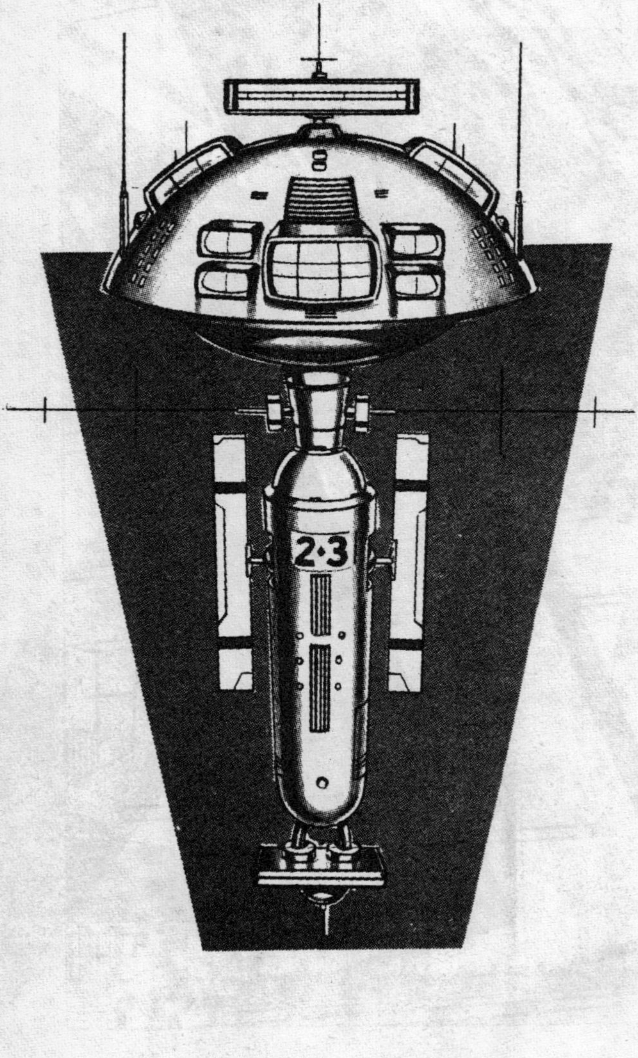

AVERNUS: Er gehört ebenfalls zu den leitenden Überwachern und besitzt eine zweibeinige, humanoide Grundstruktur, ist ungefähr vier Meter groß mit nachtschwarzer Metallhaut. Statt der Pseudohände der Überwacher, die wie Euler am menschlichen Modell orientiert sind, verfügt Avernus über austauschbare Hände für unterschiedliche Funktionen. Üblicherweise benutzt er einen Satz extrem anpassungsfähiger, zangenartiger Greifer.

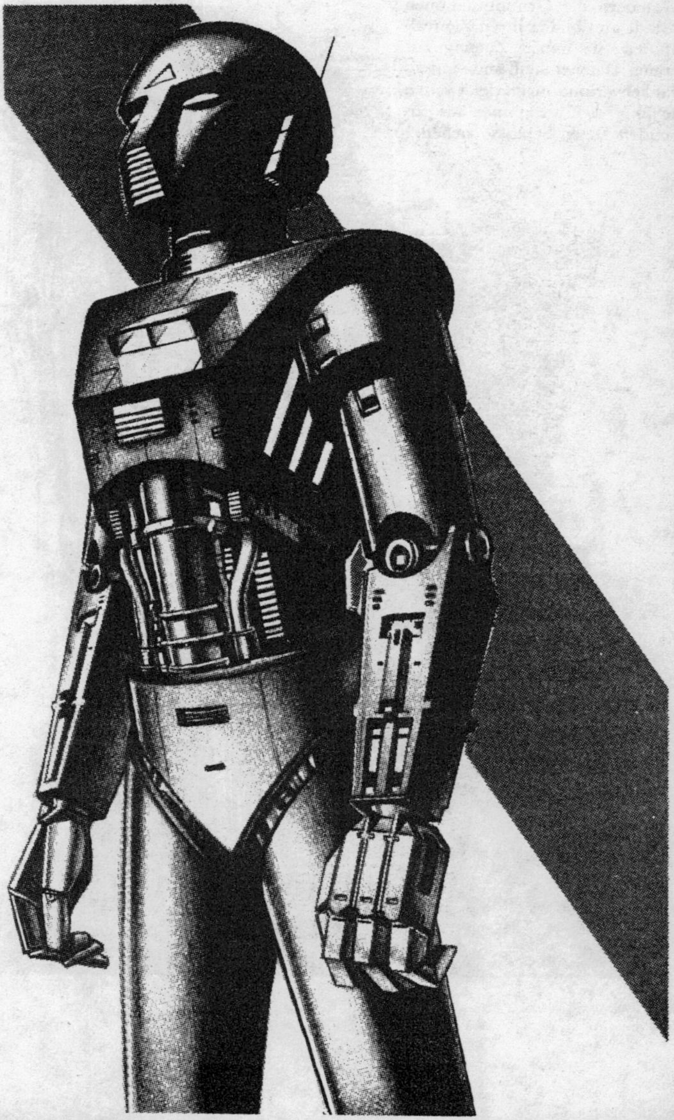

EULER: Als einer der leitenden Überwacherroboter von Robot City verfügt Euler über ein zweibeiniges, bilateral symmetrisches Grundgerüst, das mit einer metallischen Haut überzogen ist. Die Überwacher steuern die Grundfunktionen der Stadt und bilden ihren Zentralcomputer. Sie haben Zugang zur zentralen Dateneinheit und sind zu Gedankenverbindungen der zweiten Stufe fähig, d. h. sie können aus existierenden Daten Schlüsse ziehen.

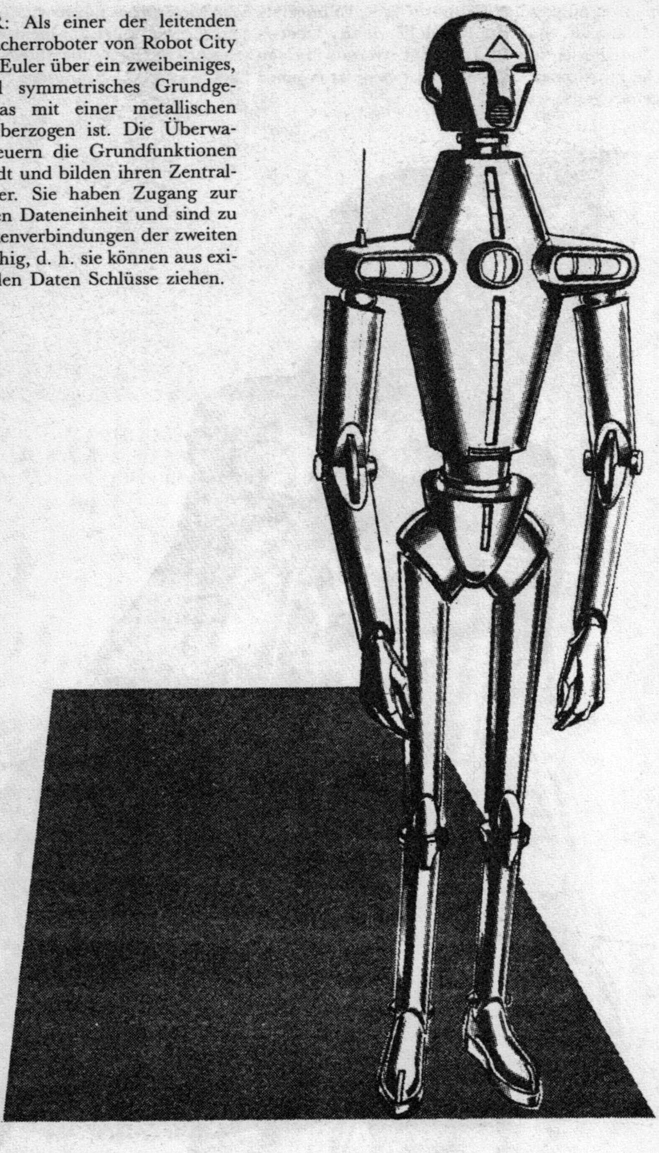

STÖRUNGSSUCHER: Kleiner, runder Computerdiagnostiker. Dient ausschließlich der raschen Feststellung von Computerfehlfunktionen.

ISAAC ASIMOV'S
ROBOT CITY

William F. Wu
DER CYBORG

Isaac Asimov
Der Kybernetische Organismus

Robot ist Robot, und Organismus ist Organismus.

Ein Organismus ist, wie wir alle wissen, aus Zellen aufgebaut. Auf Molekularebene sind seine Grundbausteine Nukleinsäuren und Proteine. Diese treiben in einem wäßrigen Medium, und das Ganze verfügt über ein knöchernes Stützsystem. Es ist sinnlos, mit der Beschreibung fortzufahren, da wir alle mit Organismen vertraut sind. Schließlich sind wir selber welche.

Dagegen ist ein Robot (wie ihn Science Fiction üblicherweise darstellt) ein Objekt, das dem Menschen mehr oder weniger ähnelt und aus widerstandsfähigem, rostfreiem Metall besteht. Science-Fiction-Autoren sind im allgemeinen sparsam mit ausführlichen Beschreibungen robotischer Details, weil diese gewöhnlich nicht entscheidend für den Handlungsablauf sind und die Autoren meist nicht wissen, wie sie es anstellen sollen.

Man gewinnt jedoch bei ihren Schilderungen den Eindruck, daß ein Robot verkabelt ist, daß er Drähte besitzt, durch die Elektrizität fließt, statt Röhren, durch die Blut fließt. Die Energiequelle wird entweder nicht genannt, oder es wird angenommen, daß sie etwas mit Kernenergie zu tun hat.

Wie steht es mit dem robotischen Gehirn?

Als ich 1939 und 1940 meine ersten Robotgeschichten schrieb, stellte ich mir ein ›positronisches Gehirn‹ vor. Es mußte Platin-Iridium sein, weil das ein besonders edles Metall ist und weil es am wenigsten zu chemischen Reaktionen neigt. Schwammartig war es, damit es eine enorme Oberfläche bot, auf der elektrische Strukturen gebildet und wieder aufgelöst werden konnten. ›Positronisch‹ war es, weil vier Jahre vor meiner ersten Robotgeschichte das Positron als eine Art umgekehrtes Elektron entdeckt worden war, und ›positronic‹ anstelle von ›elektronisch‹ wunderbar nach Science Fiction klang.

Heutzutage ist mein positronisches Platin-Iridium-Gehirn natürlich hoffnungslos veraltet. Schon zehn Jahre nach seiner Erfindung war es überholt. Ende der 40er Jahre wurde uns nämlich klar, daß das Robotgehirn eine Art Computer sein mußte. Ja, der robotische Gehirncomputer mußte, wenn Roboter so komplex sein sollten wie jene, die in meinen jüngsten Romanen vorkommen, mindestens ebenso komplex sein wie das menschliche Gehirn. Er mußte aus winzigen Mikrochips bestehen, die nicht größer als und genauso vielseitig wie Gehirnzellen sind.

Stellen wir uns nun jedoch ein Wesen vor, das weder ein Organismus noch ein Robot ist, sondern eine Kombination der beiden. Wir könnten ihn als organischen Robot oder ›Orbot‹ bezeichnen. Aber das wäre ein eindeutig unzureichender Name, immerhin wurden bloß die ersten zwei Buchstaben von ›Robot‹ vertauscht. Statt dessen ›Orgabot‹ zu sagen, hieße, sich mit einem recht häßlichen Wort herumschlagen zu müssen.

Andererseits könnten wir ihn als robotischen Organismus oder ›Robotanismus‹ bezeichnen, das wiederum häßlich wäre, oder als ›Roborg‹. Ich meine, ›Roborg‹ klingt nicht übel, aber dabei kann es nicht bleiben. Es gibt noch etwas zu bedenken.

Es ist vierzig Jahre her, daß Norbert Wiener der Computerwissenschaft den Namen ›Kybernetik‹ gab. Wenn wir also an ein Wesen denken, das teils Robot, teils Organismus ist, und uns erinnern, daß ein Robot von Natur aus kybernetisch ist, können wir uns die Mixtur als ›kybernetischen Organismus‹ vorstellen, oder, nach der englischen Schreibweise, als ›Cyborg‹. In der Tat ist das die Bezeichnung, die sich durchgesetzt hat.

Um festzustellen, was ein Cyborg sein könnte, fangen wir am besten mit dem menschlichen Organismus an und bewegen uns in Richtung Robot, und wenn wir damit fertig sind, fangen wir mit einem Robot an und bewegen uns in Richtung Mensch.

Um vom menschlichen Organismus zum Robot zu gelangen, müssen wir Bereiche dieses menschlichen Organismus mit robotischen Teilen ersetzen. So etwas kommt bereits vor. Beispielsweise ist ein großer Prozentsatz der ursprünglichen Substanz meiner Zähne inzwischen durch Metall ersetzt, und Metall ist natürlich das Robotmaterial *par excellence.*

Die Ersatzstücke müssen nicht unbedingt metallisch sein. Ein Teil meiner Zähne besteht heute aus Porzellan, das auf den ersten Blick nicht vom natürlichen Dentin zu unterscheiden ist. Obwohl aber Dentin vom Aussehen und wohl auch chemischen Aufbau her keramisch ist, wurde es von lebender Materie gebildet und trägt die Merkmale seiner Herkunft. Das Porzellan, das an die Stelle des Dentins getreten ist, zeigt keine Spur von Leben, weder jetzt noch irgendwann.

Wir können aber noch weiter gehen. Mein Brustbein, das vor einigen Jahren anläßlich einer Operation der Länge nach gespalten werden mußte, wurde zeitweise nur von metallischen Klammern gehalten, die dort immer noch sitzen. Meine Schwägerin hat ein künstliches Hüftgelenk. Es gibt Leute, die künstliche Arme oder Beine haben, und diese nicht natürlichen Gliedmaßen werden neuerdings immer komplexer und brauchbarer gestaltet. Es gibt Leute, die Tage oder gar Monate mit künstlichen Herzen überlebt haben, und noch viel mehr Leute, die seit Jahren mit Schrittmachern leben.

Wir können uns durchaus vorstellen, daß nach und nach dieser oder jene Teil des Menschen durch anorganische Materialien und Bauteile ersetzt wird. Gibt es überhaupt einen Teil, den zu ersetzen wir selbst in unserer Vorstellung problematisch fänden?

Ich glaube, da würde niemand zögern. Bis auf einen kann man jeden Teil des Menschen ersetzen, Gliedmaßen, Herz, Leber, Skelett und so weiter: Das Produkt bliebe menschlich. Es wäre ein menschliches Wesen mit künstlichen Teilen, aber dennoch ein Mensch.

Aber wie steht es mit dem Gehirn?

Wenn uns etwas zu Menschen macht, dann doch sicherlich das Gehirn. Wenn es etwas gibt, das uns zum menschlichen *Individuum* macht, dann der ungeheuer komplexe Aufbau, die Gefühle, das Lernvermögen, der Gedächtnisinhalt unseres Gehirns. Ein Gehirn kann man nicht einfach durch eine Denkmaschine aus dem Fabrikregal ersetzen. Man muß etwas nehmen, das alles enthält, was ein natürliches Gehirn gelernt hat, das all seine Erinnerungen besitzt und seine Funktionen exakt nachahmt.

Ein künstliches Glied mag nicht so funktionieren wie ein natürliches, und dennoch seinen Zweck erfüllen. Das gleiche mag auf eine künstliche Lunge, Niere oder Leber zutreffen. Ein künstliches Gehirn jedoch muß eine *präzise* Nachbildung des Gehirns sein, das es ersetzt, sonst ist der Betreffende nicht mehr derselbe Mensch.

Demnach ist das Gehirn der Wendepunkt auf dem Weg vom menschlichen Organismus zum Robot.

Und umgekehrt?

In meiner Geschichte ›Der Zweihundertjährige‹ habe ich den Übergang meines Robothelden Andrew Martin vom Robot zum Menschen geschildert. Stück um Stück ließ er sich umbauen, bis jedes sichtbare Teil menschlich aussah. Er zeigte eine Intelligenz, die zunehmend der eines Menschen gleichkam (oder sie gar übertraf). Er war Künstler, Historiker, Wissenschaftler, Verwalter. Er erzwang die Verabschiedung von Gesetzen, die den Robotern Rechte garantierten, und erkämpfte sich Respekt und Bewunderung.

Doch es gelang ihm nicht, als *Mensch* akzeptiert zu werden. Auch hier war der Kulminationspunkt sein robotisches Gehirn. Den glaubte er überwinden zu müssen, ehe die letzte Hürde genommen werden konnte.

Es geht also um die Dichotomie von Körper und Gehirn. Echte Cyborgs sind jene, deren Körper und Gehirn nicht von gleicher Herkunft sind. Das heißt, es gibt zwei Kategorien von Cyborgs:

a) solche mit robotischem Gehirn im menschlichen Körper oder
b) mit menschlichem Gehirn im robotischen Körper.

Wir können als gegeben hinnehmen, daß wir bei der Beurteilung des Wertes eines Menschen (oder eines Roboters) zunächst die äußere Erscheinung berücksichtigen.

Ich kann mir ohne weiteres einen Mann denken, der eine unglaublich schöne Frau sieht und bei ihrem Anblick in Ehrfurcht und Bewunderung verfällt. ›Was für eine schöne Frau‹, wird er sagen oder denken, und er könnte sich jederzeit vorstellen, in sie verliebt zu sein. Bei einer Romanze, denke ich, passiert so etwas gewöhnlich. Und natürlich dürfte eine Frau, die einen unglaublich schönen Mann sieht, genauso reagieren.

Verliebt man sich in eine auffallende Schönheit, wird man kaum viel Zeit darauf verschwenden, sich zu fragen, ob sie (oder er) etwas im Kopf hat, oder einen guten Charakter, Urteilsvermögen, Güte oder Wärme. Findet man schließlich heraus, daß gutes Aussehen die einzig angenehme Eigenschaft einer Person ist, neigt man dazu, Ausflüchte zu machen und sich noch eine Weile vom konditionierten Reflex erotischer Anziehung lenken zu lassen. Am Ende wird man des guten Aussehens ohne Substanz natürlich müde, aber wer weiß, wie lange das dauert?

Andererseits mag jemand mit einer Vielzahl guter Eigenschaften, der zufällig gänzlich unscheinbar ist, nicht von Anfang an bezaubern, es sei denn, man ist intelligent genug, die guten Eigenschaften zu erkennen und ein Leben lang damit glücklich zu sein.

Ich will damit sagen, daß ein Cyborg mit robotischem Gehirn in einem menschlichen Körper, von den meisten, wenn nicht von allen, als Mensch akzeptiert werden wird; dagegen würde ein Cyborg mit menschlichem Gehirn in einem robotischen Körper von den meisten, wenn nicht von allen, als Robot angesehen. Für die meisten Leute gilt eben der Augenschein.

Denken Sie an das Robotgehirn im menschlichen Körper und fragen Sie sich, aus welchen Gründen so ein Transfer stattfinden sollte. Ein Robotgehirn ist in einem robotischen Körper besser aufgehoben, da der menschliche Körper der empfindlichere von beiden ist. Möglicherweise hat man einen jungen, kräftigen Körper vorliegen, dessen Gehirn durch Trauma oder Erkrankung beschädigt wurde, und überlegt sich: ›Warum diesen ausgezeichneten menschlichen Körper verkommen lassen? Stecken wir ein Robotgehirn hinein, damit er weiterleben kann.‹

Täte man das, wäre der Mensch, der daraus entsteht, nicht der ursprüngliche. Er wäre ein anderer Mensch. Man würde kein Individuum erhalten, sondern nur einen bestimmten hirnlosen Körper. Und ein menschlicher Körper, wie gut gewachsen er auch sein mag, ist (ohne dazugehöriges Gehirn) nichts Besonderes. Jeden Tag entsteht eine halbe Million solcher neuer Körper. Es besteht keine Notwendigkeit, einen davon zu erhalten, wenn das Gehirn hinüber ist.

Wie steht es aber mit einem menschlichen Gehirn im Robotkörper? Ein menschliches Gehirn hält nicht ewig, aber es kann mindestens neunzig Jahre lang funktionieren, ehe es unbrauchbar wird. Es ist keineswegs unüblich, daß ein Neunzigjähriger bei klarem Verstand ist und zu rationalem und sinnvollem Denken fähig. Gleichzeitig wissen wir, daß manches überragende Gehirn nach zwanzig oder dreißig Jahren von der Bildfläche verschwunden ist, weil der Körper, der es beherbergte (und ohne Gehirn wertlos war), durch Unfall oder Krankheit unbrauchbar gemacht wurde. In diesem Fall wäre die Versuchung groß, das durchaus nützliche (wenn nicht gar überlegene) Gehirn in einen robotischen Körper einzusetzen, um ihm zusätzliche Jahrzehnte sinnvollen Lebens zu schenken.

Wenn wir also ›Cyborg‹ sagen, denken wir wohl ausschließlich an ein menschliches Gehirn in einem robotischen Körper — und in unserer Vorstellung ist das ein Robot.

Wir könnten argumentieren, daß ein menschliches Bewußtsein ein menschliches Bewußtsein sei, und daß es auf dieses Bewußtsein ankommt, nicht auf den umgebenden Überlebensmechanismus, und wir hätten recht. Ich bin sicher, daß jedes vernünftige Gericht einem Cyborg mit menschlichem Gehirn alle menschlichen Rechte zuerkennen würde. Er könnte an Wahlen teilnehmen, er könnte versklavt werden und so weiter.

Aber nehmen Sie einmal an, ein Cyborg würde aufgefordert: »Beweise erst, daß du ein menschliches und kein robotisches Gehirn hast, ehe ich dir die Rechte eines Menschen zugestehe.«

Es wäre für einen Cyborg am einfachsten, den Beweis anzutreten, indem er demonstriert, daß er nicht an die Gesetze der Robotik gebunden ist. Da die Drei Gesetze sozial akzeptables Verhalten regeln, hieße das, er müßte demonstrieren, daß er zu menschlichem (d. h. niederträchtigem) Verhalten fähig ist. Das simpelste und unwiderlegbarste Argument wäre, den Herausforderer einfach niederzuschlagen und ihm den Kiefer zu brechen, wozu kein Robot fähig wäre. (Übrigens habe ich genau das in meiner 1947 erschienenen Geschichte ›Schlagender Beweis‹ als Methode benutzt, um nachzuweisen, daß jemand kein Robot ist — allerdings gab es da einen Haken.)

Wenn jedoch ein Cyborg ununterbrochen gewalttätig werden muß, um zu beweisen, daß er ein menschliches Gehirn hat, wird ihm das nicht unbedingt Freunde schaffen.

Aber selbst wenn er als Mensch akzeptiert wird und wählen darf und Hotelzimmer mieten und all die anderen Dinge, die ein Mensch tun darf, muß es dennoch Bestimmungen geben, die zwischen ihm und vollständigen Menschen unterscheiden. Der Cyborg wäre stärker als ein Mensch, und seine metallischen Fäuste könnten als tödliche Waffen angesehen werden. Man müßte ihm verbieten, einen Menschen zu schlagen, selbst in Notwehr. Er dürfte sich in zahlreichen Sportarten nicht mit den Menschen messen und so weiter.

Ah, aber ist es denn notwendig, daß ein menschliches Gehirn einen metallischen Robotkörper bewohnt? Wie, wenn man es in einen Körper aus Keramik und Plastik und Gewebe einsetzt, der aussieht und sich anfühlt wie ein Menschenkörper und nebenbei ein menschliches Gehirn besitzt?

Also, ich habe den Verdacht, dieser Cyborg hätte nach wie vor Probleme. Er wäre *anders.* Wie geringfügig dieses Anderssein auch wäre, die Leute würden es aufgreifen.

Wir wissen, daß Leute mit menschlichen Gehirnen und einem vollständigen menschlichen Körper einander gelegentlich wegen kleiner Unterschiede der Hautpigmentierung hassen, oder wegen einer leichten Variation in der Form ihrer Nasen, Augen, Lippen oder Haare.

Wir wissen, daß Menschen, die sich nicht in jenen körperlichen Merkmalen unterscheiden, die traditionell als Grund für Haß dienen, doch miteinander wegen Fragen verfeindet sein können, die nicht im Körperlichen, sondern im Kulturellen liegen: Religion, politische Einstellung, Geburtsort, Sprache oder auch nur der Akzent, mit dem eine Sprache gesprochen wird.

Machen wir uns nichts vor. Cyborgs werden in jedem Fall ihre Probleme haben.

Kapitel 1

Der Schlüssel zum Perihel

Derec seufzte und fuhr sich mit der Hand durch den sandfarbenen Bürstenschnitt. »Katherine, ich habe keine Ahnung, ob dieser blöde Computer Bescheid weiß oder nicht, wer den Schlüssel zum Perihel hat. Jedenfalls weigert er sich, es mir zu sagen. Ich hab' ihn auf jede nur denkbare Weise befragt.« Er schwang seinen Stuhl zu ihr herum, weg von der Computerkonsole.

Katherine blickte stehend auf ihn hinunter und schüttelte deutlich empört den Kopf. »Ich wußte gar nicht, daß *Computer* blöd sein können«, bemerkte sie spitz.

»Also, der hier ist es«, konterte er lahm und spürte, wie ihm die Röte ins Gesicht stieg. »Sieh mal, wenn jemand eine höhere Geheimstufe in den Computer einprogrammiert hat, beantwortet er keine Fragen, die er nicht beantworten soll. Daran kann ich nichts ändern.« Er war froh, daß er saß. Sie war ein Stück größer als er, aber immerhin — so hoffte er — befand er sich noch im Wachstum. Er nahm an, daß sie ein oder zwei Jahre älter war als er, aber das war ebenso ungewiß wie ihre Identität . . . und die seine.

Derec sprang auf, entfernte sich ein Stück von ihr und fing an, im Raum auf und ab zu gehen. Durch Computermanipulation hatte er den Baurobotern von Robot City befohlen, die Unterkunft zu erweitern, die er und Katherine bewohnten. Sie hatten je ein Schlafzimmer eingerichtet, eine Küche und eine Konsole für die Computerausrüstung, die er persönlich zusammengestellt hatte. Nun marschierte er an der Peripherie des Büros auf und ab, um seine Nervosität loszuwerden.

Die Wohnung war sechseckig, und die Einrichtung hatte sich aus den Innenwänden herausgeformt. Die Decke gab ein angenehm weiches Streulicht ab. Die Zwischenwände verbargen die elegante Form der Unterkunft, die dem Inneren eines Kristalls glich, aber er und Katherine hatten es nun bequemer als zuvor, und sie waren unabhängiger.

Seit Derec das automatische, fieberhafte und selbstzerstörerische

Wachstum von Robot City gestoppt hatte, lebten sie in einer beinahe normalen Stadt. Die Bauarbeiten wurden jetzt in gemächlichem Tempo fortgesetzt, so daß sich die Stadt ihrem Ausbau anpassen konnte. Da die Gesetze der Robotik in Kraft waren, hatten die beiden Menschen hier eine komfortable und sichere Existenz.

»Also, Derec«, sagte Katherine. »Wir wollen doch beide von diesem Planeten runter. Im Augenblick fehlt es uns hier an nichts. Nur, wenn wir ein Schiff hätten, wären wir inzwischen längst weg. Aber solange dieser Schlüssel unser einziger Ausweg ist, bleibt uns nichts anderes übrig, als ihn zu finden.«

Ihr Tonfall war jetzt gnädiger, bemerkte Derec, aber er machte nur kehrt, drehte ihr den Rücken zu und ging weiter auf und ab. Seit er herausgefunden hatte, daß sie nicht wie behauptet Katherine Ariel Burgess war, war ihm klar, daß er ihr nicht trauen durfte. Wenigstens konnte er ihr nur glauben, wenn sie sarkastisch oder herablassend war. Wenn sie sich liebenswürdig gab, mußte er herausfinden, was sie vorhatte.

Außerdem hatte er immer noch unter Gedächtnisschwund zu leiden. Es war allzu peinlich, sie nach ihrer Identität zu fragen, solange er nicht einmal die eigene feststellen konnte. Es war unangenehm genug, das Thema überhaupt anzuschneiden. Die Situation brachte ihn ununterbrochen in Verlegenheit. Der Computer bot die beste Möglichkeit, sich dem zu entziehen.

Er trat an ihr vorbei und ließ sich wieder auf den Stuhl fallen. Dann begann er die Tastatur zu bedienen, ohne noch recht zu wissen, was zu tun war. Er versuchte lediglich, einen geschäftigen Eindruck zu machen.

Er hatte es abgelehnt, sein Terminal auf stimmliche Befehlsübertragung einzustellen, da er das als Barriere zwischen ihm und dem Labyrinth des Zentralcomputers empfand. Dieser Computer setzte sich aus den sieben höchstrangigen Robotplanern der Stadt zusammen, den sogenannten Überwachern, die über ihr Kommunikationsnetz miteinander verbunden waren. Eingriffe in die Zentraleinheit waren nur von dem geheimnisvollen Büro im Innern des Kompaßturms aus möglich, aber er hatte keine Verwendung mehr für sie gehabt, seit er sie veranlaßt hatte, die exzessiven Bau- und Ausbauarbeiten der Stadt einzustellen. Indem er nur über seine

Tastatur Zugriff auf den Computer nahm, hatte er die Möglichkeit, mehr Ursprungsdaten zu gewinnen und das gesamte System zu rationalisieren, wenn es seine Zeit erlaubte. Derzeit ermöglichte es ihm außerdem, schweigend herumzubasteln.

Nach einem Augenblick der Konzentration war er sein Unbehagen los. Als er sprach, klang seine Stimme gelassen. »Wie gesagt, dieser Computer ist irgendwie blöde. Das gilt natürlich nicht für die einzelnen Überwacher, aber für die Art, wie sie ihre Informationen kombinieren. Der Ausbau hat sie so schnell mit so vielen Daten vollgeladen, daß sie die ungeordnet aufgenommen haben. Der Computer ist zu komplex geworden, als daß er noch gut funktionieren könnte. Er muß eine Menge Ballast loswerden, damit er wirkungsvoller wird.«

»Ich dachte, das würdest du erledigen.«

»Wenn man mir die Gelegenheit gibt«, fuhr er auf und war plötzlich wieder ärgerlich. Er war einigermaßen sicher, daß er mit der Zeit echte Fortschritte erzielen konnte, aber er war es leid, daß sie ständig seine Fähigkeiten im Umgang mit Computern anzweifelte. Es war das einzige Gebiet, auf dem er sich tatsächlich auskannte, und das hatte er immer wieder bewiesen. Da seine Amnesie ihm kaum Wissen über sich selbst gelassen hatte, war ihm das, was er wußte, sehr wichtig. Er hatte sogar erfahren, welche Art Gedächtnisschwund er hatte, nämlich ›fraktionierte, retrograde, hypnoseresistente psychogene Amnesie‹ — was immer das auch heißen mochte.

Katherine sagte nichts, aber er wurde das Gefühl nicht los, daß sie ihn beobachtete.

»Wie dem auch sei, wir haben es mit einem ziemlich seltsamen Computer zu tun«, sagte er. Ihre Gelassenheit brachte ihm das eigene Unbehagen zu Bewußtsein. Er bemühte sich, selbst ein wenig ruhiger zu werden. »Hier sind wir nun in Robot City, einem Ort, der ausschließlich von Robotern gebaut, betrieben und bevölkert wird, und haben keine Ahnung, wer ihn ins Leben gerufen hat oder warum. Ich meine, wer hat schon je von so einem Planeten gehört?«

»Weiß ich doch«, sagte sie sanftmütig. »Derec, wir stecken da gemeinsam drin.«

»Dann laß mich noch einmal den Computer erklären. Wir sind

sicher, daß die Roboter den Schlüssel haben, weil es hier auf dem Planeten außer uns keine Menschen gibt. Kein . . .«

»Derec, das weiß ich doch«, wiederholte sie mit übertrieben gelangweilter Stimme.

»Laß mich weiterreden. Ich versuche ja nur, mein Argument aufzubauen. Also, ich bin noch nie einem Computer wie diesem begegnet, und ich bin immer noch dabei, mir zu überlegen, wie ich mit ihm umgehen soll.«

»Weiter.«

»Der Computer ist offensichtlich den Drei Gesetzen der Robotik unterworfen, und dem Zweiten Gesetz zufolge müßte er meine Informationsfragen beantworten. Das hat er nicht getan, vermutlich aus zwei Gründen. Der eine hat mit der Vorprogrammierung zu tun: Das Zweite Gesetz verlangt von den Robotern, daß sie auf Befehl eines anderen Menschen, wahrscheinlich des Schöpfers von Robot City, wer das auch sein mag, kollektiv bestimmte Geheimnisse wahren.«

Das Zweite Gesetz der Robotik lautet: »Ein Robot muß den Befehlen eines Menschen gehorchen, es sei denn, solche Befehle stehen im Widerspruch zum Ersten Gesetz.«

Katherine nickte, nun mit gesenktem Blick. »Was ist der zweite Grund?«

»Der zweite Grund ist, daß das Computersystem offensichtlich so weit expandiert hat, daß es grundlegender Reorganisation bedarf, um wieder wirkungsvoll zu arbeiten. Zu viele Teile des Systems scheinen einfach nicht zu wissen, was die anderen wissen. Dadurch gehen alle möglichen Informationen verloren. Selbst wenn es die Antwort auf eine Frage weiß, braucht es manchmal zu lange, sie ausfindig zu machen. Und ich muß mir spezielle Methoden der Befehlseingabe und Fragestellung ausdenken, um sie hervorzuholen.«

Katherine hob den Kopf und lächelte. »Da lernen wir beide hinzu, Derec. Darin haben wir jetzt Übung, vor allem bei einzelnen Robotern.«

Derec grinste. »Das kann ich nicht bestreiten. Bisher ist die beste Methode, die Roboter zur Kooperation zu veranlassen, sie zu überzeugen, daß wir in Gefahr sind, wodurch die Programmierung nach dem Ersten Gesetz in Kraft tritt.«

»Ich weiß, ich weiß — hast du meine Scharade mit Wolruf, deinem kleinen außerirdischen Freund, auf der Rockliffe-Station vergessen? Das Problem ist, daß sie kaum zu überzeugen sind, wenn wir mit ihnen debattieren. Ich erinnere mich da an mehrere Wortgefechte, die jeder von uns mit unterschiedlichen Robotern durchzustehen hatte.«

»Stimmt.« Die positronischen Gehirne der humanoiden Roboter waren recht kompliziert, und gegen ihre kalte Logik anzureden, konnte recht frustrierend sein. »Die Überwacher waren — natürlich im Rahmen ihrer Programmierung — so kooperativ, daß es eine Schande ist, daß wir nicht einfach versuchen können, mit ihrer Hilfe an den Schlüssel heranzukommen.«

»Die haben ja nicht mal zugegeben, daß sie ihn aus unserem Versteck auf dem Kompaßturm entfernt haben«, sagte Katherine. »Warum sollten sie da mit uns kooperieren?«

»Bestimmt würden sie es nicht wollen oder nicht können. Deshalb müssen wir den Schlüssel ohne direkte Konfrontation mit ihnen zu finden versuchen. Je später ihnen klar wird, daß wir danach suchen, desto mehr Freiheit haben wir.«

Trotz ihres derzeitigen Einverständnisses fürchtete Derec, Katherine werde, wenn er nicht am Computer ausharrte, weitere Kommentare über seine Inkompetenz abgeben. Oder ihn gar der Drückebergerei bezichtigen. Entschlossen, ihr dazu keine Gelegenheit zu bieten, spielte er weiter ziellos mit der Tastatur.

Katherine zog den zweiten Stuhl heran — sie hatten nur zwei — und setzte sich. »Derec, wie wäre es, wenn wir uns Fragen überlegen, die ich den anderen Robotern stellen könnte, nicht den Überwachern. Ich weiß, daß sie unsere direkten Fragen nach dem Schlüssel nicht beantworten würden, aber ich habe schon einmal Informationen aus ihnen herausgeholt. Du hast selbst gesagt, daß wir uns nur die richtigen Fragen ausdenken müssen. Solche, die sie wegen der Gesetze beantworten müssen.«

Er nickte. »Oder Fragen, bei denen ihnen unklar ist, daß sie uns weiterbringen. Das Problem ist nur, das habe ich über den Computer längst versucht. Ach, ich weiß einfach nicht.«

Über den Schlüssel zum Perihel wußten sie nur, daß er ein Teleportiergerät war und daß er von dort entfernt worden war, wo sie ihn versteckt hatten. Offensichlich hatten die Roboter ihn genommen, und bis jetzt hatten sie nicht einmal das zugegeben. Da der Schlüssel hierher zu gehören schien oder zumindest auf besondere Weise mit Robot City verbunden war, hatten die Roboter wohl nicht das Gefühl, ihn gestohlen zu haben. Unehrlichkeit war ihnen an sich fremd.

»Wir wissen, daß die Roboter seit langem nach dem Schlüssel suchen«, sagte Derec. »Was immer sie also damit angefangen haben, muß langfristig programmiert gewesen sein.«

Er konnte natürlich ihre Hilfe brauchen, aber er war nicht sicher, ob er ihr so weit traute, daß er offen sprechen konnte. Irgendwann hatte er ihr angeboten, den Planeten zu verlassen, während er zurückblieb, und sie hatte es vorgezogen, hier bei ihm zu bleiben. Aber das war eine Weile her. Manchmal schien es, als seien sie einander sehr nahe, aber er war immer noch unsicher, ob sie ihn, wenn sie den Schlüssel als erste in die Hand bekam, an seiner Nutzung teilhaben lassen würde. Sie hatte eine Art chronischer Erkrankung — was das für eine Erkrankung war, blieb ihr Geheimnis —, und womöglich hatte sie es eiliger, den Planeten zu verlassen, als sie behauptete.

Außerdem machte er sich Sorgen um sie. Er wollte, daß sie in die medizinische Obhut von Menschen kam, und das hieß, Robot City zu verlassen. Allein zurückbleiben wollte er jedoch auch nicht.

»Was sie *vorhaben*, ist offensichtlich«, sagte Katherine. »Sie wollen irgendwohin teleportieren. Zu etwas anderem ist der Schlüssel nicht zu gebrauchen, soweit wir wissen.«

»Aber wo wollen sie hin? Von uns einmal abgesehen, gehört ihnen doch der gesamte Planet.«

»O Derec.« Sie hörte sich gereizt an. »Irgendwann werden sie mit Hilfe der Teleportation den Planeten verlassen, genau wie wir es vorhaben.«

»Aber warum . . .« Derec unterbrach sich. Sie konnten unmöglich wissen, warum. Sie wußten ja nicht einmal, welchen Zweck die Roboter hier auf dem Planeten erfüllten. Die Motive der Roboter zu diskutieren, würde sie nicht weiterbringen. »Dann laß uns einen Moment laut nachdenken. Auf dem Asteroiden, wo der Schlüssel gefunden wurde, waren sie im Fall eines Angriffs auf Selbstzerstörung programmiert. Der Schlüssel und das Element der

Geheimhaltung waren demjenigen, der sie programmiert hat, weitaus wichtiger als die Roboter oder anderes Material. Die Kosten haben keine Rolle gespielt. Von entscheidender Bedeutung war die Programmierung, die gegen das Dritte Gesetz verstößt.«

Das Dritte Gesetz der Robotik lautet: »Ein Robot muß seine eigene Existenz schützen, solange dieser Schutz nicht dem Ersten oder Zweiten Gesetz widerspricht.«

»Demnach muß ihre Selbstzerstörung — vermutlich zum Zwecke der Geheimhaltung — von ihrem Erbauer nach Maßgabe des Ersten oder Zweiten Gesetzes programmiert worden sein.« Sie überlegte einen Augenblick. »Hier ist wieder das minimalistische Prinzip am Werk, von dem du immer redest.«

»Also, Moment mal.« Er schwang seinen Stuhl zu ihr herum. »Hab' ich das nicht längst erklärt? Wenn ich den Begriff verwende, dann meine ich diese Entwürfe, die wir immer wieder zu sehen bekommen. Sie vereinfachen den Gebrauch bestimmter Dinge, obwohl die Technologie, die die Bedienung so sehr erleichtert, komplizierter sein mag als notwendig.« Er lachte und freute sich, daß er ihr zur Abwechslung einmal etwas voraus hatte. »Was hat das mit Robotern zu tun, die sich in heiße Lachen aus geschmolzenem Schrott verwandeln?«

»Na ja, es geht um die gleiche Haltung. Nicht um das Konstruktionsprinzip an sich, sondern um die Prioritäten. Dem Erbauer von Robot City ist Materialeinsparung egal.«

»*Ach so* . . . da könntest du recht haben. Natürlich haben sie alle Rohstoffe, die sie brauchen, weil es hier keine Konkurrenz gibt. Ich . . . hab's!« Unvermittelt wandte er sich wieder der Konsole zu. Ohne den Schlüssel zu erwähnen, rief er die Aufzeichnungen über Materialanforderungen ab. Dann suchte er ungewöhnliche Materialausgaben mit höchster Prioritätsstufe heraus. »Ha! Ich wette, die haben vor kurzem einen Aufbewahrungsort für den Schlüssel gebaut.«

»Ja!« Katherine schlang ihm die Arme um den Hals und drückte ihn kurz. »So muß es sein. Wenn man bedenkt, wie wichtig er ist, werden sie ihn so sicher aufbewahren wollen wie nichts anderes auf diesem Planeten.« Sie lachte. »Und wenn wir zu nahe rankommen, fangen diese selbstmörderischen Roboter vielleicht an, wieder kleine Lachen aus geschmolzenem Schrott aus sich zu machen.«

Derec hatte sich bei ihrer Umarmung vor Überraschung versteift und spürte, wie er wieder einmal rot wurde. Es war nicht das erste Mal, daß sie zärtlich zueinander waren, aber immer schien es danach zum Streit zu kommen. Er hatte keine Ahnung, was sie wirklich für ihn empfand.

Katherine fuhr aufgeregt fort: »Meinst du, ein bestimmter Robot ist mit der Aufgabe betraut? Dann wüßten wir, nach wem wir Ausschau halten müssen.«

Froh, etwas zu tun zu bekommen, rief Derec eine Liste der Diensteinteilung unter den Robotern ab. Diese Aufstellung enthielt, wo es zweckmäßig war, geographische Umschichtungen. In der Folge der ungezügelten Bauarbeiten, die Derec vor kurzem gestoppt hatte, wurde nach wie vor in erheblichem Maße reorganisiert. Nun korrelierte er diese Information mit der Liste jener Orte, für die vor kurzem eine Menge Material angefordert worden war. Auf einmal hatte er die Kennziffer eines einzelnen Robots. »Da haben wir ihn!«

Katherine sah ihm über die Schulter. »Und sieh nur — er hat eine riesige Mannschaft, die nur dafür abgestellt wurde, unter seiner Aufsicht zu arbeiten. Oje, diese Seriennummer ist schwer zu merken.« Normalerweise bekamen Roboter, die viel mit Menschen zu tun hatten, richtige Namen anstatt Nummern oder Zweckbezeichnungen, aber in Robot City hatten die Roboter keinen Grund zur Annahme, daß es häufig zu menschlichem Kontakt kommen würde; nur die Überwacher hatten Namen erhalten.

»Paß auf. Mal sehen. Key . . . Wie wär's mit Keymo?« Er bediente eine Reihe von Tasten.

»Was machst du da?«

»Ich habe ihm einen Namen gegeben. Den können wir uns leichter einprägen. Er ist jetzt im Computer, und der Robot wird darauf ebenso hören wie auf seine Nummer. Die anderen Roboter können ihn erfahren, wenn sie danach fragen.«

»Ich wußte gar nicht, daß du so was kannst.«

Er lächelte zu ihr auf. »Heute erst rausgekriegt.«

»Gratuliere. Sag mal, Derec . . .«

»Ja?«

»Sieh dir nur die Größe der Mannschaft an, die er um sich versammelt hat. Wofür kann er die nur brauchen?«

Derec zuckte die Achseln. »Zur Absicherung? Insofern hast du recht. Die Roboter werden den Schlüssel schwer bewacht haben.«

»Wovor sollten sie sich in Robot City fürchten? Außerdem können sie andere Sicherheitssysteme einsetzen. Sie haben es nicht nötig, einen Haufen Roboter herumstehen zu lassen.«

»Du hast's erfaßt, Kleine.«

»Wie steht es mit ihren letzten Aufgaben davor? Auf welche Fertigkeiten sind sie spezialisiert?«

Er begann eine Aufstellung ihrer vorangegangenen Pflichten abzurufen und sprach dabei weiter. »Ich weiß, daß es bei manchen Robotern auf ihre Fertigkeiten ankommt, aber ich bin mir nicht sicher, wie stark. Bestimmt können sie, wenn es um Informationen geht, auf den Zentralcomputer zurückgreifen. Falls es ihnen gelingt, die Daten aus diesem Wirrwarr hervorzuholen, kann jeder von ihnen praktisch alles erfahren, was Roboter hier wissen.« Er sah sich die entstandene Liste an. »So. Hmm — dann laß mich mal folgendes versuchen.« Mit ein paar Handgriffen veranlaßte er den Computer, die Aufstellung nach früheren Aufgaben der diversen Roboter zu unterteilen.

»Ein gemeinsamer Nenner ist für mich kaum zu erkennen«, gab Katherine nach einer Weile zu.

Derec schüttelte den Kopf. »Für mich auch nicht. Sie haben sehr unterschiedliche Hintergründe.«

»Vielleicht haben sie etwas anderes gemeinsam. Kannst du den Computer auffordern, dir zu sagen, ob sie irgendwelche gemeinsamen Merkmale haben?«

»Ich kann ihn alles nur Erdenkliche fragen.« Derec lächelte kläglich. »Ob wir eine zivilisierte Antwort bekommen oder nicht, ist eine andere Sache.« Gleich darauf hatte er eine neue Liste vor sich. Er sah sie sich an und tat einen langsamen Atemzug. »Alle Achtung.«

»Es muß um den Schlüssel gehen«, sagte Katherine leise.

Dem Computer zufolge waren die Roboter auf diesem neuen Dienstplan wegen ihrer Fähigkeit zu absoluter Höchstleistung ausgesucht worden. Sie hatten die wenigsten Pannen, die kürzesten Reparaturzeiten und die besten Arbeitsergebnisse. Jene, die mit Menschen in Berührung gekommen waren, hatten durchgehend bei minimalem Einsatz von Zeit und Mühe die nach den Gesetzen notwendigen Entscheidungen getroffen, was natürlich alle Roboter irgendwann schafften. Die Mannschaft bestand aus den besten Robotern von Robot City.

»Dieser Keymo muß das Beste vom Besten sein«, sagte Derec, »wenn man bedenkt, daß sie ihm die Leitung übertragen haben. Mit diesem Haufen fertig zu werden, wird schwer werden.«

»Sagen wir es mal so: Wenn wir ihm den Schlüssel zum Perihel abschwatzen können, können wir diese Roboter zu allem überreden.«

Derec sah zu ihr auf und lächelte unsicher. Als sich ihre Blicke trafen, lachten sie beide.

»Na gut«, gestand Katherine zu. »Wenn wir ihnen den Schlüssel zum Perihel abschwatzen, brauchen wir nichts anderes mehr von ihnen.«

»Wir müssen uns mit vorbereiteten Argumenten zu Keymo aufmachen.« Derec stand auf und begab sich in die Küchenzone. »Und weil wir nicht damit rechnen können, außerhalb unserer Wohnung etwas Eßbares zu finden, sollten wir jetzt etwas zu uns nehmen.« Er sah sich die begrenzte Speisekarte an, die der chemische Prozessor zustande brachte. »Ich fürchte, wir haben nichts Frisches mehr da. Wir werden eine weitere Lieferung anfordern müssen. Im Augenblick haben wir dafür keine Zeit.«

Katherine gesellte sich zu ihm und spähte angewidert über seine Schulter. »Noch ein triftiger Grund, den Planeten zu verlassen. Dieses Zeug schmeckt entsetzlich.«

»Die Roboter haben getan, was sie konnten, nehme ich an. Ehe wir angekommen sind, gab es für sie keinen Grund, sich mit Kochen zu befassen. Wahrscheinlich können wir von Glück sagen, daß sie überhaupt in der Lage waren, einen so verträglichen chemischen Prozessor zu bauen.«

»Soweit es mich angeht, ist die beste Mahlzeit aus dieser Maschine diejenige, die ich am schnellsten essen kann, damit ich nicht länger als absolut notwendig was schmecke.«

»Gut. Wir wollen ohnehin keine Zeit verlieren.« Derec gab den Code ein und schaltete das Gerät an. »Nährriegel — wieder einmal.«

»Aber ich nehme den Obstpunsch zu trinken.«

»Jawohl — ich auch.«

Einen Augenblick später setzten sie sich jeder mit einem dunkelbraunen, warmen Rechteck zu Tisch. Die Riegel bestanden aus einer Kombination von Proteinen, Kohlehydraten und Zellulose, die sie satt machen würde. Der Geschmack war eher fade als abstoßend. Der chemische Prozessor konnte auch kompliziertere Mahlzeiten herstellen, die mindestens ebenso nahrhaft waren, aber auch ebenso fade. Kein Vergleich mit den Automatikkombüsen der Raumschiffe.

Derec spülte einen Bissen mit simuliertem Fruchtpunsch herunter. Zumindest verlieh die Zitronensäure ihm einen kräftigen Geschmack.

»Wenn ich Zeit habe, kann ich versuchen, dem Computer zu befehlen, daß er mir einige Verbesserungen am Prozessor ermöglicht. Das Problem ist nur, daß ich nicht weiß, welche Chemikalien hinzugefügt werden müssen, damit es besser schmeckt . . . und ich denke, auch der Zentralcomputer wird es nicht wissen. Roboter haben sensorische Fähigkeiten, damit sie Analysen anstellen können. Um menschliche Gaumenfreuden kümmern sie sich nicht.«

»Wenn wir heute den Schlüssel bekommen, sind wir ohnehin weg. Gehen wir doch mal von der Prämisse aus. Wie schwatzen wir nun Keymo den Schlüssel ab?«

»Wenn du es so ausdrückst, klingt es ein wenig absurd, das muß ich zugeben. Nun . . . hast du irgendwelche Vorstellungen?« Er hoffte, damit von seinem eigenen Mangel an Ideen abzulenken.

»Unsere einzige Chance besteht darin, ihn zu zwingen, daß er den Schlüssel auf Grund einer bestimmten Auslegung der Gesetze abgibt. Also werden wir ihm eine Beweisführung vorlegen müssen, beispielsweise . . . « Sie zuckte die Achseln, da ihr auch nichts einfiel.

»Wenn das Essen noch schlechter wäre, könnten wir ihm gegenüber behaupten, wir müßten den Planeten verlassen, um keinen Schaden zu nehmen«, lachte Derec.

»Das Problem ist nur, daß es *so* schlimm auch wieder nicht ist.«

»Wir können vermutlich davon ausgehen, daß das Zweite Gesetz allein uns nicht helfen wird. Wie ich bereits über die Gewinnung von Informationen aus dem Zentralcomputer sagte, wird jede Aufforderung unsererseits beinahe mit Sicherheit durch vorangegangene Programmierung nach dem Zweiten Gesetz aufgehoben. Wer auch immer Robot City geschaffen hat, ist uns mit seinen Befehlen zuvorgekommen.«

Katherine starrte auf ihr Glas herab und hob es hoch, obwohl es leer war. Unvermittelt erhob sie sich und ging zum Prozessor, um es nachzufüllen. Dann stand sie bloß da und sah das Glas an.

Derec konnte sich nicht erklären, warum sie auf einmal so kühl war. Er überlegte sich, daß es nirgendwo paßte; sobald er unbefangen genug war, ein wenig herumzublödeln, begann sie sich ihm wieder zu entziehen. Er beobachtete sie, ohne etwas zu sagen.

Katherine drehte sich um und ging in ihr Zimmer.

Derec war beleidigt und versuchte nicht, sie anzusprechen. Statt dessen stand er auf und trug ihre Teller und Gläser zur Spülmaschine. Nachdem er sie eingeschaltet hatte, räumte er ein wenig auf und wischte das Innere der Essensausgabe des chemischen Prozessors aus. Er hatte keine Ahnung, was sie vorhatte.

Wieder einmal fühlte Derec sich als Gefangener der eigenen Umstände. Vor einiger Zeit war er in einer Rettungskapsel aus einem größeren Raumschiff erwacht, ohne sich an seinen Namen oder sein früheres Leben zu erinnern. Selbst der Name ›Derec‹ war angenommen, denn irgendwie mußte er sich schließlich nennen. Er hatte eine Reihe verrückter Abenteuer hinter sich, aber keines hatte seine Erinnerungen zurückgebracht.

Unterwegs war er Katherine begegnet, und sie hatten eine Notgemeinschaft gebildet. Immerhin waren sie auch jetzt noch die einzigen Menschen auf dem Planeten und hatten beide das Bedürfnis, Robot City zu verlassen. Er fand es nach wie vor schwierig, mit ihr umzugehen. Um aber Robot City zu verlassen, brauchten sie den Schlüssel zum Perihel. Derec holte tief Luft.

»Katherine?«

»Ja.« Ihre Stimme war leise und teilnahmslos.

»Geht es dir, äh, gut?«

»Ja!« sagte sie laut, beinahe zu nachdrücklich.

»Ich denke, wir sollten Keymo aufsuchen, wo er auch sein mag. Du willst doch immer noch mitkommen, oder?«

»Natürlich will ich mitkommen«, fuhr sie auf und trat in die Tür. »Warum sollte ich nicht mitkommen wollen?«

»Weiß *ich* doch nicht!« Derec warf die Arme hoch. »Manchmal bist du mir ein ebenso großes Rätsel wie der Ursprung von Robot City.«

Katherine schob sich an ihm vorbei und drehte sich nach ihm um. »Also?«

»Also was?«

»Gehen wir nun oder nicht? Du hattest es doch so eilig.«

»Klar! Klar gehen wir. Ich habe es eilig, diesen Planeten zu verlassen, und ich dachte, du auch. Komm, gehen wir!«

»Gut!«

Kochend vor Wut marschierte Derec aus der Wohnung, wobei ihm bewußt war, daß sie ihm auf dem Fuße folgte.

Kapitel 2

Durch den Schacht

Draußen glitzerte der mächtige, pyramidenförmige Kompaßturm im Sonnenlicht. Er war anderthalbmal so hoch wie jedes andere Gebäude der Stadt und stand da als vertrautes Wahrzeichen. Darunter bestand der Horizont aus einer abwechslungsreichen Linie von Gebäudespitzen, Kuppeln, Würfeldächern und Türmen.

Derec und Katherine fuhren schweigend auf dem Gleitband dahin. Derec hatte eine Vorstellung davon, wo Keymo zu suchen war. Immerhin war es mit den ununterbrochenen Strukturveränderungen der Stadt vorbei — obwohl die Roboter immer noch unablässig renovierten und bauten. Das Ende der Strukturveränderungen hatte viele Vorteile. Einer davon war, daß die Roboter ein zusammenhängendes System von Gleitbändern für den Fußgängerverkehr geschaffen hatten. Dennoch blieb es eine Herausforderung, sich in Robot City zurechtzufinden.

Seine Wut legte sich rasch. Vor sich in der Ferne konnte er eine große, bronzefarben schimmernde Kuppel am Horizont erkennen. Sie befand sich in der Nähe von Keymos Einsatzgebiet, und Derec nahm an, daß sie das Schlüsselzentrum darstellte.

»Mir ist so eine Kuppel hier schon mal aufgefallen«, sagte sie und starrte ebenfalls dorthin. »Hast du eine Ahnung, worum es sich handelt?«

»Eigentlich nicht, nein.«

»Was soll das heißen?«

Er warf ihr einen wachsamen Blick zu und meinte, eine gewisse Schärfe in ihrer Stimme entdeckt zu haben, aber sie sah weiterhin zu dem Gebäude auf. Erneut hob er im Gehen den Blick. »Nun, eigentlich . . . will ich damit sagen, daß die Roboter manchmal bestimmte Einrichtungen unterbringen müssen, die nicht durch normale industrielle Schleusen oder Tore passen. Ich hab' mir diese Kuppeln nicht näher angesehen, aber ich glaube, sie werden für solche Zwecke benutzt.«

»Türen sehe ich keine, nun, da du es erwähnst. Die sind wohl auf der anderen Seite. Der Schlüssel ist allerdings klein genug, um ihn mit sich herumzutragen. Ich verstehe nicht, wieso sie dafür eine gigantische Kuppel brauchen.«

»Womöglich ist er gar nicht dort.« Derec zuckte die Achseln. »Womöglich ist der Schlüssel nebenan in einer Lehmhütte.«

»Sehr komisch. Wenn diese Kuppel neu ist, wette ich, daß sie für den Schlüssel gebaut wurde.«

»Das bestreite ich nicht. Aber wir müssen vom Gleitband herunter. Dort vorn sind offenbar Reparaturarbeiten im Gang. Es gibt kein funktionierendes Band, das uns von hier nach da bringt.«

»Ich hoffe, du erwartest nicht von mir, daß ich so weit laufe!« Sie trat neben ihm vom Gleitband.

Ein kleiner Funktionsrobot der Kategorie ohne positronisches Gehirn wich ihnen hüpfend aus. Es handelte sich um einen winzigen Schrottsammler, der auf kurzen flinken Federbeinen rings um eine Baustelle herum den Ausschuß auflas. Er eilte auf einen Abfallschacht zu, um seine Last dort abzuladen.

Ein humanoider Roboter der städtischen Vorarbeiterkategorie kam auf sie zu. Die Sonne schien auf seinen charakteristischen Helmkopf und brachte die blaue Haut zum Glänzen.

»Identifiziere dich«, befahl Katherine.

»Ich bin Polier 391.« Die Augen des Robots richteten sich aus der Tiefe seines horizontalen Augenschlitzes auf sie.

»Wie erreichen wir auf dem bequemsten Weg — Derec, sag du ihm, wo wir hinwollen.«

Er bemerkte, daß sie ihm gegenüber den gleichen herrischen Ton angeschlagen hatte, den sie für die Roboter benutzte. »Wir wollen zu der Kuppel dort, oder irgendwie in die Nähe. Das sind zirka 6,4 Kilometer.«

»Verflucht!« Nun wandte sie sich gegen ihn. »Du wolltest doch nicht etwa so weit laufen?«

»Natürlich nicht.«

»Möglicherweise ist der Vakuumschacht für Menschen ungefährlich«, sagte Polier 391. »Danach müssen Sie einen Schachtvorarbeiter fragen. Dürfte der Wartungsroboter nun seine Arbeit fortsetzen?«

»Oh — natürlich.« Katherine blickte auf den Schrottsammler herab, dem sie unabsichtlich am Abfallschacht den Weg versperrt hatte. Er saß ihr geduldig summend zu Füßen, bis sie ihm auswich. Dann huschte er zur Baustelle zurück.

»Ein Vakuumschacht?« fragte Derec. »An einen Vakuumschacht erinnere ich mich gar nicht. Außerdem ist das ziemlich archaische Technologie.«

»Ja. Sie wird benutzt, weil eine neue Einrichtung in Robot City als Nebeneffekt einen starken Unterdruck erzeugt. Sich dieses Nebeneffekts zu bedienen, bedeutet effiziente Nutzung von Energie.«

»Du bist darauf wohl sehr stolz, wie?« Derec grinste belustigt. »Hast wohl an den Vakuumschächten mitgearbeitet, ja?«

»Das ist kein Stolz. Es ist die Erkenntnis, daß gewisse Prinzipien der Effizienz erfolgreich angewandt wurden. Ja, alle Poliere meiner Kategorie mußten befragt werden, als das Schachtsystem durch die Stadt geleitet wurde.«

»Hört doch auf mit den verfluchten Schächten«, sagte Katherine gereizt. »Was ist mit der großen Bronzekuppel?«

»Was soll damit sein?«

»Na ja, du bist doch Polier. Du mußt wissen, wozu sie gedacht ist.«

»Ja.«

»Würdest du es uns dann bitte sagen?«

Derec verbarg sein Lächeln über ihre Frustration. Es war schon vorgekommen, daß sie richtig mit Robotern umging, aber heute schien sie einen schlechten Tag zu haben. In der Tat erreichten sie beide gelegentlich den Punkt, wo sie sich über die wörtlichen Interpretationen aufregten, mit denen die Roboter menschliche Ausdrucksweisen bedachten.

»Diese Bauten werden benutzt, um besonders große oder unhandliche Gegenstände aller Art aufzunehmen. Die . . .«

»Entschuldige«, sagte Derec. »Aber wäre ein extrem wichtiger Gegenstand, einer mit spezieller Priorität, nicht auch in so einer Kuppel untergebracht?«

»An Entscheidungen dieser Art bin ich nicht beteiligt.«

»Aber hältst du es nach deiner Erfahrung mit Robot City für wahrscheinlich?«

»Die zur Konstruktion der Kuppel verwendeten Materialien bieten keine besonderen Vorteile gemäß der von Ihnen vorgegebenen Prämisse.«

Derec seufzte. »Na gut. Und was ist das für ein Material?«

»Meinen Sie das Baumaterial?«

»Ja.« Derec biß die Zähne zusammen und ertappte Katherine dabei, wie nun auch sie ein Lächeln unterdrückte. »Die äußere Hülle ist das einzig signifikant unterschiedliche Material, über das diese Kuppeln verfügen. Sie besteht aus einem Rohstoff, der Dianit genannt wird. Dianit ist eine spezialisierte Abart des anpassungsfähigen Materials, aus dem ganz Robot City erbaut wurde. Die Substanz hat eine Reihe ungewöhnlicher Eigenschaften. In fester Form ist sie extrem hart und dennoch sehr leicht und von hoher Biegfestigkeit. Ihr hervorstechendstes Merkmal jedoch ist . . .«

»Schon gut, schon gut, danke. Gibt es eine normale Transportmöglichkeit dorthin? Von hier aus?«

»Normalerweise würde diese Gleitbahn Sie hinbringen. Während sie umgebaut wird, gibt es kein normales Transportmittel zu diesem Zweck.«

»Und diese Schächte?« fragte Katherine.

»Gestatten Sie, daß ich den Zentralcomputer befrage. Ja, einer davon verläuft direkt zu einer Station in der Nähe Ihres Ziels. Sie verstehen doch, daß aus Gründen der Sicherheit ein Schachtvorarbeiter befragt werden muß?«

»Klar«, sagte Derec. »Wo finden wir einen?«

»Die nächste Schachtstation ist zwei Blocks voraus und einen Block links. Ich muß mich wieder meinen Pflichten widmen.«

»Komm schon!« Katherine rannte los.

Sie liefen, solange sie konnten, auf der stillgelegten Gleitbahn, dann sprangen sie herunter und rannten neben ihr her. Ab und an mußten sie Funktionsrobotern ausweichen, die ihren Geschäften nachgingen, und mehreren Vorarbeitern. Gleich darauf bogen sie nach links ein und kamen vor einem kleinen Ladedock zum Stehen. Ein Robotvorarbeiter stand auf dem Dock und beobachtete einen winzigen Funktionsroboter, der mit Hilfe eines armähnlichen Krans einen Behälter hochhob.

Der Funktionsroboter war dabei, standardisierte Container aus einer langen durchsichtigen Röhre zu wuchten, die horizontal neben dem Dock lag.

»Die brauchen wir«, sagte Katherine befehlsgewohnt. »Wie funktioniert sie?«

»Sie wird von einem kräftigen Vakuum durch den Schacht gezogen«, sagte der Vorarbeiter. »Inwiefern brauchen Sie sie?«

»Identifiziere dich.«

»Ich bin Schachtvorarbeiter 34.« Der Robot blickte vom einen zum anderen. »Ich bin noch nie direkt mit Menschen in Berührung gekommen.«

Katherine warf die Arme hoch, eine Geste der Ungeduld, die Derec nur allzu vertraut war. Er freute sich, diesmal nicht der Anlaß zu sein.

»Ja, wir sind Menschen. Gratuliere, du Genie. Nun . . .«

Derec beeilte sich, ihr zuvorzukommen, überrascht von ihrer plötzlichen Aggressivität. »Wir sind unterwegs zu der Kuppel dort. Ein Polier hat vorgeschlagen, dich zu fragen, ob es ungefährlich wäre, wenn wir den Vakuumschacht benutzen.«

Schachtvorarbeiter 34 warf einen Blick auf die Röhre. Derec konnte erkennen, daß sie auf einem Abstellgleis neben dem eigentlichen Vakuumschacht ruhte.

»Ja, diese Röhre ist für empfindlichere Frachten als Menschen geeignet. Sie ist belüftet und gepolstert. Bequem dürfte sie allerdings nicht sein.«

»Wie unbequ. . .« begann Derec.

»Egal; wir nehmen sie.« Katherine stieß Derec beiseite und kletterte in die offene Röhre.

Derec folgte ihr und stellte fest, daß das glatte Polster zwar ausreichend dick war, daß sie sich aber der Länge nach in die durchsichtige Röhre legen mußten, damit die Tür zugleiten konnte. Als er merkte, daß er dicht neben ihr lag, rückte er verlegen von ihr ab.

»Ich schicke Sie zu der Station, die der Kuppel am nächsten ist«, sagte der Robot noch, ehe er die Tür verriegelte.

»Hoffentlich hat er mehr Erfahrung mit diesen Schächten als mit Menschen«, sagte Katherine.

Derec zappelte ein wenig, um sich bequemer hinzulegen, und blickte zum Himmel empor. Er wollte etwas sagen, ließ es jedoch sein, da die Röhre sich ruckartig in Bewegung setzte. Begleitet von einem mächtigen Rauschen beschleunigte sie rasch und schoß hinein in den schwarzen Schacht.

Innerhalb der Röhre zirkulierte die Luft. Offenbar bestand die Ventilation aus geschickt angeordneten Öffnungen am hinteren Ende, durch die bei voller Fahrt Luft angesogen wurde. Er versuchte noch herauszubekommen, wie das funktionierte, als der Schacht sich auf einmal nach oben krümmte. Unversehens rutschte er auf dem Rücken liegend kopfüber dem hinteren Ende der Röhre entgegen. Lachend klammerten er und Katherine sich aneinander fest und versuchten sich vergeblich gegen die glatten Innenwände zu stemmen.

Grelles Licht durchflutete die Röhre. Als Derec wieder klar sehen konnte, schrien er und Katherine erneut auf und klammerten sich aneinander. Der Schacht war nun ebenso durchsichtig wie die Röhre, und sie schossen hoch über dem Boden dahin. Vor ihnen wand sich der Schacht zwischen zwei großen Gebäuden durch. Obwohl Derec es besser wußte, spürte er, wie er sich vor lauter Angst, an ihren Wänden zu zerschellen, reflexartig am ganzen Körper versteifte.

Katherine erging es offenbar genauso, denn sie atmete heftig ein, als sie zwischen den Bauten hindurchsausten. Die Gebäudewände verschwammen. Dann kurvte der Schacht wieder nach oben, so daß sie am Hinterende der Röhre festgehalten wurden, die Arme schützend über ihren Köpfen erhoben.

Die Gebäude blieben zurück, erst auf ihrer Seite, dann auf der seinen. Er spürte, wie ihm der Magen hüpfte, als unter ihm die Dächer zurückwichen. In einem geschlossenen Raumschiff zu reisen, war eine Sache. Dagegen löste die Beobachtung, wie sich der

Boden immer weiter entfernte, sämtliche instinktiven Höhenängste bei ihm aus, die seine Urahnen sich beim Sturz aus den Baumwipfeln zugelegt hatten. Neben ihm gab Katherine ein nervöses Kichern von sich.

Der Schacht wurde gerade, und Derec atmete vorsichtig aus.

Katherine drehte sich nach ihm um, wenige Zentimeter entfernt. »Ganz schön irre, wie?«

Er grinste, traute sich jedoch nicht zu, etwas zu sagen.

Nun, da sie einen horizontalen Abschnitt des Schachts entlangsausten, schaffte er es, sich ein wenig zu entspannen. Als er einen behutsamen Blick zur Seite warf, stellte er fest, daß die Stadt nun zum größten Teil unter ihnen lag, nur einige der höchsten Türme und Obelisken konnten zu bestimmten Tageszeiten noch einen Schatten auf den Schacht werfen. Er nahm an, daß der wirre Verlauf des Schachts auf den kürzlich erfolgten Stopp der automatischen Strukturveränderungen zurückzuführen war. Derzeit wurden neue Einrichtungen eher um existierende Bauten herumgeführt.

Aus dieser Höhe war die Stadt auffallend schön und erstreckte sich so weit, wie er es in seiner beengten Lage erkennen konnte. Plötzlich verlief der Schacht steil nach unten, und Derec keuchte, als er gezwungen war, beinahe senkrecht auf ein Gefälle von mehreren hundert Metern herabzustarren. Er merkte, wie er dem vorderen Ende der Röhre entgegenrutschte und suchte vergebens nach Halt.

Auch Katherine ruderte mit den Armen, und am Ende landeten sie einander in den Armen. Die Geschwindigkeit der Röhre war jedoch so groß, daß sie nicht ganz bis ans Vorderende rutschten. Sie beschleunigte, und Derec spürte, wie ihm der Magen nach oben gedrückt wurde.

Schließlich richtete sich die Röhre reibungslos gerade und stieg dann wieder sanft an, gerade soviel, daß sie langsamer wurde und mühelos anhalten konnte. Derec blieb einen Moment liegen und sah Katherine an. Sie lächelte und wandte den Blick ab, während sie sich voneinander lösten.

Die Tür der Röhre ging auf, und ein weiterer Vorarbeiter starrte auf sie herab. »Ungewöhnliche Fracht«, sagte der Robot. »Sind Sie unverletzt?«

Derec und Katherine stiegen lachend aus und nickten bestätigend. Er bemerkte, daß sie irgendwo auf dieser atemberaubenden Fahrt ihre Unnahbarkeit verloren hatte.

»Da ist sie«, sagte Katherine.

Die Kuppel ragte direkt vor ihnen auf, und die mächtige Bronzefläche reflektierte blendend hell das Sonnenlicht. Das Dianit hatte eine feine, aufgerauhte Struktur, die sie vor noch grelleren Spiegelungen bewahrte. Hoch über ihnen verlor sich die Krümmung des Kuppeldachs.

»Ich sehe nirgendwo eine Tür«, sagte Derec.

Sie begannen den Fuß der Kuppel zu umrunden und suchten die beinahe glatte, undurchbrochene Oberfläche ab. Sie war noch höher, als Derec auf die Entfernung geschätzt hatte. Fugen oder Öffnungen irgendwelcher Art waren nicht zu erkennen.

Als die Schachtstation wieder in Sicht kam, wußten sie, daß sie die Kuppel umrundet hatten. Derec blieb stehen und hielt weiterhin Ausschau nach einer Möglichkeit, hineinzukommen. Er hielt es für möglich, daß sich an der Spitze eine Öffnung befand, aber das schien ihm dem Charakter von Robot City zu widersprechen.

Katherine fuhr mit den Fingerspitzen über das Dianit. »Sieht hübsch aus.«

»Ja.« Derec klopfte prüfend gegen die harte Fläche. »Ich denke, wir könnten hier draußen stehen und brüllen, ohne daß man uns dort drinnen hört.«

Katherine wandte sich der Kuppel zu, trat zurück und suchte noch einmal die ebenmäßige Krümmung ab.

Er hatte soeben einige Schritte getan, ihr zu folgen, als er hinter sich ein gedämpftes Reißen vernahm. Als er sich umblickte, sah er, daß sich dort, wo sie gestanden hatten, eine gezackte Linie im Dianit aufgetan hatte, so als würden unsichtbare Hände daran zerren. Dann sahen sie zu, wie ein blauhäutiger humanoider Roboter hindurchtrat.

Katherine richtete sich auf. »Bring uns zu Keymo«, befahl sie mit Nachdruck.

»Dies ist Sicherheitsgebiet. Was wollen Sie von Keymo?« erkundigte sich der Robot.

»Identifiziere dich«, forderte sie.

»Ich bin Sicherheitsrobot 1K. Was wollen Sie von Keymo?«

»Er muß uns den Schlüssel zum Perihel geben.«

Derec trat neben sie, weil er befürchtete, daß ihre direkte, recht arrogante Art ihnen schaden würde, wenn sie nicht irgendeine Erklärung parat hatten. »Nach dem Zweiten Gesetz bist du verpflichtet, unseren Befehlen zu gehorchen. Nachdem du uns zu Keymo gebracht hast, werden wir ihn auffordern, uns den Schlüssel auszuhändigen. Gehen wir.« Er machte sich kühn auf den Weg, aber das war nur Bluff.

Sicherheitsrobot 1K fiel nicht auf den Bluff herein. Er rührte sich nicht von der Stelle. »Nein.«

Derec trat zurück, da er es mit der Körperkraft des Robots nicht aufnehmen wollte. Er wußte, daß die positronischen Gehirne der Roboter zuverlässig waren, daher mußten seine früheren Annahmen stimmen: Die Roboter befolgten Instruktionen nach dem Zweiten Gesetz, die sicherlich von dem geheimnisvollen Inhaber des Büros auf dem Kompaßturm stammten. Bei dem Gedanken fiel ihm ein neues Argument ein.

»Halt mal«, sagte Derec. »Also, offenbar operierst du unter einem sehr starken Imperativ des Zweiten Gesetzes, der vor einiger Zeit etabliert wurde. Gut. Aber das war bestimmt ein genereller Befehl. Richtig?«

»Das stimmt. Die Notwendigkeit der Geheimhaltung in dieser Angelegenheit ist Bestandteil des Gesamtprojekts dieser Einrichtung.«

»Ich dagegen erteile dir jetzt einen speziellen und vorrangigen Befehl. Ich meine, der müßte Vorrang haben gegenüber einer Instruktion, die sich auf allgemeine Programmierung stützt.« Er war sich nicht sicher, ob er selber das glaubte, aber es war ein Versuch wert. Sicherheitsrobot 1K zögerte. Wenn das Positronengehirn eines Robots lange genug innehielt, daß ein Mensch es bemerkte, wurde das betreffende Argument wenigstens interner Erörterung wert befunden.

»Nein«, sagte der Robot nach einer ziemlichen Weile. »Der frühere Imperativ bleibt bestehen.«

Derec seufzte. Überrascht war er nicht.

»Unser Wohlergehen steht auf dem Spiel«, verkündete Katherine. »Wir müssen uns mit Keymo unterhalten. Indem du das verhinderst, verstößt du gegen das Erste Gesetz.«

»Inwiefern?« fragte Sicherheitsrobot 1K.

»Wir können in einer Stadt voller Roboter nicht gedeihen. Wir brauchen andere Menschen um uns herum.«

Während der Robot weiter mit Katherine debattierte, besah Derec sich den Spalt im Dianit. Er sah seltsam vertraut aus, insbesondere was seine Struktur anging, aber er kam nicht darauf, warum das so war. Die Substanz ließ nicht auf die Existenz eines Gerüsts schließen. Sie wirkte dünn und schien allein die gesamte Wand zu bilden.

»Sie sind nicht in Gefahr«, sagte Sicherheitsrobot 1K soeben. »Dies ist keine Problemstellung des Ersten Gesetzes.«

Sie warf einen Blick auf Derec, der daraufhin die Achseln zuckte. Der Robot zog sich wieder in die Kuppel zurück. Einen Augenblick darauf schienen die Ränder des Dianits sich auszurichten und zusammenzuwachsen.

Behutsam, weil er Angst hatte, sie könne heiß sein, klopfte Derec gegen die frühere Öffnung. Sie war kalt, daher fuhr er an der Stelle mit der Hand über die Wand. Die Oberfläche schien mit dem Rest der Wand eins zu sein. Er sah Katherine an und hob die Augenbrauen.

»Katherine, wer auch immer diese Stadt geschaffen hat, er ist eine Art Genie. Vielleicht haben die Roboter dieses Dianit erfunden, vielleicht auch nicht, aber jemand hat sie geschaffen. Dieses Zeug wäre anderswo ein Vermögen wert, wie so vieles andere hier.«

Sie wirbelte herum und begann rasch am Fuß der Kuppel entlangzugehen.

Verblüfft starrte er ihr einen Moment lang nach, dann schäumte er vor Wut. »Was ist nur *los* mit dir? Den ganzen Tag benimmst du dich schon wie eine Verrückte — komm sofort wieder her!« Er rannte ihr nach.

Katherine hatte sich bei seinem Gebrüll versteift und dann ihre Schritte beschleunigt. Als sie ihn herankommen hörte, rannte sie los. Er wurde langsamer, da er einsah, daß es sinnlos war, sie einzufangen, wenn sie wahrhaft entschlossen war, nicht mit ihm zu sprechen.

Dann drehte er sich wütend um und hämmerte mit der Faust gegen die Wand. »He! Aufmachen!« Er schlug noch mehrmals gegen das Dianit. Dann trat er schwer atmend zurück.

In der Wand tat sich wieder ein Spalt auf und in der Öffnung erschien Sicherheitsrobot 1K. Diesmal trat er nicht nach draußen. »Haben Sie hier noch etwas zu erledigen?«

»Ja! Bring Keymo hier heraus!« Es war ein gutes Gefühl, jemanden anschreien zu können, und der Robot konnte ihm nicht einfach davonlaufen.

»Wenn Sie keine neuen Gründe anführen können, warum Sie ihn sehen wollen, bitte ich Sie, mich nicht weiter aufzufordern, ich solle Ihnen zuhören. Haben Sie neue Gründe?«

»Äh . . .«, Derec spähte zu Katherine hinüber, die stehengeblieben war, um zuzusehen. »Also . . .«

»Bitte vermeiden Sie unnötigen Kontakt mit dieser Einrichtung«, sagte Sicherheitsrobot 1K. Er zog sich von dem Spalt zurück, der sich sofort wieder zu schließen begann.

Derec sah enttäuscht zu, während die Substanz rasch verschmolz. Einem Impuls folgend lehnte er sich gegen einen festen Wandabschnitt und zog einen seiner Stiefel aus. Er steckte ihn in die kleine Öffnung, die noch übrig war und behielt das Dianit im Auge, während es zusammenwuchs. Nun erinnerte er sich auch, warum ihm die Substanz vertraut war — sie ähnelte dem Material, aus dem diese Roboter bestanden, vermutlich handelte es sich sogar um Zellularstoff. Er hatte Erfahrungen mit diesem Robotmaterial gemacht, als er den Robot namens Alpha geschaffen hatte. Das war lange vor seiner Ankunft in Robot City gewesen, aber nachdem ihn die Amnesie befallen hatte. Das Dianit schien nicht eigentlich lebendig zu sein, aber es hatte mit Sicherheit verblüffende Eigenschaften. Das Dianit wuchs um den Stiefel herum — und hörte auf, zu seiner großen Erleichterung. Er hatte befürchtet, es würde einfach weiterwachsen, selbst wenn es dabei den Stiefel entzweischneiden mußte. Statt dessen war sein Stiefel zum integralen Bestandteil der Wand geworden.

Er bückte sich und drückte in der Umgebung des Stiefels mit dem Finger gegen das Dianit. Er hatte recht — das reißende Geräusch hatte alles verraten. Dieses Zeug war als ungebrochene Einheit steinhart, aber sobald sich ein Riß auftat, war es ziemlich brüchig und erschlaffte in unmittelbarer Umgebung des Risses sogar. Nun schaffte er es, einige der Strukturzellen mit den Fingern auseinanderzureißen. Der Spalt ließ sich jederzeit wieder öffnen.

Er konnte nur hoffen, daß es auf der anderen Seite niemanden gab, der ihn sehen konnte.

»Katherine! Komm!« Er begann vorsichtig die Wand nach oben aufzureißen wie ein Stück Stoff. Sie war zäh, aber sie gab nach. Als er aufblickte, hatte sie sich nicht bewegt. »Komm schon . . . « Er senkte die Stimme, als ihm plötzlich bewußt wurde, daß er eine ansehnliche Öffnung geschaffen hatte, beinahe groß genug, um hindurchzuklettern . . . oder gehört zu werden.

Katherine drehte sich um und entfernte sich.

Derec wollte ihr nachrufen, wagte es jedoch nicht. Dann kletterte er mit zusammengebissenen Zähnen durch den Spalt, wobei er seinen Stiefel zurückließ, um die Lücke offenzuhalten, während die Wand hinter ihm zusammenwuchs. Mit Katherine würde er sich später noch befassen.

Er stellte fest, daß er sich auf dem Boden hinter einem großen, sperrigen Maschinenteil befand. Die Geräusche umhereilender Roboter drangen an sein Ohr, aber das mußten größtenteils Funktionsroboter sein. Stimmen hörte er keine. Die Vorarbeiter verfügten natürlich über Kom-Verbindungen zur gegenseitigen Verständigung.

Er entdeckte Sicherheitsrobot 1K, der an der gegenüberliegenden Seite der Kuppel auf einem Schemel saß und ein Pult überwachte, das vermutlich unterschiedliche Einwirkungen anzeigte, darunter die Vibration der Wand, die Derec und Katherine hervorgerufen hatten, als sie sie berührten und dagegenschlugen. Da 1K das Pult nicht verlassen hatte, zog Derec den Schluß, daß der Überwacher den Stiefel als Teil der Wand akzeptiert hatte. Auf jeden Fall hatte die Wand sich in seiner Umgebung wieder verfestigt.

Direkt über dem Sicherheitspult befand sich eine Zwischendecke, die darauf hindeutete, daß es zumindest ein Obergeschoß gab, wenn nicht mehrere. Die innere Wölbung der Kuppel darüber war nicht zu sehen. Auf dem Boden schien die gesamte Robotermannschaft, die Keymo zugeteilt war, an diversen Geräteteilen zu arbeiten, die sich von der Größe her gewaltig unterschieden. Ein Vorarbeiter saß vor einer Computerkonsole unterhalb des erhöhten Standorts von Sicherheitsrobot 1K. Derec erriet, daß es sich um Keymo handeln mußte und begann sich zwischen den Maschinen vorzuarbeiten, um den Robot unbemerkt zu erreichen.

Kapitel 3

Das Schlüsselzentrum

Derec wußte, daß er nicht viel Zeit hatte. Während er zwischen den Maschinengehäusen über am Boden liegende Kabel kroch, fragte er sich, ob er nicht lieber aufstehen, zu Keymo rennen und augenblicklich zu sprechen anfangen sollte. Sicherheitsrobot 1K konnte jederzeit auf seine Gegenwart aufmerksam werden und ihn hinauswerfen, noch ehe er dazu kam, sein Sprüchlein aufzusagen.

Er hielt inne, um sich zu orientieren. Keymo war jetzt nicht mehr weit weg. Er beschäftigte sich mit den Ablesungen am Bedienungspult. Ein günstiger Zeitpunkt, den Robot anzusprechen.

Sicherheitsrobot 1K hatte sich nicht gerührt.

Wenn Katherine mitgekommen wäre, hätte einer von ihnen ein Ablenkungsmanöver inszenieren können, während der andere sich mit Keymo unterhielt. Aber dafür war es nun zu spät. Er holte noch einmal tief Luft und stand auf.

Er fühlte sich total ungeschützt und verletzlich, als er die freie Fläche überquerte, doch seine Anwesenheit löste bei den Robotern keine erkennbare Unruhe aus. Als er Keymos Tisch erreichte, blickte der Chefrobot auf.

»Ich benötige den Schlüssel zum Perihel«, sagte Derec förmlich. Er schob sich seitlich an das Pult heran und warf einen Blick auf die Instrumente.

»Sie müssen der Mensch Derec sein«, sagte Keymo. »Ihnen den Schlüssel zu geben, ist nicht möglich.«

»Wir müssen den Planeten verlassen, um zu überleben. Der Schlüssel ist unser einziges Transportmittel.«

»Was ist das für eine Gefahr, in der Sie und Ihre Begleiterin auf diesem Planeten schweben?«

»Nun, wir sind einfach nicht dafür geschaffen, auf einem Roboterplaneten zu leben. Wir sind auf die Gesellschaft anderer Menschen angewiesen. Äh . . .« Er wußte, daß seine Argumente lahm waren, aber er hatte keine anderen. Die exakte Natur von Katherines chronischer Erkrankung war ihm unbekannt und daher zu vage, um sich darauf zu berufen.

»Das stellt an sich noch keine Gefährdung dar.«

»Habe ich ihm auch mitgeteilt«, sagte eine Stimme hinter Derec.

Er versuchte sich umzudrehen, spürte jedoch unter seinen Armen den festen Zugriff von Händen, die ihn hochhoben. Es handelte sich natürlich um Sicherheitsrobot 1K, und Derec ersparte sich jeden Protest, als er wie ein Sack Müll in Richtung Wand geschleppt wurde. Er konnte nicht sehen, wie der Roboter einen neuen Spalt in der Wand öffnete, merkte aber, daß sich der Stiefel an anderer Stelle befand und offenbar immer noch nicht entdeckt worden war. Daraus mochte sich später eine weitere Gelegenheit ergeben.

Er wurde sanft, aber ohne Umstände draußen abgesetzt, wo er ungeschickt auf dem einen stiefelbewehrten Bein dastand. Hinter ihm wuchs die Wand zusammen. Katherine kam langsam auf ihn zu und blieb stehen.

»Ich hätte dich dort drinnen brauchen können«, murrte er.

»Ich dachte nicht, daß du reinkommen würdest. Und dann wußte ich nicht, was ich tun sollte.« Sie starrte vor sich auf den Boden.

»Verschwinden wir hier.«

Derec war nicht in Stimmung, noch einmal eine wilde Fahrt im Vakuumschacht auf sich zu nehmen, und er wollte nicht mit ihr sprechen, bis sie miteinander allein waren. Er verschaffte ihnen eine Mitfahrgelegenheit auf dem Dach eines geschlossenen Transporters sowie auf den Außenleitern eines Gefährts, dessen Zweck Derec sich nicht erklären konnte. Solange die Robotfahrer der Meinung waren, daß ihre menschlichen Passagiere dadurch nicht gefährdet wurden, erhoben sie keine Einwände. Auf dem gesamten Heimweg blieb Katherine in sich gekehrt, und er ließ sie in Ruhe.

Bei ihrer Rückkehr begab er sich sogleich an die Konsole. Sie stand widerstrebend mit verschränkten Armen hinter ihm. Er zwang sich, nur an seine Arbeit zu denken.

»Hast du dort drinnen etwas erfahren?« fragte sie ruhig.

»Dies und jenes«, sagte er kühl. »Entweder bringt es was oder nicht. Ich habe auf Keymos Pult eine Eingabeziffer gelesen, die ich jetzt durch den Zentralcomputer laufen lasse.«

»Bist du sicher, daß es sich um das Schlüsselzentrum handelt?«

»Erinnerst du dich nicht? Wir haben Keymo zu sehen verlangt, und der Sicherheitsrobot hat nicht geleugnet, daß er sich dort aufhält. Ich habe den ranghöchsten Robot aufgefordert, mir den Schlüssel zu überlassen, und er hat nicht geleugnet, daß er ihn hat.«

»Schon gut, schon gut.«

Er hielt inne, um die erhaltene Information zu studieren. Sie trat näher, um über seine Schulter hinweg mitzulesen.

»Das ist eine Liste von Rohstoffen, hauptsächlich Metalle und Kunststoffe. Jeweils prozentuale Anteile . . . Energieverbrauch innerhalb der Kuppel.«

»Sieh mal, da rechts«, sagte Katherine. »Das ist die Abkürzung für Hyperraum. Es handelt sich um ein Experiment, bei dem Luft verbraucht wird.«

»Luft — die Schächte! Die Vakuumschächte. Deshalb haben sie sich derart veralteter Technologie bedient. Was hat dieser Baurobot gesagt? Das Vakuum ist ein Nebeneffekt eines anderen Projekts. Das ist es.«

»Aber worum geht es?« fragte sie vorsichtig.

Er hob zu einer verärgerten Erwiderung an, entschied sich jedoch, sich erst mit ihr zu befassen, nachdem er die vorliegende Information fertig überdacht hatte. Auf lange Sicht war das wichtiger. »Ich sehe mir noch einmal die Materialanforderungen an, die wir letztes Mal abgerufen haben. Sie enthält die gleichen Rohstoffe, in gleicher Zusammensetzung. Ich frage mich . . .«

»Die bauen den Schlüssel nach.«

»Meinst du?«

»Da bin ich sicher, Derec. Und sieh dir den Nachtrag zu den Materialanforderungen an. Sie haben an Ort und Stelle in der Kuppel noch kleinere Mengen hinzugefügt.«

»Das muß der ursprüngliche Schlüssel sein«, sagte Derec bedächtig. »Sie . . . mußten ihn auseinandernehmen, um ihn zu analysieren. Dann haben sie die Teile in den Materialfonds eingebracht. Er existiert nicht mehr.«

»Aber sie stellen neue her. Derec, dadurch wird es für uns einfacher, uns einen zu verschaffen. Statt eines Schlüssels unter strenger Bewachung werden sie mehrere haben, die wir uns schnappen können.«

»Ich hoffe nur, Keymo gelingt der Nachbau. Und wir müssen

möglicherweise warten, bis einige davon fertig sind. Schließlich können wir nicht ergattern, was noch nicht mal fertiggestellt ist.«

»Äh, Derec? Könntest du dich mal umdrehen?«

Er schwenkte den Stuhl herum und blickte zu ihr auf.

»Ich denke, du hast eine Erklärung verdient. Ich weiß, ich habe mich komisch benommen. Und es tut mir leid, daß ich nicht mitgekommen bin. Ich hatte zum ungünstigen Zeitpunkt was anderes im Kopf.«

»Zum ungünstigen Zeitpunkt!« Derec sprang auf, froh über diese Gelegenheit. »Zum denkbar ungünstigsten Zeitpunkt! Wir hätten uns den Schlüssel greifen können — wenigstens *einen* davon!«

»Derec, ich bitte dich. Ich versuche ja, es dir zu erklären. Abgesehen davon waren, wie du bereits sagtest, vermutlich keine da, die wir uns hätten aneignen können.«

»Schon gut! Schon gut! Mach du mit deiner Erklärung weiter.« Er entfernte sich von ihr und stellte sich mit dem Gesicht zur Wand. »Nun?«

»Derec, ich weiß, wer Robot City entworfen hat. Und warum.«

»Was?«

»Ich . . .«

»Wieso hast du mir das nicht gesagt?« Er kochte vor Wut. »Nein! Lassen wir das jetzt — wer hat diesen Ort gebaut?« Verblüffung und Neugier dämpften seinen Zorn.

»Bevor ich dazu komme, noch folgendes: In Wahrheit heiße ich Ariel Welsh.«

»Na — freut mich, dich kennenzulernen. Endlich.«

»Ich bin die einzige Tochter von Juliana Welsh, vom Planeten Aurora.« Sie beobachtete seine Reaktionen.

»Sollte mir das was bedeuten?«

»Ich dachte, du hättest vielleicht von ihr gehört — sie ist ungeheuer reich. Viele Leute kennen sie.«

Derec zuckte die Achseln.

»Meine Mutter war die bedeutendste Mäzenin eines Mannes namens Dr. Avery. Kennst du den?«

»Dr. Avery. Weißt du, ich glaube ja . . . der Name kommt mir bekannt vor. Was ist mit ihm?«

»Dr. Avery war der kluge Kopf hinter alledem.« Sie machte eine Handbewegung, die den gesamten Planeten umfaßte. »Robot

City ist sein Werk. Und das Geld meiner Mutter war das Startkapital.«

Derecs Herz begann höher zu schlagen. Dr. Avery. Er hatte im Büro des Mannes gesessen und sein Terminal benutzt; nun hatte er einen Namen, den er seinen vagen, begrenzten Informationen hinzufügen konnte. Jemand war kurz vor ihm in diesem Büro gewesen; jedenfalls hatte er einen soeben geleerten Nahrungsbehälter gefunden.

»Puh. Was für ein Geheimnis, das du da mit dir rumgetragen hast, wie?« Er schlug einen freundlicheren Ton an. »Und womit hat er sich befaßt? Warum hat er Robot City gebaut?«

»Nach Mamas Aussagen ist er ein berühmter Architekt. Sie hat ihn einen Visionär genannt. Außerdem war er exzentrisch und legte sich mit allen Leuten an. Robot City war der Ort, wo er seine Theorien testen konnte.«

»Verstehe. Wir haben es mit einem . . . Genie zu tun, einem Mann voller absurder Ideen, mit denen niemand was anzufangen weiß. Er will seine Experimente ohne Einmischung durchführen, und deine Mutter fasziniert ihn.«

Katherine — oder vielmehr Ariel — nickte. »Sie hat ihm genug für den Anfang gegeben, unter der Voraussetzung, daß sein Projekt sich ab einem bestimmten Punkt selbst trägt. Da das zu seinem Experiment gehörte, hatte er nichts dagegen. Und natürlich sind die Roboter immer sehr tüchtig.«

»Er wollte eine selbsttätige, autarke Stadt schaffen?«

»Mit einer reibungslos funktionierenden Gesellschaft.«

»Wo ist er jetzt?«

»Er ist vor langer Zeit verschwunden. Einfach fortgegangen. Ich nehme an, er ist tot, aber Mama sagt, er ist so seltsam, daß man das nicht mit Sicherheit wissen kann.«

»Und er hat eine Stadt voller Roboter hinterlassen, die ihrer ursprünglichen Programmierung gemäß funktionieren.« Derec schüttelte den Kopf. »Also, dadurch wird mehr erklärlich, als du denkst.«

»Was denn zum Beispiel?«

»Als die Mikroben aus dem Blut des . . . des Toten die automatischen Strukturveränderungen der Stadt ausgelöst haben, hat die ganze Gemeinschaft den Verstand verloren, weil ihre Programmierung eine Interpretation zuließ, auf die kein Mensch gekommen wäre.«

»Mit anderen Worten«, sagte Ariel, »es ist was schiefgegangen, und Dr. Avery war nicht da, um den Schaden zu beheben. Er wollte eine ideale Experimentalsituation schaffen und hat sie nicht ganz hingekriegt.«

»Wenn du es so ausdrückst, ist er dem aber ziemlich nahegekommen. Wäre er geblieben, hätte er es schaffen können, alles so laufen zu lassen, wie er wollte.«

»Noch was.« Sie betrachtete ihre Hände und begann an ihren Fingernägeln herumzuspielen. »Ich bin von Aurora verbannt. Ich darf nicht mehr zurück.«

»*Du*, verbannt? Wie denn? Ich meine, weswegen denn? Hast du das Gesetz gebrochen? Bist du eine Verbrecherin?»

Sie verzog das Gesicht und schnaubte. »Schön wär's. Dann wäre ich besser dran. Nein, Derec, ich bin — krank.«

»Die chronische Erkrankung hast du bereits erwähnt«, sagte er sanft, um ihr in dieser persönlichen Angelegenheit jede Freiheit zu lassen.

»Oh, keine Angst. Du bist nicht in Gefahr. Du kannst sie dir nicht zuziehen, solange du nur mit mir zusammen bist.« Sie lachte erbittert. »Ich hatte ein Verhältnis. Ich wollte damit wohl gegen meine Mutter und ihre überheblichen Freunde rebellieren. Die haben alle von mir erwartet, daß ich ein braves kleines Mädchen bin und als Erwachsene so werde wie sie.« Nun war sie an der Reihe, auf und ab zu gehen.

Derec wartete geduldig.

»Der Kerl war ein Spacer von, ach, ich weiß nicht, von einem anderen Planeten. Er war sozusagen nur auf der Durchreise und längst wieder fort, als ich rauskriegte, daß er mich angesteckt hat.«

»Konnte deine Mutter denn nicht helfen? Mit ihrem Geld und alledem?«

»Hah! Auf Aurora haben sie kein Mittel dagegen — anderswo vermutlich auch nicht. Außerdem ging es nicht nur darum, krank zu werden und wieder gesund. Auf Aurora gilt das als Todsünde. Meine Mutter hat ein Schiff gekauft und es für mich ausgestattet, samt zweier Roboter als Hilfskräfte. Abzuhauen war das Beste, was ich tun konnte.«

»Immerhin hat deine Mutter ihren Beitrag geleistet. Wenigstens hast du Aurora nicht unversorgt verlassen.«

»Darüber kann ich mich nicht beklagen.«

»Und nachdem du abgeflogen warst?«

»Ich hab' mir eingeredet, ich sei auf der Suche nach einem Gegenmittel, aber ich weiß nicht, ob ich wirklich dran glaube, daß es so was gibt. Allerdings *hatte* ich beschlossen, keine Zeit zu vergeuden.«

Derec spürte ein Kribbeln im Nacken. »Was meinst du damit, keine Zeit vergeuden?«

»Derec, ich . . . ich muß sterben!« Und plötzlich weinte sie, war auf eine Weise angstvoll und verletzlich, wie er sie noch nie gesehen hatte.

Er zögerte nur einen Moment, dann trat er zu ihr und hielt sie fest — linkisch zunächst, dann zärtlich, als sie sich an ihn geschmiegt entspannte und richtig zu schluchzen begann.

Er war verblüfft. Diese Informationsflut schien seine Aufmerksamkeit kurzzuschließen, so daß er nur gedankenverloren zu Boden starrte, während sie in seinen Armen weinte. Er mußte sich über vieles klar werden — daß sie Ariel war, nicht Katherine, und daß sie im Augenblick nicht das selbstbewußte, scharfzüngige ältere Mädchen war, als das er sie kennengelernt hatte.

Sie war Ariel Welsh, verbannt von ihrem Heimatplaneten, gefangen in Robot City, geschlagen mit einem tödlichen Leiden.

Er nahm sie sanft bei den Schultern, drehte sie herum und führte sie in ihr Zimmer. Zunächst setzte er sich neben sie aufs Bett, immer noch unsicher, was er tun sollte. Doch als das Schluchzen nachließ, drückte sie liebevoll seinen Arm und machte sich von ihm los, um sich auf dem Bett auszustrecken. Er erhob sich, tätschelte verlegen ihre Schulter, ging aus dem Zimmer und machte die Tür hinter sich zu.

Derec saß lange vor der Computerkonsole, ohne sie einzuschalten. Plötzlich erschien ihm die eigene Amnesie als geradezu erträgliches Problem. Dennoch war die Notwendigkeit, ihr zur Flucht aus Robot City zu verhelfen und sie wenn möglich medizinischer Betreuung zuzuführen, größer denn je.

Er bezweifelte, daß die Roboter, zumindest kurzfristig, bei Erkrankungen eine Hilfe waren. Dennoch begann er diverse medizinische Themen vom Zentralcomputer abzurufen, für den Fall, daß Dr. Avery etwas Brauchbares hinterlassen hatte.

In der Tat fand er eine Menge medizinischer Informationen in bezug auf Menschen, aber nichts, das auf die Fähigkeit hindeutete, Heilmittel gegen neue Erkrankungen zu entdecken. Der Computer verfügte über eine Liste von Impfstoffen, Medikamenten und Therapien gegen Krankheiten, die er kannte — die gewöhnlichen, die es auch auf Aurora gab. Außerdem fand er viel Material über Chirurgie, Organregeneration und Behandlungsmethoden bei Verletzungen. Insgesamt jedoch war die Bibliothek merkwürdig bruchstückhaft, als habe Dr. Avery oder ein anderer lediglich Informationen genommen und sie ohne Überprüfung eingegeben. Beispielsweise gab es keine einführenden Werke über Anatomie oder über Psychologie. Derec hatte den Verdacht, daß der exzentrische Dr. Avery so sehr mit den Grenzgebieten der Wissenschaft beschäftigt war, daß er es versäumt hatte, Grundwissen zu liefern. Schließlich hatten die Roboter keinen speziellen Bedarf für dieses Thema. Ihm fiel ein, daß auch die Bibliothek auf dem Planetoiden, wo er den Avery-Robotern zum ersten Mal begegnet war, ungewöhnlich zusammengestellt gewesen war.

Als es Zeit zum Abendessen war, legte er eine Pause ein und klopfte zart an Ariels Tür. Als sie keine Antwort gab, warf er einen Blick hinein und stellte fest, daß sie ruhig schlief. Er machte sich etwas zu essen und kehrte an den Computer zurück.

Die einzige Information, die er über menschliche Anatomie finden konnte, bezog sich auf die äußere Erscheinung. Sie stammte aus den Positronengehirnen der Roboter, nicht von einer spezifischen Computereingabe. Die Roboter konnten die Drei Gesetze nur befolgen, wenn sie in der Lage waren, Menschen zu identifizieren, mit denen sie in Berührung kamen, daher überraschte sein Fund ihn nicht. Als er jedoch den Nachtrag sah, richtete er sich im Stuhl auf.

Im Computer war die Anwesenheit von fünf Fremden in Robot City vermerkt. Derec ging davon aus, daß damit Menschen gemeint waren. Die Wahrscheinlichkeit, daß intelligente nichtmenschliche Fremde sich hier aufhielten, war gering. Es gab einfach nicht genug von ihnen, und er ging davon aus, daß der Zentralcomputer mit Sicherheit mehr Aufhebens um sie gemacht hätte.

Auch war es ausgeschlossen, daß er noch einmal mikroskopische menschliche Parasiten als Fremdwesen interpretieren würde. Natürlich bestand die Möglichkeit, daß nicht von Avery gebaute Roboter hier waren, aber er war sicher, daß es bei diesem Eintrag darum ging, die örtliche Robotbevölkerung auf die Gegenwart von Menschen hinzuweisen. Dadurch wurden die Gesetze in Kraft gesetzt, was beim Eintreffen anderer Roboter nicht der Fall war.

Er und Ariel waren zwei der fünf Personen, aber es blieben drei, über die er nichts wußte. Einer der drei war erst vor wenigen Tagen angekommen. Die anderen beiden schienen gemeinsam unterwegs zu sein und waren schon ein wenig länger da.

Sie konnten nur mit Hilfe eines Perihel-Schlüssels hergekommen sein, falls es anderswo einen zweiten gab, oder mit Raumschiffen. Wie auch immer, dadurch boten sich zusätzliche Gelegenheiten für Derec und Ariel, Robot City zu verlassen. Er blieb den ganzen Abend am Computer, um mehr herauszubekommen.

Des weiteren rüstete er den chemischen Prozessor um, damit er ihm einen neuen Stiefel produzierte. Das Aussehen stimmte zwar nicht, da er aus organischem und nicht aus synthetischem Material bestand, aber wenigstens paßte er.

Schließlich machte er Feierabend, als er spürte, wie seine Konzentration nachließ. Nachdem er sich aus dem chemischen Prozessor noch einmal etwas zu essen geholt hatte, fiel er ins Bett. Ariel schlief noch.

Derec war erschöpft, doch als er im Dunkeln dalag, hörten seine Gedanken nicht auf, zu rasen. Immer wieder beschäftigte er sich mit dem neu gewonnenen Wissen — Ariel Welsh, ihre Krankheit, die Vervielfältigung des Schlüssels . . . und nun drei weitere Menschen in Robot City — was zu neuen Gelegenheiten führen mochte, den Planeten zu verlassen. Schließlich hörte er noch, kurz bevor er einschlief, wie Ariel ihr Zimmer verließ und den chemischen Prozessor in Gang setzte. Zumindest für heute nacht war alles in Ordnung.

Als Derec am nächsten Morgen sauber und fertig angezogen zum Frühstück antrat, arbeitete Ariel bereits am Computer. Er wollte sie nicht unterbrechen. Aber sie blickte auf, als er den chemischen Prozessor einschaltete.

»Morgen, Derec.« Sie lächelte schüchtern. »Bist du mir noch böse?«

»Nein. Ich denke, du hattest allen Grund, die Fassung zu verlieren.«

»Ich hab' mich so schuldig gefühlt und konfus. Vor allem, weil ich dir was vorenthalten habe, während du dir solche Sorgen um die Stadt und alles gemacht hast. Es tut mir ehrlich leid.«

»Ich bin nur froh, daß du mir endlich davon erzählt hast. Auf lange Sicht könnte es uns weiterhelfen, daß ich Bescheid weiß.«

»Ich hab' die Datei gesehen, die du auf der Konsole abgerufen hast, die medizinische. Du hast mir zu helfen versucht, nicht wahr?«

»Ja. Aber ich fürchte, es steht nicht viel über Erkrankungen drin. Hast du auch gesehen, daß wir nicht allein sind?« Er holte sein Frühstück aus dem Prozessor und ließ sich mit dem Teller auf dem Schoß neben ihr nieder.

»Ja! Ich war gerade dabei, mir den Eintrag anzusehen. Hast du eine Ahnung, um wen es sich da handelt?«

»Nein. Sobald ich mit Essen fertig bin, versuche ich mehr über sie im Computer zu finden, obwohl ich nicht allzu optimistisch bin. Ehe ich die Datenmenge nicht weiter geordnet habe, kann es sein, daß dieser Computer alles mögliche weiß, ohne sich darüber im klaren zu sein, sozusagen.«

»Was für ein seltsamer Ort.« Ariel seufzte. »Als ich Aurora verlassen habe, war ich ebenso auf Abenteuer aus wie auf Heilung. Sieht aus, als hätte ich mein Abenteuer bekommen.«

»Zum Beispiel von diesem Piraten namens Aranimas eingefangen zu werden?« Derec grinste. »Als der mich erwischt hat, war ich nicht auf der Suche nach Abenteuern.«

»Wir haben aber ein ziemlich gutes Team abgegeben, sind gut mit der Situation fertig geworden.«

»Vergiß nicht den Rest des Teams — Alpha, der Robot, den ich aus vorhandenen Teilen zusammengesetzt habe, und Wolruf.«

»Die kleine Außerirdische. Ich frage mich, was aus ihnen geworden ist.«

»Tja.« Er schwieg einen Augenblick und dachte an die anderen. Als er und Ariel den Schlüssel benutzt hatten und daraufhin nach Robot City gekommen waren, waren Alpha und Wolruf zurückgeblieben.

»Wolruf hat mich immer wieder überrascht. In einem Moment

machte sie den Eindruck eines schüchternen, unterwürfigen kleinen Wesens, und gleich darauf haben wir ihr unser Leben anvertraut.«

»Das stimmt. Und Alpha ist bestimmt einzigartig, weil ich ihn aus zufällig vorhandenen Teilen zusammenstückeln mußte. Hab' ich dir je erzählt, daß er einen besondern Arm hat? Er besteht aus einer Art Zellularsubstanz. Ich habe ihm befohlen, ihn so zu bewegen, als sei er mit den üblichen Gelenken ausgestattet, aber er kann ihn auch total flexibel machen wie ein Tentakel. Wo sie jetzt wohl sind?«

»Wir haben noch nie darüber gesprochen, stimmt's? Darüber, daß wir Freunde sind, meine ich, und unsere gemeinsamen Aktionen.«

Er blickte zu ihr auf. Sie war entspannter denn je. Auch er empfand den Unterschied. Irgendwie vertraute er ihr jetzt, obwohl sie durchaus noch andere Geheimnisse haben mochte. Aber sie verhielt sich nicht so, als ob das der Fall wäre.

»Derec, du warst sehr verständnisvoll. Das weiß ich zu schätzen. Danke.«

»Äh . . .« Er deutete ein Achselzucken an. »Schon gut. Na, dann wollen wir mal sehen, ob wir herauskriegen, wie wir von dem Planeten wieder runterkommen.«

Kapitel 4

Ariel

Derec und Ariel wechselten sich den ganzen Morgen über am Computer ab. Dadurch hatte er hin und wieder eine Pause, und ihr verschaffte es Übung. Er saß da und sah ihr über die Schulter, während sie versuchten, sich weitere Fragen auszudenken, die sie dem Computer stellen konnten.

»Derec, meinst du, die Fremden, nach denen wir suchen, haben es geschafft, sich zu verstecken? Oder zu tarnen?«

»Kann sein, aber ich wüßte nicht wie. Wenn sie sich zu verstecken versuchten, würden sie doch überall in Robot City auf

Roboter treffen. Sie müßten sich irgendwo in einem Gebäude aufhalten, aber selbst dann könnte es sein, daß sie eins erwischen, das zum Umbau oder Abriß durch die Roboter vorgesehen ist.« Er lachte. »Das wäre ein schöner Schock für sie.«

»Und sich als Roboter zu tarnen, dürfte schwierig sein.« Sie drehte sich ebenfalls lachend um und sah ihm ins Gesicht.

»Vielleicht können wir uns selber ein paar abgelegte Robotteile besorgen und sie wie antike Rüstungen tragen.« Derec schüttelte immer noch grinsend den Kopf. »Speziell diese helmähnlichen Köpfe.«

»Jetzt mal ernsthaft. Was kann aus ihnen geworden sein?«

»Nun, es wäre möglich, daß sie noch öfter gesehen wurden, die Information aber im Zentralcomputer untergegangen ist. Anders kann ich es mir nicht erklären.«

»Ich hab' so ungefähr alle Fragen gestellt, die mir einfallen. Ich weiß nicht mehr weiter.«

»Versuchen wir's mit einem anderen Gedankengang«, sagte Derec. »Wir wissen nicht, wer sie sind — aber weshalb sind sie hier? Was wollen sie?«

»Den Schlüssel!«

»Das denke ich auch. Aber es wäre durchaus möglich, daß Raumfahrzeuge hierherkommen, obwohl wir uns abseits der Hauptverkehrswege zu befinden scheinen. Wie wär's damit: Sie kannten Dr. Avery und sind hergekommen, um ihm die Sache aus der Hand zu nehmen. Oder wie steht's mit deiner Mutter — könnte sie jemanden geschickt haben, um ihre Geldanlage zu inspizieren?«

»Ich glaube nicht, daß meine Mutter tatsächlich weiß, wo Robot City liegt, oder gar, worum es sich dabei genau handelt.«

»Das engt die Sache auf zwei denkbare Möglichkeiten ein. Entweder sind sie Reisende, die durch Zufall hierhergelangt sind, vielleicht um Reparaturen durchzuführen oder nachzutanken, oder sie sind wegen des Schlüssels gekommen, und vielleicht, um Robot City zu erobern. Fällt dir noch etwas ein?«

»Vielleicht ist es Avery persönlich, falls er nicht tot ist. Aber das ist zweifelhaft. Er säße in seinem Büro, würde die Sache in die Hand nehmen und diese zufälligen Sichtungen nicht zulassen. Was sollen wir nur tun?«

»Wir müssen hinaus und uns selbst umsehen, denke ich. Es sei denn, du hättest was anderes vorzuschlagen.«

Sie schüttelte den Kopf.

»Wir müssen allerdings vorsichtig vorgehen, bis wir festgestellt haben, wer sie sind und was sie wollen. Wir haben uns hier bei den Robotern angewöhnt, uns einigermaßen sicher zu fühlen, weil die uns nichts anhaben können, aber damit ist es jetzt vorbei.«

»Nicht, solange wir von Robotern umgeben sind. Denk daran, sie können auch nicht untätig zusehen, wie wir zu Schaden kommen. Wie wär's, wenn wir Avernus oder einen der anderen Bewacher auffordern, uns bei der Suche nach ihnen zu helfen?«

»Im Augenblick nicht. Ich will die Überwacher nicht auf unser Interesse am Schlüssel aufmerksam machen, und bisher haben sie uns in Ruhe gelassen. Laß uns damit anfangen, daß wir zum Schlüsselzentrum zurückkehren. Falls wir einen Schlüssel in die Hände bekommen, können wir Robot City einfach sich selbst überlassen.«

Diesmal benutzten sie die üblichen Transportmittel, obwohl sie dadurch weiter vom Weg abkamen als mit dem Vakuumschacht. Die unterirdischen Tunnel waren eine weitere Neuentwicklung, die nach dem Stopp der Strukturveränderungen möglich geworden war. Sie steckten voller Roboter, die ihren alltäglichen Aufgaben nachgingen und die befragt werden konnten. Derec und Ariel begaben sich zur nächstgelegenen Tunnelstation und fuhren die Rampe hinab.

Der Verkehr in den Tunnels lief so, daß ein Robot oder ein Mensch sich auf eine quadratische Plattform von einem Meter Seitenlänge stellte. Sie war von transparenten Wänden umgeben und mit einer kleinen Steuereinheit ausgestattet, die auf die gewünschte Station eingestellt werden konnte. Die Plattformen fuhren auf Schienen; in manchen Gegenden der Stadt gab es bis zu fünfzehn Parallelstränge. Der Tunnelcomputer, ein Ableger des Zentralcomputers, übernahm die Steuerung und konnte die Plattformen von einer Schiene auf die nächste verschieben, um optimalen Verkehrsfluß zu gewährleisten. Die Tunnelstationen besaßen zusätzliche Abstellgleise zum Be- und Entladen. Die zugrundeliegende Technologie erinnerte Derec an das Aufzugssystem, das er auf dem Asteroiden gesehen hatte, wo er den Avery-Robotern erstmals begegnet war.

Ohne positronische Gehirne konnten die Roboter nicht mit den Instrumenten umgehen, so daß nur Menschen und Roboter mit Gehirnen die Kabinen benutzten. Als er die Roboter vorbeisausen sah, bemerkte Derec, daß sie allesamt regungslos dastanden und nach vorn starrten, anders als Menschen, die natürlich die Position wechseln, sich die Beine vertreten und sich umsehen würden. Die Roboter dachten logisch, aber sie waren niemals neugierig.

Vor ihnen stiegen mehrere Roboter aus den Plattformkabinen. Derec und Ariel teilten sich auf, um sie anzusprechen.

Derec stellte sich direkt vor einen von ihnen, um sicherzugehen, daß der Roboter ihn im gedämpften Licht klar als Menschen erkennen konnte. »Einen Augenblick. Ich möchte dir ein paar Fragen stellen.«

»Ja?« Der Robot blieb stehen.

»Hast du schon einmal Menschen zu Gesicht bekommen?«

»Sie meinen wohl, abgesehen von Ihnen selbst.«

»Ja, von mir abgesehen.«

»Ihre Begleiterin ist ein weiblicher Mensch.«

»Abgesehen von uns!« Derec rang die Hände. »Anderswo in der Stadt. Egal wo.«

»Nein. Sie sind die ersten Menschen, die ich je gesehen habe.«

»Danke.« Derec seufzte und winkte einen anderen Robot heran. »Hast du, abgesehen von mir und meiner Begleiterin, schon einmal Menschen zu Gesicht bekommen?«

»Was für eine Begleiterin?«

»Äh — die dort. Dort drüben. Siehst du sie?«

»Ja.«

»Tatsächlich? Wo denn?«

»Dort drüben. Wo Sie hingezeigt haben.«

»Was — nein, sie doch nicht . . .«

»Sie fragten, ob ich sie sehe. Ich habe Ja gesagt.«

»Schon gut. Also, hast du, abgesehen von uns, die wir hier anwesend sind, in Robot City jemals Menschen zu Gesicht bekommen?«

»Nein.«

»Gut, danke.« Derec entließ ihn mit einem Winken.

Im Augenblick kamen keine Roboter mehr auf das Haltegleis oder die Rampe herunter. Ariel gesellte sich zu Derec.

»Kein Glück gehabt«, sagte sie. »Wie war's bei dir?«

»Nichts. Fahren wir zum Schlüsselzentrum.«

Sie stiegen in die erste leere Kabine. Sie war recht eng, aber nicht unbequem. Derec stellte die Instrumente ein, und die Kabine fuhr mit einem leichten Ruck an.

Die Plattform trug sie langsam über die Halteschiene, um bei nächstbester Gelegenheit auf die erste Fahrschiene überzuwechseln. Derecs Vertrauen in die baulichen Fertigkeiten der Roboter war so groß, daß er niemals um ihre Sicherheit besorgt war. Wenn die Roboter selbst dem System nicht getraut hätten, hätte das Erste Gesetz sie gezwungen, die Menschen von seiner Benutzung abzuhalten.

Er wußte nicht genau, wie der Antrieb der Plattform aussah, außer daß er durch die Schienen übertragen wurde. In einer Stadt, in der Bauarbeiten im Gang waren, änderten sich derartige Details so rasch, daß es sich nicht lohnte, alles über sie zu erfahren. Die Plattformen bewegten sich schnell, mit einem schwachen Summen, und schienen nie plötzlicher Geschwindigkeitsänderungen zu bedürfen.

Auf Ariels Vorschlag hin stiegen sie an mehreren Tunnelstationen aus, um weitere Roboter zu befragen, aber diese unsystematische Suche führte zu nichts. Sie verließen das System so nahe wie möglich am Schlüsselzentrum, aber immer noch ein Stück davon entfernt. Damit sie auf den Straßen mit der Befragung der Roboter fortfahren konnten, benutzten sie das Gleitband, erfuhren jedoch auch dabei nichts Neues.

Als die Kuppel erstmals in Sicht kam, blieb Derec wie angewurzelt stehen. In der gebogenen Fläche klaffte eine riesige Öffnung, und gigantische Maschinen, teils gute zehn oder fünfzehn Meter hoch, wurden auf einem Tieflader ins Innere der Kuppel gefahren. Drinnen waren mehr Roboter zu erkennen als zuvor, vermutlich, um die neue Ausrüstung zu installieren.

»Wenn das Menschen wären«, sagte Derec, »würde ich versuchen, hineinzukommen, solange es chaotisch zugeht. Das Problem ist nur, ich sehe kein Chaos. Die wissen, was sie tun. Ich glaube, es hat im Augenblick wenig Sinn, daß wir versuchen, uns einzuschleichen.«

»Gehen wir weiter.« Sie nahm seinen Arm und steuerte ihn weg.

»Wir müssen ja Keymos Sicherheitsleute nicht unbedingt darauf aufmerksam machen, daß wir wieder da sind.«

»Stimmt.«

Sie beschrieben einen diskreten Bogen um die Kuppel, wobei sie weitere Verhöre mit Robotern durchführten, denen sie begegneten. Das Fehlen jeglicher Information bewies, daß die Fremden hier einfach noch nicht gewesen waren.

»Werden sie aber irgendwann«, sagte Ariel. »Sie müssen wegen des Schlüssels früher oder später herkommen. Ich schlage vor, wir instruieren alle Roboter in der Nachbarschaft, Sichtungen direkt an unsere Konsole zu melden.«

»Versuchen können wir's«, sagte er zweifelnd. »Aber mit der Stadterweiterung wechselt natürlich auch die Population ständig.«

Sie setzten ihren Weg fort und fügten diesmal die Instruktion hinzu, daß die Roboter alle Sichtungen direkt an sie zu melden hätten sowie an den Zentralcomputer unter dem Codewort »Fremdwesen«. Als sie einmal im Kreis herum waren, starrte Derec, die Hände an die Hüften gestützt, auf die scheinbar nahtlose Wand des Schlüsselzentrums, deren große Öffnung sich inzwischen, ohne Spuren zu hinterlassen, vollständig geschlossen hatte.

»Dieses Herumlaufen und Reden bringt uns nicht weiter«, sagte Derec.

»Nach unseren mysteriösen Fremden zu suchen, ist schön und gut, aber wenn wir Robot City verlassen, können wir sie ohnehin vergessen. Wir kommen nicht drum herum. Wir müssen in die Kuppel eindringen und einen der Schlüssel beschaffen.«

»Ich fürchte, du hast recht. Also, ich bin dir was schuldig. Komm, wagen wir's. Weißt du noch, wo du deinen Stiefel gelassen hast?«

»Ja, dort.«

»Geh du hinüber. Ich sorge für die Ablenkung, die du beim letzten Mal nötig gehabt hättest, drüben auf der gegenüberliegenden Seite.«

»Geht nicht. Ich weiß nicht, wann ich hineingehen soll, wenn ich dich nicht sehen kann.«

»Ist gut — ich bleibe in Sichtweite. Aber weit genug weg, damit die Biegung der Kuppel verhindert, daß der Sicherheitsrobot dich sieht.«

»Er heißt Sicherheitsrobot 1K.«

Er begab sich an die Stelle, wo ein Teil seines Stiefels nach wie vor aus der Wand ragte, und winkte ihr zu. Sie reagierte, indem sie gegen die Wand hämmerte.

»He! Aufmachen! Das ist ein Menschenbefehl!«

Sie trat nicht zurück. Mit in die Hüften gestemmten Fäusten und gespreizten Beinen stand sie da, und ihre Zehen berührten die Kuppelwand.

Die Wand öffnete sich, wieder mit einem reißenden Laut, direkt vor ihr. Sicherheitsrobot 1K kam hervor, doch als sie nicht auswich, blieb der Robot, wo er war. Derec erkannte gerade noch, wie seine Hände sich bewegten. Der Robot hätte ihn von dort aus sehen können.

»Wir haben erfahren, daß drei andere Menschen auf dem Planeten Robot City anwesend sind«, begann Ariel. »Wir müssen mit Keymo sprechen. Diese Menschen könnten gefährlich werden.«

Derec wartete nicht länger. Er zog den Stiefel so weit heraus, daß er die Ränder des Dianits zu fassen bekam. Als er sanft zu ziehen anfing, riß es beinahe geräuschlos auf.

Innerhalb der Kuppel hatte sich alles verändert. Der Boden war mit Maschinen vollgestellt, die zum Teil noch größer waren als jene, deren Ankunft sie vor einer Weile beobachtet hatten. Andere Einheiten waren recht kompakt.

Er vermerkte dankbar, daß die Lücken zwischen ihnen ihm genügend Manövrierraum boten, ohne daß er bemerkt wurde, wenigstens solange Ariel Sicherheitsrobot 1K mit Beschlag belegte. So vorsichtig wie möglich kroch oder flitzte er durch die dunklen Gänge zwischen den Maschinen und hielt sich fern von den Robotern, die er hier und da bei der Arbeit erspähen konnte. Dadurch gelangte er allmählich an eine Stelle, die ihm einen Ausblick in die Halle bot.

Nach Installation der neuen Maschinen war die Mannschaft in der Kuppel wieder auf Normalstärke geschrumpft. Die Roboter hatten nun weniger Platz, aber wie üblich waren sie ganz auf ihre Aufgaben konzentriert. Diese Hingabe erleichterte es Derec, unbemerkt vorzudringen.

Er entdeckte den Überwachungssitz auf seinem hohen Gerüst. Von seinem jetzigen Standort aus konnte er nicht erkennen, ob

Ariel Sicherheitsrobot 1K weiter in Anspruch nahm, aber dieses Pult war zu verlockend, um daran vorbeizugehen. Immer noch unentdeckt erreichte er den Fuß des Gerüsts.

Der Aufzug war eine verkleinerte Version derjenigen, die er auf dem Asteroiden gesehen hatte, und eine Abart der Tunnelkabinen. Ein kleiner Hebel ließ den ganzen Sitz herab, und nachdem er Platz genommen hatte, veranlaßte ein Knopf in der Armlehne ihn zum Aufstieg. Der Sitz hob sich bis knapp unter die Decke, die er bei seinem ersten Besuch bemerkt hatte. Von dort oben konnte er den gesamten Bodenbereich überblicken und hatte vor sich eine komplexe Ansammlung von Instrumenten und Anzeigegeräten.

Nicht ein einziger Robot sah zu ihm auf. Drüben stand Sicherheitsrobot 1K mit dem Rücken zum Kuppelinneren da und unterhielt sich immer noch mit Ariel. Derec konzentrierte sich auf die Anzeigen.

Viel anfangen konnte er damit nicht. Er war jedoch sicher, daß die Leistung einer jeden Maschine von hier aus überwacht wurde, zusätzlich zur Kuppelwand. Beides wurde offenbar als sichernswert eingestuft.

Das Pult verfügte außerdem über ein Computerterminal. Im Gegensatz zu dem seinen war dieses auf stimmliche Übertragung eingestellt. Er beugte sich vor und sagte leise:

»Zentralcomputer.«

»Rückmeldung.« Die Stimme war laut und ließ ihn zusammenzucken.

»Paß deine Lautstärke der meinen an. Wandle alle Symbole auf den Monitoren in decodierte Standardsprache um.«

Gleich darauf las Derec voller Erstaunen die Geräte ab. Wie er bereits angenommen hatte, hatte Keymo den Schlüssel zum Perihel zerstört, um ihn analysieren zu lassen. Im Augenblick überwachte der Robot die Anfertigung zahlreicher Schlüssel nach demselben Prinzip. Die verblüffendste Anzeige lautete: »Obergeschoß: endgültige Integration der Einzelteile und Kühlung. Übergang Hyperraum zur Gefahrenzone erklärt. Integrationsgeräte erzeugen Vakuumeffekt durch Luftverlust aus der Dimension. Luftbewegung, Hitzefreisetzung, Hyperraum durch Antriebseinheit kontrolliert.«

Er mußte es mehrmals lesen, bis er begriff. Die Schlüssel wurden im oberen Stockwerk in einer gefährlichen Anschlußzone zum

Hyperraum fertiggestellt, was vermutlich erklärte, warum das von der übrigen Anlage getrennt ablief. Offensichtlich erzeugte der Fertigungsprozeß ein Vakuum, das Luft in den Hyperraum abließ.

Er bekam Herzklopfen vor Aufregung. »Wo ist der Eingang zum Obergeschoß? Und wie komme ich hinein?«

»Der Eingang befindet sich direkt über dem Überwachungspult. Der Sitz hebt sich bis dahin. Außerdem kann das Dach der Kuppel wenn nötig direkt geöffnet werden.«

»Mach die Decke auf. Es geht um die, äh, Sicherheit.« Jedenfalls um meine Sicherheit, dachte er. Er hielt den Atem an und beobachtete die Decke. Der Computer ging davon aus, daß die Stimme, die über dieses Pult mit ihm sprach, über genügend Autorität verfügte, diesen Befehl zu erteilen, und verlangte nach keiner weiteren Legitimation. Bisher war das beste an den Sicherheitsvorkehrungen in Robot City ihre recht lässige Handhabung. In einer Gemeinschaft verantwortungsbewußter positronischer Roboter wurden die Sicherheitsbestimmungen kaum jemals wahrhaft erprobt.

Das Dianit der Decke ging auf, und er fuhr mit dem Sitz hinauf durch die Öffnung.

Kapitel 5

Die Hand am Schlüssel

Ariel hatte nur zwei Ideen, wie sie Sicherheitsrobot 1K beschäftigen konnte. Als er vor ihr stand und sich anschickte, nach draußen zu klettern, zwang sie sich, ihm standzuhalten. Wie erwartet hielt ihn das Erste Gesetz davon ab, sie zum Ausweichen zu zwingen, obwohl sie bezweifelte, daß er im Notfall gezögert hätte, es zu tun.

Der Robot blieb direkt hinter der Dianitwand stehen und richtete den dunklen horizontalen Augenschlitz auf sie.

»Ich muß Keymo sprechen«, sagte sie. Sie konzentrierte sich darauf, einen Problemfall nach dem Ersten Gesetz zu konstruieren und so langsam und lange zu sprechen wie sie konnte. Derec mußte den

Rest erledigen, indem er sich schnellstens Zutritt verschaffte, und nach Möglichkeit einen Schlüssel ergatterte.

»Sie dürfen diese Anlage nicht betreten. Keymo hat zu tun.« Seine Stimme klang womöglich noch förmlicher als die übliche Sprechstimme eines Robots. »Könnte ich Ihnen behilflich sein?«

»Es geht um ein Problem nach dem Ersten Gesetz.« Sie wollte mehr sagen, doch dann fiel ihr ein, daß sie Zeit gewinnen wollte.

Der Robot wartete, bis klar war, daß sie unaufgefordert nicht zu einer Erklärung ansetzen würde. »Worin besteht dieses Problem?«

»Es befinden sich insgesamt fünf Menschen in Robot City.«

»Ja? Sie sind der Mensch namens Katherine?«

»Das war einmal. In Wirklichkeit heiße ich Ariel.«

»Ein zweiter wird Derec genannt.«

»Stimmt.«

»Worin besteht das Problem nach dem Ersten Gesetz?«

Ariel lächelte in sich hinein. So ließ er sich lange hinhalten. Sie mußte sich nur ein wenig unlogisch oder unklar ausdrücken und ihn zwingen, sie um Klarstellung zu bitten.

»Es befinden sich drei weitere Menschen hier.«

»Um wen handelt es sich?«

»Wissen wir nicht.«

»Wer befindet sich in Gefahr?«

»Derec und ich könnten in Gefahr sein.«

»Um was für eine Gefahr geht es?»

»Nun — Menschen müssen das Erste Gesetz nicht befolgen. Deshalb könnten die anderen drei uns gefährlich werden.«

»Inwiefern?«

»Äh, weiß ich nicht genau.«

»Es besteht keine eindeutige Gefahr.« Der Robot trat einen Schritt zurück, um die Wand wieder zu verschließen.

»Wieviel Erfahrung hast du mit Menschen?« rief sie rasch. »Kennst du ihre Geschichte im Umgang miteinander?«

»Nein.« Er blieb stehen, wo er war, tiefer im Schatten der Kuppel. »Ich habe bisher nur zwei Erfahrungen mit einzelnen Menschen.«

»So! Du weißt also nicht, daß sie sich unablässig streiten? Daß sie sich schon immer bekriegt und gegenseitig umgebracht haben?«

»Ein Teil der Menschheitsgeschichte ist in der Bibliothek des Zentralcomputers verzeichnet. Was hat sie mit dem Problem nach dem Ersten Gesetz zu tun?« Der Robot trat wieder vor.

»Nun, unbekannte Menschen werden generell als gefährlich eingestuft. Man kann nicht vorhersagen, was sie tun werden und warum.«

»Aus welchem Grund?«

»Weil sie unbekannt sind. Wir müssen vorsichtig sein. Das gehört nun mal zum Menschsein, vor allem, wenn man unbekannte Orte aufsucht.«

»Sie betrachten unidentifizierte Menschen als Gefahr, bis mehr Informationen verfügbar sind?«

»Ja! Jawohl, das ist es.«

»Es befinden sich keine Menschen in dieser Anlage. Was hat Keymo mit der Lösung Ihres Problems nach dem Ersten Gesetz zu tun?«

»Keymo ist für die Herstellung von Teleportationsgeräten verantwortlich. Wir kennen keinen anderen Weg, Robot City zu verlassen.«

»Sie befinden sich nicht in eindeutiger Gefahr. Daher gibt es kein Problem nach dem Ersten Gesetz. Teleportationsgeräte werden nicht benötigt.«

»Wir könnten bei einem Überraschungsangriff umkommen oder verletzt werden. Das ist schon häufig vorgekommen. Deine Weigerung, jetzt behilflich zu sein, bedeutet einen Verstoß gegen das Erste Gesetz.«

Ariel sah den Robot zögern, und plötzlich wurde ihr klar, daß sie diese Debatte für sich entscheiden konnte, ganz zu schweigen davon, daß sie ihn mit Erfolg hinhielt. »Keymo hat in dieser Anlage das Sagen, stimmt's? Laß Keymo entscheiden.«

Der Robot blickte sie an. »Ich bin befähigt, derartige Entscheidungen selbst zu treffen. Keymo verfügt über keine größere Autorität als ich, einen Problemfall des Ersten Gesetzes zu beurteilen und zu lösen.«

»Demnach stimmst du mir zu, daß es sich um ein Problem nach dem Ersten Gesetz handelt.« Sie machte eine Feststellung daraus, keine Frage.

»Das steht nicht eindeutig fest.«

»Keymo verfügt über Autorität, was den Schlüssel zum Perihel und die übrigen Schlüssel angeht. Du nicht. Da die Lösung des Problems erfordert, daß ich den — oder vielmehr die — Schlüssel in die Hand bekomme, ist Keymo derjenige, den ich zu Rate ziehen muß.«

»Sie haben nicht bewiesen, daß Sie in Gefahr sind.«

Vor Empörung zitternd holte sie langsam tief Luft. »Hör mir gefälligst zu! Ich *glaube,* daß wir uns in Gefahr befinden. Ich weiß viel besser Bescheid über die Menschen als du! Du weißt einfach nicht genug über uns, um beurteilen zu können, ob wir gefährdet sind oder nicht!« Sie starrte ihn wütend an und atmete schwer.

Endlich wich der Robot aus und machte ihr Platz. »Wir werden Keymo konsultieren.«

Sie lächelte erleichtert und folgte ihm ins Innere des Gebäudes. Der Robot führte sie auf verschlungenen Pfaden um Maschinen jeder Größe und Bauart herum, die ihr allesamt unbekannt waren. Sie wollte sich nach Derec umsehen, hatte jedoch Angst, sich dadurch zu verraten. Er konnte sich leicht hier zwischen den Anlagen verirrt haben. Soweit sie mit vorsichtigen Seitenblicken erkennen konnte, war er nirgendwo zu sehen.

Keymo stand über sein Pult gebeugt da, als sie sich näherten.

»Dieser Mensch behauptet, ein Problem nach dem Ersten Gesetz zu haben«, sagte Sicherheitsrobot 1K. »Eines, das nur du lösen kannst.«

»Sie sind der Mensch namens Katherine?«

»Das war früher. Mein neuer Name lautet Ariel.«

»Ich verstehe. Auch meine Bezeichnung wurde kürzlich geändert. Worin besteht dieses Problem nach dem Ersten Gesetz?«

»Also, noch mal von vorn«, murmelte sie vor sich hin. »Sag mir — wieviel weißt du über die Geschichte der Menschheit? Darüber, daß Menschen sich dauernd gegenseitig umbringen und Krieg führen und all so was?«

Derec blickte erwartungsvoll nach oben, als der Sitz ihn ins gedämpftere Licht des Obergeschosses hinauftrug. Am meisten Sorgen bereitete ihm die Möglichkeit, dort oben von einem Robot angesprochen zu werden, doch als der Sitz einrastete und das Dianit sich unter ihm verdichtete, stellte er fest, daß er hinter einer gebogenen Metallwand stand. Auf einer Seite drang fahl orangefarbenes Licht durch eine Wandöffnung. Ansonsten war die kurze Zwischenwand — und damit der Zugang zum Aufzug — auf ganzer Länge abgeschirmt.

Er glitt vom Sitz und spähte behutsam durch die Öffnung.

Dahinter befand sich ein einzelner Robot. Er stand im Vordergrund und beobachtete ein Tablett, das ihm aus dem Innern eines etwa zwei Meter hohen Maschinenblocks entgegenkam. Auf dem Tablett lag eine Ansammlung silbern schimmernder, etwa fünf mal fünfzehn Zentimeter großer Rechtecke — genaue Nachbildungen des ursprünglichen Schlüssels zum Perihel.

Derec nahm an, daß die Maschine, die das Tablett auswarf, soeben die endgültige Montage und Kühlung beendet hatte. Er beobachtete, wie der Robot einen einzelnen Schlüssel aufnahm und ihn in den Schlitz einer weiteren Maschine steckte. Dann studierte er die Ablesungen. Das sah nach einer Testprozedur aus.

Direkt hinter dem Maschinenblock befand sich eine zweite Wand, die den Großteil dieses Stockwerks abriegelte. Hinter ihr hörte Derec ein gedämpftes Summen. Das fahl orangefarbene Licht wurde von einer Reihe von Überwachungsinstrumenten hoch droben an dieser Wand abgestrahlt, so daß sich zahlreiche undeutliche, überlappende Schatten ergaben.

Im Augenblick konnte er nichts anderes tun als beobachten. Wenn sein Eindringen drunten nicht bemerkt worden war, hatte er ausreichend Zeit. Hier oben heimlich einen Schlüssel an sich zu nehmen, dürfte leichter fallen, als sich auf eine weitere frustrierende Debatte über die Gesetze einzulassen.

Offenbar lag hinter der großen Wand der Übergang in den Hyperraum. Sie sah nicht besonders stabil aus, aber die minimalistische Konstruktionstechnik der Avery-Roboter täuschte. Er wäre nicht überrascht gewesen, wenn er festgestellt hätte, daß die Schutzwand ausgesprochen solide war und der Lärm dahinter absolut ohrenbetäubend.

Der Robot holte den Schlüssel aus der vermuteten Prüfmaschine, dann drückte er auf einen Knopf und legte den Schlüssel wieder auf das Tablett. Er drehte Derec den Rücken zu, während er einen zweiten Schlüssel aufnahm und in die Maschine steckte. Die ganze Zeit über hatte der Robot den Blick nicht von den Ablesungen oder

Schlüsseln abgewendet, und seine Füße hatten sich nicht von der Stelle gerührt.

Im Schutze des Geräuschs hinter der Wand meinte Derec sich bewegen zu können, ohne bemerkt zu werden. Er behielt den Robot im Auge, als er durch die Öffnung glitt und sich hineinstahl. Der Robot fuhr fort, die Überwachungsinstrumente zu beobachten.

Der Schlüssel, der die Testphase bereits hinter sich hatte, schimmerte einsam am einen Ende des Tabletts. Derec stand direkt hinter dem Robot und wartete, um sich noch einmal seinen Bewegungsablauf anzusehen. Als der zweite Schlüssel ausgeworfen wurde, legte der Robot ihn neben den ersten und führte den nächsten in die vor ihm stehende Maschine ein.

Derec streckte langsam die Hand nach einem der getesteten Schlüssel aus, wobei er nach unerwarteten Bewegungen des Robots Ausschau hielt. Der Robot konzentrierte sich auf die Ablesungen. Derec hob einen der Schlüssel auf und machte sich daran, bedächtig den Arm einzuziehen.

Da bemerkte er, daß sein Arm einen vagen Schatten auf die Instrumente warf, und gleich darauf wirbelte der Robot herum und packte ihn fest an der Kehle. Mit herausgestreckter Zunge und vorquellenden Augen begann Derec zu würgen.

Eine Sekunde später ließ plötzlich der Druck gegen seine Kehle nach, doch als er sich keuchend vornüberbeugte, packte der Robot fest, wenn auch sanfter, seinen Arm. Den Schlüssel hielt Derec nach wie vor hinter seinem Rücken verborgen.

»Menschen sind empfindlicher als Roboter«, sagte der Robot zerknirscht. Er erzitterte unter dem inneren Trauma, das durch einen potentiellen Verstoß gegen das Erste Gesetz ausgelöst wurde. »Mir war nicht sofort klar, daß das Erste Gesetz gilt. Nicht, ehe ich mich umwandte und Sie wahrnahm. Sind Sie unverletzt?« Seine Sprechfunktion war verlangsamt.

Derec nickte schluckend. »Ja.«

Der Robot zitterte und zögerte immer noch. »Identifizieren Sie sich und Ihre Absichten.«

»Ich heiße Derec. Und es geht mir gut, also hol dir gefälligst keinen Kurzschluß. Äh . . .«

»Sicherheitsrobot 1K hat mich über Ihr Kommen nicht unterrichtet. Dies ist Sperrgebiet. Zeigen Sie mir Ihre Befugnis.«

»Ich hab' keine. Da will ich mal lieber gehen.« Derec drehte sich um, doch der Robot ließ seinen Arm nicht los.

»Geben Sie den Schlüssel in Ihrer Hand zurück.«

Derec fiel keine Widerrede ein, daher hielt er ihm mit einem kläglichen Lächeln den Schlüssel hin. Der Robot nahm ihn. Dann entdeckte er ein Licht, das an einem der Instrumente aufblinkte.

»Wir werden hinuntergehen«, sagte er. »Ich glaube, man hat Ihre Gegenwart hier bemerkt. Jedenfalls ruft dieses Warnlicht alle, die hier oben sind, zu Keymo zum Rapport.«

»Du könntest ja einen Schlüssel mitnehmen.« Derec griff um den Robot herum. Wie erwartet packte der seinen Arm. Derec mimte Schmerzen, indem er theatralisch das Gesicht verzog und sich krümmte, so daß er mit dem Tablett in Berührung kam. Während der Robot ihm einen Schlüssel entwand, griff er mit der anderen Hand um ihn herum und nahm den zweiten an sich, der die Testphase bereits hinter sich hatte.

Ohne weitere Debatte geleitete der Robot Derec um die Zwischenwand herum zum Sicherheitssitz. Er veranlaßte Derec, Platz zu nehmen, während er sich auf eine Art Querstange unterhalb des Sitzes stellte. Der Boden ging auf, und sie fuhren gemeinsam nach unten. Derec konnte Sicherheitsrobot 1K mit Ariel an Keymos Pult stehen sehen.

Sie warf ihm einen fragenden Blick zu, als er quasi mit Gewalt dorthin gezerrt wurde. Er unterdrückte mit einiger Anstrengung ein Lächeln. Diese Roboter waren zu schlau. Hinweise auf ein heimliches Einverständnis zwischen ihnen wären ihnen nicht entgangen. Er wich ihrem Blick aus.

Noch ehe Keymo das Wort ergreifen konnte, entschied Derec, den Robot zu überrumpeln, indem er in die Offensive ging.

»Woher wußtest du, daß ich dort oben war?«

»Sowohl mein Pult als auch die Sicherheitskonsole registrieren Wärmeabstrahlung und Gewichtsbelastung auf jedem Stockwerk. Wir haben Ihre Gegenwart allerdings nicht sofort bemerkt, da ich durch die Diskussion potentieller Gebote gemäß den Gesetzen der Robotik abgelenkt war.« Keymo wies mit einem Nicken auf Ariel und Sicherheitsrobot 1K. Dann sprach er den Robot an, der immer noch Derecs Arm festhielt. »Prozessor 12K, du darfst loslassen. Berichte, was in deinem Zuständigkeitsbereich vorgefallen ist.«

»Der Mensch hat sich von hinten angeschlichen und nach einem der fertigen Schlüssel gegriffen«, sagte der Robot aus dem Obergeschoß. »Zweimal hat er das getan. Ich habe jeweils die Schlüssel an mich genommen und zurückgelegt. Als ich ihn zum ersten Mal wahrnahm, war mir nicht klar, daß in der Situation das Erste Gesetz gilt. Ich hätte ihn beinahe verletzt.«

»Wir bedienen uns Ihnen zuliebe der verbalen Kommunikation«, sagte Keymo zu Derec und Ariel. »Das Erste Gesetz verlangt, daß Sie über unsere Diskussion informiert sind. Derec, sind Sie unverletzt?«

»Äh, ja. Mir geht's gut.« Derec, der nun nicht mehr von Prozessor 12K festgehalten wurde, rückte ein wenig von ihm ab. Er hatte bereits den Schlüssel in seiner Hand befühlt und sich ins Gedächtnis gerufen, wie er funktionierte. Nun drehte er ihn vorsichtig und drückte nacheinander jede Ecke des Schlüssels. In der letzten Ecke, auf der ihm zugewandten Seite, erschien ein Knopf.

Nun mußte er Ariel veranlassen, den Schlüssel zu erfassen, oder sich zumindest an ihm festzuhalten, damit er den Knopf betätigen konnte. So dicht bei den Robotern würden sie kein zweites Mal die Gelegenheit bekommen. Wo immer der Schlüssel sie hinversetzte, der augenblicklichen Szene würden sie damit entkommen; er mußte sich darauf verlassen, daß er auf einen sicheren Ort eingestellt war. Danach konnten sie ihren nächsten Schritt planen.

»Ariel behauptet, es gäbe ein Problem nach dem Ersten Gesetz«, sagte Keymo. »Meinen Sie etwa auch, Sie seien durch die Gegenwart anderer Menschen auf dem Planeten gefährdet?«

»Äh . . .« Derec bemerkte ihr angedeutetes Nicken. »Klar. Und wie. Wir wissen ja nicht, um wen es sich handelt.«

»Keiner von Ihnen hat die Art der Gefahr bestimmt oder Beweise für ihr Vorhandensein geliefert«, sagte Keymo. »Können Sie im Gegensatz zu ihr beweisen, daß Sie gefährdet sind?«

»Also . . . nein.« Derec zuckte die Achseln und begann mit den Füßen zu scharren. Er lehnte sich in Richtung Prozessor 12K. Wie erhofft wich der ein Stück zurück. Derec trat vor ihn, so daß nur noch Sicherheitsrobot 1K zwischen Ariel und ihm stand. »Aber ich bin der gleichen Meinung. Menschen können sehr gefährlich sein — insbesondere Fremde. Wir wären wesentlich sicherer, wenn wir diesen Planeten verlassen könnten.«

»Anderswo werden Sie mehr Kontakt mit Menschen haben als hier«, sagte Keymo. »Selbstverständlich werden Ihnen die meisten fremd sein und daher nach Ihrer Definition gefährlich. Hier haben Sie eine ganze Population von Robotern, die nicht zulassen darf, daß Ihnen ein Leid geschieht.«

»Nur, wenn ihr uns davor schützen könnt«, sagte Ariel.

»Anderswo«, sagte Keymo, »sind Sie bezüglich Ihrer Sicherheit auf sich selbst angewiesen.«

»Nun hör ihr doch zu«, sagte Derec. Er streckte Sicherheitsrobot 1K die Hand entgegen, packte jedoch ihren Arm und zog sie zu sich heran. »Wir zwei sind hier isoliert . . .« Er sprach nur um der Ablenkung willen weiter. Gleichzeitig griff er um sie herum und holte einen ihrer Arme nach hinten. Sie legte hinter ihrem Rücken verborgen die Hand neben die seine an den Schlüssel.

»Jetzt«, verkündete er triumphierend. Mit der einen Hand hielt er den Schlüssel fest, mit der anderen drückte er auf den Knopf.

Es passierte gar nichts.

Kapitel 6

Fremde in der Stadt

Wieder in ihrer Wohnung angekommen, versetzte Derec dem Stuhl vor der Computerkonsole einen Tritt, so daß er über den Boden rutschte und gegen den zweiten Stuhl prallte.

»Diese dreckigen, stinkenden, verfluchten Schrotthaufen! Und das Erste Gesetz? Gilt das etwa nicht für die Schlüssel?«

»Offenbar nicht«, sagte Ariel erbittert. »Wenn Keymo die Wahrheit gesagt hat, als er behauptete, daß die Schlüssel in dieser Fertigungsmaschine initialisiert werden und nur funktionieren, wenn sie von der Gattung benutzt werden, die sie initialisiert hat, dann können ihre Schlüssel eben nur von Robotern eingesetzt werden. Und wenn sie sie von Hand initialisieren, sind sie für uns ebenfalls unbrauchbar. Die haben mich wegen des Ersten Gesetzes angehört, nicht etwa, weil sie Schlüssel hatten, mit denen wir fortkämen.«

»Ich bin mir endgültig wie ein Idiot vorgekommen, als ich so mit dem Schlüssel dastand und nichts passierte. Und dann haben sie die Wand abgesucht, um festzustellen, wie ich reingekommen bin, und haben mir meinen Stiefel zurückerstattet.« Er blickte herab auf die zueinander passenden Stiefel, die er nun wieder an den Füßen trug. »Wetten, daß dieser Trick kein zweites Mal klappt?«

»Na ja, wenigstens haben sie uns bloß hinausbefördert. Ohne Strafe oder sonst was.« Sie seufzte und ließ sich auf einem der Stühle nieder, ohne sich die Mühe zu machen, ihn an seinen angestammten Platz zurückzuschieben. »Ich war so stolz, als ich durch bloßes Argumentieren auch reinkam, um Keymo zu sehen.«

»Insofern hat uns das Erste Gesetz wenigstens genützt.« Er begann, am Rand des kleinen Raums auf und ab zu gehen. »Und ich dachte, wir wären so nahe dran, hier wegzukommen. Ich dachte, wir hätten's geschafft.« Er unterbrach sich, als er sah, wie Ariel sich im Stuhl vorbeugte und niedergeschlagen zu Boden starrte.

Sie blickte mit einem verzagten Nicken auf.

»Na ja, sieh mal. Es ist noch nicht vorbei. Ich meine, wir geben noch längst nicht auf.« Er setzte sich auf den Stuhl vor der Konsole und starrte nachdenklich auf den leeren Schirm. »Gut. Wie sieht unser nächster Schritt aus? Laß mal sehen.« Er begann die Tastatur zu bedienen.

Sie beobachtete ihn einen Moment. »Du suchst wohl wieder nach den anderen Menschen auf diesem Planeten.«

»Natürlich. Irgendwie sind sie hergekommen; auf dem gleichen Weg, wie immer der aussieht, können wir verschwinden.«

»Aber wir haben bei der Suche nach ihnen keinerlei Fortschritte erzielt. Was bleibt uns noch zu tun?«

»Wir haben uns noch nicht eingehend damit beschäftigt. Meiner Meinung nach waren die Aussichten bei Keymo am besten, und bei ihnen erst in zweiter Linie. Jetzt ist es soweit, sich ernsthaft mit ihnen auseinanderzusetzen.«

»Hoffentlich nützt das was.« Sie hörte sich immer noch mutlos an, aber sie zog ihren Stuhl näher heran.

»Ich werde mit der Datei anfangen, die wir schon einmal hatten«, sagte Derec. »He, wir haben Glück.«

»Tatsächlich?« Sie blickte hoffnungsvoll auf.

»Die beiden Fremden, die gemeinsam reisen, sind seither mehrfach gesichtet worden.«

»Und der dritte?«

»Der wird nicht weiter erwähnt. Hoffentlich ist alles in Ordnung mit ihm. Ich frage mich, ob der dritte zu den anderen beiden gehört oder ob sie nur etwa gleichzeitig eingetroffen sind.«

»Wenn sie getrennt angekommen wären, hätten wir vielleicht zwei Möglichkeiten, Robot City zu verlassen.«

»Da hast du recht«, sagte Derec. »Ich hoffe nur, daß der dritte sich besser versteckt als die anderen beiden.«

»Was meinst du damit?«

»Wenn sie zusammen eingetroffen sind, könnte es sein, daß der dritte das einzige Transportmittel benutzt hat, um wieder abzureisen.«

»O Derec. Warum mußtest du das bloß erwähnen?«

»Wir müssen alle Möglichkeiten in Betracht ziehen, oder etwa nicht?« Er wandte sich zu ihr um. »Außerdem wäre es trotzdem vorteilhaft, mal wieder ein paar Leuten zu begegnen. Irgendwann wird jemand kommen, um sie zu holen. Zumindest wird es sich um Raumfahrer handeln, was anderes als diese selbstgenügsamen Roboter.«

»Angenommen, wir führen diesen Gedanken zu Ende. Ergäbe das vielleicht eine Möglichkeit, zu erraten, wer sie sind?«

»Ich gebe ein, was wir haben. Das wahre Problem besteht darin, daß wir die Koordinaten dieses Planeten nicht kennen.«

»Wir wissen, daß Dr. Avery Robot City abseits der Hauptverkehrsrouten ansiedeln wollte«, sagte Ariel. »Meine Mutter hat immer wieder betont, wie exzentrisch er war. Ich bin sicher, daß wir nicht in der Nähe irgendwelcher Hauptlinien des Raumverkehrs sind.«

»Aber allzu weit sind wir auch nicht von ihnen entfernt. Wenn Dr. Avery so größenwahnsinnig war, wie du sagtest, hatte er vermutlich vor, anderen Leuten gegenüber mit seinem Erfolg zu protzen.«

»Meine Mutter hätte das Ergebnis sicher sehen wollen. Und weißt du was? Auf Aurora hatte er es mit zahlreichen Skeptikern zu tun. Schließlich wird er den Wunsch gehabt haben, denen zu beweisen, daß er auch ausführen kann, was er sagt.«

»Gut. Wir haben nicht viel, wonach wir uns richten können, aber immerhin einiges.« Derec faßte die Information zusammen, die er auf dem Schirm ablas. »Aurora ist wahrscheinlich der nächste bewohnbare Planet und beinahe mit Sicherheit der nächste bedeutende Planet.«

»Wenn wir tatsächlich von hier fort könnten, wäre das sehr praktisch«, bemerkte sie. »Mir sind selbst kleine Begünstigungen recht.«

»Laß mich weitermachen. Die Wahrscheinlichkeit, daß drei Leute durch reinen Zufall etwa zur gleichen Zeit in zwei Raumschiffen hier landen, ist zu gering, um sie in Betracht zu ziehen. Ein Raumschiff ist denkbar, falls es einen mechanischen Defekt hatte oder etwas Ähnliches, aber nicht zwei. Angenommen, wir wären in der Nähe einer Raumverkehrsader, und unter Berücksichtigung der Tatsache, daß dies alles ohnehin Vermutungen sind, müssen wir davon ausgehen, daß unsere Besucher mit Absicht hergekommen sind.«

»Ich kann mir ehrlich gesagt nicht vorstellen, warum jemand hierherkommen wollte«, sagte Ariel. »Es gibt keine Geschäfte zu machen. Und besonders amüsant ist es hier auch nicht gerade. Es gibt weder Unterhaltungsmöglichkeiten noch sonst irgendwas Derartiges.«

»Ich weiß. Und die Pioniere des Weltraumhandels würden in Scharen antreten, nicht allein oder zu zweien.«

»Für Einzelpersonen gibt es hier einfach nichts zu tun, was ich mir denken könnte«, fuhr sie fort. »Selbst wenn ich nicht krank wäre, würde ich von hier wegwollen. Die Roboter bestimmen alles nach ihren Vorstellungen.«

»Ich denke, wir können uns selbst als Grund ausschließen, oder was meinst du?« fragte Derec. »Soweit uns bekannt ist, kann niemand wissen, daß du oder ich hier sind.«

»Als wenn ich das nicht wüßte.« Sie schüttelte mit einem wehmütigen Lächeln resigniert den Kopf.

»Damit bleibt nur Robot City als Grund übrig.«

»Aber ich sagte dir doch, daß Dr. Avery den Standort geheimgehalten hat. Meine Mutter war sicher, daß er darauf großen Wert gelegt hat.«

»Du hast auch gesagt, daß er vor langer Zeit verschwunden ist.

Könnte er nicht, falls er tot ist, im Büro Informationen hinterlassen haben, die sich jemand angeeignet hat? Oder daß er vor seinem Tod anderswo im Weltraum das Geheimnis verraten hat? Und nun hat jemand die Information benutzt, um herzukommen. Oder er selbst ist wieder da.«

»Bei so einem Kerl ist alles möglich«, sagte sie zögernd. »Aber es paßt irgendwie nicht zu ihm, daß er mehr verraten haben soll, als er wollte. Außerdem wären die Leute, die von dem Geheimnis erfahren hätten, schon längst hier aufgetaucht.«

»Nicht, wenn es gut versteckt war. Vielleicht sind sie gerade erst darauf gekommen.«

»Vielleicht. Kann sein.« Sie sah ihn an. »Glaubst du, es handelt sich um Avery?«

»Nein. Die Sichtungen haben keinerlei Bezug zu der Tatsache, daß er jederzeit das Büro im Kompaßturm aufsuchen könnte. Unsere Besucher sind ebenso gestrandet wie wir. Und sie können uns zur Flucht von diesem Felsbrocken verhelfen.«

»Damit wäre abgehandelt, wie sie Robot City gefunden haben«, sagte Ariel. »Aber wie finden wir sie?«

»Ich wollte, ich hätte inzwischen Zeit gehabt, im Computer aufzuräumen. Er ist einfach nicht verläßlich genug. Wenn er es wäre, könnte er uns weiterhelfen.«

»Einen Versuch ist es wert, oder etwa nicht? Wie wär's, wenn du den Robotern eine Art Dauerbefehl gibst, nach den Menschen Ausschau zu halten?«

»Doch, versuchen kann ich's, aber das Problem ändert sich dadurch nicht. Der Befehl erreicht nicht jeden einzelnen Robot, und bei vielen dauert es lange, bis er sie erreicht. Und das auch nur unter der Voraussetzung, daß Dr. Avery sie nicht aus nur für ihn einsichtigem Grund dagegen programmiert hat.«

Sie schüttelte den Kopf. »Dazu war er zu paranoid. Wenn er vorsichtig genug war, diesen Ort geheimzuhalten, wäre er mit Sicherheit dafür gewesen, den Robotern zu befehlen, daß sie nach Fremden Ausschau halten.«

»Außerdem wissen wir längst, daß einige Roboter ihre Sichtungen melden. Ich werde anordnen, daß das für alle Roboter gilt, und . . .« Er sprach den Satz nicht zu Ende. »Also, ich weiß nicht. Kann sein, daß wir uns nur im Kreis bewegen.«

»Wieso denn?«

»Na ja, wie gesagt weiß ich nicht, ob es was nützt. Im Computer kommt dadurch bloß noch mehr zusammen.«

»Dann können wir nur die Instruktion eingeben und hoffen, daß sie uns zu Informationen verhilft«, sagte sie. »Anschließend werden wir versuchen, uns was Neues einfallen zu lassen. Was ist daran verkehrt?«

»Ja, dann los. Eigentlich müßten wir erreichen, daß die Roboter sie nach Möglichkeit festhalten, aber ich wüßte nicht wie. Es könnte einen Verstoß gegen das Erste Gesetz bedeuten.«

»Käme das nicht auf den Einzelfall an? Vielleicht könnten die Roboter sie überreden, herzukommen. Die Roboter müßten nur vermeiden, ihnen weh zu tun. Und vielleicht hätten sie auch den Wunsch, uns zu sehen. Ich denke, wir könnten sie herbringen lassen, du nicht?«

»Ich gebe den Befehl ein. Falls es Roboter gibt, die in der Lage sind, diese Fremden zu finden und zu identifizieren, sollen sie sie, wenn möglich, hierherbringen. Um Probleme mit den Gesetzen können sich die Roboter jeweils selbst kümmern.« Er lehnte sich seufzend im Stuhl zurück. »Ich weiß nur einfach nicht, ob es etwas nützt.«

»Wir haben uns ziemlich angestrengt«, erklärte Ariel. »Wie wär's, wenn wir eine Pause einlegen? Jedenfalls ist es an der Zeit, daß wir was zu essen kriegen.«

»Igitt«, sagte Derec, und sie lachten beide. »Na gut. Wir werden alles runterschlingen, was uns der Prozessor zum Mittagessen vorsetzt. Wenn wir das überleben, sind wir anschließend sicher beglückt, hinausgehen und mit unkooperativen Robotern endlose Debatten führen zu können.«

Ariel erhob sich lächelnd. »Ich denke, wir können uns unsere Motivation holen, wo sie sich findet.«

Nachdem sie gegessen hatten, machten sie sich erneut auf die Suche nach Beweisen für die Gegenwart der Fremden in der Stadt. Derec war anfangs eifrig und voller Energie, hauptsächlich deshalb, weil ihm Ariels Erkrankung nicht aus dem Kopf ging. Er wollte klarstellen, daß er keine Zeit vergeudete.

Auf ihren Vorschlag hin erklärte er sich nach einer Weile bereit, die Sache langsam anzugehen. In diesem Stadium der Suche war es unwahrscheinlich, daß Eile ihnen weiterhelfen würde. Sie hatten, so gut sie konnten, die Roboter alarmiert, und sie besaßen eine Aufstellung der Standorte früherer Sichtungen. Nun blieb ihnen nichts weiter übrig, als herumzugehen und auf eine Spur zu hoffen.

Das größte Problem bestand darin, daß die Sichtungen keinem erkennbaren Muster folgten. Da der Einzelreisende seit einiger Zeit nicht mehr gemeldet worden war, beschlossen sie, ihn im Augenblick nicht zu berücksichtigen. Soweit sie es beurteilen konnten, waren die Sichtungen der beiden, die zusammen unterwegs waren, rein zufällig erfolgt.

Zuletzt waren sie draußen am Stadtrand gesehen worden. Derec und Ariel benutzten das Tunnelsystem bis zum Ende der Linie an der Peripherie, dann mußten sie hinauf an die Oberfläche. Dort gelang es ihnen, eine Mitfahrgelegenheit in der Kabine eines riesigen Tankwagens zu ergattern. Als dessen Route von der ihren abwich, stiegen sie aus.

Während sie so dahingingen, sahen sie zum ersten Mal den langen, dreiteiligen Maulwurfsbagger, der die unterirdischen Tunnel grub und ein vollständig ausgerüstetes, funktionierendes Plattformsystem zurückließ. Dieser Abschnitt wurde nicht benutzt, weil er noch nicht an das Hauptsystem angeschlossen war; sonst wäre der Maulwurfsbagger unter dem Erdboden und außer Sicht gewesen. Nach Aussage eines Robotvorarbeiters, den Derec befragte, baute er außerdem Erze ab. Es schien sich um eine Abart der Fördermaschine zu handeln, die damals, kurz nachdem er mit Gedächtnisschwund erwacht war, für die Avery-Roboter auf der Suche nach dem ursprünglichen Schlüssel den Asteroiden umgegraben hatte.

Außerdem sahen sie eine Reihe im Bau befindlicher oder gerade fertiggestellter Gebäude. Darunter waren mehrere kleinere Kuppeln aus bronzefarbenem Dianit, die an das Schlüsselzentrum erinnerten. Nirgendwo jedoch wußte ein Robot von der Sichtung weiterer Menschen zu berichten.

Kapitel 7
Der Cyborg

Sein Name war Jeff Leong. Er öffnete in der Finsternis die Augen und fragte sich, wo er war. Zumindest lebte er und hatte keine Schmerzen. Er schien bequem auf dem Rücken zu liegen. Blasse, farbige Lichter kreuzten sein Sichtfeld von links, vermutlich die Monitoranzeigen von Überwachungsinstrumenten. Er nahm an, daß es sich um medizinische Geräte irgendwelcher Art handelte, und wandte den Kopf nach links, in der Erwartung, daß ihn dies beträchtliche Mühe und Unbehagen kosten würde. Doch die Bewegung gelang leicht und bequem, obwohl er nun Drähte unter seiner Wange entdeckte, die seinen Kopf mit den Geräten neben ihm verbanden.

Nun erschien der Raum von gedämpftem Licht durchdrungen. Er konnte um sich herum die Umrisse erkennen, und natürlich die beleuchteten Anzeigen der Instrumente. Die Ablesungen sagten ihm jedoch nichts, daher richtete er den Kopf wieder nach vorn.

Es ging ihm gut. Aber das war kaum zu verstehen.

Da er auf dem Raumschiff *Kimbriel* nur Passagier gewesen war, begriff er die Katastrophe nicht recht. Der Kapitän hatte sich über Interkom gemeldet und gesagt, es habe sich ein mechanisches Problem ergeben und sie hätten Aurora bereits zu weit hinter sich gelassen, um ungefährdet dorthin zurückzukehren. Der Navigator habe jedoch einen bewohnbaren Planeten ausfindig gemacht, und sie würden in einer Rettungskapsel die Notlandung versuchen.

Damals war Jeff aufgeregt gewesen. Er vertraute der Crew und hatte sich richtiggehend auf das unvorgesehene Abenteuer auf einem unbekannten Planeten gefreut. Er ging davon aus, daß er sich im Augenblick dort befand.

Die Tür am anderen Ende des Raums öffnete sich, und ein Robot trat ein. Das Licht ging an, und Jeff sah, daß sein Besucher ein blauhäutiger Robot eines besonderen, ihm unbekannten Typs war. Der Robot ging zu den Instrumenten und studierte jedes von ihnen sorgfältig.

»Wo bin ich?« fragte Jeff. Seine Stimme klang ein wenig seltsam, aber das Sprechen bereitete ihm keine Mühe.

»Sie befinden sich im Humanexperimentellen Institut 1, Raum 6, in Robot City«, sagte der Robot.

»Robot City? Auf welchem Planeten?«

»Der Planet wird ebenfalls Robot City genannt.«

»Wer bist du?«

»Ich bin Experimentalchirurg 1.«

»Äh, könnte ich wohl meinen Arzt sprechen?«

»Ich bin Ihr Arzt, zusammen mit Humanmedizinforscher 1.«

»Ist der auch ein Robot? Der Bezeichnung nach . . .«

»Ja. Und wie heißen Sie?«

»Ich bin Jeff Leong.«

»Haben Sie noch Defekte?«

»Wie bitte?«

»Wie . . . geht es Ihnen? Wie fühlen Sie sich?«

»Oh. Eigentlich ganz gut. Nur meine Stimme klingt irgendwie seltsam, findest du nicht auch?«

»Sie hat sich verändert. Bitte schildern Sie die Ereignisse, die zu Ihrer Ankunft hier geführt haben.«

»Auf unserem Schiff kam es zu irgendeinem mechanischen Notfall. Wir wollten hier notlanden, aber das ist uns nicht recht gelungen. Ich erinnere mich, daß der Kapitän uns vor einem harten Aufprall gewarnt hat.«

»Welche sonstigen Ereignisse haben zu Ihrer Landung geführt?«

»Was für sonstige Ereignisse? Ich weiß von keinen Ereignissen. Ich war bloß Passagier. Übrigens, wo sind die anderen alle?«

»Ich muß Ihnen leider mitteilen, daß Sie der einzige Überlebende sind.«

Jeff starrte zur Decke empor, von zahllosen Emotionen erfüllt. Er hatte nicht mit dieser Antwort gerechnet, obwohl sie ihn nicht überraschte. Besatzung und Passagiere waren bei einem Unfall ums Leben gekommen — nur er war irgendwie davongekommen. Richtig klar war ihm das noch nicht. Wenn überhaupt, fühlte er sich eher schuldig als betrübt.

»Waren Sie mit Familie oder Freunden unterwegs?«

»Nein«, murmelte er leise. »Nein, ich kannte niemanden an Bord.«

»Wohin waren Sie unterwegs?«

»Ich persönlich? Nun, ich war von daheim zur Hochschule aufgebrochen. Ich stamme von Aurora.«

»Sie wollten also nicht nach Robot City?«

»Nicht unbedingt. Erst als das Schiff die Panne hatte.« Jeff blickte zu ihm auf. »Weißt du, was aus ihm geworden ist?«

»Das Mutterschiff ist außerhalb der Atmosphäre explodiert. Die Rettungskapsel, in der Sie und die übrigen Passagiere reisten, ist beim Landungsversuch zerschellt.«

»Da hab' ich wohl noch mal Glück gehabt, wie? Mir geht's jedenfalls gut.«

»Ich habe Forscher 1 herbeigerufen, das zweite Mitglied des humanexperimentellen Teams. Wir werden gemeinsam alles erläutern. Möglicherweise haben Sie, wie Sie es ausdrücken, noch mal Glück gehabt. Sie sagen, es geht Ihnen gut?«

»Klar. Darf ich aufstehen?«

»Haben Sie sich schon einmal selbst angesehen?«

»Nein, . . . wieso, sind Narben zurückgeblieben oder so was?« Jeff legte die Hand an sein Gesicht und traf auf eine harte, unbekannte Oberfläche. »Hab' ich eine Maske auf? Bandagen oder so was?«

Chirurg 1 schwieg, während ein zweiter Robot den Raum betrat. »Dies ist Humanmedizinforscher 1. Unser Patient heißt Jeff Leong.«

»Hallo«, sagte Jeff vorsichtig.

»Hallo«, antwortete Forscher 1 im gleichen Tonfall. »Chirurg 1, was sagen die Instrumente?«

»Sie zeigen eine alles in allem exzellente Verfassung an.«

Chirurg 1 kam heran und blickte auf Jeff herab, der durch ihre Überzahl und merkwürdige Erscheinung eingeschüchtert war. Ein menschlicher Arzt wäre ihm lieber gewesen.

»Es geht Ihnen also ausgezeichnet?« fragte Chirurg 1.

»Schon, aber ich hab' das Gefühl, mumifiziert zu sein oder so was. Was ist mit mir passiert?«

Forscher 1 trat ans Fußende des Bettes und sah ihm direkt ins Gesicht. »Da das Experiment gelungen ist, glaube ich, wir können es Ihnen sagen, ohne daß der Schock allzu groß wäre. Sie dürfen sich aufsetzen.«

»Äh, in Ordnung.« Jeff erwartete, daß man ihm aufhelfen würde, wie es eifrige Ärzte und Pfleger normalerweise tun, doch die Roboter rührten sich nicht vom Fleck. Er setzte sich mühelos auf und sah zu, wie Forscher 1 genauestens die Instrumente studierte. Dann senkte er den Blick und entdeckte die blauhäutige Beschaffenheit seiner Beine.

Zunächst begriff er es nicht. Er fragte sich, warum seine Beine in diesem Zeug steckten. Als er hinunterfaßte, um sie zu berühren, sah er zum ersten Mal seine Hand und den dazugehörigen Arm, die aus der gleichen unbekannten Substanz bestanden. Plötzlich begriff er, was geschehen war. Er begutachtete zunächst seinen anderen Robotarm und dann seine Brust. Mit zunehmendem Entsetzen klopften seine blauen Hände gegen den Rumpf und glitten über die neuen Konturen seines Gesichts.

»Die Instrumente haben recht«, sagte Forscher 1. »Bisher deutet alles darauf hin, daß die Prozedur erfolgreich war. Sie sind natürlich erregt. Diese Reaktion ist durchaus normal.«

Jeff ließ sich aufs Bett zurückfallen. Die Lichter der Instrumente hüpften, als sie den Aufprall registrierten. »Ich bin ein Robot. Ich kann's einfach nicht glauben. Ich bin ein *Robot.*«

»Wir möchten, daß Sie eines verstehen«, sagte Chirurg 1. »Das Erste Gesetz verlangte diese Entwicklung unter den Umständen, unter denen wir Sie aufgefunden haben.«

»Was? Wie? Wie konnte das Erste Gesetz so was verlangen? Meint ihr etwa, dadurch wäre mir kein Schaden entstanden? Ich bin ein Mensch, kein Robot!« Jeff wollte hochfahren, aber ihm war gar nicht mehr nach Aufstehen zumute. Er war weder müde noch körperlich schwach, aber er mochte sich nicht bewegen, so als könne er sich in diesem fremden Körper dadurch verletzen.

»Sie waren beschädigt, als wir Sie gefunden haben«, sagte Forscher 1. »Wir verfügen hier über keinerlei Vorkenntnisse bezüglich der menschlichen Brust- und Bauchorgane. Unsere medizinische Bibliothek ist inkonsistent und bruchstückhaft. Dagegen besaßen wir experimentelle Informationen über Grenzgebiete des Wissens um das menschliche Nervensystem. Da wir nicht zulassen durften, daß Sie noch mehr zu Schaden kamen, sofern wir es verhindern konnten, waren wir gezwungen, auf unsere experimentellen Kenntnisse zurückzugreifen, um Sie als Lebewesen zu erhalten.«

»Ich bin mir nicht sicher, ob ich euch folgen kann«, flüsterte Jeff. »Drückt euch gefälligst klar aus.«

»Wir haben Ihr Gehirn in einen unserer humanoiden Robotkörper transplantiert, weil wir den Ihren nicht reparieren konnten.«

Jeff schloß die Augen und lag einen Moment lang still da. Als er sie wieder aufmachte, bedachte er Forscher 1 mit einem mürrischen Blick. »Was ist aus meinem Körper geworden?«

»Er wurde eingefroren. Trotz unserer beschränkten Informationen glauben wir, er ist nicht so schlimm beschädigt, daß er irreparabel wäre. Allerdings wissen wir nicht, wie man das macht. Besitzen Sie medizinische Kenntnisse, die uns bei der Reparatur Ihres Körpers helfen könnten?«

»Ich? Ich bin bloß ein Junge auf dem Weg zur Hochschule — noch keine zwanzig. Ich weiß so was nicht. Jedenfalls nicht auf dem Niveau, wie ihr es brauchen würdet.«

»Wir haben unser Team speziell für dieses Projekt zusammengestellt«, sagte Chirurg 1. »Soweit uns bekannt ist, gibt es keine anderen erfolgreichen Transplantationen dieser Art.«

»Ist ja toll«, sagte Jeff sarkastisch. »Wahrhaftig.«

»Sie scheinen sich nicht über diesen Erfolg zu freuen«, bemerkte Chirurg 1. »Sind Sie etwa nicht der Meinung, daß dies der geringfügigste Schaden ist, den wir unter den gegebenen Umständen erreichen konnten?

»Nein . . . nein, ich glaube euch ja. Ich will eben nur . . . kein Robot sein!« Diesmal setzte er sich auf und riß sich die Überwachungsdrähte herunter. »Versteht ihr das denn nicht? Ich bin nicht mehr ich selbst! Ich bin nicht Jeff Leong.«

Die Roboter rührten sich nicht.

»Das stimmt nicht ganz«, sagte Forscher 1. »Ihre Identität sitzt im Gehirn. Falls das Trauma des Zerschellens Ihnen nicht das Gedächtnis genommen hat, ist Ihre Identität intakt.«

»Aber ich bin nicht *ich* — äußerlich, meine ich. Ich sehe nicht so aus.« Er hob die offenen Hände und streckte sie den Robotern entgegen. »In vielerlei Hinsicht«, sagte Chirurg 1, »ist Ihr neuer Körper besser als Ihr menschlicher. Er kann praktisch bis in alle Ewigkeit repariert werden, vorausgesetzt, Ihr Gehirn ist unbeschädigt. Nur Ihr Gehirn wird altern, aber es wird, was Nährstoffe und körperinterne Versorgung angeht, optimal bedient. Sie sind stärker, und Ihre Sensoren sind weitaus leistungsfähiger als Ihre früheren Sinnesorgane.«

»Schöner Trost. Und wie lange muß ich hier bleiben?«

»Ihr Robotkörper ist in ausgezeichnetem Zustand. Sie sind nicht ans Bett gefesselt«, sagte Chirurg 1. »Einige simple motorische Tests werden uns mitteilen, ob alle Verbindungen zwischen Ihrem Gehirn und dem Körper korrekt ausgeführt wurden.«

Jeff schwang behutsam die Beine über den Bettrand und stand auf. »Bisher keine Probleme.«

»Fersen zusammen, Füße auseinander, nun legen Sie den Kopf in den Nacken. Strecken Sie die Arme aus. Fassen Sie sich erst mit der einen, dann mit der anderen Hand an die Nase.«

Jeff tat ihnen den Gefallen.

»Sehr gut«, sagte Chirurg 1. »Forscher 1?«

»Den Instrumenten zufolge funktioniert der Robotkörper einwandfrei. Für meine Tests der allgemeinen motorischen Fähigkeiten brauchen wir mehr Platz. Ich schlage vor, ihn aus diesem Gebäude hinauszubegleiten.«

Jeff verließ mit ihnen den Raum und schritt einen Korridor entlang, wobei er sich nicht eigentlich schwerfällig vorkam, nur ein bißchen zu groß und zu schwer. Draußen wurde er zunächst vom Licht geblendet, paßte sich jedoch augenblicklich an. Chirurg 1 sah ihn zwinkern.

»Ihre Augen sehen mehr vom Spektrum, als Ihre menschlichen Augen es getan haben. Das gleiche gilt für Ihre anderen Sensoren. Was Sie soeben erlebt haben, war ein automatisches Abblenden Ihrer Robotaugen, das Ihnen das Sehen erleichtert. Die gegenteilige Reaktion ist erfolgt, als Sie vor einer Weile in völliger Dunkelheit erwacht sind.«

»Ausgezeichnet«, sagte Forscher 1. »Demnach funktionieren Ihre automatischen Reaktionen. Ich habe nur noch wenige andere Tests auszuführen.«

»Ehe wir dazu kommen«, sagte Jeff. »Mir ist da was eingefallen. Was gibt es für mich zu *tun?*«

»Was immer Sie wollen«, sagte Forscher 1. »Wir haben keine Bestimmungen außer jenen, die uns von den Gesetzen auferlegt werden, und durch unsere Programmierung. Das betrifft jedoch unsere Gemeinschaft, nicht Sie.«

»Aber . . . was wird aus der Hochschule? So kann ich da nicht hin . . . Die werden nicht mal wissen, wer ich bin! Ich sehe nicht aus wie Jeff Leong — ich habe keine Netzhautabdrücke, keine Fingerabdrücke, keinerlei identifizierende Merkmale.«

»Falls irgendwo Ihre Gehirnwellen aufgezeichnet sind, wird das genügen«, sagte Chirurg 1. »Allerdings haben wir ohnehin kein Raumfahrzeug zu Ihrer Verfügung.«

Jeff wirbelte herum. »Soll das etwa heißen, ich sitze hier *fest?*«

»Wir haben keine Raumfahrzeuge zur Verfügung«, wiederholte Forscher 1.

»Aber . . . Moment mal! Ich kann doch nicht hierbleiben!«

»Wir haben keine Gewalt über Sie«, sagte Forscher 1. »Falls sich jemals Mittel und Wege ergeben, Ihren menschlichen Körper zu reparieren und die Transplantation rückgängig zu machen, werden wir das tun. Falls Raumfahrzeuge verfügbar werden, steht es Ihnen außerdem frei, abzureisen.«

»Aber ich kann mich hier nicht aufhalten. Es gibt nichts zu tun!«

»Bitte bleiben Sie ruhig. Nachdem ich Ihre allgemeinen motorischen Fähigkeiten getestet habe, werde ich Sie dem Robot vorstellen, der in Robot City für die Verteilung der Aufgaben zuständig ist. Möglicherweise finden Sie ja eine Betätigung, die Ihnen zusagt.«

»He, Moment mal.« Jeff wich vor Forscher 1 zurück, doch die Roboter packten seine Arme. »He!« Er wand sich, trat einen Schritt zur Seite und riß sich los. »Laßt mich in Ruhe.«

»Wir müssen weitere Tests ausführen, um Ihr Wohlbefinden zu messen«, sagte Forscher 1.

»Also, ich will — loslassen!« Jeff riß sich erneut von Chirurg 1 los. »Nun hört mal! Ich bin ein Mensch — ich befehle euch, mich in Ruhe zu lassen. Zweites Gesetz, stimmt's?« Er begann rückwärts zu gehen, unsicher auf seinen neuen Beinen, ohne sie aus den Augen zu lassen.

»Wir können nicht zulassen, daß Sie sich selbst schaden«, erinnerte ihn Chirurg 1. »Das Erste Gesetz wiegt schwerer als das Zweite. Kommen Sie zurück.« Er begann Jeff zu folgen.

Jeff machte kehrt und rannte los.

Er stellte fest, daß er eine breite Durchgangsstraße entlangrannte, auf der es kaum Fahrzeugverkehr gab. Einzelne Roboter zu Fuß wichen ihm aus. Er hatte keine Ahnung, wohin er unterwegs war, wollte jedoch nachdenken, und zwar allein.

Hinter sich hörte er Fußgetrappel — es überraschte ihn, daß sein robotisches Gehör so fein war, daß er die Schritte seiner beiden Verfolger tatsächlich unterscheiden konnte. Sie riefen hinter ihm her, doch es war kein zorniges Gebrüll wie bei Menschen. Vielmehr riefen sie, er sei noch im experimentellen Stadium, er könne sich Schaden zufügen, er müsse stehenbleiben. Aber er blieb nicht stehen; ihre Stimmen spornten ihn nur noch mehr an.

Doch andere Roboter hörten auf das Geschrei und versuchten, sich ihm in den Weg zu stellen. Er wich zweien aus und überwand die ausgestreckten Arme mehrerer anderer. Sie nahmen allesamt die Verfolgung auf, vermutlich ausgelöst durch die Rufe des medizinischen Teams, er könne gegen das Erste Gesetz verstoßen. Die anderen Roboter gedachten offenbar, zunächst nach Kräften bei seiner Gefangennahme zu helfen und sich erst später um Erklärungen zu bemühen.

Er bog, ohne langsamer zu werden, um eine Ecke und rannte eine kleine Nebenstraße entlang. Er hatte das Gefühl, daß ihm das Laufen schon wesentlich leichter fiel als kurz zuvor. Sein Robotkörper reagierte schnell und präzise. Je mehr er sich an ihn gewöhnte, desto mehr beschleunigte er und übersprang sogar kleinere Hindernisse.

Leider waren natürlich auch all seine Verfolger Roboter.

Er rannte weiter.

Kapitel 8

Unterwegs auf den Straßen

Derec und Ariel machten halt, um sich auf einem niedrigen Erdhaufen am Rande einer weiteren Baustelle auszuruhen. Soweit sie es beurteilen konnten, dehnte sich das Stadtgebiet von Robot City vom Zentrum her in sämtliche Richtungen aus, und sie waren am äußeren, im Bau befindlichen Rand entlanggegangen, um die Roboter zu befragen, denen sie begegneten. Bisher hatten sie erst einen Bruchteil des gesamten Runds hinter sich.

»Damit kommen wir nicht weiter«, beschwerte sich Derec. Er legte sich an den Erdhaufen gelehnt in den Dreck.

»Womit?« Sie vergewisserte sich, daß die Schräge hinter ihr eben war, dann lehnte sie sich ebenfalls dagegen. »Mit dem Ausruhen oder mit dem Herumfragen?«

»Mit beidem, wenn du so fragst. Nein, ich meinte, mit dem wahllosen Verhören von Robotern. Es gibt Tausende von ihnen, und sie achten nicht so sehr auf ihre Umgebung, außer es gehört zu ihrer Arbeit. Sie konzentrieren sich zu sehr auf ihre eigenen Aufgaben.«

»Mir ist noch nichts Gescheiteres eingefallen.« Sie schloß die Augen. »Meine Füße tun weh. Ich bin es nicht gewohnt, soviel herumzulaufen.«

»Mir ist auch nichts eingefallen. Aber es muß doch was geben.« Er sah über die Straße, wo ein Robotvorarbeiter einen großen Funktionsrobot überwachte. »Alles ist so sorgfältig organisiert. Nichts geht verloren.«

Er beobachtete, wie der Funktionsroboter einen Arm hob, an dessen Ende sich eine Düse befand, und die kahle, ebene Fläche vor sich mit einer schweren, zähen Flüssigkeit zu besprühen begann. Die Flüssigkeit hörte, nachdem sie aufgebracht war, nicht auf, zu wirbeln und zu strömen und selbsttätige Strudel zu bilden, unabhängig von jenen, die durch den Druck der Düse entstanden. Im Laufe des Sprühvorgangs formierte sich die Flüssigkeit zunächst zu einem glatten Boden, dann begannen die Wände emporzuwachsen, wobei ein Eingang ausgespart wurde.

Ariel machte die Augen auf. »Hast du diesen Robot gefragt, wie die Sprühflüssigkeit funktioniert? Ich habe mich währenddessen mit einem anderen unterhalten und euer Gespräch nicht mitgekriegt.«

»Ja. Die Einzelheiten hab' ich nicht verstanden, aber offenbar ist jedes einzelne Molekül codiert. Sie wissen, wo sie hingehören, und verschieben sich so lange in flüssiger Form, bis sie die richtige Stelle erreichen. Dann verbinden sie sich mit den benachbarten Molekülen.«

»So funktioniert die ganze Stadt«, sagte Ariel. »Bis auf uns und unsere Besucher. Wir passen nicht hierher. Das ist eines, was wir mit ihnen gemeinsam haben, egal, wer sie sein mögen.«

»Denk du ruhig darüber nach«, sagte Derec niedergeschlagen. »Da drüben kommt wieder ein Transportfahrzeug. Ich kann erkennen, daß es von einem Humanoiden gefahren wird. Ich werde, glaub' ich, mal seinen Tagesablauf durchbrechen und ihm die üblichen Fragen stellen.«

Er rappelte sich auf und stellte beim Durchqueren einer Müllhalde fest, daß auch seinen Beinen nicht mehr viel Energie geblieben war. Die Abfälle waren größtenteils zu riesigen, ordentlichen Stapeln aufgehäuft, nur hier und da waren einzelne Stücke heruntergefallen oder ausgelegt worden, um einen neuen Stapel zu beginnen. Er bemerkte mit einer Mischung aus Interesse und Verärgerung, daß bei keinem der Bauteile der Zweck erkennbar war. Diese Avery-Roboter hatten eine extrem undurchsichtige Technologie.

Derec hatte gelernt, seine Prozedur ein wenig abzukürzen. Zunächst erregte er die Aufmerksamkeit des Robots mit dem Zuruf, er sei ein Mensch, dann befahl er ihm anzuhalten. Der Humanoide wandte sich an den Funktionsrobot — den Transporter — und befahl ihm, stehenzubleiben. Diesmal lohnten sich Derecs Fragen.

»Ich habe vor kurzem zwei Nichteinheimische gesehen«, sagte der Robot und blickte aus der hohen Fahrerkabine des Transporters auf Derec herab.

»Identifikation«, ordnete Derec aufgeregt an.

»Ich bin Fahrzeugvorarbeiter 214 der Klasse 9.«

»Wie haben sie ausgesehen? Was haben sie gemacht?«

»Einer war ein Robot, der nicht auf meinen direktübertragenen Gruß reagiert hat. Offenbar war er auf eine andere Frequenz eingestellt oder defekt. Außerdem waren mir seine Maße und Proportionen nicht recht vertraut.«

»Und der andere?«

»Den zweiten habe ich nicht deutlich zu sehen bekommen. Er wirkte nicht größer als einen Meter. Das ist eine Schätzung. Er hatte vier Extremitäten.«

»Ein Kind«, sagte Derec. »Ein Robot und ein kleines Kind. Das ist komisch . . . Hast du mit ihnen gesprochen?«

»Nein, Sie haben sich entfernt, als ich näherkam.«

»Womit waren sie beschäftigt, als du sie entdeckt hast?«

»Sie waren unterwegs.«

»Hast du sie sprechen gehört? Haben sie mit anderen Robotern Kontakt aufgenommen?«

»Nein.«

»Und — warum hast du mit ihnen zu kommunizieren versucht?«

»Wegen ihrer ungewöhnlichen Erscheinung. Ich dachte, ich könnte behilflich sein, gegebenenfalls den Robot darauf hinweisen, wo sich die nächste Reparatureinrichtung befindet.«

»Hast du die Sichtung an den Zentralcomputer gemeldet?«

»Ja.«

»Wann und wo war das?«

»Vor zwei Tagen. Die Tageszeit . . .«

»Das ist genau genug. Wo?« Derec grinste. Diese Sichtung gehörte nicht zu jenen, die im Computer aufgeführt waren. Ariel gesellte sich zu ihnen, als Fahrzeugvorarbeiter 214 Klasse 9 ihm soeben die Stadtkoordinaten der Sichtung nannte. Dann setzte der Robot seinen Weg fort.

»Das ist ein Anfang«, sagte Derec fröhlich. »Die Sichtung ist zwei Tage alt, aber sie ist gesichert.«

Er schilderte ihr die Einzelheiten.

»Möglicherweise ein Erzieher und ein Kind«, sagte Ariel. »Vielleicht wurden sie bei einer Schiffshavarie aus ihrer Rettungskapsel geschleudert oder so was. Aber bei den Transportmöglichkeiten in der Stadt können sie jetzt überall sein.«

»Irgendwo müssen wir anfangen. Los.« Derec machte sich zur nächstgelegenen Straße auf, die ins Stadtzentrum zurückführte.

Ariel eilte ihm nach. »Regelrechte Anhaltspunkte haben wir damit noch nicht. Die sind dort bestimmt längst weg.«

»Ach, komm schon! Nach so langer Zeit ist das die beste Spur, die wir haben. Warum so pessimistisch?«

»Darum geht's nicht.«

»Worum denn?« ereiferte er sich. »Willst du denn nicht hier verschwinden? Willst du einfach aufgeben?«

»Natürlich nicht! Das hab' ich nicht gesagt.«

»Na also, dann komm.« Derec marschierte weiter, doch seine Hochstimmung war verflogen. Das schlimmste war die Erkenntnis, daß sie recht hatte. Die Spur, die sie hier draußen am Stadtrand verfolgt hatten, hatte zu nichts geführt; einer zwei Tage alten Sichtung nachzugehen, mochte sich als ebenso hoffnungslos erweisen.

Sie gingen eine Weile schweigend dahin, dann trafen sie auf die Hauptstraße. Hier würde erst wieder Verkehr herrschen, wenn der nächste Bautransport soweit war, zurück in die Stadt zu fahren. Alle Fahrten wurden sorgsam geplant und durchgeführt. Die Roboter waren zu tüchtig, um Treibstoff oder Zeit auf unnötige Ausflüge zu verschwenden.

Nachdem Derec sich ein wenig beruhigt hatte, sagte er: »Vielleicht sagen uns diese zwei Sichtungen doch etwas. Ich glaube, unsere Besucher sind außerhalb der Stadt gelandet und haben sie auf der Suche nach, ich weiß nicht — nach Essen und Unterkunft, nehme ich an — betreten. Die Sichtung hier am Stadtrand war älteren Datums. Wenn sie also aus einem bestimmten Grund in die Stadt gegangen sind, könnten sie dort geblieben sein.«

»Die Stadt ist groß«, sagte Ariel zweifelnd. Plötzlich keuchte sie auf. »Das ist es, Derec. Was gibt es für sie zu essen?«

»Na ja — sie können von den Robotern einen chemischen Prozessor kriegen . . .«

»Aber werden sie davon wissen? Werden sie darauf kommen, einen anzufordern? Außerdem wollten die Roboter, daß du für sie ein Rätsel löst, deshalb hatten wir Sonderbehandlung.«

»Kann sein, aber wenn die Roboter von dem Problem erfahren, wird das Erste Gesetz sie veranlassen, ihnen zu helfen.« Die Tatsache, daß er darauf nicht selbst gekommen war, machte ihm zu schaffen. »Ja, dies muß die einzige Stadt weit und breit sein, die kein Restaurant oder etwas Ähnliches besitzt.«

»Das ist unsere erste wirklich Spur«, sagte Ariel mit neu erwachtem Eifer. »Sobald wir beim Tunnelsystem ankommen, wollen wir uns aufteilen. Ich werde unsere jüngste Sichtung überprüfen und feststellen, ob ich dort in der Gegend eine Nahrungsquelle finde.«

»Wieso? Ich dachte, du hältst nicht viel von dieser Spur.«

»Ach, Derec, hör auf, zu meckern. Du mußt an den Computer zurück und nachsehen, ob du über ihn irgendwelche Nahrungsquellen entdeckst. So können wir gleichzeitig zwei Spuren verfolgen, das ist alles.«

»Nun, dagegen gibt es nichts einzuwenden. Übrigens, falls sie nichts zu essen gefunden haben, dürften sie inzwischen in schlechter Verfassung sein. Wir wollen ja nicht, daß sie uns wegsterben.« Er winkte ihr zu, ihm zu folgen, von neuer Dringlichkeit getrieben.

»Wir können nicht bis zur Tunnelstation zu Fuß gehen«, sagte sie, doch lächelte sie dabei. »Freut mich, daß der alte Enthusiasmus zurückgekehrt ist.«

Sie mußten eine Weile gehen, bis ein Fahrzeug vorbeikam, das sie mitnahm, aber der Fußweg zahlte sich aus. Das Fahrzeug war irgendwo innerhalb der Bauzone aufgebrochen und wäre ihnen dort draußen nicht begegnet. Wie Ariel vorgeschlagen hatte, teilten sie sich im Tunnelsystem auf. Er kehrte an die heimische Computerkonsole zurück, während sie sich zu der Stelle begab, von der Fahrzeugvorarbeiter 214 Klasse 9 berichtet hatte.

Derec ließ sich an der Konsole nieder, froh, anders an die Sache herangehen zu können; doch er hatte nicht vergessen, daß dieser Bericht irgendwo im System steckengeblieben war. Er begann, indem er eine Liste der für Menschen eßbaren Bestände aufrief. Dem Schirm zufolge gab es derartige Bestände nur im Tank ihres chemischen Prozessors. Demnach wurden die Besucher entweder zunehmend hungrig, oder sie hatten eine Nahrungsquelle, die hier nicht verzeichnet war.

Als nächstes rief er andere Stoffe auf, die in eßbare Form gebracht worden waren. Wieder nichts Ungewöhnliches. Er fragte, ob ein zweiter chemischer Prozessor gebaut oder angefordert worden war. Davon war nichts bekannt.

Soweit Derec wußte, gab es in Robot City keinerlei tierisches Leben, das verzweifelte Menschen hätten fangen und verzehren können. Möglicherweise konnte ein sehr begabter Mensch ohne Hilfe der Roboter einen chemischen Prozessor bauen, aber dazu würde er Material brauchen. Auch konnte er ohne Rohstoffe irgendwelcher Art keine Nahrung produzieren.

Von der Annahme ausgehend, daß die Besucher außerhalb der Stadt gelandet und dort eingedrungen waren, wo Ariel und er sich als erstes hingewandt hatten, konzentrierte er seine Anfragen darauf und erkundigte sich erneut, ob irgendwelche Roboter in dieser Gegend die Fremden gesichtet hatten. Nichts dergleichen. Dasselbe Resultat ergab sich, als er nach Berichten über ihre Landung suchte.

Derecs einzige Gewißheit war, daß der Computer unzuverlässig arbeitete. Die Antworten zum chemischen Prozessor und den Nahrungsmitteln mochten stimmen, aber die Besucher waren da, und das bedeutete, daß sie irgendwo auf dem Planeten in einem Raumschiff gelandet waren, das aller Wahrscheinlichkeit nach auch wieder abheben konnte. Es mußte eine Möglichkeit geben, sie ausfindig zu machen.

Doch ihm fiel nichts ein. Seufzend stand er auf und ging untätig in dem kleinen Raum auf und ab. Diesmal hatte der Computer überhaupt nicht geholfen; er wünschte sich, Ariel begleitet zu haben.

Er glaubte nicht, daß sie sich in großer Gefahr befand, vor allem dann nicht, wenn die Besucher ein Robot und ein kleines Kind waren. Außerdem wußte er, daß sie durchaus auf sich aufpassen konnte. Seine Einstellung zu ihr hatte sich geändert, seit er erfahren hatte, daß sie ernsthaft krank war. Sie wirkte nicht mehr so einschüchternd, auch wenn sie älter und selbstbewußter war als er. Seit jenem Tag, da sie ihm von der Schwere ihrer Erkrankung erzählt und in seinen Armen geweint hatte, wuchs in ihm der Wunsch, sie zu beschützen.

Im Augenblick schien es ihr allerdings gutzugehen. Er stellte sich vor, daß sie ihn auslachen würde, wenn er ihr mitzuteilen versuchte, was er empfand.

Seine Kiefermuskulatur spannte sich vor Entschlossenheit, zu beweisen, was er mit dem Computer anstellen konnte. Er setzte sich wieder und begann alles aufzurufen, was ihm zum Thema Weltraum einfiel: Aufzeichnungen astronomischer Beobachtungen, Landungen von Raumschiffen, Starts, Vorbeiflüge . . . was noch?

Der Computer berichtete ihm nichts über kürzlich erfolgte weiche oder Bruchlandungen. Auch über gelandete Raumschiffe war nichts vermeldet. Die astronomischen Beobachtungen verzeichneten keine Raumschiffe in der Umlaufbahn. Er mußte davon ausgehen, daß entweder die Sensoren versagt hatten oder daß die Information schlicht im Computer untergegangen war.

Essen, dachte er. Die Besucher brauchten Nahrung. Das war immer noch die beste Spur, die er hatte, wenn er sich nur eine Methode ausdenken konnte, sie zu nutzen.

Ariel trat aus der Tunnelstation und fand mühelos die Koordinaten der Stelle, wo die Besucher zuletzt gesichtet worden waren. Ihr einziges Problem bestand darin, was sie als nächstes tun sollte. Sie befand sich mitten in der Stadt, stand bewegungslos da, während der durchschnittlich rege Robotverkehr an ihr vorbeizog, sei es auf Gleitbändern oder in Fahrzeugen.

»Also, was würde ich tun, um hier an was Eßbares ranzukommen?« fragte sie sich laut. »Herumfragen, nehme ich an.«

Wie immer bewegten sich die Roboter zielstrebig und mit Bedacht. Die kahlen Gebäude entsprachen mit ihrer karg zweckmäßigen Bauweise dieser Haltung. Kein Fremder, überlegte sie, würde in dieser Umgebung erwarten, etwas zu essen zu finden.

Sie hielt den nächstbesten Robot an, der vorbeikam, indem sie ausrief: »Ich bin ein Mensch, dem Fragen beantwortet werden müssen. Bleib stehen.«

Der Robot blieb stehen.

»Hast du unterwegs einen Robot und ein Menschenkind gesehen?«

»Nein.«

»Weißt du, wo ich Nahrung bekommen könnte?«

»Nahrung. Dabei handelt es sich um die Energiequelle der Menschen, nicht wahr?«

»Ja. Sie muß in bestimmter chemischer Zusammensetzung zugeführt werden.«

»Damit bin ich nicht vertraut. Ich weiß nicht, wo sie zu finden wäre. Haben Sie dringenden Energiebedarf?«

»Ich nicht«, sagte Ariel, »aber ich glaube, ein kleiner Mensch in Begleitung eines gewissen Roboters dürfte Bedarf haben. Beinahe mit Sicherheit. Ich muß sie finden, ehe das Kind verhungert. Das heißt, ehe ihm die Energie ausgeht.«

»Das ist eine Erfordernis des Ersten Gesetzes. Ich werde Ihnen helfen, sie zu suchen.«

»Identifiziere dich.« Ariel stellte plötzlich fest, daß sich dieses Argument dazu eignete, jeden Robot in Robot City einzuspannen.

»Ich bin Kuriervorarbeiter 189.«

»Du beaufsichtigst Kuriere? Was haben die zu tun?«

»Kuriere sind Funktionsroboter, die kleine Gegenstände an bestimmte Orte schaffen. Art der Objekte und Entfernung variieren stark.«

»Gut. Hör zu. Du mußt deine Arbeit nicht unterbrechen. Du

brauchst nur, während du deinen Pflichten nachgehst, unter anderen humanoiden Robotern die Nachricht verbreiten, daß ein Problemfall des Ersten Gesetzes verlangt, ein menschliches Kind in Begleitung eines Robots aufzufinden, und einen zweiten Menschen, der allein unterwegs ist.«

»Verstanden.«

»Und sage ihnen, daß ich — Ariel Welsh — davon ausgenommen bin, außerdem Derec.«

»Verstanden. Ich werde über meine Direktverbindung mit anderen Robotern Kontakt aufnehmen.«

»Gut! Das muß ich sofort Derec erzählen.« Ariel drehte sich um und rannte auf die Tunnelstation zu.

Kapitel 9

Einer unter vielen

Nachdem er sich unzählige Male umgesehen hatte, war Jeff überzeugt, daß er nun endlich seine Verfolger abgeschüttelt hatte. Er war blindlings gerannt, nach Möglichkeit abgebogen und hinter Robotern, Fahrzeugen und Gebäuden in Deckung gegangen, ehe er langsamer wurde. Er war weder außer Atem noch erschöpft, aber er hatte die Orientierung verloren und fürchtete sich.

Er wußte nicht wohin, nicht einmal, warum er geflohen war. Im Augenblick wollte er nur allein sein. Er beäugte argwöhnisch die Roboter, an denen er vorbeikam, aber sie achteten kaum auf ihn. Entweder hatten die Mediziner noch keinen Alarm geschlagen, oder seine physische Erscheinung wies keine Merkmale auf, mittels derer sie ihn identifizieren konnten. Der Gedanke, daß er nicht dauernd wegrennen mußte, besserte seine Stimmung ein wenig. Doch das absolute Fehlen von Menschen dämpfte sie wieder.

Die ganze Situation kam ihm unwirklich vor. Absurd. Wie konnte er, Jeff Leong, achtzehn Jahre alt, soeben auf der Hochschule angenommen, ein gesunder und einigermaßen normaler Bürger Auroras . . . ein *Robot* sein?

Er ging weiter. Marschierte geradeaus, bog ab, entdeckte ein Gleitband und betrat es. Ohne Ziel und Zweck setzte er seinen Weg auf dem Gleitband fort.

Zunächst blieben seine Sinne gespannt. Seine Augen waren nicht nur leistungsfähiger als zuvor, sie schienen auch einen wesentlich größeren Bereich des Spektrums wahrzunehmen. Er sah nie gekannte Farben, für die er keinen Namen hatte — und sie entnervten ihn. Erst allmählich lernte er, einen Großteil der unerwünschten Lichtwellen auszuschalten. Das gleiche spielte sich bei seinem Gehör ab. Es war zunächst so scharf gewesen, daß ihn sämtliche Geräusche als eine Art Mischmasch erreicht hatten. Dann war es ihm durch Konzentration gelungen, sein Hörvermögen auf ein erträgliches Maß einzuschränken. Seine zusätzlichen Fähigkeiten faszinierten ihn, aber er würde lernen müssen, mit ihnen fertig zu werden.

Daß er in Bewegung blieb, half ihm außerdem, sich mit seinem neuen Körper vertraut zu machen. Er reagierte mühe- und reibungslos, mit guter Balance und Kontrolle. Darüber konnte er sich nicht beklagen. Es dauerte nicht lange, bis er meinte, sich in ausreichendem Maß wie die anderen, die echten Roboter bewegen zu können, um nicht aufzufallen.

So beiläufig wie möglich beobachtete er die Roboter, an denen er vorbeikam, und suchte nach Unterscheidungsmerkmalen. Gewiß, die Roboter waren unterschiedlich gebaut, vor allem im Hinblick auf die aufgabenbezogene Ausstattung der nicht humanoiden Typen. Er entdeckte mehrere eindeutige, wenn auch unauffällige bauliche Unterschiede, die sich bei vielen humanoiden Robotern wiederholten, und nahm an, daß es sich um geringfügige Konstruktionsverbesserungen an Robotern handelte, die zu unterschiedlichen Zeiten hergestellt oder repariert worden waren. Falls sie jedoch über individuelle Identifikationsmerkmale verfügten, war er hier zu fremd, um sie zu erkennen.

Nach einer Weile merkte er, daß er sich in eine bestimmte Richtung bewegte. Die Gegend hier, vermutlich in der Nähe des Stadtzentrums, schien dichter bevölkert zu sein. Sämtliche Roboter machten den Eindruck, als seien sie ganz mit ihren eigenen Tätigkeiten beschäftigt, und seine Zuversicht, sich in der Menge verlieren zu können, nahm zu.

Nur daß ihm immer noch Zweck und Ziel fehlten.

Vor ihm in der Menge glaubte er ein Mädchen zu entdecken, eine junge Frau, die aus einer Art Tunnel hervorkam. Aufgeregt beschleunigte er seine Schritte und verrenkte sich, um zwischen zwei Robotern hindurchblicken zu können. Als sie ihm Blicke zuwarfen, richtete er sich erschrocken auf.

Er sah sie in entgegengesetzter Richtung davongehen. Wenn er Aufsehen vermeiden wollte, mußte er sich so zielstrebig bewegen wie die Roboter um ihn herum. Er machte größere Schritte und nahm die Verfolgung auf, ohne sonstwie seine Körpersprache zu ändern.

Ein Stück voraus war sie stehengeblieben und hatte einen Robot angesprochen. Jeff wurde im Näherkommen langsamer, und als sie ihm den Rücken zuwandte, blieb er stehen. Nach menschlichen Maßstäben war er ein gutes Stück von ihr entfernt, aber nach einem Moment der Anstrengung war er in der Lage, sein Gehör so weit zu schärfen, daß er sie belauschen konnte.

»Identifiziere dich«, sagte sie.

»Ich bin Tunnelvorarbeiter 41«, sagte der Robot.

»Ich bin Ariel. Bitte verbreite die Nachricht vom Gebot des Ersten Gesetzes, wie ich es dir geschildert habe.«

»Selbstverständlich«, sagte Tunnelvorarbeiter 41.

Der Robot entfernte sich, und Ariel wandte sich zum Gehen. Dann sah sie, daß Jeff sie beobachtete, und blieb stehen.

»Das Erste Gesetz?« fragte Jeff. Er hatte die Absicht, seine Maskerade als Robot fortzusetzen, bis er über sie Bescheid wußte.

»Ja«, sagte Ariel. »Wir suchen zwei Menschen, die hier in Robot City zu verhungern drohen. Einer ist ein Kind, das mit einem Robot unterwegs ist, der andere ist allein. Das Erste Gesetz verlangt, daß alle Roboter helfen, sie zu finden.«

»Natürlich«, sagte Jeff, dem plötzlich klar wurde, daß das nicht für ihn galt. Er hatte nach wie vor sein menschliches Gehirn, während der Imperativ der Gesetze in den positronischen Gehirnen der Roboter verankert war. Wenn er sich in dieser Hinsicht verriet, konnte jeder, der von der Transplantation und seiner Flucht wußte, seine Identität feststellen.

»Melde alle Sichtungen an den Zentralcomputer«, fuhr Ariel fort. »Halte sie fest, wenn du kannst, ohne die Gesetze zu brechen. Wir werden dafür sorgen, daß sie zu essen bekommen.«

»Verstehe«, sagte Jeff. Er überlegte fieberhaft, wonach er sie fragen konnte, um mehr über sie zu erfahren, ohne sich zu verraten.

»Identifiziere dich«, sagte sie.

»Äh — Tunnelvorarbeiter 12.« Er konnte nicht riskieren, sich eine neue Funktion auszudenken, weil sie dadurch möglicherweise sein Betrugsmanöver aufdecken würde. »Weißt du, wer sie sind?«

»Also, nein.« Sie blickte ihn überrascht an. »Anscheinend sind sie einfach gelandet und in die Stadt gekommen. Solltest du ihnen begegnen, kannst du gleich versuchen, alles mögliche über ihr Raumschiff herauszufinden.«

»Was soll ich herausfinden?«

»Na ja, wo es sich befindet, ob es beschädigt ist, von welcher Bauart es ist . . .« Sie legte den Kopf schief. »Kein anderer Robot hat mir je solche Fragen gestellt.«

Jeff verspürte erneut den Impuls, davonzurennen, aber er konnte es sich nicht leisten, sich als Flüchtling zu erkennen zu geben. Er zwang sich, stehenzubleiben wo er war, und überlegte, was er sagen sollte.

»Verrate mir, warum du anders reagierst.«

Er wußte, warum sie ihre Beobachtung in einen Befehl umgewandelt hatte. Nun mußte er dem Zweiten Gesetz zufolge antworten, oder seine Tarnung war dahin. Da es an diesem merkwürdigen Ort nur wenige Menschen gab — wenigstens das wußte er mit Bestimmtheit —, würde er so etwas nicht allzuhäufig durchstehen müssen.

»Ich kann die Reaktionen anderer nicht beurteilen«, sagte er vorsichtig. »Meine Reaktionen beruhen auf dem Verlangen, mehr Informationen zu gewinnen, die hilfreich sein könnten.«

»Na gut.« Sie schien es zu schlucken.

Um weiteren Fragen zuvorzukommen, stellte er selber eine. »Warum ist das Raumschiff bedeutsam?«

»Es könnte sich um das einzige betriebsbereite Raumfahrzeug auf dem Planeten handeln. Wenn es überhaupt funktioniert. Jetzt muß ich einige Informationen weitermelden. Geh du hin und verbreite die Nachricht, ja?« Sie winkte ihm zu und entfernte sich.

Jeff wäre ihr zu gern gefolgt, aber er wagte es nicht, noch mehr nichtrobotisches Verhalten an den Tag zu legen, als er es ohnehin schon getan hatte. Er beobachtete sie, bis sie um eine Ecke bog, dann eilte er dorthin und sah ihrer verschwindenden Gestalt nach, die sich nach und nach in der Menge der Roboter zwischen ihnen verlor. Zumindest hatte er menschlichen Kontakt gehabt; außerdem sah sie gar nicht übel aus.

Er wollte dringend seinen menschlichen Körper wiederhaben.

Dieses Raumschiff konnte für ihn wichtig sein. Es bedeutete eine Möglichkeit, den Planeten zu verlassen, aber er konnte natürlich nicht ohne seinen Körper abreisen — und er tat besser daran, sich in seinem Körper zu befinden, wenn es soweit war, da diese Roboter möglicherweise die einzigen waren, die die Rücktransplantation schafften. Dann erinnerte er sich verspätet, was das medizinische Team ihm mitgeteilt hatte: Sie brauchten Informationen über menschliche Organe. Die von Ariel waren vermutlich in guter Verfassung und konnten als Modell dienen.

Er machte sich rasch in die Richtung auf, in die sie verschwunden war. Nun war er eher bereit, sich zu offenbaren . . . In plötzlicher Verwunderung runzelte er — innerlich — die Stirn. Was sein Robotgesicht tat, wußte er nicht. Die Frage war, was *er* getan hatte. Warum war er dem medizinischen Team davongerannt? Sie hatten ihn nur noch ein wenig testen wollen. Warum war er so heimlichtuerisch gewesen? Womöglich wäre Ariel gern behilflich gewesen. Aber daran hatte er nicht gedacht. Seit seinem Aufwachen hatte er keinen klaren Kopf mehr gehabt.

Er konnte sie zwar vor sich nicht mehr sehen, aber . . .

Eine Hand auf seiner Schulter ließ ihn auffahren. Er zuckte zurück, verschaffte sich Rückendeckung an der Wand eines Gebäudes. Vor ihm stand ein Robot, der ihn soeben eingeholt hatte.

»Identifiziere dich«, sagte der Robot. »Ich bin Straßenvorarbeiter 752.«

»Äh — Tunnelvorarbeiter, äh, 12.«

»Tunnel 12, ist deine Komverbindung defekt? Als du stehengeblieben warst, habe ich mehrfach versucht, Kontakt aufzunehmen. Du hast nicht reagiert.«

»Nein, ich habe . . . dich nicht empfangen.«

»Ich sage das, damit du dich bei einer Reparatureinrichtung melden kannst. Ursprünglich jedoch wollte ich dir mitteilen, daß sich bezüglich zweier Menschen in Robot City ein Problemfall nach dem Ersten Gesetz ergeben hat.«

»Das weiß ich längst«, sagte Jeff vorsichtig.

»Ausgezeichnet. Ich stelle fest, daß auch dein Sprechprogramm stockt. Dieses Symptom könnte mit dem Defekt deiner Komverbindung zu tun haben. Ich werde dich zur nächsten Reparaturstätte begleiten, für den Fall, daß ein zusätzliches Symptom dich untauglich macht.«

»Oh — nein, äh, ich finde mich schon zurecht.« Jeff wich weiter zurück, die Mauer entlang. »Trotzdem vielen Dank.«

»Tunnelvorarbeiter 12, dein Verhalten deutet auf weitere Fehlfunktionen hin. Ich werde dich begleiten. Du gehst in die falsche Richtung.« Jeff drehte sich um und begann sich rasch zu entfernen. »Verstoß gegen das Dritte Gesetz!« rief der Robot ihm nach. »Du darfst nicht zulassen, daß du zu Schaden kommst!«

Jeff hörte hinter sich die Schritte und begann erneut zu rennen. Vor ihm richteten entgegenkommende Roboter plötzlich ihre Sensoren auf ihn und bemühten sich vereint, ihm den Weg zu verstellen. Straßenvorarbeiter 752 schickte offenbar Signale über Komverbindung an sämtliche Roboter der Umgebung.

Einer dieser Tunneleingänge befand sich direkt vor ihm zur Linken. Zwei Roboter blockierten den Weg dorthin. Er rannte auf sie zu, führte einen Scheinangriff aus, so als wolle er sich auf sie stürzen. Sie versteiften sich reflexartig, um dem Aufprall zu begegnen, und er hechtete an ihnen vorbei in die Tunnelöffnung.

Er rannte eine Rampe hinab und hätte beinahe die Balance verloren, als sein Gewicht sie aktivierte. Sie trug ihn zügig nach unten, und als er sich wieder gefangen hatte, rannte er hinunter auf die Ebene der Tunnelplattformen. Er verstand ihre Funktion, ohne innezuhalten, da er Roboter auf ihnen vorbeisausen sah, bestieg jedoch die erstbeste Kabine, ohne zu wissen, wie sie bedient wurde. Sie setzte sich dennoch in Bewegung, und er gab sich damit zufrieden, warf einen Blick zurück und sah mehrere Verfolger hinter sich in die Kabinen steigen.

Die Instrumente schienen sowohl auf stimmliche als auch auf Tastatureingaben zu reagieren, aber er wußte nicht, wie die Stationen numeriert oder benannt waren. Auch wußte er nicht, wie die Stadt angelegt war, daher war eine Station so gut wie die andere. Seine Verfolger wußten selbstverständlich genau Bescheid, wie man mit diesen Dingern umging.

»Schneller«, sagte er probeweise. Die Plattform beschleunigte, wenn auch nicht viel. Sie näherte sich der vorausfahrenden und mußte natürlich vermeiden, ihr zu nahe zu kommen. Aber wenigstens konnten die Roboter, die ihn verfolgten, hier nicht an ihn heran. Sie konnten ihm nur folgen und versuchen, sich auf ihn zu werfen, sobald er ausstieg . . .

Es sei denn, sie konnten das System zu einem Notstopp veranlassen.

Die kriegen mich nicht, dachte Jeff entschlossen. Sobald er wieder aus den Tunnels heraus war, war er im Vorteil: Diese Roboter kannten, obwohl sie ihm an Kraft und Reflexen ebenbürtig waren, keine körperliche Auseinandersetzungen. Er war sicher, daß deshalb seine Finte geklappt hatte; sie erwarteten immer noch von ihm, daß er logisch reagierte wie ein Robot, obwohl er ›defekt‹ war.

Er konnte sie aufhalten, wenn er ihnen offenbarte, daß er ein Mensch war. Dann durften sie dem Ersten Gesetz zufolge seinem Robotkörper keinen Schaden zufügen und mußten ihm dem Zweiten Gesetz zufolge gehorchen. Aber das hieße riskieren, daß das medizinische Team ihn einfing, und das konnte er nicht hinnehmen.

Er schüttelte den Kopf, weil ihm nicht klar war, warum er es nicht hinnehmen konnte. Sie waren ihm . . . irgendwie gefährlich, bedrohten ihn. Jedenfalls sollten sie ihn nicht kriegen.

»Halte an der nächsten Station an«, befahl er der Kabine.

Entsprechend bog seine Plattform in die nächste verfügbare Ladeschleife ein, und er sprang rasch ab. Diesmal war er auf die bewegliche Rampe gefaßt und rannte auf ihr empor. Auf der Straße angelangt, fand er dort nicht viele Roboter vor, doch das war ihm nur recht. Gleich würden die Roboter, die ihn verfolgten, ihnen befehlen, ebenfalls Jagd auf ihn zu machen.

Er umrundete eine Straßenecke, damit er nicht sofort zu sehen war, wenn seine Verfolger aus der Tunnelöffnung strömten. Vor ihm befand sich ein großes Tor, vermutlich dazu gedacht, umfangreiche Lieferungen in Empfang zu nehmen. Er wollte die Hand nach der seitlich angebrachten Bedienungstafel ausstrecken, als ihm klar wurde, daß sich dort drinnen mit Sicherheit eine Arbeitsmannschaft befand. Seine Verfolger mußten ihn nun jeden Augenblick entdecken. Er sah sich verzweifelt um.

In der Wand neben der Tür nahm er eine breite, runde Öffnung mit zusammengezogenem Irisverschluß wahr. Der Verschluß ging auf, als er ihn berührte, und die Gerüche aus dem Innern sagten ihm, daß es sich um einen Abfallschacht handelte. Er ließ sich mit den Füßen voraus auf dem Bauch liegend hineingleiten und stemmte Arme und Beine gegen die glatten Wände, um zu verhindern, daß er in den Auffangbehälter rutschte.

Der Verschluß schob sich über ihm zusammen, worauf er sich aufs Hören konzentrierte. Ganz in der Nähe erklangen Schritte, sie zögerten, scharrten, dann entfernten sie sich rasch. Stimmen waren nicht zu hören; sie kommunizierten über ihre Komverbindungen. Er wartete auf mögliche Nachzügler.

Er nahm den schwachen Geruch von Ölen und oxidierten Metallen und andere milde Düfte wahr, die er nicht erkannte. Seine menschliche Nase hätte vermutlich gar nichts gerochen. Offenbar erzeugten Roboter nur anorganische Abfälle, wodurch ihnen die starken, üblen Verwesungsgerüche erspart blieben.

Er war zwar nicht müde, registrierte jedoch irgendwie ungewöhnlichen Energieverschleiß — was auf dasselbe hinauslief. Als er mehrere Minuten lang keine Roboter mehr gehört hatte, öffnete er mit einer Berührung den Verschluß und stemmte sich heraus. Wie zuvor war die Gegend verlassen.

»Ausgetrickst«, sagte er laut und empfand eine gewisse Befriedigung. Er schlenderte zur nächsten Kreuzung und blickte in beide Richtungen die Straße entlang. Einige wenige Roboter waren unterwegs, aber der Verkehr war ausgesprochen spärlich. »Also, Leute. Nun der große Test. Schafft ihr es, mich wiederzuerkennen oder nicht?«

Im Gehen beobachtete er genauestens die Roboter, an denen er vorbeikam. Keiner schien sich um ihn zu kümmern. Falls er tatsächlich äußerlich nicht zu identifizieren war, war er seine Verfolger endgültig los, nachdem sie ihn aus den Augen verloren hatten. Für ihre Komverbindungen war er unsichtbar; einerseits war er unfähig, ihre Meldungen zu empfangen, er konnte sich andererseits aber auch nicht durch unvorsichtige Signale seinerseits verraten. Diese Komverbindungen machten außerdem erklärlich, warum die Roboter Identifikationsmerkmale unnötig fanden.

Er hatte sich in der Menge verloren.

Jeff lächelte, zumindest innerlich, bei dem Gedanken.

Aurora war hauptsächlich von den Nachkommen irdischer Amerikaner besiedelt worden. Seine eigenen Vorfahren waren chinesische Amerikaner gewesen; Familien dieser Art gab es überall auf Aurora, aber sie machten einen bescheidenen Prozentsatz der Gesamtbevölkerung aus. Jeff war mit dem Wissen aufgewachsen, daß er überall auffiel, wohin er sich wandte, und er hatte damit gerechnet, daß es an der Hochschule nicht anders sein würde — obwohl er inzwischen nicht mehr sicher war, ob er dort jemals ankommen würde.

Zum ersten Mal sah er aus wie alle anderen auf dem Planeten, auf dem er sich aufhielt. Das war eine neue Erfahrung — praktisch ein neues Konzept, das mit seiner neuen Existenz einherging. Sein Leben als Robot konnte aus diesem Grund völlig anders aussehen, abgesehen von den offensichtlichen physischen Veränderungen.

Wie die Dinge standen, mußte er in seinem neuen Körper und in seinem neuen Leben etwas mit sich anfangen. Es war noch zu früh, um zu wissen, was das war, aber eines stand fest: Niemand wußte, wie er aussah; niemand konnte ihn einfangen . . .

Vielleicht konnte er etwas aus seiner neu entdeckten Anonymität machen.

Kapitel 10

Speck

Derec fuhr sich mit der Hand durch das struppige Haar und starrte verdrießlich auf den Schirm. Vielleicht war er einfach zu ausgelaugt, um sich noch zu konzentrieren. Zumindest hoffte er, daß es so war. Wenn nicht, konnte er dem Computer bloß deshalb nichts mehr entlocken, weil er bereits alles mögliche probiert hatte. Er richtete sich überrascht auf, als Ariel in die Wohnung gestürmt kam.

»Wie war's?« Er blickte hoffnungsvoll zu ihr auf.

»Ich hab' uns zur Abwechslung mal Hilfe beschafft«, sagte sie strahlend. »Sobald ich auf dem Klo war, erzähl' ich dir davon.«

Er war ein wenig enttäuscht, daß er nichts Gutes zu berichten hatte, wartete jedoch geduldig, bis sie wiederkam.

»Du hast uns also Hilfe besorgt? Um wen handelt es sich? Und wie hast du das geschafft?« Er versuchte, seinen Neid zu verbergen.

»Ich hab' mich mit einem der Roboter unterhalten, und da fiel mir das Argument ein. Daraufhin hab' ich mehreren Robotern erzählt, daß sich Menschen nach Robot City verirrt haben, die zu verhungern drohen. Dadurch ist die Verpflichtung zur Hilfeleistung des Ersten Gesetzes in Kraft getreten.« Sie ließ sich seufzend auf ihren Stuhl fallen. »Für heute war ich lange genug auf den Beinen. Aber wenigstens hab' ich dort draußen was erreicht.«

»Gute Arbeit«, gab er zu. Er wandte sich von der Konsole ab, froh über die Entschuldigung, eine Weile aufhören zu können. »Aber was wird aus ihren normalen Pflichten? Hat es ihnen nicht widerstrebt, die aufzugeben?«

»Ich hab' ihnen gesagt, sie sollen weiterhin ihrer Arbeit nachgehen und dabei die Augen offenhalten nach den menschlichen Besuchern. Oh, und natürlich die Botschaft an andere Roboter weitergeben.«

»Ja, gute Idee. So kommt es nicht zum Konflikt zwischen ihren Aufgaben und der ziemlich vagen Verpflichtung nach dem Ersten Gesetz. Hast du sie angewiesen, dem Zentralcomputer Meldung zu machen?«

»Natürlich. Aber, äh . . .« Sie wies mit einem schnippischen Lächeln auf die Konsole. »Wenn ich mich recht erinnere, ist dein Ressort nicht besonders leistungsfähig.«

»Ja, ich weiß. Ob die Aufzeichnung dort landet, wo ich sie auffinden kann, ist noch die Frage«, gestand er mit einem verlegenen Achselzucken. »Aber wenigstens verbessern sich dadurch unsere Chancen.«

»Wie dem auch sei, ich wollte dir gleich von diesem neuen Argument mit dem Ersten Gesetz berichten. Wenn die Roboter uns helfen, brauchen wir uns nicht mehr abzustrampeln. Hast du irgendwas erreicht?«

»Ja — also, eigentlich nicht.« Er seufzte und sah niedergeschlagen auf den Schirm. »Ich hab' mehrere Regionen ausgeschlossen, in denen es keine Nahrungsquelle gibt. Soweit ich feststellen konnte, ist der einzige Ort, an dem sich eßbare und andere Pflanzen mit verwertbaren Anteilen finden, die Gegend um das Reservoir herum. Aber dort sind sie nirgends gesichtet worden.«

»Vielleicht sollten wir selber hingehen und für alle Fälle den Robotern, die dort arbeiten, das Argument mit dem Ersten Gesetz nahebringen.«

»Schaden kann es nicht. Im Augenblick bin ich zu müde, um mir eine Strategie auszudenken.«

»Strategien können wir uns auch morgen noch ausdenken. Was hast du sonst noch herausgekriegt? Oder war's das schon?«

»Nein, das war's noch nicht«, knurrte er. »Ich bin jetzt sicher, daß es außer unserem nur noch einen chemischen Prozessor gibt, nämlich den, den die Roboter zu unserer Ernährung benutzt haben, als wir hier ankamen. Das war bisher nur eine fundierte Annahme. Jetzt bin ich sicher.«

»Und was heißt das?«

Derec unterdrückte ein Gähnen und sah auf die Uhr. »Erst mal heißt das, daß ich am Ende bin.« *Und zu müde, um mich zu streiten,* dachte er, während er die Konsole ausschaltete.

»Es ist zwar noch nicht spät, aber ich bin auch ziemlich fertig. Nachdem die Roboter nun ihren Beitrag leisten, besteht allerdings die Chance, daß sich was ergibt, selbst wenn wir uns nicht ununterbrochen abrackern.«

»Ich werde etwas essen und dann in die Waagrechte gehen.« Derec stand auf und gab einen Code in den chemischen Prozessor ein. »Willst du auch was?«

»Eigentlich nicht, aber ich sollte wohl. Ich bin dieses Zeug so leid, das er produziert. Ich denke, es kommt nicht so sehr darauf an, was. Ich nehme das, was du ißt, in Ordnung?«

»Kommt sofort.«

Sie trat auf ihn zu, doch dann keuchte sie, krümmte sich mit vorquellenden Augen und hielt sich den Magen.

Er eilte zu ihr und packte ihre Schultern. Sanft half er ihr auf einen der Stühle. »Was ist? Kann ich was für dich tun?«

»Nein«, flüsterte sie heiser, immer noch in vorgebeugter Haltung. »Laß mir eine Minute Zeit, ja?« Ihre Augen blickten starr geradeaus auf den Boden, und sie rührte sich nicht. Sie war schweißgebadet, und ihr Gesicht war blaß.

Er wich ein Stück zurück, blieb jedoch bei ihr stehen und beobachtete sie gespannt. Als der Prozessor mit einem Summen verkündete, daß ihre Abendmahlzeit fertig war, holte er die Teller heraus und stellte sie ab. Er setzte sich auf seinen Stuhl, wollte sie nicht noch mehr in Verlegenheit bringen, war jedoch zu besorgt, um mit dem Essen anzufangen.

Schließlich richtete sie sich auf und holte tief Luft. »Alles in Ordnung«, sagte sie kläglich. »Wirklich.« Auf ihrem Gesicht glitzerte der Schweiß.

»Es klingt schon ab. Fang du an zu essen. Warte nicht auf mich.«

Er versuchte, seine Frage vorsichtig zu formulieren. »Könnte es sein, daß das was, äh, Normales ist?«

»Klar.« Sie zwang sich ein schwaches Lächeln ab. »Bloß ein Schwindelanfall. Ich bin erschöpft, weil ich den ganzen Tag rumgerannt bin. Außerdem hab' ich heute noch nicht genug gegessen. Das ist alles.«

Derec nickte. Sie glaubten beide nicht daran, aber gegen ihre Krankheit konnten sie ohnehin nichts unternehmen. Das Offensichtliche auszusprechen, würde sie nicht weiterbringen. Ein Gefühl der Hilflosigkeit veranlaßte ihn, einfach sitzenzubleiben und sie anzusehen.

Nach einer Weile holte sie ihren Teller heran, und sie aßen schweigend.

Er ging doch nicht gleich ins Bett. Statt dessen fielen ihm alle möglichen kleinen Erledigungen ein, und er räumte auf und marschierte hin und her, solange sie noch auf war. Er wollte zur Hand sein, falls sie wieder einen Schwindelanfall hatte, aber es schien ihr gutzugehen.

Schließlich zog sie sich zurück, vermutlich weil sie gemerkt hatte, daß er so lange aufbleiben würde wie sie. Er ging ins Bett, aber die Besorgnis hielt ihn noch einige Zeit wach. Er lag im Dunkeln da, während die schreckliche Ungewißheit ihn plagte: Mindestens ein Raumschiff war irgendwo auf dem Planeten gelandet, aber sie konnten es nicht aufspüren. Und wenn sie es nicht schafften, für Ariel irgendwo ärztliche Hilfe zu besorgen . . .

Er weigerte sich, darüber zu spekulieren. Was konnten sie unternehmen, um das Raumschiff zu finden, lautete die Frage. Er wälzte sich rastlos umher und begann allmählich hinüberzudämmern, träumte von undeutlichen, schattenhaften Gestalten, die auf der

Schnellspur der Gleitbänder davoneilten, immer außer Reichweite, flink und scheu, obwohl sie zu verhungern drohten.

Am nächsten Morgen erwachte er, als ein angenehmes, vertrautes salziges Aroma aus dem anderen Zimmer herüberdrang. Konnte so was von ihrem chemischen Prozessor ausgehen? Er hörte Ariel rumoren und stand neugierig auf. Als er seine Tür öffnete, stand sie vor dem chemischen Prozessor und drehte sich soeben nach ihm um.

»Sieh mal, was ich aus diesem Ding herausgeholt habe«, sagte sie mit einem Lächeln und hielt ihm einen Teller hin.

Derec hob einen der langen, flachen Streifen auf und biß ein Stück ab. »Mmmm — Speck!«

»Jedenfalls simulierter Speck. Vermutlich gesünder als der echte. Ich bin seit Stunden auf und hab' mir überlegt, ich könnte versuchen, mit dem Prozessor zu experimentieren.« Sie lachte. »Der Recycler ist schon den ganzen Morgen damit beschäftigt, meine Fehlversuche wiederaufzubereiten. Dies hier ist bislang die gelungenste Verbesserung unseres Eßprogramms.«

»Hervorragend. Hat mich sozusagen aus dem Bett geholt. Und *riecht* gut. Gibt's noch mehr?«

»Kein Problem.« Sie gab einen Code in den Prozessor ein. »Ja, er riecht ausgezeichnet, nicht wahr?«

»Roboter verstehen einfach nichts von anständigem Essen. Ich kann es ihnen nicht übelnehmen, aber . . . verdammt! Was uns dadurch alles entgeht! Wenn wir in eine richtige Stadt kommen, will ich als erstes zur Abwechslung mal was Gutes essen. Scharfes Kobesteak vielleicht, und als Beilage magellanisches Grünzeug, und einen Becher eiskaltes . . .«

»Das ist es, Derec! Der Geruch!« Sie wirbelte mit einem aufgeregten Lächeln herum. »Versteh doch!«

»Was denn?«

»Wir sollten unsere hungrigen Menschen herlocken. Den Entlüfter so einstellen, daß er verschiedene Essensgerüche abgibt. Wir gehen davon aus, daß sie hungrig sind, richtig? Wir konnten sie nicht aufspüren, indem wir herumgerannt sind, und nun lassen wir ohnehin die Roboter die Suche fortsetzen. Derartige Essensgerüche hab' ich schon den ganzen Morgen über verbreitet. Aber ich denke, es müßte besser funktionieren, wenn wir systematisch herangehen.«

»Schaden kann's nicht«, sagte er vorsichtig. »Also — ja! Es könnte funktionieren! Und ich kann gleich was Entsprechendes unternehmen.« Er stopfte sich den Rest des Speckstücks in den Mund und ließ sich an der Konsole nieder. »Die Aromastoffe allein verteilen sich zu schnell, aber ich werde die Information in den Computer eingeben. Dadurch werden die Roboter auf die Tatsache hingewiesen, daß diese Gerüche Substanzen enthalten, die für Menschen eßbar sind. Sollten sich unsere Besucher erkundigen, wird man sie hierherschicken.«

»Ich werde versuchen, die Sache zu organisieren«, sagte sie. »Ich werde eine Reihenfolge von Gerichten aufstellen — Protein, Kohlenhydrate und so weiter. Schließlich wissen wir nicht genau, was mit größter Wahrscheinlichkeit ihre Aufmerksamkeit erregt.«

»Wenn sie wirklich am Verhungern sind, werden sie nicht wählerisch sein, aber das überlasse ich dir. Machen wir uns an die Arbeit.«

Diesmal hatte Ariel am meisten zu tun. Sie forderte diverse Gerichte an und stellte sie unter den Entlüfter, bis sie abgekühlt waren. Sobald ein Gericht aufgehört hatte, sein Aroma abzugeben, standen zwei neue bereit. Sie stellte eines oder gar beide unter den Entlüfter, dann erhitzte sie das vorherige ein zweites Mal. Als jedes Gericht so ausgelaugt war, daß davon nichts mehr übrig war als ein formloser, unbestimmbarer, vertrockneter Kloß, kratzte sie die Reste in den Recycler und gab den Code für etwas anderes ein.

Irgendwann verlangte er eine weitere Portion Speck, wodurch ihre Sequenz für kurze Zeit unterbrochen wurde. Er legte eine Pause ein, machte sich am Entlüfter zu schaffen und erreichte eine wenn auch geringfügige Verbesserung. Sie verließen sich immer noch sehr auf den Zufall und die Hilfe der Roboter, die ihnen ihre Beute zutreiben konnten.

Derec verbrachte die übrige Zeit damit, so gut wie möglich im Zentralcomputer aufzuräumen. Er hatte selbst im ausgeruhten Zustand keine Ideen mehr, wie er andere Nahrungsquellen ausfindig machen konnte, deshalb setzten sie alles auf ihren Plan. Doch im Laufe des Tages kehrte seine Anspannung zurück. Er war rastlos, begierig darauf, etwas zu unternehmen, aber es gab nichts zu tun. Dieser Plan erforderte nichts als geduldiges Abwarten, bis der Köder seine Wirkung tat.

»Das meiste von diesem Zeug stinkt«, sagte Ariel. Sie hinterließ ein neues Gericht unter dem Entlüfter und begann sich die Hände zu waschen. »Der Speck ist das einzige, was geklappt hat. Ich werde eine Pause einlegen und mich setzen.«

»Du mußt die Düfte aufreizend machen«, sagte Derec schelmisch. »Wir wollen sie doch anlocken; nicht, daß ihnen davon schlecht wird.«

»Mist, Derec! Wie wär's, wenn du es mal versuchst?« forderte sie. »Denk du dir diese blödsinnigen Codes aus. Oder steh rum und atme die Dämpfe derjenigen Gerichte ein, die nicht gelingen.«

»He, langsam. Das war ein Scherz.«

»Schöner Scherz, du Schlaumeier. Eine große Hilfe bist du uns übrigens nicht.«

»Ach ja? Vermutlich hättest du die ganze Arbeit am Computer, die ich geleistet habe, seit wir zusammen sind, genausogut fertiggebracht?« Er wandte sich vom Schirm ab und blickte sie an.

»Du weißt genau, daß ich das nicht behauptet habe.«

»Da bin ich mir gar nicht so sicher. Vielleicht denkst du jetzt wirklich, ich hätte mich bloß an die Sache rangehängt. Oder willst du etwa nicht mehr, daß ich den Computer rationalisiere? Das hast du doch immer von mir verlangt.«

»Du schmollst ja nur, weil ich gestern auf das Argument mit dem Ersten Gesetz gekommen bin, und heute darauf, die Essensgerüche auszusenden.« Sie zog ihren Stuhl heran und setzte sich rittlings darauf.

»Gib's ruhig zu.«

»So einfach ist das nicht. Du hast mir erzählt, du wärst auf Abenteuer aus, weißt du noch? War das nicht einer der Gründe, warum du von zu Hause fortgegangen bist?«

»Einer davon«, sagte sie mit eisiger Stimme.

»Und du hast nicht die Sorte Abenteuer gefunden, an die du dachtest, stimmt's? Selbst unsere Flucht von der Rockliffe-Station war glanzvoller als dies hier. Sich die ganze Zeit mit den Robotern herumzuschlagen, ist eher eine lästige Pflicht als ein Abenteuer.«

»Außerdem bin ich krank — wie du weißt«, sagte sie leise.

Derec wandte verlegen den Blick ab. Am vergangenen Abend, in einem Augenblick der Sorge, hatte er achtsam das Wort vermieden. Nun hatte er zugelassen, daß sein Temperament alles verdarb.

»Diese Arbeit am Computer setzt mir zu«, sagte er ebenso leise. »Ich, äh, schaffe einfach nicht soviel, wie mir lieb wäre.«

»So geht's mir auch. Es gibt zuviel zu tun, und nie scheint was zu helfen.«

»Es ist diese Warterei, nicht wahr?«

»Ja, teilweise. Den ganzen Tag hier zu warten, daß jemand auftaucht. Wir wissen nicht mal, ob sie sich hier im Umkreis von zehn Kilometern aufhalten. Sie könnten überall auf dem Planeten sein.« Sie verschränkte die Arme auf der Stuhllehne und legte das Kinn darauf.

»Wir könnten abwechselnd raus. Du weißt schon, einfach spazierengehen. Die Stadt ist ziemlich riesig; große Teile davon haben wir noch gar nicht gesehen. Also, wenn wir nicht so hart an unserem Entkommen arbeiten müßten, wäre das hier ein interessanter Ort.«

»Ich denke, einen Spaziergang könnte ich gebrauchen. Wenn du hier die erste Schicht übernimmst, kann ich vielleicht eine Weile vom Prozessor weg.« Sie erhob sich mit einiger Anstrengung. »Was meinst du?«

»Ist recht. Wenn du draußen bist, könntest du gleich mal feststellen, auf welche Entfernung du noch was riechen kannst, in Ordnung?«

»In Ordnung.« An der Tür angekommen, lächelte sie ihm über die Schulter hinweg zu. »Wenn's dort draußen wirklich stinkt, sag' ich Bescheid.«

Kapitel 11

Von Angesicht zu Robotgesicht

Jeff wurde zwar nicht müde, aber schläfrig. Er wußte nicht genug über Physiologie Bescheid, um es sich zu erklären, nahm jedoch an, daß er wegen seines menschlichen Gehirns immer noch Schlaf brauchte. Als die Dämmerung hereinbrach, ergab sich das Problem, einen Ort zu finden, an dem er ungestört schlafen konnte.

Die Stadt blieb während der Nacht aktiv, aber Sicherheit war kein Problem. In einer Stadt der Roboter brauchte er vor Verbrechen keine Angst zu haben, daher war jeder Ort recht, wo man ihn nicht aufwecken würde. Allerdings rechnete Jeff damit, daß sein Anblick, nämlich der eines Robots, der sich längere Zeit nicht rührte, unerwünschte Aufmerksamkeit erregen würde. Keinesfalls wollte er von einem oder zwei Robotern zur nächstbesten Reparaturwerkstatt geschleppt werden, nur weil er aufgehört hatte, sich zu bewegen.

Während er über dieses Problem nachdachte, erfuhr Jeff wieder etwas Neues über seine Robotaugen. Als die Sonne unterging und die Nacht hereinbrach, hatten sie sich zunächst ähnlich angepaßt wie seine menschlichen Augen. Die Gewöhnung verlief langsam und nicht sonderlich effektiv. Die Straßen von Robot City waren beleuchtet, doch nicht so hell wie in den Städten Auroras, die er besucht hatte. Den Grund erkannte er, als es vollständig dunkel geworden war.

Er bewegte sich an der Peripherie eines gefliesten Vorplatzes, wo er hoffte, einen abgeschiedenen Ort zu finden, an dem er einfach stehenbleiben konnte — hinlegen war unnötig —, um in aller Stille einzuschlafen. Als er in die Dunkelheit am anderen Ende des Platzes spähte, vergrößerte sich auf einmal die gesamte Umgebung, flog sozusagen auf ihn zu. Er verspannte sich, dann mußte er über sich lachen. Seine neuen Augen besaßen eine Art Gummilinse, die er zufällig ausgelöst hatte.

Um sie auszuprobieren, blieb er stehen, wo er war, und stellte seinen Augen diverse Aufgaben. Nachdem er einzelne Objekte auf unterschiedliche Entfernung betrachtet hatte, war ihm klar, daß sein Gesichtssinn sich endgültig normalisierte, sobald er etwas in der Nähe ansah, beispielsweise die eigenen Füße. Der Zoomeffekt wurde ausgelöst, wenn er sich mehr als ein paar Sekunden auf ein fernes Objekt konzentrierte. Blickte er nur in die Ferne, ohne sich auf Einzelheiten zu konzentrieren, blieb sein Sehvermögen normal.

Wichtiger noch war die Entdeckung, daß er im Dunkeln sehen konnte. Während er mit den Brennweiten experimentiert hatte, war ihm nicht aufgefallen, daß die Bodenfliesen, seine Robotfüße und eine niedrige Ziermauer am Ende des Platzes nach und nach deutlicher sichtbar wurden. Als er sich nun umsah, merkte er, daß er mit erstaunlicher Klarheit alles erkennen konnte.

Auch das hatte sich automatisch ergeben, wie die Verengung und Erweiterung menschlicher Pupillen. Nur daß in diesem Fall eine andere sensorische Fähigkeit eingebaut war. Was das für eine Fähigkeit war, wußte er nicht, doch sie gefiel ihm. Alles um ihn herum hatte scharfe Konturen, erhellt von der Straßenbeleuchtung, die völlig ausreichte, wenn er sein neues robotisches Sehvermögen einsetzte. Dunkel war es nur in der Ferne, außerhalb der Reichweite der nächsten Lichter.

Dadurch beschleunigte sich seine Suche erheblich. Mit Hilfe einer Kombination aus Nachtsehen und Gummilinse hatte er bald darauf den Platz als Schlafgelegenheit ausgeschlossen. Ihm war außerdem klar, daß die Roboter ihn jederzeit erkennen konnten, daher kam es bei der Suche nach einem Schlafplatz auf Dunkelheit nicht an. Er wandte sich Gegenden zu, die über ungewöhnliche architektonische Formen verfügten.

»Na gut«, sagte er sich. »Als Kind hab' ich Verstecken gespielt. Das hier ist im Grunde dasselbe. Eigentlich müßte es sogar noch einfacher sein, weil niemand ernsthaft nach mir sucht.« Er dachte an das medizinische Team, doch falls sie ihn wirklich suchten, schienen sie jedenfalls nicht in der Nähe zu sein.

Er hatte gehofft, daß die ungewöhnliche Architektur einiger Bauten eine Möglichkeit bieten würde, sich zu verstecken. Es war gleichermaßen unnötig, aufrecht zu stehen oder flach zu liegen; er konnte sich jederzeit hinhocken oder bücken, ohne die übliche Gefahr, daß ihm die Gliedmaßen einschliefen oder er sich im Schlaf herumwälzte, um eine bequemere Stellung einzunehmen.

Doch die Architektur war keine Hilfe. Die auffallenderen Strukturen basierten auf geometrischen Formen, die keine Nischen boten, in die er sich hätte kauern können, und die schlichteren Bauten bestanden gewöhnlich aus abgestuften Rechtecken von unterschiedlicher Größe.

Es gab noch eine andere Möglichkeit, sich zu verstecken, und zwar dort, wo ihn jeder sehen konnte. Er mußte nur geschäftig aussehen, selbst in tiefem Schlaf. Diese Chance bot sich im Tunnelsystem.

Er stieg hinab in die nächste Tunnelstation, die er entdeckte. Schlimmstenfalls konnte es sein, daß es ihm nicht gelang, an der gleichen Stelle anzuhalten, wo er eingestiegen war, aber da er sich in der Stadt ohnehin nicht auskannte, kam es darauf kaum an. Die Orientierung würde ihm überall fehlen.

Er bestieg eine Plattformkabine und besah sich grübelnd die Instrumente. Zumindest wollte er diese Station markieren. Wenn er dann aufwachte, konnte er versuchen, sich wieder zurückbringen zu lassen. Falls das nicht funktionierte, mußte er eben irgendwo anhalten.

Sobald die Kabine unterwegs war, nahm er eine aufrechte Haltung ein, die lässig genug und entspannt wirkte. Zunächst hielt ihn das Geräusch der Luft wach, die an der Kabine vorbeirauschte, doch dann fiel ihm ein, daß er nun auch sein Gehör kontrollieren konnte. Er schwächte sein Hörvermögen ab, ohne es auszuschalten, und als er sich ganz entspannte, empfand er sich als Konstrukt aus zwei unterschiedlichen Teilen. Zuvor hatte er sich als Einheit betrachtet, als Cyborg. Nun war ihm bewußt, daß er ein menschliches Gehirn war, das in einer reglosen, künstlichen Maschine steckte, die das Minimum an Funktionen wahrnahm, um das Gehirn am Leben zu erhalten. Es handelte sich um eine schützende Hülle, die von seiner Persönlichkeit stärker abgetrennt war, als es sein biologischer Körper je gewesen war. Gleich darauf war er eingeschlafen, immer noch in der Plattformkabine stehend, die durch das Tunnelsystem von Robot City raste.

Als Jeff erwachte, fehlte ihm beinahe jegliche Orientierung. Vor ihm stand ein Robot in einer durchsichtigen Kabine, die auf einer Schiene einen rätselhaften Tunnel entlangsauste. Er blickte sich erschrocken um, doch dann fiel ihm plötzlich sein neues Leben wieder ein. Ja, seine Arme waren nach wie vor blau und robotisch. Er steckte nach wie vor in diesem seltsamen, künstlichen Körper.

Er war nach wie vor allein.

Wenigstens war sein Vorhaben gelungen; keiner der Roboter hatte ihn belästigt, während er schlief.

Er hatte das unbestimmte Gefühl, geträumt zu haben, konnte sich jedoch nicht an Einzelheiten erinnern. Angenehm waren sie bestimmt nicht gewesen.

Er schaffte es, die Kabine zu veranlassen, ihn in die Tunnelstation zurückzubringen, wo er eingestiegen war. Dann fuhr er auf der Rampe nach oben ans Tageslicht und sah sich um. Er war zufrieden, daß sein einziges Grundbedürfnis, ein Platz zum Schlafen, erfüllt war. Kleidung war nicht erforderlich, und er wußte, daß sein Robotkörper über eine Energiequelle verfügte, die von gewöhnlicher Nahrung unabhängig war. Er wußte nicht genau, wie dadurch sein Gehirn am Leben erhalten wurde, aber da es funktionierte, wollte er sich darum nicht den Kopf zerbrechen.

»So, Jeffrey«, sagte er laut. »Es wird Zeit, dein neues Leben ernsthaft in Angriff zu nehmen. Mal sehen, was es so zu sehen gibt.«

Er trat auf die langsame Spur des nächstgelegenen Gleitbandes und betrachtete im Vorbeifahren die majestätisch geschwungenen Formen der eindrucksvollsten Bauten der Stadt. Hier war inzwischen mehr Betrieb als in der vergangenen Nacht; er erklärte sich das so, daß die Roboter für die Nachtstunden Arbeiten in geschlossenen Räumen sehen hatten. Sein Sehvermögen im Dunkeln war sehr gut gewesen, aber es konnte das Fehlen des Sonnenlichts nicht wettmachen.

Er fuhr lange Zeit auf dem Gleitband dahin. Geduld war kein Problem, da die Stadt ihn sowohl faszinierte als auch beunruhigte. Ohne strengen Zeitplan oder körperliche Bedürfnisse, die befriedigt werden mußten, gab es für ihn nichts weiter zu tun. Hin und wieder stieg er behutsam auf ein kreuzendes Gleitband um und fuhr darauf weiter. Er kannte sich nach wie vor nicht aus, aber nach und nach begann er bestimmte Wahrzeichen wiederzuerkennen.

Auch jetzt hielt er die Augen offen. Das medizinische Team war vermutlich immer noch hinter ihm her, und jeder Robot, der ihn verdächtigte, nicht den Gesetzen unterworfen zu sein, würde allein von dieser Vorstellung entsetzt sein. Aber sie sollten ihn nicht kriegen — nicht, solange er vorsichtig war.

Dann, als das Gleitband ihn unter einem transparenten Schacht vorbeitrug, traf ihn ein Luftzug aus einer neuen Richtung.

Jeff hob instinktiv den Kopf und holte Luft — und merkte zum ersten Mal, daß er die ganze Zeit nicht wie ein Mensch geatmet hatte. Offensichtlich brauchte sein Gehirn Sauerstoff, sein übriger Körper jedoch nicht. Wie bei den anderen Fragen, die seine neue Physiologie betrafen, gab er sich nicht mit der Frage ab, wie sein

Körper Sauerstoff aufnahm und seinem Gehirn zuführte; die Tatsache seiner andauernden Existenz bewies, daß es irgendwie funktionierte. Er nahm an, daß das Luftholen vor allem dem Zweck diente, für den er es augenblicklich einsetzte: um seinen Geruchssinn zu benutzen.

»Magellanisches Grünzeug«, sagte er vor sich hin, als er das Aroma erkannte. Er wollte nicht auffallen, doch das Bedürfnis, etwas zu sagen, wurde stärker. »Grünzeug in einer Art pikanter Soße. Riecht herrlich — hab' so was lange nicht mehr gegessen. Sehen wir doch mal nach.«

Er trat vom Gleitband, richtete sich auf und begann dem Geruch nachzugehen. Sein Körper brauchte zwar offensichtlich keine Nahrung, aber das Verlangen, köstliche Gerichte zu probieren, steckte nach wie vor in ihm. Er erinnerte sich an einige seiner Lieblingsgerichte: magellanisches Grünzeug, Kobesteak, Jiauzi, frische Erdbeeren. Er war unsicher, ob er essen könnte, wenn er wollte, glaubte jedoch nicht daran. Immerhin konnte er es genießen, das Zeug zu riechen.

Außerdem hoffte er auf menschliche Gesellschaft. »Mach dir bloß nicht zu große Hoffnungen, Jeffrey, alter Junge. Die Wahrheit kannst du ihnen ohnehin nicht anvertrauen.«

Der Verkehr war hier einigermaßen dicht, aber es handelte sich meist um Funktionsroboter, die keine Bedrohung für ihn waren, weil sie ohne Beobachtungsgabe und Neugierde ihren Geschäften nachgingen. Von Zeit zu Zeit tauchten humanoide Roboter auf, doch keiner zeigte Interesse an ihm. Ein Robot jedoch blieb in Jeffs Nähe, bog um dieselben Ecken und ging in die gleiche Richtung.

Jeff blieb allmählich zurück, beobachtete mißtrauisch diesen einen Robot. Er schien Jeff nicht bemerkt zu haben, aber noch etwas an ihm war merkwürdig. Dieser Robot schob einen kleinen zweirädrigen Karren vor sich her.

Der Karren, der vier graue Seitenwände, aber keinen Deckel hatte, wirkte in dieser Stadt von Robotern, die ein menschliches Gehirn transplantieren, Prachtbauten voller Dynamik errichten und ohne menschliche Hilfe eine vollständig funktionsfähige Gemeinschaft bilden konnten, seltsam primitiv. Ohne eigene Energiequelle stellte der Karren einen Rückfall in alte Zeiten dar.

Doch er war nicht wegleugnen.

Derec hatte weiter einige der gelungeneren Gerichte von Ariel codiert und sie unter den Entlüfter gestellt, obwohl das ständige Hin und Her zwischen Konsole und Prozessor ihn davon abhielt, sich auf die Rationalisierung des widerspenstigen Computers zu konzentrieren. Am Ende beschloß er, ganz vom Computer abzulassen und mit dem chemischen Prozessor Ariels Vorbild zu folgen. Zumindest konnte er helfen, die Nahrung zu verbessern, die sie essen mußten. Da die besseren Codes alle gesichert waren, würden seine Fehlschläge sie nichts kosten, und wenn er Erfolg hatte, konnte ihr hiesiges Leben sich wesentlich erträglicher gestalten.

Die Überwachungsroboter hatten dafür gesorgt, daß sie einen großen Vorrat an Grundnährstoffen in chemischer Form erhielten. Diese waren durch eßbare Pflanzen ergänzt worden, die man draußen beim Reservoir geerntet hatte. Um ein bekömmliches Gericht herzustellen, wurden im Prozessor diverse Zutaten mit Wasser gemischt und je nach Code erhitzt.

Er begann mit dem Versuch, die Nährriegel schmackhafter zu machen. Zunächst rutschte ihm das Vanillearoma aus, obwohl das Ergebnis nicht zu verachten war. Als er einen Hauch von Banane hinzufügte, entstand etwas, das entfernt an ein erdiges Wurzelgemüse aus Aurora erinnerte. Es schmeckte nicht besonders gut, aber anders. Er löschte den Code, stellte jedoch das Gericht unter den Entlüfter. Vielleicht mochte ja sein Jagdwild Wurzelgemüse aus Aurora.

Ariels Speck war beinahe perfekt, also ließ er die Finger davon. Sein erster Versuch, magellanisches Grünzeug herzustellen, geriet eher nach verkochten Tyricusblättern in Blauschimmelkäse, also mußte er ihn wiederaufbereiten, ohne das Aroma zu nutzen. Der zweite Versuch verlief erfolgreicher, und der Duft wurde soeben nach draußen geleitet. Er war soeben dabei, einen Bananenpudding herzustellen, als Ariel wiederkam.

»Igitt!« Sie verzog das Gesicht und streckte die Zunge heraus. »Und ich dachte, mein Zeug stinkt. Verflucht, Derec, was hast du denn hier drinnen angerichtet?«

Er lachte. »Du riechst meine erste Portion magellanisches Grünzeug. Die zweite ist besser, und dieses neue Gericht dürfte auch klappen. Bananenpudding ist einfach herzustellen, meinst du nicht?«

»Wenn wir nicht vorher an den Tyricusdämpfen ersticken. Hat mein Zeug etwa auch so schlimm gestunken? Wenn ja, muß ich mich bei dir entschuldigen.«

»Eigentlich nicht. Konntest du draußen was riechen?«

»O ja. Im Grunde liegen wir richtig. Die Konfiguration der umliegenden Gebäude hat einen ziemlich konstanten horizontalen Luftzug geschaffen, der vom Entlüfter aus, mal sehen, in diese Richtung weist.« Sie hob den Daumen. »Dort herrscht ziemlich dichter Robotverkehr. Die können alle helfen, unsere Leute hierherzudirigieren. Nun brauchen wir nur zu hoffen, daß sie nahe genug rankommen, um sich danach zu erkundigen.«

»In der anderen Richtung wird aber niemand was riechen.«

»Stimmt, aber die Roboter sind wie üblich unterwegs. Sie werden sich überall verteilen.«

»Na gut. Hoffentlich funktioniert es.«

Sie nickte. »Wenn du dir jetzt die Beine vertreten willst, halte ich hier die Stellung.«

»Danke. Ich glaub', der Pudding braucht noch Wasser.«

Derec marschierte beschwingt hinaus, froh, sich wieder einmal im Freien aufhalten zu können. Doch in der Ferne schien die mächtige Kuppel des Schlüsselzentrums ihn zu verhöhnen. Er wollte sich nicht die Laune verderben lassen, daher wandte er sich ab und begann seinen Spaziergang.

Mehr aus Neugier denn aus Notwendigkeit machte er den Luftzug aus, den sie erwähnt hatte. Der Bananenpudding roch recht angenehm, obwohl er annahm, daß hungrige Menschen sicher etwas Solideres, Nahrhafteres vorziehen würden. Er trat auf ein Gleitband, achtete jedoch darauf, daß sein Weg in einem großen Rechteck um ihre Gegend herum verlief. Der Gedanke, ihre menschlichen Besucher zu entdecken, erschien ihm nicht mehr so unwahrscheinlich wie zuvor, aber das war nichts als neu erwachter Optimismus. Als er wieder in Gegenrichtung zu dem Luftzug marschierte, war er angenehm überrascht, darin den Duft einer anständigen Portion magellanischen Grünzeugs wahrzunehmen. Vielleicht würde sich ihre zusätzliche Übung am Prozessor bezahlt machen. Nachdem er sich nun ein wenig entspannt hatte, beschloß er, nach Hause zurückzukehren. Warten war immer noch Warten, ob er nun drinnen saß oder ziellos in der Stadt herumlief.

Als er dort ankam, lehnte Ariel in der offenen Tür. Sie hob überrascht die Augenbrauen, als sie ihn sah.

»Wieso bist du so früh zurück? Ich dachte, es geht darum, daß wir abwechselnd eine Weile weg können.«

»Ich war doch weg. Jetzt bin ich eben wieder da.«

»Verdammt, Derec. Wenn ich gewußt hätte, daß das alles ist, was du vorhast, wäre ich selbst länger geblieben. Ich bin bloß deinetwegen früh wiedergekommen.«

»Mir hätte es nichts ausgemacht, wenn du länger fortgeblieben wärst. Ich hab' dich nicht gebeten, früher heimzukommen.«

»Na gut, hättest du was dagegen, wenn ich noch einen Spaziergang mache?«

»Natürlich nicht! Wieso machst du soviel Wind darum?« Während er auf ihre Antwort wartete, wich er einem humanoiden Robot aus, der auf sie zukam, in der Annahme, daß der Robot vorbei wollte.

»Ach, ich weiß nicht«, sagte sie gereizt. »Ich nehme an, diese Phase des Nichtstuns bekommt mir nicht.«

Der Robot ging nicht vorbei. Er beobachtete Derec genauestens und trat ohne anzuhalten an ihm vorbei durch die Tür.

»He«, sagte Derec verblüfft. »Können wir dir behilflich sein? Das ist eine Privatwohnung. Unsere Wohnung.«

Der Robot drehte sich um und sah sie abwechselnd an.

»Identifiziere dich«, befahl Ariel.

»Äh . . .« Der Robot wirkte unsicher, was bei einem Robot selten vorkam.

»Ich habe dir einen *Befehl* erteilt. Nun identifiziere dich gefälligst!«

»Ich, äh, ich bin Tunnelvorarbeiter, äh, 12.«

»Sag mal, einen Augenblick. Das kommt mir bekannt vor. Hab' ich mich schon mal mit dir unterhalten? Über die Suche?«

»Jawohl.«

»Na, warum hast du das nicht gleich gesagt? Wenn du gekommen bist, um Bericht zu erstatten, sind es Derec und ich, denen du berichten mußt. Was hast du in Erfahrung gebracht?«

»Ich . . . eigentlich nichts.«

»Was machst du dann hier?« fragte Derec. »Hast du eine Frage?«

Der Robot zögerte und blickte wieder vom einen zum anderen, so als sei er verwirrt.

»Mit dem stimmt was nicht«, sagte Ariel. »Setz dich an die Konsole und ruf eine Werkstatt an. Der funktioniert nicht richtig.«

Der Robot wandte sich zum Gehen.

»Bleib da«, ordnete Ariel an. Als er nicht stehenblieb, packte sie seinen Arm. »Ich hab' dir gesagt, du sollst dableiben. Was ist nur los mit dir? Halt gefälligst an.«

Derec hatte sich auf den Weg nach drinnen gemacht, doch als der Robot sich von Ariel losriß, hielt er erschrocken inne. »Hast du die Gesetze vergessen? Man hat dir befohlen, *stehenzubleiben.*«

Der Robot packte Ariel bei den Schultern und stieß sie von sich, so daß sie gegen die Wand prallte. Derec warf sich zwischen sie, in der Hoffnung, dadurch zu verhindern, daß der Angriff fortgesetzt wurde. Er war einfach nicht zu fassen. Er sah, wie der Arm des Robots ausholte und dann auf ihn zukam, hatte jedoch keine Möglichkeit, zu reagieren, als die unglaublich harte Robothand lässig seine Stirn traf und ihm die Sicht nahm.

Derec fiel rückwärts gegen die Wand und glitt daran herab, bis er auf der Türschwelle am Boden saß. Dort blieb er einen Moment lang sitzen, um wieder zu Atem und zu Verstand zu kommen. Als er sich umsah, war der Robot verschwunden.

Kapitel 12
Teamarbeit

Ariel eilte besorgt zu Derec hinüber. Obwohl er recht benommen war, wußte er das zu schätzen.

»Hast du dir schlimm weh getan, Derec?«

»Nein.« Seine Stimme klang heiser und gedämpft. »Hat mir die Puste genommen, sonst nichts. Wie steht's mit dir?«

»Alles in Ordnung. Danke, daß du dich ihm in den Weg gestellt hast.« Er grinste. »Jederzeit, wenn's nicht zu oft ist.« Er atmete mehrmals tief ein.

Sie umfing ihn mit einem Arm und half ihm auf die Beine. »Hat man so was schon erlebt?«

»Noch nie. Die positronischen Gehirne waren immer total zuverlässig. Das ist allgemein bekannt.« Er strich sich die Kleidung glatt. »Ich glaube, der Schock ist schlimmer als der Schmerz.«

»Dieses Exemplar ist jedenfalls ganz und gar nicht zuverlässig, soviel steht fest.«

»Hast du gesehen, wo er hin ist?« Derec blickte die Straße entlang.

»Nein, aber mehrere andere Roboter haben die Verfolgung aufgenommen. Die müssen so nahe drangewesen sein, daß sie den Vorfall gesehen haben.«

»Ich glaube, die Schritte hab' ich auch gehört. Gehen wir hinein. Ich will an die Konsole, feststellen, ob vor einem durchgedrehten Robot gewarnt wird.«

Sie folgte ihm nach drinnen. »Die Roboter, die hinter ihm her waren, haben nicht gerufen oder so was. Ich nehme an, sie verständigen sich über ihre Komverbindungen.«

»Kann sein.« Er rieb sich den Hinterkopf an der Stelle, die gegen die Wand geprallt war, und verzog das Gesicht. »Ich frage mich, was für Schimpfworte die Roboter benutzen, wenn sie unter sich sind.« Er setzte sich an den Computer und rief eine Vielzahl von Themenbereichen auf — Warnungen, städtische Alarmzustände und mögliche Defekte. Doch es ergab sich nichts.

»Vielleicht ist der Defekt soeben erst aufgetreten«, meinte Ariel. »Und wir sind die ersten, die es melden.«

»Melden werde ich es. Mal sehen . . . *Defekter Robot beachtet die Gesetze nicht.* Nachdem er uns regelrecht angegriffen hat, werden die übrigen Roboter der Suche nach ihm Vorrang geben. Ich denke, sie werden sogar ihre üblichen Aufgaben dafür zurückstellen.« Er gab eine Beschreibung des Vorfalls ein.

»Findest du es nicht seltsam, daß er hier erschienen ist?«

»Was meinst du damit?«

»Wir sind die einzigen auffindbaren Menschen auf dem Planeten. Wo sich die anderen aufhalten, weiß man nicht. Und diese Stadt ist riesig. Ist es nicht irgendwie eigenartig, daß der erstbeste wildgewordene Robot hier die einzige Wohnung aufsucht, in der Menschen sind?«

Er ließ einen Moment lang von der Tastatur ab. »Ich verstehe, was du meinst. Aber da das Versagen der Positronik sich auf die

Gesetze bezieht, könnte er die Gegenwart von Menschen gesucht haben.« Er zuckte die Achseln und setzte seine Arbeit an der Konsole fort.

»Sie haben doch davon gewußt! Sieh mal — das ist rausgekommen, als ich das Thema *Suchmeldungen* eingegeben habe.«

Sie beugte sich vor und las über seine Schulter hinweg mit. »Moment mal. Was für einen seltsamen Robot suchen die?«

»Ich bin nicht mal sicher, daß er überhaupt ein Robot ist. Hier steht: *siehe humanmedizinisches Experimentalteam.* Dann wollen wir mal sehen.« Gleich darauf las er fasziniert. »Er ist ein Mensch! Wenigstens sein Gehirn ist menschlich.«

»Sein Gehirn?«

»Sieh dir das an!« Derec zeigte auf die Zusammenfassung der chirurgischen Maßnahmen, die auf dem Computerschirm erschienen war. »Unglaublich!«

»Es ist unmöglich«, erklärte Ariel, »ein Gehirn in einen Robotkörper zu verpflanzen.«

»Alles, was wir seit unserer Ankunft erlebt haben, war unmöglich.« Derec schüttelte den Kopf, wie um seine Verwirrung loszuwerden. »Daran müßten wir uns inzwischen gewöhnt haben.«

»Wenn man sich je daran gewöhnen kann, Überraschungen zu erleben. Und was unternehmen wir jetzt?«

»Ich versuche den Zentralcomputer zu veranlassen, daß er mich über Komverbindungen zu einem der Roboter des medizinischen Teams durchstellt.«

»Ja?« sagte eine Stimme aus dem Konsolenlautsprecher.

»Ich bin Derec, ein männlicher Mensch. Bitte identifiziere dich.«

»Ich bin humanmedizinischer Forscher 1, Leiter des experimentellen humanchirurgischen Teams.«

»Ich weiß von einem Robot, der die Gesetze der Robotik nicht beachtet.«

»Ausgezeichnet. Wir haben mit Unterstützung zahlreicher Roboter eine Rasterfahndung vom Stadtrand einwärts durchgeführt. Können Sie die Suchrichtung für uns einschränken?«

»Ich würde dich und dein Team gerne persönlich kennenlernen. Kommt bitte zu einem Treffen mit Ariel und mir.«

»Das werden wir tun. Dürfte ich fragen, warum Sie die Weitergabe hilfreicher Informationen an mich aufschieben?«

»Dieses Problem könnte umfassender sein, als es den Anschein hat. Der betreffende Robot hat kraß gegen unsere Befehle gehandelt und ist auf uns losgegangen. Ich denke, da ist ausführliche Beratung angesagt, du nicht?«

»Wir kommen sofort.« Die Stimme des Robots klang plötzlich förmlich und ausdruckslos.

»Übrigens — eines könntest du mir gleich sagen. Ist das Raumschiff dieses Kerls gefunden worden? In was für einem Zustand ist es?«

»Es wurde beim Aufprall zerstört. Wo sind Sie zu finden?«

Die Enttäuschung traf Derec wie ein Faustschlag, doch er gab Auskunft. Dann begann er rastlos auf und ab zu gehen, gab sich Mühe, nicht den Mut zu verlieren. »Wenigstens kann uns der medizinische Robot sagen, ob der hier mit den anderen beiden unterwegs war, die wir suchen. Es ist noch nicht vorbei. Wir haben gewisse Fortschritte erzielt, ob du's glaubst oder nicht. Wird aber auch Zeit.« Er schlug sich mit der Faust in die offene Hand. »Vielleicht erfahren wir ja doch was, das uns weiterbringt.«

»Du glaubst, dieser Kerl ist einer der Menschen, nach denen wir suchen?« Auch Ariel war niedergeschlagen.

»Ja, das nehme ich an. Erinnerst du dich an den dritten Besucher, der einfach irgendwann verschwunden ist? Das muß er sein. Ich denke, die Meldungen über ihn haben aufgehört, sobald er in einem Robotkörper steckte.«

»Ich hatte gehofft, er wäre auf einem anderen Schiff eingetroffen. Dadurch hätten wir eine zusätzliche Chance gehabt.« Die Enttäuschung zeigte sich in ihrem Gesicht.

Kurz darauf erschien das medizinische Team. Derec erzählte den drei Robotern, was passiert war, dann bat er sie um ihre relevanten Informationen. Sie klärten ihn über das auf, was sie zuvor Jeff mitgeteilt hatten.

»Demnach geht es nicht um ein Versagen des positronischen Gehirns«, beendete Forscher 1 seinen Bericht. »Wir haben uns jedoch untereinander beraten und sind zu dem Schluß gekommen, daß wir uns in eine Reparatureinrichtung begeben müssen, um unsere Gehirne entfernen und vernichten zu lassen.«

»Was?« rief Derec. »Das könnt ihr nicht tun. Wir brauchen eure Hilfe.«

»Wir haben eine Situation geschaffen, in welcher ein Robotkörper gegen das Erste Gesetz verstoßen hat, indem er Menschen attackiert. Das bedeutet eine Verletzung des Ersten Gesetzes unsererseits. Wir hätten den Vorfall gleich nach der chirurgischen Transplantation gemeldet, wenn uns klargewesen wäre, wozu das führt.«

Derec sah die beiden chirurgischen Roboter an, die zustimmend nickten. Die drei standen in einer Reihe vor ihm, als seien sie auf ein Polizeiverhör gefaßt. Vielleicht erwarteten sie das von einem Menschen, nachdem sie gegen das Erste Gesetz verstoßen hatten.

»Aber ihr habt doch niemanden angegriffen«, sagte Ariel. »Ihr wart einen Schritt von der Situation entfernt. Ihr könnt nicht die Verantwortung für das übernehmen, was er — Jeff, sagtet ihr, heißt er — zu tun beschließt.«

»Außerdem hat er uns nicht weh getan«, sagte Derec. »Wir waren bloß überrascht. Na ja — total schockiert waren wir.«

Chirurg 2 schüttelte den Kopf. »Das Ausmaß des Schadens ist kein Faktor, da die Gesetze diesbezüglich keinen Spielraum lassen. Auch unsere Unwissenheit, was Ihre Gegenwart angeht, stellt keinen Faktor dar. Die Tatsache, daß wir nicht unmittelbar an dem Vorfall beteiligt sind, ist der einzige Grund, warum wir nicht augenblicklich abgeschaltet haben, als wir von dieser Verletzung des Ersten Gesetzes erfuhren. Hätten wir einen Menschen direkt angegriffen, hätte die traumatische Wirkung auf unsere Systeme unsere Funktion vollständig neutralisiert. Allerdings würde dieses Individuum ohne unseren Beitrag nicht in dieser ungewöhnlichen Form existieren. Er ist einzigartig, und er unterliegt unserer Verantwortung.«

»Betrachtet es doch mal so«, sagte Ariel eifrig. »Wir brauchen Hilfe. Falls Jeff immer noch dort draußen herumläuft, könnte er uns jederzeit weiteren Schaden zufügen. Verlangt das Erste Gesetz nicht von euch, mit uns zusammenzuarbeiten?«

»Wir haben bewiesen, daß auf unser Urteil kein Verlaß ist«, sagte Chirurg 1. »Wir sind unzuverlässig. Daher müssen wir vernichtet werden.«

»Ihr habt doch vorher noch nie gegen die Gesetze verstoßen, oder?« argumentierte Derec.

»Nein, aber wir hatten auch noch nie Kontakt mit Menschen«,

sagte Forscher 1. »Bei unserem allerersten Kontakt mit Menschen haben wir zu einem Verstoß . . .«

». . . Gegen das Erste Gesetz beigetragen, ich weiß. Ihr braucht euch nicht dauernd zu wiederholen«, sagte Derec. »Aber ich hätte die Frage anders formulieren sollen. Ihr habt die Gesetze bisher nicht gebrochen. Das war Jeff, sozusagen. Da er jedoch kein positronisches Gehirn hat, zählt das im Grunde gar nicht.«

»Unsere Informationen über menschliches Verhalten sind offenbar bruchstückhaft«, sagte Forscher 1. »Wir wissen nicht, wie wahrscheinlich ein Angriff von Jeff gegen Sie ist. Der Zentralcomputer hat uns nicht einmal auf Ihre Gegenwart hingewiesen. Wir hielten seine Verfassung für so schlecht, daß das Erste Gesetz verlangte, einen Transplantationsversuch zu unternehmen. Allerdings leite ich aus dem Ersten Gesetz unter anderem ab, daß es dazu da ist, Menschen vor der kräftemäßigen Überlegenheit unserer Robotkörper zu schützen. In diesem Sinne zählt Jeff als Robot, obwohl ihm das positronische Gehirn fehlt. Dieser Schluß betrifft natürlich nicht sein eigenes Gehirn.«

»Wie könnt ihr euch schuldig fühlen, wenn das Erste Gesetz von euch verlangt hat, die Transplantation vorzunehmen?« fragte Ariel. »Das sieht nach einem echten Widerspruch aus. Wie ich ihn beim logischen Denkvermögen eines Robots nicht erwartet hätte.«

»Der logische Widerspruch ist soeben erst klargeworden«, sagte Chirurg 1. »In der Abfolge der Ereignisse hat uns das Erste Gesetz klare Forderungen auferlegt, darunter unsere eigene Vernichtung.«

Derec sah sie hilflos an, da ihm kein Argument gegen ihre Zerstörung mehr einfiel, dem sie nicht schon begegnet waren.

»Verschiebt euren Ausflug in die Werkstatt«, schlug Ariel vor. »Wenn ihr es immer noch für nötig haltet, könnt ihr später auch noch hin. Im Augenblick brauchen wir, wie gesagt, wirklich eure Hilfe.«

»Stimmt«, beeilte sich Derec zu sagen. »Wie steht's damit? Das Erste Gesetz verlangt von euch, daß ihr uns helft, Jeff zu finden und ihn — ich weiß nicht — irgendwie zu stoppen. Dann könnt ihr euch ruhig selbst vernichten.«

Die drei Roboter zögerten lange genug, um zu verraten, daß dieses Argument Gewicht hatte.

»Seid ihr nicht dafür verantwortlich, bei der Beseitigung des

Schadens behilflich zu sein?« fügte Ariel mit einem triumphierenden Lächeln hinzu. »Das Zweite Gesetz verlangt, daß ihr unseren Befehlen Folge leisten müßt, uns zu helfen. Da ihr nie direkt gegen die Gesetze verstoßen habt, auch nicht gegen das Erste, seid ihr uns verläßlich genug.«

»Für mich ist das akzeptabel«, sagte Forscher 1. »Wir werden uns aber für alle Fälle die Option offenhalten, später unsere Gehirne vernichten zu lassen.«

»Ich finde es ebenfalls akzeptabel«, sagte Chirurg 1. »Unnötige Zerstörung unserer Gehirne wäre eine Verschwendung von Rohstoffen, Energie und Erfahrung. Wir sollten die Notwendigkeit dieses Schritts logisch einwandfrei etablieren und dafür soviel relevantes Beweismaterial wie möglich zusammentragen.«

»Puuh«, sagte Chirurg 2. Der Robot blickte Derec an. »Das ist der bei dieser Gelegenheit angemessene menschliche Ausdruck, oder etwa nicht?«

»Exakt.« Derec lachte erleichtert. »Gut. Das hätten wir gelöst. Nächstes Problem. Wir wollen Informationen aus diesem Kerl herausholen, wie man von diesem Planeten runterkommt. Ihr wollt lediglich sichergehen, daß er keins der Gesetze bricht. Wie wollt ihr dabei vorgehen?«

»Sie werden bei der direkten Konfrontation die Führung übernehmen müssen«, sagte Forscher 1. »Jeglicher Plan muß dies berücksichtigen.«

»Was meinst du damit?« erkundigte sich Ariel.

»Da wir wissen, daß Jeff über ein menschliches Gehirn verfügt«, sagte Chirurg 1, »sind wir im Umgang mit ihm den Gesetzen unterworfen. Wir könnten uns beispielsweise nicht seinen Befehlen widersetzen, wenn er uns anweist, ihn in Ruhe zu lassen. Oder schlimmer noch, zu vergessen, daß es ihn gibt.«

»Moment mal«, sagte Ariel und hob die Hand. »Ihr regt euch darüber auf, daß er die Gesetze bricht, weil er ein Robot ist, aber nun sagt ihr, ihr müßtet in bezug auf ihn die Gesetze befolgen, weil er ein Mensch ist. Widersprecht ihr euch damit nicht selber?«

»Nein«, sagte Forscher 1. »Bezüglich der Gesetze ist er sowohl Mensch als auch Robot. Wir können ihm die Kombination von Eigenschaften nicht absprechen, die wir selbst ihm verliehen haben. Sämtliche Vorteile liegen bei ihm. Dadurch erlangt er große Macht.«

»Wie steht's mit dieser Rasterfahndung, von der ihr mir anfangs erzählt habt?« fragte Derec. »Wie wolltet ihr ihn einfangen, sobald ihr ihn gefunden habt?«

»Unsere einzige Hoffnung bestand darin, ihn zur Kooperation zu überreden. Wir hätten keine Gewalt anwenden können, weil das den Gesetzen widerspricht. Allerdings wird er irgendwann seine Gesundheit gefährden. Dann wären wir natürlich in der Lage, ihm unsere Hilfe aufzuzwingen.«

»Was für eine Gefahr?« fragte Ariel. »Er hat doch einen Robotkörper.«

»Sein Robotkörper wird von einem Standard-Energiesystem in Gang gehalten«, sagte Chirurg 2. »Allerdings braucht sein organisches Gehirn Nahrung und Sauerstoff. Wir haben in der unteren Hälfte seines Kopfes und zum Teil im Hals einen Behälter mit lebenswichtigen Nährstoffen und synthetischen Hormonen untergebracht, mit einer Zufuhr zum Gehirn. Das existierende Kreislaufsystem beliefert mittels synthetischem Blut sein Gehirn mit diesen Chemikalien. Auch Sauerstoff wird auf diese Weise zugeführt, über die Atemzüge, die er von Zeit zu Zeit tut.«

»Soweit klar«, sagte Derec. »Weiter.«

»Er kann nicht im normalen menschlichen Sinne Nahrung aufnehmen. Daher muß seine Nährstoffkapsel in gewissen Abständen nachgefüllt werden. Davon weiß er nichts.«

»Nicht? Wieso habt ihr es ihm nicht gesagt?« wollte Ariel wissen.

»Er ist fortgerannt, bevor wir ihn unterrichten konnten. Wir wollten ihn zunächst testen. Wir wußten nicht, daß er sich entfernen würde, ehe wir die Information weitergeben konnten.« Chirurg 2 blickte Forscher 1 an. »Da unsere Tests nicht abgeschlossen sind, wissen wir nicht einmal genau, wie erfolgreich die Transplantation verlaufen ist.«

»Das stimmt«, sagte Forscher 1. »Was seine Gesundheit angeht, haben wir es mit zahlreichen Unbekannten zu tun. Darum gestattet uns eine Auslegung des Ersten Gesetzes, Ihnen bei der Suche nach ihm behilflich zu sein.«

»Ich habe über eine Frage nachgedacht, die Ariel mir vor einiger

Zeit gestellt hat«, sagte Derec. »Meint ihr, Jeff ist aus einem bestimmten Grund hierher gekommen, in unsere Wohnung? Oder war das ein Zufall?«

»Die Wahrscheinlichkeit, daß ein Mensch, der er immerhin ist, durch Zufall die einzige Behausung der Stadt aufsucht, die von Menschen bewohnt wird, ist zu gering, um ernsthaft in Betracht zu kommen«, sagte Chirurg 2.

»Ihre Verwendung menschlichen Essens, um Ihre Mitmenschen anzulocken, mag ihn beeinflußt haben«, sagte Forscher 1. »Er bedarf zwar im Augenblick noch keiner Nahrung. Aber frühere Gewohnheiten und die Reizung des Genußzentrums seines Gehirns durch die Essensdüfte könnte den Wunsch geweckt haben, sich am Geruch und Geschmack menschlichen Essens zu ergötzen.«

»Ein zweites Mal wird das wohl nicht funktionieren«, sagte Ariel. »Er schien es furchtbar eilig zu haben, sich davonzumachen. Wenn er ohnehin nicht essen kann, braucht er nicht unbedingt noch einmal herzukommen.«

»Eine logische Annahme«, sagte Forscher 1.

»Also, halt mal«, sagte Derec. »Ich möchte die Sache geradlinig angehen, wenn ihr nichts dagegen habt. Wie ich es sehe, haben wir drei Probleme. Um diesen Jeff zu kapern, müssen wir ihn aufspüren, ihn identifizieren und ihn festhalten. Wird eure Rasterfahndung zu seiner Gefangennahme führen? Wie geht ihr dabei vor?«

»Sie bezieht die gesamte Robotpopulation von Robot City ein«, sagte Forscher 1. »Allerdings muß niemand dafür seine Pflichten im Stich lassen. Wir haben am Stadtrand ein Raster von Tests eingeleitet, das sich in Richtung Stadtmitte von einem Robot zum nächsten fortsetzt. Kein Robot wird mit einem anderen zusammenarbeiten oder ihn passieren lassen, es sei denn, der andere Robot kann beweisen, daß er seine Komverbindung zu benutzen weiß. Da Jeff nicht über diese Fähigkeit verfügt, wird er schließlich identifiziert werden.«

»Wir hätten ein Funksystem in seinen Körper einbauen können«, sagte Chirurg 1. »Aber das erschien uns als unnötiger Widerspruch zu seiner menschlichen Identität, daher haben wir beschlossen, es zu unterlassen.«

»Ein Segen«, sagte Derec. »Allerdings hört es sich an, als könnte eure Suche lange dauern. Wenn er schlau ist und nicht auffallen will, kann er bis zur letzten Minute eurer Fahndung entgehen. Und wenn er Glück hat, kann er euch durchs Netz schlüpfen, während es sich schließt.«

Chirurg 2 schüttelte den Kopf. Im Gegensatz zu den meisten anderen Avery-Robotern schien er derartige Gesten zu schätzen. »Es handelt sich nicht um ein Netz, sondern um einen massiven Kreis. Selbst wenn er sich, ohne identifiziert worden zu sein, in ein Gebiet hinauswagt, das bereits überprüft wurde, wird ihn dennoch jeder Robot ansprechen, der ihn zu sehen bekommt. Die Tests werden nicht aufhören, bis die Meldung von seiner Festnahme ergeht.«

Derec nickte anerkennend. »Nicht übel. Dennoch behaupte ich, daß es eine Weile dauern wird, falls er nicht unvorsichtig wird.«

»Zugegeben«, sagte Forscher 1. »Es könnte einige Zeit dauern, aber er wird dadurch eindeutig identifiziert werden. Unsere Chancen, seiner habhaft zu werden, vergrößern sich allerdings, wenn wir einen von Ihnen, einen Menschen, an der Hand haben, um ihn gegebenenfalls aufzuhalten. Sonst würde das Zweite Gesetz ihm gestatten, uns den Rückzug zu befehlen, es sei denn, ein Gebot des Ersten Gesetzes würde uns auferlegen, seinen Befehlen zuwiderzuhandeln.«

»Was erwartet ihr von uns?« Ariel hob die Handflächen und sah die drei Roboter nacheinander an. »Wir können ihn genausowenig herumkommandieren wie ihr. Und er ist stärker als wir.«

Die Roboter schwiegen.

»Darum kümmern wir uns später«, entschied Derec. »Die erste Aufgabe besteht darin, ihn zu identifizieren. Vielleicht können wir uns eine Methode ausdenken, den Suchvorgang abzukürzen.«

»Vielleicht«, sagte Forscher 1. »Sie können jedenfalls über uns verfügen.«

»In jeder Hinsicht«, fügte Chirurg 2 hinzu.

Kapitel 13

Auf der Flucht

Jeff war auf der Flucht. Er hatte Derec und Ariel in seiner Panik beiseite gestoßen, hatte sich so sehr gewünscht, mit anderen Menschen zu sprechen und sich doch so sehr vor Entdeckung gefürchtet — obwohl er nicht wußte, warum. Die Verfolgung seitens der Roboter, die das Entsetzen darüber beflügelte, daß ein scheinbarer Robot gegen das Erste Gesetz, die Grundregel ihrer Existenz, verstieß, war nun hartnäckiger als zuvor. Es zeugte von der Bedeutung des vom Ersten Gesetz auferlegten Imperativs, daß nun, während er davonrannte, jeder humanoide Robot in der Umgebung alles stehen- und liegenließ, um die Verfolgung aufzunehmen, in aller Stille informiert über die Komverbindungen zweier Roboter, die seine Attacke auf die Menschen zufällig mitangesehen hatten.

Selbst die Funktionsroboter begannen ihn zu behindern, während er die Straße entlangrannte. Sie handelten offenbar auf Befehl jener Roboter, die bereits hinter ihm her waren. Ohne positronische Gehirne waren die Funktionsroboter nicht in der Lage, eigenständige Schlüsse zu ziehen, aber sie konnten Anweisungen befolgen. Kleine Straßenfeger und Kuriere fingen an, vor ihm auf Zickzackkurs zu gehen; riesige Baumaschinen, die über soviel Intelligenz verfügten, daß sie keinen Fahrer benötigten, versperrten ihm den Weg in die Seitenstraßen. Und hinter ihm hatten sich alle möglichen seltsamen Gestalten der wachsenden Zahl humanoider Roboter angeschlossen, die ihn die Straße entlangjagten.

»Komm schon, Jeffrey; komm schon, Jeffrey«, dachte er im Laufen, und der Rhythmus des Gesagten paßte sich dem Hall seiner Schritte an. Er fing sogar wieder zu atmen an, vielleicht weil der Streß zu größerem Sauerstoffbedarf in seinem Gehirn geführt hatte, obwohl körperliche Aktivität allein diesen Bedarf nicht hervorgerufen hätte. Was für ein Augenblick, über die eigene Physiologie nachzugrübeln, verspottete er sich.

Vor ihm rotteten sich weitere Roboter jeder Art zusammen, um ihm den Fluchtweg abzuschneiden. Beinahe hätten sie ihn erwischt — doch nein! Zur Rechten lockte ein offener Tunneleingang. Als er dorthin abbog, geriet er auf Kollisionskurs mit einem gigantischen kastenförmigen Funktionsrobot mit mehreren flexiblen Tentakeln, die in Werkzeugen endeten. Der Funktionsrobot rollte aus, blockierte den Tunneleingang. Jeff verzog — zumindest innerlich — das Gesicht und biß reflexartig die Zähne zusammen, als er ihn rammte.

Jeff prallte ab, hielt sich jedoch an einem der ausgefahrenen Tentakel fest, um nicht das Gleichgewicht zu verlieren. Der Aufprall hatte den Funktionsrobot gerade so weit verschoben, daß Jeff sich an einer Kante vorbeizwängen und die Rampe hinabrennen konnte. Er wäre beinahe gestolpert, als die Rampe sich in Bewegung setzte, und die eigenen Füße waren ihm im Weg, als er sich in die nächstbeste Kabine stürzte. Diesmal kannte er sich mit den Instrumenten aus und fuhr rasch los, hinein ins Dämmerlicht des Tunnels.

Einmal sah er sich noch um und erspähte die Meute humanoider Roboter, die die Rampe herabströmten und in einzelne Plattformkabinen kletterten. Die Funktionsroboter waren von der Verfolgung ausgeschlossen, da die Kabinen für intelligente humanoide Passagiere gebaut waren. Er richtete den Blick wieder nach vorn und konzentrierte sich nun darauf, wie die anderen Roboter auszusehen, die in den Kabinen dahinfuhren.

Er wechselte auf eine der Mittelspuren über und sah sich lässig um. Es war gewissermaßen neu für ihn, sich in einer Menge zu verlieren, doch erwies es sich, obwohl er zeit seines Lebens immer aufgefallen war, als lächerlich einfach. Einige der Roboter, die hinter ihm her waren, fuhren neben ihm, andere passierten ihn, aber sie konnten ihn nicht von den übrigen unterscheiden. Er wußte natürlich nicht, ob sie versuchten, über Komverbindung mit ihm Kontakt aufzunehmen, jedenfalls schienen sie nicht zu wissen, wer darauf reagierte und wer nicht. Sämtliche Roboter im Umkreis standen in ungefähr gleicher Haltung da, waren auf die gleiche Weise durch ihre Kabinen eingeengt.

Als zwei Roboter die nächste Tunnelstation ansteuerten, folgten ihnen einige Roboter, die hinter ihm her waren. Da wurde Jeff klar, daß die Zahl der Verfolger abnehmen würde, je länger er mit der Plattform herumfuhr. Also blieb er, wo er war, und wechselte nur gelegentlich die Spur, als sei er zielstrebig unterwegs an einen bestimmten Ort.

Es funktionierte.

Er lächelte in sich hinein. Dreimal war er jetzt schon Robotern entkommen, die ihn gejagt hatten. Dabei hatte er nicht durch Muskelkraft gewonnen — wenn man diesen Begriff auf Robotarme überhaupt anwenden konnte. Durch Geisteskraft hatte er sie überwinden müssen, denn schließlich waren sie genauso stark wie er. Und falls sie ihn jemals erwischen sollten, würde er sich auf seine Rechte als Mensch nach Maßgabe der Gesetze der Robotik berufen.

Sie waren ihm unterlegen.

Nur andere Menschen besaßen dieselbe uneingeschränkte Macht über die Roboter, die sich auf die Gesetze gründete . . . aber sie waren natürlich körperlich wesentlich schwächer. Zum ersten Mal wurde ihm bewußt, daß er das mächtigste Individuum des gesamten Planeten war. Wenn er aufpaßte, konnte er hier alles tun, was er wollte.

Selbstverständlich hatte er keine Ahnung, wie die Stadt verwaltet wurde. Möglicherweise hatten die Roboter eine Art Stadtrat oder dergleichen. Egal, sie würden ihm gehorchen müssen, wenn er beschloß, sich zu erkennen zu geben, und ihnen Befehle erteilte. Dennoch mußte er sicherstellen, daß sie ihn nicht erwischten.

Er schüttelte den Kopf, versuchte sich zu erinnern, wieso er nicht erwischt werden wollte. Außerdem war ihm nicht klar, warum er vor den Robotern Angst hatte, wenn sie doch seinen Anordnungen Folge leisten mußten. Logisch war es nicht, aber so war ihm nun einmal zumute.

Vielleicht konnten diese beiden Menschen sich ihm anschließen. Natürlich würden sie sich der gleichen Transplantation unterziehen müssen, die er durchgemacht hatte. Dann würden sie alle drei praktisch unbezwingbar sein, nicht nur was die Roboter anging, sondern auch gegenüber anderen Menschen, die den Planeten besuchen mochten. Möglicherweise würde den beiden der Gedanke nicht gefallen, aber es ging auch ohne ihr Einverständnis. Obendrein hatte er noch keine Gelegenheit gehabt, die Angelegenheit mit ihnen zu diskutieren.

»Sieh an, sieh an«, sagte er laut. »Eine Verschwörung. Eine Machtübernahme. Demnach gibt es für mich hier doch etwas zu erreichen.«

Er hatte sorgsam die Roboter beobachtet, die in seiner Nähe dahinfuhren, und wußte, daß diejenigen, die hinter ihm her waren, inzwischen alle das Tunnelsystem verlassen hatten. Um den Abstand zu ihnen zu vergrößern, fuhr er noch eine Weile weiter, dann steuerte er eine beliebige Halteschiene an. Nun, da sie ihn aus den Augen verloren hatten, glaubte er nicht, noch einmal von ihnen erkannt werden zu können.

Sobald er wieder an der Oberfläche war, trat er auf ein Gleitband, um so lange zu fahren, bis er sich orientiert hatte. Solange er in jeder Tunnelstation Zuflucht suchen konnte, hatte er Bewegungsfreiheit. Aber er wollte mit seinen Mitmenschen sprechen, ohne daß sich gleich von allen Seiten Roboter auf ihn stürzten.

Als er einige Orientierungspunkte ausgemacht hatte, eine riesige schimmernde Kuppel und eine seltsame vielflächige Pyramide, trat er den Rückweg dorthin an, wo die Menschen wohnten. Die ganze Zeit sah er sich behutsam um, ob er irgendwelche Roboter entdecken konnte, die nach ihm suchten. Nichts deutete darauf hin, daß die Suche in dieser Gegend fortgesetzt wurde, aber er mußte vorsichtig sein.

Nun war er in der Nähe angekommen, umkreiste jedoch auf den Gleitbändern noch mehrmals die Gegend, auf der Suche nach möglichen Fallen. Seine menschlichen Kollegen, wie er sie nannte, ließen sich nicht blicken. Der Robotverkehr war hier dünn und schien einigermaßen ungefährlich zu sein.

Er begann sich in die andere Richtung umzuschauen, da fiel sein Blick auf eine vertraute Gestalt. Als er sich umdrehte, entdeckte er erneut den Robot, der den geräderten Handkarren vor sich herschob. Einem Impuls folgend, sprang er vom Gleitband und eilte auf den Robot zu.

»Folgst du mir etwa?« verlangte er zu wissen.

Der Robot blieb stehen und wandte sich um. »Sprichst du mit mir?«

»Ja. Identifiziere dich.«

»Ich bin Alpha.«

Jeff zögerte. »Alpha? Sonst nichts?«

»Ja.«

»Das hat nicht denselben Klang wie die anderen Namen hier. Was ist anders an dir?«

»Ich bin kein einheimisches Modell dieses Planeten. Bitte identifiziere dich.«

»Ich bin Jeff. Wenn du hier fremd bist, dann haben wir was gemeinsam. Und ich dachte, du wärst hinter mir her.«

»Keineswegs. Unser Zusammentreffen muß zufällig sein. Du könntest mir jedoch behilflich sein.«

»Bist du bereit, dich mir anzuschließen? Wir zwei haben in dieser Gemeinschaft eigentlich keinen Platz. Ich . . . bin dabei, Freunde um mich zu sammeln, könnte man sagen. Gefolgsleute.«

»Dagegen habe ich nichts einzuwenden.«

»So ist es recht. Was kann ich für dich tun?«

Alpha entfernte ein Tuch von dem geräderten Karren. Darunter lag eine kleine bepelzte Kreatur mit geschlossenen Augen und schlaff herabhängenden Spitzohren. Der braune und goldfarbene Pelz war ihr büschelweise ausgegangen und enthüllte die darunterliegende ledrige Haut. »Dies ist ein intelligentes nichtmenschliches Wesen namens Wolruf. Sie droht zu verhungern. Ich bin mit ihr auf diesen Planeten gekommen. Doch es mangelt an Nahrung für sie. Könntest du welche ausfindig machen?«

»Da bin ich nicht sicher«, sagte Jeff und betrachtete zweifelnd die kleine Fremde. Sie hatte einen hundeähnlichen Körper. »Hast du schon mal jemand anders gefragt? Einige der Roboter, die hier leben?«

»Ja. Da ich jedoch klargestellt habe, daß sie kein Mensch ist, kommen die Gesetze nicht zum Tragen, und die Roboter sind nicht verpflichtet, bei ihrer Rettung behilflich zu sein. Diejenigen, die ich hier befragt habe, wissen nicht, wo Nahrung für sie zu suchen wäre, und verfügen über keine größeren Fähigkeiten als ich, welche ausfindig zu machen. Deshalb werde ich meine Verantwortung für sie nicht los.«

»Ich denke, jetzt hast du die zuständige Pers. . . das zuständige Individuum gefunden.«

»Kannst du uns helfen? Wir haben die Gegend um einen See herum erkundet, der vermutlich ein Reservoir ist, und dort einige Pflanzen gefunden, die sie am Leben erhalten haben, aber das ist auch alles. Ich vermute, sie braucht konzentrierte Proteine, die ihr die Pflanzen nicht bieten konnten.«

»Wie es sich trifft, habe ich hier in der Nähe Essen gerochen —

menschliches Essen, meine ich. In einer Stadt wie dieser heißt das, es wurde in einer Art Automatikkombüse hergestellt, wie man sie an Bord von Raumschiffen findet. Das würde bedeuten, daß mit entsprechenden Umstellungen andere Sorten chemischer Nahrung produziert werden können.«

»Ich habe es auch gerochen«, sagte Alpha. »Dadurch bin ich in diese Gegend gelangt. Doch die Winde kommen und gehen. Ich war vorübergehend von der Spur abgekommen, doch als ich sie wieder aufgenommen hatte, ging unter den Robotern hier eine Veränderung vor. Da ich beschlossen habe, Wolrufs Sicherheit zu meiner Hauptaufgabe zu machen, war ich gezwungen, die unmittelbare Umgebung zu verlassen.«

»Verstehe.« Jeff zog es vor, ihm keine zusätzlichen Informationen über diese Veränderung zu geben.

»Seither ist es mir nicht mehr gelungen, Gerüche dieses Typs aufzunehmen.«

»Aha. Nun.« Jeff hielt inne, weil er nicht wußte, wie er vorgehen sollte. Er wollte diesem kleinen Hundchen Futter verschaffen, wollte seinen neuen Freund für sich einnehmen. Andererseits wollte er nicht wieder identifiziert werden. Um Zeit zu gewinnen und um seine Neugier zu befriedigen, wies er mit dem Kopf auf den Karren. »Wo hast du dieses Ungetüm her?«

»Ich habe es am Stadtrand, wo die Urbanisierung fortschreitet, aus Schrottmaterial hergestellt.«

»Sehr schlau. Also. Hmm.« Dieser kleine Karren beeindruckte Jeff. Er war so einfach. Ein Robot, der von sich aus so etwas bauen konnte, und den nichts mit Robot City verband, war eindeutig etwas Wertvolles.

Jeff entschied, daß er es nicht riskieren konnte, zur Wohnung der Menschen zurückzukehren. Aber er wollte seinen neuen Freund auch nicht anderen Menschen überlassen, die ihm womöglich Befehle erteilen würden, die den seinen widersprachen, oder Alpha gar gegen ihn aufhetzten. Er konnte niemandem trauen. Dennoch mußte er eine Lösung finden.

Ein humanoider Robot kam auf sie zu. Spontan beschloß Jeff, ein Risiko anderer Art einzugehen, eines, das ihm gestatten würde, sich wenn nötig davonzumachen und in Deckung zu gehen.

»Bleib stehen und identifiziere dich«, sagte er zu dem näherkommenden Robot.

»Zu welchem Zweck?« Doch der Robot hielt an.

»Ich habe Anweisungen für dich.«

»Ich bin Architekturvorarbeiter 112. Identifiziere dich.«

»Mein Name ist Jeff.« Er seufzte, dann beobachtete er Vorarbeiter 112 genauestens. »Ich bin ein Mensch.«

Neben ihm blickte Alpha mit neuerwachtem Interesse auf.

»Du mußt wohl defekt sein. Deine Komverbindung zu benutzen, wäre hier wirksamer. Ich dachte soeben, du hättest gesagt, du seist ein Mensch«, sagte Vorarbeiter 112.

»Ich bin ein Mensch. Mein menschliches Gehirn wurde auf chirurgischem Wege in einen Robotkörper verpflanzt. Die Gesetze der Robotik treffen jedoch auf mich als Mensch zu. Du mußt meinen Anweisungen Folge leisten. Verstanden?«

Vorarbeiter 112 studierte ihn. »Ich verstehe. Ich habe gerade mit dem Zentralcomputer Verbindung aufgenommen, und man hat mir mitgeteilt, daß eine Transplantation in einen Körper Ihres Typs durchgeführt wurde, und daß Sie erst kürzlich in dieser Gegend gesichtet wurden.«

»Gut. Jetzt . . .«

»Außerdem sucht man nach Ihnen. Das humanmedizinische Experimentalteam bedarf dringend Ihrer Anwesenheit und Kooperation.«

»Also, das kannst du vergessen. Die haben kein Recht, mich festzunehmen. Ich hab' nichts verbrochen.« Er beäugte mißtrauisch den Robot. »Hast du ihnen verraten, wo ich bin?«

»Ich habe auf Verlangen des Zentralcomputers Ihre Gegenwart hier gemeldet.«

»Halt den Mund und hör auf meine Befehle! Sieh hier hinein. Dieser Karren enthält ein kleines Geschöpf, das zu verhungern droht. Ihr Freund hier heißt Alpha. Ich befehle dir, eine Automatikkombüse zu bauen, oder ihren Bau zu veranlassen, damit diese, dieses . . .«

»Sie heißt Wolruf«, wiederholte Alpha. »Sie ist ein intelligentes nichtmenschliches Wesen.«

»Ja, schon gut.«

Vorarbeiter 112 betrachtete Wolruf. »Wäre Ihnen mit dem Standort eines existierenden chemischen Prozessors gedient? Wir haben einen auf Lager. Damit wäre wesentlich rascher für Nahrung gesorgt.«

»Der ginge«, sagte Jeff vorsichtig. »Aber nur der. Verstanden? Keiner, der jemand anderem gehört. Kapiert?«

»Es handelt sich um den einzigen, von dem ich weiß«, sagte Architekturvorarbeiter 112. »Er dürfte in diesem Notfall ausreichen.«

»Gut. In Ordnung. Du bringst Alpha und Wolruf dorthin. Alpha, kannst du erläutern, was für Nahrung sie braucht?«

»Ja.«

»In Ordnung. Äh — ich muß mich hier erst mal absetzen, weil dieser Verräter meinen Standort gemeldet hat.« Er starrte Architekturvorarbeiter 112 finster an. »Ich möchte mich weiter mit dir unterhalten, Alpha, aber . . .« Er konnte Alpha in Gegenwart des anderen Robots, der ihn nur wieder melden würde, keinen Treffpunkt nennen. »Egal wo. Darum kümmere ich mich später. Vorerst erteile ich dir den Befehl, zu kooperieren, wenn ich mich irgendwo heimlich mit dir treffen will. Kapiert?«

»Jawohl«, sagte Alpha.

»In Ordnung. Dann macht euch auf den Weg, ihr zwei.«

Jeff beobachtete sie so lange, bis er sich vergewissert hatte, daß sie gemeinsam aufbrachen. Er glaubte, in mehrerlei Hinsicht etwas erreicht zu haben: Alpha war ihm jetzt etwas schuldig, und er hatte Architekturvorarbeiter 112 überzeugt, daß er ein Mensch war, auf den die Gesetze zutrafen. Wenn er vorsichtig heranging, konnte er in Robot City in der Tat die Macht übernehmen.

»Also, Jeffrey. So weit, so gut. Vielleicht hat dein Leben ja doch einen Sinn, nicht wahr?«

Der letzte Baustein, den er brauchte, um eine mächtige Gefolgschaft zu errichten, war die Unterstützung der anderen Menschen. Er wagte es nicht, sie persönlich aufzusuchen, bis er heraus hatte, wie sie über ihn dachten, aber auf die Entfernung konnte er jederzeit mit ihnen Kontakt aufnehmen. Erst einmal mußte er jedoch hier weg.

»Gut, Jeffrey. Zurück ins Labyrinth. In deiner zweiten Heimat werden sie dich niemals finden.«

Wie zuvor benutzte er das Tunnelsystem, um der Jagd zu entgehen. Diesmal machte er sich davon, ehe die Verfolger in Sicht waren. Das Tunnelsystem ermöglichte, falls es nicht vollständig abgeschaltet wurde, nach wie vor das perfekte Entkommen. Die Einzelkabinen isolierten ihn, und die Tunnel verfügten über so viele Stationen und Verzweigungen, daß seine Chancen, dort unterzutauchen, sehr gut waren. Nach längerer Fahrt kam er an einer beliebigen Stelle wieder nach oben und begab sich an den Rand des nächstgelegenen Gleitbandes.

Während er darauf wartete, daß ihn ein humanoider Robot passierte, erwog er ernsthaft die Möglichkeit, daß die Roboter, die die Stadt betrieben, das Tunnelsystem stillegen würden. Das wäre kein Verstoß gegen die Gesetze. Diese verrückte Stadt hatte bestimmt noch andere Plätze, an denen er ruhig schlafen konnte. Er hatte nur noch nicht die Zeit gehabt, herauszufinden, wie sie aussahen.

»He, wo sind denn alle? Was geht hier vor?«

Er sah sich verblüfft um. Sonstwo in der Stadt waren humanoide Roboter mehr oder weniger allgegenwärtig gewesen. Er konnte einige davon in der Ferne erkennen, aber keiner kam an ihm vorbei.

»Hoho, Jeffrey, alter Junge. Wird wohl Zeit, das Köpfchen zu gebrauchen? Hier stimmt was nicht. Zwecklos, hier draußen zu versauern. Machen wir einen kleinen Ausflug, benutzen wieder mal den Tunnel, betrachten die Sehenswürdigkeiten.«

Auf eine Falle gefaßt, machte er kehrt und floh hinunter in die Tunnelstation. Gleich darauf sauste er wieder in einer Kabine durch das Tunnelsystem, wobei er die Roboter um sich herum in den anderen Kabinen beobachtete. Wie, wenn sie an dieser Falle teilhatten? Vielleicht wurde er eskortiert, wurde dorthingetrieben, wo sie ihn haben wollten.

»Immer mit der Ruhe«, sagte er laut. »Vielleicht wissen sie nicht genau Bescheid. Vielleicht versuchen sie dich auszuräuchern. Du mußt wie alle anderen aussehen, denk dran.« Er begann in sich hineinzukichern. »Das ist es. Ruhig bleiben und wie alle anderen aussehen.«

Er tat es und beobachtete dabei insgeheim die Roboter, die durch die Tunnel fuhren. Keiner schien ihn zu beachten.

»Hast die Verfolger wieder mal abgeschüttelt, wie?« sagte er vernehmlich. »Sehr gut, sehr gut. Die Sache klappt. Die Sache muß klappen. Machen wir damit weiter.«

Dennoch verging einige Zeit, bis er entschied, daß er nun ungefährdet an die Oberfläche zurückkehren konnte. Er wählte eine Station aus und trat hinaus ins Sonnenlicht. Nun befand er sich wieder in einer Gegend der Stadt, in der auf den Gleitbändern humanoide Roboter verkehrten, wie er es gewohnt war. In der Ferne glitzerte die hohe Pyramide im Sonnenlicht und bot ihm einen Bezugspunkt.

Er winkte den ersten humanoiden Robot heran, der vorbeikam, und gab sich als Mensch zu erkennen. Wie der letzte Robot, dem er sich auf diese Weise genähert hatte, ließ sich Energiespeichervorarbeiter 3928 seine Behauptung vom Zentralcomputer bestätigen.

»Ich habe mich überzeugt, daß Sie Jeffrey Leong sind, ein Mensch«, sagte Vorarbeiter 3928.

»Gut. Dann weißt du auch, daß du nach dem Zweiten Gesetz . . .«

»Als positronischer Robot bin ich mit den Gesetzen der Robotik vertraut.«

»Na gut!« brüllte Jeff. »Dann merk dir eines! Du darfst mir nie wieder das Wort abschneiden! Kapierst du das, du Schrotthaufen?«

»Ich verstehe«, sagte der Robot schlicht.

»Dann halt dich auch dran. Übrigens, dein Name ist mir viel zu lang. Du wirst von nun an auf Blechkopf hören. Verstanden?«

»Jawohl.«

»Wie heißt du?«

»Meine Bezeichnung ist Energiespeichervorarbeiter 3928. Außerdem höre ich auf den Namen Blechkopf.«

»Na ja . . . is' gut.« Jeff lachte. »Nun hör zu. Ich will mit zwei Menschen Kontakt aufnehmen, die hier in Robot City leben. Ich bin ihnen begegnet, und ich glaube, sie sind die einzigen hier. Setz deine Komverbindung oder was auch immer ein, um sie ausfindig zu machen. Das ist ein Befehl«, fügte er hinzu, indem er sich vorbeugte und Blechkopf geradwegs in den Augenschlitz starrte.

»Ich habe soeben beim Zentralcomputer nachgefragt. Ich kann über ihn die Konsole in ihrer Wohnung erreichen. Ich bin jedoch nicht fähig, Ihre Stimme direkt zu übertragen.«

»Ach ja? Du lügst mich doch nicht an, oder, Blechkopf?«

»Auch dazu bin ich nicht fähig.«

»Hmm — möglich. Solltest du auch nicht sein. Es sei denn, hier wäre alles anders, als es den Anschein hat. An dieser Stadt ist alles mögliche nicht in Ordnung, wenn du mich fragst. Aber wie kann ich dir vertrauen, daß du weitergibst, was ich sage? Wie, wenn du ein bißchen mit den Inhalten herumspielst? Oder nicht wörtlich wiedergibst, was sie sagen? Was dann?«

»Es mangelt mir an der Fähigkeit, andere zu hintergehen.«

»Was brauchst du, um meine Stimme direkt zu übertragen? Wahrscheinlich ein Mikrophon oder so was, wie?«

»Ja.«

»Dann suchen wir uns eines. Du besorgst es und veranlaßt, daß ich direkt mit ihnen verbunden werde. Mach schon.«

Kapitel 14

Die Transplantation

Ariel saß am Computer und versuchte sich weitere Fragen auszudenken, durch die sie mehr über Jeff oder seinen Aufenthaltsort in Erfahrung bringen konnte. Derec war mit dem Medizinerteam unterwegs, um ihn einzufangen. Die Suche nach Jeff hatte Derecs und Ariels Vorhaben, den Planeten zu verlassen, neuen Auftrieb gegeben, und die Tatsache, daß sie ihn leibhaftig zu Gesicht bekommen hatten, ließ ihr Vorhaben greifbarer erscheinen. Sie war nicht mehr so deprimiert, auch wenn Jeffs Raumschiff beim Aufprall zerstört worden war.

Sie hatte soeben die Konsole verlassen, um eine Pause einzulegen, als aus dem Lautsprecher eine Stimme ertönte.

»Hallo! He, ihr! Meldet euch gefälligst.«

Sie glitt auf den Stuhl zurück, verwundert über die seltsame Begrüßung. Das war nicht die Höflichkeit, die sie von Robotern gewohnt waren.

»Identifiziere dich«, sagte sie abwartend.

»Ich muß mich nicht identifizieren, wenn ich nicht will. Hier spricht der Robot, der euch umgerannt hat. Für mich gelten die Gesetze nicht.« Er stockte. »Du weißt Bescheid?«

»Jeff«, sagte Ariel aufgeregt. »Äh, hallo. Wo bist du?«

Geisterhaftes Robotgelächter erklang aus dem Lautsprecher. »So leicht kannst du mich nicht reinlegen. Woher weißt du überhaupt meinen Namen? Und wie heißt du? Du bist hübsch, wenn ich mich recht erinnere.«

»Ich heiße Ariel.« Sie wollte ihn reden lassen und versuchen, ihn davon zu überzeugen, daß er sich stellen mußte. Wenn das nicht gelang, würde er vielleicht wenigstens einen Fehler machen und etwas sagen, aus dem sein Aufenthaltsort zu entnehmen war. »Kann ich dir helfen? Weshalb rufst du an?«

»Wenn du meinen Namen weißt, hast du sicher mit den Robotärzten gesprochen, stimmt's? Dann weißt du auch, was mit mir los ist.«

»Ja, sie haben uns gesagt, daß du dich wegen deiner Gesundheit stellen mußt. Sie haben ihre Tests nicht beenden können, und du kannst noch nicht für dich selber sorgen. Du bist weggerannt, ehe sie's dir erklären konnten.« Sie beäugte die Computertastatur und fragte sich, ob es wohl möglich war, über die Zentraleinheit Kontakt mit dem Medizinerteam aufzunehmen, während sie zugleich ihr Gespräch mit Jeff fortsetzte.

»Ach ja? Ist nur zu meinem Besten, wenn ich mich stelle, wie? Alles Quatsch. So blöde bin ich nicht.«

»Wovor hast du Angst, Jeff? Das sind Roboter. Die können dir nichts anhaben.« Sie begann vorsichtig die Tastatur zu bedienen, wobei sie sich Mühe gab, kein Geräusch zu erzeugen, das er hören konnte.

»Laß dich von denen nicht über's Ohr hauen, Mädchen. Wenn sie angeblich so zuvorkommend sind, warum transplantieren sie dich dann nicht? Es würde dir gefallen. Deinem Freund übrigens auch. Wie heißt der überhaupt?«

»Er heißt Derec. Was soll das heißen: Warum transplantieren sie mich nicht? Sie haben versucht, dir zu helfen, weil du bei deiner Bruchlandung verletzt wurdest. Warum soll ich mein Gehirn transplantieren lassen?« Sie machte sich weiter am Computer zu schaffen.

»Mir haben sie geholfen, das kann man wohl sagen. Begreifst du denn nicht, Ariel? Ich gefalle mir so, wie ich bin. Mir geht's besser als je zuvor.«

»Besser? Willst du damit sagen, es gefällt dir, einen Robotkörper zu haben?« Sie hielt schockiert inne. »Ich dachte, du wärst wütend, weil sie dir das angetan haben. Du hörst dich jedenfalls zornig an.«

»Wütend? Weshalb denn? Ich bin das mächtigste Individuum auf dem Planeten.«

»Wie meinst du das?« Sie beendete die Eingabe, mit der Derec und das Medizinerteam aufgefordert wurden, schnellstens zurückzukommen. Falls sie Jeffs Anruf auffangen und abhören konnten, sollten sie das unterdessen versuchen. Seinen Sendestrahl anzupeilen und ihn zu fangen, wäre natürlich die allerbeste Lösung.

»Wie ich das meine? Spinnst du? Das ist doch wohl klar! Ich bin stärker als du oder jeder andere Mensch, und die Robotgesetze gelten nicht für mich. In keiner Weise! Ich habe alle physischen Vorteile eines Roboters und alle Privilegien eines Menschen. Ich kann tun und lassen, was ich will. Was ich will! *Verstehst du nicht?*« Er brüllte jetzt.

Sie zögerte, verblüfft, von einer frustrierten Roboterstimme angeschrien zu werden. »Ich verstehe«, sagte sie ruhig. »Schon gut, Jeff. Ich versteh' dich ja.«

»Bestimmt?« wollte er mißtrauisch wissen.

»Klar. Ist doch logisch. Du bist einzigartig. Niemand hat je so gelebt, wie du es jetzt tust. Du bist das Höchste. Äh, erzähl mir, wie das ist. Das muß doch interessant sein.« Da sie keine Ahnung hatte, wo Derec und das Medizinerteam waren, konnte sie den Zeitpunkt ihres Eintreffens nicht abschätzen. Sie konnte bloß das Gespräch in Gang halten.

»Wie es ist?« Er hörte sich überrascht an. »Na ja . . . es ist anders. Völlig anders. Erst mal glaubt jeder, es mit einem Robot zu tun zu haben. Du siehst aus wie alle übrigen. Niemand weiß, wer du bist. Außerdem kann dein Körper andere Leistungen vollbringen. Beispielsweise siehst du besser und hörst besser und riechst besser. Und du kannst im Stehen schlafen.«

Sie lachte. »Was?«

»Vergiß es«, sagte er brüsk. »Das ist unwesentlich. Vergiß, daß ich das erwähnt habe.«

»Dir gefällt es, im Stehen zu schlafen?«

»Ich sagte doch, vergiß es!« brüllte er. »Außerdem kann das jeder Robot. In einer bestimmten Haltung stehenbleiben, meine ich. Natürlich schlafen die nicht. Das war's, was ich meinte. Das können sie alle, nicht wahr? Ja?«

»Ja, das können sie. Beruhige dich. Ist alles in Ordnung.« Sie zögerte, da ihr klarwurde, daß sie kaum vorhersehen konnte, was bei ihm eine neue Tirade auslösen würde. »Wie alt bist du, Jeff?«

»Äh, achtzehn. Könnte man sagen. In diesem Leben bin ich aber erst ein paar Tage alt.« Er lachte viel zu laut. Dann hörte er abrupt auf. »Eigentlich weiß ich gar nicht, wie lange ich diesen Körper gehabt habe, bevor ich aufgewacht bin. Ich hab' keinen Geburtstag mehr, nicht in diesem Körper.«

»Achtzehn? Wirklich? Ich hab' dich wohl für älter gehalten. Warst du auf der Schule? Ich meine, ehe du hergekommen bist.« Sie versuchte so freundlich wie möglich zu wirken.

»Ich war unterwegs zur Hochschule«, erwiderte er leise.

Sie spürte, daß dies ein heikles Thema war, und ließ es fallen. »Und woher stammst du, Jeff?«

»Vom Planeten Aurora.«

»Wirklich?« sagte sie munter. »Ich bin auch aus Aurora, und nur ein bißchen jünger als du. Ich bin . . .« Sie zögerte, dann beschloß sie, es zu sagen. »Ich bin Ariel Welsh.«

»Ariel Welsh . . . bestimmt? Die berühmte Ariel Welsh?«

»Na ja . . .« Die Erinnerung war schmerzlich. »Ich denke schon. Juliana Welsh ist meine Mutter.«

»Also, hier bist du gelandet! Junge, Junge. Und ich unterhalte mich mit dir? Du warst in den Nachrichten und so.« Auf einmal redete er so, wie es seinem Alter entsprach, und klang dabei aufrichtig.

Ariel schwieg.

»Das wäre geklärt« sagte er. »Du befiehlst also diesen Robotern, dich zu transplantieren. Du bist krank, stimmt's? Nun, in einem Robotkörper wärst du nicht mehr krank. Es sei denn, die Infektion hat auch dein Gehirn erfaßt. Du veranlaßt das, ja? Und dann, danach, kannst du bei mir einsteigen.«

Ariel schwankte. Wenn das funktionierte, konnte womöglich die Ausbreitung der Krankheit verhindert werden. Man konnte ihren Körper einfrieren, solange die Suche nach einem Heilmittel andauerte, und sie konnte als Robot weiterleben. Wieso war ihr das nicht eingefallen?

»He! Bist du noch dran? He, Ariel!« Er brüllte wieder.

Natürlich wäre sie in diesem Fall vielleicht gezwungen, in Robot City zu bleiben. Andererseits würde sie als Robot etwas weniger anecken. Nein, wesentlich weniger. Außerdem hätte sie nicht das Gefühl, hier zu versauern. Die biologische Lebenserwartung ihres Körpers würde erst wieder abgebaut, wenn er aufgetaut war, wann immer sich das arrangieren ließ. Ihr Gehirn würde normal altern, wenn es in einem Robotkörper steckte, aber vielleicht würde sich die Krankheit nicht auf ihr Gehirn auswirken, oder wenigstens nicht so rasch. Sie konnte das Medizinerteam auffordern, an einem Heilmittel zu arbeiten. Gemäß dem Ersten Gesetz, nicht wahr?

»Bist du noch da?« wollte Jeff wissen.

»Ja! Ja, ich bin da. Geh nicht weg — ich bin interessiert.«

»Bestimmt?« Wiederum war ihm Überraschung anzuhören, dann fing er sich. »Natürlich bist du interessiert! Wußte ich doch. Ist eben besser so. Wir können gemeinsam die Stadt erobern. Aber wie steht's mit Derec?«

»Häh? Wie soll's mit ihm stehen?«

»Bezüglich der Transplantation natürlich! Hörst du mir denn nicht zu? Was ist los mit dir?«

»Er hat keinen Grund, sich transplantieren zu lassen.«

»Selbstverständlich hat er einen! Das sage ich doch die ganze Zeit! Er kann besser sehen, besser hören, all so was. Das wird ihm gefallen. Und wir drei können den Planeten erobern. Die Roboter werden uns gehorchen müssen. Denk doch mal — ein ganzer Planet, der uns untertan ist.«

»Ich bin nicht sicher, ob er damit einverstanden wäre.« Für sich fügte sie hinzu, daß Derec vor allem sein Gedächtnisschwund zu schaffen machte. Eine Transplantation seines Gehirns würde dieses Problem nicht lösen.

»Natürlich ist er einverstanden. Ist doch leicht einzusehen. Er wird's schon kapieren.«

»Warum sollten wir den Planeten erobern wollen?«

»Damit er uns gehört, natürlich. Was ist das für eine Frage? Wir könnten ihn verwalten.«

»Also, die Roboter verwalten ihn ziemlich gut, findest du nicht auch? Hier läuft doch alles reibungslos.«

»Aber er würde uns gehören!«

»Aber was würden wir damit anfangen? Was wäre dadurch anders? Die Roboter würden weiterhin alle Arbeiten erledigen, wie sie es jetzt auch tun.«

»Er würde uns *gehören*! Verstehst du denn nicht? Der ganze Planet wäre unser Eigentum.«

»Ja, Jeff, ja. Aber wenn sich dadurch nichts ändert, sind das leere Worte. Ihn zu besitzen, wäre bedeutungslos, nicht wahr? Die Roboter gehorchen uns ohnehin, also würde es in dieser Hinsicht nicht besser.«

»Du wirst schon sehen! Sobald du die Transplantation hinter dir hast, wirst du's verstehen. Dann wird's dir klar, genau wie mir.«

Ariel setzte zu einer Antwort an, dann merkte sie, daß die Statik aufgehört hatte: Er war nicht mehr da. Sie atmete tief aus, und das Nachlassen der Spannung ließ sie im Stuhl zusammensinken. Im Augenblick hatte sie nichts dagegen, eine Weile warten zu müssen, bis die anderen wiederkamen. Jeff hatte ihr einiges zu denken gegeben. Derec war außer Atem, als er ins Zimmer gerannt kam, gefolgt von seinen besorgten, aber ruhigen Robotgefährten. »Ist er noch in der Leitung? Ich will ihn sprechen.«

»Zu spät«, sagte Ariel. »Ich hab' ihn so lange wie möglich hingehalten, aber mir ist der Gesprächsstoff ausgegangen.«

»Wir haben einen Teil abgehört, aber nicht viel.«

»Er muß ein ausgesprochen primitives Funkgerät benutzt haben«, sagte Chirurg 2.

»Die Empfangsqualität schwankte erheblich, als wir auf dem Rückweg durch die Stadt waren.«

»Weißt du, wo er sich aufhält?« fragte Derec.

»Nein. Er war sehr mißtrauisch und, na ja, irgendwie seltsam.« Sie blickte die Roboter an. »War er vorher auch so?«

»Auch wie?« fragte Forscher 1.

»Er hat sich fast paranoid angehört. Und er war Stimmungsschwankungen unterworfen. Erst lacht er, und im nächsten Moment wird er total wütend. Dann vergißt er alles andere und unterhält sich normal.« Sie schüttelte den Kopf. »Das war einfach nicht normal.«

»Nein«, sagte Forscher 1. »In der kurzen Zeit, die er bei uns wach gewesen ist, war er nicht so.«

»Damals befand er sich in der postoperativen Phase«, sagte Chirurg 1. »Er war überrascht, und möglicherweise schockiert. Als wir ihn aufgefunden haben, war er überhaupt nicht bei Bewußtsein. Sein Verhalten während der kurzen Zeit, die er in unserer Gegenwart wach war, mag für seine Persönlichkeit nicht repräsentativ sein.«

»Willst du damit sagen, er könnte schon immer unberechenbar und labil gewesen sein?« fragte Derec.

»Möglich ist es«, sagte Forscher 1. »Unsere Daten sind zu begrenzt, um gesicherte Schlüsse zu ziehen.«

»Ich hab' da eine andere Theorie«, sagte Ariel. »Meint ihr, es könnte etwas schiefgehen mit ihm?«

»Bitte erläutern Sie das«, sagte Forscher 1.

»Nun ja, er hat viel durchgemacht«, führte sie aus. »Und gelegentlich hörte er sich normal und freundlich an. Er war unterwegs zur Hochschule. Wenn er irgendwo anders angenommen wurde, außerhalb Auroras, muß er ein guter Schüler gewesen sein.«

»Stimmt«, sagte Derec. »Du glaubst also, die Transplantation hat seine Persönlichkeit verändert.«

Sie wandten sich beide an Forscher 1.

»Wie groß ist die Wahrscheinlichkeit?« fragte Ariel.

»Möglich wäre es. Die Wahrscheinlichkeit läßt sich jedoch unter den gegebenen Umständen nicht kalkulieren.«

»Nun — was, glaubst du, könnte schiefgegangen sein?« Sie beschloß, den Grund für ihr neu erwachtes Interesse an der Transplantation nicht anzugeben.

»Ohne präzise medizinische Daten kann ich zwei Möglichkeiten anbieten. Die eine besteht darin, daß der Gefühlsschock, sich in einem Robotkörper wiederzufinden, ihm so zugesetzt hat, daß es zu einer Verhaltensstörung kam. Die zweite besagt, daß sein Gehirn chemisch nicht im Gleichgewicht ist, wodurch sich dieses Problem ergeben hat. Das mag mit Nährstoff- oder Hormonmangel zu tun haben, oder auf einen Verfahrens- beziehungsweise Planungsfehler unsererseits hindeuten.«

»Könnt ihr ihm helfen?« fragte Ariel. »Ich meine, wenn wir ihn erwischen. Er ist offenbar noch nicht allzu weit hinüber.«

»Das hängt natürlich von der Art des Problems ab«, sagte Forscher 1.

»Außerdem könnte es sein, daß wir eine endgültige Lösung für Jeffs größeres Problem haben«, sagte Chirurg 1. »Mit Ihrer Unterstützung, Derec.«

»Was? Meiner Unterstützung?«

»Wir sind imstande, komplizierte und hochentwickelte chirurgische Techniken anzuwenden«, sagte Chirurg 1. »Und wir verfügen über weitreichende Informationen bezüglich menschlicher Physiologie und medizinischer Versorgung. Doch es fehlt uns an Grundwissen über anatomische Strukturen und alle möglichen anderen Details.«

»Darüber weiß ich nichts«, entgegnete Derec. »Meines Wissens enthält auch der Zentralcomputer nichts.«

»Das ist auch nicht nötig«, erwiderte Forscher 1. »Wir brauchen Ihren Körper als Modell.«

Ariel unterdrückte ein Lachen.

»Wie das?« erkundigte sich Derec mißtrauisch. »Was meinst du damit, als Modell?«

»Wir brauchen Informationen über die physiologischen Zusammenhänge im Innern eines jungen männlichen Menschen, insbesondere was die Anordnung der inneren Organe angeht, um Jeffs Körper in den Zustand der Gesundheit zu versetzen. Ihr Körper kann dabei als Orientierungshilfe dienen.«

»Entschuldigt die Frage«, sagte Derec, »aber was wollt ihr genau mit mir anfangen? Im einzelnen, äh . . .«

»Sie werden keinem Risiko ausgesetzt«, erklärte Forscher 1. »Schließlich würde das Erste Gesetz nicht erlauben, in Ihrem wie in Jeffs Fall Risiken einzugehen. Wir haben die Fähigkeit, Prüfsysteme zu konstruieren, die uns alles Notwendige sagen werden, ohne chirurgische Eingriffe oder Drogen.«

Derec entspannte sich sichtlich. »In Ordnung, klar. Aber wir müssen Jeff erst noch erwischen.«

»Zugegeben«, erwiderte Forscher 1. »Dessenungeachtet werden wir veranlassen, daß die Geräte konstruiert werden, da es sie gegenwärtig noch nicht gibt. Das dauert nicht lange. Die Wahrscheinlichkeit, daß Jeff irgendwann gefaßt wird, ist sehr groß und wird nur vermindert durch seine unbekannte gesundheitliche Verfassung und durch die Möglichkeit, daß sein Gehirn bei einem Unfall verletzt wird. Alle übrigen Defekte an ihm ließen sich natürlich ohne weiteres beheben.«

»Gehirnschäden wären nur bei einem starken Trauma denkbar«, bemerkte Chirurg 2. »Seine Schädeldecke wurde eigens für ihn entworfen, wie es das Erste Gesetz verlangt, und sie bietet hochwirksamen Schutz.«

»Gut«, sagte Derec. »Wir müssen ihn dringend befragen, und je gesünder er ist, desto besser. Die Antworten eines Verrückten würden uns nicht weiterhelfen.«

»Genug über meine Unterhaltung mit ihm«, meinte Ariel. »Wie war's bei euch? Habt ihr dort draußen was erreicht? Oder hattet ihr nicht genug Zeit?«

»Wir haben das Raster der Suche geändert«, sagte Forscher 1. »Das Zusammenziehen des Rings wurde beschleunigt, begründet durch die Sorge um Jeffs Befinden, gemäß dem Ersten Gesetz. Wir haben einige zusätzliche Roboter innerhalb der verbliebenen Freizone in der Stadtmitte auf ihn angesetzt. Dadurch wird er vielleicht ein wenig schneller ausfindig gemacht.«

»Ich nehme an, der umgangssprachliche Ausdruck lautet ›ihn ausräuchern‹«, sagte Chirurg 1. »Habe ich recht?«

»Ja.« Ariel lachte.

»Ich hab' ihnen gesagt, wenn sie mehr Druck auf Jeff ausüben, treibt ihn das womöglich zu Fehlverhalten«, sagte Derec.

»Kann sein«, sagte Ariel. »Er ist ziemlich aufbrausend.«

»Dann ist es nur recht, Roboter nach ihm suchen zu lassen, wenn die Gefahr besteht, daß er gewalttätig wird.« Derec wandte sich an die Roboter. »Nun bleibt uns wieder mal nichts anderes übrig, als abzuwarten. Wir sagen euch sofort Bescheid, wenn sich was Neues ergibt.«

»Sehr wohl«, sagte Forscher 1. »Wir werden in unsere Werkstatt zurückkehren und die Prüfgeräte vorbereiten.«

Als sie fort waren, stand Ariel auf, um Derec den Stuhl an der Konsole zu überlassen. Doch der machte sich auf in sein Zimmer.

»Derec?« sagte sie tonlos, stand mit verschränkten Armen da.

»Ja?« Er drehte sich an der Tür um.

»Haben sie von der Transplantation gesprochen, während du dort draußen mit ihnen herummarschiert bist?«

»Nein, eigentlich nicht. Wieso?«

»Ich hab' darüber nachgedacht, was Forscher 1 gesagt hat. Daß Jeff möglicherweise wegen des Schocks durchgedreht ist, aufzuwachen und festzustellen, was mit ihm passiert ist. Das könnte jeden umwerfen, meinst du nicht auch?«

»Klar. Na und?«

»Wenn das stimmt, war die eigentliche Transplantation erfolgreich, nicht wahr? Der Eingriff, meine ich, und die Änderungen, die sie an dem Robotkörper durchführen mußten.«

»Ja. Kann sein. Aber sie sind sich dessen nicht sicher, denk dran. Es besteht lediglich die Möglichkeit.« Er legte den Kopf schief. »Seit wann interessierst du dich dafür?«

Sie zuckte verlegen die Achseln. »Ich hab' bloß darüber nachgedacht. Weil ich mit Jeff gesprochen habe. Er sagt, es sei gar nicht so übel.«

»Nicht übel? Äußerlich ein Robot zu sein und innerlich ein Mensch?« Er setzte zu einem verschmitzten Lächeln an, wollte sie hänseln, doch dann war ihm anzusehen, daß er begriffen hatte. »He, Moment mal. Du willst doch nicht . . .«

»Darüber bin ich mir noch nicht im klaren.« Sie wandte sich befangen ab. »Ich will nur mehr darüber wissen, das ist alles.«

»Du würdest so was tatsächlich in Betracht ziehen? Dich in einen Robot zu verwandeln?«

Sie nickte, ohne sich umzudrehen.

»Und was dann — hierbleiben? Auf diesem absurden Planeten?« In seiner Stimme schwang ebensoviel Verwunderung wie Ärger mit.

»Besser, als zu sterben!« Sie wirbelte zu ihm herum. »Oder ganz eingefroren zu werden und vielleicht nie wieder aufzuwachen! Was passiert, wenn es kein Heilmittel gibt, nirgendwo? Vielleicht finden diese Roboter eines, wenn ich lange genug dableibe.« Sie spürte stechende Tränen in ihren Augen.

»Na ja . . .« Er unterbrach sich unsicher. »Und die zweite Möglichkeit? Vielleicht haben die Roboter was falsch gemacht. Vielleicht verliert Jeff deswegen den Verstand. Das kannst du nicht riskieren. Das wäre schlimmer, als irgendwo anders nach einem Heilmittel zu suchen.«

»Wenn wir irgendwo anders hinkönnen! Derec, was wäre, wenn

wir weiterhin hier festsitzen würden? Dann hätte ich nichts zu verlieren, oder?«

»Also, ich . . . ich weiß nicht. Kann sein.«

»Und wenn Jeff schon immer ein bißchen verrückt war? Hier kennt ihn niemand. Vielleicht hat er sich überhaupt nicht geändert. Was dann?«

Er schüttelte den Kopf. »Auch das kann sein. Du warst es, die mit der Theorie kam, er sei im Moment dabei, den Verstand zu verlieren. Ich weiß nur eines, wenn wir die Transplantation nicht richtig hinbekommen, könnte sie dich schneller das Leben kosten als deine Krankheit.«

Sie wandte den Blick ab.

Er zögerte, beobachtete sie. Als sie nichts mehr sagte, ging er in sein Zimmer.

Sie begab sich in ihr eigenes Zimmer, ließ sich aufs Bett fallen, starrte an die Decke. Dann fiel ihr ein: Ihr würde das alles nichts nützen. Eine der Auswirkungen ihrer Erkrankung, ehe der Tod einsetzte, war geistige Verwirrung. Selbst eine Transplantation wie die von Jeff würde ihr nicht helfen, dem eigenen Gehirn zu entkommen.

Kapitel 15

Der Kreis wird enger

Jeff stand auf dem festen Seitenstreifen eines Gleitbandes, am höchsten Punkt einer mächtigen, geschwungenen Überführung. Mehrere Stockwerke unter ihm zogen auf einer Hauptverkehrsstraße Roboter und Fahrzeuge vorbei. An einer Kreuzung unterhielten sich fünf humanoide Roboter. Er hatte beobachtet, wie drei von ihnen sich den anderen beiden näherten, und hatte gesehen, daß die zwei sich ihnen in den Weg gestellt und sie angesprochen hatten.

Auf diese Entfernung konnte er nicht feststellen, worüber sie diskutierten, aber im Normalfall würden Roboter unter sich unbemerkt über ihre Komverbindungen kommunizieren. Sie bedienten sich mit einiger Wahrscheinlichkeit deshalb der Sprache, weil sie nach ihm suchten. Daß bei ihm die Komverbindung fehlte, war das einzige identifizierende Merkmal, das er nicht verbergen konnte.

»Da entlang kannst du auch nicht, Jeffrey«, sagte er. Die leichte Brise trug seine Stimme in die andere Richtung, so daß selbst das empfindlichste Robotgehör sie nicht ausmachen konnte. »Die denken, sie hätten mich eingekreist. Nun, vielleicht, vielleicht aber auch nicht. Mal sehen.«

Er trat auf die langsamste Spur des Gleitbandes und blieb stehen, während es ihn forttrug, sah sich jedoch wachsam in sämtliche Richtungen um. Nachdem er seinen Gesichtssinn auf weite Entfernungen eingestellt hatte, konnte er die Grüppchen diskutierender Roboter erkennen, ehe sie ihn bemerkten. Sie waren für normales Robotverhalten untypisch.

Soweit er feststellen konnte, näherten sich diese Versammlungen von überall her dem Stadtzentrum. Der Prozeß hatte sich jedoch verlangsamt, weil die Robotbevölkerung dichter wurde, je näher sie dem Zentrum der Bebauung kamen. Dadurch gewann er möglicherweise Zeit, sich einen Fluchtweg auszudenken.

»Zeit für einen weiteren Erkundungsgang, Jeffrey, alter Freund. Mußt nur lässig bleiben und dich von niemandem anschleichen lassen. Verstanden? Natürlich hab' ich verstanden, du Idiot; ich bin du.« Er lachte über seinen kleinen Scherz und bereitete sich darauf vor, an der nächsten Gleitbandkreuzung die Fahrtrichtung zu ändern.

Er kannte inzwischen jene Routen, die ihm die Fernsicht ermöglichten, sei es durch erhöhte Abschnitte des Gleitbandes oder freie Flächen, die einen Ausblick auf die Stadt boten. Die Roboter, die an der Rasterfahndung beteiligt waren, machten keinen Hehl aus ihrem Vorhaben, so daß er sich jeweils vergewissern konnte, wie weit sie vorgedrungen waren. Der Kreis war überraschend eng und zog sich weiter zusammen.

»Nun wird's Zeit, sich die Prozedur genauer anzusehen. Da mußt du vorsichtig herangehen, Jeff. Meinst du, du schaffst das? Natürlich schaffe ich das. Halt's Maul und mach dich an die Arbeit.«

Er hoffte, sie belauschen zu können. Die Schwierigkeit bestand darin, zuzuhören, ohne die Aufmerksamkeit der Suchmannschaften zu erregen. Er fuhr weiter auf dem Gleitband dahin, bis er eine Robotergruppe fand, die sich direkt unter einer Überführung zusammengefunden hatte. Als er nahe genug heran war, trat er wieder auf den Seitenstreifen und stimmte sein Hörvermögen ab, bis er sie deutlich wahrnehmen konnte.

»Wir haben euch alle drei über Komverbindung angerufen«, sagte einer der Roboter. »Wir nehmen an, ihr habt alle drei geantwortet, möchten jedoch außerdem laut mit euch sprechen.«

»Identifiziert euch«, sagte ein zweiter.

»Ich bin Kanalvorarbeiter 31. Ich bin vorübergehend von meinen regulären Aufgaben freigestellt. Gegenwärtig leite ich dieses Team von drei Robotern, die nach einem Menschen mit dem physischen Erscheinungsbild eines Robots suchen. Darauf beziehen sich auch unsere Fragen.«

Dann herrschte längere Zeit Schweigen. Jeff begriff, was da vorging. Die Suchmannschaft verband Ansprache über Komverbindung mit Augenkontakt und sprachlicher Kommunikation, um zu verhindern, daß sie ihn fälschlicherweise vorbeiließen oder er sich in der Menge verlieren konnte.

»Ich werde meine Antwort laut wiederholen«, sagte Kanalvorarbeiter 31 zu einem anderen Robot. »Das Gehirn dieses Menschen wurde erfolgreich in den Körper eines Robots transplantiert. Aus diesem Grund hat er die Kraft und das Erscheinungsbild eines Robots, und obendrein Autorität gemäß den Gesetzen der Robotik. Ich werde dir nun laut eine Frage stellen. Bitte antworte mir über Komverbindung.«

Wieder herrschte einen Momentlang Schweigen, ehe die Unterhaltung fortgesetzt wurde.

Jeff trat wieder auf das Gleitband und entfernte sich. Er war überzeugt, daß es ihm nicht gelingen würde, so zu tun, als habe er eine Komverbindung. Dieser eine Robot ging ausgesprochen gründlich vor, und er hatte die Unterstützung zweier anderer Roboter. Jeff konnte einen Ringkampf mit drei Robotern, die ihm alle kräftemäßig gewachsen waren, nicht überstehen.

Er war weiterhin auf der Hut, als er sich einer Tunnelstation näherte. Falls die Roboter das System nicht ganz stillegten, würden sie es irgendwann absuchen, vermutlich mit Kontrollposten unten in den Tunnels. Sie konnten nicht so unvorsichtig sein, das zu vergessen. Vielleicht jedoch hatten sie ihre Suche hier noch nicht begonnen.

»Die unmittelbare Umgebung ist soweit klar«, murmelte er vor sich hin und blickte zur Tunnelstation hinüber. »Und niemand steht am Eingang rum. Na gut. Lässig wie immer — und Ausschau halten nach einer Kontrollstelle drunten im Tunnel. Hab' ich recht? Natürlich hast du recht. Ich aber auch. Ich weiß. Halt's Maul, vorwärts. Schon gut, schon gut . . .«

Er hörte nun gar nicht mehr auf, vor sich hin zu murmeln, während er auf die Station zuschlenderte. Unterwegs kamen mehrere humanoide Roboter an ihm vorbei, dazu die übliche Menge Funktionsroboter aller Größen und Typen, aber er kümmerte sich nicht um sie. Die Suchmannschaften waren bisher immer Dreierteams gewesen, und sie hatten jeden humanoiden Robot angehalten, dem sie begegneten. Sie gingen nicht einfach ihrer Wege.

Am offenen Tunneleingang blieb er stehen und sah sich verstohlen um. Bisher schien alles gutzugehen. Er bestieg die Rampe und fuhr in den Tunnel hinab. »Vielleicht hält ja deine Glückssträhne an, Jeffrey, alter Freund. Natürlich hält sie an; wieso auch nicht? Na ja, sei dir da nicht zu sicher.«

Sie waren hinter ihm her. Er wußte, daß sie hinter ihm her waren. Sie hatten kein Recht, ihn aufzuhalten; er hatte nichts verbrochen, er hatte keinem weh getan, nicht einmal einem Robot. Das waren alles Roboter. Die hatten keinen Grund, hinter ihm her zu sein.

Und wenn sie nicht richtig funktionierten? Wenn sie nicht mehr die Gesetze der Robotik befolgen mußten? In dieser Stadt hatten sie allein das Sagen, oder etwa nicht? Sie konnten die Spielregeln ändern. Bestimmt wurden ihre Mitroboter hier am Ort hergestellt. Wenn sie nun robotische Gehirne produzierten, die den Gesetzen nicht gehorchten? Das war's. Wie hätte es sonst sein können, daß sie Jagd auf ihn machten? Der Versuch, ihn einzufangen, mußte einfach dem einen oder anderen Gesetz widersprechen.

Deshalb wurde er gesucht. Er war ebenfalls nicht den Gesetzen unterworfen, und er war nicht einer von ihnen. Sie hatten bisher nur so getan, als würden sie sich an die Gesetze halten.

Am Fuß der Rampe sah er sich mißtrauisch um. An der Halteschiene lief offenbar alles wie gewohnt. Er bestieg eine Kabine und bediente die Tastatur am Armaturenbrett, um sein Fahrtziel einzugeben.

Es passierte nichts.

Dann erschien eine grüne Leuchtschrift: »Vorübergehende Änderung des Eingabeverfahrens auf robotische Komverbindung. Kabine aktivierbar durch Standardzielkoordinaten.«

Er sprang aus der Kabine, dann sah er sich scheu um. Hätte ein Robot auf der Suche nach ihm gesehen, daß ihm das Aktivieren der Kabine mißlang, wäre er augenblicklich identifiziert worden. Glücklicherweise war es keinem aufgefallen.

Also hatten sie ihm sein geliebtes Tunnelsystem genommen. Na gut. Das hieß noch nicht, daß es mit ihm vorbei war. Immerhin waren sie bloß Roboter. Er war ein Mensch — »Hab' ich recht?« sagte er laut. »Natürlich hast du recht. Nun halt's Maul, ehe du dich verrätst.«

Er fuhr langsam die Rampe hoch und sah sich nach allen Seiten um, als er die Oberfläche erreichte. »Wir sind immer noch unerkannt, immer noch unerkannt. Wagen wir uns ins feindliche Lager und sehen, was es dort zu sehen gibt. Sehr gut, sehr gut.«

Fest entschlossen, so lange still zu sein, wie er sich daran erinnern konnte, machte er sich erneut auf den Weg zu Derecs und Ariels Unterkunft. Er wußte, daß sie im Stadtzentrum wohnten, jedenfalls im inneren Stadtbereich, und er ging davon aus, daß die Rasterfahndung an dieser Stelle auslaufen würde. Das hieß, er konnte der Entdeckung dort am längsten entgehen und, wenn er Glück hatte, vielleicht etwas zu hören bekommen, das ihm die Flucht ermöglichte.

»Denk aber dran«, sagte er zu sich. »Erkennen dürfen sie dich nicht. Sie können uns Roboter zwar nicht gut auseinanderhalten, aber dich könnten sie doch erkennen, alter Freund. Hab' ich recht? Hast recht. Halt's Maul; du redest schon wieder vor dich hin.«

Er fand ohne weiteres das Gebäude und den Eingang der Wohnung wieder, aber er hatte keinen Plan, wie er danach vorgehen wollte. Da Roboter normalerweise nicht herumlungerten, konnte er nicht gut dort stehenbleiben und die Gegend beobachten.

Er war im Tunnelsystem unter anderem deswegen vor Entdeckung sicher gewesen, weil er in den Kabinen isoliert war.

Außerdem hatte die Tatsache, daß er sich fortbewegte, ihn so geschäftig wie alle legitimen Bewohner Robot Citys erscheinen lassen. Er trat auf ein Gleitband und begann zielbewußt auszuschreiten, in der Hoffnung, dadurch zunächst für angemessenen Ersatz zu sorgen.

Wie üblich wählte er eine Route, die ihn einen ungefähren Kreis beschreiben ließ, wobei diesmal die Wohnung der Menschen als Bezugspunkt diente. Er nutzte die ersten beiden Umkreisungen, um nach Suchmannschaften Ausschau zu halten, konnte hier jedoch keine entdecken. Dann entspannte er sich ein wenig und wechselte die Fahrtrichtung, so daß er häufiger in Sichtweite der Wohnung vorbeikam.

Derec und Ariel zeigten sich währenddessen nicht. Er fragte sich, ob es nicht besser war, sich mit Derec zu unterhalten statt mit Ariel, obwohl sie behauptet hatte, zumindest an der Transplantation interessiert zu sein. In bezug auf Derec war sie nicht so optimistisch gewesen, aber vielleicht irrte sie sich.

Nein, er wollte nicht mit Derec sprechen, solange die Gefahr bestand, daß sie recht hatte. Wenn er sich erst noch einmal mit ihr unterhielt, würde sie vielleicht die Transplantation durchführen lassen und verstehen, warum das so erstrebenswert war. Dann konnten sie Derec überreden, sich ihnen anzuschließen.

Er mußte einfach abwarten und alles beobachten.

Inzwischen wußte er nicht mehr, wie oft er schon im Kreis herumgefahren war, und er begann sich zu langweilen. Womöglich kamen die beiden kaum jemals aus ihrem Bau. Oder sie waren gar nicht daheim, sondern streiften durch die Stadt — wahrscheinlich auf der Suche nach ihm. Er lachte — kicherte vielmehr — bei diesem Gedanken. Wenn sie nur nach Hause kämen, wäre ihre Suche vorbei.

»Nein, wäre sie nicht«, sagte er laut, plötzlich ernüchtert. »Ich müßte mich weiter vor ihnen verstecken. Ich müßte vorsichtig sein, oder etwa nicht? Natürlich. Nun sei still.«

Er trat in Sichtweite des Eingangs vom Gleitband, weil er des ständigen Herumfahrens müde war. »Ein echter Robot würde es nicht sattkriegen«, sagte er. »Ein echter Robot würde einfach weitermachen, bis alles erledigt ist. Du aber nicht. Schließlich bist du immer noch ein Mensch, stimmt's? Häh? Natürlich stimmt es.«

Er stand auf dem Damm neben dem Gleitband und fragte sich, was er als nächstes tun sollte. »Du hast vergessen, mir zu sagen, ich soll das Maul halten«, fügte er hinzu. »Also gut, halt's Maul. Danke.«

Auf dem Gleitband näherte sich ein humanoider Robot. Bei Jeff angekommen, stieg er ab und ging auf ihn zu. »Identifiziere dich«, sagte er. »Über Komverbindung, bitte.«

»Äh . . .« Jeff starrte ihn fassungslos an. Er war allein, ohne Suchmannschaft. Offenbar hatten sie die Taktik geändert. Für Jeff kam das völlig überraschend. »Ich, äh — was willst du?«

»Ich empfange dich nicht«, sagte der Robot. »Bitte begleite mich. Ich habe Befehl, alle Roboter ohne funktionierende Komverbindung an einen nahe gelegenen Ort zu führen.«

»Weißt du denn überhaupt, warum?« Jeff rührte sich nicht. Er überlegte fieberhaft. Wenn er Zeit gewinnen konnte, mußte er es versuchen.

Der Robot sah ihn schweigend an. Einen Augenblick später erkannte Jeff den Grund.

»Bitte antworte mir laut«, sagte Jeff. »Ich kann weder senden, noch dich empfangen.«

»Ja«, sagte der Robot. »Ich weiß, warum.«

»Sage es mir.«

»Wir suchen nach Jeff Leong. Er ist ein menschliches Gehirn in einem Robotkörper. Der verfügt über keine Komverbindung. Der positive Nebeneffekt ist, daß auf diese Weise Roboter identifiziert werden, deren Komverbindung defekt ist, ohne daß sie es bemerkt haben. Sie können repariert werden.«

»Identifiziere dich.«

»Ich bin Luftqualitätsvorarbeiter 6.«

»Wer hat dir diesen Befehl erteilt?«

»Menschenforscher 1.«

»Ha, den kenne ich. Mit anderen Worten, ein Robot.«

»Ja. Natürlich.«

»Werd gefälligst nicht frech, du Schrotthaufen. Also. Von Aurora her weiß ich über Roboter Bescheid. Wenn dir ein Mensch einen Befehl erteilt, der dem Befehl eines Robots widerspricht, veranlaßt dich das Zweite Gesetz, dem Menschen zu gehorchen, stimmt's?«

»Wenn sich keine anderen Einflüsse auswirken, ja.«

»Andere Einflüsse?« sagte Jeff mißtrauisch. »Was zum Beispiel? Du versuchst doch wohl nicht, die Gesetze zu umgehen?«

»Nein, keineswegs. Ein Beispiel für derartige Einflüsse wäre vorherige Programmierung. Ein zweites wäre der Geltungsbereich des Ersten Gesetzes, das natürlich Vorrang vor dem Zweiten und Dritten hat. Wußtest du das nicht? Was berechtigt dich, mich zu befragen? Identifiziere dich.« Er saß in der Falle, mußte sich irgendwie herausmogeln.

»Ich bin Jeff Leong, der gesuchte Menschenrobot. Sag's nicht weiter!« brüllte er plötzlich. »Hast du mir gehorcht? Ich weiß, wie schnell eure positronischen Gehirne reagieren.«

»Ich habe Ihnen gehorcht. Ich habe angefangen, meine Komverbindung zu benutzen, um Ihren Standort zu melden, habe jedoch abgebrochen.«

»Aha!« Jeff lachte. »Demnach mußt dur mir gehorchen, wie? Schön, schön.«

»Ihre Befehle heben die Anweisungen auf, die ich von Menschenforscher 1 erhalten habe, weil sie nicht einprogrammiert wurden. Er hat mir eine schlichte Instruktion erteilt. Wenn Sie Befehle ausgeben, die meiner Programmierung widersprechen, werde ich allerdings nicht gehorchen.«

»Hmm. Du hast mir ohne weiteres geglaubt. Bist du sicher, daß du mir Glauben schenkst?« verlangte er zu wissen.

»Ja, ich bin unfähig, zu lügen.«

»Wieso glaubst du mir?«

»Wenn Sie ein positronisches Gehirn hätten, wären Sie unfähig, mich anzulügen und etwas vorzutäuschen. Daher müssen Sie das Menschengehirn im Robotkörper sein, beziehungsweise darüber verfügen.«

»Gut, gut. Wieso hab' ich eigentlich nicht schon früher daran gedacht, Suchroboter herumzukommandieren? Jeffrey, du bist nicht mehr der Alte. Darum.« Er kicherte in sich hinein. »Ganz gewiß bist du nicht mehr der Alte, oder etwa doch?«

»Haben Sie weitere Anweisungen für mich?« erkundigte sich Luftqualitätsvorarbeiter 6, wie zuvor mit tonloser Stimme.

»O ja — sicher. Klar habe ich weitere Anweisungen. Erstens wirst du niemandem verraten, wer ich bin. Verstanden? Ich bin wie jeder andere Robot in der Stadt. Kapiert?«

»Ich verstehe.«

»Gut. Von jetzt an arbeiten wir als Team. Ich gebe die Befehle, und du wirst gehorchen. Da du eine funktionierende Komverbindung hast, wirst du mir helfen, diesen Suchmannschaften zu entgehen. Wenn du merkst, daß eine von diesen Mannschaften in der Nähe ist, sagst du Bescheid und hilfst mir, ihnen aus dem Weg zu gehen. Wir werden uns davonmachen. Kapiert?«

»Ich verstehe, daß wir irgendwo hingehen. Ich weiß nicht, wovor wir uns ›davon‹machen.«

»Das erklär' ich dir schrittweise«, sagte Jeff und beäugte nachdenklich den Robot. »Gut, gut, ich denke, wir werden miteinander auskommen. Weißt du, diese Stadt einzunehmen wird leichter sein, als ich dachte. Gehen wir zur nächsten Tunnelstation. Weißt du, wo sie ist?«

»Ja. Folgen Sie mir.«

Derec knabberte Speckstückchen und wischte das Innere der Essensausgabe am chemischen Prozessor aus, als Ariel sich plötzlich auf ihrem Stuhl vor der Computerkonsole aufrichtete.

»Derec, wir haben was. Er wurde gefunden. Sozusagen.«

»Was meinst du mit sozusagen? Worum geht's?« Er eilte zu ihr und beugte sich vor, um über ihre Schulter hinweg mitzulesen.

»Gerade ist im Zentralcomputer Teilalarm gegeben worden. Die Information lautet: ›Jeff Leong aufgefunden.‹«

»Sonst nichts? Das hört sich nicht nach einer effizienten Robotmeldung an. Rück mal ein Stück. Ich wette, die Meldung wurde abgebrochen — vielleicht hat Jeff ihm einen Schlag versetzt oder so was.« Er schob sich vor sie, forderte rasch den Standort der Meldung an und las die Koordinaten. »He — das ist hier vor der Tür! Komm!«

Er drehte sich um und rannte nach draußen, wobei er sich bewußt war, daß Ariel ihm folgte.

Auf der Straße kam Derec zum Stehen und sah sich nach allen Seiten um. Diverse humanoide Roboter waren in Sicht, aber keiner verhielt sich ungewöhnlich. Er konnte sie nicht voneinander unterscheiden.

»Derec, wie steht's mit den beiden?« Sie zeigte auf zwei humanoide Roboter, die soeben um eine Ecke bogen. »Ich glaube, der eine sieht wie Jeff aus, findest du nicht?«

»Kann sein . . . Da drüben ist eine Tunnelstation. Ich denke, ich hab's — er muß einem anderen Robot befohlen haben, für ihn die Tunnelkabinen in Gang zu setzen. Wenn ja, kann er überall hin. Die ganze Suchaktion wäre umsonst. Komm!« Er rannte wieder nach drinnen und setzte sich an die Konsole.

»Was machst du? Sollten wir nicht versuchen, sie zu erwischen?«

»Genau das tun wir. Hier ist es — das Fahrtziel, das er gewählt hat. Verstehe — er fährt nur ein paar Stationen weit. Er muß ziemlich schlau sein. Statt sich so weit abzusetzen, wie er kann und zu riskieren, daß er abgefangen wird, legt er eine unregelmäßige, unvorhersehbare Spur. Vielleicht kann ich irgendwie die Roboter in der Gegend alarmieren . . .«

»Das ist Zeitverschwendung!« rief Ariel. »Sieh nur, wo er hin will — dort ist das Schlüsselzentrum. Er wird eine Weile brauchen, bis er da ankommt. Wir können als erste dasein!«

»Was? Wie?« Derec drehte sich nach ihr um, doch sie rannte bereits zur Tür hinaus. Er zögerte, dann stand er auf und eilte hinter ihr her.

Natürlich mußten sich Jeff und Luftqualitätsvorarbeiter 6 in dieselbe Tunnelkabine zwängen, und es wurde sehr eng. Jeff beschloß, die Sache kurz zu machen, lediglich die Zuverlässigkeit von Luftvorarbeiter 6 auf die Probe zu stellen. Nach wie vor fragte er sich, ob eine bestimmte Programmierung den Robotern ungewöhnliches Verhalten gestattet haben könnte, nur um ihn zu fangen. Luftvorarbeiter 6 aktivierte die Kabine, und sie fuhren in den Tunnel ein.

Die Enge in der Kabine ließ die Fahrt länger erscheinen als sie tatsächlich war. Endlich wurden sie langsamer, bogen in eine Halteschiene ein und stiegen aus. Jeff ging voraus zur Rampe.

Die mächtige Bronzekuppel, die er so oft gesehen hatte, erhob sich vor ihnen, glitzernd im Sonnenlicht. Er kannte ihren Zweck nicht, doch sie hatte ihm oft als optischer Bezugspunkt gedient. Luftvorarbeiter 6 hatte ihn treulich hierhergeführt, daher nahm er an, daß er dem Robot doch trauen konnte.

»Gute Arbeit, Kumpel«, sagte Jeff zu dem Robot. »Nun, ich

denke, jetzt können wir eine längere Fahrt antreten, möglicherweise raus an den Stadtrand. Vermutlich kennst du dich hier besser aus als ich. Irgendwelche Vorschläge?«

»Ich vermerke die Annäherung zweier Menschen von einer Seite, und eines Robots von der anderen.«

»Was? Wo?«

»Da.« Luftvorarbeiter 6 zeigte auf einen transparenten, waagrechten Schacht, der ganz in der Nähe an einem Ladedock entlang verlief. Derec und Ariel kletterten soeben aus der Vakuumröhre. »Und da. Der Robot ist noch nicht in Sicht, wird jedoch gleich um die Ecke biegen. Er hat seine Komverbindung eingesetzt, um mit mir Verbindung aufzunehmen.«

»Du hast doch wohl nicht geantwortet, oder?« knurrte Jeff mit gedämpfter Stimme.

»Nein.«

»Gut. Du rührst dich nicht — sprichst nicht, bewegst dich nicht oder kommunizierst auf andere Weise, bis ich den Befehl aufhebe.«

Jeff erstarrte ebenfalls, gerade als Derec und Ariel herbeigerannt kamen.

»Bist du das, Jeff?« fragte Ariel atemlos.

Jeff verhielt sich still und war erleichtert zu sehen, daß sein letzter Befehl an Luftvorarbeiter 6 befolgt wurde.

»Einer von euch hat ein positronisches Gehirn«, sagte Derec. »Dem befehle ich, uns zu antworten. Wer von euch ist Jeff?«

Jeff mußte einen langen Augenblick abwarten, freute sich jedoch, feststellen zu können, daß sein Schweigebefehl an Luftvorarbeiter 6 Vorrang behielt. Vielleicht würde es ihm ja doch noch gelingen, einen Ausweg zu finden.

»Ihr seid Derec und Ariel?« fragte ein anderer Robot, der sich zu ihnen gesellte. »Ich bin Planungsassistent 3. Ich war an der Stichprobensuche nach Jeff Leong beteiligt und habe über den Zentralcomputer euren Notruf empfangen.«

»Danke, daß du gekommen bist«, sagte Derec. »Wir haben hier offenbar ein Problem. Sie reagieren beide nicht.«

»Das habe ich bemerkt. Ich habe versucht, mit ihnen über Komverbindung Kontakt aufzunehmen, seit ich eure Meldung erhielt, habe jedoch ebenfalls keine Antwort bekommen.«

Ariel stand direkt vor Jeff und spähte in seinen Augenschlitz.

»Ich glaube, der hier ist Jeff. Ich kann diese Roboter nicht besonders gut auseinanderhalten, aber kleine Unterschiede gibt es doch. Der hier sieht aus wie er. Bist du da drin, Jeff?«

»Na gut«, sagte Derec. »Leicht wird es also nicht werden. Wir müssen sie mit den anderen Robotern zusammenbringen, deren Komverbindungen nicht funktionieren; soviel ich weiß, wurden noch zwei oder drei andere gefunden. Planungsassistent 3, bitte sorge dafür. Und sieh zu, daß das Medizinerteam dazukommt.«

Kapitel 16

Alle Vögel fliegen hoch

Fünf verdächtige Roboter wurden ins humanexperimentelle Institut gebracht. Zwei davon waren erstarrt und vollständig unkommunikativ. Die anderen drei waren mobil, offenbar kooperationsbereit und konnten sprechen.

Als Derec und Ariel das Gebäude betraten, schüttelte sie den Kopf und sagte: »Ich bin sicher, daß der eine Jeff ist. Wir brauchen wirklich keine Zeit mit den anderen zu vergeuden.«

»Das bezweifle ich gar nicht«, antwortete Derec. »Für mich ist klar, daß einer der beiden Jeff ist. Das Problem besteht darin, daß ihre Körper vom gleichen Modell sind, deshalb kann das Medizinerteam sie nicht auseinanderhalten, und du kannst das bestimmt auch nicht. Jedenfalls hat es den Anschein, als müßten wir ihn ausräuchern, damit er zugibt, wer er ist.«

»Willkommen in unserem Institut«, sagte Forscher 1. »Bitte folgen Sie mir nach drinnen. Die verdächtigen Roboter warten hier auf Sie. Es ist für jeden genügend Platz.«

Er führte sie in einen Raum, aus dem alle Möbel und Geräte entfernt worden waren. An den Abdrücken, die auf dem Boden zurückgeblieben waren, erkannte Derec, daß er für dieses Projekt eigens ausgeräumt worden war. Die fünf Verdächtigen standen in einer Reihe an der Wand.

»Derec«, sagte einer von ihnen.

Er blickte überrascht auf. »Alpha? Alpha, bist du das?« Er lachte, eilte zu dem einen Roboter hinüber, dessen physische Erscheinung einzigartig war, und verdrängte den Impuls, ihn zu umarmen. »*Hallo.* Wie bist du denn hierhergeraten?«

»Hallo«, sagte Alpha. »Es ist mir gelungen, ein kleines Raumfahrzeug zu besorgen und den Ursprung der Asteroidenzerlegungs-Aktion bis hier zurückzuverfolgen. Wolruf hat mich begleitet. Erst vor kurzem wurde ich von einer robotischen Suchmannschaft festgenommen und hergebracht.«

»Ein Raumfahrzeug?« Derec unterdrückte ein frohes Lachen und begegnete Ariels Blick. »Und Wolruf. Wie geht es ihr?«

»Sie erholt sich von einer strapaziösen Reise.«

»Erholt sich?« sagte Ariel. »Sie wird es doch überstehen?«

»Jawohl.«

»Das freut mich«, sagte Derec. »Wir hatten uns um sie Sorgen gemacht. Wir möchten sie sehen, sobald es geht. Was ist mit dem Raumfahrzeug? Funktioniert es? Ist es verfügbar und so weiter?«

»Jawohl.«

»Tritt vor, Alpha.« Derec wandte sich grinsend an das Medizinerteam. »Das ist nicht Jeff. Ich habe Alpha persönlich zusammengebaut.«

»Hallo, Alpha«, sagte Ariel und trat aufgeregt von einem Bein aufs andere. »Ich freue mich ehrlich, dich zu sehen. Aber warum hat man dich aufgehalten? Du hast doch eine Komverbindung, nicht wahr?«

»Sei gegrüßt, Katherine. Meine Komverbindung war ursprünglich auf eine etwas andere Frequenz eingestellt. Ich habe sie geändert, wurde jedoch trotzdem gefangengenommen, wohl weil ich eine anormale Komverbindung besitze.«

»Ich bin jetzt Ariel Welsh.«

»Ich verstehe nicht, was Sie meinen«, sagte Alpha.

»Nicht jetzt, nicht jetzt. Später erzählen wir uns alles«, sagte Derec. »Was die vorliegende Aufgabe angeht, bleiben vier übrig«, sagte Derec und besah sich die anderen Roboter. »Forscher 1, hast du schon mit den Tests begonnen, von denen du sprachst?«

»Ja. Unserem standardisierten Wartungsprogramm zufolge, mit dem wir ihre Körper untersucht haben, sind alle vier in gutem Zustand, bis auf den allen gemeinsamen Defekt ihrer Komverbindungen. Ihre Köpfe wurden nicht überprüft. Die beiden sprechenden Roboter haben Identifikationen angegeben, die vom Zentralcomputer bestätigt wurden. Ihnen war nur die Komverbindung durchgebrannt.«

»Laß sie gehen«, sagte Derec. »Alpha, du bleibst vorerst hier.«

»Meldet euch bei der nächsten Reparatureinrichtung«, sagte Forscher 1.

Die beiden Roboter entfernten sich.

»Also.« Derec stellte sich vor die zwei verbliebenen Roboter und sah vom einen zum anderen. »Einer von euch ist mit an Sicherheit grenzender Wahrscheinlichkeit Jeff. Falls ihr nicht eingeschlafen seid, was ich unter diesen Umständen bezweifle, könnt ihr mich hören und gebt euch bloß nicht zu erkennen. Nun, wir sind gleich wieder da.« Er machte kehrt, dann blieb er noch einmal stehen und sagte grinsend über die Schulter gewandt: »Bleibt, wo ihr seid. Sonst verratet ihr euch noch.«

»Chirurg 1, du bleibst da und beobachtest sie. Forscher, könnten Ariel und du einen Augenblick mit mir hinauskommen?«

Derec hielt inne, als sie im Vorraum angekommen waren, doch Forscher 1 schüttelte den Kopf. »Hier ist Vertraulichkeit nicht gesichert. Wenn Sie ein vertrauliches Gespräch führen wollen, müssen wir in einen anderen Raum gehen, und ich werde für Schallabschottung sorgen. Vergessen Sie nicht, daß Jeff über ein robotisches Gehör verfügt.«

»Geh voran.« Derec hätte am liebsten vor Freude getanzt. Alpha hatte hier irgendwo ein funktionierendes Raumschiff — sobald er und Ariel Jeff ausgeräuchert hatten, konnten sie ihn an die Roboter übergeben und abfliegen. Während sie Forscher 1 in einen anderen Raum folgten, sah er das Lächeln auf Ariels Gesicht und stieß sie übermütig mit dem Ellenbogen an. Sie stieß zurück, wesentlich härter, jedoch ebenfalls lächelnd.

Sie betraten einen Raum, der offensichtlich der Operationssaal des Instituts war. Forscher 1 legte einen Schalter an einem Prüfgerät um, worauf ein schwaches Summen ertönte.

»Sie werden uns nicht hören. Was wünschen Sie zu besprechen?« erkundigte sich Forscher 1.

»Sie?« fragte Ariel. »Ich verstehe das nicht. Einer der beiden ist ein defekter Robot, oder etwa nicht?«

»Unbeweglich heißt nicht unbedingt defekt«, sagte Forscher 1. »Wir müssen vorsichtig sein.«

»Genau«, sagte Derec. »Also, ich denke mir das so — korrigiert mich, wenn ich falsch liege. Jeff hat uns rechtzeitig kommen sehen, um eben noch einem anderen Robot zu befehlen, daß er erstarren und sich nur auf seinen Befehl wieder rühren soll. Mit Alpha hab' ich das auch schon mal so gehandhabt. Um jedoch Jeffs Reaktivierungsbefehl hören zu können, muß der andere Robot sein Hörvermögen aufrechterhalten und zumindest einige Hirntätigkeit. Richtig?«

»Korrekt«, sagte Forscher 1.

»Wie wär's, wenn wir die Sache abkürzen?« fragte Derec. »Kannst du nicht einfach ihre Köpfe durchleuchten und feststellen, in welchem das biologische Gehirn steckt?«

»Nein«, sagte Forscher 1. »Bei der Herstellung der speziellen Schädeldecke haben wir Materialien verwendet, die extrem widerstandsfähig gegen das Eindringen jeglicher Art von Energie sind sowie gegen physische Schläge. Würden wir unsere Suchstrahlen so verstärken, daß sie diese Schädeldecke durchdringen, würden wir das darin befindliche Gehirn gefährden.«

»Moment«, sagte Ariel. »Ihr könntet doch den normalen Prüfstrahl verwenden, und wenn ihr dabei einmal ein positronisches Gehirn entdeckt und einmal nichts, wüßten wir durch Ausschluß Bescheid.«

»Das wagen wir nicht«, sagte Forscher 1. »Die Schädeldecke wurde vor dem Einsatz getestet, nicht mit dem menschlichen Gehirn darin. Selbst der normale Suchstrahl könnte gefährlich sein. Das Erste Gesetz erlaubt uns nicht, ein Risiko dieser Größenordnung einzugehen.«

»Na gut. Irgendwie überrascht mich das nicht«, seufzte Derec.

»Aber die Gesetze der Robotik gelten doch auch für sie«, sagte Ariel. »Ich nehme doch an, daß unsere Tests nach wie vor funktionieren werden — oder etwa nicht?«

»Ja. Sie beruhen auf folgender Annahme«, sagte Forscher 1. »Wenn Jeff ein positronisches Gehirn hätte, müßte er die Gesetze befolgen — wenn sich beispielsweise einer von Ihnen in Gefahr befände, müßte er Sie retten. Dagegen könnte er, wenn er will, in seiner Eigenschaft als Mensch zulassen, daß Sie zu Schaden kommen.«

»Das Problem ist«, sagte Derec, »daß Jeff die Gesetze kennt und sich als Robot tarnen kann.«

»Außerdem wissen wir nicht, was er dem anderen Robot befohlen hat«, sagte Ariel. »Falls der andere Robot weiß, daß wir Tests durchführen, wird er nicht glauben, daß wir wirklich in Gefahr sind, und braucht auch nicht die Gesetze befolgen. Sie werden sich nach wie vor gleich verhalten.«

»Fangen wir an und stellen fest, was passiert«, sagte Derec. »Wir gehen der Reihe nach vor, erst Test eins, dann zwei, dann drei.«

Derec und Ariel begaben sich wieder in den Raum mit den verdächtigen Robotern. Das Medizinerteam mußte sich in Begleitung von Alpha entfernen, um Konfusion zu vermeiden. Wenn sie nicht den Gesetzen entsprechend reagierten, würde der echte Robot erkennen, daß es sich um einen Test handelte; wenn sie reagierten, würden sie dagegen im Weg sein.

»Ich hab' genug von dir«, brüllte Derec Ariel an. »Du spinnst.« Vor den beiden Robotern stehend wandte er sich gegen sie.

»Ach, ja?« konterte sie. Dann holte sie wie vereinbart aus und versetzte ihm einen Fausthieb in den Magen.

Obwohl er darauf gefaßt war, krümmte sich Derec, als er getroffen wurde — teils wegen des kräftigen Schlages, teils zur Schau. Beide Roboter sprangen vor, gar nicht mehr reglos, und rissen sie auseinander. Falls einer von ihnen eine Spur schneller bei der Hand war, konnte Derec den Unterschied nicht feststellen.

»Laßt mich los! Ihn auch!« brüllte Ariel wie vorgesehen. Beide Roboter gehorchten, blieben jedoch zwischen ihnen stehen, nahe genug, um weitere Gewaltanwendung zu verhindern.

Derec blickte keuchend auf und bemerkte, daß sie offenbar beide wieder abgeschaltet hatten. Es war Zeit, den zweiten Test durchzuführen. Er suchte Ariels Blick, sah, daß sie auf ihn vorbereitet war, und sprang ihr an die Kehle, als wolle er sie erwürgen.

Augenblicklich packten ihn beide Roboter mit ihren kraftvollen Armen, hielten ihn fest und machten ihn aktionsunfähig.

»Laßt mich«, befahl er.

Keiner von beiden ließ los. Nachdem die gewaltsamen Handlungen sich wiederholt hatten, blieb der Vorrang des Ersten über das Zweite Gesetz in Kraft, bis sie der Meinung waren, die Bedrohung sei vorüber.

»Du da«, befahl Ariel und berührte den einen am Arm. »Geh und stell dich in den Flur. Der andere wird hier für meine Sicherheit sorgen. Und du — Derec wird mir erst mal nichts anhaben. Das weiß ich. Du kannst dabeistehen, wenn es dich beruhigt, damit du uns wenn nötig trennen kannst.«

Als beide Roboter gehorcht hatten, unterhielten sich Derec und Ariel freundlich, um zu demonstrieren, daß die unmittelbare Bedrohung vorüber war. Dann erlaubten die Roboter ihnen, sich wieder in den Operationssaal zurückzuziehen, um sich wieder untereinander zu besprechen.

»Jeff macht seine Sache gut«, sagte Derec. »Er hat jede Sekunde mit dem wahren Robot Schritt gehalten — ohne Unterschied.« Er grinste. »Du hast ganz schön zugeschlagen.«

Ariel zuckte die Achseln. »Na ja, du sagtest doch, es soll echt aussehen. Aber wir wissen ein bißchen besser Bescheid. Direkte Notwendigkeit, die Gesetze anzuwenden, aktiviert den wahren Robot, aber nur solange die Gesetze gelten. Dann erstarrt er wieder, wie Jeff ihm befohlen hat.«

»Wir halten sie besser getrennt. Falls Jeff auf Stichwort reagiert, indem er den anderen Robot beobachtet, wird er sich nie verraten.«

»Gute Idee. Bist du bereit, Test drei durchzuführen?«

»Gehen wir«, sagte er.

Im Korridor steckte Chirurg 1 ihm einen kleinen grauen Zylinder zu, den er bequem in einer Hand halten konnte. Es handelte sich um ein Laserskalpell mittlerer Stärke, das für bestimmte Reparaturen an Robotkörpern verwendet wurde und in der Lage war, jedweden Körperteil zu durchtrennen. Derec wog es in der Hand, schob es zurecht und hielt es hoch, als er den Testraum betrat.

»Ich werde dir damit das Bein abschneiden«, sagte er zu dem verdächtigen Robot. »Aus Rache, weil du dich eingemischt hast.« Er stellte es auf volle Kraft ein, blieb stehen, wo er war, und richtete den Strahl auf das Kniegelenk des Robots. »Das Dritte Gesetz besagt, daß du das nicht zulassen darfst. Stimmt's?«

Der Robot trat zur Seite, wich dem Strahl aus. Derec folgte der Bewegung, und wieder wich der Robot aus. Als Derec stoßweise auf seine Beine zu schießen begann, wie mit einem Gewehr, hüpfte der Robot umher, wich zurück, schlug Haken und beobachtete unentwegt den Strahl.

»Ich krieg' dich schon noch«, knurrte Derec. »Ha! Fast. Ha! Wieder. Beinahe. Ha! Halt still! Ich schneid' dir das Bein ab . . .«

Der Robot fuhr fort, mit seinen schnellen und zuverlässigen Robotreflexen dem Strahl auszuweichen.

Derec lachte triumphierend und schaltete den Laser ab. »Hab' ich dich, Jeff. Ein alter Trick — erinnerst du dich an das Spiel ›Alle Vögel fliegen hoch‹? Ich hab' dir befohlen, stillzuhalten, und in der Hitze des Gefechts hast du vergessen, daß das Zweite Gesetz gegenüber dem Dritten Vorrang hat. Du hast nicht stillgehalten!«

Der Robot vor ihm war wieder erstarrt, aber nun war Derec seiner Sache sicher.

»Du kannst mich nicht mehr täuschen; dazu ist es zu spät. Ein positronisches Gehirn würde die Rangordnung der Gesetze keine Sekunde lang vergessen, unter keinen Umständen.« Derec rief die anderen herbei und erläuterte die Situation.

»Das überzeugt mich«, sagte Forscher 1. »Da der andere Verdächtige mit an Sicherheit grenzender Wahrscheinlichkeit ein echter Robot ist, können wir jeden Zweifel ausschließen, indem wir ihn zu einer Reparatureinrichtung schicken.«

»Forscher 1«, sagte Chirurg 1 besorgt.

»Ich werde ihn begleiten«, sagte Forscher 1. »Die Reparaturmannschaften müssen sehr vorsichtig sein, falls wir uns geirrt haben. Sie müssen die Situation begreifen, damit keine Gesetze gebrochen werden.«

Derec wies mit dem Daumen auf Jeff. »Wir wissen, wer er ist, aber wir können uns nicht mit ihm unterhalten, bis er aufhört, dieses Spiel zu treiben.«

Ariel begegnete seinem Blick und wies mit dem Kopf in Richtung Tür. Derec folgte ihr nach draußen, und sie kehrten in den Operationssaal zurück, um sich zu besprechen. Chirurg 1 blieb bei Jeff.

»Vielleicht können wir ihn provozieren«, sagte Ariel.

»In Ordnung. Aber wie?«

»Indem wir seine Bewachung lockern. Er tut immer noch so, als wäre er ein Robot, weil die geringe Chance besteht, daß ein defektes positronisches Gehirn so reagieren könnte. Wenn er allerdings zu fliehen versucht, wird er zugeben müssen, daß wir Bescheid wissen.«

Wenige Minuten später hatten sich alle wieder im Testraum um

Jeff versammelt, bis auf den Robot, der nach wie vor reglos im Vorraum stand.

»Wir haben beschlossen, die nächste Phase einzuleiten«, sagte Derec. »Forscher 1, bitte begleite den anderen Robot zur Reparatur.«

Forscher 1 verließ den Raum.

»So«, sagte Derec. »Alpha, geh bitte hinaus, bleibe aber im Vorraum, am anderen Ende des Vorraums, damit du uns nicht im Weg bist. Wir müssen unbedingt später mit dir sprechen.«

»Ja, Derec.« Alpha entfernte sich.

»Chirurg 1«, sagte Ariel. »Wir sind nicht mehr völlig sicher, daß dieser Robot wirklich Jeff ist. Wende du dich deinen üblichen Pflichten im Institut zu. Derec und ich werden uns überlegen müssen, was als nächstes zu unternehmen ist.«

»Sehr wohl.« Chirurg 1 verließ den Raum

Derec legte lässig den Arm um Ariels Schultern und führte sie zur Tür. »Wie wär's, wenn wir uns was zu essen besorgen und uns ein wenig ausruhen. Dann können wir uns den nächsten Schritt überlegen.«

Ariel schloß hinter ihnen die Tür. Alpha wartete regungslos am anderen Ende des Vorraums; sie gingen zum Vordereingang, in die entgegengesetzte Richtung. Wortlos, da sie nicht wußten, wie gut Jeffs Gehör war, traten sie hinaus und sahen sich um.

Das humanexperimentelle Institut war ein schlichtes rechteckiges Gebäude. Es hatte nichts vom auffallenden geometrischen Design der übrigen Bauten Robot Citys; in ihrer üblichen Tüchtigkeit hatten die Roboter es ohne Zierat errichtet. Derec konnte nirgendwo ein Versteck entdecken, außer hinter der Gebäudeecke.

Sie setzten sich direkt hinter einer Ecke auf den Boden, wie verabredet immer noch schweigend. Es war damit zu rechnen, daß Jeff vorsichtig sein würde, daher wußten sie, daß sie sich auf eine lange Wartezeit gefaßt machen mußten. Chirurg 1 hatte sich wie vorgesehen in einem Raum gegenüber dem Testraum seinen ›üblichen Pflichten‹ zugewandt. Mit seinem robotischen Gehör wartete er ebenfalls darauf, daß Jeff einen Fluchtversuch unternahm.

Derec konnte nicht anders, er mußte grinsen bei dem Gedanken, Alphas Raumfahrzeug zu benutzen. Sie würden natürlich den Robotern helfen, Jeff zu versorgen, aber nun, da die Aussicht bestand, den Planeten zu verlassen, sobald die Arbeit erledigt war, erschien ihm das Warten nicht mehr so schlimm. Er sah Ariel an, die ebenfalls lächelte, als sie sich ihm zuwandte. In ihrem unterdrückten Lachen war ein gegenseitiges Einvernehmen zu erkennen, das keiner Worte bedurfte.

Der Tag verging, und Jeffs Geduld war mindestens so lang wie die ihre. Derec bemerkte, daß Ariel es offenbar ebenso zufrieden war wie er, weiter zu warten. Er dachte immer wieder daran, daß er bald irgendwo hinfliegen konnte, um festzustellen, wer er war, oder gar Heilung für seinen Gedächtnisschwund zu finden. Vielleicht träumte auch sie davon, anderswo geheilt zu werden.

Schließlich erklang aus dem Institut eine vereinzelte, recht laute Robotstimme: »Derec!«

Er erkannte die Stimme von Chirurg 1 und sprang mit Ariel zusammen auf. Hinter der Ecke kam Jeff soeben gemächlichen Schritts zum Vordereingang heraus.

»Jetzt haben wir dich!« brüllte Derec und zeigte auf ihn. »Gib auf.« Er und Ariel rannten am Gebäude entlang, um sich Jeff in den Weg zu stellen.

Jeff streckte seine kräftigen Robotarme nach ihnen aus. Er war frei vom Einfluß des Ersten Gesetzes, Chirurg 1 jedoch nicht, und er sprang Jeff von hinten an und hielt ihm die Arme hinter dem Rücken fest.

»Alpha!« rief Derec. »Komm heraus!«

»Laß mich los«, schrie Jeff Chirurg 1 an und zog und zerrte, ohne daß es ihm etwas nützte.

»Sie dürfen weder diesen beiden noch sich selbst Schaden zufügen«, sagte Chirurg 1.

»Ich hab' nicht die Absicht, jemandem Schaden zuzufügen«, brüllte Jeff wütend. »Ich befehle dir, mich loszulassen.«

»Halt ihn bloß fest, Doktor«, sagte Ariel aus sicherer Entfernung.

Derec sah, daß Chirurg 1 zögerte, vermutlich im positronischen Konflikt, da Jeff in der Tat nie das Bedürfnis zu erkennen gegeben hatte, jemandem Schaden zuzufügen. Ansonsten hatten die widersprüchlichen menschlichen Befehle ungefähr gleichviel Gewicht. Zuvor und auch jetzt hatte er die Menschen nur beiseite gestoßen, um zu fliehen.

»Laß mich gehen und schalte ab«, befahl Jeff. Er riß sich los und begann zu rennen.

Chirurg 1 hatte nicht abgeschaltet, aber er bewegte sich langsam und unsicher, während er die widersprüchlichen menschlichen Befehle verarbeitete.

»Alpha!« rief Derec, als er ihn aus dem Gebäude treten sah. »Das ist Jeff. Er muß medizinisch betreut werden, aber er weiß das nicht. Es gilt das Erste Gesetz — halt ihn auf!«

Überrascht hielt Jeff inne und sah sich um. Chirurg 1 hatte sich wieder erholt, da die Anwendung des Ersten Gesetzes die Probleme mit dem Zweiten aufhob. Er hechtete vor und umfing Jeffs Knie, während Alpha herbeirannte, um seine Arme festzuhalten.

Jeffs Robotfaust schwang herab und warf den Kopf von Chirurg 1 in den Nacken. Er hob das Knie und rammte es hoch, so daß Alpha zurückgeworfen wurde. Doch Chirurg 1 hielt ihn fest und verhinderte seine Flucht.

Während die drei Roboter rangen und rauften, erkannte Derec das Problem: Alpha und Chirurg 1 konnten Jeff lediglich festhalten, um nicht zu riskieren, daß sie ihm Schaden zufügten, und in der Hitze des Gefechts waren sie besonders vorsichtig, da niemand bisher richtig die Schädeldecke getestet hatte, die Jeffs Gehirn schützte. Andererseits konnte Jeff um sich hauen, sich winden und ihre Körper auf jegliche Weise beschädigen, die er für notwendig hielt, um sich zu befreien.

Derec hüpfte hilflos um das Gerangel der drei Körper herum. Bei zwei Gegnern konnte Jeff sich nicht losreißen, aber wegen der einseitigen Restriktionen, denen sie unterworfen waren, konnten die beiden ihn auch nicht kampfunfähig machen. Ariel blickte fragend von ihnen zu Derec — dann machte sie kehrt und rannte los, um weitere Unterstützung zu suchen.

Nun lag Alpha flach auf dem Rücken, während Jeff aufzustehen versuchte und Chirurg 1 ihm die Arme hinter dem Rücken festhielt. Jeff schaffte es, ein Bein unter ihn zu schieben und kämpfte sich hoch. Alphas Standardarm saß unter ihm fest, und Jeff hatte den anderen Arm oberhalb des Ellbogens gefaßt.

»Alpha«, rief Derec. »Mach deinen Arm flexibel — lockere ihn. Setze ihn nach Belieben ein, um ihn aufzuhalten!«

Augenblicklich verlor Alphas Arm sein Ellbogengelenk und verwandelte sich in ein biegsames Tentakel. Die Hand bog sich nach hinten um und schloß sich um Jeffs Handgelenk, um sich loszureißen. Dann schlang sich der Arm so um Jeffs Gelenke, daß er bewegungsunfähig wurde.

Chirurg 1 ließ von Jeffs Armen ab und packte seine Knie. Alpha und Chirurg 1 standen auf und hoben den hilflosen Jeff hoch. Ariel kam mit mehreren anderen Robotern angerannt, die sie auf Grund dieses Notfalls nach dem Ersten Gesetz herbeikommandiert hatte.

Jeff schlug nach wie vor um sich. »Ihr Schrotthaufen! Ihr verräterischen Blechköpfe! Ihr könnt mich nicht aufhalten! Ich bin ein Mensch, verstanden? Laßt mich los! Augenblicklich! Ich befehle euch, mich runterzulassen!«

»Könnt ihr ihn ruhigstellen?« erkundigte sich Derec. »Ihr könnt ihn doch nicht so lange festhalten, bis wir uns ausgedacht haben, was als nächstes zu tun ist. Ihn schlafen zu lassen, würde ihm keinen Schaden zufügen.«

»Ich werde ihn betäuben«, sagte Chirurg 1, der immer noch Mühe hatte, Jeffs Beine festzuhalten. »Wir machen Fortschritte, denke ich. Sobald Forscher 1 zurückkehrt, müssen wir uns mit der Frage der Behandlung beschäftigen. Außerdem hat mich soeben bei der körperlichen Auseinandersetzung eine Fragestellung nach dem Ersten Gesetz zögern lassen, die der Klärung bedarf.« Auf einen krampfhaften Tritt von Jeff hin trat er einen Schritt zurück. Die anderen Roboter griffen nun auch zu, um sicherzustellen, daß der Cyborg nicht entwischen konnte.

»Ich bring' euch um! Ich steck' euch allesamt in die Schmelze!« schrie Jeff. »Wartet nur, bis ich das Sagen habe!« Wieder schlug er um sich und trat mit den Füßen.

»Los, tu, was du für richtig hältst«, sagte Derec. »Wir warten so lange; mach dir darum keine Sorgen.«

»In den Operationssaal«, sagte Chirurg 1. Er und die übrigen marschierten mit ihrer brüllenden Fracht in das Gebäude.

Derec seufzte erleichtert und wandte sich Ariel zu, bereit, einen Scherz zu machen. Doch er beherrschte sich, als er die Enttäuschung in ihrem Gesicht sah.

Kapitel 17
Wolruf

Wieder wachte Jeff im Halbdunkel auf, doch diesmal erkannte er den Raum wieder. Er war nun nicht mehr an Überwachungsgeräte angeschlossen. Seine Augen paßten sich rasch an; daran hatte er sich inzwischen gewöhnt und achtete kaum darauf. Er registrierte, daß er mit irgendwelchen Fesseln am Bett festgebunden war.

Sie hatten ihn also erwischt. Seine Erinnerungen waren klar — ein Haufen Roboter hatte ihn niedergezwungen, Chirurg 1 hatte ihm eine Substanz in den Hals injiziert. Jeff nahm an, daß sie über eine der Nährstoffzuleitungen in sein Gehirn gelangt war. Jedenfalls hatte er geschlafen und fühlte sich auch jetzt noch benommen und träge.

Er war allein in dem stillen Raum, konnte jedoch jenseits der Wände leise Geräusche hören. Wahrscheinlich hielten seine Feinde eine Versammlung ab. Indem er sich konzentrierte, gelang es ihm, sein Hörvermögen so weit zu verstärken, daß er mehrere vertraute Stimmen wahrnehmen konnte.

»Bei dem Problemfall nach dem Ersten Gesetz, der mir zu schaffen machte, handelt es sich um folgendes«, sagte Chirurg 1. »Wir haben Grund zu der Annahme, daß die Verpflanzung von Jeffs Gehirn in einen Robotkörper ihn beeinträchtigt hat. Wenn dem so ist, verlangt das Erste Gesetz, daß wir die Transplantation rückgängig machen, sobald wir Derec untersucht haben, um das nötige Wissen zu erwerben, damit wir Jeffs Körper reparieren können.«

»Und worin besteht nun das Problem?« fragte Ariel.

»Das Problem ist Jeffs Widerstand«, sagte Chirurg 1. »Wir wissen nicht mit letzter Sicherheit, ob die Transplantation ihn beeinträchtigt hat. Ohne die zwingende Verpflichtung des Ersten Gesetzes können wir sein Gehirn nicht verpflanzen — oder ihn auch nur testen —, wenn er nicht einverstanden ist.«

»Und er zeigt offensichtlich keinerlei Neigung, sein Einverständnis zu geben«, bemerkte Derec. »Das ist nicht zu bezweifeln.«

Jeff murmelte vor sich hin. »Da hast du recht, du Schlaffkopf. Da hast du absolut recht. Ihr wollt mir schon wieder meinen Körper wegnehmen? Ihr wollt mich in einen Schwächling verwandeln wie ihr? Mich daran hindern, den Planeten zu übernehmen? Ha?«

»Wann ist er soweit, aufzuwachen?« fragte Forscher 1.

»Demnächst«, sagte Chirurg 1.

»Dann schlage ich vor, daß wir erstens mehr Vorsicht walten lassen, wenn wir über ihn sprechen, sonst hört er uns noch«, sagte Forscher 1, »und daß wir ihn zweitens befragen und uns vergewissern, daß er unsere Position begreift.«

»Gute Idee«, sagte Derec. »Alpha, du und Wolruf, ihr bleibt hier. In dem Raum ist zu wenig Platz für uns alle.«

Sobald die Tür aufging und einen grellweißen Lichtstrahl einließ, brüllte Jeff los. »Laßt mich hier raus! Ihr habt nicht das Recht, mich gefangenzuhalten — keiner von euch! Nun laßt mich aufstehen!«

Sie stellten sich Schulter an Schulter am Fußende seines Bettes auf und beobachteten ihn schweigend: Forscher 1 und Chirurg 1 links, Derec und Ariel rechts.

»Verdammt! Begreift ihr eure eigenen Gesetze nicht?« schnauzte Jeff die Roboter an.

»Doch«, sagten beide im Chor. Sie blickten besorgt zu Derec und Ariel hinüber.

»So simpel ist das nicht, Jeff«, sagte Derec. »Sieh mal, es besteht die Möglichkeit, daß ein medizinisches Problem . . .«

»Klar ist es simpel«, knurrte Jeff. »Ich will aufstehen und gehen. Das ist sehr simpel. Also, laßt mich aufstehen und gehen. Wieso seid ihr überhaupt hinter mir her? Ich hab' doch nichts falsch gemacht.«

»Du bist außer dir, Jeff«, sagte Ariel mitleidig. »Es ist noch gar nicht so lange her, da hast du was von Machtübernahme gebrüllt. Weißt du noch, wie du dich über Funk mit mir unterhalten hast? Du hast mir versichert, wir könnten hier große Macht erringen. Ich glaube aber nicht, daß das dein wahres Ich ist.«

»Ist es wohl«, sagte Jeff arrogant. »Sie haben das neue Ich geschaffen, und nun *bin* ich so. Ihr habt nicht das Recht, mich ein zweites Mal umzumodeln.«

»In dieser Phase ist es bloß erforderlich«, sagte Derec, »daß sie dich bestimmten Tests unterziehen. Sie wollen feststellen, ob dein Gehirn unter einer chemischen Mangelerscheinung leidet, die sie verursacht haben . . .«

»Die mich verrückt macht? Ist es das? Willst du damit sagen, ich hab' den Verstand verloren? Ich bin nicht blöde; das kann ich dir sagen. Ich weiß, ihr wollt mich loswerden. Es gefällt euch nicht, jemanden frei rumlaufen zu lassen, der so mächtig ist wie ich, stimmt's? Häh!« Jeff lachte triumphierend und laut. »Jeff«, sagte Ariel. »Sie müssen den Gesetzen entsprechend handeln, und sie können das nicht richtig, es sei denn, sie führen ihre Tests durch. So werden sie genau Bescheid wissen, wie es um dich steht.«

»Verflucht!« schrie Jeff wütend. »Wenn sie die Gesetze befolgen müssen, warum lassen sie mich dann nicht gehen, wenn ich es ihnen sage? Häh!«

»Ihre Verantwortung ist weitreichender«, sagte Derec. »Da sie dich in diesen Zustand versetzt haben, verlangen die Gesetze von ihnen, sicherzustellen, daß wirklich alles in Ordnung ist. Die Tests selbst werden dir weder weh tun noch dich verändern.«

»Ach ja? Und woher weiß ich das? Häh?« Jeff sah sie einen nach dem anderen an. »Diese Transplantation konnte mir doch angeblich auch nicht schaden, aber jetzt behauptet ihr, es könnte ihnen ein Fehler unterlaufen sein. Und wenn sie einen zweiten machen? Was dann?«

Derec warf einen Blick auf die Roboter, doch die sagten nichts.

»Lassen wir ihn eine Weile in Ruhe«, sagte Derec. »Kommt.«

Ehe sie gingen, schaltete Forscher 1 eine der Maschinen im Raum ein. Jeff begriff den Zweck. Das Rauschen würde seine Fähigkeit behindern, sie weiterhin zu belauschen.

Als Jeff wieder allein war und die Tür geschlossen, prüfte er seine Fesseln. Er konnte nicht sehen, worum es sich handelte, da er flach auf dem Rücken lag, aber sie waren stärker als er. Wenn er, ohne von den Robotern angetastet zu werden, hier herauswollte, würde er sich den Weg freidiskutieren müssen.

Irgendwie.

Im Testraum wandte sich Derec mit einem übertriebenen Achselzucken seinen Begleitern zu. »Also? Was nun?«

»Ich bedaure, unterbrechen zu müssen«, sagte Alpha, »aber ich muß Sie über eine grundlegende Veränderung meiner Identität unterrichten.«

»Was?« Derec wandte sich ihm zu. »Wovon redest du da?«

»Als Sie mich angewiesen haben, meinen Zellulararm einzusetzen, habe ich von ihm ein Signal empfangen, das meine Bezeichnung von Alpha in Mandelbrot geändert hat.«

»Mandelbrot?« fragte Ariel. »Wieso das denn?«

»Ich weiß es nicht.«

»Was soll das bedeuten?« fragte Derec. Er war verärgert über die Unterbrechung seines Gedankengangs in bezug auf Jeff, aber er konnte das Rätsel auch nicht ignorieren. »Für mich bedeutet es nichts als eine Namensänderung«, sagte Mandelbrot.

»Und sie ist von deinem Zellulararm ausgegangen, als ich dich angewiesen habe, ihn zu benutzen.« Derec dachte einen Augenblick nach. »Demnach war die in deinen Arm einprogrammiert, seit ich ihn gefunden habe. Indem du ihn flexibel gemacht hast, wurde das Signal ausgelöst . . .«

»Könnte es sich um eine Schutzmaßnahme irgendwelcher Art handeln?« erkundigte sich Ariel. »Vielleicht um eine Warnung. Dieser gesamte Planet scheint auf Angst und Sicherheitsbewußtsein programmiert zu sein. Der Arm stammt von einem Avery-Robot auf dem Asteroiden, nicht wahr?«

»Richtig«, sagte Derec. »Ich weiß nicht genau, was das Signal bedeutet. Vielleicht wurde es durch kombinierten Einsatz von Avery- und Standardteilen ausgelöst.« Er blickte Ariel an. »Vielleicht bedeutet es, daß wieder ein Signal ausgelöst wurde, das Avery zurückruft.«

»Falls er noch am Leben ist.«

»Ja.« Derec schüttelte den Kopf. »Eins nach dem anderen. Wenden wir uns wieder Jeff zu.«

»Diese Theorie entspricht einer weiteren wichtigen Veränderung in mir«, sagte Mandelbrot.

»Und worin besteht die?« fragte Derec ungeduldig.

»Mein Datenspeicher bezüglich der Position dieses Planeten wurde im Zuge der Namensänderung gelöscht.«

Derec und Ariel wandten sich ihm zu.

»Wie wichtig ist das?« wollte Derec wissen. »Du kannst doch wohl nach wie vor ein Schiff so programmieren, daß es von hier zu einer der größeren Raumverkehrsstraßen fliegt, oder?«

»Ausgehend von der beträchtlichen Länge dieser Raumverkehrsstraßen, nehme ich das an. Diese Speicherlöschung deutet jedoch darauf hin, daß das Signal aus meinem Arm definitiv mit der Sicherheit und Isolation dieses Planeten zu tun hatte.«

»Zugegeben«, sagte Derec, »aber sobald wir hier abhauen, wird mich das nicht kümmern. Wenden wir uns wieder Jeff zu.«

»Ich vermute, ihr Besuch ist nicht produktiv verlaufen«, sagte Mandelbrot. »Dürfte ich Ihnen behilflich sein?«

»Mir ist noch nicht eingefallen, wie«, sagte Derec. »Bisher ist das Problem, daß die Roboter ihn nicht ohne sein Einverständnis behandeln können, und Ariel und ich, die auf seine Zustimmung nicht angewiesen sind, kennen uns nicht genug aus, um ihn zu behandeln. Hat jemand irgendwelche Vorschläge?« Er sah sich nach allen Seiten um.

»Gibt es eine Möglichkeit, zu beweisen, daß Jeff eine Schraube locker hat?« fragte Ariel. Dann fuhr sie sich verlegen mit der Hand an den Mund. »Verzeihung. So wollte ich das nicht ausdrücken.«

Derec lächelte schief. »Wir stehen alle unter Druck.«

»Mir fällt nichts ein«, sagte Forscher 1. »Der unmißverständliche wissenschaftliche Beweis, den wir brauchen, um zu einer Entscheidung zu gelangen, ist nur durch direkte Analyse seines physischen Zustandes zu erlangen.«

»Verdammt, Derec!« Ariel wandte sich an Forscher 1. »Und wir? Könntet ihr uns beibringen, wie wir euch wenigstens ein bißchen helfen können? Wenn wir Flüssigkeitsproben für euch entnehmen und ihr sie danach analysieren würdet — wäre das akzeptabel?«

Forscher 1 zögerte gerade lange genug, um zu verraten, daß sich hinter seiner Antwort einige Zweifel verbargen. »Wie akzeptabel ein derartiges Arrangement letztendlich wäre, würde davon abhängen, wie geschickt Sie sich anstellen. Eine Probe synthetischen Blutes zu entnehmen, dürfte eigentlich nicht schwierig sein. Allerdings haben wir bei ihm kaum Spielraum für Fehler. Im Gegensatz zu natürlich gewachsenen biologischen Körpern hat Jeffs Robotkörper beinahe genau die Flüssigkeitsmenge, die er braucht. Zuviel zu entnehmen wäre tödlich.«

»Ihr könntet Zusatzmengen herstellen«, sagte Derec. »Ihm im Verlauf der Prozedur eine Transfusion verpassen.«

»Sie müßten auch die Transfusion selbst verabreichen«, sagte Chirurg 2. »Und Sie müßten darauf achten, daß Sie sein System weder überschwemmen noch austrocknen. Außerdem dürften Sie nicht riskieren, die neue mit der alten Flüssigkeit zu mischen, sonst wäre die Analyse wertlos. An diesem Punkt haben wir es mit komplexeren Verfahrensweisen zu tun, darunter das ununterbrochene Studium der Überwachungsgeräte und das Verstehen ihrer Anzeigen. Wir würden gegen das Erste Gesetz verstoßen, wenn wir zuließen, daß Jeff derartigen Risiken ausgesetzt wird.«

Derec nickte, wenn auch enttäuscht. »Dagegen kann ich nichts einwenden. Um die Wahrheit zu sagen, bin ich mir nicht mal sicher, ob ich bereit bin, in dieser Weise die Verantwortung für sein Leben auf mich zu nehmen.«

Ariel seufzte. »Dann brauchen wir eben das Einverständnis dieses Verrückten. Jemand eine Idee, wie wir da rankommen?«

Jeff war eigentlich nicht müde, aber er hatte die Augen geschlossen und sich ausgeruht, weil es sonst nichts für ihn zu tun gab. Er wurde von Feinden gefangengehalten, die sich vor seiner Macht fürchteten, aber er hatte die Hoffnung nicht aufgegeben. Er konnte sich leisten, gnädig zu sein, wenn es erst soweit war, daß er die Oberhand hatte. Als er die Tür aufgehen hörte, öffnete er die Augen, doch als er sich umsah, konnte er niemanden entdecken. Dann schloß sich die Tür wieder. Er versteifte sich, als er ein leises Tappen auf dem Boden vernahm.

»Wer ist da?« fragte er mißtrauisch.

»S'iss Wolruf«, sagte eine merkwürdige Stimme.

»Was?«

Die hundeähnliche Fremde kletterte behutsam auf das Fußende seines Bettes. Das einzige Mal, daß er sie gesehen hatte, war sie dem Hungertod nahe gewesen. Nun war ihr gefleckter brauner und goldener Pelz üppig und glänzend, ihre Augen wachsam und leuchtend. Sie war ungefähr so groß wie ein großer Hund, beispielsweise ein kleiner Bernhardiner, aber ihr Gesicht war flach, ohne vortretende Schnauze, und ihre Ohren standen aufrecht und waren spitz. Statt Pfoten hatte sie ungeschickt wirkende grauhäutige Finger an Auswüchsen, die er für Hände hielt.

»Die Menschen nenn' mich Wolruf. Eigentlich iss' er . . .« Sie gab ein unwiederholbares Geräusch von sich und fletschte die Zähne, vermutlich zu einem schelmischen Lächeln.

»Wolruf?«

»Ich wollt' mich bedanken, dass'u mir Futter bessorgt hasst«, sagte Wolruf. »Alpha hat mir erzählt, du hasst mir dass Leben gerettet.«

»Ach ja? Und was willst du jetzt?«

»Will nichtss«, sagte Wolruf. »Nur bedanken.«

Jeff beobachtete sie einen Augenblick. »Geht's dir jetzt wieder gut? Sorgt dieser — dieser Alpha — auch gut für dich?«

»Alless prima.«

»Er kannte sich bloß nicht mit dieser Stadt aus, wie?«

»Nein. Iss' fremd hier, sselbst in dieser Robotersstadt.«

»Warte mal. Jetzt fällt's mir ein. Ich verstehe. Diese anderen Roboter mußten dir nicht helfen, weil du kein Mensch bist.«

»Sstimmt.«

Jeff lachte mit seiner immer noch ungewohnten Roboterstimme. »Ja, ja, Jeffrey. Diese Stadt gehört dir. Nur du kannst die Bedürfnisse der Leute hier erkennen. Du kannst tun, was hier kein anderer kann.« Er begegnete Wolrufs Blick. »Stimmt's? Du müßtest das eigentlich am besten wissen.«

Sie blinzelte ihn sanftmütig an.

»Häh? Stimmt's?« hakte er nach.

»Sstimmt«, sagte sie. »Aber ich mach' mir Ssorgen.«

»So?« sagte Jeff leichthin. »Kann ich dir noch mal behilflich sein?«

»Ssorgen um meinen Freund.«

Jeff zögerte. »Ja? Um wen?«

»Dich«, sagte Wolruf und nickte ihm zu.

Er hob zum Widerspruch an, aber Wolrufs ruhige Ernsthaftigkeit hielt ihn davon ab.

»Du biss' mein ersster Freund hier«, sagte Wolruf. »Hasst mir'ss Leben gerettet. Will nicht, daß dir wass zustößt.«

»Das sagen sie alle«, verkündete Jeff, aber es schien ihm das wütende Mißtrauen abzugehen, das er zuvor empfunden hatte.

»Du hasst mir'ss Leben gerettet«, wiederholte Wolruf.

»Kann sein. Willst du sagen, du möchtest dich revanchieren?«

Ihre hundeähnlichen Schultern hoben sich zu einem pelzigen Achselzucken. »Will mich nicht aufdrängen.«

»Du bist die erste, die sich mir anschließt«, sagte Jeff nachdenklich. »Die Roboter müssen mir ohnehin gehorchen. Aber Derec und Ariel sind . . . noch nicht soweit, könnte man sagen. Und worum machst du dir Sorgen?«

»Du könntest krank ssein.«

Jeff erstarrte. »Krank? Wie kann ich ohne einen normalen Körper krank sein?«

»Dein Gehirn könnte krank ssein.« Sie nickte. »Kann. Muß aber nicht.«

»Die haben dich hergeschickt, stimmt's? Damit du mich umstimmst?«

»Nein. Ssind zu besschäftigt, um an Wolruf zu denken. Ham mich vergessen. Ich bin einfach gegangen, während ssie im Gesspräch waren. Bin gekommen, dich zu ssehen.«

»Wirklich?« Jeff war überrascht.

»Nur um mich zu sehen?«

»Du warsst allein in Robot City. Der einzige deiner Art. Damit kenn' ich mich auss. Du könntesst krank sein, ohne ess zu wissen. Vielleicht komm' ich dahinter.«

Jeff blickte zur Decke hoch. Er hatte sich tatsächlich einsam gefühlt, nun, da sie es erwähnte. Vielleicht war er wirklich krank.

»Ich trau' denen nicht«, sagte er zu Wolruf. »Ich kann diese Stadt erobern — diesen ganzen Planeten. Die wollen mich daran hindern.« Doch sein Feuer war erloschen; er merkte es selbst. Er war erschöpft, emotionell erschöpft.

»Roboter könn' dir nicht abssichtlich weh tun«, erinnerte sie ihn. »Machen mal 'nen Fehler, aber können Mensschen nicht abssichtlich weh tun.«

»Derec und Ariel . . .«

»Roboter könn' nicht zulassen, daß ssie dir weh tun. Tesst kann aussagen, ob du krank biss' oder nicht.«

Jeff schloß die Augen und seufzte.

Derec hatte nicht gesehen, wie Wolruf die Versammlung im Testraum verließ, aber sie fiel ihm auf, als sie wiederkam. Die kleine Fremde hatte ihr bemerkenswertes zähnefletschendes Lächeln aufgesetzt, als sie zu ihm aufblickte.

»Was ist, Wolruf?« fragte er.

»Jeff hat sseine Meinung geändert. Wird jetzt den Tesst zulassen.«

Jedermann drehte sich um und sah sie an.

»Bist du sicher?« fragte Forscher 1.

»Ich hab' dich schon einmal unterschätzt«, sagte Derec. »Erinner mich, daß ich es nicht noch einmal tue.«

»Wolruf? Wie hast du das nur geschafft?« fragte Ariel verblüfft.

»Hab' bloß mit ihm gessprochen«, sagte Wolruf. »Sschlage vor, ihr ssprecht nicht mit ihm, ssonst bessinnt er sich noch anderss.«

»Da könntest du recht haben«, sagte Derec. »Forscher 1, geh du mit Chirurg 1 an deine Tests. Ich schlage vor, daß ihr außerdem so wenig wie möglich mit ihm sprecht. Er ist vermutlich immer noch ziemlich unberechenbar.«

»Ich werde die Prozeduren bei Jeff einleiten«, sagte Forscher 1. »Dürfte ich darum bitten, daß Sie Chirurg 1 gestatten, die bereits besprochene Überprüfung Ihres Körpers vorzunehmen? Die Geräte stehen bereit, und der Zentralcomputer wird von der Information profitieren, ganz unabhängig von Jeffs Zustand und seinen Wünschen.«

»Klar.« Derec wandte sich an Ariel und Mandelbrot. »Sobald ich fertig bin . . .«

»Ist gut. Wir warten auf dich«, sagte sie mit einem Grinsen. »Wolruf auch.«

Derec folgte Chirurg 1 in einen beengten Raum und legte sich auf Bitten des Robots nackt auf eine kalte Plattform. Der Robot schloß zahlreiche Sensoren an, die allesamt mit den behelfsmäßigsten Gerätschaften verbunden waren, die Derec auf diesem Planeten zu sehen bekommen hatte. Zum ersten Mal hatte die Notwendigkeit, sich zu beeilen, die minimalistischen Konstruktionsprinzipien über den Haufen geworfen; die Roboter hatten etwas zusammengebastelt, das funktionierte, und nicht auf Bequemlichkeit und äußere Erscheinung geachtet.

Während Chirurg 1 Vibrationen durch diverse Körperteile laufen ließ und ihn mit unsichtbaren Strahlen beschoß, tröstete Derec sich damit, daß sie, sobald der Notfall in bezug auf Jeff vorbei war, entweder diese Geräte verbessern oder sie wegwerfen würden. Bestimmt würden sie eine derartige Anomalie auf die Dauer nicht dulden. Dennoch empfand er eine gewisse Befriedigung angesichts der Tatsache, daß sie nicht immer perfekt waren.

Als die Ablesungen beendet waren, zog Derec sich an, während Chirurg 1 sich die Monitore ansah.

»Das genügt«, sagte Chirurg 1. »Wir sind in der Lage, Jeffs Körper wiederherzustellen, vorausgesetzt, er erholt sich im Anschluß an den Eingriff normal. Forscher 1 hat mich über Komverbindung angerufen und läßt bitten, daß wir wieder im Testraum erscheinen.«

Forscher 1 wartete bereits, als sie dort ankamen.

»Nun?« sagte Derec. »Wie geht es ihm?«

»Ariels Theorie scheint zu stimmen. Der Spiegel mehrerer Hormone und Stoffwechselsubstanzen, die bei Menschen Stimmungs- und Verhaltensstörungen auslösen, war höher als beabsichtigt. Wegen der begrenzten Blutmenge schrauben schon kleine Mengen die Prozentsätze hoch.«

»Ich wußte gleich, daß er in Wahrheit gar nicht so 'n übler Kerl ist«, sagte Ariel.

»Ich auch«, sagte Wolruf.

»Aber was werdet ihr unternehmen?« fragte Derec. »Habt ihr darüber schon mit ihm gesprochen?«

»Nein. Chirurg 1 und ich müssen die Einzelheiten festlegen. Wenn Chirurg 1 mir zustimmt, ist Jeff nicht für sein Verhalten verantwortlich. In dem Falle könnten wir davon ausgehen, daß unser Urteil über seinen Zustand gemäß dem Ersten Gesetz Vorrang gegenüber seinen Befehlen an uns gemäß dem Zweiten Gesetz hat.«

»Puuh«, sagte Ariel. »Ein großer Schritt voran.«

»Ich denke«, sagte Derec, »es wird Zeit, daß wir uns um eine persönliche Angelegenheit kümmern. Forscher 1, braucht ihr im Augenblick menschliche Hilfe? Wenn nicht, hätten wir etwas Wichtiges zu erledigen.«

»Wir brauchen Ihre Hilfe gegenwärtig nicht«, sagte Forscher 1. »Ich bitte Sie, später noch einmal wiederzukommen.«

»Kein Problem.« Derec wandte sich mit einem breiten Grinsen an Mandelbrot. »In Ordnung, Freund. Nun zeig uns dein wartendes Raumfahrzeug. Ich muß seinen Zustand und seine Einrichtung überprüfen und so. Wo ist es?«

»Es befindet sich in einem ländlichen Gebiet direkt außerhalb des Stadtrandes. Einer der Tunnel wird uns bis dicht an die Stelle bringen.«

»Gehen wir — du, Wolruf, Ariel und ich.«

Die Fahrt zum Stadtrand verlief ereignislos, bis auf die glühende Erregung, die Derec und Ariel empfanden. Sobald sie die Grenze der Bauarbeiten erreicht hatten, begannen sie zu marschieren. Glücklicherweise hatte Mandelbrot eine weite offene Fläche für seine Landung gewählt, die lediglich über niedrigen, breitblättrigen blauen Bewuchs verfügte.

»Ich sehe es!« schrie Ariel und zeigte auf eine blausilberne Nadel, die im Sonnenlicht glitzerte. Sie befand sich direkt hinter einer sanften Erhebung des Geländes.

Derec blickte begierig auf, doch dann spürte er, wie die Enttäuschung ihn niederdrückte, obwohl das Schiff noch größtenteils außer Sicht war. Er sagte jedoch nichts, ehe sie am höchsten Punkt der Erhebung angelangt waren und auf das schlanke, intakte Fahrzeug herabblickten. Auch Ariel hielt überrascht inne.

»Das ist eine Rettungskapsel«, sagte Derec mit tonloser Stimme. Das Schiff war so klein, daß selbst der sanft gewellte Boden es beinahe völlig verborgen hatte.

»Richtig«, sagte Mandelbrot. »Eine umgebaute Rettungskapsel. Ich habe sie verändert.«

»Alpha«, sagte Derec, dann schüttelte er den Kopf. »Mandelbrot, meine ich.«

»Ich spüre Enttäuschung«, sagte Mandelbrot. »Wo liegt die Ursache?«

»Wie du auch heißen magst«, jammerte Ariel, »jedenfalls wollten wir hier weg. Aber dieses kleine Schiff hat nur Platz für einen.«

»Ich bin auch mitgeflogen«, sagte Wolruf.

»Mandelbrot, warum hast du uns bloß nicht gesagt, daß es nur einen ausgewachsenen Menschen aufnehmen kann?« fragte Derec. »Ich hab' dich doch gefragt, wo es ist, in welchem Zustand und so weiter.«

»Damals war der einzige Gesprächsstoff das Wohlergehen von Jeff Leong. Ich nahm an, Sie wollten, daß er es benutzt. Zu diesem Zweck reicht es aus.«

»Ja.« Derec seufzte. »So ist es.« Er legte beiläufig den Arm um

Ariels Schultern. »Ich denke jedoch, es ist wichtiger, daß Ariel den Planeten verläßt. Sie — hat was zu erledigen.«

Sie nahm seine Hand und drückte sie, vermutlich zum Dank, daß er ihre Krankheit nicht erwähnt hatte.

»Wie hast du es umgebaut?« fragte Derec.

»Es ist mir gelungen, den Antrieb wesentlich zu verbessern. Außerdem ist es mir gelungen, für Wolruf Platz zu schaffen. Ich selbst habe den Platz eingenommen, der prinzipiell für Menschen gedacht ist, aber ich habe nicht dieselben Versorgungsbedürfnisse. Also stand der Stauraum für Wolrufs Proviant zur Verfügung.«

Derec nickte und starrte schweigend das kleine Schiff an.

Niemand sagte etwas. Sie schienen seine Erkenntnis zu verstehen und was das für ihn bedeutete. Als er sich schließlich abwandte, folgten sie ihm wortlos zurück zur Tunnelstation.

Als sie im Institut ankamen, verließen Forscher 1 und Chirurg 1 soeben den Operationssaal.

»Seid ihr schon fertig?« fragte Ariel verblüfft. »Wie geht es ihm?«

»Die Prozeduren waren offenbar erfolgreich«, sagte Chirurg 1. »Im Gegensatz zur Verpflanzung in den Robotkörper, die eine Erholungsphase unnötig machte, wird sein menschlicher Körper eine ausgedehnte Genesungszeit brauchen, während derer wir gut auf ihn aufpassen müssen.«

»Die wichtigste Unbekannte ist im Augenblick sein Erholungsvermögen, und damit haben wir wenig Erfahrung«, sagte Forscher 1. »Wir haben jedoch . . .«

»Ihr denkt, er wird durchkommen«, interpretierte Derec. »Richtig?«

»Korrekt«, sagte Forscher 1.

»Und was ist mit seiner, nun ja, seiner Einstellung?« erkundigte sich Ariel. »Wird sein Gemütszustand wieder normal?«

»Wir müssen bezüglich dieser Frage auf Daten warten. Zunächst wird er viele Stunden lang schlafen«, sagte Chirurg 1. »Außerdem werden wir ihm ein leichtes Beruhigungsmittel verabreichen, sobald er erwacht, um ihn vor einem weiteren Schock zu bewahren, wenn er feststellt, daß er wieder ganz und gar Mensch ist.«

»Wenn sein Körper sich wirklich erholt«, sagte Forscher 1, »dürften sich seine Serumpegel allmählich wieder normalisieren. Ich nehme an, der Effekt wird nicht augenblicklich eintreten, aber in dieser Hinsicht sind unsere Informationen mangelhaft.«

Ariel nickte.

»Dann gehen wir jetzt«, sagte Derec. »Ich werde mit dem Zentralcomputer Verbindung aufnehmen und mich um den Ausbau eines bestimmten kleinen Raumfahrzeugs kümmern. Außerdem darum, wie viele weitere Modifikationen es überstehen kann. Haltet uns mittels meiner Konsole über Jeff auf dem laufenden, ja?«

Kapitel 18
Abflug

Es gelang Derec, eine Arbeitsmannschaft aus Funktionsrobotern zusammenzustellen, die unter Mandelbrots Anleitung das Raumfahrzeug warten sollte. Der Computer enthob sie ihrer normalen Pflichten, als ihm gesagt wurde, daß es Ariels Wohlergehen förderlich wäre, wenn sie den Planeten verließ. Das war kein ganz klares Gebot des Ersten Gesetzes, aber in Abwesenheit wichtiger Einwände genügte es.

Derec war enttäuscht, als er erfuhr, daß das Schiff die nötigen Umbauten, um einen zweiten menschlichen Passagier aufzunehmen, nicht aushalten würde, aber er war nicht überrascht. Das Schiff als Ganzes war einfach zu klein. Er und Ariel sahen zu, wie die Roboter in der Nähe von Mandelbrots Landeplatz einen Hangar errichteten, in welchem kleinere Reparaturen durchgeführt werden konnten. Er verfolgte die Fortschritte der Roboter mit quasi akademischem Interesse.

Ariel schien nicht über das Schiff sprechen zu wollen oder wohin sie darin reisen würde. Ihm war klar, daß Aurora nicht in Frage kam, und keiner von ihnen wußte, wo es vernünftig gewesen wäre, nach einem Heilmittel zu suchen. Jedenfalls war sie nicht bereit, darüber zu diskutieren.

Ihre Stimmung hob sich erst, als Forscher 1 sich über die Computerkonsole meldete. Er teilte Derec mit, daß Jeff wach sei, gesprächsbereit und zum ersten Mal, seit sein Körper wiederhergestellt sei, nicht unter Drogen. Sie bestand darauf, daß sie und Derec ihn augenblicklich besuchen müßten.

Sie fanden Jeff auf einem Luftkissen liegend vor, mit einem weichen losen Gewand bekleidet, das ihn sanft umflatterte. Forscher 1 hatte ihnen erzählt, daß Jeff sich der zahlreichen Narben schämte, die er derzeit hatte, obwohl sie durch spätere Eingriffe größtenteils beseitigt werden konnten. Derec betrachtete Jeffs schlanken Körper und sein asiatisches Gesicht und fand, daß er nicht wie ein Achtzehnjähriger wirkte, sondern eher, als sei er in seinem Alter.

Jeffs dunkle Augen huschten mißtrauisch zwischen ihnen hin und her. Er sagte nichts.

»Wie fühlst du dich?« fragte Ariel.

Jeff sah sie einen Augenblick wortlos an. »Menschlich«, sagte er dann ruhig. »Nehme ich an.«

»Geht's dir besser?« fragte Derec.

Jeff zuckte verlegen die Achseln.

»Bist du wütend?« erkundigte sich Ariel.

»Worüber?« sagte Jeff vorsichtig.

Derec blickte befangen zu Ariel hinüber. Er hatte nicht so oft mit Jeff gesprochen wie sie und wußte nicht, wie er mit ihm umgehen sollte.

»Daß du kein Robot mehr bist«, sagte sie.

Jeff schüttelte kaum wahrnehmbar den Kopf. »Ich, äh . . . hab' das Gefühl, als hätt' ich mich in einem Nebel bewegt, oder so ähnlich. Als hätte ich geträumt. Beinahe so, als wär's nicht real gewesen. Erinnern kann ich mich schon daran . . .« Er sah aufmerksam zu ihnen auf, beobachtete ihre Reaktionen.

Derec blickte wieder auf Ariel.

»Ihr meint, ich lüge?« Jeffs Stimme hatte etwas von der vertrauten Streitbarkeit. »Ihr meint wohl, ich versuche bloß, mich der Verantwortung zu entziehen. Wieso macht ihr nicht, daß ihr hier rauskommt?«

»Komm«, sagte Ariel gelassen und zupfte Derec am Ärmel. »Lassen wir ihn in Ruhe.«

Ariel führte Derec in den ehemaligen Testraum. Die ursprüngliche Einrichtung stand wieder an ihrem Platz, aber er eignete sich nach wie vor für Besprechungen, vor allem, da Jeff kein robotisches Gehör mehr hatte.

»Wir müssen ihn losschicken, nicht mich«, sagte Ariel geradeheraus.

»Was?« Derec richtete sich überrascht auf.

»Er ist es, der hier weg muß.«

»Er kann warten, genau wie ich. Ariel, du bist es, die geheilt werden muß. Wenn Jeff davon wüßte, wäre er bestimmt auch dagegen.«

»Derec, hast du gesehen, wie er uns angeschaut hat? Er ist noch nicht — über den Berg. Er glaubt immer noch, wir wären hinter ihm her.«

»Wenn du abfliegst, werden er und ich uns näher kennenlernen. Am Ende werden wir Freunde, wie du und ich. Es bleibt uns praktisch nichts anderes übrig, weil wir die einzigen Menschen auf dem Planeten sind.«

»Nein, Derec. Wir müssen ihm beweisen, daß wir ihm nichts nachtragen — daß es Leute gibt, die anderen helfen, weil sie es nötig haben, nicht weil sie einen Vorteil für sich herausschlagen wollen.«

»Dann laß ihn das beweisen, indem er dir hilft! Dein Entkommen ist wichtiger als seines. Das sollte die Grundlage jeglicher Entscheidung sein.«

»Möglicherweise sollte ich nicht abreisen, wenigstens jetzt noch nicht.«

»Was? Was meinst du damit, du solltest nicht abreisen?«

»Derec, ich weiß doch gar nicht, wo ich nach einem Heilmittel suchen soll. Ich könnte lediglich losfliegen und dann herumirren, aber das ist keine verläßliche Methode. Wenn ich hierbleibe, könnte Forscher 1 vielleicht bei mir eine Probe entnehmen und an einem Heilmittel arbeiten. Kann sein, daß das lange dauert, aber es würde eine Chance bedeuten.«

Er zögerte und betrachtete die unbekannten Instrumente im Raum. »Das Niveau ihrer medizinischen Kenntnisse ist ziemlich ungleichmäßig . . . aber ich denke, das Erste Gesetz würde von ihm verlangen, daß er den Versuch unternimmt.«

»Und sobald das erledigt wäre, könnte ich die nächste Gelegenheit wahrnehmen, von hier fortzukommen.«

»Du könntest Forscher 1 auch einfach eine Zellkultur dalassen und trotzdem abfliegen.«

»Jeff in diesem Zustand zurückzulassen, erscheint mir einfach nicht fair.« Sie schüttelte den Kopf. »Außerdem würde es zu seiner Überzeugung beitragen, daß wir nur auf unseren Vorteil bedacht sind.«

»Ist das der einzige Grund?«

»Also, nein.« Sie wandte verlegen lächelnd den Kopf ab. »Wieso gibst du dir überhaupt solche Mühe, mich loszuwerden?«

Derec verschränkte seine Arme und zuckte die Achseln. »Erinnerst du dich an die Zeit kurz nach unserer Ankunft? Ich hab' damals zu dir gesagt, ich würde dableiben und den Robotern helfen, wie sie das wollten, daß wir sie aber auffordern könnten, dich fortzulassen.«

»Und ich hab' zu dir gesagt, daß ich bei dir bleiben will.« Sie nickte.

»Nun, ich war immer froh, daß du beschlossen hast, zu bleiben, aber . . . ich halte es für besser, wenn du abreist, das ist alles.« Er zuckte wieder die Achseln und spürte, wie ihm das Gesicht heiß wurde.

»Du willst, daß ich bei dir bleibe, nicht wahr?« Sie mußte sich ein wenig herabbeugen, um seinem gesenkten Blick zu begegnen, und sie schenkte ihm ein schelmisches, wissendes Lächeln. »Stimmt's?«

»Nun ja . . .« Er konnte nicht verhindern, daß er ebenfalls lächelte, aber es überraschte ihn, daß sie den Arm um ihn legte und ihn ausgiebig drückte. »Jedenfalls, solange ich hier festsitze . . .« Er hatte sich gerade so weit gefangen, daß er ihre Umarmung erwidern konnte, da tätschelte sie ihn und entzog sich.

Sie lachte. »Komm. Gehen wir und sagen es ihm.«

Jeff hielt das hochglanzpolierte metallene Rechteck in einer Hand und stellte es schräg, so daß er sich darin sehen konnte. Forscher 1 hatte es auf seine Bitte um einen Spiegel hin besorgt; die Roboter hatten bisher keine persönlichen Spiegel gekannt und auch kein Verlangen danach gehabt. Er fuhr sich mit der Hand übers Kinn, dann drückte er leicht gegen seine Wangen, so daß der Mund sich zuspitzte. Dann lächelte er dem Gesicht zu und ließ die Augenbrauen spielen.

»Du bist wieder du«, raunte er. »Ich bin wieder ich.« Doch der Impuls, mit sich selbst zu sprechen, legte sich, also hörte er auf.

Doch er konnte nicht aufhören, in seinen Spiegel zu sehen. Das war er, wie er zu sein hatte. Er war zurückgekehrt. Jeff Leong, der Achtzehnjährige, war am Leben und erholte sich, auch wenn er noch nicht vollständig genesen war.

Auf ein Klopfen hin ließ er den Spiegel sinken. »Ja?« sagte er gelassen.

Die Tür ging gerade so weit auf, daß Ariel den Kopf hereinstecken konnte. »Wir haben dir was mitzuteilen.«

Jeff versteifte sich. »So?«

Sie und Derec betraten den Raum. »Wir wollten dir nur erzählen, daß wir, sobald es dir besser geht, ein Raumfahrzeug für dich haben, das dich vom Planeten fortbringen kann. Je nachdem, wie schnell du dich erholst, könntest du noch rechtzeitig zu Semesteranfang auf der Hochschule sein.«

Er studierte einen Moment lang ihre Gesichter. »Was kostet mich das?«

Ariel sah ihn verständnislos an.

»Es kostet nichts«, sagte Derec.

»Ihr wollt mir ein Raumfahrzeug geben, Vorräte und Treibstoff, ohne daß es was kostet? Was muß ich dafür tun?«

»Nichts!« sagte Derec wütend. »Hör mal, wieso . . .«

Sie unterbrach ihn, indem sie die Hand auf seinen Arm legte. »Jeff, du kannst es als Leihgabe betrachten, wenn du willst. Übrigens, wenn du irgendwann jemanden herschicken würdest, der uns abholt —, wir haben kein Geld und ich weiß, daß du auch keins hast — aber wenn sich je die Gelegenheit ergibt, es zu tun, wäre das Bezahlung genug.«

»Ich bin kein Navigator«, sagte Jeff. »Ich glaube nicht, daß ich jemanden herschicken oder auch nur selbst zurückfinden könnte. Das muß ich euch leider sagen.« Er beobachtete sie genau und rechnete damit, daß sie ihre Meinung ändern würden.

»Schon gut«, sagte Ariel. »Wir wissen, daß Mandelbrot seine Daten verloren hat, als aus ihm Mandelbrot wurde, also kann er auch nicht helfen.«

Jeff wandte sich zu Derec.

»Sobald du genesen bist, gehört es dir.« Derec nickte.

Jeff sah die beiden sprachlos an, unsicher, ob er ihnen glauben sollte oder nicht. Seit er auf diesem Planeten aufgewacht war, hatte er nichts von dem, was er gesehen, gehört oder erlebt hatte, glauben können. Nun ging es ihm genauso.

»Hast du mitbekommen, was wir gesagt haben?« fragte Ariel.

»Ja.« Seine Stimme war leise und mißtrauisch.

Sie sahen einander unsicher an. Er beobachtete sie, ohne zu wissen, was er erwarten sollte. Dann entfernten sie sich wortlos.

Jeffs körperliche Genesung machte gute Fortschritte, und Derec hatte den Verdacht, daß das Erste Gesetz sein robotisches Medizinerteam vorsichtiger und konservativer in ihren Beurteilungen machte, als es bei menschlichen Ärzten der Fall gewesen wäre. Immerhin mußten, nachdem feststand, daß sein Gehirn erfolgreich zurückverpflanzt worden war, auch seine Verletzungen ausheilen. Er verhielt sich weiterhin wortkarg und mißtrauisch, aber er war nicht mehr egoistisch und ausfallend. Ariel fiel auf, daß er dieses Benehmen mit seinem Robotkörper abgelegt hatte.

Derec schlug Ariel eine Abschiedsversammlung zu Jeffs Abflug vor. Sobald er sich genügend erholt hatte, um reisefähig zu sein, stellte Mandelbrot den Computer des kleinen Schiffs ein und brachte Jeff bei, wie im Notfall die manuellen Instrumente zu bedienen waren. Im Grunde sollte der Computer nur die nächstgelegene Raumverkehrsstraße ausfindig machen und dort warten, während er ein Dauernotsignal abstrahlte. Niemand, nicht einmal die Roboter, stellten in Frage, daß er dort abgeholt werden würde, ehe seine Notvorräte zur Neige gingen.

Jeff blieb selbst dann noch still und vorsichtig, als sein Abflug bevorstand, aber Forscher 1 war sicher, daß die körperlichen Effekte seines Erlebnisses nachgelassen hatten.

»Er ist jetzt schon seit einiger Zeit in seinen Körper integriert«, sagte Forscher 1. »Die vorliegenden Serumspiegel sind die seinen.«

Als sie beim Hangar standen und darauf warteten, daß Jeff das Schiff bestieg, fügte Ariel hinzu: »Sobald er wieder in normaler menschlicher Gesellschaft ist, wird er sich bestimmt fangen.«

»Besonders dankbar hat er sich nicht gezeigt«, sagte Derec. »Wir sind ja nicht gezwungen, ihn loszuschicken. Wir beide wollen schließlich auch hier weg.«

»Psst«, sagte Ariel.

Jeff kam auf sie zu. Hin und wieder waren seine Bewegungen noch langsam und zögernd, aber er war jetzt wieder vollständig mobil. »Ich wollte euch nur sagen, daß ich, falls es mir gelingt, die Position dieses Planeten festzustellen, ein paar Rettungsleute benachrichtigen werde.«

»Ich vertraue dir«, sagte Ariel. »Gute Reise.«

»Und danke für die, äh, Gelegenheit, hier abzuhauen.« Er wandte scheu den Blick ab.

»Schon gut«, sagte Derec. »Paß auf dich auf.«

Jeff blickte mit einem angedeuteten Grinsen zu Forscher 1 und Chirurg 1 auf. »Also, es war jedenfalls interessant, euch kennenzulernen. Danke, daß ihr mich wieder zusammengeflickt habt.«

»Gern geschehen«, sagten sie im Chor.

Er sah von einem zum anderen, dann wandte er sich an Wolruf. »Alles klar, Kleine?«

»Alless klar«, sagte Wolruf mit einem pelzigen Nicken, das ihre spitzen Ohren erzittern ließ. »Ssei vorssichtig auf deinem Flug.«

»Also . . . lebt wohl.« Jeff nickte linkisch und gesellte sich zu Mandelbrot am Schiff. Der Robot würde sicherstellen, daß er angemessen auf den Abflug vorbereitet war.

Augenblicke später saß er im Schiff, und es donnerte davon, stieg rasch in den Himmel auf, bis es nur noch ein Lichtpunkt war, der die Sonne reflektierte.

Derec sah ihm nach, blickte zwinkernd zum Himmel empor, bis ihm davon der Nacken weh tat. »Unser größter Wunsch«, sagte er. »Und wir haben verzichtet.«

Ariel nahm seinen Arm in beide Hände und lehnte sich gegen ihn. »Wir haben das Richtige getan, Derec. Außerdem sind wir damit keineswegs am Ende.«

Er blickte auf sie herab und grinste. »Wir doch nicht — auf keinen Fall.«

Gemeinsam machten sie kehrt und führten die kleine Versammlung zurück in Richtung Robot City.

42117
19

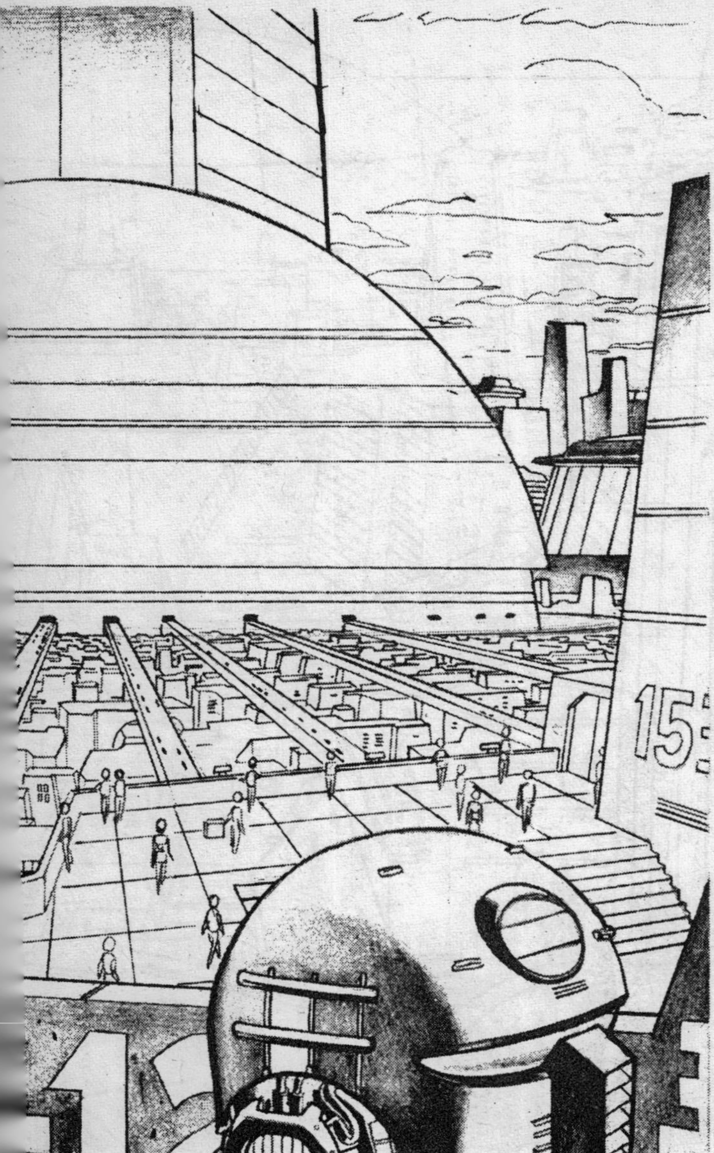

Das Schlüsselzentrum: Das Schlüsselzentrum ist eine mächtige bronzefarbene Kuppel aus Dianit. Sie beherbergt Einrichtungen zur Analyse, Konstruktion, Initialisierung und Aufbewahrung von Duplikaten des Schlüssels zum Perihel. Es handelt sich um ein ganz und gar neuartiges Gebäude, das errichtet wurde, nachdem das unkontrollierte Wachstum von Robot City aufgehört hatte und der ursprüngliche Schlüssel von den Robotern aus seinem Versteck am Kompaßturm entfernt worden war.

Die letzte Phase, die Initialisierung der Schlüssel, findet im Obergeschoß statt. Bei dieser Endphase der Konstruktion geht es darum, die fünfte Dimension des jeweiligen Schlüssels zu entwickeln.

Da der Schlüssel seine Fünfdimensionalität während der Konstruktion erhält, ergibt sich allerdings innerhalb der Bauanlage ein Zugang zum Hyperraum. Das führt zum Einsaugen von Luft, so daß in Robot City ein extrem starker Vakuumeffekt entsteht. Dieser Nebeneffekt wird mit Hilfe der Vakuumröhren zum Transport kleinerer Frachten nutzbar gemacht, wodurch die Verschwendung einer so mächtigen Energiequelle vermieden wird.

Die Vakuumröhren zum Transport kleinerer Frachten: Das Vakuumsystem beruht auf der Technologie des 20. Jahrhunderts; die Ingenieure von Robot City haben lediglich seine Leistungsfähigkeit enorm erhöht. Unterhalb des Schlüsselzentrums wird in eine unterirdische Nabe Luft eingeführt, und zwar mit Hilfe des kräftigen Soges, der bei der Initialisierung der Schlüssel im Obergeschoß des Schlüsselzentrums anfällt. Ein komplexes System auf- und absteigender Röhren zieht sich von dort aus in sorgsam bemessenen Windungen durch ganz Robot City, manchmal über dem Erdboden, manchmal darunter.

Das Vakuum zieht die transparenten Frachtbehälter mit großer

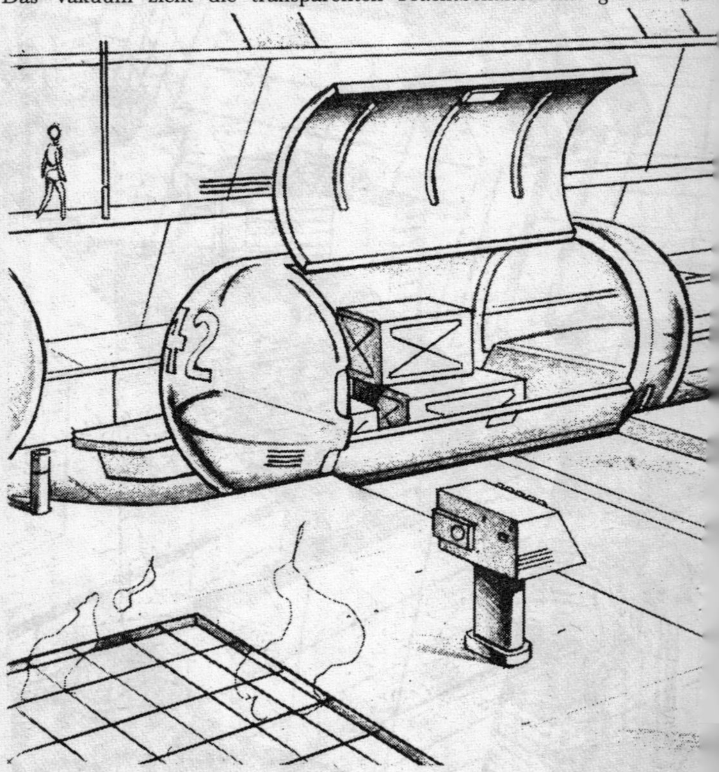

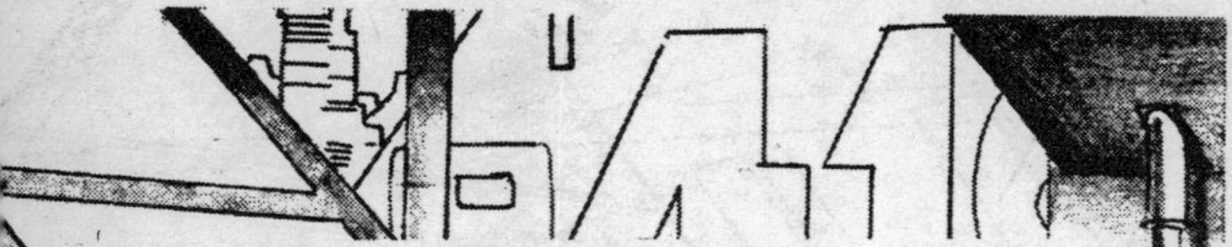

Geschwindigkeit durch die durchsichtigen Schächte. Im Innern sind diese Behälter drei Meter lang und zwei Meter breit, und sie sind genügend gepolstert und belüftet, um den gefahrlosen Transport von Menschen zu ermöglichen.

An jeder Haltestelle gestatten Seitenstränge die computergesteuerte Umleitung einzelner Behälter aus dem Hauptstrom, von wo aus sie mit eigener Kraft in die Ladezone einfahren. Nach dem Be- oder Entladen trägt eine kleine Rollenschiene den jeweiligen Behälter durch eine Schleuse zurück in die eigentlich Vakuumröhre.

Das Tunneltransportsystem: Das Tunneltransportsystem ist ausschließlich zum Gebrauch durch Menschen und humanoide Roboter gedacht. Wie das Frachtsystem mittels Vakuumröhren wurde es errichtet, nachdem das unkontrollierte Wachstum von Robot City aufgehört hatte.

Einzelne Plattformkabinen sind mit Armaturen ausgestattet, die über robotische Komverbindung oder über stimmliche Anweisung Informationen über das Fahrtziel des Benutzers aufnehmen können. Funktionsroboter, die kein positronisches Gehirn haben, können die Plattformen nicht benutzen. Die Kabinen sind in Form einer Windschutzscheibe um die Plattformen herumgebaut, so daß die Plattformen Geschwindigkeiten erreichen können, die sonst ihre Benutzer weggeblasen hätten.

Die Plattformen fahren auf parallel verlaufenden Mehrfachschienen, die sich gelegentlich verzweigen oder ineinander einmünden. Sämtliche Fahrtziele werden in den Tunnelcomputer eingespeist, der daraufhin die Route und Geschwindigkeit der jeweiligen Plattform festlegt, um die Wirksamkeit des gesamten Systems zu maximieren.

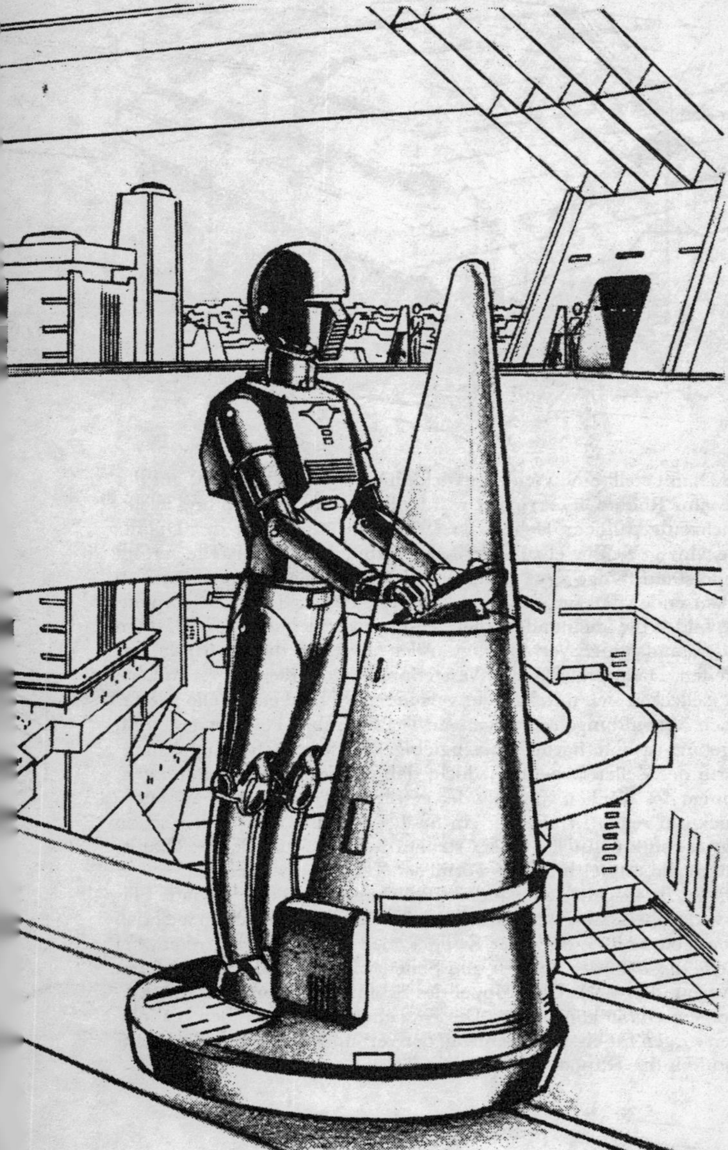

Dianit: Dianit stellt eine Weiterentwicklung jener Substanz dar, aus der beinahe ganz Robot City errichtet wurde. Es ist extrem dünn und leicht, bei gleichzeitiger hoher Dehnbarkeit. Die Strukturzellen des Dianits sind wie winzige Schlüssel zum Perihel geformt. Jede Dianitzelle verfügt über widerstandsfähige Fasern, die sich in ihrem Innern kreuzen und an den Ecken enden. Wenn sich eine Zelle mit der nächsten zusammenschließt, bilden die aneinanderliegenden Ecken beziehungsweise Kanten eine widerstandsfähige Verbindung an der Stelle, wo die Fasern aufeinandertreffen. Dadurch wird eine Versteifung erzielt, die sich vergrößert, je mehr Zellecken sich miteinander verbinden. Sobald eine Zelle alle ihr möglichen Verbindungen eingegangen ist, liegt ihre Position fest, und das Ergebnis ist eine harte, unnachgiebige Substanz. Die ungleichmäßige Form der Zellen bedeutet jedoch, daß existierende Verbindungen, wenn einige der Flächen voneinander getrennt werden, schon auf leichten Druck hin reißen. Daher ist ein Spalt, sobald er entstanden ist, so leicht zu erweitern. Auch die fein strukturierte Oberfläche des Dianits wird durch die ungleichmäßige Form der Zellen hervorgerufen.

Dianit ist, im Gegensatz zu anderen Substanzen, als ebene, glatte Fläche am widerstandsfähigsten. Die Form der Zellen wirkt sich so aus, daß Krümmungen, wie sie bei einer Kuppel oder in Furchen auftreten, bei jeder Zelle die Zahl der Kanten und Seiten verringert, die mit anderen Zellen verbunden sind. Die Kuppel des Schlüsselzentrums ist aus doppelwandigem Dianit konstruiert. Die zwei aneinanderliegenden Kuppelschichten sorgen für eine Vermehrung der verbundenen Seiten und Kanten, wodurch die Kuppel verstärkt wird.

Der Cyborg: Äußerlich ist der Robotkörper, in den Jeff Leongs Gehirn verpflanzt wurde, identisch mit jenen zahlreicher anderer Roboter in Robot City. Es handelt sich um ein Modell, das wegen seiner Anpassungsfähigkeit an menschliche Bedürfnisse gewählt wurde — beispielsweise verfügt es über räumliches Seh- und Hörvermögen —, gehört jedoch trotzdem zu den Standardmodellen.

Der vorliegende Robotkörper wurde angepaßt, indem man das positronische Gehirn aus ihm entfernte und die Schädeldecke verstärkte, um Jeffs menschliches Gehirn zu schützen. Danach wurden neuroelektronische Verbindungen hergestellt, die dem Gehirn die Kontrolle über den Körper verliehen, und Behälter mit hochkonzentrierten Nährstoffen und Hormonen in den unteren Bereich des Kopfes und im Hals eingesetzt, mitsamt einem Meßsystem, das genügend Nahrung zuführte, um das Gehirn am Leben zu erhalten.

Unzureichende Kenntnisse des richtigen physiochemischen Gleichgewichts seitens der Roboter führten bei Jeff zu geistiger Verwirrung; ansonsten verlief der Eingriff erfolgreich.

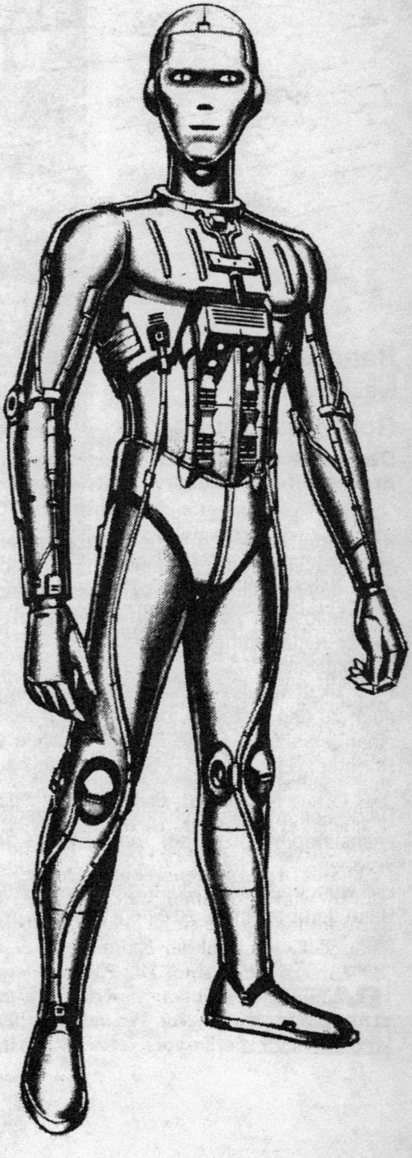

Band 23 132

Robert Asprin

Das Chaos-Casino

Deutsche Erstveröffentlichung

Die verrückteste Kompanie des Universums vor einer schlichtweg aberwitzigen Mission: Ausgerechnet diese Armee der Verlierer soll die heißeste Lasterhöhle im All bewachen – das Casino von Loreley. Doch wer sagt, daß Verlierer nicht auch mal gewinnen können? Die Abzocker stehen jedenfalls vor Lachen kopf, als Captain Narrisch und seine seltsame Truppe auftauchen. Bald aber vergeht den Mobstern der Spaß, denn die Chaos-Kompanie mischt alles gründlich auf. Und wo die Chaoten hinlangen, heißt es endgültig: Nichts geht mehr – rien ne va plus.

Mit *Die Chaos-Kompanie* (Bastei-Lübbe 23 114) begann die witzigste SF-Serie aller Zeiten. Hier nun Teil zwei des Bombardements von coolen Sprüchen und heißen Gags.

BASTEI LÜBBE

Sie erhalten diesen Band im Buchhandel, bei Ihrem Zeitschriftenhändler sowie im Bahnhofsbuchhandel.